Orlando Syrg Taschenbuch 12020

OR
SY
TA

RAT ACBO

Reihe

Alte Tradition

Azurcelesteblueoscuro

herausgegeben

von

Joerg K. Sommermeyer & Orlando Syrg

Exemplarische Werke der Weltliteratur

herausgegeben von

Joerg K. Sommermeyer

Über dieses Buch

L'Arrabiata
Die Rabiate liebt Antonio, verabscheut ihn aber, weil er doch ein Mann ist, und sie die Grausamkeit des männlichen Geschlechts (trunkener Vaters gegenüber der Mutter) hatte mit ansehen müssen. Sie schwur, alle Männer zu hassen.

Andrea Delfin
Ein tragischer Tyrannenattentäter im Polizeistaat. *»Halb Venedig war dafür besoldet, dass es die andere Hälfte überwachte."«* (unten S. 52)

Die Einsamen
In einer verwaisten Mühle im mühselig erreichbaren Bergkessel leben zurückgezogen Bruder und Schwester. Liebe, Freundschaft, Leidenschaft, Konflikt, Tragik, Schuld und Buße.

Der Zentaur
Traum im Traum. Phantasiestück in Künstlerkreisen. Welt der Lebendigen und der Toten, Reich des Übernatürlichen und märchenhafter Humor.

Jugenderinnerungen und Bekenntnisse
Berühmte Männer aus Heyses Zeit, literarische Porträts seiner Freunde: u. a. Adolph Menzel, Emanuel Geibel, Theodor Fontane, Hermann Kurz, Ernst Wichert, Ludwig Laistner. Episoden und Eskapaden. Berlin, Rom, München. Bericht und Beurteilung des 19. Jahrhunderts.

Der Autor

Paul Heyse, Abkömmling einer Gelehrtenfamilie, seine Mutter mit der Familie Mendelssohn-Bartholdy verwandt, verbunden mit den Berliner Salons Hensel, Varnhagen und Levy, erblickt das Licht der Welt in Berlin am 15. Malz 1830, besucht das Friedrich-Wilhelm-Gymnasium und studiert 1847-49 Philologie. Von Emanuel Geibel wird er in den Kreis um Kugler und die literarische Gesellschaft *Tunnel über der Spree* eingeführt. 1849-51 Studium der Romanistik und Kunstgeschichte in Bonn; 1852 Promotion. 1853 Italienaufenthalt zwecks Studium provenzalischer Handschriften in Rom, Florenz, Modena und Venedig. Anschließend Privatgelehrter in Berlin. 1854 Heirat mit Margarethe Kugler († 30. 9. 1862). Vom bayerischen König Maximilian II. nach München berufen, erhält er ein Jahrgeld ohne weitere Verpflichtung, wird neben Geibel Haupt Münchner Künstlerzirkel. 1867 heiratet er Anna Schubart. 1868 Verzicht auf eine bayerische Pension. Verbringt seine Winter am Gardasee. 1910 geadelt; Literaturnobelpreis. Am 2. April 1914 sirbt er in München.

Heyse ist der Dichterfürst seiner bürgerlichen Zeit, Mitglied entscheidender Gremien, mit fast allen wichtigen Persönlichkeiten befreundet oder gut bekannt, ein überaus einflussreicher Literaturpapst, der das gesamte kulturelle Leben prägt. Sein umfangreiches Œuvre, u. a. etliche Romane, mehrere Dutzend Dramen, Lyrik und fast 180 Novellen, mag man freilich, mit Ausnahme einiger weniger Meisternovellen und seiner Autobiografie, die zur Weltliteratur gehören und hier vorgelegt werden, getrost vergessen!

Der Herausgeber

Joerg K. Sommermeyer (JS), * 14.10.1947 in Brackenheim, Sohn des Physikers Kurt Hans Sommermeyer (1906-1969). Kindheit in Freiburg. Studierte Jura, Philosophie, Germanistik, Geschichte und Musikwissenschaft. Klassische Gitarre bei Viktor v. Hasselmann und Anton Stingl. Unterrichtete in den späten Sechzigern Gitarre am Kindergärtnerinnen-/Jugendleiterinnenseminar und in den Achtzigern Rechtsanwaltsgehilfinnen in spe an der Max-Weber-Schule in Freiburg. 1976 bis 2004 Rechtsanwalt in Freiburg. Setzte sich für eine Verstärkung des Rechtsschutzes bei Grundrechtseingriffen ein (Unterbringungsrecht, Untersuchungshaft, Durchsuchungsrecht). Gründer und Vorsitzender der Internationalen Gitarristischen Vereinigung, Organisator und Künstlerischer Leiter der Freiburger Gitarren- und Lautentage, Herausgeber und Redakteur der Zeitschrift *Nova Giulianiad: Saitenblätter für die Gitarre und Laute*. Juror beim Schlesischen Gitarrenherbst in Tychy und Internationalen Gitarrenkongress Freiburg/Basel/Straßburg. Zahlreiche Veröffentlichungen. JS lebt in Berlin und Lahnstein.

Orlando Syrg, Berlin, 9. April 2020

Joerg K. Sommermeyer (Hg.)

Paul Heyses Meisternovellen und Autobiographisches

L'Arrabbiata, Andrea Delfin, Die Einsamen, Der letzte Zentaur, Jugenderinnerungen und Bekenntnisse

Durchgesehen, revidiert, mit Anmerkungen
herausgegeben
von
Joerg K. Sommermeyer

Orlando Syrg

MMXX

1. Auflage 2020

Orlando Syrg, Berlin und Lahnstein

(vormals Freiburg i. Brsg.)

Orlando Syrg Taschenbuch

ORSYTA 1 2020

Reihe Alte Tradition Azurcelesteblueoscuro

RAT ACBO 33

Revision, Herausgabe und Anmerkungen:
Joerg K. Sommermeyer

Umschlaggestaltung (unter Verwendung eines Porträts Paul Heyses von Adolph Menzel, 1853, auf der Vorderseite): JS

Lektorat, Satz und Layout: Fritz Pernicke, JS, Hans Ohnson, Karl Anders, Gabi Michaelis, Florian Böttcher, Vera Wintherklayn, Willi Schmeißer, Johannes Martin, Hanni Liebkind, Ulf Sömmering

Herstellung und Verlag: BoD - Books on Demand, Norderstedt

Made in Germany

ISBN 9783751915922

Inhalt

Meisternovellen

L'Arrabbiata

[1853; Wilhelm Hertz, Berlin 1855]

Die Sonne war noch nicht aufgegangen. Über dem Vesuv lagerte eine breite graue Nebelschicht, die sich nach Neapel hinüberdehnte und die kleinen Städte an jenem Küstenstrich verdunkelte. Das Meer lag still. An der Marine aber, die unter dem hohen Sorrentiner Felsenufer in einer engen Bucht angelegt ist, rührten sich schon Fischer mit ihren Weibern, die Kähne mit Netzen, die zum Fischen über Nacht draußen gelegen hatten, an großen Tauen ans Land zu ziehen. Andere rüsteten ihre Barken, richteten die Segel zu und schleppten Ruder und Segelstangen aus den großen vergitterten Gewölben vor, die tief in den Felsen hineingebaut über Nacht das Schiffsgerät bewahren. Man sah keinen müßig gehen; denn auch die Alten, die keine Fahrt mehr machen, reihten sich in die große Kette derer ein, die an den Netzen zogen, und hie und da stand ein Mütterchen mit der Spindel auf einem der flachen Dächer oder machte sich mit den Enkeln zu schaffen, während die Tochter dem Manne half.

Siehst du, Rachela, da ist unser Padre Curato, sagte eine Alte zu einem kleinen Ding von zehn Jahren, das neben ihr sein Spindelchen schwang. Eben steigt er ins Schiff. Der Antonino soll ihn nach Capri hinüberfahren. Maria Santissima, was sieht der ehrwürdige Herr noch verschlafen aus! – Und damit winkte sie mit der Hand einem kleinen freundlichen Padre zu, der unten sich eben zurechtgesetzt hatte in der Barke, nachdem er seinen schwarzen Rock sorgfältig aufgehoben und über die Holzbank gebreitet hatte. Die andern am Strand hielten mit der Arbeit ein, um ihren Pfarrer abfahren zu sehen, der nach rechts und links freundlich nickte und grüßte.

Warum muss er denn nach Capri, Großmutter? fragte das Kind. Haben die Leute dort keinen Pfarrer, dass sie unsern borgen müssen?

Sei nicht so einfältig, sagte die Alte. Genug haben sie da und die schönsten Kirchen und sogar einen Einsiedler, wie wir ihn nicht haben. Aber da ist eine vornehme Signora, die hat lange hier in Sorrent gewohnt und war sehr krank, dass der Padre oft zu ihr musste mit dem Hochwürdigsten, wenn sie dachten, sie übersteht keine Nacht mehr. Nun, die heilige Jungfrau hat ihr beigestanden, dass sie wieder frisch und gesund worden ist und hat alle Tage im Meer baden können. Als sie von hier fort ist, nach Capri hinüber, hat sie noch einen schönen Haufen Dukaten der Kirche geschenkt und dem armen Volk, und hat nicht fort wollen, sagen sie, eher der Padre nicht versprochen hat, sie drüben zu besuchen, dass sie ihm beichten kann. Denn es ist erstaunlich, was sie auf ihn hält. Und wir können uns segnen, dass wir ihn zum Pfarrer haben, der Gaben hat wie ein Erzbischof, und dem die hohen Herrschaften nachfragen. Die Madonna sei mit ihm! – Und damit winkte sie zum Schiffchen hinunter, das eben abstoßen wollte.

Werden wir klares Wetter haben, mein Sohn? fragte der kleine Priester und sah bedenklich nach Neapel hinüber.

Die Sonne ist noch nicht heraus, erwiderte der Bursch. Mit dem bisschen Nebel wird sie schon fertig werden.

So fahr zu, dass wir vor der Hitze ankommen.

Antonino griff eben zu dem langen Ruder, um die Barke ins Freie zu treiben, als er plötzlich innehielt und nach der Höhe des steilen Weges hinaufsah, der von dem Städtchen Sorrent zur Marine hinabführt.

Eine schlanke Mädchengestalt ward oben sichtbar, die eilig die Steine hinabschritt und mit

9

einem Tuch winkte. Sie trug ein Bündelchen unterm Arm, und ihr Aufzug war dürftig genug. Doch hatte sie eine fast vornehme, nur etwas wilde Art, den Kopf in den Nacken zu werfen, und die schwarze Flechte, die sie vorn über der Stirn umgeschlungen trug, stand ihr wie ein Diadem.

Worauf warten wir? fragte der Pfarrer.

Es kommt da noch jemand auf die Barke zu, der auch wohl nach Capri will. Wenn Ihr erlaubt, Padre – es geht darum nicht langsamer, denn 's ist nur ein junges Ding von kaum achtzehn Jahr.

In diesem Augenblick trat das Mädchen hinter der Mauer hervor, die den gewundenen Weg einfasst. Laurella? sagte der Pfarrer. Was hat sie in Capri zu tun?

Antonino zuckte die Achseln. – Das Mädchen kam mit hastigen Schritten heran und sah vor sich hin.

Guten Tag, l'Arrabbiata! riefen einige von den jungen Schiffern. Sie hätten wohl noch mehr gesagt, wenn die Gegenwart des Curato [Pfarrers] sie nicht in Respekt gehalten hätte; denn die trotzige stumme Art, in der das Mädchen ihren Gruß hinnahm, schien die Übermütigen zu reizen.

Guten Tag, Laurella, rief nun auch der Pfarrer. Wie steht's? Willst du mit nach Capri?

Wenn's erlaubt ist, Padre!

Frage den Antonino, der ist der Patron der Barke. Ist jeder doch Herr seines Eigentums und Gott Herr über uns alle.

Da ist ein halber Carlin, sagte Laurella, ohne den jungen Schiffer anzusehen. Wenn ich dafür mitkann.

Du kannst's besser brauchen, als ich, brummte der Bursch und schob einige Körbe mit Orangen zurecht, dass Platz wurde. Er sollte sie in Capri verkaufen, denn die Felseninsel trägt nicht genug für den Bedarf der vielen Besucher.

Ich will nicht umsonst mit, erwiderte das Mädchen, und die schwarzen Augenbrauen zuckten.

Komm nur, Kind, sagte der Pfarrer. Er ist ein braver Junge und will nicht reich werden von deinem bisschen Armut. Da, steig ein – und er reichte ihr die Hand – und setz dich hier neben mich. Sieh, da hat er dir seine Jacke hingelegt, dass du weicher sitzen sollst. Mir hat er's nicht so gut gemacht. Aber junges Volk, das treibt's immer so. Für ein kleines Frauenzimmer wird mehr gesorgt, als für zehn geistliche Herren. Nun, brauchst dich nicht zu entschuldigen, Tonino; 's ist unsers Herrgotts Einrichtung, dass sich gleich zu gleich hält.

Laurella war inzwischen eingestiegen und hatte sich gesetzt, nachdem sie die Jacke, ohne ein Wort zu sagen, beiseit geschoben hatte. Der junge Schiffer ließ sie liegen und murmelte was zwischen den Zähnen. Dann stieß er kräftig gegen den Uferdamm, und der kleine Kahn flog in den Golf hinaus.

Was hast du da im Bündel? fragte der Pfarrer, während sie nun übers Meer hintrieben, das sich eben von den ersten Sonnenstrahlen lichtete.

Seide, Garn und ein Brot, Padre. Ich soll die Seide an eine Frau in Capri verkaufen, die Bänder macht, und das Garn an eine andere.

Hast du's selbst gesponnen? – Ja, Herr. – Wenn ich mich recht erinnere, hast du auch gelernt Bänder machen.

Ja, Herr. Aber es geht wieder schlimmer mit der Mutter, dass ich nicht aus dem Hause kann, und einen eignen Webstuhl können wir nicht bezahlen.

Geht schlimmer! oh, oh! Da ich um Ostern bei euch war, saß sie doch auf.

Der Frühling ist immer die böseste Zeit für sie. Seit wir die großen Stürme hatten und die Erdstöße, hat sie immer liegen müssen vor Schmerzen.

10

Lass nicht nach mit Beten und Bitten, mein Kind, dass die heilige Jungfrau Fürbitte tut. Und sei brav und fleißig, damit dein Gebet erhört werde.

Nach einer Pause: Wie du da zum Strand herunterkamst, riefen sie dir zu: Guten Tag, l'Arrabbiata! Warum heißen sie dich so? Es ist kein schöner Name für eine Christin, die sanft sein soll und demütig.

Das Mädchen glühte über das ganze braune Gesicht und ihre Augen funkelten.

Sie haben ihren Spott mit mir, weil ich nicht tanze und singe und viel Redens mache, wie andere. Sie sollten mich gehen lassen; ich tu' ihnen ja nichts.

Du könntest aber freundlich sein zu jedermann. Tanzen und singen mögen andere, denen das Leben leichter ist. Aber ein gutes Wort geben, schickt sich auch für einen Betrübten.

Sie sah vor sich nieder und zog die Brauen dichter zusammen, als wollte sie ihre schwarzen Augen drunter verstecken. Eine Weile fuhren sie schweigend dahin. Die Sonne stand nun prächtig über dem Gebirg, die Spitze des Vesuv ragte über die Wolkenschicht heraus, die noch den Fuß umzogen hielt, und die Häuser auf der Ebene von Sorrent blickten weiß aus den grünen Orangengärten hervor.

Hat jener Maler nichts wieder von sich hören lassen, Laurella, jener Napolitaner, der dich zur Frau haben wollte? fragte der Pfarrer.

Sie schüttelte den Kopf.

Er kam damals, ein Bild von dir zu machen. Warum hast du's ihm abgeschlagen?

Wozu wollt' er es nur? Es sind andere schöner als ich. Und dann – wer weiß, was er damit getrieben hätte. Er hätte mich damit verzaubern können und meine Seele beschädigen, oder mich gar zu Tode bringen, sagte die Mutter.

Glaube nicht so sündliche Dinge, sprach der Pfarrer ernsthaft. Bist du nicht immer in Gottes Hand, ohne dessen Willen dir kein Haar vom Haupte fällt? Und soll ein Mensch mit so einem Bild in der Hand stärker sein als der Herrgott? – Zudem konntest du ja sehen, dass er dir wohlwollte. Hätte er dich sonst heiraten wollen? – Sie schwieg. – Und warum hast du ihn ausgeschlagen? Es soll ein braver Mann gewesen sein und ganz stattlich und hätte dich und deine Mutter besser ernähren können, als du es nun kannst, mit dem bisschen Spinnen und Seidewickeln. – Wir sind arme Leute, sagte sie heftig, und meine Mutter ist nun gar seit so lange krank. Wir wären ihm nur zur Last gefallen. Und ich tauge auch nicht für einen Signore. Wenn seine Freunde zu ihm gekommen wären, hätte er sich meiner geschämt.

Was du auch redest! Ich sage dir ja, dass es ein braver Herr war. Und überdies wollte er doch nach Sorrent übersiedeln. Es wird nicht bald so einer wiederkommen, der wie recht vom Himmel geschickt war, um euch aufzuhelfen.

Ich will gar keinen Mann, niemals! sagte sie ganz trotzig und wie vor sich hin.

Hast du ein Gelübde getan, oder willst in ein Kloster gehen? – Sie schüttelte den Kopf. –

Die Leute haben recht, die dir deinen Eigensinn vorhalten, wenn auch jener Name nicht schön ist. Bedenkst du nicht, dass du nicht allein auf der Welt bist und durch diesen Starrsinn deiner kranken Mutter das Leben und ihre Krankheit nur bitterer machst? Was kannst du für wichtige Gründe haben, jede rechtschaffene Hand abzuweisen, die dich und deine Mutter stützen will? Antworte mir, Laurella!

Ich habe wohl einen Grund, sagte sie leise und zögernd. Aber ich kann ihn nicht sagen.

Nicht sagen? Auch mir nicht? Nicht deinem Beichtvater, dem du doch sonst wohl zutraust, dass er es gut mit dir meint? Oder nicht? – Sie nickte. – So erleichtere dein Herz, Kind. Wenn du recht hast, will ich der erste sein, dir recht zu geben. Aber du bist jung und kennst die Welt wenig, und es möchte dich später einmal gereuen, wenn du um kindischer Gedanken willen dein Glück verscherzt hast. – Sie warf einen flüchtigen scheuen Blick nach dem Burschen hinüber, der emsig rudernd hinten im Kahn saß und die wollene Mütze tief in die Stirn gezogen hatte. Er starrte zur Seite ins Meer und schien in seine eignen Gedanken versunken zu sein. Der Pfarrer sah ihren Blick und neigte sein Ohr näher zu ihr. – Ihr habt meinen Vater nicht gekannt, flüsterte sie, und ihre Augen sahen finster. – Deinen Vater? Er starb ja, denk' ich, da du kaum zehn Jahr alt warst. Was hat dein Vater, dessen Seele im Paradiese sein möge, mit deinem Eigensinn zu schaffen? – Ihr habt ihn nicht gekannt, Padre. Ihr wisst nicht, dass er allein schuld ist an der Krankheit der Mutter. – Wie das? – Weil er sie misshandelt hat und geschlagen und mit Füßen getreten. Ich weiß noch die Nächte, wenn er nach Hause kam und war in Wut. Sie sagte ihm nie ein Wort und tat alles, was er wünschte. Er aber schlug sie, dass mir das Herz brechen wollte. Ich zog dann die Decke über den Kopf und tat, als ob ich schliefe, weinte aber die ganze Nacht. Und wenn er sie dann am Boden liegen sah, verwandelt' er sich plötzlich und hob sie auf und küsste sie, dass sie schrie, er werde sie ersticken. Die Mutter hat mir verboten, dass ich nie ein Wort davon sagen soll; aber es griff sie so an, dass sie nun die langen Jahre, seit er tot ist, noch nicht wieder gesund worden ist. Und wenn sie früh sterben sollte, was der Himmel verhüte, ich weiß wohl, wer sie umgebracht hat.

Der kleine Priester wiegte das Haupt und schien unschlüssig, wieweit er seinem Beichtkind recht geben sollte. Endlich sagte er: Vergib ihm, wie ihm deine Mutter vergeben hat. Hefte nicht deine Gedanken an jene traurigen Bilder, Laurella. Es werden bessere Zeiten für dich kommen, und dich alles vergessen machen.

Nie vergess' ich das, sagte sie und schauerte zusammen. Und wisst, Padre, darum will ich eine Jungfrau bleiben, um keinem untertänig zu sein, der mich misshandelte und dann liebkoste. Wenn mich jetzt einer schlagen oder küssen will, so weiß ich mich zu wehren. Aber meine Mutter durfte sich schon nicht wehren, nicht der Schläge erwehren und nicht der Küsse, weil sie ihn lieb hatte. Und ich will keinen so liebhaben, dass ich um ihn krank und elend würde.

Bist du nun nicht ein Kind und sprichst wie eine, die nichts weiß von dem, was auf Erden geschieht? Sind denn alle Männer wie dein armer Vater war, dass sie jeder Laune und Leidenschaft nachgeben und ihren Frauen schlecht begegnen? Hast du nicht rechtschaffne Menschen genug gesehen in der ganzen Nachbarschaft, und Frauen, die in Frieden und Einigkeit mit ihren Männern leben?

Von meinem Vater wusst' es auch niemand, wie er zu meiner Mutter war, denn sie wäre eher tausendmal gestorben, als es einem sagen und klagen. Und das alles, weil sie ihn liebte. Wenn es so um die Liebe ist, dass sie einem die Lippen schließt, wo man Hilfe schreien sollte, und einen wehrlos macht gegen Ärgeres, als der ärgste Feind einem antun könnte, so will ich nie mein Herz an einen Mann hängen.

Ich sage dir, dass du ein Kind bist und nicht weißt, was du sprichst. Du wirst auch viel gefragt werden von deinem Herzen, ob du lieben willst oder nicht, wenn seine Zeit gekommen ist; dann hilft alles nicht, was du dir jetzt in den Kopf setzest. – Wieder nach einer Pause: Und jener Maler, hast du ihm auch zugetraut, dass er dir hart begegnen würde?

Er machte so Augen, wie ich sie bei meinem Vater gesehen habe, wenn er der Mutter abbat und sie in die Arme nehmen wollte, um ihr wieder gute Worte zu geben. Die Augen kenn' ich. Es kann sie auch einer machen, der's übers Herz bringt, seine Frau zu schlagen, die ihm nie was zuleide getan hat. Mir graute, wie ich die Augen wieder sah. – Darauf schwieg sie beharrlich still. Auch der Pfarrer schwieg. Er besann sich wohl auf viele schöne Sprüche, die er dem Mädchen hätte vorhalten können. Aber die Gegenwart des jungen Schiffers, der gegen das Ende der Beichte unruhiger geworden war, verschloss ihm den Mund.

Als sie nach einer zweistündigen Fahrt in dem kleinen Hafen von Capri anlangten, trug Antonino den geistlichen Herrn aus dem Kahn über die letzten flachen Wellen und setzte ihn

12

ehrerbietig ab. Doch hatte Laurella nicht warten wollen, bis er wieder zurückwatete und sie nachholte. Sie nahm ihr Röckchen zusammen, die Holzpantöffelchen in die rechte, das Bündel in die linke Hand und plätscherte hurtig ans Land.

Ich bleibe heut wohl lang auf Capri, sagte der Padre, und du brauchst nicht auf mich zu warten. Vielleicht komm' ich gar erst morgen nach Haus. Und du, Laurella, wenn du heimkommst, grüße die Mutter. Ich besuche euch in dieser Woche noch. Du fährst doch noch vor der Nacht zurück?

Wenn Gelegenheit ist, sagte das Mädchen und machte sich an ihrem Rock zu schaffen.

Du weißt, dass ich auch zurück muss, sprach Antonino, wie er meinte, in sehr gleichgültigem Ton. Ich wart' auf dich, bis Ave Maria. Wenn du dann nicht kommst, soll mir's auch gleich sein.

Du musst kommen, Laurella, fiel der kleine Herr ein. Du darfst deine Mutter keine Nacht allein lassen. – Ist's weit, wo du hin musst? – Auf Anacapri, in eine Vigne.

Und ich muss auf Capri zu. Behüt' dich Gott, Kind, und dich, mein Sohn!

Laurella küsste ihm die Hand und ließ ein Lebewohl fallen, in das sich der Padre und Antonino teilen mochten. Antonino indessen eignete sich's nicht zu. Er zog seine Mütze vor dem Padre und sah Laurella nicht an.

Als sie ihm aber beide den Rücken gekehrt hatten, ließ er seine Augen nur kurze Zeit mit dem geistlichen Herrn wandern, der über das tiefe Kieselgeröll mühsam hinschritt, und schickte sie dann dem Mädchen nach, das sich rechts die Höhe hinauf gewandt hatte, die Hand über die Augen haltend gegen die scharfe Sonne. Eh' sich der Weg oben zwischen Mauern zurückzieht, stand sie einen Augenblick still, wie um Atem zu schöpfen, und sah sich um. Die Marine lag zu ihren Füßen, ringsum türmte sich der schroffe Fels, das Meer blaute in seltener Pracht – es war wohl ein Anblick, des Stehenbleibens wert. Der Zufall fügte es, dass ihr Blick, bei Antoninos Barke vorübereilend, sich mit jenem Blick begegnete, den Antonino ihr nachgeschickt hatte. Sie machten beide eine Bewegung, wie Leute, die sich entschuldigen wollen, es sei etwas nur aus Versehen geschehen, worauf das Mädchen mit finsterm Munde ihren Weg fortsetzte.

Es war erst eine Stunde nach Mittag, und schon saß Antonino zwei Stunden lang auf einer Bank vor der Fischerschenke. Es musste ihm was durch den Sinn gehen, denn alle fünf Minuten sprang er auf, trat in die Sonne hinaus und überblickte sorgfältig die Wege, die links und rechts nach den zwei Inselstädtchen führten. Das Wetter sei ihm bedenklich, sagte er dann zu der Wirtin der Osterie. Es sei wohl klar, aber er kenne diese Farbe des Himmels und Meeres. Gerade hab' es ausgesehen, ehe der letzte große Sturm war, wo er die englische Familie nur mit Not ans Land gebracht habe. Sie werde sich erinnern. – Nein, sagte die Frau. –

Nun, sie solle an ihn denken, wenn sich's noch vor Nacht verändere.

Sind viel Herrschaften drüben? fragte die Wirtin nach einer Weile.

Es fängt eben an. Bisher hatten wir schlechte Zeit. Die wegen der Bäder kommen, ließen auf sich warten.

Das Frühjahr kam spät. Habt ihr mehr verdient, als wir hier auf Capri? – Es hätte nicht ausgereicht, zweimal die Woche Makkaroni zu essen, wenn ich bloß auf die Barke angewiesen wäre. Dann und wann einen Brief nach Neapel zu bringen, oder einen Signore auf's Meer gerudert, der angeln wollte – das war alles. Aber Ihr wisst, dass mein Onkel die großen Orangengärten hat und ein reicher Mann ist. Tonino, sagt er, solang ich lebe, sollst du nicht Not leiden, und nachher wird auch für dich gesorgt werden. So hab' ich den Winter mit Gottes Hilfe überstanden. – Hat er Kinder, Euer Onkel? – Nein. Er war nie verheiratet und lang außer Landes, wo er denn manchen guten Piaster zusammengebracht hat. Nun hat er vor, eine große Fischerei anzufangen, und will mich über das ganze Wesen setzen, dass ich nach dem Rechten sehe. – So seid Ihr ja ein gemachter Mann, Antonino. – Der junge Schiffer zuckte die Achseln. Es hat jeder sein Bündel zu tragen, sagte er. Damit sprang er auf und sah wieder links und rechts nach dem Wetter, obwohl er wissen musste, dass es nur eine Wetterseite gibt.

Ich bring' Euch noch eine Flasche. Euer Onkel kann's bezahlen, sagte die Wirtin.

Nur noch ein Glas, denn Ihr habt hier eine feurige Art Wein. Der Kopf ist mir schon ganz warm.

Er geht nicht ins Blut. Ihr könnt trinken, soviel Ihr wollt. Da kommt eben mein Mann, mit dem müsst Ihr noch eine Weile sitzen und schwatzen.

Wirklich kam, das Netz über die Schulter gehängt, die rote Mütze über den geringelten Haaren, der stattliche Padrone der Schenke von der Höhe herunter. Er hatte Fische in die Stadt gebracht, die jene vornehme Dame bestellt hatte, um sie dem kleinen Pfarrer von Sorrent vorzusetzen. Wie er des jungen Schiffers ansichtig wurde, winkte er ihm herzlich mit der Hand einen Willkomm zu, setzte sich dann neben ihn auf die Bank und fing an zu fragen und zu erzählen. Eben brachte sein Weib eine zweite Flasche des echten unverfälschten Capri, als der Ufersand zur Linken knisterte und Laurella des Weges von Anacapri daherkam. Sie grüßte flüchtig mit dem Kopf und stand unschlüssig still.

Antonino sprang auf. Ich muss fort, sagte er. 's ist ein Mädchen aus Sorrent, das heut früh mit dem Signor Curato kam und auf die Nacht wieder zu ihrer kranken Mutter will.

Nun nun, 's ist noch lang bis Nacht, sagte der Fischer. Sie wird doch Zeit haben, ein Glas Wein zu trinken. Holla, Frau, bring noch ein Glas.

Ich danke, ich trinke nicht, sagte Laurella und blieb in einiger Entfernung.

Schenk nur ein, Frau, schenk ein! Sie lässt sich nötigen.

Lasst sie, sagte der Bursch. Sie hat einen harten Kopf; was sie einmal nicht will, das redet ihr kein Heiliger ein. – Und damit nahm er eilfertig Abschied, lief nach der Barke hinunter, löste das Seil und stand nun in Erwartung des Mädchens. Die grüßte noch einmal nach den Wirten der Schenke zurück und ging dann mit zaudernden Schritten der Barke zu. Sie sah sich vorher nach allen Seiten um, als erwarte sie, dass sich noch andere Gesellschaft einfinden würde. Die Marine aber war menschenleer; die Fischer schliefen oder fuhren im Meer mit Angeln und Netzen, wenige Frauen und Kinder saßen unter den Türen, schlafend oder spinnend, und die Fremden, die am Morgen herübergefahren, warteten die kühlere Tageszeit zur Rückfahrt ab. Sie konnte auch nicht zu lange umschauen, denn eh' sie es wehren konnte, hatte Antonino sie in die Arme genommen und trug sie wie ein Kind in den Nachen. Dann sprang er nach, und mit wenigen Ruderschlägen waren sie schon im offenen Meer.

Sie hatte sich vorn in den Kahn gesetzt und ihm halb den Rücken zugedreht, dass er sie nur von der Seite sehen konnte. Ihre Züge waren jetzt noch ernsthafter als gewöhnlich. Über die kurze Stirn hing das Haar tief herein, um den feinen Nasenflügel zitterte ein eigensinniger Zug; der volle Mund war fest geschlossen. – Als sie eine Zeitlang so stillschweigend über Meer gefahren waren, empfand sie den Sonnenbrand, nahm das Brot aus dem Tuch und schlang dieses über die Flechte. Dann fing sie an von dem Brot zu essen und ihr Mittagsmahl zu halten; denn sie hatte auf Capri nichts genossen.

Antonino sah das nicht lange mit an. Er holte aus einem der Körbe, die am Morgen mit Orangen gefüllt gewesen, zwei hervor und sagte: Da hast du was zu deinem Brot, Laurella. Glaub nicht, dass ich sie für dich zurückbehalten habe. Sie sind aus dem Korb in den Kahn gerollt, und ich fand sie, als ich die leeren Körbe wieder in die Barke setzte.

Iss du sie doch. Ich hab' an meinem Brote genug.

Sie sind erfrischend in der Hitze, und du bist weit gelaufen.

Sie gaben mir oben ein Glas Wasser, das hat mich schon erfrischt.

14

Wie du willst, sagte er, und ließ sie wieder in den Korb fallen.

Neues Stillschweigen. Das Meer war spiegelglatt und rauschte kaum um den Kiel. Auch die weißen Seevögel, die in den Uferhöhlen nisten, zogen lautlos auf ihren Raub.

Du könntest die zwei Orangen deiner Mutter bringen, fing Antonino wieder an.

Wir haben ihrer noch zu Haus, und wenn sie zu Ende sind, geh' ich und kaufe neue.

Bringe sie ihr nur, und ein Kompliment von mir.

Sie kennt dich ja nicht.

So könntest du ihr sagen, wer ich bin.

Ich kenne dich auch nicht.

Es war nicht das erste Mal, dass sie ihn so verleugnete. Vor einem Jahr, als der Maler eben nach Sorrent gekommen war, traf sich's an einem Sonntag, dass Antonino mit anderen jungen Burschen aus dem Ort auf einem freieren Platz neben der Hauptstraße Boccia spielte. Dort begegnete der Maler zuerst Laurella, die, einen Wasserkrug auf dem Kopf tragend, ohne sein zu achten vorüberschritt. Der Napolitaner, von dem Anblick betroffen, stand und sah ihr nach, obwohl er sich mitten in der Bahn des Spieles befand und mit zwei Schritten sie hätte räumen können. Eine unsanfte Kugel, die ihm gegen das Fußgelenk fuhr, musste ihn daran erinnern, dass hier der Ort nicht sei, sich in Gedanken zu verlieren. Er sah um, als erwarte er eine Entschuldigung. Der junge Schiffer, der den Wurf getan hatte, stand schweigend und trotzig inmitten seiner Freunde, dass der Fremde es geraten fand, einen Wortwechsel zu vermeiden und zu gehen. Doch hatte man von dem Handel gesprochen und sprach von neuem davon, als der Maler sich offen um Laurella bewarb. Ich kenne ihn nicht, sagte diese unwillig, als der Maler sie fragte, ob sie ihn jenes unhöflichen Burschen wegen ausschlage. Und doch war auch ihr jenes Gerede zu Ohren gekommen. Seitdem, wenn ihr Antonino begegnete, hatte sie ihn doch wohl wiedererkannt.

Und nun saßen sie im Kahn wie die bittersten Feinde, und beiden klopfte das Herz tödlich. Das sonst gutmütige Gesicht Antoninos war heftig gerötet; er schlug in die Wellen, dass der Schaum ihn überspritzte, und seine Lippen zitterten zuweilen, als spräche er böse Worte. Sie tat, als bemerke sie es nicht, und machte ihr unbefangenstes Gesicht, neigte sich über den Bord des Nachens und ließ die Flut durch ihre Finger gleiten. Dann band sie ihr Tuch wieder ab und ordnete ihr Haar, als sei sie ganz allein im Kahn. Nur die Augenbrauen zuckten noch, und umsonst hielt sie die nassen Hände gegen ihre brennenden Wangen, um sie zu kühlen.

Nun waren sie mitten auf dem Meer, und nah und fern ließ sich kein Segel blicken. Die Insel war zurückgeblieben, die Küste lag im Sonnenduft weitab, nicht einmal eine Möwe durchflog die tiefe Einsamkeit. Antonino sah um sich her. Ein Gedanke schien in ihm aufzusteigen. Die Röte wich plötzlich von seinen Wangen, und er ließ die Ruder sinken. Unwillkürlich sah Laurella nach ihm um, gespannt, aber furchtlos.

Ich muss ein Ende machen, brach der Bursch heraus. Es dauert mir schon zu lange und wundert mich schier, dass ich nicht drüber zugrunde gegangen bin. Du kennst mich nicht, sagst du? Hast du nicht lange genug mit angesehen, wie ich bei dir vorüberging als ein Unsinniger und hatte das ganze Herz voll, dir zu sagen? Dann machtest du deinen bösen Mund und drehtest mir den Rücken.

Was hatt' ich mit dir zu reden? sagte sie kurz. Ich habe wohl gesehn, dass du mit mir anbinden wolltest. Ich wollt' aber nicht in der Leute Mäuler kommen um nichts und wieder nichts. Denn zum Manne nehmen mag ich dich nicht, dich nicht und keinen. – Und keinen? So wirst du nicht immer sagen. Weil du den Maler weggeschickt hast? Pah! Du warst noch ein Kind damals. Es wird dir schon einmal einsam werden, und dann, toll wie du bist, nimmst du den ersten besten. – Es weiß keiner seine Zukunft. Kann sein, dass ich meinen Sinn ändere. Was geht's dich an? – Was es mich angeht? fuhr er auf und sprang von der Ruderbank empor, dass der Kahn schaukelte. Was es mich angeht? Und so kannst du noch fragen, nachdem du weißt, wie es um mich steht? Müsse der elend umkommen, dem je besser von dir begegnet würde, als mir!

Hab' ich mich dir je versprochen? Kann ich dafür, wenn dein Kopf unsinnig ist? Was hast du für ein Recht auf mich?

O, rief er aus, es steht freilich nicht geschrieben, es hat's kein Advokat in Latein abgefasst und versiegelt; aber das weiß ich, dass ich so viel Recht auf dich habe, wie in den Himmel zu kommen, wenn ich ein braver Kerl gewesen bin. Meinst du, dass ich mit ansehn will, wenn du mit einem andern in die Kirche gehst, und die Mädchen gehn an mir vorüber und zucken die Achseln. Soll ich mir den Schimpf antun lassen? – Tu, was du willst. Ich lass mir nicht bangen, soviel du auch drohst. Ich will auch tun, was ich will. – Du wirst nicht lange so sprechen, sagte er und bebte am ganzen Leib. Ich bin Manns genug, dass ich mir das Leben nicht länger von solch einem Trotzkopf verderben lasse. Weißt du, dass du hier in meiner Macht bist und tun musst, was ich will? – Sie fuhr leicht zusammen und blitzte ihn mit den Augen an. – Bringe mich um, wenn du's wagst, sagte sie langsam. – Man muss nichts halb tun, sagte er, und seine Stimme klang heiser. 's ist Platz für uns beide im Meer. Ich kann dir nicht helfen, Kind – und er sprach fast mitleidig, wie aus dem Traum – aber wir müssen hinunter, alle beide, und auf einmal, und jetzt! schrie er überlaut und fasste sie plötzlich mit beiden Armen an. Aber im Augenblick zog er die rechte Hand zurück, das Blut quoll hervor, sie hatte ihn heftig hineingebissen.

Muss ich tun, was du willst? rief sie und stieß ihn mit einer raschen Wendung von sich. Lass sehn, ob ich in deiner Macht bin! – Damit sprang sie über den Bord des Kahns und verschwand einen Augenblick in der Tiefe.

Sie kam gleich wieder herauf; ihr Röckchen umschloss sie fest, ihre Haare waren von den Wellen aufgelöst und hingen schwer über den Hals nieder, mit den Armen ruderte sie emsig und schwamm, ohne einen Laut von sich zu geben, kräftig von der Barke weg nach der Küste zu. Der jähe Schreck schien ihm die Sinne gelähmt zu haben. Er stand im Kahn, vorgebeugt, die Blicke starr nach ihr hingerichtet, als begebe sich ein Wunder vor seinen Augen. Dann schüttelte er sich, stürzte nach den Rudern, und fuhr ihr mit aller Kraft, die er aufzubieten hatte, nach, während der Boden seines Kahns von dem immer zuströmenden Blute rot wurde.

Im Nu war er an ihrer Seite, so hastig sie schwamm. Bei Maria Santissima! rief er, komm in den Kahn. Ich bin ein Toller gewesen; Gott weiß, was mir die Vernunft benebelte. Wie ein Blitz vom Himmel fuhr mir's ins Hirn, dass ich ganz aufbrannte und wusste nicht, was ich tat und redete. Du sollst mir nicht vergeben, Laurella, nur dein Leben retten und wieder einsteigen. – Sie schwamm fort, als habe sie nichts gehört. –

Du kannst nicht bis ans Land kommen, es sind noch zwei Miglien [Meilen]. Denk an deine Mutter. Wenn dir ein Unglück begegnete, sie stürbe vor Entsetzen.

Sie maß mit einem Blick die Entfernung von der Küste. Dann ohne zu antworten, schwamm sie an die Barke heran und fasste den Bord mit den Händen. Er stand auf, ihr zu helfen; seine Jacke, die auf der Bank gelegen, glitt ins Meer, als der Nachen von der Last des Mädchens nach der einen Seite hinübergezogen wurde. Gewandt schwang sie sich empor und erklomm ihren früheren Sitz. Als er sie geborgen sah, griff er wieder zu den Rudern. Sie aber wand ihr triefendes Röckchen aus und rang das Wasser aus den Flechten. Dabei sah sie auf den Boden der Barke und bemerkte jetzt das Blut. Sie warf einen raschen Blick nach der Hand, die, als sei sie unverwundet, das Ruder führte. Da! sagte sie und reichte ihm ihr Tuch. Er schüttelte den Kopf und ruderte vorwärts. Sie stand endlich auf, trat zu ihm und band ihm das Tuch fest um die tiefe Wunde. Darauf nahm sie ihm, soviel er auch abwehrte, das eine Ruder aus der Hand und setzte sich ihm gegenüber, doch ohne ihn anzusehn, fest auf das Ruder blickend, das vom Blut gerötet war, und mit kräftigen Stößen die Barke forttreibend. Sie waren beide blass und still. Als sie näher ans Land kamen, begegneten ihnen Fischer, die ihre Netze auf die Nacht auswerfen wollten. Sie riefen Antonino an und neckten Laurella. Keins sah auf oder erwiderte ein Wort.

Die Sonne stand noch ziemlich hoch über Procida, als sie die Marine erreichten. Laurella schüttelte ihr Röckchen, das fast völlig überm Meer getrocknet war, und sprang ans Land. Die alte spinnende Frau, die sie schon am Morgen hatte abfahren sehn, stand wieder auf dem Dach. Was hast du an der Hand, Tonino? rief sie hinunter. Jesus Christus, die Barke schwimmt ja in Blut! – 's ist nichts, Commare, erwiderte der Bursch. Ich riss mich an einem Nagel, der zu weit vorsah. Morgen ist's vorbei. Das verwünschte Blut ist nur gleich bei der Hand, dass es gefährlicher aussieht, als es ist. – Ich will kommen und dir Kräuter auflegen, Comparello. Wart, ich komme schon. – Bemüht Euch nicht, Commare. Ist schon alles geschehn, und morgen wird's vorbei sein und vergessen. Ich habe eine gesunde Haut, die gleich wieder über jede Wunde zuwächst.

Addio! sagte Laurella und wandte sich nach dem Pfad, der hinaufführt.

Gute Nacht! rief ihr der Bursch nach, ohne sie anzusehn. Dann trug er das Gerät aus dem Schiff und die Körbe dazu und stieg die kleine Steintreppe zu seiner Hütte hinauf.

Es war keiner außer ihm in den zwei Kammern, durch die er nun hin und her ging. Zu den offenen Fensterchen, die nur mit hölzernen Läden verschlossen werden, strich die Luft etwas erfrischender herein, als über das ruhige Meer, und in der Einsamkeit war ihm wohl. Er stand auch lange vor dem kleinen Bild der Mutter Gottes und sah die aus Silberpapier daraufgeklebte Sternenglorie andächtig an. Doch zu beten fiel ihm nicht ein. Um was hätte er bitten sollen, da er nichts mehr hoffte?

Und der Tag schien heute stillzustehn. Er sehnte sich nach der Dunkelheit, denn er war müde, und der Blutverlust hatte ihn auch mehr angegriffen, als er sich gestand. Er fühlte heftige Schmerzen an der Hand, setzte sich auf einen Schemel und löste den Verband. Das zurückgedrängte Blut schoss wieder hervor, und die Hand war stark um die Wunde angeschwollen. Er wusch sie sorgfältig und kühlte sie lange. Als er sie wieder vorzog, unterschied er deutlich die Spur von Laurellas Zähnen. Sie hatte recht, sagte er. Eine Bestie war ich und verdien' es nicht besser. Ich will ihr morgen ihr Tuch durch den Giuseppe zurückschicken. Denn mich soll sie nicht wiedersehn. – Und nun wusch er das Tuch sorgfältig und breitete es in der Sonne aus, nachdem er sich die Hand wieder verbunden hatte, so gut er's mit der Linken und den Zähnen konnte. Dann warf er sich auf sein Bett und schloss die Augen.

Der helle Mond weckte ihn aus einem halben Schlaf, zugleich der Schmerz in der Hand. Er sprang eben wieder auf, um die pochenden Schläge des Bluts in Wasser zu beruhigen, als er ein Geräusch an seiner Tür hörte. Wer ist da? rief er und öffnete. Laurella stand vor ihm.

Ohne viel zu fragen, trat sie ein. Sie warf das Tuch ab, das sie über den Kopf geschlungen hatte, und stellte ein Körbchen auf den Tisch. Dann schöpfte sie tief Atem.

Du kommst, dein Tuch zu holen, sagte er; du hättest dir die Mühe ersparen können, denn morgen in der Früh hätte ich Giuseppe gebeten, es dir zu bringen.

Es ist nicht um das Tuch, erwiderte sie rasch. Ich bin auf dem Berg gewesen, um dir Kräuter zu holen, die gegen das Bluten sind. Da! Und sie hob den Deckel vom Körbchen.

Zu viel Mühe, sagte er, und ohne alle Herbigkeit, zu viel Mühe. Es geht schon besser, viel besser; und wenn es schlimmer ginge, ging' es auch nach Verdienst. Was willst du hier um die Zeit? Wenn dich einer hier träfe! Du weißt, wie sie schwatzen, obwohl sie nicht wissen, was sie sagen.

Ich kümmere mich um keinen, sprach sie heftig. Aber die Hand will ich sehen, und die Kräuter darauf tun, denn mit der Linken bringst du es nicht zustande.

Ich sage dir, dass es unnötig ist. – So lass es mich sehen, damit ich's glaube. – Sie ergriff ohne weiteres die Hand, die sich nicht wehren konnte, und band die Lappen ab. Als sie die starke Geschwulst sah, fuhr sie zusammen und schrie auf: Jesus Maria! – Es ist ein bisschen aufgelaufen, sagte er. Das geht weg in einem Tag und einer Nacht. – Sie schüttelte den Kopf: So kommst du in einer Woche lang nicht aufs Meer. – Ich denk' schon übermorgen. Was tut's auch.

Indessen hatte sie ein Becken geholt und die Wunde von neuem gewaschen, was er litt wie ein Kind. Dann legte sie die heilsamen Blätter des Krauts darauf, die ihm das Brennen sogleich linderten, und verband die Hand mit Streifen Leinwand, die sie auch mitgebracht hatte. Als es getan war, sagte er: Ich danke dir. Und höre, wenn du mir noch einen Gefallen tun willst, vergib mir, dass mir heut so eine Tollheit über den Kopf wuchs, und vergiss das alles, was ich gesagt und getan habe. Ich weiß selbst nicht, wie es kam. Du hast mir nie Veranlassung dazu gegeben, du wahrhaftig nicht. Und du sollst schon nichts wieder von mir hören, was dich kränken könnte. – Ich habe dir abzubitten, fiel sie ein. Ich hätte dir alles anders und besser vorstellen sollen und dich nicht aufbringen durch meine stumme Art. Und nun gar die Wunde – Es war Notwehr, und die höchste Zeit, dass ich meiner Sinne wieder mächtig wurde. Und wie gesagt, es hat nichts zu bedeuten. Sprich nicht von Vergeben. Du hast mir wohlgetan, und das danke ich dir. Und nun geh schlafen und da – da ist auch dein Tuch, dass du's gleich mitnehmen kannst.

Er reichte es ihr, aber sie stand noch immer und schien mit sich selbst zu kämpfen. Endlich sagte sie: Du hast auch deine Jacke eingebüßt um meinetwegen, und ich weiß, dass das Geld für die Orangen darin steckte. Es fiel mir alles erst unterwegs ein. Ich kann dir's nicht so wieder ersetzen, denn wir haben es nicht, und wenn wir's hätten, gehört' es der Mutter. Aber da hab' ich das silberne Kreuz, das mir der Maler auf den Tisch legte, als er das letzte Mal bei uns war. Ich hab es seitdem nicht angesehn und mag es nicht länger im Kasten haben. Wenn du es verkaufst – es ist wohl ein paar Piaster wert, sagte damals die Mutter – so wäre dir dein Schaden ersetzt, und was fehlen sollte, will ich suchen mit Spinnen zu verdienen, nachts, wenn die Mutter schläft. – Ich nehme nichts, sagte er kurz und schob das blanke Kreuzchen zurück, das sie aus der Tasche geholt hatte. – Du musst's nehmen, sagte sie. Wer weiß, wie lang du mit dieser Hand nichts verdienen kannst. Da liegt's, und ich will's nie wieder sehn mit meinen Augen. – So wirf es ins Meer. – Es ist ja kein Geschenk, was ich dir mache; es ist nicht mehr, als dein gutes Recht und was dir zukommt. – Recht? Ich habe kein Recht auf irgendwas von dir. Wenn du mir später einmal begegnen solltest, tu mir den Gefallen, und sieh mich nicht an, dass ich nicht denke, du erinnerst mich an das, was ich dir schuldig bin. Und nun gute Nacht, und lass es das Letzte sein.

Er legte ihr das Tuch in den Korb und das Kreuz dazu und schloss den Deckel darauf. Als er dann aufsah und ihr ins Gesicht, erschrak er. Große schwere Tropfen stürzten ihr über die Wangen. Sie ließ ihnen ihren Lauf.

Maria Santissima! rief er, bist du krank? du zitterst von Kopf bis zu Fuß. – Es ist nichts, sagte sie. Ich will heim! und wankte nach der Tür. Das Weinen übermannte sie, dass sie die Stirn gegen den Pfosten drückte und nun laut und heftig schluchzte. Aber eh' er ihr nach konnte, um sie zurückzuhalten, wandte sie sich plötzlich um und stürzte ihm an den Hals.

Ich kann's nicht ertragen, schrie sie, und presste ihn an sich, wie sich ein Sterbender ans Leben klammert, ich kann's nicht hören, dass du mir gute Worte gibst, und mich von dir gehen heißest mit all der Schuld auf dem Gewissen. Schlage mich, tritt mich mit Füßen, verwünsche mich! – oder, wenn es wahr ist, dass du mich lieb hast, noch, nach all dem Bösen, das ich dir getan habe, da nimm mich und behalte mich und mach mit mir, was du willst. Aber schick mich nicht so fort von dir! – Neues, heftiges Schluchzen unterbrach sie.

Er hielt sie eine Weile sprachlos in den Armen. Ob ich dich noch liebe? rief er endlich. Heilige Mutter Gottes! meinst du, es sei all mein Herzblut aus der kleinen Wunde von mir gewichen? Fühlst du's nicht da in meiner Brust hämmern, als wollt' es heraus und zu dir? Wenn du's nur sagst, um mich zu versuchen oder weil du Mitleid mit mir hast, so geh, und ich will auch das noch vergessen. Du sollst nicht denken, dass du mir's schuldig bist, weil du weißt, was ich um dich leide.

Nein, sagte sie fest und sah von seiner Schulter auf und ihm mit den nassen Augen heftig ins Gesicht, ich liebe dich, und dass ich's nur sage, ich hab' es lange gefürchtet und dagegen getrotzt. Und nun will ich anders werden, denn ich kann's nicht mehr aushalten, dich nicht anzusehn, wenn du mir auf der Gasse vorüberkommst. Nun will ich dich auch küssen, sagte sie, dass du dir sagen kannst, wenn du wieder in Zweifel sein solltest: Sie hat mich geküsst, und Laurella küsst keinen, als den sie zum Manne will.

Sie küsste ihn dreimal und dann machte sie sich los und sagte: Gute Nacht, mein Liebster! Geh nun schlafen und heile deine Hand, und geh nicht mit mir, denn ich fürchte mich nicht, vor keinem, als nur vor dir. – Damit huschte sie durch die Tür und verschwand in den Schatten der Mauer. Er aber sah noch lange durchs Fenster, aufs Meer hinaus, über dem alle Sterne zu schwanken schienen.

Als der kleine Padre Curato das nächste Mal aus dem Beichtstuhl kam, in dem Laurella lange gekniet hatte, lächelte er still in sich hinein. Wer hätte gedacht, sagte er bei sich selbst, dass Gott sich so schnell dieses wunderlichen Herzens erbarmen würde? Und ich machte mir noch Vorwürfe, dass ich den Dämon Eigensinn nicht härter bedräut hatte. Aber unsere Augen sind kurzsichtig für die Wege des Himmels. Nun so segne sie der Herr und lasse mich's erleben, dass mich Laurellas ältester Bube einmal an seines Vaters statt über Meer fährt! Ei, ei, ei! l'Arrabbiata!

Andrea Delfin

[1859; Wilhelm Hertz, Berlin 1862]

In jener Gasse Venedigs, die den freundlichen Namen »della Cortesia« trägt, stand um die Mitte des vorigen Jahrhunderts ein einfaches, einstöckiges Bürgerhaus, über dessen niedrigem Portal, von zwei gewundenen hölzernen Säulen und barockem Gesims eingerahmt, ein Madonnenbild in der Nische thronte und ein ewiges Lämpchen bescheiden unter rotem Glas hervorschimmerte. Trat man in den unteren Flur, so stand man am Fuß einer breiten, steilen Treppe, die ohne Windung zu den oberen Zimmern hinaufführte. Auch hier brannte Tag und Nacht eine Lampe, die an blanken Kettchen von der Decke herabhing, da in das Innere nur Tageslicht eindrang, wenn einmal die Haustür geöffnet wurde. Aber trotz dieser ewigen Dämmerung war die Treppe der Lieblingsaufenthalt von Frau Giovanna Danieli, der Besitzerin des Hauses, die seit dem Tod ihres Mannes mit ihrer einzigen Tochter Marietta das ererbte Häuschen bewohnte und einige überflüssige Zimmer an ruhige Leute vermietete. Sie behauptete, die Tränen, die sie um ihren lieben Mann geweint, hätten ihre Augen zu sehr geschwächt, um das Sonnenlicht noch zu vertragen. Die Nachbarn aber sagten ihr nach, dass sie nur darum von Morgen bis Abend auf dem oberen Treppenabsatz ihr Wesen treibe, um mit jedem, der aus und ein ginge, anzubinden und ihn nicht vorüberzulassen, ehe er ihrer Neugier und Gesprächigkeit den Zoll entrichtet habe. Um die Zeit, wo wir sie kennen lernen, konnte dieser Grund sie schwerlich bewegen, den harten Sitz auf der Treppenstufe einem bequemen Sessel vorzuziehen. Es war im August des Jahres 1762. Schon seit einem halben Jahr standen die Zimmer, die sie vermietete, leer, und mit ihren Nachbarn verkehrte sie wenig. Dazu ging es schon auf die Nacht, und ein Besuch um diese Zeit war ganz ungewöhnlich. Dennoch saß die kleine Frau beharrlich auf ihrem Posten und sah nachdenklich in den leeren Flur hinab. Sie hatte ihr Kind zu Bett geschickt und ein paar Kürbisse neben sich gelegt, um sie noch vor Schlafengehen auszukernen. Aber allerlei Gedanken und Betrachtungen waren ihr dazwischen gekommen. Ihre Hände ruhten im Schoß, ihr Kopf lehnte am Geländer, es war nicht das erste Mal, dass sie in dieser Stellung eingeschlafen war.

Sie war auch heute nahe daran, als drei langsame, aber nachdrückliche Schläge an die Haustür sie plötzlich aufschreckten. Misericordia! sagte die Frau, indem sie aufstand, aber unbeweglich stehen blieb, was ist das? Hab' ich geträumt? Kann er es wirklich sein?

Sie horchte. Die Schläge mit dem Klopfer wiederholten sich. Nein, sagte sie, Orso ist es nicht. Das klang anders. Auch die Sbirren sind es nicht. Lass sehen, was der Himmel schickt. Damit stieg sie schwerfällig hinunter und fragte durch die Tür, wer Einlass begehre.

Eine Stimme antwortete: es stehe ein Fremder draußen, der hier eine Wohnung suche. Das Haus sei ihm gut empfohlen; er hoffe, lange zu bleiben und die Wirtin wohl zufrieden zu stellen. Das alles wurde höflich und in gutem Venezianisch vorgetragen, sodass Frau Giovanna, trotz der späten Zeit, sich nicht bedachte, die Tür zu öffnen. Der Anblick ihres Gastes rechtfertigte ihr Vertrauen. Er trug, soviel sie in der Dämmerung sehen konnte, die anständige schwarze Kleidung des niederen Bürgerstandes, einen ledernen Mantelsack unter dem Arm, den Hut bescheiden in der Hand. Nur sein Gesicht befremdete die Frau. Es war nicht jung, nicht alt, der Bart noch dunkelbraun, die Stirn faltenlos, die Augen feurig, dagegen der Ausdruck des Mundes und die Art zu sprechen müde und überlebt, und das kurzgeschorene Haar in seltsamem Gegensatz zu den noch jugendlichen Zügen völlig ergraut.

Gute Frau, sagte er, ich habe Euch schon im Schlafe gestört, und sogar vielleicht vergebens. Denn, um es gleich zu sagen: wenn Ihr kein Zimmer habt, das auf einen Kanal hinausgeht, bin ich nicht Euer Mieter. Ich komme von Brescia, mein Arzt hat mir die feuchte Luft Venedigs empfohlen für meine schwache Brust; ich soll überm Wasser wohnen.

Nun Gott sei Dank! sagte die Witwe, so kommt doch einmal einer, der unserem Kanal Ehre antut. Ich hatte einen Spanier vorigen Sommer, der auszog, weil er sagte, das Wasser habe einen Geruch, als wären Ratten und Melonen darin gekocht worden! Und Euch ist es empfohlen worden? Wir sagen wohl hier in Venedig:

Wasser vom Kanal.
Kuriert radikal.

Aber es hat einen eigenen Sinn, Herr, einen bösen Sinn, wenn man bedenkt, wie manches Mal auf Befehl der Oberen eine Gondel mit Dreien auf die Lagunen hinausfuhr und mit Zweien wiederkam. Davon nichts mehr, Herr – Gott behüt' uns alle! Aber habt Ihr Euren Pass in Ordnung? Ich könn't Euch sonst nicht aufnehmen.

Ich hab' ihn schon drei Mal präsentiert, gute Frau, in Mestre, bei der Wachtgondel draußen und am Traghetto. Mein Name ist Andrea Delfin, mein Stand rechtskundiger Schreiber bei den Notaren, als welcher ich in Brescia fungiert habe. Ich bin ein ruhiger Mensch und habe nie mit der Polizei gern zu schaffen gehabt.

Um so besser, sagte die Frau, indem sie jetzt ihrem Gaste voran die Treppe wieder hinaufstieg. Besser bewahrt als beklagt, ein Aug' auf die Katze, das andere auf die Pfanne, und es ist nützlicher, Furcht zu haben als Schaden. O, über die Zeiten, in denen wir leben, Herr Andrea! Man soll nicht drüber nachdenken. Denken verkürzt das Leben, aber Kummer schließt das Herz auf. Da seht, und sie öffnete ein großes Zimmer, ist es nicht hübsch hier, nicht wohnlich? Dort das Bett, mit meinen eigenen Händen hab' ich's genäht, als ich jung war, aber am Morgen kennt man nicht den Tag. Und da ist das Fenster nach dem Kanal, der nicht breit ist, wie Ihr seht, aber desto tiefer, und das andere Fenster dort nach der kleinen

Gasse, das Ihr zuhalten müsst, denn die Fledermäuse werden immer dreister. Seht da überm Kanal, fast mit der Hand zu erreichen, der Palast der Gräfin Amidei, die blond ist wie das Gold und durch ebenso viel Hände geht. Aber hier steh' ich und schwatze, und Ihr habt noch weder Licht noch Wasser und werdet hungrig sein.

Der Fremde hatte gleich beim Eintreten das Zimmer mit raschem Blick gemustert, war von Fenster zu Fenster gegangen und warf jetzt seinen Mantelsack auf einen Sessel. Es ist alles in der besten Ordnung, sagte er. Über den Preis werden wir uns wohl einigen. Bringt mir nur einen Bissen und, wenn Ihr ihn habt, einen Tropfen Wein. Dann will ich schlafen.

Es war etwas seltsam Gebieterisches in seiner Gebärde, so milde der Ton seiner Worte klang. Eilig gehorchte die Frau und ließ ihn auf kurze Zeit allein. Nun trat er sofort wieder ans Fenster, bog sich hinaus und sah den sehr engen Kanal hinab, der durch kein Zittern seiner schwarzen Flut verriet, dass er teilhabe an dem Leben des großen Meeres, dem Wellenschlag der alten Adria. Der Palast gegenüber stieg in schwerer Masse vor ihm auf, alle Fenster waren dunkel, da die Vorderseite nicht dem Kanal zugekehrt war; nur eine schmale Tür öffnete sich unten, dicht über dem Wasserspiegel, und eine schwarze Gondel lag angekettet vor der Schwelle.

Das alles schien den Wünschen des neuen Ankömmlings durchaus zu entsprechen, nicht minder auch, dass man ihm durch das andere Fenster, das nach der Sackgasse ging, nicht ins Zimmer sehen konnte. Denn drüben lief eine fensterlose Wand ohne andere Unterbrechung als einige Vorsprünge, Risse und Kellerlöcher hin, und nur den Katzen, Mardern und Nachtvögeln konnte dieser düstere Winkel angenehm und wohnlich erscheinen.

Ein Lichtstrahl aus dem Flur drang ins Gemach, die Tür öffnete sich, und mit der Kerze in der Hand trat die kleine Witwe wieder ein, hinter ihr die Tochter, die in der Eile noch einmal hatte aufstehen müssen, um beim Empfang des Gastes zu helfen. Die Gestalt des Mädchens war fast noch kleiner als die der Mutter, erschien aber doch durch die höchste Zierlichkeit und kaum gereifte Schlankheit aller Formen größer und wie auf den Fußspitzen schwebend, während man auch im Gesicht dieselbe Ähnlichkeit und denselben Unterschied, der auf Rechnung der Jahre kam, auf den ersten Blick erkannte. Nur der Ausdruck in beiden Gesichtern schien niemals einander ähnlich werden zu können. Es war zwischen den dichten Brauen der Frau Giovanna ein Zug von Spannung und kummervollem Harren, der auch mit den Erfahrungen des Alters auf Mariettas klarer Stirn nie dauernd eine Stätte finden konnte. Diese Augen mussten immer lachen, dieser Mund immer ein wenig geöffnet sein, um jeden Scherz unverzüglich hinauszulassen. Es war unendlich drollig zu sehen, wie jetzt in diesem Gesichtchen Verschlagenheit, Überraschung, Neugier und Mutwille miteinander kämpften. Sie bog beim Eintreten den Kopf, dessen lose Flechten mit einem schmalen Tuch umwunden waren, seitwärts, um den neuen Hausgenossen zu sehen. Auch seine ernste Miene und sein graues Haar stimmten ihre Munterkeit nicht herab. Mutter, flüsterte sie, indem sie einen großen Teller mit Schinken, Brot und frischen Feigen und eine halbvolle Flasche Wein auf den Tisch stellte, er hat ein kurioses Gesicht, wie ein neues Haus im Winter, wenn der Schnee aufs Dach gefallen ist.

Schweig, du schlimme Hexe! sagte die Mutter rasch. Weiße Haare sind falsche Zeugen. Er ist krank, musst du wissen, und du solltest Respekt haben, denn Krankheiten kommen zu Pferd und gehen zu Fuß, und Gott behüte dich und mich, denn die Kranken essen wenig, aber die Krankheit frisst alles. Hole nur ein wenig Wasser, soviel wir noch haben. Morgen müssen wir früh auf und neues kaufen. Sieh, er sitzt da, als ob er schliefe. Er ist müde von der Reise, und du bist müde vom Stillsitzen. So ist die Welt verschieden. – Während dieser halblauten Reden hatte der Fremde am Fenster gesessen und den Kopf in die Hand gestützt. Auch als er jetzt aufsah, schien er die Gegenwart des zierlichen Mädchens, das ihm eine Verbeugung machte, kaum zu bemerken. – Kommt und esst etwas, Herr Andrea, sagte die Witwe. Wer nicht zu Nacht isst, hungert im Traum. Seht, die Feigen sind frisch, und der Schinken zart, und dies ist Zyperwein, wie ihn der Doge nicht besser trinkt. Sein Kellermeister hat ihn uns selbst verkauft, eine alte Bekanntschaft noch von meinem Mann her. Ihr seid gereist, Herr. Ist er Euch nicht einmal begegnet, mein Orso, Orso Danieli?

Gute Frau, sagte der Fremde, indem er einige Tropfen Wein ins Glas goss und eine der Feigen aufbrach, ich bin nie über Brescia hinausgekommen und kenne keinen dieses Namens.

Marietta verließ das Zimmer, und man hörte sie, während sie die Treppe hinunterflog, ein Liedchen mit heller Stimme vor sich hin singen.

Hört Ihr das Kind? fragte Frau Giovanna. Man hielte sie nicht für meine Tochter, obwohl auch eine schwarze Henne ein weißes Ei legt. Immer singen und springen, als wären wir hier nicht in Venedig, wo es gut ist, dass die Fische stumm sind, weil sie sonst reden würden, was einem das Haar sträubte. Aber so war ihr Vater auch, Orso Danieli, der erste Arbeiter auf Murano, wo sie die bunten Gläser machen, wie nirgends auf der Welt. Ein fröhlich Herz macht rote Wangen, das war sein Spruch. Und darum sagte er eines Tages zu mir, Giovannina, sagte er, ich halt' es hier nicht aus, die Luft schnürt mir die Kehle zu, gestern erst ist wieder einer erdrosselt und mit dem Fuß an den Galgen gehenkt worden, weil er freie Reden geführt hat gegen die Inquisitoren und den Rat der Zehn. Man weiß, wo man geboren wird, aber nicht, wo man stirbt, und mancher denkt auf dem Pferde zu sitzen und sitzt auf der Erde. Also, Giovannina, sagte er, ich will nach Frankreich, Kunst bringt Gunst, und der Heller läuft dem Batzen nach. Meine Sache verstehe ich, und wenn ich's draußen zu was gebracht habe, kommst du nach mit unserem Kind. – Das war damals acht Jahre alt, Herr Andrea. Es lachte, als es der Vater zuletzt küsste; da lachte er auch. Ich aber weinte, da musste er wohl mitweinen, obwohl er ganz lustig wegfuhr in der Gondel, ich hört' ihn noch pfeifen, als er schon um die Ecke war. So ging es ein Jahr. Und was geschah? Die Signoria ließ nach ihm fragen; es dürfe keiner von Murano sein Gewerk ins Ausland tragen, damit sie es dort ihm nicht absähen; ich sollt' ihm schreiben, dass er wiederkäme, bei Todesstrafe. Über den Brief lachte er; aber den Herren vom Tribunal war's nicht spaßhaft. Eines Morgens, da wir noch zu Bett waren, wurde ich abgeholt, das Kind mit mir, und hinaufgeschleppt unter die Bleidächer, und musste ihm wieder schreiben, wo ich wäre, ich und unser Kind, und dass ich da bleiben würde, bis er selber mich abforderte in Venedig. Nicht lange, so hatte ich seine Antwort, das Lachen sei ihm vergangen, er wandre dem Brief auf den Fersen nach. Nun, ich hoffte täglich, dass er es wahrmachen werde. Aber Wochen und Monde vergingen, und mir ward immer weher ums Herz und kränker im Haupt, denn da droben ist die Hölle, Herr Andrea; nur dass ich das Kind hatte, das nichts von dem Jammer begriff, außer dass es schlecht aß und über Tag heiß hatte; aber dennoch sang es, um mich lustig zu machen, dass mich's vollends angriff, die Tränen zu verhalten. Erst im dritten Monat wurden wir herausgeholt, es hieß, der Glasbläser Orso Danieli sei in Mailand am Fieber gestorben, und wir könnten nach Hause gehen. Ich habe es auch von anderen gehört – aber wer das glaubt, kennt die Signoria nicht. Gestorben? Stirbt man auch, wenn man Frau und Kind unter den Bleidächern sitzen hat und sie herausholen soll?

Und was meint Ihr, dass aus Eurem Mann geworden sei? fragte der Fremde.

Sie sah mit einem Blick ihm ins Gesicht, der ihn daran gemahnte, dass die arme Frau lange Wochen unter den Bleidächern gelebt hatte. Es ist nicht richtig, sagte sie. Mancher lebt und kommt doch nicht wieder, und mancher ist tot und kommt doch wieder. Aber davon wollen wir schweigen. Ja, wenn ich es Euch sagte, wer steht mir dafür, dass Ihr nicht hingeht und es vor dem Tribunal ausplaudert? Ihr seht aus wie ein Galantuomo; aber wer ist noch rechtschaffen heutzutage? Von tausend einer, von hundert keiner. Nichts für ungut, Herr Andrea, aber Ihr wisst wohl, wie es in Venedig heißt:

> Mit Lug und Listen kommt man aus,
> Mit List und Lügen hält man haus.

Es entstand eine Pause. Der Fremde hatte längst den Teller weggeschoben und der Witwe gespannt zugehört.

Ich verdenk' es Euch nicht, sagte er, dass Ihr mir Eure Geheimnisse nicht anvertrauen wollt. Sie gehen mich auch nichts an, und zu helfen wüsst' ich Euch ohnedies nicht. Aber wie kommt es, Frau, dass Ihr dieses Tribunal, unter dem Ihr so viel gelitten, dennoch Euch gefallen lasst, Ihr und alles Volk in Venedig? Denn ich weiß zwar wenig, wie es hier aussieht – ich habe mich nie in politische Fragen vertieft – aber so viel habe ich doch gehört, dass erst im vorigen Jahr hier ein Tumult war, um das heimliche Tribunal abzuschaffen, dass einer vom Adel selbst dagegen auftrat und der Große Rat eine Kommission wählte, die Sache zu bedenken, und alles in Bewegung geriet für und wider. Ich hörte davon sogar in meiner Schreibstube zu Brescia. Und als endlich alles beim Alten blieb und die Macht des heimlichen Gerichts fester gegründet stand als je, warum zündete da das Volk Freudenfeuer an auf den Plätzen und verhöhnte die vom Adel, die gegen das Tribunal gestimmt hatten und nun seine Rache fürchten mussten? Warum war niemand, der es hinderte, dass die Inquisitoren ihren kühnen Feind nach Verona verbannten? Und wer weiß, ob sie ihn dort am Leben lassen, oder ob die Dolche schon geschliffen sind, die ihn für immer stumm machen sollen? Ich – wie gesagt – weiß nur wenig hiervon; ich kenne auch jenen Mann nicht, und es ist mir alles sehr gleichgültig, was hier geschieht, denn ich bin krank und werde es in dieser bunten Welt ohnehin nicht mehr lange treiben. Aber es wundert mich doch, dieses wankelmütige Volk zu sehen, das heute diese drei Männer seine Tyrannen nennt und morgen frohlockt, wenn die untergehen, welche der Tyrannei ein Ende machen wollten.

Wie Ihr da redet, Herr! sagte die Witwe und schüttelte den Kopf. Ihr habt ihn nie gesehen, den Herrn Avogadore Angelo Querini, den sie verbannt haben, weil er der heimlichen Justiz den Krieg erklärte? Nun wohl, Herr, aber ich habe ihn gesehen und die anderen armen Leute, und sie sagen alle, er sei ein rechtschaffener Herr und ein großer Gelehrter, der Tag und Nacht die alten Geschichten von Venedig studiert hat und die Gesetze kennt, wie der Fuchs den Taubenschlag. Aber wer ihn über die Straße gehen oder im Broglio mit seinen Freunden stehen sah, so an die Säule gelehnt und die Augen halb zugedrückt, der wusste, dass er ein Nobile [Adliger] war von der Feder am Hut bis zu den Schuhschnallen, und was er gegen das Tribunal redete und handelte, war nicht fürs Volk, sondern für die großen Herren. Den Schafen aber ist es gleich, Herr Delfin, ob sie geschlachtet oder vom Wolf gefressen werden, und

> Rauft sich der Habicht mit dem Weih,
> Ist das Feld für die Hühner frei.

Seht, Lieber, darum war die Schadenfreude groß, als das Tribunal in allen Rechten bestätigt wurde und nach wie vor niemandem Rechenschaft schulden sollte als am Jüngsten Tage dem Herrgott und alle Tage dem Gewissen. Im Kanal Orfano, von Hunderten, die dort ihr letztes Ave gebetet haben, liegen zehn von den kleinen Leuten neben neunzig von den großen Herren. Aber setzt den Fall, es würden adlige Verbrecher und bürgerliche vom Großen Rat öffentlich gerichtet und hingerichtet – Misericordia! wir hätten achthundert Henker anstatt drei, und der große Dieb hängte den kleinen auf.

Er schien etwas erwidern zu wollen, aber mit einem kurzen Auflachen, das die Wirtin für Zustimmung nahm, hatte es sein Bewenden. Indem trat Marietta wieder herein, ein Gefäß mit Wasser tragend und ein Räucherpfännchen, auf dem ein scharfriechendes Kraut glimmte und ihr seinen Dampf ins Gesicht trieb, dass sie mit Husten, Schelten und Augenreiben die drolligsten Gebärden machte. Sie trug das Räucherwerk mit kleinen Schritten dicht an den vier Wänden herum, die mit einer Unzahl Fliegen und Mücken bedeckt waren.

Marschiert da weg, ihr Gesindel, sagte sie, ihr Blutsauger, schlimmer als Advokaten und Doktoren! Hättet ihr auch Lust, Feigen zu Nacht zu essen und Zyper zu naschen? Da könntet ihr wohl lachen und hernach zum Dank dem Herrn da, wenn er schläft, das Gesicht zerstechen, ihr Meuchelmörder! Wartet, ich will euch was eingeben, das euch ohne Abendessen in Schlaf bringen soll.

Musst du immer schwatzen, du gottlose Kreatur? sagte die Mutter, die allen Bewegungen ihres Lieblings mit strahlenden Blicken folgte. Weißt du nicht, dass ein Fass, das klingt, leer ist, und wer viel spricht, wenig sagt? – Mutter, sagte das Mädchen lachend, ich muss den Mücken ein Schlaflied singen, und seht, wie es hilft! da fallen sie schon von der Wand. Gute Nacht, ihr Tagediebe, ihr schlechten Gesellen, die ihr keine Miete bezahlt und doch in alle Töpfe guckt. Wir sprechen uns morgen wieder, wenn ihr heute nicht genug bekommen habt.

Sie schwenkte das erlöschende Kraut noch einmal wie beschwörend überm Haupt und schüttete die Asche in den Kanal, dann verbeugte sie sich rasch gegen den Fremden und lief wie der Wind hinaus.

Ist es nicht eine Hexe, ein hässliches, unerzogenes Geschöpf? sagte Frau Giovanna, indem sie aufstand und sich ebenfalls zum Gehen anschickte. Und doch gefällt jeder Äffin ihr Äffchen. Und übrigens, so klein sie ist und nichtsnutzig, so anstellig ist sie auch, und es heißt auch von ihr:

Bis die Große sich nur bückt,
Hat die Kleine schon das Kraut gepflückt.

Wenn ich das Kind nicht hätte, Herr Andrea! Aber Ihr wollt schlafen, und ich stehe noch hier und brodle wie die Suppe überm Feuer. Schlaft wohl und willkommen in Venedig!

Er erwiderte ihren Gruß trocken und schien es nicht zu bemerken, dass sie offenbar noch ein lobendes Wort über ihre Tochter von ihm erwartete. Als er endlich allein war, saß er noch eine Weile am Tisch, und sein Gesicht wurde immer düsterer und schmerzlicher. Das Licht brannte mit langem Docht, die Fliegen, die Mariettas Hexenkünsten entgangen waren, belagerten in schwarzen Klumpen die überreifen Feigen, draußen in dem Sackgässchen flogen die Fledermäuse ans Fenster und stießen gegen das Gitter – der einsame Fremde schien für alles um ihn her erstorben, und nur die Augen lebten an ihm.

Erst als es elf schlug vom Turm einer nahen Kirche, richtete er sich mechanisch auf und sah um sich. An der Decke seines niedrigen Zimmers zog in grauen Streifen der scharfe Dunst des Räucherkrautes hin und der Dampf der Kerze gesellte sich zu der Wolke droben. Andrea öffnete das Fenster nach dem Kanal, um die Luft zu reinigen. Da sah er gegenüber Licht in einem durch einen weißen Vorhang nur halb geschlossenen Fenster und konnte durch die Lücke deutlich ein Mädchen beobachten, welches am Tisch vor einer Schüssel saß und die Reste einer großen Pastete hastig verzehrte, mit den Fingern die Bissen zum Munde führend und dazu dann und wann aus einem Kristallfläschchen trinkend. Das Gesicht hatte einen leichtsinnigen, aber eben nicht herausfordernden Ausdruck, nicht mehr in erster Jugend. In der nachlässigen Kleidung und dem halbaufgelösten Haar lag etwas Studiertes und Bewusstes, was doch nicht ungefällig war. Sie musste längst bemerkt haben, dass das Zimmer gegenüber einen neuen Bewohner aufgenommen hatte; aber obwohl sie denselben jetzt am Fenster sah, fuhr sie ruhig im Schmausen fort, und nur wenn sie trank, schwenkte sie das Fläschchen erst vor sich her, als wolle sie einen Mittrinker begrüßen. Darauf stellte sie die leere Schüssel beiseite, rückte den Tisch mit der Lampe so gegen die Wand, dass alles Licht auf einen breiten Spiegel im Hintergrund fiel, und begann nun einen Haufen Maskenanzüge, der auf einem Armsessel bunt übereinander lag, der Reihe nach vor dem Spiegel anzuprobieren, sodass der Fremde gegenüber, dem sie den Rücken dabei zudrehte, desto deutlicher ihr Abbild sehen musste. Sie schien sich nicht wenig in ihren Verkleidungen zu gefallen. Wenigstens nickte sie ihrem Bild aufs Freundlichste zu, lachte sich an, dass Zähne und Lippen schimmerten, runzelte die Brauen, um eine tragische oder schmachtende Miene zu machen, und sah dabei heimlich seitwärts nach dem Beobachter drüben, den sie ebenfalls durch den Spiegel im Auge behielt. Als die dunkle Gestalt unbeweglich blieb und die erhofften Zeichen des Beifalls auf sich warten ließen, wurde sie ungehalten und bereitete einen Hauptschlag vor. Sie band sich einen großen roten Turban um die Schläfen, aus dem an blitzender Agraffe eine Reiherfeder hervorsah. Das Rot stand allerdings nicht übel zu ihrer gelben Gesichtsfarbe, und sie machte sich selbst eine tiefe Verbeugung der Anerkennung. Als es aber drüben auch jetzt noch still blieb, riss ihr die Geduld, und sie trat, den Turban noch auf dem Kopf, hastig an das Fenster, dessen Vorhang sie ganz zurückschob.

Guten Tag, Monßù, sagte sie freundlich. Ihr seid mein Nachbar geworden, wie ich sehe. Hoffentlich spielt Ihr nicht die Flöte wie Euer Vorgänger, der mich die halbe Nacht nicht schlafen ließ.

Schöne Nachbarin, sagte der Fremde, ich werde Euch mit keiner Art von Musik lästig fallen. Ich bin ein kranker Mensch, dem es lieb ist, wenn man ihm selbst seinen Schlaf nicht stört.

So –! erwiderte das Mädchen mit gedehntem Ton. Krank seid Ihr? Aber seid Ihr auch reich?

Nein! Warum fragt Ihr?

Weil es ja schrecklich ist, krank und arm zugleich zu sein. Wer seid Ihr denn eigentlich?

Andrea Delfin ist mein Name. Ich bin Gerichtsschreiber gewesen in Brescia und suche hier einen stilleren Dienst bei einem Notar.

Die Antwort schien ihre Erwartungen von der neuen Bekanntschaft vollends herabzustimmen. Sie spielte nachdenklich mit einer goldenen Kette, die sie um den Hals trug.

Und wer seid Ihr, schöne Nachbarin? fragte Andrea mit einem zärtlichen Ton, der dem eisernen Ausdruck seines Gesichtes völlig widersprach. Euer holdes Bild so nahe zu haben, wird mir ein Trost sein in meinen Leiden.

Sie fühlte sich offenbar befriedigt, dass er in den Ton einlenkte, den sie zu erwarten berechtigt war.

Für Euch, sagte sie, bin ich die Prinzessin Smeraldina, die Euch erlaubt, von fern nach ihrer Gunst zu schmachten. Wenn Ihr mich diesen Turban aufsetzen seht, so sei es Euch ein Zeichen, dass ich geneigt bin, mit Euch zu plaudern. Denn ich langweile mich mehr, als bei meiner Jugend und meinen Reizen zu ertragen ist. Ihr müsst wissen, fuhr sie fort, indem sie plötzlich aus der Rolle fiel, dass meine Herrschaft, die Gräfin, durchaus nicht erlaubt, dass ich auch nur die kleinste Liebschaft habe, obwohl sie selbst ihre Liebhaber öfter wechselt als ihre Hemden. Sie sagt, dass sie ihre Vertraute und Kammerjungfer stets aus dem Dienst gejagt habe, sobald sie zweien Herren habe dienen wollen, ihr und dem kleinen Gott mit den Flügeln. Unter diesem Vorurteil muss ich nun seufzen, und fänd' ich nicht sonst hier meine Rechnung, und wohnte nicht zuweilen drüben in Eurem Zimmer ein artiger Fremder, der sich ein wenig in mich verliebt ...

Wer ist jetzt gerade der Liebhaber deiner Herrin? unterbrach sie Andrea trocken. Empfängt sie den hohen Adel Venedigs? Gehen die fremden Gesandten bei ihr aus und ein?

Sie kommen meist in der Maske, erwiderte Smeraldina. Aber das weiß ich wohl, dass der junge Gritti ihr der Liebste ist, mehr als jemals ein anderer, solange ich in ihrem Dienste bin; ja mehr als der österreichische Gesandte, der ihr so den Hof macht, dass es zum Lachen ist.

Kennt Ihr meine Gräfin auch? Sie ist schön. – Ich bin fremd hier, Kind. Ich kenne sie nicht. – Wisst, sagte das Mädchen mit einem schlauen Gesicht, sie schminkt sich stark, obwohl sie noch nicht dreißig ist. Wenn Ihr sie einmal sehen wollt, nichts leichter. Man legt ein Brett von Eurem Fenster in meines. Ihr steigt herüber, und ich führe Euch an einen Ort, wo Ihr sie ganz verstohlen betrachten könnt. Was tut man nicht einem Nachbar zuliebe! – Aber jetzt gute Nacht. Ich werde gerufen. – Gute Nacht, Smeraldina! –

Sie schloss das Fenster. Arm – und krank, sagte sie für sich, indem sie den Vorhang dicht zusammenzog. Je nun, für die Langeweile immer noch gut genug.

Auch er hatte das Fenster geschlossen und durchmaß nun sein Zimmer mit langsamen Schritten. Es ist gut, sagte er, es kommt mir gelegen. Im schlimmsten Falle kann ich auch davon Vorteil ziehen.

Seine Miene zeigte, dass er an alles eher dachte als an Liebesabenteuer.

Nun packte er seinen Mantelsack aus, der nur wenig Wäsche und ein paar Gebetbücher enthielt, und legte alles in einen Schrank an der Wand. Eines der Bücher fiel zu Boden, und die Steinplatte gab einen hohlen Ton. Sofort löschte er das Licht, verriegelte die Tür und fing an, in der Dämmerung, die durch den fernen Schein von Smeraldinas Lämpchen entstand, den Boden genauer zu untersuchen. Nach einiger Arbeit gelang es ihm, die Steinplatte, die sauber, aber ohne Mörtel eingefügt war, herauszuheben, und er entdeckte darunter ein ziemlich geräumiges Loch, handhoch und einen Schuh breit im Geviert. Rasch warf er sein Oberkleid ab und band sich einen schweren Gürtel mit mehreren Taschen ab, den er um den Leib trug. Er hatte ihn schon in das Loch gelegt, als er plötzlich innehielt.

Nein, sagte er. Es könnte eine Falle sein. Es ist nicht das erste Mal, dass die Polizei in Mietwohnungen dergleichen Verstecke angelegt hat, um hernach bei Haussuchungen zu wissen, wo sie anzuklopfen hat. Dies ist zu lockend eingerichtet, um ihm trauen zu können.

Er senkte die Steinplatte wieder ein und suchte nach einem sichereren Behälter für seine Geheimnisse. Das Fenster nach der Sackgasse war mit einem Gitter versehen, dessen Stäbe einen Arm durchgreifen ließen. Er öffnete es, fasste hindurch und tastete an der Außenwand herum. Er fand dicht unter dem Sims ein kleines Loch in der Mauer, das schon einmal Fledermäuse bewohnt zu haben schienen. Von unten aus konnte es nicht bemerkt werden, und oben sprang das Gesims darüber vor. Geräuschlos erweiterte er mit seinem Dolch die Öffnung, indem er Mörtel und Steine herausbrach, und war bald so weit gediehen, dass er den breiten Gürtel bequem darin unterbringen konnte. Als er fertig war, stand ihm der kalte Schweiß auf der Stirn. Er fühlte noch einmal nach, ob auch nirgends ein Stück Riemen oder eine Schnalle hervorstehe, und schloss dann das Fenster. Eine Stunde später lag er in Kleidern auf dem Bett und schlief. Die Mücken summten über seiner Stirn, die Nachtvögel draußen umschwirrten neugierig das Loch, worin sein Schatz verborgen war. Die Lippen des Schläfers aber waren zu fest geschlossen, um selbst im Traum ein Wort von seinen Geheimnissen zu verraten.

In derselben Nacht saß in Verona ein Mann bei seiner einsamen Lampe und entfaltete, nachdem er Fensterläden und Tür sorgfältig verschlossen hatte, einen Brief, der ihm heute in der Dämmerung, als er in der Nähe des Amphitheaters sich erging, von einem bettelnden Kapuziner heimlich zugesteckt worden war. Der Brief trug keine Aufschrift. Aber auf die Frage, woher der Überbringer wisse, dass er das Schreiben in die richtigen Hände gebe, hatte der Mönch geantwortet: Jedes Kind in Verona kennt den edlen Angelo Querini wie seinen Vater. Darauf war der Bote gegangen. Der Verbannte aber, dessen Haft durch die Achtung, die ihm in das Unglück folgte, gelockert worden war, hatte den Brief trotz der Späher, die ihn beobachteten, unbemerkt in seine Wohnung gebracht und las jetzt, während der Schritt der Wache draußen am Hause drohend durch die Stille erklang, folgende Zeilen:

»An Angelo Querini.

Ich kann nicht hoffen, dass Ihr Euch der flüchtigen Stunde erinnert, in der ich Euch persönlich begegnet bin. Viele Jahre liegen zwischen damals und heute. Ich war mit meinen Geschwistern in der ländlichen Stille unserer Güter in Friaul aufgewachsen; erst als ich beide Eltern verloren hatte, trennte ich mich von meiner Schwester und dem jüngeren Bruder. Schon nach wenigen Tagen hatte mich der verführerische Strudel Venedigs verschlungen.

Da wurde ich eines Tages im Palast Morosini Euch vorgestellt. Noch fühle ich den Blick, mit dem Ihr uns junge Leute mustertet, einen nach dem anderen. Euer Auge sagte: und das ist das Geschlecht, auf dessen Schultern die Zukunft Venedigs ruhen soll? – Man nannte Euch meinen Namen. Unvermerkt lenktet Ihr das Gespräch mit mir auf die große Vergangenheit des Staates, dem meine Ahnen ihre Dienste gewidmet hatten. Von der Gegenwart und den Diensten, die ich ihm schuldig blieb, schwiegt Ihr schonend.

Seit jenem Gespräch las ich Tag und Nacht in einem Buch, das ich früher nie eines Blickes gewürdigt hatte, in der Geschichte meines Vaterlandes. Die Frucht dieses Studiums war, dass ich, von Grauen und Abscheu getrieben, die Stadt für immer verließ, die einst Länder und Meere beherrscht hatte und nun die Sklavin einer kläglichen Tyrannis war, nach außen so ohnmächtig, wie unselig und gewalttätig nach innen.

Ich kehrte zu meinen Geschwistern zurück. Es gelang mir, meinen Bruder zu warnen, ihm die Fäulnis des Lebens aufzudecken, das von fern sich so gleißend ansah. Aber ich dachte nicht, dass alles, was ich tat, um ihn und uns zu retten, uns nur um so gewisser verderben sollte.

Ihr kennt die Eifersucht, mit der die Machthaber in der Mutterstadt den Adel der Terraferma von jeher betrachtet haben. Hatte man doch in Zeiten, wo der Republik zu dienen eine Ehre war, nie aufgehört, ein Losreißen des Festlandes zu fürchten. Jetzt, wo verschuldete und unvermeidliche Übel eine Änderung der Weltstellung Venedigs herbeigeführt hatten, wurde jene Furcht die Quelle der unerhörtesten Ränke und Freveltaten.

Lasst mich von den Schicksalen schweigen, die ich in der Nachbarschaft meiner Provinz mit ansah, von den ausgesuchten Mitteln, durch die man die Selbständigkeit und Unabhängigkeit des Adels von Friaul zu brechen suchte, von dem Heer der Bravi, welches man gegen Widerspenstige schickte und durch eine Unzahl von Amnestiedekreten selbst von der Strafe ihrer eigenen Gewissen entband. Wie man den Zwist in die Familien zu tragen, Freundschaften zu vergiften, Verrat und Hinterlist im Schoß der engsten Blutsgenossenschaft zu erkaufen strebte, das alles ist Euch länger bekannt als mir.

Und nicht lange sollte mich das Andenken, das ich durch meine lockeren Sitten in Venedig zurückgelassen hatte, vor dem Verdacht schützen, dass auch ich eines Tages gefährlich werden könnte. Als ich für meine Schwester um die Erlaubnis nachsuchte, die Hand eines vornehmen deutschen Herrn anzunehmen, wurde die Einwilligung der Regierung rundweg verweigert. Man wähnte mich und meinen Bruder im Einverständnis mit der kaiserlichen Politik und beschloss, uns büßen zu lassen.

Eine Beschwerde der Provinz gegen ihren Gouverneur, die ich samt dem Bruder mit unterzeichnete, lieferte der Inquisition den Anlass, das Netz über uns zu werfen.

Mein Bruder wurde nach Venedig gerufen, sich zu verantworten. Als er kam, wurde er unter die Bleidächer geführt, und viele Wochen lang suchte man bald durch Drohungen, bald durch verlockende Anerbietungen ihn zu Geständnissen zu bewegen. Jenen einen Schritt brauchte er nicht zu beschönigen; er war gesetzlich. Anderes hatte er nicht zu gestehen, da wir nichts gegen den Staat unternommen hatten. So musste man ihn endlich entlassen. Aber man dachte nicht daran, ihn zu begnadigen. – Ich selbst hatte ihn schriftlich gebeten, nicht sogleich abzureisen, um nicht neuen Verdacht zu erwecken. Wir wollten ihn lieber einige

Monate länger entbehren. Als er endlich kam, sollten wir ihn nach wenigen Tagen für immer missen. Er erlag einem langsam wirkenden Gift, das man ihm in einem der glänzenden Häuser, die er besuchte, unter die Speisen gemischt hatte.

Noch war der Stein über seinem Grabe nicht aufgerichtet, als der Gouverneur der Provinz meiner Schwester seine Hand antrug. Sie wies sie mit Entrüstung zurück; in ihrem Schmerz entfuhren ihr Worte, die ihren Nachhall im Saal des Inquisitionstribunals finden sollten.

Eine neue Anstrengung des Adels von Friaul, die Lage des Landes zu bessern, wurde beraten. Ich hielt mich von den geheimen Anstalten fern, da ich von ihrer Fruchtlosigkeit überzeugt war. Aber das böse Gewissen der Herren der Republik deutete auf mich, als den am härtesten Getroffenen, der einen Bruder zu rächen hatte. Ein Haufen gedungener Bravi überfiel nachts unsere einsame Villa in den Bergen. Ich hatte nur meine Diener zur Verteidigung. Als die Elenden uns wohlgerüstet und entschlossen fanden, uns nicht leichten Kaufs zu ergeben, zündeten sie das Haus an vier Ecken an. Ich machte mit meinen Leuten einen verzweifelten Ausfall, die Schwester, die selbst eine Pistole trug, in unserer Mitte. Da streckte mich ein Schlag gegen die Stirn besinnungslos zu Boden.

Erst am Morgen wachte ich auf. Die Stätte war ein menschenleerer Trümmerhaufen, meine Schwester in den Flammen umgekommen, meine braven Diener teils erschlagen, teils in das brennende Haus zurückgetrieben.

Viele Stunden lag ich so neben dem rauchenden Schutt und starrte in das leere Nichts, das mir meine Zukunft bedeutete. Erst als ich unten im Tal Bauern heranziehen sah, raffte ich mich auf. Eins wusste ich: Solange man mich am Leben glaubte, würde man mich für einen Feind halten und überall hin verfolgen. Das brennende Grab war geräumig genug; wenn ich verschwand, würde niemand zweifeln, dass auch ich dort bei den Meinigen ruhe. Im Herumirren auf der Felshöhe fand ich die Brieftasche eines meiner Bedienten, der aus Brescia gebürtig und viel in der Welt herumgefahren war. Seine Papiere lagen darin; ich steckte sie zu mir, auf alle Fälle, und floh durch den dichten Klippenwald. Niemandem begegnete ich, der mich hätte verraten können. Als ich mich, verschmachtet, zu einem trüben Waldsee bückte, sah ich, dass auch mein Äußeres mich nicht verraten konnte. Mein Haar war in der Nacht ergraut; meine Züge waren um viele Jahre gealtert.

In Brescia angelangt, konnte ich ohne Schwierigkeiten mich für meinen Diener ausgeben, da derselbe schon als Knabe die Stadt verlassen hatte und dort keine Verwandten mehr besaß. Fünf Jahre lang lebte ich wie ein lichtscheuer Verbrecher und vermied die Menschen. Eine Ohnmacht hatte sich auf meinen Geist gesenkt, als wäre durch jenen Schlag, der mich zu Boden warf, das Organ des Willens in mir zertrümmert worden.

Dass es nicht zerstört, sondern nur gelähmt war, empfand ich bei der Kunde von Eurem Auftreten gegen das Tribunal. Mit einer fieberhaften Spannung, die mich verjüngte und mir das Bewusstsein meiner Lebenskraft zurückgab, verfolgte ich die Nachrichten aus Venedig. Als ich das Scheitern Eures hochherzigen Wagnisses vernahm, sank ich nur auf einen Augenblick in die alte, dumpfe Resignation zurück. Im nächsten Augenblick drang es wie ein Feuerstrom durch alle meine Sinne. Der Entschluss stand fest, das Werk, das Ihr auf dem offenen Wege des Rechts und des Gesetzes nicht hattet vollbringen können, auf dem Wege der Gewalt und einer furchtbaren Notwehr, mit dem Arm des unsichtbaren Richters und Rächers zum Heil meines teuren Vaterlandes herbeizuführen.

Ich habe diesen Entschluss seither unablässig geprüft und meine Absicht unsträflich gefunden. Ich bin mir heilig bewusst, dass nicht Hass gegen die Personen, nicht Rache für erlittenes Leid, nicht einmal der gerechte Gram um das Weh, das meinen Lieben widerfahren, meinen Arm gegen die Gewaltherren bewaffnet. Was mich bewegt, für ein ganzes in Knechtschaft versunkenes Volk als Retter aufzutreten und einzeln den Spruch zu vollstrecken, der zu anderen Zeiten vom Gesamtwillen einer freien Nation über ungerechte, dem Arm des Richters unerreichbare Mächtige verhängt worden ist – es ist weder Eigensucht, noch eitle Ruhmbegier; es ist nur eine Schuld, die ich durch eine tatenlose Jugend auf mich geladen habe, und an deren Zahlung mich damals Euer Blick im Palast Morosini mahnte.

Gott, in dessen Schutz ich meine Sache befehle, möge mir als einzigen Ersatz für alles, was er mir genommen, die Gnade zuteil werden lassen, dass ich in einem befreiten Venedig Euch noch einmal die Hand drücken kann. Ihr werdet die blutbefleckte nicht zurückstoßen, die dann in keiner Freundeshand mehr ruhen wird; denn wer das Amt des Henkers verwaltet hat, ist der Einsamkeit geweiht und hat den Blick der Menschen zu meiden. Gehe ich aber an meinem Werk zugrunde, so weiß derjenige, an dessen Achtung mir am meisten gelegen ist, dass es auch in dem jüngeren Geschlecht nicht ganz an Männern fehlt, die für Venedig zu sterben wissen.

Diesen Brief wird Euch ein zuverlässiger Mann zustellen, der das Kleid eines Sekretärs der Inquisition mit der Mönchskutte vertauscht hat, um durch Fasten und Gebet die Sünden der Republik zu büßen, denen er seine Feder leihen musste. Verbrennt dieses Blatt. Lebt wohl!

Candiano.«

Als der Verbannte den Brief zu Ende gelesen hatte, saß er wohl eine Stunde in tiefem Kummer vor den verhängnisvollen Blättern. Dann hielt er sie über die Flamme, streute die Asche in den Kamin und ging ruhelos bis an den frühen Morgen auf und nieder, während der Unglückliche, dessen Beichte er vernommen, wie einer, dessen Sache gerecht und dessen Sachwalter der Himmel ist, schon längst den Schlaf gefunden hatte.

Am anderen Tage ging der späte Ankömmling in der Straße della Cortesia zeitig aus. Das lustige Singen Mariettas draußen auf dem Flur hätte ihn vielleicht noch länger schlafen lassen, aber das laute Schelten der Mutter, dass sie einen Lärm mache, der einen Toten erwecken könne, und dass sie noch alle Fremden aus dem Hause treiben würde, ermunterte ihn völlig. Er hielt sich an der Stiege, wo seine Wirtin bereits auf ihrem alten Posten saß, nur gerade so lange auf, um sich nach den Wohnungen einiger Notare und Advokaten zu erkundigen, deren Namen ihm ein Freund in Brescia aufgeschrieben hatte. Als er Bescheid wusste, konnte weder die zärtliche Sorge der Witwe um seine Gesundheit, noch die rote Schleife, die Marietta in ihr Haar gesteckt hatte, ihn zu längerem Verweilen bewegen, und während sich die gute Frau sonst bemüht hatte, den Verkehr ihrer Mietsleute mit ihrer Tochter möglichst zu verhindern, war es ihr jetzt fast unheimlich, dass der Fremde das liebe Geschöpf, ihren Augapfel, hartnäckig übersah. Sein ergrautes Haar erklärte ihr diese seltsame Blindheit nicht genügend. Er musste einen geheimen Kummer haben oder sich so krank fühlen, dass ihm der Anblick eines frischen Lebens wehe tat. Dennoch ging er straff und rasch, und seine Brust war breit und gewölbt, sodass die Krankheit, von der er sprach, tief im Innern ihren Sitz haben musste. Auch seine Gesichtsfarbe war nicht verdächtig. Wie er die Straßen Venedigs durchschritt, zog er den wohlgefälligen Blick manch eines Frauenauges auf sich, und auch Marietta sah ihm aus einem der oberen Fenster nicht ohne Anteil nach.

Er aber ging in sich gekehrt seinen Geschäften nach, und obgleich er sich bei Frau Giovanna umständlich nach dem Weg erkundigt hatte und endlich über seine Ortsunkenntnis durch das Sprüchlein: »Mit Fragen kommt man bis Rom« von ihr getröstet worden war, schien er doch jetzt ohne alle Hilfe sich in dem Netz der Gassen und Kanäle zurechtzufinden. Mehrere Stunden vergingen ihm mit Besuchen bei Advokaten, die aber auf seine Empfehlung von einem Kollegen aus Brescia wenig Gewicht legten und denen er, so bescheiden er auftrat, verdächtig vorkommen mochte. Denn allerdings war ein gewisser Stolz in der Falte seiner Stirn, der einem schärferen Beobachter sagte, dass er die Arbeit, die er suchte, eigentlich unter seiner Würde hielt. Zuletzt kam er zu einem Notar, der in einem Seitengässchen der Merceria wohnte und allerlei Winkelgeschäfte nebenbei zu treiben schien. Hier fand er mit einem sehr mäßigen Gehalt eine Stelle als Schreiber, vorläufig zum Versuch, und die hastige Art, wie er zugriff, brachte den Mann zu dem Verdacht, er habe es etwa mit einem verarmten Nobile zu tun, deren mancher, nur um das Leben zu fristen, sich zu jeder Arbeit willig finden ließ, ohne um ihren Preis zu handeln.

Andrea jedoch war augenscheinlich mit dem Erfolg seiner Bemühungen sehr zufrieden und trat, da es inzwischen Mittag geworden war, in die nächste Schenke, wo er Leute aus den unteren Klassen an langen ungedeckten Tischen sitzen sah, die ihre sehr einfache Kost mit einem Glas trüben Weins würzten. Er nahm seinen Platz in einem Winkel nahe der Tür und aß die etwas ranzigen Fische ohne Murren, während er freilich den Wein, nachdem er ihn gekostet hatte, verschmähte.

Er war schon im Begriff, nach der Zeche zu fragen, als er sich von seinem Nachbar höflich anreden hörte. Der Mann, den er bisher ganz übersehen hatte, saß schon lange vor seiner halben Flasche Wein, aß nichts, trank nur dann und wann einen Schluck, wobei er jedes Mal den Mund ein wenig verzog; während er aber scheinbar vor Müdigkeit die Augen halb geschlossen hielt, wanderten seine scharfen Blicke durch die ganze düsterliche Halle und hefteten sich mit besonderem Anteil an unseren Brescianer, der seinerseits nichts Merkwürdiges an ihm wahrgenommen hatte. Es war ein Mann in den Dreißigen, mit blondem, lockigen Haar, der in der schwarzen venezianischen Tracht seine jüdische Herkunft nicht sogleich verriet. In den Ohren trug er schwere goldene Ringe, an den Schuhen Schnallen mit großen Topasen, während sein Halskragen zerknittert und unsauber, und sein Rock von feinem Wollenstoff seit Wochen nicht gebürstet war.

Dem Herrn schmeckt der Wein nicht, sagte er halblaut, indem er sich geschmeidig zu Andrea hinbog. Der Herr scheint überhaupt nur aus Irrtum hier zu sein, wo man nicht gewohnt ist, Gäste von besserem Stande zu bewirten.

Um Vergebung, Herr, erwiderte Andrea ruhig, obwohl er sich Gewalt antat, überhaupt zu antworten, was wisst Ihr von meinem Stande?

Ich seh es an der Art, wie der Herr isst, dass er eine andere Gesellschaft gewohnt ist, als er hier findet, sagte der Jude.

Andrea maß ihn mit einem festen Blick, vor dem das lauernde Auge des anderen sich senkte. Dann schien ein Gedanke in ihm aufzusteigen, der ihn plötzlich bewog, dem Zudringlichen mit einer Art von Vertraulichkeit entgegenzukommen.

Ihr seid ein scharfer Menschenkenner, sagte er. Es ist Euch nicht entgangen, dass ich einst bessere Tage gesehen und einen unverfälschten Wein getrunken habe. Auch kam ich in gute Gesellschaft, obwohl ich der Sohn eines kleinen Bürgers bin und nur kümmerlich die Rechte studiert habe, ohne einen Titel zu erwerben. Das hat sich geändert. Mein Vater machte Bankrott, ich wurde arm, und ein armer Gerichtsschreiber und Advokatengehilfe hat auf nichts Besseres Anspruch zu machen, als was er in dieser Kneipe findet.

Ein studierter Herr hat immer Anspruch auf Verehrung, sagte der andere mit einem sehr verbindlichen Lächeln. Es würde mich glücklich machen, wenn ich Euer Gnaden einen Dienst erweisen könnte; denn ich habe stets nach dem Umgang gelehrter Männer gestrebt und bei meinen vielen Geschäften nicht selten die Gelegenheit gehabt, mich ihnen zu nähern. Wenn ich Euer Gnaden vorschlagen dürfte, ein besseres Glas Wein mit mir zu trinken, als hier zu haben ist …

Ich kann besseren Wein nicht bezahlen, sagte der andere gleichgültig.

Es würde mir eine Ehre sein, gegen den Herrn, der hier fremd scheint, die venezianische Gastfreundschaft zu üben. Wenn ich sonst mit meinem Vermögen und meiner Ortskenntnis dem Herrn irgend nützlich sein kann …

Andrea wollte ihm eben ausweichend antworten, als er bemerkte, dass der Wirt der Schenke, der im Hintergrund am Kredenztische stand, ihn lebhaft mit dem kahlen Kopf zu sich heranwinkte. Auch von den anderen Gästen, die aus Handwerkern, Marktweibern und Tagedieben bestanden, machte ihn mancher mit verstohlenen Zeichen aufmerksam, dass man ihm gern etwas mitgeteilt hätte, was man nicht laut zu sagen wagte. Unter dem Vorwand, erst zu bezahlen, ehe er auf die höfliche Einladung antwortete, verließ er seinen Platz und ging mit der lauten Frage, was er schuldig sei, auf den Wirt zu.

Herr, flüsterte der gutmütige Alte, nehmt Euch in Acht vor dem. Ihr habt es mit einem Schlimmen zu tun. Die Inquisitoren bezahlen ihn, dass er die Heimlichkeiten der Fremden ausspürt, die sich hier blicken lassen. Seht Ihr nicht, dass der Winkel leer ist, wo er Platz genommen hat? Sie kennen ihn alle, und nächstens fliegt er einmal zur Tür hinaus, der Gott Abrahams gesegn' es ihm! Ich aber, obwohl ich ihn dulden muss, um mir nicht die Finger zu verbrennen, bin es Euch doch schuldig, Euch reinen Wein einzuschenken.

Ich dank' Euch, Freund, sagte Andrea laut. Euer Wein ist ein wenig trübe, aber gesund. Guten Tag.

Damit kehrte er auf seinen Platz zurück, nahm seinen Hut und sagte zu seinem dienstfertigen Nachbar: Kommt, Herr, wenn es Euch gefällt. Man sieht Euch hier nicht gern, fügte er leiser hinzu. Man hält Euch für einen Spion, wie ich habe merken können. Wir wollen anderswo unsere Bekanntschaft fortsetzen.

Das schmale Gesicht des Juden erblasste. Bei Gott, sagte er, man verkennt mich! Aber ich kann es den Leuten nicht verdenken, wenn sie auf der Hut sind, denn es wimmelt hier in Venedig von Spürhunden der Signoria. Meine Geschäfte, fuhr er fort, als sie schon auf der Gasse waren, meine vielen Verbindungen führen mich in so manche Häuser, dass es wohl scheinen mag, als bekümmerte ich mich um fremde Geheimnisse. Gott soll mich leben lassen hundert Jahr, aber was gehen mich fremde Leute an? Wenn sie mir zahlen, was sie mir schuldig sind, will ich ein Hund sein, wenn ich ihnen was nachrede.

Ich meine aber doch, Herr – wie ist Euer Name? – Samuele. –

Ich meine aber, Herr Samuele, dass Ihr zu übel denkt von denen, die zum Besten des Staates die Pläne und Anschläge der Bürger ausspähen und Verschwörungen gegen die Republik an den Tag bringen, ehe sie schaden können.

Der Jude stand still, hielt den andern am Ärmel und sah ihn an. Warum hab' ich Euch nicht gleich erkannt? sagte er. Ich musste wissen, dass Ihr nicht zufällig in jene elende Kneipe geraten konntet, dass ich einen Kollegen in Euch zu begrüßen hatte. Seit wann seid Ihr im Amt? – Ich? seit übermorgen. – Was meint Ihr, Herr? Wollt Ihr mich foppen? – Wahrlich nicht, erwiderte Andrea. Denn es ist mein voller Ernst, dass ich nächstens so weit kommen werde, mich in Euern Orden aufnehmen zu lassen. Es geht mir schlecht, wie ich Euch gesagt habe, und ich bin nach Venedig gekommen, meine Umstände zu verbessern. Der Schreiberlohn, um den ich mich heute bei einem Notar verdungen habe, ist nicht das, was ich hier vom Glück und von meinem bisschen Verstand erhofft habe. Venedig ist eine schöne Stadt, eine lustige Stadt; aber in dem Lachen der schönen Weiber ist ein Goldklang, der mich immer an meine Armut erinnert. Ich denke, das kann nicht immer so währen.

Euer Vertrauen ehrt mich sehr, sagte der Jude mit einem nachdenklichen Zug. Aber ich muss Euch sagen, dass die Herren nicht gern fremde Ankömmlinge in ihre Dienste nehmen, ehe sie eine Probezeit bestanden und sich ein wenig umgesehen haben. Wenn ich Euch bis dahin mit meiner Börse aushelfen kann – ich nehme niedrige Prozente von meinen Freunden.

Ich dank' Euch, Herr Samuele, erwiderte Andrea gleichmütig. Eure Protektion ist mir wertvoller, der ich mich hiermit bestens empfohlen haben will. Dies aber ist mein Haus; ich nötige Euch nicht hinein, weil ich Arbeit vollauf habe für meinen neuen Brotherrn. Andrea Delfin ist mein Name. Wenn es Zeit ist, dass man mich brauchen kann, denkt an mich: Andrea Delfin, Calle della Cortesia. – Er schüttelte dem seltsamen Freunde die Hand, der draußen noch eine Weile stehen blieb, sich das Haus und die nächste Umgebung genau ansah und dabei mit einer Miene des Zweifels und der listigen Überlegung vor sich hinmurmelte, aus der hervorging, dass er den Brescianer von seiner Probezeit nicht so rasch freisprechen würde. Als Andrea die Treppe hinaufstieg, konnte er an Frau Giovanna nicht vorüber, ohne ihr Rede zu stehen. Sie war nicht damit zufrieden, dass er nur einen so geringen Platz gefunden hatte. Sie werde nicht ruhen, bis er ihn aufgegeben und sich einen einträglicheren und ehrenvolleren gesucht habe. Er schüttelte den Kopf. Es reicht wohl, gute Frau, sagte er ernsthaft, für die Spanne Zeit, die ich noch vor mir habe.

Was Ihr auch redet! schalt die Frau. Dem Guten entgegengehen und das Böse kommen lassen, so ziemt sich's für einen Mann, und nach Honig schleckt man, nach Wermut spuckt man. Seht die schöne Sonne draußen und schämt Euch, dass Ihr schon nach Hause kommt, während auf der Piazetta Musik ist und alles, was hübsch und reich und vornehm ist, den Markusplatz auf und ab spaziert. Da gehört Ihr hin, Herr Andrea, statt ins Zimmer.

Ich bin weder hübsch, noch reich, noch vornehm, Frau Giovanna.

Habt Ihr denn gar keine Freude, die schöne Welt zu sehen? fragte sie eifrig, und sah sich dabei um, ob Marietta nicht etwa in der Nähe sei. Ihr seid doch nicht etwa liebeskrank?

Nein, Frau Giovanna.

Oder haltet Ihr's gar für eine Sünde, lustig zu sein? Ihr habt da so Büchlein auf Eurem Tisch liegen, ich sag' es nur, weil Ihr der erste Fremde seid, der in mein Haus ein erbauliches Buch mitgebracht hat, Gott sei's geklagt! Aber die Jugend denkt heutzutage: Frech gelebt und fromm gestorben, heißt dem Teufel den Spaß verdorben, und um Weihnachten fasten auch die Spatzen auf dem Dach.

Gute Frau, sagte er lächelnd, ihr sorgt Euch sehr um mich, aber mir ist nicht zu helfen. Wenn ich still bei meiner Arbeit sitze, ist mir am wohlsten, und Ihr könntet mir einen Gefallen tun, mir ein Schreibzeug zu schaffen und einige Bogen Papier.

Bald darauf brachte ihm Marietta das Verlangte auf sein Zimmer, wo er stumm am Fenster saß und vor sich hin sah. In derselben Stellung fand sie ihn abends, als sie ihm das Licht brachte, und auf ihre Frage, was er zu essen begehre, verlangte er nur Brot und Wein. Sie hatte nicht den Mut, zu fragen, ob ihn die Mücken belästigen und er wieder geräuchert haben wolle. Mutter, sagte sie, als sie sich neben die Alte auf die Treppe setzte, ich gehe nicht wieder zu ihm hinein. Er hat so Augen, wie der Märtyrer in der kleinen Kapelle San Stefano. Ich kann nicht lachen, wenn er mich ansieht.

Was sie wohl gesagt hätte, wenn sie einige Stunden später ins Zimmer getreten wäre? Er stand, während die Nacht draußen über den Kanal wehte, am Fenster, im Gespräch mit der Zofe drüben, eifrig bemüht, seinen Augen einen weltlichen Ausdruck zu geben.

Schöne Smeraldina, sagte er, ich konnte die Zeit nicht erwarten, dich wiederzusehen. Ich habe im Vorbeigehen bei einem Goldschmiedladen an dich gedacht und dir eine Nadel gekauft, von Filigran, die freilich zu gering für dich ist, aber dennoch echter als die Agraffe an deinem Turban. Öffne das Fenster, so werf' ich sie hinüber, in der Hoffnung, bald einmal denselben Weg durch die Luft zu machen und dir zu Füßen zu fallen.

Ich seid sehr artig, lächelte das Mädchen und fing das Geschenk, das er in ein Papier gewickelt hatte, mit beiden Händen auf. Ei, was Ihr für einen guten Geschmack habt! und Ihr sagtet doch Ihr wäret arm? Wisst Ihr, dass es mir heute besonders Not tut, eine Freude zu haben? Wir haben viel ausgestanden über Tag, die Gräfin ist schlechter Laune. Ihr Liebster, der junge Gritti, des Senators Sohn, hat sich vierundzwanzig Stunden nicht blicken lassen. Sie hat nach seinem Hause geschickt; und da wurde er vermisst, und man glaubt, das Tribunal habe ihn heimlich ausheben und gefangen nehmen lassen. Meine Gräfin ist außer sich, sie empfängt niemanden, sie liegt auf ihrem Sofa und weint wie eine Unsinnige und hat mich geschlagen, als ich sie trösten wollte.

Ihr habt keine Ahnung, wessen man den Jüngling angeklagt?

Nicht die geringste, Herr. Ich wollt' auch Gelübde tun, ewig Jungfer zu bleiben, wenn er das Mindeste gegen den Staat im Kopf hatte. Lieber Himmel, er war eben dreiundzwanzig Jahre, und nichts lag ihm am Herzen, als meine Gräfin und allenfalls das Spiel. Aber diese Herren von der Inquisition wissen Euch aus einem Spinneweb ein Seil zu drehen, stark genug, um die stärkste Kehle zuzuschnüren, und wer weiß, ob es diesmal nicht allein gegen seinen Vater, den Senator, gemünzt ist!

Sprecht vorsichtiger von den obersten Behörden dieser Stadt, sagte Andrea leise. Die Weisheit der Väter hat sie eingesetzt, und die Torheit der Enkel soll sie nicht antasten.

Das Mädchen sah ihn an, ob es sein Ernst sei; es war nicht leicht, das Rätsel dieser Mienen zu lösen. Geht, sagte sie, Ihr werdet ernsthaft, und das mag ich nicht leiden. Ihr seid noch nicht lange hier, darum habt Ihr Respekt vor den alten Blutrichtern und Henkern, die sich von fern oder etwa gemalt sehr ehrwürdig ausnehmen mögen. Ich aber habe sie schon manchmal in der Nähe gesehen, am Farotisch, wenn meine Gräfin Bank hielt, und ich kann Euch sagen, sie sind auch Menschen, wie Adam war.

Mag sein, Kind, antwortete er, aber sie haben die Gewalt, und ein armer Bürger wie ich tut nicht klug, so verfängliche Reden hier am offenen Fenster zu wechseln. Wenn es zu bösen Häusern kommt, dass wir beide die inkarnierte Gerechtigkeit Venedigs für nichts Besseres als eine Handvoll sterblicher Menschen halten, so beschützt dich, meine teure Smeraldina, der Zauber deiner Schönheit; ich aber wandere den bekannten nassen Weg oder tausche wenigstens mein Quartier in der Calle della Cortesia mit einer viel bescheideneren Kammer in den Brunnen [Die Gefängnisse unter dem Meeresgrund] oder unter den Bleidächern.

Ihr könnt hier reden, was Euch beliebt, sagte die Zofe; es gehen wenig Fenster auf den Kanal hinaus, und da hat um diese Zeit niemand was zu schaffen. Auf Eurer Seite drüben ist nun vollends die leere Mauer; denn wer's besser haben kann, sucht sich unsere trübe Kloake da unten nicht gerade zum Spiegel aus. Aber wisst Ihr was? Ihr solltet auf ein Stündchen herüberkommen; man hätte es doch immer bequemer, miteinander zu plaudern, und ein Glas Wein, guter Moscat von Samos, und eine Partie Tarock würden mir die Nerven sehr beruhigen nach den Ohrfeigen der Gräfin.

Ich käme gern, sagte er, aber es würde Aufsehen machen, und meine Wirtin ließe mich um Mitternacht schwerlich wieder ein.

Nicht doch, lachte die Zofe. Einen solchen Umweg braucht es nicht. Ich habe hier ein Brett, womit wir ohne viel Umstände eine Brücke schlagen können. Man kann sich ja mit den Händen erreichen über dem Kanal; warum nicht mit den Füßen? Oder seid Ihr schwindlig?

Nein, schöne Freundin. Nur einen Augenblick, und ich bin bereit.

Andrea löschte das Licht, verriegelte die Tür in seinem Zimmer, horchte, ob alles im Hause schlafe, und ging dann wieder an das Fenster. Smeraldina schien Übung im Bau dieser Brücken zu haben, denn das Brett war bereit, und in wenigen Augenblicken lag der feste Steg über der Tiefe, hüben und drüben flach und sicher auf dem Gesims ruhend und gerade breit genug, um einen Mann zu tragen. Sie stand drüben und winkte ihm lustig zu. Rasch erstieg er den Sims, betrat das Brett, indem er die Tiefe mit festem Auge maß, und mit einem einzigen ruhigen Schritt hatte er das Fenster drüben erreicht. Sie fing ihn, als er sich hinabschwang, in ihren Armen auf, und ihre Lippen streiften seine Wange. Aber er zog es vor, die Miene der Schüchternheit anzunehmen und sich zu stellen, als fühle er sich durch die Nähe seiner Freundin in die Schranken der Ehrerbietung zurückgewiesen, was sie mit einiger Verwunderung aufnahm. Das Brett ward wieder zurückgezogen, die Karten und der Wein aus dem Schrank geholt und ein Tisch vor das offene Fenster gerückt, an dem das seltsame Paar in vertraulichem Gespräch Platz nahm. Dabei trug das Mädchen beständig den roten Turban, der ihr, während sie die Brücke schlug, etwas schief auf den Hinterkopf gerutscht war, und hatte Andreas Geschenk, die Filigrannadel, zierlich vor die Brust gesteckt.

Sie schenkte sich eben das zweite Glas Wein ein und schalt ihren Gast, dass er so langsam trinke, und überhaupt nicht recht auftauen wolle, als eine Glocke aus dem Innern des Hauses heftig geläutet wurde.

Seht, sagte das Mädchen, indem es aufstand, und zornig die Karten wegwarf, so geht es mir; keine ruhige Stunde habe ich! Erst schickt sie mich fort, weil sie sich heute allein auskleiden wolle, und nun stört sie mich noch so spät. Aber geduldet Euch nur zehn Minuten, mein Freund; ich bin gleich wieder bei Euch.

Sie schlüpfte hinaus, und er schien sich über seine Einsamkeit zu trösten. Er trat ans Fenster und betrachtete aufmerksam die Wand drüben zwischen seinem Fenster und dem Kanal. Sie war nicht höher als etwa zwanzig Fuß, der Kalk durch die Feuchtigkeit fast überall verwittert und die nackten Steine rau genug, um im Notfall daran emporzuklimmen. Unter dem Fenster der Zofe sprang, wie er schon am ersten Abend bemerkt hatte, die Wassertreppe vor, und an dem hohen Pfahl zur Seite lag die schmale Gondel angekettet, sodass nur eben eine zweite Gondel vorübergleiten konnte. Das alles befriedigte ihn sichtlich. Ich hätte es mir nicht besser bestellen können, murmelte er vor sich hin.

Nachdenklich sah er den Kanal hinab, der in völliger Finsternis zwischen den steilen, fensterlosen Ufern der Häuser hinfloss. Da sah er am untersten Ende einen schwachen Lichtschein, der sich näher bewegte, und hörte nach einiger Zeit Geräusch von Ruderschlägen. Eine Gondel kam langsam heran und hielt unten an der Wassertreppe. Vorsichtig bog der Lauscher oben sich zurück, um nicht bemerkt zu werden, sah aber noch mit einem halben Blick, dass ein Mann sich erhob und auf die Treppenstufe trat. Der Klopfer unten erklang in drei gewichtigen Schlägen, und bald darauf hörte er eine Stimme im Hause, die durch die Türe fragte, wer Einlass begehre.

Im Namen des erlauchten Rates der Zehn, war die Antwort, öffnet!

Der Diener unten gehorchte augenblicklich, und die Wasserpforte schloss sich hinter dem nächtlichen Besuch.

Kurz darauf kam Smeraldina in ihre Kammer zurück, aufgeregt, in bloßem Haar und mit erhitzten Wangen. Habt Ihr gehört? flüsterte sie. O Gott, sie werden unsere Gräfin fortschleppen, sie werden sie erdrosseln oder ersäufen, und wer steht mir dann für die sechs Monate Lohn, die sie mir schuldig ist?

Tröste dich, weichherziges Kind, sagte er rasch. Solange du gute Freunde hast, wirst du nicht verlassen sein. Aber du tätest mir einen Gefallen, wenn du mich irgendwo verbergen wolltest, wo ich hören könnte, was der hohe Rat von deiner Herrin will. Ich gestehe, dass ich neugierig bin, wie ein Fremder es ja wohl sein darf. Überdies aber könnte ich dir und der Gräfin vielleicht nützlich sein, da ich bei einem Advokaten arbeite und, wenn es auf eine öffentliche Anklage hinausläuft, meine geringen Dienste gern zur Verfügung stelle.

Sie besann sich. Ich wüsste es leicht zu machen, sagte sie. Der Ort ist sicher, und ich selbst habe manchmal dort gesteckt und meinen Ohren nicht getraut. Wenn es aber doch entdeckt würde?

So nehme ich alles auf mich, mein Liebchen, und niemand erfährt, auf welchem Wege ich ins Haus gekommen bin. Sieh, fuhr er fort, hier sind drei Zechinen, für den Fall, dass ich dir hernach nicht mehr danken kann. Geht aber alles gut, so sollst du sehen, dass ich das Wenige, was ich noch übrig habe, gern mit einer so klugen Freundin teilen werde. – Sie steckte das Gold ohne Umstände ein, öffnete rasch die Tür und horchte auf den dunklen Gang hinaus. Zieht die Schuhe aus, flüsterte sie; gebt mir die Hand und folgt mir dreist, wohin ich gehe. Im Hause schläft alles, außer dem Pförtner.

Sie löschte ihr Licht und huschte durch den Korridor voran, ihn an der Hand sich nachziehend. Einige große dunkle Gemächer durchschritten sie, dann öffnete das Mädchen die Tür nach einem Tanzsaal, der durch drei hohe Fenster in der Front des Palastes ein trübes Dämmerlicht erhielt. An einer Seite stieg ein Treppchen hinauf zu der Estrade für die Musiker. Sacht! warnte das Mädchen; die Treppe knarrt ein wenig. Ich lasse Euch hier allein. Droben findet Ihr im Getäfel eine Spalte, durch die Ihr hinlänglich sehen und hören könnt. Denn nebenan ist das Empfangzimmer der Gräfin. Wenn der Besuch fort ist, hol' ich Euch wieder ab. Aber nicht eher rührt Ihr Euch vom Fleck, als bis ich komme.

So ließ sie ihn allein, und ohne Zaudern stieg er die wenigen Stufen hinauf und tastete sich sacht an der Wand entlang nach dem Lichtstreifen, der durch die schmale Spalte drang. Der Saal war von dem Nebengemach nur durch eine Holzwand getrennt, da beide Räume in glänzenderen Zeiten eine einzige große Festhalle ausgemacht hatten. Der Schein kam von einem silbernen Armleuchter, der unten auf dem Tisch vor dem Ruhebett der Gräfin stand und die Bildnisse an der Wand nur unstet beleuchtete. Andrea musste sich auf die Knie kauern, um hinabzusehen. Aber so unbequem die Stellung war, so hätte wohl mancher gern mit ihm getauscht, auch wenn ihm weniger am Hören als am Sehen gelegen gewesen wäre.

Denn wenn die Zofe recht hatte, dass ihre Herrin sich stark zu schminken pflegte, so tat sie es wahrlich mehr der Mode zu Liebe, als weil sie es nötig hätte, um für schön zu gelten. Sie saß auf dem Ruhebett in einem Anzug, der nicht auf so späten Besuch berechnet war, die überaus reichen, etwas ins Rötliche spielenden Haare kunstlos aufgebunden, die verweinten Augen wunderbar glänzend, auf den vollen, blassen Wangen noch die Spur der Tränen. Der Mann, der ihr gegenüber im Lehnstuhl saß und Andrea den Rücken zukehrte, schien sie aufmerksam zu betrachten; wenigstens bewegte er den Kopf nur selten und hörte die heftigen Worte der schönen Frau, ohne eine Gebärde dazwischen zu werfen, mit an.

In der Tat, sagte die Gräfin, und in ihrer Miene lag dieselbe schmerzliche Bitterkeit wie im Ton ihrer Stimme, ich muss mich wundern, dass Ihr noch wagt, Euch hier sehen zu lassen, nachdem Ihr die feierlichsten Versprechungen so schmählich mit Füßen getreten habt. Hab' ich Euch darum so manche Dienste geleistet, dass Ihr mir jetzt so grausam, so feindselig begegnet? Wo habt Ihr ihn gelassen, meinen armen Freund, den einzigen, an dem mir gelegen war, und den Ihr unter allen Umständen zu schonen verspracht? Gab es niemand anders als ihn, wenn es Euch zu leer wurde in Euren Gefängnissen? Und was habt Ihr Verdächtiges an ihm gefunden, was hat er gegen die hohe Republik gesündigt, wofür es keine gelindere Strafe gab als Verbannung, keine, die minder schwer auf mich gefallen wäre? Denn ich habe es Euch nicht verhehlt, dass ich mein Herz an ihn gehängt habe, und dass der mein Feind wäre, der ihm nur ein Haar krümmte. Gebt ihn mir wieder, oder ich breche jede Verbindung mit Euch ab, ein für allemal, und verlasse Venedig und suche meinen Freund in der Verbannung auf und lasse Euch empfinden, wie viel Ihr durch diesen Verrat, durch diese Schändlichkeit eingebüßt habt. O, dass ich mich jemals zu Eurem Werkzeug hergab!

Ihr vergesst, Gräfin, sagte der Mann, dass wir Mittel haben, Eure Flucht zu hindern, und dass, selbst wenn sie glückte, unser Arm weit hinausreicht und stark genug ist, Euch überall zu verderben, wo Ihr eine Zuflucht zu finden glaubtet. Der junge Gritti hat seine Strafe verdient. Er hat trotz der Warnung, die wir ihm zugehen ließen, mit dem Sekretär des österreichischen Gesandten, einem sehr tief eingeweihten jungen Manne, den Verkehr eifrig fortgesetzt. Die Gesetze Venedigs verbieten solchen Verkehr aufs Strengste, wie Euch bekannt genug ist. Auch ist ein Brief des Angelo Querini aufgefangen worden, in welchem des unbesonnenen Jünglings lobende Erwähnung geschieht. Es war eine väterliche Maßregel, dass wir ihn verbannten, ehe er schuldiger wurde. Aber wir wissen zugleich, was wir Euch schuldig sind, Leonora. Und deshalb bin ich an Euch abgeschickt worden, Euch diese Aufschlüsse zu geben und einige Winke, wie Ihr, wenn Ihr verständig seid, das Geschehene wieder gut machen könnt.

Ich bin es müde, sagte sie heftig, mir von Euch Befehle geben zu lassen. Dieser Tag hat mir gezeigt, dass ich darüber zu Grunde gehe, früh oder spät, wenn ich auf Euch Vertrauen setze und mir einbilde, dass all meine Aufopferung in Eurem Interesse mir je gedankt werde, ja, mich auch nur vor den schnödesten Beleidigungen und Kränkungen schützen würde. Ich brauche Euch nicht, ich will nichts von Euch, es ist alles aus zwischen mir und dieser hohen Regierung, die Freund und Feind gleich rücksichtslos beiseite wirft.

Nur schade, warf er ein, dass man Euch noch braucht, von Euch noch etwas will, und dass es daher fürs erste zwischen uns noch nicht aus sein kann. Ihr begreift, Leonora, dass es seine Bedenken hätte, Euch, die Mitwisserin so vieler Geheimnisse der Republik, in fremde Länder reisen zu lassen, wo Ihr bald einmal von der allgemeinen Sucht der Zeit befallen werden könntet, Eure Memoiren zu schreiben. Venedig und Ihr seid unzertrennlich, und Ihr habt genug Proben einer hohen, über Weiberlaune erhabenen Klugheit gegeben, als dass es noch vieler Umschweife bedürfte, Euch wieder zu versöhnen.

Ich will nichts von Versöhnung hören! rief sie leidenschaftlich, und Tränen traten ihr wieder ins Auge. Was nützte es auch, es zu wollen? Ich tauge zu nichts, ich bin unfähig, nur den einfältigsten Gedanken zu fassen, wenn ich meinen armen Gritti nicht habe.

Ihr sollt ihn haben, Leonora. Aber noch nicht gleich, da seine plötzliche Rückkehr unseren Plan durchkreuzen würde.

Und wie lange soll ich mich gedulden? fragte sie, ihn flehentlich ansehend.

Es hängt von Euch ab, erwiderte er. Wie lange braucht Ihr, um einen jungen Mann zu Euren Füßen zu sehen, der bisher im Ruf eines Tugendhelden stand?

Ein Zug von Neugier und Interesse trat auf ihrem Gesicht hervor, das noch eben ganz Schmerz und Verzweiflung gewesen war. Von wem redet Ihr? fragte sie.

Von jenem Deutschen, der mit Gritti befreundet war, dem Sekretär des Wiener Ministers. Ihr kennt ihn? – Ich habe ihn bei der letzten Regatta gesehen. Gritti zeigte mir ihn.

Er ist die Eins vor der Null seines Gebieters. Wir haben Ursache, zu glauben, dass er sich im Stillen einen starken Anhang unter unseren Gegnern zu werben und die Verstimmung, die Querinis Handel zurückgelassen hat, zu Gunsten seines Souveräns auszubeuten sucht. Er ist ungewöhnlich verschlagen. Von den vier Beobachtern, die wir unter den eigenen Leuten des Gesandten in unseren Sold genommen haben, hat noch keiner die geringsten Beweise in unsere Hand geliefert. Die Inquisitoren setzen ihr ganzes Vertrauen in Euch. Leonora, dass Ihr den Schlüssel zu diesem wohlverriegelten Geist finden werdet, wie es Euch schon manchmal geglückt ist. Dies war nicht zu hoffen, solange Gritti dazwischen stand. Seine Verbannung ebnet den Weg und gibt zugleich den Anlass einer Annäherung an den unzugänglichen Menschen, dem die Freundin seines Freundes jetzt, da ihr den Verlorenen gemeinsam betrauert, größere Teilnahme einflößen muss als früher. Das Übrige überlasse ich der Macht Eurer Reize, die niemals unwiderstehlicher waren, als wo sie auf Widerstand stießen.

Sie überlegte eine Weile. Ihre Stirn hellte sich auf, ihre Augen gewannen einen kühnen, stolzen Ausdruck, ihr schöner voller Mund öffnete sich halb und ein nachdenkliches Lächeln irrte über die Lippen. Ihr versprecht, sagte sie endlich, dass Gritti sofort zurückgerufen wird, sobald ich den anderen Euch überliefert habe? Wir versprechen es. –

So soll es nicht lange dauern, bis ich Euch an die Erfüllung Eures Wortes mahne.

Sie stand auf und warf das Tuch fort, das sie über Tag nass geweint hatte. Andrea konnte aus seinem Versteck ihren Gang das Zimmer auf und ab nur eine Strecke weit verfolgen, da die Spalte zu schmal war, um den ganzen Raum zu übersehen. Er bewunderte die königliche Haltung der Gestalt, während sie, wie in Gedanken an neue Siege, langsam über den Teppich des Gemaches hinwandelte, das Auge groß aufgeschlagen, das Haar zurückschüttelnd von den weißen Schläfen. Es durchzuckte ihn seltsam, als ihr Blick, der gegenstandslos in der Höhe herumschweifte, an ihm vorüberglitt. Unwillkürlich fuhr er zusammen, als wäre es möglich gewesen, dass sie ihn entdeckte.

Der Mann im Lehnstuhl unten stand auf, schien aber seinerseits blind für ihren Zauber, denn im ruhigsten Geschäftston fuhr er fort: Der Nuntius ist in der letzten Zeit seltener in Euer Haus gekommen. Ihr wart zu offen mit Euren weltlichen Neigungen, besonders das Spiel hat sich hier zu breit gemacht. Es wäre uns lieb, wenn Ihr wieder einige geistliche Bedürfnisse empfändet und den regen Verkehr mit der Eminenz von neuem anknüpftet. Die Beziehungen der Papalisten zu Frankreich werden seit einiger Zeit beunruhigend.

Ihr könnt auf mich rechnen, erwiderte sie. – Noch eins, Leonora. Die Summe, die wir Euch noch schulden für das Abendessen des Candiano ...

Sie stand wie von einer Schlange gebissen still und verfärbte sich plötzlich. Bei allen Heiligen, sagte sie, schweigt davon, erwähnt es nie wieder, und den Rest des Geldes gebt an die Kirche, dass Sie Messen lese für seine Seele und – für meine. Wenn der Name genannt wird, ist mir's jedes Mal wie eine Posaune des Jüngsten Gerichtes.

Ihr seid ein Kind, sagte der andere. Die Verantwortlichkeit für jenes Nachtmahl gehört uns, nicht Euch. Er war ein Verbrecher, und nur seine Verbindungen und sein Ansehen machten es uns zur Pflicht, die Strafe geheim zu vollziehen. Er ist ruhig in seinem Bett gestorben, und niemand hat je sagen können, dass er aus Eurem Hause den Tod davongetragen habe. Oder ist Euch dergleichen zu Ohren gekommen?

Sie zitterte und sah zu Boden. Nein, sagte sie. Aber in der Nacht wache ich auf von einer Stimme, die es mir zuraunt. O! Nur das hätte ich nicht tun sollen, nur das nicht!

Es ist eine Anwandlung, Leonora; Ihr werdet sie besiegen. Das Geld – wie ich Euch noch sagen wollte – liegt bei Marchesi für Euch bereit. Gute Nacht, Gräfin. Ich sehe, dass ich Euch lange aufgehalten habe. Schlaft wohl und lasst morgen die Sonne Eurer Schönheit unbewölkt aufgehen über Gerechten und Ungerechten. Gute Nacht, Leonora!

Er verbeugte sich leicht vor ihr und ging auf die Tür zu. Nur flüchtig konnte Andrea im letzten Moment seine Züge sehen. Sie waren kalt, aber nicht hart, ein Gesicht ohne Seele und Leidenschaften, nur der Ausdruck eines mächtigen Willens herrschte auf Stirn und Brauen. Er band eine Maske vor und warf den schwarzen Mantel, den er am Eingang abgelegt hatte, um die Schulter. Dann verließ er, ohne ihren Abschied abzuwarten, das Gemach.

In demselben Augenblick hörte Andrea die Stimme des Mädchens unten im Saal, die ihn leise herunterrief. Er gehorchte, nachdem er einen letzten Blick auf das schöne Weib geworfen, das immer noch regungslos mitten im Zimmer stand und dem Fortgegangenen tiefsinnig nachsah. Wie ein vom Schlage Getroffener stieg er schwankend von der Estrade herab und folgte, ohne ein Wort zu sprechen, dem voranhuschenden Mädchen. In ihrer Kammer brannte wieder Licht, der Wein stand noch auf dem Tischchen am Fenster und nichts schien die Fortsetzung des unterbrochenen Spiels zu hindern. Aber auf dem Gesicht des Mannes lag ein unheimlicher Schatten, der selbst den Leichtsinn Smeraldinas verschüchterte und sie von dieser Nacht nichts mehr hoffen ließ.

Ihr seht aus, sagte sie, als hättet Ihr Gespenster gesehen. Kommt, trinkt ein Glas Wein und erzählt mir, was es gab. Es lief ja ruhiger ab als wir fürchteten. – O gewiss, sagte er mit erzwungener Kälte. Man will deiner Herrin sehr wohl, und es ist sogar Aussicht, dass du deinen rückständigen Lohn nächstens ausbezahlt erhältst. Im Übrigen sprachen sie so leise, dass ich wenig verstand, und jetzt bin ich vor allen Dingen todmüde von dem unbequemen Knien auf den harten Brettern. Nächstens tue ich deinem Wein eine bessere Ehre an, gutes Kind. Aber heute muss ich schlafen. – Ihr habt mir noch nicht einmal gesagt, ob Ihr sie so schön findet wie die anderen Leute, sagte das Mädchen und versuchte zu schmollen über ihren undankbaren, einsilbigen Freund.

Schön wie ein Engel oder eine Teufelin, murmelte er zwischen den Zähnen. Ich danke dir, Madamigella, dass du mir dazu verholfen hast, sie zu sehen. Ein anderes Mal bleibe ich fein bei dir, da ich heute meine Neugier hinlänglich gebüßt habe. Gute Nacht!

Er schwang sich auf den Sims und betrat das Brett, das sie missmutig wieder über den Abgrund geschoben hatte. Als er droben stand, sah er den Kanal hinunter, in dessen Tiefe eben das Licht der Gondel verschwand. Gute Nacht! rief er noch einmal zurück und stieg dann vorsichtig in sein Zimmer hinunter, während Smeraldina die Brücke abbrach und sich vergebens bemühte, das seltsame Betragen des Fremden, seine Armut, seine Freigebigkeit, sein graues Haar und seine Abenteuersucht miteinander zu reimen.

Eine Woche verging, ohne dass die Eroberung, die Smeraldina an ihrem Nachbar gemacht zu haben glaubte, sich sonderlich befestigte. Nur einmal ließ sie ihn, nachdem sie den Pförtner auf ihre Seite gebracht hatte, bei Nacht in der Maske zur Tür herein, führte ihn nach dem Wasserpförtchen und bestieg mit ihm die Gondel, die er selbst mit langsamen Ruderstößen durch das dunkle Labyrinth hindurchtrieb, um endlich auf dem großen Kanal eine Stunde lang im Freien hinzugleiten. Er war trotz der guten Gelegenheit auch diesmal nicht eben zärtlicher Laune, während sie beständig schwatzte und durch Erzählungen aus der großen Welt, in der die Gräfin ihre Rolle spielte, ihn zu belustigen suchte. Er erfuhr, dass seit wenigen Tagen der österreichische Gesandtschaftssekretär lange Besuche bei ihrer Herrin zu machen pflege, wo beide ohne Zweifel sich berieten, wie es anzufangen sei, dass die Verbannung des jungen Gritti zurückgenommen würde. Die Gräfin sei besserer Laune als je und habe sie reich beschenkt. Andrea schien dies alles nur mit halbem Ohr zu vernehmen und sich einzig der Lenkung der Gondel zu widmen. Es war also dem Mädchen selbst nicht unlieb, als ihr schweigsamer Gefährte umwendete und auf dem kürzesten Wege nach Hause fuhr. Geräuschlos trieb er das schmale Fahrzeug nahe an den Pfahl heran, legte, nachdem sie ausgestiegen waren, die Kette herum und bat sich den Schlüssel aus, um sie festzuschließen. Sie gab ihn und war schon in der Tür, als er ihr nachrief, dass ihm in der Hast der kleine Schlüssel aus der Hand geglitten und in den Kanal gefallen sei. Es war ihr selbst verdrießlich; aber mit ihrer gewöhnlichen Leichtherzigkeit tröstete sie ihren Freund, dass wohl noch ein zweiter Schlüssel sich im Hause finden werde, und er konnte diesmal nicht umhin, mit einem flüchtigen Kuss auf ihre Wange Abschied zu nehmen, als sie ihn um Mitternacht durch die Hauptpforte des Palastes entließ.

Seiner Wirtin, der Frau Giovanna, sagte er am anderen Morgen, dass es viel Arbeit bei seinem Brotherrn gegeben habe, sodass man die Nacht hätte zu Hilfe nehmen müssen. Dies war das einzige Mal, dass er den Hausschlüssel brauchte. Gewöhnlich kam er schon gegen die Dämmerung heim, genoss nur Brot und Wein und löschte früh das Licht, sodass die gute Frau ihn in der Nachbarschaft als ein Muster des Fleißes und unsträflichen Wandels pries. Nur das eine beklagte sie, dass er sich nicht schone und bei seinen Jahren gar kein erlaubtes Vergnügen genieße, wodurch er sich aufheitern und sein Leben verlängern würde. Marietta war bei solchen Reden still und sah in ihren Schoß. Sie sang nicht mehr, sobald der Fremde in seinem Zimmer war, und schien überhaupt, seitdem er gekommen, sich mehr Gedanken gemacht zu haben als sonst in einem Jahre. – Am Morgen des zweiten Sonntags, den Andrea im Hause der Witwe erlebte, trat die Frau hastig mit verstörtem Gesicht und in vollem Staat, wie sie aus der Messe zurückkehrte, in sein Zimmer. Er saß am Tisch, noch nicht völlig angekleidet, und las in einem seiner Gebetbücher. Sein Gesicht war bleicher als sonst, aber sein Blick ruhig, und es schien, als ob er ungern in seiner Andacht gestört würde.

Sitzt Ihr noch still im Zimmer, Herr Andrea, rief sie ihm entgegen, und ganz Venedig ist auf den Beinen? Eilt und kleidet Euch an und geht selbst auf die Straße hinaus, wo Ihr so viel entsetzte Menschengesichter sehen könnt wie Körner in der Mühle. Heiliger Jesus! dass ich das noch erleben muss, und dachte, es könne nichts mehr in Venedig geschehen, worüber ich staunte!

Wovon redet Ihr, gute Frau? fragte er mit gleichgültigem Ton und legte das Buch aus der Hand.

Sie warf sich auf einen Stuhl und schien sehr erschöpft. Bis an die Piazetta bin ich fortgeschoben worden, fing sie wieder an, und sah die Herren vom Großen Rat zu Haufen die Riesentreppe im Hofe des Dogenpalastes hinaufsteigen und die Trauerfahne wehen aus dem Fenster der Prokurazien. Werdet Ihr es glauben? Heute Nacht zwischen Elf und Mitternacht hat man den Vornehmsten von den drei Staatsinquisitoren, den edeln Herrn Lorenzo Venier, auf der Schwelle seines Hauses ermordet.

War es schon ein alter Mann? fragte Andrea ruhig.

Misericordia! Wie Ihr auch sprecht! Als wäre er nur in seinem Bett gestorben. Aber Ihr seid freilich kein Venezianer und könnt es nicht verstehen, was es heißt: ein Inquisitor ermordet, einer vom Tribunal. Es ist mehr als wenn es ein Doge wäre, von denen mancher nicht mit rechten Dingen um sich kam, denn das Tribunal hat die Macht und der Doge das Kleid. Was aber das Entsetzlichste ist: auf dem Dolch, den sie in der Wunde gefunden haben, steht eingegraben: »Tod allen Inquisitoren«; allen! versteht Ihr wohl, Herr Andrea? Das ist nicht wie wenn ein Wicht von einem Bravo gedungen wird, einen einzelnen aus der Luft zu schaffen, weil er einem anderen im Wege steht bei Liebschaft, Ämtern oder sonst. Das ist ein politischer Mord, sagte mein Nachbar, der Spezial, und dahinter steckt eine Verschwörung und Helfershelfer und der Angelo Querini mit seinem Anhang. Er rieb sich die Hände, als er das sagte, aber mir zitterte das Herz im Leibe, denn ich will nicht sagen, was ich denke, aber ich weiß, mit der bösen Tat ist's wie mit den Kirschen, schüttelt man eine herunter, so fallen zwanzig nach, und dieses Blut wird viel Blut kosten.

Hat man denn keine Spur des Mörders, Frau Giovanna? Wozu nützen dem Tribunal die Hunderte von Spionen, die es bezahlt?

Nicht den Schatten einer Spur, antwortete die Witwe. Es war eine dunkle Nacht, die Bora wehte, und auf dem großen Kanal, an dem sein Palast steht, war es leer von Gondeln. Da kam er allein durch eine Seitengasse nach Hause, und da traf ihn die unsichtbare Hand, und er lebte nur so lange, bis er mit seinem letzten Stöhnen den Pförtner herausgeschreckt hatte. Da war die Gasse totenstill und niemand zu erblicken. Ich aber weiß, was ich weiß, Herr Andrea. Soll ich es Euch sagen? Ihr seid rechtschaffen und brav und werdet es nirgends weiter umhersagen und mich nicht in neues Elend bringen: Ich kenne die Hand, die dieses Blut vergoss.

Er sah sie fest an. Redet, sagte er, wenn es Euch erleichtert. Ich verrate Euch nicht.

Habt ihr keine Ahnung? sagte sie, indem sie aufstand und dicht neben ihn hintrat: Hab' ich Euch nicht gesagt, dass mancher lebt und nicht wiederkommt, und mancher tot ist und doch wiederkommt? Wisst ihr's nun? Er hat es ihnen nicht vergessen, dass sie sein Weib und Kind unter die Bleidächer geschleppt und gemartert haben. Aber, um Gottes willen, kein Wort davon über Eure Lippen! Wenn es sein Geist getan hätte, die Lebendigen müssten es büßen.

Und was habt Ihr für Anlass zu Eurem Glauben? – Sie sah sich im Zimmer unheimlich um. Wisst, flüsterte sie, es war nicht geheuer im Haus diese Nacht. An den Wänden hört' ich es hinauf- und hinabhuschen, wie Gespensterschritte, ich lag im Bett und horchte, und es rauschte da unten heimlich über den Kanal und klirrte an Eurem Fenster, und durch das Gässchen nebenan schwirrte es von aufgescheuchtem Getier bis lange nach Mitternacht. Erst mit dem Glockenschlag eins ward Ruhe; ich weiß wohl, wer sie gestört hat. Er kam, nachdem er es getan, um uns zu grüßen, da wir ja keinen Abschied genommen haben.

Das Haupt war ihm auf die Brust gesunken. Jetzt stand er auf und sagte, dass er selbst ausgehen wolle, um sich zu erkundigen. Er habe, wie sie ja wisse, sich früh niedergelegt und besonders fest geschlafen, sodass er von allem Spuk nicht gestört worden sei. Übrigens möge sie es für sich behalten, denn allerdings sei es gefährlich, von einem solchen Verbrechen auch nur eine gespenstische Mitwissenschaft erhalten zu haben. – Darauf zog er sich eilig an und ging in die Stadt hinaus.

Es war ein Wogen und Treiben auf den Gassen, wie man es selbst bei hohen Festen der Republik nicht gewohnt war. Lautlos bewegten sich aus der inneren Stadt hastige Züge von Neugierigen durch die engen Straßen fort nach dem Markusplatze zu, und wer sich nicht anschloss, stand wenigstens draußen an der Tür seines Hauses und wechselte mit vorbeieilenden Bekannten beredte Zeichen und Blicke. Man sah es diesen Menschen an, dass etwas Unerhörtes und Furchtbares sie zugleich aufgeregt und betäubt hatte, dass sie alle planlos dem allgemeinen Zug folgten, begierig, das Ereignis vor allem mit Augen zu sehen und mit Händen zu greifen. Niemand redete laut, niemand lachte, pfiff oder seufzte auch nur vernehmlich; es war, als fühlten diese ehrsamen Bürger die Pfähle wanken, auf denen die Lagunenstadt gegründet ward.

In scheinbar nachlässiger Haltung schritt Andrea unter dem Volk hin, den Hut tief über die Augen gedrückt, die Hände auf den Rücken gelegt. Nun trat er auf den Markusplatz hinaus, wo in unzähligen Gruppen alle Stände durcheinander gemischt unter dem reinen Sommerhimmel sich geschart hatten, während unter den Hallen der Prokurazien der Strom weiterfloss, der Piazetta zu, bis draußen an das breite Becken des Kanals, das von den beiden Säulen beherrscht wird. Der alte Dogenpalast stieg majestätisch über dem Gewühl empor. Man sah hinter den Bogenfenstern und in den Arkaden Waffen blinken, und ein Trupp Soldaten hatte am Eingang Posto gefasst, Spalier bildend und jedem die Wehr vorhaltend, der, ohne zum Großen Rat zu gehören, in das Innere Einlass suchte. Denn oben in der weiten Halle, deren Wände mit den Großtaten der Republik ausgemalt sind, saß die Blüte des Adels in geheimer Beratung beisammen, und die Menge, die unten scheu vor den schweren Pfeilern des alten Baues vorüberwallte, schien ungeduldig das Ergebnis dieser Sitzung abzuwarten; sooft ein Nobile sich am Fenster blicken ließ, entstand ein Murmeln und Deuten und Hinaufstarren, als werde jeden Augenblick das Urteil über den unentdeckten Frevler vom Balkon herab verkündigt werden.

Auch Andrea, der das lange Viereck des Platzes einsam durchmessen hatte, näherte sich jetzt dem Dogenpalast und warf im Vorbeigehen einen Blick in die Kirche von San Marco, wo er Kopf an Kopf bis zu den Pforten hinaus die Menschen stehen und der Predigt lauschen sah. Dann bahnte er sich mühsam einen Weg nach den beiden Säulen und stand in düsteren Gedanken am Kai der Piazetta, vor sich die wimmelnde Menge der schwarzen Gondeln, deren stählerne, gezahnte Schnäbel bei jeder Wendung ihre Sonnenblitze über die Wellen warfen. Auch die Riva degli Schiavoni, die zu seiner Linken lag, war dicht gedrängt von erwartungsvollen Menschen. Über dem Turban des Türken tauchte der rote griechische Fes, die malerische Mütze der Schiffer von Chioggia, der dreieckige Hut und die gepuderte Perücke auf, und man hörte gleicher Weise die verschiedensten Zungen durcheinander schwirren, während vom Wasser herauf die eintönigen Anrufe der Gondoliere auch dem Blinden sagten, dass der große Kanal Venedigs zu seinen Füßen floss.

Eine offene Gondel, von zwei Dienern in reicher goldgestickter Livree gerudert, flog vorüber; eine Dame lag nachlässig auf den breiten Polstern, das Haupt in die Hand gestützt. Das Feuer eines großen Diamantringes spielte aus dem rötlichen Glanz ihrer Haare hervor; ihre Augen ruhten auf dem Gesicht eines jungen Mannes, der ihr gegenüber saß und eifrig zu ihr sprach. Sie hob jetzt den Kopf und musterte mit einem stolzen Blick das Menschengewoge droben auf der Piazetta. Das ist die blonde Gräfin, hörte Andrea im Volke sagen; er hatte sie längst erkannt. Zusammenfahrend, wie wenn schon ihr Anblick Verderben brächte, wandte er sich ab. Da sah er ein bekanntes Gesicht, das ihm vertraulich zunickte. Samuele stand hinter ihm.

Seid ihr auch einmal unter Menschen, Herr Delfin? raunte ihm der Jude mit seiner dünnen Stimme zu. Vergebens habe ich Euer Gnaden all die Tage her wieder zu begegnen gesucht. Ihr lebt eingezogener, als eine Frau in den Wochen. Wenn ihr wollt mitgehen, wohin mich meine Geschäfte rufen, so hätt' ich Euch zu sagen, was Ihr vielleicht gern hört. Kommt! Was steht Ihr hier, wie die anderen Narren, die da glauben, im Großen Rat würde das Heil der Republik zur Welt gebracht? Die Ratten im Schiff machen es nicht flott, wenn es aufgefahren ist. Die wahren Lotsen haben jetzt Besseres zu tun, als zu schwatzen. Aber gehen wir von hier fort, ich habe Eile, und in der Gondel reden wir bequemer.

Er winkte eine von den Mietgondeln heran und zog Andrea am Arm sich nach. Sie stiegen ein und setzten sich unter das schwarze Dach, links und rechts durch die Öffnungen der engen Kajüte den Kanal überblickend. Was habt Ihr mir zu sagen, Herr? begann Andrea. Und wohin führt Ihr mich? – Geht morgen früh nicht zu Eurem Notar, sagte der Jude. Es wäre möglich, dass Ihr zu einem Gang abgeholt würdet, der Euch mehr eintrüge. – Was meint Ihr, Samuele? – Ihr wisst, was die Nacht geschehen ist, fuhr der andere fort. Es ist unerhört, dass zwölf Stunden nach einem Mord in Venedig vergehen und noch keine Spur gefunden ist, wer ihn begangen hat. Wir sind um unseren Kredit gekommen bei der Signoria, beim Volk, bei den Fremden, die von der Polizei hier zu Lande Wunder geglaubt und Zeichen erwartet haben. Der Rat der Zehn findet, dass er schlecht bedient wird. Er wird sich nach neuen Augen umtun, die besser in alle Winkel dringen. Eure Augen, Herr Delfin, möchten, wenn Ihr noch denkt wie vor zehn Tagen, bald eine feinere Schrift zu lesen bekommen, als die Akten Eures Herrn Notars. Darum haltet Euch zu Haus morgen früh. Wenn es was ist und ich kann ein Wort für Euch anbringen, soll es mich freuen.

Mein Sinn ist noch nicht verändert; aber fast zweifle ich an meinen Fähigkeiten.

Husch, husch! sagte der andere und schüttelte den Zeigefinger. Ich müsste Gesichter nicht kennen, oder Ihr habt Eures in Eurer Gewalt, und wer verbergen kann, was er denkt, hat schon halb erraten, was für Gedanken andere zu verbergen suchen.

Und wer entscheidet, ob man mich brauchen kann oder nicht?

Ihr müsst Euch prüfen lassen vor dem Tribunal; ich kann nichts tun, als sagen, dass ich Euch kenne und Euch Talente zutraue. Bis morgen, denk' ich, wird das Tribunal vollzählig sein; die Zehn sitzen eben zusammen und wählen den dritten Mann. Ich kann sagen, dass man mir geben könnte viel Geld, dass ich sollte Staatsinquisitor werden – ich dankte für die Ehre. Denn die Inschrift auf dem Dolch ist nicht so für die Langeweile eingraviert, und der Soldat auf der Pulvermine isst sein Brot ruhiger als einer der drei Herren Venedigs seit gestern Nacht.

Dennoch ist wohl kein Zweifel, dass der Erwählte das Amt antritt? Oder darf er ablehnen?

Ablehnen! Wisst Ihr nicht, dass die Republik jeden schwer bestraft, der sich einem Amt entzieht?

Andrea schwieg und sah finster durch die Luke auf die Fläche des Kanals. Eine unabsehliche Menge schwarzer Gondeln fuhr in derselben Richtung zwischen den hohen Palästen hin, und vom Rialto her kam eine nicht geringere Zahl ihnen entgegen. Beide Züge trafen jetzt aufeinander und drängten sich um eine breite Wassertreppe, wo sie um die Wette anfuhren und ihre Herrschaften landeten. Es war der Palast Venier, und droben lag der Tote.

Ein Blick zeigte Andrea, wo sie waren. Gewaltsam beherrschte er seine Bewegung und sagte: Habt Ihr hier zu tun, Samuele, oder ist es bloß die Neugier, einen ermordeten Staatsinquisitor auf dem Paradebett zu sehen?

Ich bin im Dienst, erwiderte der Jude. Aber auch Euch kann es nützlich sein, mitzugehen. Ich werde Euch mit einigen meiner Freunde bekannt machen, denn der Zehnte hier weiß, was er sucht. Aber wir tun, als kennten wir uns nicht. Wisst Ihr, dass ich wetten möchte, von den Verschworenen seien nicht wenige unter diesen Beileidsgesichtern? Wer weiß, ob der Täter nicht selbst eben aus einer dieser Gondeln steigt! Er wäre nicht dumm, wenn er sich hier sicherer glaubte, als irgendwo sonst. Denn zu dieser Stunde, kann ich Euch sagen, durchsucht die Polizei, während alles im Freien ist, die Häuser, die ihr jemals verdächtig waren, und das Sprichwort ist wahr: Der Teufel lehrt es zu tun, aber nicht, es zu verbergen.

Mit diesen Worten sprang er aus der Gondel und half Andrea dienstfertig aussteigen. Ist es Euch unheimlich, einen Toten zu sehen? fragte er. Ihr seid nicht wohl aufgelegt.

Ihr irrt, Samuele, antwortete Andrea rasch und sah ihm gleichmütig ins Gesicht. Ich bin Euch vielmehr dankbar, dass Ihr meiner Trägheit zu Hilfe gekommen seid. Ohne Euch wäre ich schwerlich hier. Lasst uns hinaufgehen, um dem großen Herrn, der uns im Leben schwerlich vorgelassen hätte, unseren Besuch zu machen. Eine stattliche Wohnung, die er so hastig mit einem engen Kämmerchen vertauschen muss! Er tut mir leid, in der Tat, obwohl ich ihn nie mit Augen gesehen habe.

Sie stiegen unter einem großen Andrang nebeneinander die schwarzverhangene Treppe hinauf, von deren Höhe das umflorte Wappen des Hauses Venier heruntersah und statt jedes Pförtners der Menge Stille gebot. Drinnen in dem größten Saal war der Katafalk unter einem Baldachin errichtet, Zypressenbäume ragten bis an die hohe Decke, Kerzen auf silbernen Kandelabern flackerten im Luftzug, der über den offenen Balkon vom Wasser herauf durch die Halle strich, und vier Diener des Hauses Venier in schwarzem Samt, die blanken Hellebarden mit Flören umwickelt, hielten wie Standbilder an den Ecken des Totengerüstes die Wache. Über den Leichnam war eine samtene Decke gebreitet; die silbernen Fransen hingen bis auf den Boden herab. Der Tote zeigte den Eintretenden das scharfe Profil, mit einem zornigen und traurigen Ausdruck das geschlossene Auge gegen den Baldachin gekehrt. Andrea erkannte diese Züge wieder. Er hatte sie im Zimmer Leonoras in jener Nacht sich tief ins Gedächtnis geprägt. Aber kein Zucken seines Mundes noch der Augen, die scharf auf den Toten gerichtet waren, verriet, dass der Rächer vor seinem Opfer stand. –

Eine Stunde später kam Andrea nach Hause. Frau Giovanna empfing ihn oben an der Treppe mit einer fast mütterlichen Sorge, und auch Marietta schien unruhig auf ihn gewartet zu haben. Sie erzählten ihm, dass die Sbirren in seiner Abwesenheit sein Zimmer durchsucht, aber alles in bester Ordnung gefunden hätten, übereinstimmend mit dem Zeugnis, welches sie selbst, die Wirtin, ihrem Mieter ausgestellt habe. Die ruhige Art, in der Andrea ihre Erzählung anhörte, versicherte sie vollends, dass ihre Angst überflüssig und der Besuch der Polizei mehr eine Sache der Form gewesen sei. Eine Menge Warnungen und Vorsichtsmaßregeln legte die gute Frau ihm ans Herz, wie er sich in dieser bösen Zeit mit Reden und Handlungen vor jedem Verdacht zu schützen habe. Sie werden das Regiment noch verschärfen, seufzte die Alte, denn sie wissen wohl: eine Katze mit Handschuhen fängt keine Mäuse, und das ist auch ein wahres Wort, dass die Toten den Lebenden die Augen öffnen. Darum seid auf Eurer Hut, teurer Herr, und traut niemand, der sich an Euch macht. Ihr kennt die schlimmen Gesellen noch nicht, wie gutmütig sie sich zu stellen wissen, aber glaubt mir: man wird nur von dem betrogen, dem man traut. Geht lieber nicht zu Tisch in einem Gasthaus, sondern lasst Euch gefallen, dass wir Euch zu Hause auftragen, was wir vermögen. Ihr seht angegriffen aus. Legt Euch ein wenig aufs Bett; Ihr seid das Herumlaufen nicht gewohnt.

Alle diese Reden begleitete Marietta mit bittenden Blicken und sah, neben der Mutter stehend, unverwandt in sein blasses, ernstes Gesicht. Er versicherte, dass ihm wohl sei, bat um Brot und Wein und kam, nachdem man es ihm gebracht hatte, den Rest des Tages nicht wieder zum Vorschein.

Früh am anderen Morgen, als er noch im Bette lag, trat Samuele bei ihm ein. Wenn Euch darum zu tun ist, sagte er, zum Mindesten vierzehn Dukaten monatlich in die Tasche zu stecken, so kommt mit mir; es ist alles eingeleitet, und ich denke, Ihr macht den Gang nicht umsonst. – Ist der neue Staatsinquisitor schon gewählt? fragte Andrea. – Es scheint so. – Und noch keine Spur von der Verschwörung? – Noch keine Spur. Der Schrecken unter dem Adel ist groß. Sie verschließen sich in ihren Häusern und sehen in jedem Besucher einen Spion der Zehn oder des Tribunals. Einer nach dem anderen von den fremden Gesandten hat dem Dogen seine Aufwartung gemacht, die feierlichsten Versicherungen seiner Empörung über die Tat abgelegt und seine Hilfe zur Entdeckung des Täters angeboten. Von nun an werden die drei vom Tribunal sich noch geheimer halten als zuvor, und, wie ich glaube, soll ein Preis auf den Kopf des Mörders gesetzt werden, der einen armen Teufel schon für einige Jahre flott machen würde. Die Augen auf, Herr Andrea! Wir beide trinken vielleicht bald einen besseren Wein zusammen, als damals in jener Kneipe!

Schweigend hatte sich Andrea angezogen und folgte nun seinem Gönner, der beständig plauderte, nach dem Dogenpalast. Samuele war hier gut bekannt. Er klopfte an eine unscheinbare Tür im Hof, sagte dem Diener, der öffnete, ein Wort ins Ohr und ließ Andrea auf einer kleinen Treppe höflich den Vortritt. Nachdem sie droben einen langen, helldunkeln Gang durchschritten und einigen Hellebardieren Rede gestanden hatten, wurden sie in ein nicht gar großes Gemach eingelassen, dessen Fenster nach dem Hof ging und mit einer dunkeln Gardine zur Hälfte verhangen war. Im Hintergrund gingen drei Männer in flüsterndem Gespräch auf und ab, die Gesichter mit Masken bedeckt, unter denen nur die Spitzen der Bärte hervorsahen. Ein vierter, unmaskiert, saß an einem Tisch und schrieb beim Schein einer einzelnen Kerze.

Er sah auf, als Samuele mit Andrea auf der Schwelle erschien. Die drei anderen schienen die Hereintretenden nicht zu beachten, sondern ihr Gespräch eifrig fortzusetzen.

Ihr bringt den Fremden, den Ihr uns angekündigt habt? fragte der Sekretär. – Ja, Euer Gnaden. – Ihr könnt abtreten, Samuele. – Der Jude verneigte sich gehorsam und verließ das Zimmer.

Nach einer Pause, in welcher der Sekretär des Tribunals einige Papiere, die vor ihm lagen, überflogen und dann mit einem langen Blick die Gestalt des Fremden geprüft hatte, sagte er: Euer Name ist Andrea Delfin; seid Ihr mit den venezianischen Nobili gleichen Namens verwandt? – Nicht dass ich wüsste. Meine Familie ist seit Urzeiten in Brescia ansässig. – Ihr wohnt in der Calle della Cortesia bei Giovanna Danieli; Ihr wünscht in den Dienst des erlauchten Rates der Zehn zu treten. – Ich wünsche der Republik meine Dienste zu widmen. – Eure Papiere aus Brescia sind in Ordnung. Der Advokat, bei dem Ihr fünf Jahre gearbeitet habt, gibt Euch das Zeugnis eines verständigen und zuverlässigen Mannes. Nur über die sechs oder sieben Jahre, bevor Ihr zu ihm kamt, fehlt jeder Ausweis. Was habt Ihr, nachdem Eure Eltern gestorben waren, in der langen Zeit getrieben? Ihr habt sie nicht in Brescia zugebracht? – Nein, Euer Gnaden, erwiderte Andrea ruhig. Ich war in fremden Ländern, in Frankreich, Holland und Spanien. Nachdem ich mein geringes Erbe aufgezehrt hatte, musste ich mich bequemen, Bedienter zu werden. – Eure Zeugnisse? – Sie sind mir entwendet worden in einem Koffer, der meine ganze Habe enthielt. Ich war dann des unsicheren Reiselebens müde und ging nach Brescia zurück. Meine Herrschaften hatten mich zu mancherlei Sekretärdiensten brauchbar gefunden. Ich versuchte es bei einem Advokaten, und Euer Gnaden haben das Zeugnis selbst vor sich, dass ich zu arbeiten gelernt habe.

Während er dies sagte, in einer stillen, unterwürfigen Haltung, den Kopf etwas vorgebeugt und den Hut in beiden Händen, trat plötzlich einer der drei Herren in der Maske näher an den Tisch heran, und Andrea fühlte einen durchdringenden Blick auf sich gerichtet.

Wie heißt Ihr? fragte der Inquisitor mit einer Stimme, die ein hohes Alter verriet.

Andrea Delfin. Meine Papiere weisen es aus.

Bedenkt, dass es Euer Tod ist, wenn Ihr das erlauchte Tribunal hintergeht. Erwägt die Antwort noch einmal. Wenn ich nun sage, dass Euer Name Candiano sei?

Eine kurze Pause folgte auf dieses Wort, man hörte den Totenwurm im Gebälk des Zimmers bohren. Acht forschende Augen waren auf den Fremden geheftet.

Candiano? sagte er langsam, doch mit fester Stimme. Warum soll ich Candiano heißen? Ich wollt' es wahrlich selbst; denn soviel ich weiß, ist das Haus Candiano reich und vornehm, und wer diesen Namen trägt, braucht nicht sein Brot mühsam mit der Feder zu verdienen.

Ihr habt das Gesicht eines Candiano. Euer Betragen überdies verrät eine bessere Herkunft, als diese Papiere anzeigen.

Ich kann nichts für mein Gesicht, erlauchte Herren, erwiderte Andrea mit anständiger Unbefangenheit. Was mein Betragen angeht, so habe ich auf Reisen allerlei Sitten gesehen und die meinigen, soviel ich konnte, verbessert, auch meine Zeit in Brescia nicht verloren, sondern aus Büchern die Versäumnisse meiner Jugend nachgeholt.

Die beiden anderen Inquisitoren waren indes jenem ersten näher getreten, und der eine, dessen roter Bart sich breit unter der Maske vorschob, sagte halblaut: Eine Ähnlichkeit mag Euch täuschen, die ich nicht wegleugnen will. Aber Ihr wisst selbst: der Zweig des Hauses, der bei Marano angesiedelt war, ist ausgestorben; der Alte ist in Rom begraben, die Söhne überlebten ihn nicht lange.

Mag sein, erwiderte der erste. Aber seht ihn an und sagt, ob es nicht ist, als wäre der alte Luigi Candiano, nur verjüngt, aus dem Grabe erstanden. Ich hab' ihn gut genug gekannt; wir wurden an demselben Tag in den Senat gewählt.

Er nahm die Papiere vom Tisch und prüfte sie sorgfältig. Ihr mögt recht haben, sagte er endlich. Es würde mit den Jahren nicht stimmen. Für einen der Söhne Luigis ist dieser zu alt. Wenn er ihn vor der Ehe erzeugt hätte – so würde es uns gleichgültig sein können.

Er warf die Papiere wieder hin, gab dem Sekretär einen Wink und trat mit den anderen in die Fensternische zurück, das unterbrochene Gespräch leise fortsetzend. Niemand konnte Andreas Augen anmerken, welch eine Last in diesem Augenblick ihm von der Seele fiel.

Der Sekretär begann von neuem. Ihr versteht fremde Sprachen? fragte er. – Ich spreche Französisch und ein wenig Deutsch, Euer Gnaden. – Deutsch? Wo habt Ihr das gelernt? – Ein deutscher Maler in Brescia war mein guter Freund. – Seid Ihr je in Triest gewesen? – Zwei Monate, Euer Gnaden, in Geschäften meines Herrn, des Advokaten.

Der Sekretär stand auf und trat zu den dreien am Fenster. Nach einer Weile kam er an den Tisch zurück und sagte: Man wird Euch den Pass eines österreichischen Untertans geben, der aus Triest gebürtig war. Mit diesem geht Ihr in das Haus des österreichischen Gesandten und bittet um seinen Schutz, da die Republik Euch auszuweisen drohe. Ihr werdet sagen, dass Ihr in früher Jugend Triest verlassen habt und nach Brescia hinübergegangen seid. Was auch die Antwort sein möge, dieser Besuch wird Euch, bei einiger Geschicklichkeit, genügen, um mit dem Sekretär des Gesandten Bekanntschaft zu machen. Es ist Eure Aufgabe, dieses Verhältnis fortzuspinnen und, soviel Ihr könnt, die geheimen Verbindungen des Wiener Hofes mit den Adeligen Venedigs zu beobachten. Entdeckt Ihr das Geringste, was Euch Verdacht einflößt, so habt Ihr es unverzüglich zu melden.

Wünscht das hohe Tribunal, dass ich meine bisherige Stellung bei dem Notar Fanfani aufgebe? – Ihr ändert nichts in Eurer Lebensweise. Euer Gehalt beträgt für den ersten Monat nur zwölf Dukaten. Von Eurer Geschicklichkeit und Umsicht hängt es ab, die Summe zu verdoppeln.– Andrea verneigte sich zum Zeichen, dass er mit allem einverstanden sei.

Hier ist Euer deutscher Pass, sagte der Sekretär. Eure Wohnung ist dem Palast der Gräfin Amidei benachbart. Es wird Euch ein Leichtes sein, mit ihrer Kammerfrau ein Verhältnis anzuknüpfen, dessen Kosten Euch erstattet werden sollen. Was Ihr auf diesem Wege über die Beziehungen der Gräfin zu vornehmen Venezianern erfahrt, berichtet Ihr an diesem Ort. Die Republik erwartet, dass Ihr treu und gewissenhaft Eure Aufgabe erfüllt. Sie verpflichtet Euch nicht durch einen Eid, weil, wenn die Scheu vor den irdischen Strafen, die wir verhängen, Euch nicht in der Pflicht zurückhielte, Ihr kein Menschenblut in den Adern haben müsstet und also auch der himmlischen Gerechtigkeit spotten würdet. Ihr seid entlassen.

Andrea verbeugte sich wiederum und wandte sich nach der Tür. Der Sekretär rief ihn zurück. – Noch eins, sagte er, indem er ein Kästchen aufschloss, das auf dem Tische stand. Tretet heran und betrachtet den Dolch in diesem Kästchen. Es sind große Waffenfabriken in Brescia. Entsinnt Ihr Euch, dort irgend eine ähnliche Arbeit gesehen zu haben? – Andrea blickte, mit letzter Kraft sich bezwingend, in den Behälter, den ihm der Sekretär entgegenhielt. Er erkannte die Waffe nur zu wohl. Es war ein zweischneidiges Messer, der Griff, ebenfalls stählern, in Kreuzesform. Auf der Klinge, vom Blut noch nicht gereinigt, standen die Worte eingegraben: »Tod allen Staatsinquisitoren«.

Nach einer längeren Prüfung schob er mit fester Hand das Kästchen zurück. Ich entsinne mich nicht, sagte er, einen ähnlichen Dolch in den Kaufläden von Brescia gesehen zu haben.

Es ist gut. – Der Sekretär verschloss das Kästchen wieder und winkte ihm mit der Hand, zu gehen. Langsam schritt Andrea hinaus. Die Hellebardiere ließen ihn passieren; wie im Traum ging er den hallenden Korridor entlang, und erst als er auf der dunklen Treppe war, gönnte er sich's, einen Augenblick auf einer der Marmorstufen niederzusitzen. Seine Knie drohten einzubrechen; der kalte Schweiß bedeckte seine Stirn, die Zunge klebte ihm am Gaumen. – Als er ins Freie hinaustrat, atmete er tief auf, richtete den Kopf mutig in die Höhe und nahm seine entschiedene Haltung wieder an. Am Portal draußen, das sich nach der Piazetta öffnet, sah er einen Haufen Volkes dicht beisammen stehen, vertieft in die Lesung eines großen Anschlages, der an eine der Säulen angeheftet war. Er trat ebenfalls hinzu und las, dass vom Rat der Zehn mit hoher Bewilligung des Dogen eine Belohnung von tausend Zechinen und die Begnadigung eines Verbannten oder Verurteilten demjenigen verheißen werde, der über den Mörder Veniers Auskunft zu geben wisse. Das Volk strömte vor der Säule ab und zu, und nur einige lauernde Gesichter tauchten beharrlich immer wieder unter den Arkaden auf und bewachten die Mienen der Lesenden. Auch Andrea entging ihnen nicht. Aber mit der Gleichgültigkeit eines völlig unbeteiligten Fremden machte er, nachdem er das Blatt überflogen, anderen Neugierigen Platz und stieg ruhig am großen Kanal in eine Gondel, die ihn nach dem Hotel des österreichischen Gesandten bringen sollte.

Als er nach einer längeren Fahrt vor dem ziemlich abgelegenen Palast ausstieg, der den doppelköpfigen Adler über dem Eingang trug, bewegte gerade ein hochgewachsener junger Mann den Klopfer am Tor. Er sah sich nach der Gondel um, und seine ernsthaften Züge erheiterten sich plötzlich. Ser Delfin, sagte er und bot Andrea die Hand, begegnen wir uns hier? Kennt Ihr mich nicht mehr? Habt Ihr den Abend am Gardasee schon vergessen? – Ihr seid es, Baron Rosenberg! erwiderte Andrea und schüttelte herzlich die dargebotene Rechte. Seid Ihr für längere Zeit in Venedig, oder holt Ihr schon Euren Pass hier ab zur Weiterreise? – Der

Himmel weiß, sprach der andere, wann mich mein Stern je von hier wegführt, und ob ich ihn dann willkommen heißen oder verwünschen werde. Um meinen Pass jedoch brauche ich niemand zu bemühen, da ich ihn mir selbst visieren kann. Denn Ihr müsst wissen, werter Freund, dass Ihr mit dem Sekretär Seiner Exzellenz des österreichischen Gesandten sprecht, was ich wahrlich nicht etwa sage, um eine diplomatische Wand zwischen mich und meinen werten Reisegefährten von Riva zu schieben, sondern in Eurem Interesse, Bester, da es nicht jedem Venezianer erwünscht ist, für einen alten Bekannten von mir zu gelten.

Ich habe nichts zu fürchten, sagte Andrea. Wenn ich Euch nicht lästig bin, trete ich einen Augenblick bei Euch ein.

Ihr wolltet zu mir, ohne mich zu kennen. Was Euch der Gesandtschaftssekretär zu Gefallen tun sollte, wird Euch nun der Freund umso williger tun, falls es in seiner Macht steht.

Andrea errötete. Zum ersten Male empfand er jetzt alles Demütigende der Maske, die er trug, einem freien Manne gegenüber, der ihm nach einer flüchtigen Begegnung vor mehreren Jahren so freundschaftlich wieder entgegenkam. Der Pass des Triestiners, den er in der Tasche trug, drückte ihn wie ein bleiernes Gewicht. Aber die Übung, seine inneren Kämpfe zu beherrschen, ließ ihn auch diesmal nicht im Stich.

Ich wollte nur eine Erkundigung einziehen über ein deutsches Handelshaus, sagte er, denn ich bin hier in Venedig in der sehr bescheidenen Stellung eines Schreibers, der sich von seinem Herrn Notar zu mancherlei kleinen Diensten gebrauchen lassen muss. Da ich aber in Brescia nicht viel Besseres war und Ihr dennoch mich nicht zu gering hieltet, mir Eure und Eurer Mutter Gesellschaft zu gönnen, so trete ich auch hier dreist mit Euch ein; Ihr müsst mir vor allem sagen, wie es der trefflichen Frau ergeht, deren ehrwürdiges Bild, ihre rührende Liebe zu Euch, ihre große Güte gegen mich, mir noch in lebendigster Erinnerung stehen.

Der Jüngling wurde ernsthaft und seufzte. Kommt in mein Zimmer, sagte er. Wir plaudern dort vertraulicher.

Andrea folgte ihm hinauf, und der erste Blick, den er in das behagliche Gemach tat, fiel auf ein großes Pastellbild, das über dem Schreibtisch hing. Er erkannte die leuchtenden Augen und das reiche Haar Leonorens. Aller verführerische Schmelz der Jugend und des Übermutes lag auf diesen lächelnden Lippen.

Der Jüngling rückte zwei Sessel an das Fenster, durch welches man den ziemlich breiten Kanal, die malerische Brücke und zwischen den Häusern drüben die Chorseite einer alten Kirche übersah. Kommt, sagte er, macht es Euch bequem. Soll ich Wein kommen lassen oder Sorbette? Aber ihr hört nicht. Ihr seid in dieses unglückselige Bild vertieft. Wisst Ihr, wen es vorstellt? Kennt Ihr das Urbild, von dem es nur ein blasser Schatten ist? Doch wer in Venedig kennte es nicht? Sagt mir nichts von diesem Weibe. Ich weiß alles, was man von ihr sagt, und glaube alles, und dennoch versichere ich Euch in allem Ernst, dass Ihr selbst, wenn Ihr vor ihr ständet, an nichts von alledem denken, sondern Gott danken würdet, wenn Ihr Eure fünf Sinne so leidlich beisammen behieltet.

Ist dieses Gemälde Euer Eigentum? fragte Andrea nach einer Pause. – Nein; es hat einem Glücklicheren gehört, einem schönen jungen Venezianer, der, wie er mir selbst gestand, ihr Abgott gewesen. Der Unvorsichtige ließ sich einfallen, mir seine Freundschaft anzutragen. Er büßt dieses Verbrechen in der Verbannung, und meine Strafe ist nun, dass er mir dieses Bild vermacht hat, und dass ich die Augen des Originals um ihn habe weinen sehen. – Er stand, während er dies sagte, vor dem Bild und betrachtete es mit einem schwärmerisch-traurigen Blick. Andrea beobachtete ihn mit der tiefsten Teilnahme. Er war nicht schön von Gesicht, nur anziehend durch die Mischung von jugendlicher Sanftheit der Formen und männlichem Ernst und Feuer seines Mienenspiels. Auch in den Bewegungen der hohen Gestalt offenbarte sich Adel und Energie. Unwillkürlich entfuhr Andrea der Ausruf: Dass Ihr, auch Ihr dieses

Weib lieben könnt, das Euer so wenig wert ist! – Lieben? erwiderte der Deutsche mit einem seltsam düsteren Ton. Wer sagt Euch, dass ich sie liebe, wie ich einst in Deutschland geliebt habe und wie es allein den Namen verdient? Sagt, dass ich von ihr besessen bin, dass ich mit Knirschen und Stöhnen ihre Fesseln trage, und nehmt mein Geständnis hin, dass ich mich dieser Schwäche schäme und doch in ihr schwelge. Ich habe es nie vorher gewusst, wie alle irdische Wonne nichtig ist gegen das Gefühl, sich den Nacken von einem selbstgewählten Joch wund drücken zu lassen und den gesamten Mannesstolz um ein Lächeln solcher Augen in den Staub zu werfen.

Sein Gesicht hatte sich gerötet; er bemerkte jetzt erst, dass Andrea längst von dem Bilde wegsah und ihm tief bekümmert zuhörte. – Ich langweile Euch, sagte Rosenberg. Sprechen wir von etwas anderem. Wie ist es Euch indes ergangen? Warum habt Ihr Brescia verlassen?

Ihr habt mir von Eurer Mutter noch nichts erzählt, lenkte Andrea ein. Welch eine Frau! Der Fremdeste fühlt das Verlangen, sie wie eine Mutter zu verehren.

Redet weiter, sagte der andere. Vielleicht befreien mich Eure Worte von dem bösen Zauber, dem ich hier verfallen bin. Nicht, dass Ihr mir etwas Neues sagtet. Aber es von Euch zu hören, welch eine Mutter sie ist, und welch ein undankbares Kind sie an mir großgezogen hat, bringt mich vielleicht zu meiner Pflicht zurück. Werdet Ihr es glauben, dass ich schon den dritten Brief von ihr habe, in welchem sie mich beschwört, Venedig zu verlassen und zu ihr nach Wien zu kommen? Sie träumt, dass mir hier Unheil bevorstehe. Das größte, dem ich verfallen bin, ahnt sie nicht; und doch hält mich sonst nichts hier fest, als ein Weib, das ich um alles in der Welt nicht in ihre reine Nähe zu bringen wagte. Aber nein, fuhr er fort, damit ich mir nicht selbst zu viel tue: Es wäre in der Tat schwer zu machen, dass ich in diesem Augenblick mir Urlaub auswirkte. Mein Chef, der Graf, hat sich eingeredet, dass ich ihm unentbehrlich sei, und gerade jetzt gibt es mancherlei zu tun, was ihm selber lästig wäre. Es ist Euch nicht unbekannt, dass wir hier unliebe Gäste sind. Man will die Augen nicht öffnen nach der Seite hin, von der eine wirkliche Gefahr drohen könnte, und hätschelt das Vorurteil, als hätte die Macht, die wir vertreten, die Hand im Spiele bei allem Feindseligen, was in Venedig geschieht. Ist man doch so weit gegangen, uns für die Ermordung Veniers verantwortlich zu machen, eine Tat, die ich von Grund meines Herzens ebenso verabscheue, wie ich ihre Anstifter für kurzsichtige Politiker halte. Denn sagt selbst, werter Freund, fuhr er mit rückhaltlosem Eifer fort, vielleicht nicht ohne die Absicht, einen Fürsprecher mehr in Venedig zu gewinnen, sagt selbst, ob die geringste Aussicht ist, das Ziel, den Sturz des Tribunals, auf diesem verbrecherischen Wege zu erreichen? Setzen wir die moralische Seite für einen Moment aus den Augen: ist es irgend denkbar, dass ein so weit verzweigter Anschlag hier, in Venedig, so lange geheim bleibt wie er müsste, wenn der Zweck der Einschüchterung erreicht werden sollte?

Es ist undenkbar, erwiderte Andrea gelassen. Was drei Venezianer wissen, weiß der Rat der Zehn. Um so wunderbarer, dass er diesmal so schlecht bedient wird.

Und nun setzt den Fall, es gelänge den Verschworenen nach Wunsch, Mord auf Mord, worauf es ja abgesehen scheint, erreichte die Inquisitoren trotz des Geheimnisses, das sie umgibt, und endlich fände sich niemand, der sein Leben an eine so gefährliche Würde wagte – was wäre damit erreicht? Eine Aristokratie, von so ungeheuerlicher Organisation, wie die venezianische, bedarf, um zu bestehen, um sich gegen die drohenden Wogen des Volkswillens zu sichern, des festen Dammes einer immerwährenden Diktatur, die in sanfteren oder härteren Formen immer wieder aufgerichtet werden müsste. Denn wo sind die Elemente, aus denen eine echte Republik mit freien Institutionen sich bilden könnte? Ihr habt eine herrschende Kaste und eine beherrschte, Souveräne zu Hunderten und Pöbel zu Tausenden. Wo sind die Bürger, ohne die ein freies Stadtwesen ein Unding ist? Eure Nobili haben dafür gesorgt, dass der geringe Mann nie zum Bürgersinn, zum Gefühl der Verantwortlichkeit und des wahren bewussten Opfers für große Zwecke herangereift ist. Sie haben den Plebejern nie erlaubt, sich um Staatsinteressen zu bekümmern. Aber weil das Regiment von achthundert Tyrannen zu schwerfällig, zu uneinig und schwatzhaft ist, um eine mächtige Wirkung nach außen oder innen zu üben, knechteten diese Herren sich lieber selbst und beugten sich unter das Joch eines unverantwortlichen Triumvirats, das wenigstens aus ihrer Mitte hervorgegangen war. Sie zogen es vor, ihre eigenen Mitglieder ohne Gesetz und Recht diesem dreiköpfigen Götzen zum Opfer fallen zu sehen, als unter dem Schutz von Gesetzen und Rechten zu leben, die sie mit dem Volk gleichstellen würden.

Ihr sagt diese Sachen, wie sie sind, warf Andrea ein. Aber müssen sie so bleiben?

Bleiben – oder sich verschlimmern. Denn seht, Bester, wie furchtbar sich die Schneide ihrer Waffe gegen sie selbst gekehrt hat. Solange die Republik eine Aufgabe hatte unter den Völkern Europas, solange war der Druck dieser stehenden Diktatur im Innern durch die Erfolge nach außen aufgewogen. Niemals wäre Venedig ohne dieses Zusammenfassen all seiner Kräfte in der Hand unerbittlicher Tyrannen zu der Blüte politischer Macht und unermesslichen Reichtums gediehen, wie wir sie bis ins vorige Jahrhundert noch im Wachsen finden. Sobald die Zwecke wegfielen, die so gewaltsame Mittel allein rechtfertigen konnten, blieb die nackte Tyrannei in all ihrer Unförmigkeit übrig und begann, um nicht müßig zu gehen und sich selbst für überlebt zu halten, nach innen zu wüten. Eine Diktatur im Frieden, mag sie von einem oder dreien ausgeübt werden, ist immer eine Lebensgefahr für jeden großen oder kleinen Staat. Hier aber ist die Krankheit zu alt geworden, um noch Heilung zu finden. Die Keime des wahren Bürgertums, aus denen jetzt für die Republik ein neues Leben erwachsen müsste, sind verfault, durch ein Jahrhunderte langes Schreckenssystem, durch das Netz der ausgesuchtesten Spionenkünste ist alles Vertrauen, alle Geradheit, Sicherheit und Freiheitsliebe erstickt, und das Gebäude, das so künstlich und dauerhaft aufgeführt scheint, würde zusammenbrechen, sobald der Kitt der Furcht aus den Fugen verschwände.

Eure Gründe mögen gut sein, erwiderte Andrea nach einer Pause, aber es sind Gründe eines Fremden, den es nichts kostet, diese Republik für ausgelebt und dem Untergang verfallen zu erklären. Einen Venezianer möchtet ihr schwerlich überzeugen, dass die Krankheit seiner alten Mutterstadt nicht wenigstens den letzten Versuch einer Heilung wert sei.

Ihr aber seid kein Venezianer.

Ihr habt recht, ich bin nur aus Brescia, und meine Stadt hat schwer unter Venedigs Geißel geblutet. Dennoch kann ich mich eines tiefen Mitgefühls mit diesen verzweifelten Männern, die das fressende Geschwür der geheimen Schreckensherrschaft mit dem Messer auszuschneiden versuchen, nicht ganz erwehren. Ob sie ihr Ziel erreichen, steht in den Sternen geschrieben. Meine Augen sind schwach, ich verzichte drauf, diese Schrift zu lesen.

Beide Männer schwiegen und sahen eine Weile durch das Fenster auf den Kanal. Ihre Sessel standen dicht nebeneinander. Die Sonne brannte herein, ohne dass sie der lästigen Glut auswichen.

Ihr seht, begann endlich lächelnd der Jüngere, dass ich für einen Diplomaten, und einen, der in Venedig sich die Sporen verdient, noch viel zu wenig Vorsicht gelernt habe. Wir haben uns nur einmal gesehen, und heute sage ich Euch ohne Umschweife, was ich von den hiesigen Dingen halte. Aber freilich traue ich mir hinlängliche Menschenkenntnis zu, um zu wissen, dass ein Geist wie der Eure sich nicht in den Sold dieser Signoria begeben kann.

Andrea reichte ihm stumm die Hand. In demselben Augenblick wandte er das Gesicht und sah wenige Schritte hinter ihnen in unterwürfiger Haltung seinen Amtsgenossen, Samuele, mitten im Zimmer stehen. Er hatte die Tür leise geöffnet und war auf den Teppichen des Zimmers unter vielen Verbeugungen ungehört herangetreten. Euer Gnaden, sagte er jetzt zu

Rosenberg gewandt, indem er sich gegen Andrea fremd stellte, ich bitte zu verzeihen, dass ich bin eingetreten unangemeldet. Der Herr Kammerdiener war nicht im Vorzimmer. Ich bringe die bestellten Juwelen; Sachen, Euer Gnaden, wie sie die schönste Esther hätte tragen können.

Er holte aus seinen Taschen Schachteln und Kästchen hervor und breitete seine Waren sorgfältig auf dem Tisch aus, wobei er sichtlich den jüdischen Händler, den er sonst in seinem Wesen nach Kräften verleugnete, hervorzukehren suchte. Während der Deutsche die Schmucksachen musterte, warf Samuele einen Blick des Einverständnisses nach Andrea hinüber, der ihm den Rücken kehrte und an das Fenster trat. Er begriff, was der Besuch des Juden zu dieser Stunde bezweckte. Der Spion sollte den Spion im Auge haben, der alte Fuchs den Neuling bei seinem Probestück überwachen.

Indessen hatte Rosenberg eine Halskette mit einem Rubinschloss ausgewählt und bezahlte den Preis, den der Jude forderte, ohne zu handeln. Er warf ihm die Goldstücke hin, nickte ihm, ohne weiter auf sein Geschwätz zu antworten, seine Entlassung zu und trat wieder ans Fenster. Ich sehe es an Eurer Miene, sagte er, dass Ihr mich bemitleidet und für einen Wahnsinnigen haltet. In der Tat, ich handelte klüger, wenn ich dieses blitzende Geschmeide in den Kanal würfe, statt es um Leonorens weißen Nacken zu legen. Aber was hilft mir alle Klugheit gegen diesen Dämon?

Ich bin überzeugt, antwortete Andrea, dass Eure Entzauberung nicht lange auf sich warten lassen wird. Aber eine andere Warnung bin ich Euch schuldig. Kennt Ihr den Juden näher, der uns eben verließ?

Ich kenne ihn. Er ist einer von den Spionen, die der Rat der Zehn in unserem Hause besoldet. Er isst sein Brot mit Sünden. Denn unser ganzes Geheimnis ist, dass wir ehrlich sind. Und weil sie dies für ganz unmöglich halten, gelten wir ihnen für die Gefährlichsten und Verstecktesten. Nur um Euretwillen ist es mir unlieb, dass der Schleicher gerade jetzt hier eintrat. Er hat gesehen, dass Ihr mir die Hand gabt. Ich bürge Euch dafür, dass Ihr, ehe eine Stunde vergeht, im schwarzen Buch des Tribunals stehen werdet.

Andrea lächelte bitter. Ich fürchte sie nicht, mein Freund, sagte er. Ich bin ein friedfertiger Mensch und mein Gewissen ist ruhig.

Vier Tage waren nach jenem Gespräch vergangen. Andrea hatte sein gewohntes Leben fortgesetzt, sich regelmäßig morgens bei seinem Notar eingefunden und am Abend das Haus gehütet, obwohl ihm jetzt, da er zu der hohen Polizei in ein nahes Verhältnis getreten war, an dem guten Leumund in der Straße della Cortesia nicht mehr viel gelegen sein konnte.

Am Samstag abends erbat er sich den Hausschlüssel von Frau Giovanna. Sie lobte ihn, dass er eine Ausnahme von seiner Regel mache. Es sei heute auch der Mühe wert; die Totenfeier für den erlauchten Herrn Venier in San Rocco mitanzusehen, würde sie selbst reizen können. Aber sie scheue das Gedränge, und dann – er wisse wohl, weshalb dieser Fall ihr ein besonderes Grauen einflöße.

Auch er gehe dem nächtlichen Gewühl lieber aus dem Weg, sagte Andrea. Es beklemme ihm die Brust. Er wolle eine Gondel nehmen und nach dem Lido hinausfahren.

So verließ er die Alte und schlug die Richtung ein, die San Rocco entgegengesetzt war. Es war schon acht Uhr, ein feiner Regen trübte die Luft, hielt aber die Menschen nicht ab, der Kirche drüben über dem Kanal zuzuströmen, wo die Exequien für den ermordeten Staatsinquisitor um diese Stunde abgehalten werden sollten. Dunkle Gestalten, teils in Masken, teils das Gesicht durch den Hutrand gegen den prickelnden Regen schützend, eilten an ihm vorbei nach den Plätzen der Überfahrt, oder nach der Rialtobrücke, und ein dumpfes Glockengetön summte durch die Luft. In einer Seitengasse stand Andrea still, zog eine Maske aus seinem Rock und band sie sich vor. Dann ging er an den nächsten Kanal, sprang in eine Gondel und rief: Nach San Rocco! – Die stattliche alte Kirche war schon von unzähligen Kerzen taghell erleuchtet und eine ungeheure Volksmenge umwogte den leeren Katafalk, der dunkel mitten im Schiff aufragte ohne Blumen und Kränze. Nur ein großes silbernes Kreuz stand zu Häupten, und die schwarze Decke trug zu beiden Seiten das Wappen des Hauses Venier. Auf schwarzausgeschlagenen Sitzen, die durch die ganze Tiefe des Chores amphitheatralisch hinaufstiegen, hatte der Adel Venedigs Platz genommen, in einer Vollzähligkeit, wie sie selten auch bei wichtigen Sitzungen des Großen Rates zustande kam. Niemand wagte es, zu fehlen, denn jedem lag daran, dass an der Aufrichtigkeit seiner Trauer um den Toten nicht der leiseste Zweifel entstände. Auf einer besonderen Tribüne saßen die fremden Gesandten. Auch ihre Reihe war vollzählig.

Aus der Höhe herab bliesen die Posaunen die feierliche Introduktion eines Requiems, und ein vollstimmiger Chor, von der Orgel begleitet, stimmte den Klagegesang an, der erschütternd durch die Kirche wallte und draußen auf dem Platz und weit in die benachbarten Straßen hinein von dem zuströmenden Volk vernommen wurde. Der feine Regen, der noch immer anhielt, die Dunkelheit der Nacht, aus der schon fern die hellen Steinrosen der Kirchenfenster wundersam hervorglommen, das verstohlene Schwirren und Summen der Tausende verbreitete ein banges Grausen rings um die Kirche, dessen nur wenige sich erwehren mochten. Je näher am Eingang in den erhabenen Raum, der alles umschloss, was in Venedig groß und mächtig war, desto andächtiger verstummten alle Lippen. Aus den schwarzen Masken, die nach alter Gewohnheit bei Trauer- wie bei Freudenfesten zahlreich unter der Menge erschienen, sahen nicht wenige bange Blicke in das helle Portal hinein nach dem Katafalk, der an das Ende der Dinge und die Hinfälligkeit irdischer Macht noch vernehmlicher mahnte als die Worte des Gesanges.

In einer Seitenstraße, die damals durch dunkle Arkaden nach dem Platz von San Rocco mündete, gingen zwei Männer hastig im Gespräch miteinander. Sie sahen es nicht, dass im Dunkel der Häuser ein dritter ihnen auf dem Fuße folgte, in Mantel und Maske sorgfältig versteckt, der sich bald näherte, bald zurückblickte und ihnen wieder einen Vorsprung ließ. Jene anderen trugen die Maske nicht. Der eine war ein graubärtiger Herr mit vornehmem Anstand, sein Begleiter schien jünger und geringeren Standes. Er horchte aufmerksam auf jedes Wort des Alten und warf nur zuweilen eine bescheidene Bemerkung hin. – Jetzt kamen sie an eine Stelle, wo aus einem erleuchteten Hause ein heller Schein über die Gasse fiel. Unversehens hatte die Maske sie überholt und spähte, als sie jetzt dicht an ihr vor-übergingen, hinter dem Pfeiler hervor scharf in die beiden Gesichter. Die Züge des Sekretärs der Staatsinquisitoren tauchten deutlich für einen Augenblick aus der Finsternis auf. Die Stimme des Alten war ebenfalls im Gemach des Geheimen Tribunals laut geworden. Sie hatte Andrea Delfin ins Gesicht gesagt, dass er ein Candiano sei.

Geht nun zurück, schloss der Alte das Gespräch, und besorgt die Sache ohne Aufschub. Der Großkapitän ist bei San Rocco beschäftigt, wie Ihr wisst: aber eine kleine Abteilung seiner Leute genügt, um beide zu verhaften. Ihr werdet ihnen einschärfen, dass es ohne Lärm abgehen muss. Das erste Verhör habt Ihr sofort anzustellen, denn vor Mitternacht bin ich schwerlich zurück. Ist etwas Dringendes zu melden, so findet Ihr mich, nachdem die Feier vorüber ist, bei meinem Schwager.

Sie trennten sich und der Alte schritt durch den einsamen Pfeilergang dem Platz von San Rocco zu. Eben verstummte die Musik in der Kirche, und aller Augen richteten sich auf die Kanzel, die ein schneeweißer Greis, der päpstliche Nuntius, auf zwei jüngere Geistliche gestützt, mühsam bestieg, um zu dem versammelten Adel und Volk Venedigs zu reden. Kein Laut regte sich mehr; die schwache Stimme des Greises begann, weit vernehmlich, das Gebet, dass der Herr in Gnaden herabsehen und aus dem Schatz seiner ewigen Weisheit und

Barmherzigkeit den bekümmerten Geistern Trost und Erleuchtung spenden möge, das Dunkel erhellen, welches Schuld und Arglist dem Auge des irdischen Gerichts entziehe, und die Werke der Finsternis zuschanden machen wolle.

Das Amen war kaum verhallt, so erhob sich von dem Portal her ein murmelndes Geräusch und pflanzte sich blitzschnell durch das Schiff der Kirche fort und lief bis zu den Sitzen der Nobili hinan, sodass im Nu die ungeheure Versammlung wie ein aufgewühlter See schwankte und brandete. Alle spähten im ersten Moment ratlos nach der Schwelle hin, über welche das Entsetzen eingedrungen war. Man sah jetzt durch das Hauptportal Fackeln in Hast über den dunkeln Platz irren, und während alles atemlos hinaushorchte, erscholl plötzlich von vielen Stimmen der Ruf in die Kirche hinein: Mörder! Mörder! Rette sich, wer kann!

Ein beispielloser Aufruhr, eine Verwirrung, wie wenn dem Gewölbe der Kirche jählings der Einsturz drohe, folgte auf diesen Ruf. Volk und Patrizier, Geistliche und Laien, die Sänger oben vom Chor, die Wächter des Katafalks, Männer und Frauen drängten sich blindlings den Ausgängen zu, und nur der Greis auf der Kanzel droben sah mit unerschütterlicher Würde auf das angstvolle Gewimmel herab und verließ seinen Sitz erst, als nur noch das schwarze Gerüst inmitten der leeren Kirche ihn an das Wort mahnte, das ihm so plötzlich abgeschnitten worden war.

Draußen aber wälzte sich die entsetzte Menge nach einem Punkt, wo einige Fackeln mühsam mit Wind und Regen kämpften. Die Sbirren, die unter der Führung des Großkapitäns beim ersten Aufzucken des Ereignisses an jene Stelle geeilt waren, hatten einen regungslosen Körper im Dunkel der Seitengasse gefunden, dem noch immer das Blut aus der Seite strömte. Als die Fackeln herbeikamen, sah man einen Dolch mit stählernem Kreuzgriff in der Wunde und las die eingegrabenen Worte: »Tod allen Staatsinquisitoren!«, die durch die entgeisterte Menge halblaut von Mund zu Munde gingen.

Der erste Stoß eines Erdbebens, obwohl die Mahnung furchtbar ist, dass man auf vulkanischem Boden stehe, erschüttert die Gemüter noch nicht in den Tiefen. In den Schrecken mischt sich zu lebhaft Überraschung und Befremden, ja, wo die Wirkungen nicht allzu fühlbar bleiben, sind die Menschen, die rasch wieder ins Gleichgewicht zurückstreben, gern geneigt, um ihrer Ruhe willen lieber an eine Sinnestäuschung zu glauben. Erst die Wiederholung des Verderblichen, Unabwendbaren und Erbarmungslosen widerlegt jeden Glauben an einen Irrtum, jede Hoffnung, dass nur zufällige Umstände das Ereignis herbeigeführt haben möchten. Die Wiederkehr der Gefahr verewigt die Furcht und deutet auf eine unabsehliche Reihe von Schrecknissen hinaus, gegen die weder Mut noch Feigheit den geringsten Schutz gewähren können.

Eine ähnliche Wirkung übte in Venedig die Kunde von dem zweiten mörderischen Anschlag gegen einen Staatsinquisitor aus. Denn dass der Verwundete nichts Geringeres war, hatten die Eingeweihten nicht zu verheimlichen vermocht. Niemand konnte sich's verhehlen, dass die Kühnheit, mit der dieser zweite Schlag geführt worden war, durch das Gelingen der Tat nur neu angespornt und zum Weiterschreiten auf der Bahn der Gewalt ermuntert werden musste. Zwar hatte dieses Mal der Dolch, durch ein seidenes Unterkleid abgelenkt, das Opfer nicht sogleich tödlich getroffen. Aber die Wunde gefährdete dennoch das Leben und verursachte jedenfalls einen Stillstand in der Tätigkeit des Geheimen Tribunals, das ohne Einstimmigkeit seiner drei Mitglieder keinen Spruch tun durfte. Seine Herrschaft war also für den Augenblick gelähmt, und, was wichtiger war, das undurchdrungene Geheimnis, in das sich die feindliche Macht hüllte, zerstörte den Glauben an die Allwissenheit und Allmacht des Triumvirats und musste zuletzt das Selbstvertrauen und die rücksichtslose Energie seiner Mitglieder untergraben. – Denn welche Maßregeln der Vorsicht blieben noch übrig, und welche Mittel geheimer Nachforschung waren noch unerschöpft? Hatte man nicht über die Neuwahl des dritten Inquisitors im Rate der Zehn sich gegenseitig das tiefste Stillschweigen mit schwerem Eide angelobt? Und dennoch war wenige Tage nachher der Schlag so sicher, so wie vom Himmel herab gerade auf den Neugewählten gefallen. Mit argwöhnischen Blicken sah jeder den anderen an. Der Gedanke drängte sich auf, dass im Schoß der Machthaber selbst der Verrat niste, dass die Tyrannen selbstmörderisch Hand an ihre Herrschaft gelegt hätten. Man verhaftete den Sekretär der Inquisition, der mit dem Verwundeten die letzten Worte kurz vor dem Überfall gesprochen hatte. Er wurde peinlich befragt und mit grausamem Tode bedroht. Auch das war freilich erfolglos.

Und was hatte die Vermehrung der geheimen Polizei, die massenhafte Anwerbung neuer Spione unter den Dienern der Nobili und der fremden Gesandten, in den Gasthöfen, im Arsenal, selbst in den Kasernen und Klöstern für einen Gewinn gebracht? Halb Venedig war dafür besoldet, dass es die andere Hälfte überwachte. Eine ansehnliche Summe sollte die geringste Nachricht, die auf die Spur der Verschwörung half, belohnen. Man verdreifachte sie jetzt. Aber man versprach sich, da man die Verschwörung bei dem Adel suchte, wenig von einer Maßregel, die nur auf das ärmere Volk berechnet war. Man tat überhaupt eine Menge Dinge, nur um den Schein zu retten, als sei man nicht müßig, obwohl was man tat, müßig war. Es erschienen strenge Verordnungen über das Schließen der Gasthäuser und Schenken mit dem Eintritt der Dunkelheit, das Tragen von Masken und Waffen jeder Art wurde bei schwerer Strafe verpönt, die ganze Nacht hallte der Schritt der Runden durch die Gassen und hörte man die Gondeln anrufen, die auf den Kanälen an den Wachtposten vorüberfuhren. Niemand erhielt einen Pass, der Venedig verlassen wollte, und am Eingang des Hafens lag ein großes Wachtschiff, das jedes Fahrzeug anhielt und selbst von den Beamten der Republik die Parole verlangte, ehe sie passieren durften.

Weit über die Terraferma hin verbreitete sich das Gerücht von diesen unheimlichen Zuständen, wie gewöhnlich mit der Entfernung wachsend. Wer eine Reise nach der Mutterstadt vor hatte, schob sie auf. Wer sich in eine Handelsverbindung mit einem Venezianer Hause hatte einlassen wollen, zog es vor, den Ausgang dieser Wirren abzuwarten, die den Bau der Republik in ihren Grundfesten umzuwühlen drohte. Der Rückschlag zeigte sich bald in der Verödung der Stadt, wo alles zu stocken schien. Die Nobili verließen nur im dringenden Notfall ihre Paläste, in denen sie sich, um nicht unwissend an einen der Verschworenen zu streifen, gegen jeden Besuch absperrten. Niemand wusste genau, was draußen vorging, und die abenteuerlichsten Gerüchte von Verhaftungen, Folter und verhängten Strafen drangen zu den verschlossenen Türen ins Innere der bangen Familien. Auch das geringere Volk, obwohl es klar fühlte, dass es nicht in erster Linie unter diesen Zuständen litt, und es schadenfroh mit ansah, wie die Vornehmen in panischem Schrecken sich untereinander scheel anblickten, konnte sich doch auf die Länge einer beklommenen Stimmung nicht erwehren. Es war immerhin lästig, Karten und Wein mit dem Einbruch der Nacht im Stich zu lassen, von einer jeden Wache, der es einfiel, nach verborgenen Waffen durchsucht zu werden, und bei dem besten Gewissen von der Welt keinen Augenblick vor der Tücke falscher Denunzianten sicher zu sein.

Unter den wenigen, auf deren Leben und Treiben die Schwüle, die über den Gemütern lag, scheinbar keinen Einfluss übte, befand sich auch Andrea Delfin. Er war am Morgen nach der Tat gleich dem anderen Tross der geheimen Späher von dem Nachfolger jenes unglücklichen Sekretärs, der ihn in Sold genommen hatte, über seine Beobachtungen um die Stunde der Tat befragt worden und hatte das Märchen von einer Fahrt nach dem Lido aufgetischt, bei der er die Absicht gehabt hätte, die Stimmung unter den Fischern auszukundschaften. Was er aus dem Hotel des österreichischen Gesandten und dem Palast der Gräfin mitzuteilen wusste – unverfängliche Tatsachen, die dem Tribunal längst bekannt waren – zeugte wenigstens für seinen Eifer, sich in seine Aufgabe hineinzuarbeiten. Sein Freund Samuele hatte nicht versäumt, die auffallende Vertraulichkeit zu denunzieren, in welcher er den Brescianer mit dem Gesandtschaftssekretär betroffen hatte. Ruhig verantwortete sich Andrea, und die alte Bekanntschaft von Riva her konnte den Absichten des Tribunals nur förderlich sein.

So verging denn fast kein Tag, an dem er nicht, wenn er mit seiner Arbeit für den Notar fertig war, seinen deutschen Freund aufsuchte, dem das Gespräch des ernsten, von geheimem Kummer verdüsterten Mannes in seiner Abgeschiedenheit von anderem Verkehr nach und nach zum Bedürfnis wurde. Er hatte ein unbegrenztes Vertrauen zu Andrea gefasst, und wenn er politische Themata ihm gegenüber vermied, geschah es mehr, weil er bei der Verschiedenheit ihrer Nationalität eine Verständigung zwischen ihnen nicht hoffen durfte, als aus Besorgnis, dass Andrea seine Offenheit missbrauchen möchte. Er erzählte ihm sogar mit lachendem Munde, dass er vor ihm gewarnt worden sei als vor einem Spion des Tribunals. Die Sorglosigkeit, mit der er täglich die verfemte Schwelle des fremden Gesandten betrete, falle natürlich auf.

Ich bin kein Nobile, erwiderte Andrea mit gelassener Miene. Dass ich keine diplomatischen Verbindungen hier suche, leuchtet den Zehnmännern ein; sie haben mich bis jetzt nicht einmal einer Warnung gewürdigt. Euch aber habe ich liebgewonnen und würde mit Schmerzen darauf verzichten, Euch dann und wann meine unerfreuliche Gesellschaft aufzudrängen, denn ich bin ein völlig einsamer Mensch. Selbst meine brave Wirtin, die mir sonst wohl ein Stündchen mit ihren Sprichwörtern die Zeit vertrieb, betritt mein Zimmer nicht mehr. Sie ist krank, krank an Venedig und den bleichen Schatten, die darin umgehen.

So verhielt es sich in der Tat. Nach dem zweiten Attentat auf die Staatsinquisition war Frau Giovanna einen Tag lang tiefsinnig herumgegangen, und es hatte sich mit der sinkenden Nacht eine immer wachsende Aufregung bei ihr eingestellt. Sie war nun fest überzeugt, dass der Geist ihres Orso der Täter sei; denn nur ein unkörperlicher Schatten konnte zum zweiten Male den tausend lauernden Augen, die Venedigs Ruhe bewachten, entgehen. Sie legte ihre besten Kleider an und beschloss, da sie nichts Geringeres als einen Besuch ihres Abgeschiedenen erwartete, die ganze Nacht oben an der Treppe zu seinem Empfang bereit zu sein. In rührender Verwirrung der Begriffe hatte sie eine Lieblingspfeife ihres Mannes auf einem gedeckten Tisch mit drei Sesseln angerichtet, und war nicht dazu zu bewegen, selbst einen Bissen zu genießen. In diesem Zustand verwachte sie den größten Teil der Nacht. Erst nachdem das Lämpchen auf dem Flur erloschen war, gelang es Marietta, die Andrea zu Hilfe rief, die arme Frau wieder ins Zimmer und zu Bett zu bringen. Ein Fieber brach aus, nicht gefährlich, aber lebhaft genug, um täglich mehrere Stunden lang ihr das Bewusstsein zu rauben. Andrea sah dem allen in tiefem Mitleiden zu, und die beweglichen Worte, die der Kranken in ihren Phantasien entfielen, peinigten ihn sehr. Er musste sich sagen, dass er die Verstörung dieser guten Seele auf dem Gewissen habe, und die traurigen Blicke Mariettas drückten ihn schwerer als alle blutigen Geheimnisse, die er mit sich herumtrug.

Mit dieser Last beladen, schlenderte Andrea eines Nachmittags am Dogenpalast vorbei und stand lange an dem schmalen Kanal, der unter dem hohen Bogen der Seufzerbrücke dahinfließt. Wenn seine Entschlüsse in ihm wankend wurden und er an der Unsträflichkeit des Richteramtes, das er übernommen hatte, zu zweifeln begann, flüchtete er an diese Stelle und bestärkte sich durch einen Blick auf die uralten Mauern, hinter denen Tausende von Opfern einer unverantwortlichen Macht geseufzt und geknirscht hatten, in dem Glauben an das Recht und die Not seiner Sendung.

Die Sonne schien mit stechenden Strahlen durch die Septemberdünste, die vom Wasser aufstiegen. Dieser Kai, der sonst von Leben wimmelte, war unheimlich still. Die finsteren Blicke der Soldaten, die unter den Arkaden des Palastes auf und ab klirrten, mochte die laute

Munterkeit der Vorübergehenden einschüchtern. Andrea konnte deutlich hören, dass aus einer Gondel, die eben an die Piazetta anfuhr, sein Name gerufen wurde. Er erkannte seinen Freund, den Sekretär des Wiener Gesandten.

Habt Ihr Zeit, rief der Jüngling ihm zu, so steigt ein wenig ein und fahrt eine Strecke mit mir. Ich bin eilig und möchte Euch doch gern noch einmal sprechen.

Andrea stieg in die Gondel, und der andere reichte ihm mit besonderer Herzlichkeit die Hand. Ich freue mich sehr, mein teurer Andrea, dass ich Euch zufällig hier antreffen sollte. Ich wäre ungern ohne Abschied von Euch gegangen, und doch wagte ich nicht, Euch zu besuchen oder nach Euch zu schicken, da es ohne Zweifel aufgefallen wäre. – Ihr reist? fragte Andrea fast bestürzt. – Ich muss wohl. Da lest diesen Brief meiner guten Mutter, und sagt, ob ich darauf hin noch länger zögern kann. – Er zog den Brief aus der Tasche und gab ihn dem Freunde. Die alte Dame beschwor den Sohn, wenn ihm daran liege, dass sie je wieder ein Stunde Schlaf fände, ohne Aufenthalt zu ihr zu reisen. Die Gerüchte aus Venedig, die Stellung, die er dort einnehme und welche ihn mehr als andere gefährde, der Umstand, dass kaum der dritte seiner Briefe an sie gelange, sie wisse nicht, durch wessen Schuld – das alles nage an ihrer Ruhe, und ihr Arzt wolle für nichts stehen, wenn sie nicht durch einen Besuch ihres Sohnes erst wieder getröstet und beruhigt worden sei. Es ging ein Ton grenzenloser mütterlicher Hingebung und tiefen Kummers durch diese Zeilen, dass Andrea sie nicht ohne Bewegung lesen konnte.

Und dennoch, sagte er, als er das Blatt zurückgab, dennoch wünschte ich fast, Ihr reistet nicht gerade jetzt, obwohl ich weiß, dass Eure Mutter die Stunden zählt. Nicht darum, weil ich, wenn Ihr fort seid, völlig verlassen sein und wie ein wandelnder Toter hier zurückbleiben werde, sondern weil es nicht geraten ist, jetzt aus Venedig zu gehen, da der Verdacht Euch auf den Fersen folgen wird, Ihr ginget aus Vorsicht. Hat man gar keine Schwierigkeiten gemacht, Euch zu beurlauben?

Nicht die geringsten. Wie könnte man auch, da ich zur Gesandtschaft gehöre? – So seid doppelt auf Eurer Hut. Man hat schon manche Tür in Venedig zuvorkommend geöffnet, weil der Schritt über die Schwelle in einen Abgrund führte. Wenn Ihr mir folgtet, zeigtet Ihr Euch nicht so offen und unverkleidet hier in der Stadt während der letzten Stunden vor Eurer Abreise. Ihr könnt nicht wissen, was man vielleicht anstellt, dieselbe zu verhindern. – Was soll ich aber tun? fragte der Jüngling. Ihr wisst, dass die Masken verboten sind. – So bleibt zu Hause und lasst die Würdenträger dieser Republik lieber umsonst auf Euren Abschiedsbesuch warten. – Und wann werdet Ihr reisen? – Morgen früh um fünf. Ich denke einen Monat fortzubleiben und hoffentlich meine Mutter dann beruhigt verlassen zu können. Nun es fest beschlossen ist, dass ich mich losreißen soll, bin ich fast schon ausgesöhnt mit dieser Gewaltkur, obwohl sie mir nicht wenig ins Leben schneidet. Vielleicht gelingt es mir, wenn ich die Kreise meiner Zauberin nur erst einmal durchbrochen habe, ihre Macht für immer abzuschütteln. Aber werdet Ihr's glauben, mein Freund, dass ich vor der Trennung zittere, wie wenn ich sie nicht überstehen könnte? – So ist das beste Mittel, Euch sofort von ihr zu trennen. – Ihr meint, sie vor der Reise nicht wiederzusehen? Ihr verlangt Unmenschliches.

Andrea ergriff seine Hand. Mein teurer Freund, sagte er mit einer Innigkeit, die er noch stets bemeistert hatte, ich habe kein Recht, von Euch nur das geringste Opfer in Anspruch zu nehmen. Das Gefühl herzlicher Neigung, das mich von Anfang an zu Euch hingeführt hat, dankt sich selbst reichlich, und ich wage es nicht, im Namen dieser meiner Freundschaft Euch um etwas zu bitten. Aber bei dem Bild jener edlen Frau, deren Liebesworte Ihr mir eben zu lesen gabt, beschwöre ich Euch: geht nicht mehr in das Haus der Gräfin. Mehr als alles, was ich von ihr weiß, ja, was Ihr selbst nicht in Abrede stellt, lässt Euch meine Ahnung warnen, dass es Euer Unheil ist, wenn Ihr sie nicht in diesen letzten Stunden meidet. Versprecht mir's, mein Teuerster! – Er hielt ihm die Hand hin. Aber Rosenberg schlug nicht ein. Fordert kein festes Versprechen, sagte er mit ernstem Kopfschütteln, lasst es Euch genügen, dass ich den besten Willen habe, Eurem Rat zu folgen. Aber wenn der Dämon stärker wäre als ich und alles über den Haufen stürmte, was ich ihm in den Weg legte, so hätte ich den doppelten Kummer, mir selbst und Euch untreu geworden zu sein. Ihr aber wisst nicht, was dieses Weib erreichen kann, wenn sie will.

Sie schwiegen hierauf und fuhren noch eine Weile nachdenklich miteinander durch die leblose Flut, die träge, wie ein Sumpf, vor dem Kiel ihrer Gondel zurückwich. In der Nähe des Rialto begehrte Andrea auszusteigen. Er trug dem Jüngling Grüße an die Mutter auf und zuckte auf die Frage, ob er nach einem Monat noch in Venedig zu treffen sein werde, finster die Achseln. Sie hielten sich lange Hand in Hand und schieden, als die Gondel landete, mit einer herzlichen Umarmung. Noch einmal sah das kluge und treuherzige Gesicht des Jünglings aus der Luke des schwarzen Verdecks hervor und nickte dem Freunde zu, der auf der Wassertreppe in Gedanken verloren stehen geblieben war. Beiden war die Trennung schmerzlicher, als sie sich erklären konnten.

Andrea zumal, der sich seit langem von allen Banden gelöst glaubte, mit denen der Einzelne sich an Einzelne knüpft, der über dem einen furchtbaren Ziel, das er sich gesteckt, allen kleinen Lebenszwecken abgestorben schien, wunderte sich bei sich selbst, wie weh ihm der Gedanke tat, dass er nun mehrere Wochen sich ohne diesen Jüngling behelfen müsse. Bald aber drängte der Wunsch sich vor, dass er ihm hier nie mehr begegnen möchte, ehe sein Werk gelungen sei. Er nahm sich vor, einen Brief an die Mutter zu schreiben, und sie mit geheimnisvollen Warnungen dergestalt zu drängen, dass sie in die Rückkehr ihres Sohnes nach Venedig nicht wieder willigte. Als er diesen Gedanken gefasst hatte, fiel eine große Last von ihm. Er ging sofort nach Hause, um sein Vorhaben auszuführen.

Aber in seinem grauen Zimmer, wo nie ein Sonnenstrahl hindrang und die leere Wand des Gässchens unwirtlich durch das Eisengitter hereinsah, überkam ihn, sobald er sich zum Schreiben niedersetzte, eine so heftige Unruhe und Beklommenheit, dass er die Feder hinwarf und hin und her lief, wie ein Raubtier in seinem Käfig. Er war sich völlig klar darüber, dass diese Stimmung nicht aus der Tiefe seines Gewissens aufstieg, dass keine Furcht, sein Geheimnis verraten und der Rache überliefert zu sehen, sich in die Verstörung seiner Seele mischte. Erst an diesem nämlichen Morgen hatte er wieder vor dem Sekretär des Tribunals gestanden und sich von der völligen Ratlosigkeit der Gewaltherren überzeugt. Der verwundete Staatsinquisitor lag noch immer zwischen Leben und Tod. Je länger dieser Zustand der Schwebe dauerte, umso mehr wurde das Dasein des Triumvirates selbst in Frage gestellt. Noch ein glücklicher Schlag gegen das wankende Gebäude, und es lag für alle Zeiten in Trümmern. Andrea zweifelte keinen Augenblick, dass die Vorsehung, die ihm bisher die Hand geführt, auch das Letzte werde gelingen lassen. Noch niemals war er an seiner Sendung irre geworden. Und wenn ihn heute die unbestimmte Ahnung eines großen Unglücks ruhelos machte, so hatten seine eigenen Taten und Pläne keinen Anteil daran.

Der Tag dunkelte schon, als er drüben an Smeraldinas Fenster ein leises Husten hörte, das verabredete Zeichen, dass ihn das Mädchen zu sprechen wünsche. Er hatte sie in der letzten Zeit ziemlich vernachlässigt und knüpfte heute nicht ungern wieder an, teils um seinen eigenen Gedanken zu entrinnen, teils um durch Neuigkeiten aus dem Palast der Gräfin sich den Zugang zum Tribunal offen zu halten, und vielleicht gar zu einem der Inquisitoren hindurchzudringen. Rasch trat er ans Fenster und grüßte hinüber. Die Zofe empfing ihn mit einer kühlen Herablassung.

Ihr macht Euch rar, sagte sie; es scheint, Ihr habt indessen andere Bekanntschaften gemacht, die Ihr Eurer Nachbarin vorzieht. – Er versicherte, dass seine Gefühle für sie unverändert seien. – Wenn es wahr ist, sagte sie, so will ich Euch wieder zu Gnaden annehmen. Es wäre heute gerade eine gute Gelegenheit, einmal wieder ungestört miteinander zu plaudern. Meine Gräfin hat eine Spielgesellschaft auf den Abend, ein halb Dutzend junger Herren. Sie gehen schwerlich vor Mitternacht, und bis dahin könnten auch wir zwei zusammen kommen, und ich versorgte uns hinlänglich aus der Küche und vom Kredenztisch.

Ist der Deutsche geladen, von dem du mir erzählt hast, dass die Gräfin ihn so oft bei sich sieht? – Der? wo denkt Ihr hin! Der ist so eifersüchtig, dass er keinen Fuß über die Schwelle setzt, wenn er hier Gesellschaft wittert. Übrigens reist er fort. Wir grämen uns eben nicht tot darum.

Andrea atmete auf. Ich bin um zehn Uhr hier am Fenster, sagte er; oder soll ich ans Portal kommen?

Sie besann sich. Tut lieber das, sagte sie. Der Pförtner ist ja ein guter Bekannter von Euch, und Eure Wirtin gibt Euch wohl den Schlüssel. Oder spielt Ihr den Tugendhaften vor der kleinen Marietta? Wisst Ihr, dass ich auf das unbedeutende Geschöpf in allem Ernste eifersüchtig zu werden anfing? – Auf Marietta? – Sie ist in Euch vernarrt, oder ich habe keine Augen im Kopf. Seht sie nur an. Geht sie nicht wie verwandelt einher und singt nicht mehr, während man sich sonst die Ohren zuhalten musste? Und wie manche Stunde betreffe ich sie darüber, dass sie, während Ihr fort seid, in Euer Zimmer schleicht und Eure Sachen durchstöbert!

Sie liest in meinen Büchern; ich habe es ihr erlaubt. Wenn sie nicht mehr singt, so ist es, weil die Mutter krank liegt. – Ihr wollt sie nur entschuldigen, aber ich weiß genug, und wenn ich dahinter kommen sollte, dass sie schlecht von mir gesprochen hat, um Euch mir abspenstig zu machen, so kratze ich ihr die Augen aus, der neidischen Hexe.

Sie schlug das Fenster heftig zu, und er konnte nicht umhin, ihren Worten lange nachzudenken. In früheren Zeiten hätte die Vorstellung, dass er dem reizenden Mädchen nicht gleichgültig sei, sein Blut zu schnelleren Schlägen getrieben. Jetzt ging es ihm nur im Kopf herum, wie er seinen Weg einzurichten habe, um die ruhige Bahn dieser arglosen Seele nicht ferner zu kreuzen. Nachträglich fielen ihm mancherlei kleine Züge ein, die für Smeraldinas Meinung sprachen. Er hatte sie einzeln sich verleugnet. Ihre Summe musste er gelten lassen. Ich muss fort von hier, sagte er bei sich selbst. Und doch, wo bin ich so sicher und geborgen, wie in diesem Hause?

Nachts um die bestimmte Stunde fand er sich am Portal des Palastes ein, der mit hellen Fenstern auf den winkligen Platz hinaussah. Die Luft war mondlos und trübe, ein früher Herbst kündigte sich an, und die wenigen Menschen, die noch auf den Straßen waren, hüllten sich in ihre kurzen Mäntel. Andrea, als er stand und wartete, dass man ihn einlasse, dachte des Abends, da ein anderer Candiano diese Schwelle betreten hatte, um den Tod davonzutragen. Er schauderte in sich zusammen. Seine Hand, die bald darauf von der öffnenden Zofe vertraulich ergriffen wurde, war kalt.

Sie führte ihn in ihr Zimmer, aber Essen und Trinken, wozu sie ihn nötigte, war ihm unmöglich, obwohl sie die Tafel ihrer Herrin nicht geschont und vom Ausgesuchtesten für ihren Freund beiseite gebracht hatte. Er entschuldigte sich mit seiner Krankheit, und sie ließ es gelten, da er sich nicht weigerte, einige Dukaten im Tarock an sie zu verlieren. Auch hatte er ihr wieder ein Geschenk mitgebracht, sodass sie es verschmerzte, auch heute einen so einsilbigen und enthaltsamen Liebhaber an ihm zu finden. Sie aß und trank desto eifriger, trieb allerlei Possen und nannte ihm die Namen der jungen Venezianer, die zum Spiel bei der Gräfin sich eingefunden hatten.

Da geht es anders her als bei uns, sagte sie; das Gold wird nicht gezählt, sondern mit der vollen Faust auf die Karte gesetzt. Habt Ihr Lust, einmal einen Blick hinein zu werfen? Ihr kennt ja die Schliche schon.

Du meinst den Spalt in der Wand? Aber sind sie denn nicht im Saal? – Nein, im Zimmer der Gräfin. Der Saal ist nur für große Galatage im Karneval.

Er besann sich kurz. Es konnte ihm nur erwünscht sein, seine Personenkenntnis unter dem Adel zu erweitern. Führe mich hin, sagte er. Ich werde bald genug haben und dir nicht lange untreu werden.

Nur verliebt Euch nicht in meine Gräfin, drohte sie. Im Punkte der Eifersucht verstehe ich keinen Spaß, und leider finden manche meine Herrin schöner als mich.

Er suchte in diesen Ton einzustimmen, und sie gingen scherzend aus dem Zimmer. Draußen begegneten ihnen einige Lakaien in Livree, die an dem Begleiter des Mädchens keinen Anstoß zu nehmen schienen. Sie trugen silberne Schüsseln und Teller vorüber und ließen den Weg nach dem großen Saal frei. Derselbe war unbeleuchtet wie das erste Mal; aber nebenan ging es fröhlicher und lauter zu, und Andrea, als er seinen unbequemen Lauerposten oben auf der Tribüne eingenommen hatte, erkannte das Gemach kaum wieder. Die hohen Wandspiegel warfen sich die Strahlen der Kerzen verhundertfacht zu, und ihre goldenen Rahmen fingen die Streiflichter auf und schnellten den Widerschein bis an die Decke. Dazwischen aber funkelten die Juwelen der schönen Leonora, und Andrea erkannte deutlich an ihrem Hals die Kette mit dem Rubinschloss, die sein deutscher Freund von Samuele gekauft hatte. Der Stein lag wie ein roter Blutfleck auf der weißen Brust. Aber ihre Augen sahen müde und gleichgültig auf die Karten, und wenn sie die Gesichter der jungen Männer überflogen, war es deutlich wahrzunehmen, dass keiner von ihnen sie fesselte. Und doch taten die Gäste ihr Bestes, um liebenswürdig zu sein. Sie begleiteten ihre Einsätze mit den scherzhaftesten Reden und verloren rascher ihr Gold als ihre Laune. Einer, der bereits alles verspielt zu haben schien, saß auf einem Sessel zwischen zwei Wandspiegeln und sang schmachtende Barkarolen zur Laute. Ein anderer, der eine Weile vom Gewinnen ausruhte, zielte mit Goldstücken nach den Mustern des Fußteppichs und vergaß, sich nach den rollenden Zechinen wieder zu bücken. Dazwischen gingen die Diener mit Eis und Früchten ab und zu, und ein Bologneserhündchen unterhielt sich in aller Freundschaft mit dem großen, grünen Papagei, der von seiner vergoldeten Stange herab zuweilen auf gut Venezianisch drollige Flüche in die Gesellschaft hineinrief.

Schon wollte der Lauscher oben auf der Musikbühne sich wieder zurückziehen, da ihm das Bild, in das er hinuntersah, die peinlichsten Gefühle erregte, als plötzlich durch die hohe Flügeltür eine stattliche Figur in das Spielzimmer trat, die von allen Anwesenden mit Befremden begrüßt wurde. Es war ein ziemlich bejahrter Herr, der aber sein weißes Haupt noch aufrecht genug auf den Schultern trug und auch im Gang nichts Greisenhaftes hatte. Er musterte mit einem raschen Blick die jungen Leute, neigte sich leicht vor der Gräfin und bat, sich nicht stören zu lassen.

Ihr verlangt zu viel, Ser Malapiero, erwiderte die Gräfin. Die Ehrfurcht dieser Jugend vor den Diensten, die Ihr der Republik zu Meer und zu Lande geleistet habt, erlaubt nicht, dass wir in Eurer Gegenwart fortfahren, die edle Zeit so sündlich zu töten.

Ihr seid im Irrtum, schöne Leonora, versetzte der Alte. Habe ich doch nur deshalb mich von allem Staatsdienst zurückgezogen und selbst den großen Rat schon seit Jahren nicht mehr besucht, weil mir der Respekt der jungen Leute lästig ward und es mich nach ungebundener, fröhlicher Gesellschaft verlangte. Wer aber mag sich heutzutage das Herz vom Wein öffnen lassen, wenn einer vom Rat der Zehn oder gar ein Staatsinquisitor mit bei Tische sitzt? Man altert rascher im Amt, und ich denke noch eine Weile meiner weißen Haare zu spotten und wenigstens beim Wein jung zu sein, wenn ich auch der Schönheit gegenüber meine Jahre fühle. – Ihr nehmt es wahrlich in der Artigkeit noch mit diesen jungen Herren auf, sagte Leonora, die meinen, es gehöre nur ein zierlich gekräuselter, blonder oder schwarzer Bart dazu, um das Recht zu haben, jeden schönen Frauenmund zu küssen. Aber ich will den Kredenztisch hereintragen lassen, um meinem seltenen Gast Willkommen zuzutrinken. Verzeiht, meine holde Freundin. Ich komme nicht, um das Gastrecht in Anspruch zu nehmen. Nur der Wunsch trieb mich her, Euch unverzüglich die Nachrichten von Eurem Bruder zu bringen, die durch den Kurier aus Genua heute Abend an mich gelangt sind. Sie sind so guter Art, dass ich nicht fürchte, die Heiterkeit der schönen Wirtin zu trüben, und daher auf Verzeihung rechne, wenn ich Euch diesen edlen Herrn für einige Augenblicke entführe. Darf ich hier mit Euch eintreten? sagte er, auf die Tür zu dem dunklen Saal deutend, auf die er zugeschritten war.

Andrea zuckte zusammen. Er begriff, dass er nicht so rasch und geräuschlos seinen Platz verlassen konnte, um unbemerkt sich davonzuschleichen. Und schon öffnete sich die Saaltür, und er hörte das Kleid der Gräfin hereinrauschen. Schnell entschlossen legte er sich platt auf den Boden der hohen Estrade nieder, deren Geländer, so niedrig es war, ihn dennoch in dieser Lage völlig deckte. Er hörte den Schritt des Alten, der Leonoren folgte und die Frage, ob ein Leuchter hereingebracht werden sollte, verneinte.

Nur zwei Worte habe ich zu sagen, rief Malapiero in das Spielzimmer zurück. Niemand der jungen Herren wird Zeit haben, auf mich eifersüchtig zu werden.

Die Tür schloss sich hinter ihnen, und sie gingen unter der Tribüne auf und ab.

Was führt Euch her? fragte die Gräfin hastig. Bringt Ihr mir endlich die Nachricht, dass Gritti zurückberufen wird? – Ihr habt die Bedingung noch nicht erfüllt, Leonora. Welches von den Wiener Geheimnissen habt Ihr dem Tribunal mitgeteilt? – Lag es an mir? Tat ich nicht alles, was ein Weib nur vermag, und ließ diesen eigensinnigen Deutschen im Netze zappeln, wie einen Fisch auf dem Lande? Aber nie kam ein Wort von Geschäften über seine Lippen. Und heute reist er ab, wie Ihr wissen werdet. Ich bin krank vor Ärger, dass ich so viel Zeit umsonst an ihn verschwendet habe. – Man sähe es lieber, wenn er krank wäre. – Wie das? – Er will fort, man hat ihm den Weg nicht verlegen können. Aber wir sind gewiss, dass es der Republik zum größten Schaden gereicht, wenn er wirklich bis Wien kommt. Die Vorwände seines Urlaubs sind nichtig. Der wahre Grund ist, dass er Dinge in Wien zu melden hat, die er selbst einem geheimen Kurier nicht anzuvertrauen wagt. Und darum liegt alles daran, dass die Reise verhindert wird.

So verhindert sie. Sein Gehen oder Bleiben ist mir völlig gleichgültig. – Ihr habt das leichteste Mittel in der Hand, Leonora, ihn hier festzuhalten. – Das wäre? – Ihr sendet ihm jetzt sogleich eine Botschaft, dass er kommen möge, um Euch weniger grausam zu finden als bisher. Wenn er dann, wie unzweifelhaft ist, sich noch in dieser Nacht bei Euch einfindet, so sorgt Ihr dafür, dass er bald darauf erkrankt.

Sie unterbrach ihn rasch. Ich habe einen Schwur getan, sagte sie, in dergleichen Zumutungen nie wieder zu willigen. – Man wird Euch Eures Schwures entbinden und Euer Gewissen beruhigen, Leonora. Auch ist die Meinung nicht, dass das Mittel tödlich sein soll; dies wäre sogar ernstlich zu verhüten. – Tut, was Ihr wollt, sagte sie. Aber mich lasst aus dem Spiel. – Euer letztes Wort, Gräfin? – Ich hab' es gesagt. – Nun wohl, so wird man dafür sorgen müssen, dass der Reisende unterwegs verunglückt. Es ist immer umständlicher und verdächtiger. – Und Gritti? – Von ihm ein andermal. Erlaubt, dass ich Euch zu Eurer Gesellschaft zurückführe.

Die Tür des Saales öffnete sich und schloss sich wieder. Andrea konnte sich ohne Gefahr aufrichten. Aber die Worte, die er gehört hatte, lähmten noch seine Sinne und Glieder. Er hörte undeutlich durch die Wand das mutwillige Lachen und die Scherze der jungen Leute; die furchtbare Nähe, in der hier Tod und Leben, Verbrechen und Leichtsinn aneinander hinstreiften, sträubte ihm das Haar. Als er sich mühsam aufrichtete und die Stufen hinuntertappte, suchte seine Hand krampfhaft nach dem Dolch, den er im Gewand versteckt immer bei sich trug. Seine Lippen waren blutig, so hatte er die Zähne darin verbissen.

Aber noch war er besonnen genug, Smeraldina wieder aufzusuchen und ihr in gelassenen Worten zu sagen, dass die Gesellschaft ganz lustig anzusehen sei; aber er werde nie wieder durch die Spalte schauen, da er nur mit genauer Not der Entdeckung durch die Gräfin und einen älteren Gast entkommen sei. Er hoffe, dass sie es nicht gehört hätten, wie er bei ihrem Eintritt in den dunklen Saal durch die andere Tür entschlüpft sei. – Darauf leerte er seine Börse vollends und drang darauf, sogleich von ihr zu gehen. Am sichersten sei es, dass sie ihn auf dem Brett durchs Fenster entlasse, um jedem Verdacht der Gräfin auszuweichen. Sie hatte kein Arg dabei, die Brücke war im Nu geschlagen und er überschritt sie mit festem Fuß, obwohl der Entschluss zu einer schweren Tat bereits in ihm feststand. Doch dieses Mal galt es nicht die große Sache allein, der er sich geweiht hatte. Es galt, einen Freund vor feindseliger Tücke zu schützen, einen Sohn der Mutter wohlbehalten in die Arme zu senden, einen schnöden Verrat des Gastrechtes durch schnelles Gericht zu verhüten.

Leise trat er auf den Flur seines Hauses und horchte in den dämmrigen Gang hinaus. Die Tür seiner Wirtin war geschlossen; aber er hörte trotzdem ihre Stimme, die aus Fieberträumen heraus sich mit Orsos Schatten besprach. Er gewann die Treppe und öffnete unten behutsam die Pforte. Die Straße war leer; das ewige Lämpchen leuchtete nicht weit in die windige Nacht hinüber; aber er kannte die Wege und ging mit eiligen Schritten durch die nächsten Quergassen über die schmale Brücke des Kanals, die auf den kleinen Platz vor Leonorens Palast führte. Er hatte nirgends eine Gondel gesehen und musste annehmen, dass der Alte den Weg nach seinem Hause zu Fuß zurücklegen werde. Er ersah sich einen Platz, wo er vorüberkommen musste. Ein tiefer, dunkler Vorsprung eines Türpfeilers schien ihm passend zum Hinterhalt. Hier drückte er sich in die Ecke und fasste das Portal des Palastes scharf ins Auge.

Aber die Hand, die den Dolch gezückt hielt, zitterte stark, und das Blut schoss ihm so gewaltig zu Herzen, dass er mit höchster Anstrengung sich zu ermannen suchte. Was war es, das dieses Mal sich in ihm auflehnte gegen eine Tat, die er für eine heilige Pflicht, für das Gebot einer höheren Notwendigkeit hielt? Er kämpfte hart gegen die dunklen Stimmen an, die ihn von seinem Posten wegzulocken schienen. Die Schulter bohrte sich eisern in den Pfosten ein, mit der Linken lüftete er die Stirn, auf der kalte Tropfen standen. Halt aus! sagte er unwillkürlich zu sich selbst. Vielleicht, wenn der Himmel es gnädig fügt, ist es das letzte Mal.

Da fiel ihm ein, dass der alte Malapiero ohne Zweifel sich von Dienern werde geleiten lassen, und augenblicklich begriff er die Unmöglichkeit, in diesem Fall den Schlag zu führen. Fast war es ihm lieb, einen Vorwand zu sehen, weshalb er heute unverrichteter Sache nach Hause gehen müsse. Aber indem er schon mit einem Fuß aus der Höhlung der Türnische heraustrat, öffnete sich drüben das Portal des Palastes, und in der grauen Nacht sah er die stattliche Figur, in den Mantel gehüllt, einsam über die Schwelle treten und auf ihn zukommen. Das weiße Haar wallte deutlich genug unter dem Hute vor, der rasche Schritt erklang über den Steinplatten, und sorgfältig hielt sich der späte Wanderer an den Häusern. Jetzt näherte er sich dem Hause, in dessen Schatten der Rächer stand; als ahne er die Nähe einer Gefahr, schlug er den Mantel vor das Gesicht und hielt die Linke fest am Griff seines Degens, den er trotz des Waffenverbotes an der Seite trug. Er ging an seinem Feinde vorüber, ohne ihn zu gewahren; zehn, zwanzig Schritte weit ließ ihn jener Vorsprung gewinnen. Schon näherte sich der Einsame der Brücke. Auf einmal hört er einen Fußtritt hinter sich, er wendet sich um, die Hand lässt den Mantel sinken, aber in demselben Augenblick bricht seine hohe Gestalt zusammen; der Stahl war ihm tief ins Leben gefahren. – Meine Mutter, meine arme

Mutter! stöhnte der Ermordete. Dann sank sein Haupt auf das Pflaster. Die Augen schlossen sich für immer.

Eine Stille von mehreren Minuten folgte auf diese Abschiedsworte. Der Tote lag quer über die Straße ausgestreckt, mit ausgebreiteten Armen, als wollte er das treulose Leben inbrünstig umfangen. Der Hut war ihm von der Stirn gefallen, unter der Verkleidung der weißen Locken drängte sich das natürliche braune Haar hervor, das jugendliche Gesicht erschien wie schlafend in der falben Dämmerung der Nacht. Und einen Schritt von ihm entfernt an der Wand des nächsten Hauses, starr wie eine angelehnte Bildsäule, stand der Mörder, und seine Augen stierten in die regungslosen Züge des Jünglings und mühten sich in verzweifelter Angst vergebens ab, die entsetzliche Gewissheit sich zu verleugnen, sich einzureden, dass ein Spuk ihn verblende, dass unter dieser jungen Larve, die ihm die Hölle vorhalte, sich die Züge jenes Alten versteckten, der kurz zuvor im Saal Leonorens dem Freund Andreas einen Hinterhalt bestellt hatte. Hatte er nicht dieses Freundes wegen sich geeilt, den Streich zu führen? Wollte er nicht der Mutter ihren Sohn wohlbehalten zurücksenden? Und was hatte der Mann, der dort am Boden lag, von seiner armen Mutter gelallt? Warum stand nun der Richter und Rächer wie ein Verurteilter und vermochte kein Glied zu regen, obwohl seine Zähne wie in Todesangst klapperten und Frost seinen Körper schüttelte?

Das Blut, das ihm gegen die Augen tobte, trat zurück und stürzte nach den Herzkammern. Seine Blicke erkannten deutlich den Dolch in der Brust des Toten. Er las in dem trüben Zwielicht, die Worte auf dem Heft, die er mit eigener Hand mühsam eingegraben hatte: »Tod allen Staatsinquisitoren«. Er sprach sie unwillkürlich laut aus, und ließ seine Augen zwischen der verhängnisvollen Waffe und dem Gesicht des armen Opfers hin und her gehen, sich sättigend mit dem vernichtenden Widerspruch zwischen diesen Worten und diesen Zügen. In furchtbarer Hast jagten sich die Gedanken an ihm vorbei. Er war plötzlich über alles klar, was hier geschehen war und nie gesühnt werden konnte. Kein Wunder hatte mitgewirkt, um das Grauenvolle zur Wirklichkeit zu machen. Alles war so ganz natürlich, so wahrscheinlich, ein Kind musste es begreifen. Über Tag hatte sich der Jüngling von seiner verderblichen schönen Feindin ferngehalten. Er wollte fort ohne Abschied. Er hatte es ihr sagen lassen, und sie war gleichgültig genug, sich für den nämlichen Abend Gesellschaft zu laden. Als die Nacht kam, widerstand er dem heftigen Zwang des Dämons nicht und ging den gewohnten Weg. Man hatte ihm an der Pforte gesagt, dass er die Gräfin nicht allein finden würde. Augenblicklich war er entschieden, umzukehren. Und gerade dieser Augenblick hatte genügt, dass sein einziger Freund sich in den Hinterhalt stellen konnte, um zum Mörder an ihm zu werden.

Erst als Andrea das alles klar überlegt hatte, mit einer kalten Hellsichtigkeit, wie sie in allen entscheidenden Stunden, wo jeder Trost schwindet, dem Menschen nahetritt, löste sich die Starrheit seines Leibes. Er stürzte zu dem stillen Schläfer hin, sank kniend auf das Pflaster und sah ihm dicht ins Gesicht. Ein irres Lachen, das wie ein Röcheln klang, entfuhr ihm jetzt, als er die weißen Locken ihm vom Haupte strich, die ihn so unselig betrogen hatten. Es fiel ihm ein, dass er selbst am Nachmittag den Freund gewarnt hatte, sich nicht offen in den Straßen Venedigs zu zeigen. Er selbst hatte die Falle gelegt für sich und seinen Teuren. Dann riss er ihm das Kleid auf und fühlte, ob noch ein Rest von Leben im Herzen klopfe. Er neigte seinen Mund dicht an die Lippen des Jünglings, ob er noch einen Hauch spüren könnte. Alles war still und kalt und hoffnungslos.

In diesem Moment wurde die Pforte des Palastes wieder geöffnet, und eine hohe Gestalt im Mantel trat heraus. Der Lichtschein aus dem Flur fiel auf das weiße Haar des alten Malapiero, der in sein Haus zurückkehrte. Andrea sah auf; die schneidende Ironie seiner Lage trat ihm vor die Seele. Da ging der Mann, vor dem er Venedig, die wehrlose Herde des Adels und Volkes, und nicht zuletzt seinen deutschen Freund zu schützen dachte. Da kam er einsam genug des Weges heran, nur in der Maske eines Geheimnisses, das sein Feind durchdrungen hatte; nichts hinderte, sich auf ihn zu werfen, der Dolch war zur Hand –; aber dieser Dolch war mit unschuldigem Blut geschändet worden, nichts mehr unterschied den Richter und Rächer von dem, an welchem er den Spruch vollziehen wollte, als dass hier ein tückisch blinder Zufall den Streich geführt hatte, während jene unverantwortlichen Henker ihre Ziele sicher und unfehlbar vor Augen hatten.

Dieses alles tobte durch Andreas Geist. Er raffte sich auf, zog den Dolch aus der Wunde und floh, noch unbemerkt von dem greisen Triumvirn, im Schatten hin, über die schmale Kanalbrücke seinem Hause zu. Als ihm einfiel, dass der alte Malapiero den Toten finden und seinem unbekannten Mörder Dank wissen würde, dass er ihm eine Mühe gespart, musste er die Zähne zusammenbeißen, um nicht wild aufzuschreien.

So kam er an seine Haustür und fand sie offen. Als er die Treppe hinaufsah, erblickte er oben, wo sonst die Alte saß, ihre Tochter, die an der obersten Stufe stand und weit vorgebeugt, beide Arme auf das Geländer gestützt, hinabspähte. Kommt Ihr endlich! flüsterte sie ihm entgegen. Wo waret Ihr so spät? Ich hörte Euch fortgehen und konnte nicht schlafen.

Er erwiderte kein Wort; mühsam erstieg er die Treppe und wollte an ihr vorbei. Da sah sie den Dolch, den zu verbergen er durchaus keine Sorge trug, und plötzlich fiel sie mit einem erstickten Ausruf ihm gerade vor die Füße. Er ließ sie liegen und schritt nach seinem Zimmer. Kein Mitleiden mit kleinem Menschenweh hatte noch Raum in seinem Innern. Er sah nur die Mutter vor sich, die mit Ungeduld ihren Sohn aus der Fremde zurückerwartete und statt dessen seinen Sarg empfangen sollte.

Kaum aber hatte er sich in seinem Zimmer eingeschlossen, als er Mariettas Klopfen vernahm und ihre leise Stimme, die ihn um Einlass bat.

Geh zu Bett, sagte er. Ich habe nichts mehr mit Menschen zu teilen. Morgen in der Frühe melde dich im Dogenpalast. Es sind dreitausend Zechinen dort abzuholen. Du kannst sagen, dass einer der Verschworenen unschädlich sei. Fürchte nicht, dass man mich lebend ergreift. Gute Nacht!

Sie blieb beharrlich an der Tür. Ich will hinein, sagte sie. Ich weiß, Ihr tut Euch ein Leids an, wenn Ihr allein bleibt. Ihr denkt, ich könnte Euch verraten, weil ich Euch habe kommen sehen mit dem Dolch. O, Ihr seid sicher davor, dass ich Euch Gefahr brächte. Lasst mich hinein, seht mir ins Gesicht und dann sagt, ob Ihr mir etwas Arges zutraut. Hab' ich's nicht lange geahnt, dass Ihr es wäret, den sie suchten? Ich sah Euch im Traum mit Blut befleckt. Aber ich hasse Euch dennoch nicht. Ich wusste, dass Ihr unglücklich seid; mein Leben könnt' ich hingeben, wenn Ihr es verlangtet.

Sie horchte an der Tür, aber es kam keine Antwort. Statt dessen hörte sie, wie er an das Fenster trat, das nach dem Kanal ging und sich dort zu schaffen machte. Eine tödliche Angst überfiel sie, sie rüttelte an der Tür, sie rief von neuem, sie beschwor ihn in den rührendsten Worten, nichts Verzweifeltes zu unternehmen – alles umsonst. Da es endlich drinnen ganz still geworden war, stemmte sie sich in furchtbarer Qual mit den Schultern heftig gegen die Tür und suchte mit Aufbietung aller Kräfte das Schloss zu sprengen. Das alte Holzwerk brach ein, nur der Rahmen hielt stand. Das Loch, das sie gebrochen hatte, ließ ihre schlanke Gestalt so eben durchschlüpfen.

Das Zimmer war leer: in allen Winkeln suchte sie ihn vergebens. Als sie an das offene Fenster trat, nun nicht mehr zweifelnd, dass er sich in den Kanal gestürzt habe, wagte sie kaum über das Gesims in die Tiefe hinabzuspähen. Aber was sie sah, gab ihr die verlorene Hoffnung wieder. Ein Strick hing, an einem festen Haken unterhalb des Gesimses angeknüpft, an der Mauer draußen herab. Er reichte bis auf die Wasserfläche. Wer sich, unten angelangt, mit den Füßen von der Mauer abstieß, musste sich leicht auf die Wassertreppe drüben am Palast der Gräfin und in die Gondel schwingen können, die dort angekettet zu sein pflegte. Heute war sie verschwunden, und dem einsamen Mädchen, das vergebens die dunkle Schlucht des Kanals hinabschaute, um eine Spur des Entflohenen zu entdecken, blieb wenigstens die tröstliche Überzeugung, dass, wenn er sich retten wollte, er keinen sichereren Weg hätte wählen können.

Dass sie dies glauben sollte, war seine Absicht gewesen. Er wollte das Gemüt des unschuldigen Wesens, dem er schon zu viel Kummer gemacht hatte, nicht mit der ganzen herben Wahrheit belasten, dass es für ihn keine Rettung mehr gab, da er sich selber nicht zu entfliehen vermochte.

Noch sah das arme Mädchen aus dem Fenster, und ihre Tränen stürzten bitterlich in die schwarze Flut unter ihr, als Andrea schon seine Gondel in den großen Kanal hinaus lenkte. Die Paläste zu beiden Seiten ragten dunkel über den Wasserspiegel auf. Er fuhr an dem Hause Morosini vorbei, er sah den Palast Venier, und ein Schauder sträubte ihm das Haar. Hier lag wie mit einem Ring umschlossen sein Leben vor ihm; welch ein Anfang und welch ein Ende!

Als er an der Giudecca vorüberruderte und nun die breite Stirn des Dogenpalastes im Zwielicht einer trüben Mondsichel vor sich liegen sah, durchzuckte ihn flüchtig der Gedanke, dass hier die Stätte sei, wo man Verbrechen richte. Aber für das seinige waren hier keine Richter zu finden; denn wer darf richten in eigener Sache? Und begleitete ihn nicht noch immer die Hoffnung, dass aus seiner Freveltat dennoch Rettung und Befreiung für seine Mitbürger erblühen könne, dass vielleicht sogar der Mord des Unschuldigen, den die Stimme des Volkes unfehlbar dem Tribunal zuschreiben würde, das begonnene Werk vollenden und das Maß der Gewaltherrschaft würde überfließen machen?

Er hätte diese Hoffnung selbst zerstört, wenn er sich den Richtern gestellt, ihre Furcht vor den unsichtbaren Feinden zerstreut, und die Beschwerden der fremden Mächte von ihnen abgelenkt hätte.

Mit starken Ruderschlägen trieb er die Gondel gegen den Lido hin und durchschnitt das Hafenbecken, wo die Laternen der Schiffe allein noch wachten. Am Eingang des Hafens lag die große Feluke, die seit einer Woche auch dem kleinsten Fahrzeug auszulaufen wehrte, wenn nicht auf den Anruf die Parole der Inquisition antwortete. Andrea hatte gleich den übrigen geheimen Dienern des Tribunals heute früh das Wort empfangen. Ungehindert ließ man ihn ins freie Meer hinaus.

Die See war still. Nicht mit den Wellen hatte Andrea zu kämpfen, als er längs dem Ufer mehrere Stunden weit hinruderte. Aber in der ruhigen lauen Nacht empfand er seine Qualen nur heftiger, und schlug dann und wann wie wahnsinnig das Ruder ins Meer, um nur einen anderen Ton zu hören, als die letzten Worte seines Freundes: »Meine Mutter, meine arme Mutter.«

Es war schon weit über Mitternacht, als er die Gondel ans Land trieb, hinaussprang und auf ein einsames Kloster zuging, das auf einer Landzunge stand und den armen Schiffern wohl bekannt war. Kapuziner hausten hier, die von den Wohltaten der Chiozzoten und dem Bettel auf dem Festland lebten und dafür geistlichen Trost spendeten und in mancher Not dem Volk eine Stütze waren.

Andrea zog die Glocke am Tor. Bald darauf hörte er die Stimme des Pförtners, die fragte, wer draußen stehe. – Ein Sterbender, antwortete Andrea. Ruft den Bruder Pietro Maria, wenn er im Kloster ist. – Der Pförtner entfernte sich von der Tür. Indessen setzte sich Andrea auf die Steinbank, riss ein Blatt aus seiner Brieftasche und schrieb bei dem Schein einer Laterne, die aus der Pförtnerzelle hervorschimmerte, folgende Zeilen:

»An Angelo Querini.

Ich habe den Richter gespielt und bin zum Mörder geworden. Ich habe mich der Gerechtigkeit angemaßt, die Gott sich vorbehalten, und Gott hat mich in meinen eigenen Frevelwahn verstrickt und mich gerechtes Blut vergießen lassen. Das Opfer, das ich zu bringen dachte, ist verworfen worden. Die Zeit war noch nicht erfüllt, das Priestertum der Befreiung Venedigs ist anderen Händen vorbehalten. Oder ist überhaupt keine Rettung mehr?

Ich gehe vor das Angesicht Gottes, des höchsten Richters, der auf seiner ewigen Waage meine Schuld und meine Leiden gerecht abwägen wird. Von Menschen habe ich nichts mehr zu erwarten; von Euch nur ein großmütiges Mitgefühl für meinen Irrtum und mein Unglück.

Candiano.«

Die Pforte des Klosters öffnete sich, und ein ehrwürdiger Mönch mit kahlem Haupte trat zu dem Schreibenden heraus. Andrea stand auf. Pietro Maria, sagte er, ich danke Euch, dass Ihr kommt. Ihr habt dem Verbannten in Verona meinen Brief gebracht? – Der Greis nickte. – Wenn Euch am letzten Dank eines Unglücklichen etwas gelegen ist, so bringt auch dieses Blatt sicher in dieselben Hände. Versprecht Ihr mir's? – Ich verspreche es. – Es ist gut. Gott lohne es Euch! Lebt wohl!

Er nahm die Hand nicht an, die ihm der Mönch zum Abschied reichte. Ohne Aufenthalt stieg er wieder in die Gondel und fuhr in die offene See hinaus. Als der Alte, nachdem er die Zeilen überflogen, entsetzt ihm nachrief und ihn beschwor, noch einmal umzukehren, antwortete er nicht mehr. In höchster Bewegung sah der alte Diener der Republik den letzten Spross eines edlen Geschlechtes auf den öden Wellen hinaustreiben, die sich jetzt, von einem frühen Morgenwind erregt, lebhafter kräuselten. Er überlegte, ob es wohlgetan, ob es überhaupt möglich sei, den festen Willen des Sterbenden zu durchkreuzen. Da erhob sich in der fernen Gondel die dunkle Gestalt, deutlich erkennbar gegen den grauen Horizont; der Scheidende schien noch einmal einen Blick über Land und Meer zu werfen, und nach der Stadt zurückzuspähen, deren Umriss auf den Nebeln der Lagunen wie auf einer Wolkeninsel schwamm. Dann sprang er in die Tiefe.

Der Mönch, der sein Ende mit ansah, faltete die Hände und betete still und inbrünstig. Er stieg dann selbst in einen Kahn und fuhr aufs Meer hinaus, wo die leere Gondel auf der Brandung tanzte. Von dem Unglücklichen, der sie gelenkt, fand er keine Spur.

Die Einsamen

[1857; Wilhelm Hertz, Berlin 1890]

Mehrere Tage lang hatten heftige Südstürme das Meer erschüttert, auf dem hohen Felsenufer Sorrents mit Frühlingsungestüm den Saft in den Feigenbäumen aufgerüttelt und den Boden mit fruchtbaren Regenschauern gepflügt. Manche wollten ein gärendes Murren im Innern des Vesuv vernommen haben und weissagten einen nahen Ausbruch. Auch schienen öfters die Häuser bis in die Grundfesten zu wanken, und nachts hörte man ein drohendes Klirren der Geräte, die im Schrank nahe beieinander standen. Als aber am letzten April die Sonne endlich über den Aufruhr Herr wurde, standen die kleinen Städte auf der Ebene von Sorrent unversehrt zwischen ihren Wein- und Orangengärten, der Felsengrund hatte sich nicht aufgetan, sie zu verschlingen, und dem tosenden Meer war das Ufer dennoch zu hoch gewesen, um hinaufbrandend alles, was Menschen seit Jahrhunderten gepflanzt, in die Tiefe zu reißen.

Am Nachmittag dieses letzten April, der zugleich ein Sonntag war, verließ ein deutscher Poet – sein Name tut nichts zur Sache – das Haus, in dem er sehr wider seine Neigung durch den Sturm war gefangen gehalten worden. Tagelang hatte er vom Fenster aus über das Meer gestarrt, den Mantel um die Knie geschlagen, denn der Steinboden seines Zimmers hauchte eine empfindliche Kälte aus, den Hut auf dem Kopf, ein Glas Wein nach dem anderen hinabschlürfend, ohne ein Wärmegefühl in sich erwecken zu können. Der kleine Büchervorrat, der ihn auf der Reise begleitete, war in Neapel zurückgeblieben, und im Hause seines Wirts war außer dem Kalender und einem Messbuch kein gedrucktes Blatt aufzutreiben. Wie oft hatte er sich vermessen, dass ihn in der Einsamkeit Langeweile nie anwandeln solle. Aber so viel und sehnsüchtig er die Muse zur Gesellschaft heranflehte, der Wind verschlang seinen Ruf, und die Kälte ließ endlich keinen anderen Gedanken in ihm aufkommen als den Wunsch, die Sonne wiederzusehen.

Sie war denn auch durchgebrochen, und er hatte die Hälfte dieses gesegneten Tages redlich damit verbracht, auf dem Altan [Balkon; Söller] sitzend sie sich auf die Haut scheinen zu lassen. Und als er vollends nach Tisch den Bergweg hinaufstieg, wurden alle erstarrten Gefühle in ihm mit Macht wieder lebendig. So groß, so golden und gewaltig hatte er die siegreiche Frühlingssonne nie gesehen, so erfrischend war ihm der Hauch des Meeres nie ins Mark gedrungen. Diese Blätter da an den Feigenbäumen waren in einer Nacht fingerlang hervorgeschossen. Die Büsche dort hat die Sonne eines halben Tages in weiße Blüten gebracht. Und wo nur der Wanderer, vom Duft gelockt, den Boden näher untersucht, dunkeln ihm unabsehliche Veilchenbeete entgegen. Die Luft wimmelt von Schmetterlingen, die nicht älter sind als dieser Tag; alle Pfade ringsum sind von Menschen zu Fuß oder in sausenden kleinen Wagen belebt. Dazu die Glockenstimmen der Kirchen und Kapellen auf vier Stunden Wegs, das Jauchzen der Burschen, die bergan zogen, um ein Kirchenfest in Sant' Agata, einem Dorf auf dem Grat des Berges, mitzufeiern, und die langgezogenen Ritornelle der Weiber, die Hand in Hand zur Vesper wandelten, oder auf den sonnigen Dächern stehend ins Meer hinausblickten.

Je weiter der Deutsche, einer mäßig ansteigenden Straße folgend, sich dem Feiertagsjubel entzog, desto mehr beklemmte es ihm das Herz, dass er dem Dank für die Fülle der Wunder, die auf ihn eindrang, mit nichts Luft zu machen vermochte. Am liebsten hätte er dort auf dem Felsen stehend in die weite Landschaft hinausgesungen, ein Lied ohne Worte, einen bloßen Widerhall aller Frühlingsstimmen um ihn her. Aber er hatte einigen Grund, seiner Stimme zu misstrauen, dass sie eine würdige Heroldin seines Gefühls sein würde. Wie neidisch dachte er an jenen Tenor zurück, der in Rom ihn manchen Abend entzückt hatte! Mit dieser Stimme hier die Weite auszufüllen! Wie armselig, stumm wie ein Dieb, klanglos wie der Stock in seiner Hand kam er sich vor, als er durch alle singende und klingende Wonne der Natur hindurchschritt.

Was rühmen sie die Poesie als die höchste Kunst? rief er zornig aus. Kann sie eine Brust von der Übermacht eines solchen Eindrucks befreien? Ruft mir die Größten her, die jemals über melodische Worte zu gebieten hatten, ob sie nicht dem Unermesslichen gegenüber verstummen gleich mir armem Nachgeborenen. Womit wollen sie Licht und Äther und Meer und die Düfte, die aus jenem Orangenhain heraufwehen, nur von ferne würdig verherrlichen? Sogar der letzte unter allen, die sich noch einer Muse rühmen, ein Tänzer selbst könnte es ihnen hier zuvortun. Kann er nicht das Streben in den Himmel hinauf, ins All hinein, wenigstens mit Zeichen und Gebärden andeuten, mit seiner ganzen Person und vom Wirbel bis zur Zehe seine Trunkenheit ausströmen? Und nun ein Maler vollends! Der unbedeutendste und einfältigste, wenn er nur gelernt hat, die Linie des Berges dort und das Kloster am äußersten Rand, dahinter den Wald, die Grenze des Meeres, im Vordergrund den frisch vom Wind geknickten Baum auf ein Blatt zu bringen – wie glücklich muss es ihn machen! Und wenn er gar ein Meister ist und die zitternde Helle über der gelben Bergwand in Farben widerstrahlen kann, dort in der Tiefe die See, die noch immer wühlt und die Wellen wirft wie Fetzen eines silberdurchwirkten Gewandes, den Duft drüben am Vesuv, die weißen Glockentürme zwischen dem jungen Laub der Kastanien – ich könnte ihn geradezu umbringen vor Neid!

In dieser seltsam aufgeregten Verfassung setzte er sich auf einen Stein am Wege nieder und sah finster um sich her. Und er hatte es halb und halb verdient, dass ihm durch die Erkenntnis seiner Unzulänglichkeit die reine Stimmung zerstört wurde. Er war mit der festen trotzigen Überzeugung ausgegangen, draußen der lang entbehrten Muse zu begegnen. Ein Heft Papier hatte er zu sich gesteckt, und hinter jedem Felsenvorsprung, jeder Wald- oder Gartenecke rechnete er gespannt darauf, ein lyrisches Motiv zu finden. Denn der sehr törichte und eitle Wunsch beseelte ihn, wo alles im Werden war, auch von seinem geringen Dasein irgendein Zeugnis abzulegen. Und wohl jeder hat es schon einmal an sich selbst erfahren, dass ihn das große Werk der sich erneuenden Natur in eine Spannung versetzt, in der er die unerhörtesten Dinge wirken und wagen möchte, in eine ziellose Unruhe, irgendetwas zu gestalten und nicht der einzig Untätige und Erstorbene zu sein, während alles Blüten treibt? Schade nur, dass dieses Frühlingsfieber meist, anstatt irgend einer Tat, Erschöpfung und Verzicht zur Folge zu haben pflegt.

Und so hatte denn auch unser Freund bald verzichtet, ohne darum die Missgunst auf andere Sterbliche los zu werden, die, wie er meinte, besser daran seien als er. Nun kommen sie aus ihren Löchern hervor, murmelte er ingrimmig, und machen das Land unsicher mit Mappen und Schirmen und Feldstühlen und setzen sich an den gedeckten Tisch der Mutter Natur. Sie brauchen nur zuzugreifen, so haben sie alle Hände voll. Und wenn sich ihre Sinne satt geschwelgt haben, tragen sie wie ein Gastgeschenk von dem Fest, wie den Becher, aus dem sie getrunken haben, ihre Studien und Skizzen heim, die ihnen die Erinnerung und Stimmung erneuen, sooft sie danach Verlangen tragen. Sie haben wohl recht, in den Süden zu pilgern; für sie ist hier offene Tafel. Aber wir? Aber ich? Haben mich schadenfrohe Götter hierher gelockt, um mich recht tief zu demütigen? War's nicht schon genug, dass ich in Rom alle meine Verse auf die Frascatanerin verbrannte, als ich ihr Bild auf der Ausstellung gesehen? Was wäre der ganze Petrark gegen eine Leinwand, auf der ein Tizian das Bild von Madonna Laura festgehalten hätte? Als man noch nicht malen konnte, da war die rechte Zeit zum Dichten. Denn was ist das Dichten anders als ein ewig wiederholtes Bekenntnis, dass Worte arme Schächer sind, die nicht den Saum am Gewande der Mutter Natur zu fassen vermögen? Im Norden, wo keine Farben und keine Formen sind, da mag sich die Poesie die Königin dünken. Eine Bettlerin ist sie hier!

Während dieses frevelhaften Selbstgesprächs hatte er unverwandt auf das Meer geblickt, das sich mit jeder Viertelstunde tiefer färbte und nur mit langen helleren Streifen glänzend durchschossen blieb. Es fiel dem fieberhaften Toren nicht ein, dass auch ein Maler hier verzweifelt seine Pinsel weggeworfen hätte. Denn ein großer Teil des unsäglichen Reizes lag eben im Wechsel und Spiel der Töne, in dem lebendigen Wandel der Elemente. Sollen wir gar die anderen überspannten Anklagen entkräften, die der Verblendete gegen seine Muse schleuderte? Aber wir wissen ja, mit wem wir es zu tun haben, mit einem von jenem »reizbaren Geschlecht«, dem das Wort nur darum verliehen zu sein scheint, um sich selber damit ewig zu widersprechen. Und vielleicht erleben wir es, dass er noch am Abend dieses Tages die Zerknirschung, in der er sich viele Meilen weg wünschte, feierlich abbüßt und mit dem heiligen Lukas selbst den Tausch nicht eingehen würde.

Was aber dort zur Linken den Weg heraufkommt, ist freilich nicht dazu angetan, seine Desperation zu dämpfen; vielmehr schlägt sie erst recht in helle Flammen auf. Nur den Umriss! wütete er vor sich hin, ein paar Dutzend Linien nur! Wie sie auf dem Eselchen einhertrabt, das eine Bein über dem Rücken des Tieres, flach und sicher ruhend, das andere mit der Spitze des Fußes fast den Boden streifend; und den rechten Ellenbogen auf das ruhende Knie niedergestützt, die Hand leicht unter dem Kinn, mit der Halskette spielend, das Gesicht hinausgewendet nach dem Meer; welche Last schwarzer Flechten im Nacken! es leuchtet rot darin; ein Korallenschmuck – nein, frische Granatblüten. Der Wind spielt mit dem lose umgeknüpften Tuch; wie dunkel brennt die Wange und wie viel dunkler das Auge! Könnt' ich nur zu ihr treten und sie bitten, eine halbe Stunde stillzuhalten, ganz so wie sie da ist, und trüge nur einen schwachen Schattenriss dieser herrlichen Figur davon, es wäre doch für ewig ein Besitz zum Beneiden. Statt dessen, wenn ich leer zu Menschen zurückkomme und es ihnen sagen will, wie schön das war, werde ich hören müssen: Wer das gemalt hätte! – Nein, und es ist doch nicht festzuhalten, diese Anmut des Ruhens und Bewegens, die reife Jugendfülle, die stattlichen Züge, auf und ab nickend, wie des Tieres Schritt sich bewegt, und zu der königlichen Würde der Gestalt das Füßchen, das kindlich hin und her baumelt – kommt her, ihr Pinsel alle, und zaubert mir's wieder.

Er war aufgestanden und erwartete die Reiterin, die, unbekümmert um den fremden Wanderer, in ihrer Stellung blieb und nur das Tier mit einem Schlag des Zügels ermunterte. Jetzt ritt sie an ihm vorüber, jedoch am Rande des Weges, sodass er seinen Gruß, den er ihr hinter dem Rücken zurufen musste, nur durch ein gemessenes Nicken ihres Hinterhaupts belohnt sah. Dabei hob sie freilich das vielverschlungene Nest des schwarzen Haars von dem schönsten Nacken.

Ein ganz besonderer Hauch von Ruhe umgab die ganze Erscheinung, und wie sie nun ihres Weges weiterritt, ließ keine Miene des Gesichts darauf schließen, dass ihr die Begegnung mit dem Fremden auch nur so viel Neugier und Reiz erweckt habe, wie es natürlich ist, wenn in einsamer Stunde, auf verlassenem Bergpfad ein junger Mann und ein schönes Weib sich unvermutet antreffen. Ob sie eine Frau oder ein Mädchen sei, konnte der Wanderer weder aus ihrer Kleidung noch aus ihrem Betragen enträtseln. Zwar schien die erste Jugend vergangen; aber wenn auch kein Zug von mädchenhafter Erwartung, Verheißung und Verschlossenheit in dem gleichmütigen Gesicht zu entdecken war, so belebte doch eine Frische und Reinheit den Umriss dieser Wangen, wie sie den verheirateten Frauen in jener Gegend selten eigen sind. Ihre Tracht war halb städtisch, nur der seidene Rock kürzer und das Mieder tief in den Nacken ausgeschnitten. Die knappen Ärmel hatte sie aufgestreift, die Stirn war von keinem Tuch gegen die Sonne geschützt, und ein breiter Strohhut hing müßig am Sattel des Tiers.

Erst als sie dem Fremden um die Windung des Weges zu entschwinden drohte, besann er sich und ging mit starken Schritten ihr nach. Bald war er neben ihr, aber eigensinnig wie zuvor wanderte das Tier am Rande des Abhanges weiter und ließ ihm nur einen schmalen Raum zwischen dem Strohhut und der Wand des Berges. Auch während des Gesprächs, das er nun anknüpfte, drehte sich die Reiterin keinen Augenblick nach ihm um. Ihre Stimme klang tief; ihr Dialekt war schlechtes Neapolitanisch. Allein so kurz sie antwortete, lag doch in ihrem Ton weder der Wunsch, den Frager abzufertigen, noch ihn durch neckischen Trotz zu fesseln.

Ihr kommt von Sorrent, schöne Einsame? fragte er.

Nein, von Meta.

Ihr habt Freunde dort besucht?

In der Kirche war ich.

Und reitet nach Sant' Agata hinauf zum Fest?

Nein, Herr.

Dies aber ist der Weg, der hinaufführt?

Nein, Herr. – So tut mir den Gefallen, mir den rechten zu zeigen. – Ihr müsst zurückgehen, sagte sie, noch immer ohne sich umzusehen, und den nächsten Steig, der links hinaufführt, verfolgen, so kommt Ihr auf die Fahrstraße. – Wenn ich zurück muss, lasse ich lieber das

Fest fahren als das Vergnügen, noch so lang es Euch nicht lästig wird, neben Euch herzugehen.

Wie Ihr wollt, der Weg ist nicht für mich allein gebahnt worden.

Wisst Ihr, dass es freundlich von Euch wäre, wenn Ihr das Gesicht einmal zu mir hinkehrtet?

Sie tat es gelassen, ohne eine Miene zu bewegen. Was ist? fragte sie, was habt Ihr mir zu zeigen?

Ich denke, Ihr habt mir etwas zu zeigen. – Ich? –

Ihr seid schön. So zeigt mir Eure Augen.

Das Meer ist noch schöner als ich, und Ihr tätet klüger, es anzusehen, als Augen, die Euch nichts zu sagen haben.

Das Meer? Ich sehe es alle Tage von meinem Altan aus.

Aber ich nicht. Erlaubt denn, dass ich die Gelegenheit benutze! – Und sie wandte sich wieder ab.

Sieht man das Meer nicht überall von diesen Bergen aus? fragte er.

Meines Bruders Mühle liegt tief drüben in der Schlucht; der Felsen tritt weit davor und das Gesträupp oben hat die letzte Aussicht überwachsen.

Ihr lebt bei Eurem Bruder? – Ja, Herr. –

Aber Ihr werdet nicht mehr lange dort leben, oder die jungen Männer in Meta haben keine Augen.

Mögen sie doch Augen haben. Was gehen mich ihre Blicke an? Ich bin glücklicher bei meinem Bruder als alle Frauen auf der Ebene von Sorrent und bis hin nach Neapel.

Habt Ihr nie Verdruss mit der Frau Eures Bruders?

Er hat keine und wird nie eine haben. Er und ich, ich und er – was bedürfen wir mehr, außer dem Schutz der heiligsten Madonna?

Und seid Ihr so sicher, dass es immer so bleibt, dass ihm niemals ein Mädchen gefallen wird?

So gewiss wie ich lebe. Aber was kümmert's Euch? – Und sie trieb mit einem Schlag der Hand den Esel an, dass er die Ohren schüttelte.

Warum ist Euer Bruder nicht mit Euch in Meta gewesen? fragte der Deutsche wieder, obwohl auch das ihn im Grunde nicht zu kümmern brauchte.

Er verlässt die Mühle nie, nur wenn er beichten geht, droben in Deserta.

Ist er krank?

Er mag keine Menschen sehen, außer mich. Und der Anblick des Meeres tut ihm weh, seit er damals – aber wer seid Ihr, dass Ihr mich ausfragt? Seid Ihr ein Prete? oder von der Polizei in Neapel?

Er musste lachen. Keins von beiden, sagte er; aber zwingt Ihr mich nicht selbst zu fragen? Wenn Ihr mir das Gesicht zukehrtet, würde ich das Sprechen bald vergessen. Nun muss ich mich durch Eure Stimme zu entschädigen suchen.

Sie maß ihn mit einem ernsthaften Blick und fragte dann: Was habt Ihr immer mit meinem Gesicht? Seid Ihr ein Maler?

Er schwieg einen Augenblick, und der alte neidische Verdruss rührte sich wieder in ihm, dass es nur den Malern verstattet sein sollte, einer Schönheit nachzugehen. Freilich, wer darf ihnen übelnehmen, was zu ihrem Handwerk gehört? Die Glücklichen, die mit diesem Freipass durch die Welt reisen! Denn dass auch er kraft seiner Art und Kunst ein Recht habe, sich in die Züge dieses Mädchens zu vertiefen, wie konnte er ihr das klarmachen, die sicherlich von der edlen Zunft der Poeten keine Ahnung hatte. Du willst es auch einmal so gut haben, dachte er bei sich und antwortete mit dreister Stirn: Allerdings, ein Maler bin ich, und wenn

Ihr erlaubt – aber wie heißt Ihr denn? – Teresa. – Wenn Ihr erlaubt, schöne Teresa, begleite ich Euch gern in Eure Mühle, um ein Bild von Euch in meinem Skizzenbuch zu entwerfen.

Er tat diese leichtsinnige Bitte unbedenklich, da es ihn stark gelüstete, auch den Bruder zu sehen und einen Blick in die Häuslichkeit der einsamen Geschwister zu werfen. Wenn es dann zum Treffen kam, so sollte sich schon irgend ein Ausweg finden. Und war seine Lüge nicht auch eine Notlüge? Tat es ihm nicht aufrichtig Not, noch länger in Teresas Augen zu sehen?

Sie besann sich ein Weilchen. Dann sagte sie: Wenn Ihr ein Maler seid, so macht ein Bild von mir, das ich meinem Bruder geben kann. Sterb' ich einmal, so hat er mich immer vor Augen, wie bei meinem Leben. – Seht Ihr den breiten Bach, der dort aus der Schlucht vorspringt und sich über den Weg in die Tiefe stürzt? Er treibt unsere Mühle, und wir müssen rechts einbiegen und ihn verfolgen. Der Regen hat ihn sehr angeschwellt, und der schmale Pfad in der Schlucht ist nicht zu passieren. Wartet! Ihr sollt Euch auf den Esel setzen und hinaufreiten, während ich ihn führe.

Ihr ihn führen, zu Fuß? Nimmermehr, Teresa!

So bleibt Ihr eben unten; denn wenn Ihr auch barfuß hinaufstieget durch das Wasser wie ich, Ihr kennt das Bett und den Weg nicht und stürzet bei jedem Schritt.

Sie hatte das Tier schon angehalten und sich leicht hinabgeschwungen. Während er noch zaudernd stand und der Gedanke, dass sie ihn täuschte, ihn denn doch beunruhigte, hatte sie schon Schuh und Strümpfe von den schönen Füßen gestreift und fasste nun, ihn ruhig anblickend, den Zaum des Esels.

Mag es denn sein! sagte er halb lachend. Obwohl ich eine wenig ritterliche Figur machen werde, wenn ich Euch das schlimmere Teil überlasse.

Er saß auf und sie zogen dem Bache zu, das Mädchen voran, den Zügel um ihren Arm geschlungen. Als sie an die Schlucht kamen, warf sie noch einen letzten langen Blick über das Meer; dann lenkte sie, des Wassers, das sie umrauschte, nicht achtend, rechtsab in den Bach hinein, der sich um große Steine wälzte und die ganze Breite der Schlucht ausfüllte. Hier war es kühl und dämmerhaft nach der Tageshelle draußen, und das Gesträuch hing tief zu beiden Seiten der Felsenenge herein. Der Deutsche, während das Tier ihn vorsichtig von Stein zu Stein trug und der Gischt ihm bis an die Knie spritzte, sah aufwärts und gewahrte einige hundert Schritt in der Höhe die Mühle, gefährlich in das Gestein eingebaut, grau wie der Felsen neben ihr. Das Rad war gehemmt, des Sonntags wegen; kein anderer Laut übertönte das Getöse des Bachs als der Schrei eines Sperbers, der über die Schlucht schwebend sich die Brust an dem heraufsteigenden Wasserdunst zu kühlen schien. Indessen schritt Teresa auf der einen Seite dicht am Felsen hin. Dann und wann wurde der Weg unter ihren Füßen sichtbar, während andere Strecken völlig überflutet waren. Sie sprach nichts. Auch war es nicht leicht, sich in dem Lärm der Wellen verständlich zu machen, der den Hohlweg entlang hundertfach in sich selbst widerhallte. Erst in der Nähe des Hauses traten die Felswände breiter auseinander, der Weg hob sich aus dem Wasser heraus, und der Reiter, sobald er festen Grund unter seinem Tiere sah, sprang auf seine Füße, im Stillen froh, dass wenigstens kein dritter den abenteuerlichen Zug mit angesehen habe.

Denn die Mühle lag wie ausgestorben; ja selbst als er schon davor stand, war der Deutsche fast versucht, sie für eine Kulisse zu halten. Die Fensterläden waren geschlossen, die braune Tür in der grauen Wand hatte keinen Griff und schien gar nicht praktikabel, der Schatten unter dem Dachvorsprung konnte ebenso gut gemalt sein. Indessen öffnete das Mädchen das Gitter zu einem in den Felsen gesprengten Stall und ließ den grauen Freund hinein. Dann stieß sie die Haustür mit leichtem Druck nach innen auf und trat dem Fremden voran über die Schwelle.

Ein Blick genügte, um den Deutschen mit allen Räumen des Innern bekannt zu machen. In der Mitte ein ziemlich breites Gemach, das die ganze Tiefe des Hauses einnahm; der Herd an der Seite, ein schwerer Tisch und hölzerne Stühle in der Mitte, in einem Wandschrank Hausgerät, zur Rechten nach der Seite des Felsens eine Kammer mit einem Bett, links die Mahlkammer mit dem Radwerk. Eine Tür in der Hinterwand des Hauses stand ebenfalls offen, und man sah in einen freien grünen Platz hinaus, auf den ein einzelner breiter Sonnenstreif fiel. Er mochte einige Morgen im Geviert haben und war hoch genug über dem Bach gelegen, dass ein Gärtchen dort hätte gepflanzt werden können. Aber der Bergkessel, der den Grund umschloss, war zu hoch, die Luft zu kühl, um der Blumenzucht günstig zu sein. Und so wucherte denn nur das Gras auf dem Platz und eine Ziege weidete am Ufer des Wassers. Dort aber, wo durch einen Riss des Berges jener einzelne Sonnenblick hereindrang, standen, wie ein schönes Wunder, zwei einzelne Orangenbäume mitten auf der Wiese, zwar spärlich mit Früchten behangen, doch in voller Frische.

Der Bruder ist nicht zu Haus, Teresa, sagte der Deutsche.

Sie ließ das Auge ruhig über den Wiesengrund schweifen und sagte dann: Seht Ihr ihn nicht drüben, wo die Schlucht sich wieder schließt? Der Bach hat an der Mauer gerüttelt, die ihn dort in sein richtiges Bette zwingt. Nun wirft er einen Erddamm hinter die Steine, dass die Wiese nicht überschwemmt wird. Er denkt an alles, mein Bruder, und kann alles; Ihr könnt tausend Jahr suchen und findet keinen, der mehr Genie hat.

Warum verschwendet er's aber hier in der Einsamkeit? – Weil er will. –

Und seid Ihr hier in der Mühle aufgewachsen, Ärmste, und habt nie mehr Sonne gesehen, als dort in die Orangenzweige scheint? Ich kann es nicht glauben; Eure Wangen sind schwerlich auf dem kurzen Ritt sonntags in die Kirche so dunkel geworden. – Nein, sagte sie; es ist noch nicht volle vier Jahr, dass wir hier wohnen und Tommaso die Mühle gekauft hat. Wollt Ihr's glauben? Er hatte vorher, wo wir in Neapel waren und er seine Fischerei trieb, keinen Gedanken, was ein Mühlrad sei und wie die Steine umlaufen. Und am ersten Tag, als wir hier heraufgekommen waren – der alte Müller war eben gestorben –, brachte er's in Gang, als hätte er's von klein auf getan. O ein Mensch wie Tomà, am Hof des Königs ist kein Klügerer!

Während dieser Worte gelang es dem Fremden nicht, das Gesicht des Mannes zu sehen, der am äußersten Ende des Wiesenlandes rüstig an seiner Arbeit war und sich nach der Mühle nicht umwandte. Er erkannte nur eine hohe Gestalt, schwarzes krauses Haar unter dem grauen Hut, eine Jacke von dunkler Farbe lose über der Schulter hängend. – Was hat ihm nur die Stadt und das Meer und sein schönes Gewerbe verleidet? fragte er jetzt die Schwester, die neben ihm stand.

Sie schien die Frage überhört zu haben. Wisst Ihr was? sagte sie, setzt Euch und fangt das Bild an, damit es fertig ist, wenn mein Bruder wieder ins Haus kommt. Dann frag' ich ihn, wer es sei, und erkennt er's, so gibt er Euch, was Ihr wollt dafür, denn wir sind nicht arm, müsst Ihr wissen. Als wir in Neapel lebten, hatte mein Bruder sieben Fischer unter sich und fuhr in drei Kähnen ins Meer, und hätte auch wohl ein Landgut kaufen können, statt der Mühle hier. Was hilft ihm nun sein Geld bei seinem schweren Herzen! – Setzt Euch, Herr; ich will nicht mehr schwatzen, Ihr sollt den Mund ganz still und richtig aufs Papier malen und die Augen und alles.

Unser Freund stand in nicht geringer Verlegenheit, als er sah, dass es ernst werden sollte. Es ist etwas dunkler hier, sagte er mit klopfendem Herzen. – So gehen wir auf die Wiese. – Dort ist es wieder zu hell, Teresa. Ihr wisst nicht, wie schwierig es ist, das rechte Licht zu finden. – Wartet, sagte sie, und öffnete rasch die Fensterläden. Ich meine, es ist nun ein hübsches Licht im Hause. Ich wenigstens, wenn ich's gelernt hätte, ich wollt' Euch hier aufs Haar an die Wand zeichnen.

Nun denn, sagte er kecklich, so fangen wir an.

Er schob zwei Stühle an das eine Fenster, das die Schlucht hinunter den ganzen Lauf des Baches übersah, und bat sie, niederzusitzen. Jene Blätter, die er zu sich gesteckt, um irgendeine Eingebung der Muse darauf festzuhalten, zog er hervor und legte sie auf sein Knie, den Stift in der Rechten. Eine tiefe Röte überflammte die braunen Wangen des Mädchens, als sie nun seinen Blick gespannt auf sich ruhen fühlte. Ihr Auge, über dem die dichte Wimper wie die Schwinge eines schwarzen Falters auf und nieder ging, war starr hinaus gerichtet und in wenig Augenblicken feucht umwölkt durch die Spannung des Blicks. Er bat sie, frei sich zu bewegen, es werde darum nicht schlechter werden. Auch konnte er es sich nicht versagen, an ihrem starken Haar sich ein wenig zu schaffen zu machen. Teresa – ! sagte er. – Was ist? – Nichts. – – Es war ihm unmöglich, dem großen Blick ihrer Augen gegenüber etwas Zärtliches oder Fades zu sagen. Wie fest und breit und eben war die Stirn, die Brauen wie ruhig geschweift! Er hatte sich jetzt entschlossen, eine halbe Stunde lang eifrig zu tun, als sei er im besten Werk begriffen, und dabei des Anblicks sich zu erfreuen; dann aber das Blatt rasch zu zerreißen, auf seinen schlechten Tag und sein verwirrtes Auge zu schelten und sich zu verabschieden.

Als er nun eben ruhig seine Stellung gewählt hatte und die Miene des Anfangs machte, bemerkte er in der Schlafkammer drüben an der Wand ein männliches Bildnis in schwarzem Rahmen, das ihm einen willkommenen Vorwand gab, noch einmal inne zu halten.

Ihr habt da ein schönes Bild Eures Bruders, sagte er und stand auf, es näher zu betrachten. Wer hat es gemalt? In der Tat, eine treffliche Arbeit. Welch ein sanftes und feuriges Gesicht! Es macht mich immer neugieriger, ihn selber zu sehen.

Den dieses Bild vorstellt, sagte sie zögernd, werdet Ihr nie mehr lebend sehen.

So ist es nicht Euer Bruder?

Es war sein Freund. Er starb jung, und viele haben ihn beweint.

Es tut Euch weh, Teresa, davon zu sprechen; verzeiht, dass ich so viel zudringliche Fragen tue. Er nahm seinen Platz am Fenster wieder ein. Die Röte war von ihrem Gesicht verschwunden, und ihre Augen sahen erloschen aus. Nach einer Pause, in der nur das Rauschen von der Schlucht herauf an ihr Ohr drang, fing sie von selbst wieder an: Ihr habt recht, sanft und feurig war er, ein Kind konnte ihn betrügen, und doch für die, die er liebte, hätte er sich in den Vesuv gestürzt, wenn sie es verlangt hätten. Die Männer sind alle schlecht, sagt Tommaso. Aber ihn nahm er aus und hatte recht. Wer ihn ansah, wusste, keine reinere Seele atmete die Luft unterm Monde. Ist es ein Wunder, dass Tommaso das Meer hasst, welches ihm einen solchen Freund verschlungen hat? dass er ein schweres Herz hat seit jenem Tag, wo er mit ihm hinausfuhr zum Fischen und ohne ihn wiederkam? Niemand hat es ihm verdacht, dass er tiefsinnig ward von Stund an und sein Gewerbe ihm verleidet war.

Er war auch ein Fischer, wie Euer Bruder?

Er war ein Sänger, Herr, aber ein armes Fischerkind; seine Eltern leben noch heut. Schon als Knabe in den Kirchen schmolz er allen das Herz, wenn er zu singen anfing. Ein reicher Onkel von ihm, der eine Trattoria am Strande hatte, ließ ihn dann lernen bei einem Singmeister; er sollte zur Oper gehen. Und nun stellt Euch vor, am Tage vor seinem ersten Auftreten, wo ganz Neapel schon von nichts anderm sprach, kommt er so gegen Abend zu meinem Bruder; denn sie kannten sich von Kind an und hielten noch immer zusammen. Tomà, sagte er, wollen wir noch eine Meerfahrt machen? Ich habe zu tun, Nino, sagt mein Bruder; die Netze müssen herein, und der Beppo, sagt er, der Knecht muss mit. – Lass ihn zu Hause, Tomà, ich helfe dir schon, ich hab's nicht verlernt über dem Notenlesen. – Und so fahren sie beide hinaus, ich sehe sie noch immer, den Bruder am Steuer, Nino am Ruder; sein Haar flammte in der Abendsonne, und er hatte die Augen auf unser Haus gerichtet; immer steht mir der Blick vor der Seele. Und die Sonne war kaum hinunter, da hör' ich Ruderschlag und springe unter die Tür, um sie zu grüßen – aber Tommaso war allein im Kahn und ruderte wie ein Rasender und schrie mir zu: Guten Abend, Teresa; ich soll dich grüßen von Nino, er schläft schon, unten am Meeresgrund –! und mehr hört' ich nicht.

Entsetzlich! die schöne hoffnungsvolle Jugend! Wie war es nur möglich, das Unglück, da sie zu zweien waren und den Kahn hatten? – Das schwere Netz zog ihn hinab. Der Pflock, an dem es im Kahn festhing, wich plötzlich aus der Fuge und schoss über Bord, und er, mit den Armen übergebeugt, das Netz zu fassen, verstrickte sich in den Maschen, und der Kahn schlug um, und wie Tommaso wieder auftaucht, sieht er den leeren Kahn ruhig in der Abendröte schwimmen und von Nino nur den Strohhut mit dem Band, das ich ihm Tags vorher daran geheftet hatte. – – Armer Nino! – Beklagt Ihr ihn? Er ging geradewegs in das Paradies ein und singt vor dem Thron der Madonna mit seiner goldenen Stimme. Beklagt meinen Bruder, Herr; dem liegt sein Frieden unten im Meer versunken, und kein Taucher bringt ihn herauf. Seit jenem Tag hat er nicht mehr gelacht, mein armer Tommaso. Und ehe er ins Gebirge ging, verbrannte er seinen Kahn und seine Netze, und die Leute standen am Ufer und sagten: Er hat recht, der Arme! denn man wusste, dass sie wie Brüder gewesen waren.

Sie schwieg und sah in die Schlucht hinunter, die Hände still in den Schoß gelegt. Er aber hielt die Blätter müßig auf den Knien und versenkte seine Gedanken in das wundersame Schicksal, das auf ihrem Gesicht zu lesen war. Alle Bitterkeit des Erlebten schien verschwunden zu sein und nur das reine Bild des Jünglings ihr vor der Seele zu stehen und die »goldne Stimme« sie zu umklingen.

Um so heftiger erschrak der Fremde, als er diese edlen Züge plötzlich sich in wilder Leidenschaft verfinstern sah. Wie ein Schwan, der eine Schlange sieht, fuhr sie mit einem kurzen zischenden Ton auf vom Sitz, zitternd am ganzen Leib, die Brust arbeitete, die Lippen erblassten und öffneten sich krampfhaft. Was ist Euch, Teresa, um des Himmels willen? rief er. Sie versuchte vergebens, ein Wort zu sprechen. Da folgte sein Blick der Richtung des ihrigen, der fest auf einen Punkt am Ende der Schlucht geheftet war. Aber was er sah, steigerte nur sein Erstaunen; denn durchaus nichts Furchtbares war's, was langsam dort unten den überschwemmten Weg heraufkam, vielmehr eine Gestalt, in ihrer Art nicht minder anziehend, als ihm vorher Teresa erschienen war. Ein blondes junges Weib, ganz in Schwarz gekleidet, erstieg, behutsam durch das Wasser watend, den Weg zur Mühle. Die Schuh und Strümpfe trug sie in der Linken, mit der Rechten hatte sie den faltigen Rock hoch zusammengeschürzt, freilich mit etwas mehr Dreistigkeit, als vorher Teresa getan. Ein Strohhut, von dem breite schwarze Bänder flatterten, saß ihr, wie vom Winde zurückgeweht, tief im Nacken und ließ das blühende Gesicht völlig sehen, dessen leuchtendes Weiß und Rot schon aus der Ferne heraufschimmerte. Die Augen aber hatte sie auf den Weg gesenkt.

Wer ist diese Frau, Teresa? fragte der Deutsche, und warum verwandelt Ihr Euch so bei ihrem Anblick? – Was wird er sagen, murmelte sie vor sich hin, ohne auf die Frage zu achten. Sie ist noch schöner geworden, noch schlimmer. Was soll das Schwarz? Wenn der Alte gestorben wäre –! Heilige Madonna!

Eine wilde Jagd von Gedanken schien an ihr vorüberzuziehn. Sie komme nur! sagte sie endlich, sie komme nur! Wir fürchten sie nicht, wir kennen sie. Dann, sich erinnernd, dass sie nicht allein war, sprach sie hastig: Ihr müsst dort hinein, in die Mühlenkammer. Sie darf Euch hier nicht finden, sie hasst mich, und wer weiß, was sie mir nachredete, wenn sie einen Fremden hier getroffen hätte. Steht auf, Herr, und um Jesu willen, haltet Euch ruhig, dass sie Euch nicht hört. Ich denke, es währt nicht lange. – Wenn ich Euch im Wege bin, Teresa, so will ich dort hinaus auf der anderen Seite der Schlucht. – Ihr findet Euch nicht hinaus auf jener Seite, und hinunter dürft Ihr nicht, an der Hexe vorbei. – Überlegt Ihr's auch wohl, Teresa? Und wenn Euer Bruder in die Mühlenkammer träte und einen Fremden dort versteckt sähe? – Mein Bruder kennt mich, sagte sie stolz. Fort!

Nur ein Wort noch. Wer ist sie? was fürchtet Ihr von diesem Weibe?

Alles; aber ich kenne Tommaso. Sie ist die Frau von Ninos Onkel. Als man den Toten fand, bei Puzzuoli ans Ufer gespült, da blieb ihr Auge allein trocken; Gott verzeihe ihr's, ich nicht! denn sie hasste mich, weil mich viele schöner fanden als sie. Nun will sie mir meinen Bruder rauben, die Listige. Tommaso aber kennt sie; er und ich – ich und er, wer will uns scheiden? – Tretet in die Kammer, Herr, und haltet Euch still. Hernach sag' ich's meinem Bruder, warum ich es getan.

Sie drängte ihn hinein und zog die Tür hinter ihm fest an; dann hörte er, wie sie eilig durch die Hintertür auf die Wiese ging. Er aber, allein gelassen in seinem Gefängnis, konnte sich zuerst einer starken Aufregung und Beklommenheit nicht erwehren. Bald jedoch gewann der Reiz des Abenteuers die Oberhand, und er überlegte, wie er sich in allen möglichen Fällen zu benehmen haben würde. Währenddem sah er sich unter den mancherlei fremdartigen Dingen um; das einfache Radwerk musterte er, die großen Siebe und Bütten, die Mühlsteine der verschiedensten Größe, die an der Wand lehnten. Dort im Winkel war Tommasos Bett aufgeschlagen, ein Gebetbuch lag auf der Decke, ein Weihkessel hing zu Häupten an der Wand. Alles Licht, was in die Kammer fiel, drang von der Seite des Mühlenrades durch große Öffnungen herein, durch die man in die Speichen sah und auf das jenseitige Felsenufer der Schlucht. Aber auch in der Wand, die den Mühlenraum von dem mittleren Gemach schied, entdeckte er bald eine Öffnung, die ihn den größten Teil desselben überschauen ließ. Hier fasste er Posto und wartete mit wachsender Spannung der Dinge, die kommen würden.

Nicht lange, so traten von der Wiese her die Geschwister ins Haus. Er sah Tommasos Gesicht unter einer Fülle schwarzer Lockenhaare, von einer zwillingshaften Ähnlichkeit mit den Zügen der Schwester. Eine tief zurückgehaltene Bewegung belebte jeden Muskel und glänzte unheimlich aus den finstern Augen. Die Jacke glitt ihm von der Schulter, ohne dass er es bemerkte; lange stand er mit gekreuzten Armen am Tisch und nickte zuweilen mit der hohen Stirn, als hörte er der Schwester aufmerksam zu, die seinen Arm gefasst hatte und mit heftigem Flüstern, für den Deutschen unvernehmbar, zu ihm redete. Aber seine Gedanken schienen abwesend zu sein. Zuweilen zuckte seine volle Unterlippe; doch schwieg er während der ganzen Zeit. Er konnte nicht über dreißig Jahre alt sein; eine herrlichere Männergestalt entsann sich der Späher in der Mühlkammer nie gesehen zu haben.

Da klopfte es an der äußeren Tür. Im Nu flog Teresa von des Bruders Seite fort auf einen Sessel am Herd, an den der Spinnrocken gelehnt stand. Als Tommaso, der seine Stellung nicht verließ, herein! rief und die Tür sich auftat, schwang Teresa den Rocken und schien schon eine Stunde so gesessen zu haben. Auch ihr Gesicht war kalt und gelassen.

Mit einigem Zögern trat die blonde Frau herein und machte sich, während sie den ersten Gruß sagte, mit ihrer Kleidung zu schaffen, offenbar um ihre Erregung zu verbergen. Sie schüttelte vom Saum ihres Rockes die Tropfen ab, warf die Schuhe nieder und zog sie leicht an die nackten Füße. Jede Bewegung war weich, anmutig, halb bewusst, halb natürlich reizvoll. Das Gesicht, erhitzt vom Wege, glühte über und über, und die schwarze Kleidung ließ die Zartheit ihrer Farben und das matte Blond des Haars in diesem südlichen Lande umso wundersamer erscheinen. Sie war kleiner als Teresa, voller und schmiegsamer, rascher, wenn sie sich bewegte. Aber die braunen Augen trugen alles Feuer des neapolitanischen Himmels in sich.

Guten Abend, Teresa! Wie geht's, Tommaso? sagte sie. – Ihr seid's, Lucia? erwiderte das Mädchen. Was führt Euch von Neapel herüber in unsere Einsamkeit? – Nehmt Platz, Lucia, und seid willkommen, sagte der Bruder, ohne sich ihr irgend zu nähern.

Sie folgte der Aufforderung und setzte sich ans Fenster, immer noch mit ihrer Kleidung beschäftigt. Ich hatte in Carotta zu tun, fing sie wieder an, indem sie den Strohhut abnahm und ihr Haar aus der Stirn strich. Da dacht' ich, ehe ich wieder heimfuhr, Euch zu besuchen, Teresa. Der Weg hier herauf ist schlecht; wir hatten böses Wetter. – Für die Mühle war es gut, sagte Teresa kurz.

Lucia ließ ihre Augen im Gemach herumgehen und leicht über Tommasos Gesicht gleiten, der in scheinbarer Gleichgültigkeit mit einem Stück Kreide, das auf dem Tisch gelegen, einen Strich neben den andern malte. Die drei Menschen wussten, dass entscheidende Worte fallen sollten, und jeder wollte dem andern den Eingang dazu überlassen.

Bring doch ein Glas Wein für Lucia! sagte Tommaso jetzt, ohne die Schwester anzublicken. – Teresa spann eifrig fort. Die Fremde sprach nach einigem Zaudern: Lasset den Wein; ich habe nicht lange Zeit zu bleiben. Der Abend sinkt herein und mein Boot wartet auf mich an der Marina von Carotta; denn ich will auf die Nacht nach Neapel zurück. Wie lange haben wir uns nicht gesehen! Warum kommt Ihr nie nach Neapel herüber, Teresa? Der Winter muss hart sein hier in der Schlucht. – Keine Zeit ist mir hart mit meinem Bruder zusammen, entgegnete das Mädchen. Und was hab' ich in Neapel zu suchen? Es zieht mich zu niemand dort, zu niemand.

Wieder schwiegen sie alle. Endlich wandte der Mann sich nach der Schwester und sagte ruhig: Hast du dem Tier den Stall gemacht für die Nacht, Teresa!

Sie zuckte zusammen, denn sie verstand den Wink. Aber wie sie aufsah, erkannte sie an seinem festen Blick, dass es des Bruders Wille war; sie stellte rasch den Spinnrocken weg, verließ das Gemach, und man hörte sie draußen absichtlich laut an der Gittertür des Stalles sich zu tun machen, um jeden Verdacht, als ob sie horche, abzuschneiden.

Dem Deutschen auf seinem Lauerposten schlug das Herz, als er die beiden nun allein einander gegenüber sah. Obwohl die Vergangenheit dieser Menschen ihm nur zur Hälfte offen lag, wusste er doch genug, um eine Szene der seltsamsten Art vorauszufühlen. Er sah bald den Mann, bald die schöne Frau am Fenster an, und seine eigene Lage wurde immer peinlicher, wenn er sich sagte, dass die Worte, die auf beider Lippen schwebten, für keines andern Menschen Ohr bestimmt sein konnten. Einen Moment dachte er daran, sich in die entfernteste Ecke der Mühlenkammer zurückzuziehen. Aber jeder Schritt konnte ihn verraten, und so musste er stehen bleiben, wo er stand.

Das Schweigen drinnen dauerte noch eine kurze Zeit. Dann sagte Lucia: Eure Schwester hasst mich, Tommaso; was habe ich ihr zuleide getan? – Der Bruder zuckte die Achseln. – Seht, fuhr sie fort, es hat mir oft keine Ruhe gelassen, wenn ich dachte, dass sie es vielleicht allein ist, die Euch so fern von uns gehalten hat. Sie gönnt es keinem, dass Ihr nur ein Wort an ihn richtet. Sie allein will Euch haben. – Ihr irrt, sagte er trocken. Ich hatte meine Gründe, dass ich aus Neapel fortging. – Ich weiß, Tomà, ich weiß. Es begreift es ein Kind, dass ihr damals die Lust am Meere verlort, nach jenem Unglück. Aber sie wäre schon wiedergekommen, wenn Teresa Euch nicht zugeredet hätte, Euch hier in der Wildnis und Öde einzuschließen. Erleben wir nicht alle unsere Schicksale und müssen doch aushalten unter den Menschen? Kommt das Unglück nicht vom Himmel? Und darf es uns so versteinern, dass wir die Menschen hassen, die doch nichts dafür können? – Nichts dafür können? Das ist die Frage.

Sie sah ihn durchdringend an. Ich versteh' Euch nicht, Tomà. Ich verstehe vieles nicht mehr, seit Ihr fort seid. Warum habt Ihr mir auf die Briefe nicht geantwortet, die ich Euch durch Angelo, den Bauern, geschickt habe? Er sagte mir doch, er habe sie Euch allein übergeben, beide; sonst könnte ich denken, Teresa habe Euch das Antworten verwehrt. – Die Briefe? Ich habe sie verbrannt. – Und was antwortet Ihr jetzt darauf? – Lucia, ich habe kein Wort gelesen, das darin stand.

73

Sie zuckte zusammen. Er aber fuhr fort: Euer Mann ist gestorben, wie mir Angelo sagte; er tut mir leid, er war ein Galantuomo, und das Unrecht, das ich gegen ihn auf dem Herzen habe, brennt mich noch heut. Ihr seid jung und schön, Lucia; Ihr werdet bald einen andern finden, einen jüngeren. Seid glücklich mit ihm!

Damit warf er das Stück Kreide fort und ging, die Hände auf den Rücken gelegt, durch das Zimmer. Sie folgte seinen Bewegungen mit ängstlicher Spannung. Endlich sagte sie: Weiß Teresa, dass ich Witwe geworden? – Sie erfuhr es erst eben aus Eurem schwarzen Kleid. Wir haben die vier Jahre her Euren Namen zwischen uns nicht genannt. – Wenn Ihr die Briefe nicht gelesen habt, so wisst Ihr auch nicht, dass mein Mann Euch dreihundert Piaster vermacht hat; Ihr müsst aber selbst nach Neapel kommen, sie beim Gericht abzuholen, wo sie für Euch niedergelegt sind. – Sie können dort liegen bleiben bis an den jüngsten Tag, sagte er ohne sich zu besinnen, wenn Ihr nicht vorzieht, sie den Armen zu geben. Ich hole sie nicht, auch wenn ich sie nötiger brauchte, als gottlob der Fall ist. Geld von Eurem Manne, Lucia! Lieber verhungern! – Wie redet Ihr? sprach sie leise, mit einer Stimme, die von Bestürzung zitterte. Wie soll ich dieses alles deuten? Es war sonst anders zwischen uns, Tommaso! – Um so schlimmer, dass es anders war!

Sie stand von ihrem Sitz auf, tat einige Schritte auf ihn zu und suchte mit scheuen Augen die seinigen. Die aber bohrten sich fest in die Platte des Tisches, hinter den er wieder getreten war, als suche er etwas Fremdes zwischen sich und das schöne Weib zu bringen, zum Schutz gegen ihre Reize. Sie hatte die rechte Hand fest unter die volle Brust gelegt; der Deutsche sah durch die Wandspalte die blauen Adern auf dem runden Arm und wie die schmalen Finger bebten an dem klopfenden Herzen.

Was habe ich Euch getan, Tomà? sprach sie kaum hörbar. Hat man mich verleumdet bei Euch, so sagt es mir, alles, und ich will meine Finger auf die Hostie legen und schwören, dass ich mir keiner Schuld bewusst bin. Wie eine Begrabene hab' ich gelebt mit meinem Mann, seit Ihr fortgegangen, und niemand kann aufstehen und sagen, dass die Wirtin der Sirena ihm einen Blick oder ein Lächeln gegönnt hat. – Das ist Eure Sache und war die Sache des Toten. Warum kommt Ihr her und sagt das mir?

Große Tränen traten ihr ins Auge, als sie die harten Worte hörte, und er fühlte es wohl, wie tief der Schlag getroffen hatte, obwohl er sie noch immer nicht ansah. Dann sagte er nach einer Weile: Was hilft es, dass wir durch die Maske sprechen, und unsere Stimmen verstellen? Gerade heraus, Lucia: du bist gekommen, um mir zu sagen, dass du nun frei seiest und niemand mehr im Wege stehe zwischen uns beiden. Aber ich sage dir, es steht doch einer zwischen uns, und wir sind verdammt, für unsere Sünden ewige Flammen zu fühlen und ewig getrennt zu sein.

So entschieden er sprach, so lebte doch die Hoffnung wieder auf in ihr. Für unsere Sünden? sagte sie rasch. Was haben wir uns vorzuwerfen? Hat es mir je eine andere Frucht getragen, dass wir uns liebten, als Seufzen und Weinen aus der Ferne? Wenn ich jetzt an deinen Hals stürzen dürfte, wäre es nicht unser erster Kuss? Aber wohl weiß ich, wer zwischen uns steht, Tommaso: – deine Schwester.

Er schüttelte heftig den Kopf. Nein! nicht sie! Aber frage mich nicht, und denke nicht, dass du ihn jemals aus dem Wege räumen kannst, unsern Feind; er ist keiner von den Lebenden. Geh nach Neapel zurück, Lucia, und komm nie wieder herauf nach der Mühle. Ich will, ich darf dich nicht wiedersehen.

Sie trat dicht an den Tisch heran, ihm gegenüber, dass ihn die heftige Bewegung selbst erschütterte und er plötzlich aufsah. Alle Schrecken einer verzweifelten Leidenschaft standen ihr im Gesicht. Ich gehe nicht, sagte sie mit gewaltsamer Festigkeit, oder ich muss alles wissen. Tommaso, mein Mann ist tot, Nino schläft lange in seinem Grab, deine Schwester soll in meinem Hause sein wie die Herrin und ich wie die Magd; bei dem ersten bösen Wort von mir zu ihr magst du mich ausstoßen, als hätt' ich Feuer unter dein Dach gelegt; und du sagst – und ich seh' es –, dass dein Herz noch nicht verwandelt ist: wer steht noch zwischen uns, Tommaso?

Der Tisch zitterte, auf den der junge Mann sich stützte. Ich will es dir sagen, keuchte er dumpf heraus; aber dann geh und frage nicht weiter. Nino steht zwischen uns!

Du betrügst mich, antwortete sie. Du willst meine Gedanken von Teresa ablenken, damit ich es ihr nicht eines Tages vergelte, was sie mir angetan. Du wirst es noch einmal bereuen, dass du mit mir Ärmsten gespielt hast, und mich dann weggeworfen. Und auch sie, auch sie soll die Unnatur büßen, dich hier vor der Sonne versteckt zu halten, wie der Geizige seinen Schatz. Ich gehe. – Bei Christi Blut, Lucia, ich betrüge dich nicht. Es ist wahr, meine Schwester hat dir eine Sache nie verziehen. Aber das ist es nicht – und du weißt nicht, wie ich es meine, wenn ich sage: Nino steht zwischen uns! Niemand weiß es, Teresa am wenigsten. Sie stürbe, wenn sie es wüsste. – Und wenn ich es wüsste? – So würden dir alle Gedanken an den elenden Tommaso vergehen, und du würdest den Weg zur Mühle nicht wiederfinden. – Er bedeckte sein Gesicht mit den Händen. – Du irrst, sagte sie, das kann nie geschehen. Es ist ein Wahn, was zwischen uns liegt, und ich werde ihn wie einen Rauch wegblasen, wenn du ihn mir zeigst. Wo nicht, so finde ich keine Ruhe Tag und Nacht, und übers Jahr hörst du, dass du mich ins Grab gestürzt hast.

Er schauderte in sich zusammen und schien einen letzten Kampf zu kämpfen. Dann sah er sie trostlos, glühend, starr und lange an und sprach: Es muss aus werden, ich will die verzehrende Qual, dich zu sehen und dir zu entsagen, nicht zum zweiten Male zu überstehen haben. Schwöre mir bei deiner Seligkeit, Lucia, dass du niemand sagen willst, was noch niemand von mir gehört hat und was du nun hören sollst. Auch in der Beichte und im Sterben komme das Wort nicht über deine Lippen. Es ist nicht, weil es mir selbst zum Verderben wäre, wenn die Menschen es wüssten; aber Teresa überstünde es nicht. Schwöre, Lucia!

Sie erhob die Hand. Bei unserer Seligkeit schwöre ich dir's zu, Tommaso, niemand soll es wissen außer mir und dir.

Er seufzte tief auf und warf sich in einen Stuhl, die Arme auf die Knie stützend und den Boden zu seinen Füßen anstarrend. Lucia, sprach er halblaut, ich habe die Wahrheit gesagt, Nino steht zwischen uns, jetzt im Tode, wie damals im Leben. Er war rein und unschuldig wie Abel, und auch ihm zur Seite stand ein Kain. Kain floh in die Wildnis; begreifst du's nun?

Sie schwieg.

Du hast recht, fuhr er fort. Wer kann es begreifen? Aber es kommen Stunden, wo die Hölle Macht hat über uns, dass es ist, als säße ein fremder Geist in unserer Brust und knebelte alle rechtschaffenen Gedanken, und nur die teuflischen ließe er frei, zu tun, was sie wollten. Haben wir's dann getan, was hernach das Ende davon ist? – Das soll mir einmal ein Pfaffe auslegen, das weiß keiner!

Wie ich den Jungen geliebt habe! Ermordet hätt' ich den Wahnwitzigen, der mir ins Gesicht nur mit einem Hauche schlecht von ihm gesprochen hätte! Wenn ich ihn singen hörte, vergaß ich alle Sorgen; wenn er in mein Haus kam, wurde es hell darin. Einem eigenen Sohn oder Bruder kann man nicht mehr anhängen. Stolz war ich auf ihn. Als Neapel von seiner Stimme zu reden anfing, sagt' ich wie ein Narr zu den Leuten: das ist unser Nino, mein alter Spielkamerad! und wusste mir was damit, als hätte ich ihm die Stimme aus dem Meer gefischt und geschenkt. Und wie war er zu mir! Da er schon berühmt war und bei Prinzen und Grafen sang und die stolzen Damen sich um einen seiner Blicke beneideten, – er kam nach wie vor in unser Haus am Strand und war am liebsten mit uns, und manches Mal, wenn ich ihm auf dem Toledo begegnete, mein Netz über der Schulter, ließ er einen andern Bekannten stehn und fasste meinen Arm und ging eine Strecke mit mir. Niemand war so holdselig; kein Falsch in ihm, kein Sündhaftes. Er hätte alle Weiber in Neapel haben können, aber er gab keine Feige dafür. Ich habe ihn oft darum ausgelacht; ich wusste damals noch nicht, wer ihm das Herumlieben verleidete.

Nur ein Böses hat er mir getan, dass er mich zu seinem Onkel ins Haus führte, als der brave Alte von Capua nach Neapel zog und die Sirena kaufte. Kam er nicht vor allem, um sich an Ninos Glück zu freuen, das sein Werk war? Warum musste er kommen und Euch mitbringen, Lucia! Seit der Stunde schon verlor ich Nino, der Himmel weiß, nicht durch seine Schuld. Aber wer konnte ihm darum gram werden, außer mir und Euch, dass er die Ehre seines Wohltäters bewachte?

Es war ihm nie eingefallen sonst, mir Vorwürfe zu machen über meine Liebeshändel, obwohl er auch keinen sonderlichen Gefallen daran hatte, wenn ich ihm von der oder jener Frau sprach, die mich gerade im Netz hatte. Er war unschuldig wie der Erzengel Raphael; aber er kannte auch die Welt und wusste, dass nicht alle waren wie er, und war fern davon, die Menschen ändern zu wollen. Auch als er bald merkte, wie es um uns stand, Lucia, – nie kam ein Wort über seine Lippen. Ihr aber wisst wohl, dass er es allein war, der all unsere Listen und Anschläge vereitelte. Ich schäumte in mir; hundertmal schwor ich mir, sobald ich ihn wiedersähe, ihm alle Freundschaft aufzukündigen, wenn er ferner Eure Schwelle bewachte, eifersüchtiger als der Onkel selbst, als ein Bruder, oder ein Verliebter. Denn er liebte Euch nicht, und kein Neid auf mich war mit im Spiel. Sah ich ihn dann, so zerbiss ich mir die Lippen, aber sagte kein Wort, und fast wurde die Raserei nach Euch gelinder in mir, wenn ich seine Stimme hörte.

Es schien, er las mir alle meine Gedanken in der Brust. Vielmals redete er mit mir vom Onkel, wie gut er sei, wie harmlos, und wie viel der Alte an ihm getan habe. Er sah mich dann zutraulich an, als wollte er sagen: Nein, Tomà, es ist nicht möglich, dass du einen Mann betrübst, dem dein Freund alles zu danken hat. Und ist er nicht auch gegen dich die Güte, das Vertrauen selbst?

Ich verstand ihn wohl; aber wenn ich Euch dann begegnete, verschlang mir die Wut der Liebe alle Vorsätze, alle Bedenken. Mein Gewissen verdorrte wie ein Baum neben der fließenden Lava. Und ein Jahr lang so herumzugehen, ich, der nie über eine Frist von vierzehn Tagen hinaus sich zu gedulden gelernt hatte! Schon einmal, als der Onkel nach Ischia gefahren war, Ihr entsinnt Euch, und wir aufatmeten, er aber sich ein Zimmer in der Sirena ausbat, um Noten abzuschreiben, weil der Lärm in seiner eigenen Wohnung ihn störe – schon damals hatt' ich finstre Gedanken. Ich wollt' ihm was unter den Wein mischen, was mir ein Bekannter gegeben; es sollte einen Menschen vierundzwanzig Stunden lang in Schlaf bringen. Dann aber entsetzte ich mich. Wenn es ein Gift wäre? Oder es schadete ihm an seiner Stimme? Ich tat es nicht, aber es blieb ein Stachel in mir zurück gegen ihn, und von Stund an wich ich ihm aus, denn sein Anblick verdross mich, als wenn er mir nach dem Leben gestanden hätte.

So kam der Tag näher, wo er zum ersten Mal in der Oper singen sollte. Was wir für jenen Abend abgeredet hatten, Lucia, Ihr wisst es wohl. Hätte ich Euch nicht gekannt, – mein Haus hätte indessen abbrennen können, und ich wäre vor dem letzten Ton, der Ninos Triumph sein sollte, nicht von meinem Platz im Theater gewichen. Nun war all mein Sinnen nur darauf gerichtet, was mich erwartete, wenn ich nach dem ersten Akt mich fortschliche in die Sirena, wo Ihr die Kranke spielen wolltet, um nicht mit dem Onkel in die Oper zu müssen.

Da kam er am Abend vorher, wie Ihr wisst, und beredete mich, ihn mit aufs Meer zu nehmen. Welcher Engel oder Teufel hatte ihm unser Geheimnis zugeraunt? denn er wusste es, und kaum dass wir allein auf der See zusammen waren, sagte er mir's ins Gesicht, das erste Mal, dass er mich offen zur Rede stellte. Ich leugnete alles. Tomà, sagte er, wenn du mir nicht versprichst bei unserer alten Freundschaft, davon abzustehen, so ist es mein Unglück. Ich werde singen wie ein Rabe, sie werden mich auszischen, und alles, was ich je gehofft habe, wird für immer dahin sein. Mein Bruder, sagte er, ich fordere es von dir! Ich könnte ja hingehen und den Onkel warnen. Aber er wüsste dann, welche Frau er hat, und wenn ich auch deinen Namen nicht nennte, wären wir doch ewig geschieden, du und ich. Versprich mir's also; das eine Opfer kann ich dir wohl wert sein. – Ich schwieg hartnäckig und sah nach den Netzen, und hörte zuletzt gar nicht mehr, was er redete, denn Euer Bild stand vor mir, Lucia, und das Blut tobte mir in den Schläfen.

Eine Stunde nachher kam ich allein im Boot nach der Küste zurück. – – –

Die letzten Worte verhallten dunkel und tonlos, und die beiden Gestalten, er auf seinem Sitz, das Gesicht immer tiefer zwischen den Knien herabgesunken, die Frau bleich wie eine Tote, verharrten so wie Bilder, während es dunkler im Zimmer ward und draußen durch das Rauschen des Bachs Teresas Stimme erklang, die ein Ritornell anstimmte, wie um den Bruder zu erinnern, dass er ihr die Pein des Wartens nicht ohne Not verlängern solle. Und in der Tat weckte die Stimme den versunkenen Mann. Er erhob sich vom Sessel und neigte sich über den Tisch dichter zu dem regungslosen Weibe. Nein, Lucia, sagte er heiser, ich habe damals nicht gelogen. Das Netz zog ihn in die Tiefe, seine Füße verstrickten sich, nicht ich habe den Kahn umgestoßen; aber das ist nicht alles. Ich saß noch am Steuer, als er schon hinuntergestürzt war. Eisig war mein Gebein, meine Augen stierten auf den Strudel neben mir, der sich über seinem Haupt geschlossen hatte, ich sah die Blasen aufsteigen, als wollten sie mir zurufen: er atmet noch da unten! Und jetzt, jetzt tauchte eine seiner Hände über den Wellen auf und haschte nach einer festen Hand seines Freundes, eine Bootslänge nur sah ich sie von mir entfernt – ein silberner Ring glänzte am kleinen Finger in der Sonne – nur das Ruder hätt' ich hinzustrecken brauchen und er war gerettet, Lucia! Wollte ich ihn denn nicht retten? musste ich es nicht wollen? hielt ich nicht das Ruder auf den Knien, und nur ein Ruck des Armes und die Hand mit dem Ring hätte sich darum festgeklammert? Aber da saß der Dämon in meiner Brust und lähmte mir jede Faser und verstockte mir jeden Blutstropfen; wie vom Schlage gerührt saß ich fest, mir schwindelte, zu schreien versucht' ich – und immer stierte ich auf die Hand – und die Hand sank, jetzt bis an den Ring, jetzt bis an die Fingerspitzen, und jetzt – war sie versunken.

Erst da ließ mich die Hölle los; ich schrie wie ein Toller, ich sprang über Bord, dass der Kahn umschlug, und tauchte hinab, und wieder auf, und wieder hinab, und fand ihn nicht, obwohl ich sonst hundertmal eine kleine Münze vom Meeresgrund heraufgeholt habe, und schwamm endlich wieder zu meinem Boot zurück, die Verzweiflung im Herzen. Aber das Maß war noch nicht voll. Wie ich nach Hause kam ohne ihn, brach meine Schwester am Herd zusammen wie eine verlöschende Flamme; der Ring am Finger jener Hand, die aus den Wellen gestarrt hatte, war ihr Ring. Tags zuvor hatte sie ihn mit dem seinigen getauscht, ohne dass ich es wusste.

Er warf sich wieder in den Stuhl zurück und kehrte das Gesicht mit geschlossenen Augen gegen die Decke. Der Lauscher in der Mühlenkammer hörte ihn lange wie einen schwer Schlafenden röcheln aus der gepressten Brust, während das unglückliche junge Weib sich mehrmals mit der Hand über die Stirne fuhr, die kalten Tropfen wegzuwischen. Das Furchtbare, das sie vernommen, hatte ihre Züge, die weich und sinnlich waren, geadelt; sie war schöner als zuvor, aber sie dachte nicht mehr daran.

Zuletzt schien Tommaso wie aus einem Halbschlummer aufzuwachen. Seid Ihr noch hier, Lucia? sprach er hastig. Was wollt Ihr noch von Tommaso? Seht Ihr sie nicht auch zwischen uns, die Hand mit dem silbernen Ring, die überall vor mir auftaucht und gen Himmel weist? Wenn wir am Altare stünden und Ihr strecktet mir Eure Hand mit dem Goldreif entgegen, das

Haar würde mir aufstehen, meine Augen sich verwirren, Gold wie Silber, Lucias Hand wie Ninos scheinen, und Teufel mich aus der Kirche peitschen. – Geht heim, Lucia; vergesst dies alles, haltet Euern Schwur und betet für Tommaso!

Damit stand er auf und trat an den Herd. Der Deutsche sah, wie sie heftig zitterte. Wird es nie anders werden? hauchte sie endlich hervor. – Er schüttelte nur, ihr abgewandt stehend, die Locken und machte mit dem Zeigefinger die Gebärde des Verneinens. – So behüte Euch Gott, Tomà; so gieße die Madonna Trost in Euer Herz und Schlaf zu Nacht auf deine Augen, Tomà, und – auf die meinen – die ewig nach dir weinen werden! Ich danke dir, dass ich alles weiß; ich könn' es sonst nicht tragen, dass wir uns verloren haben. Ich danke dir, dass du mich noch liebst; verlern es nicht, es ist alles, was ich noch habe! – –

Er sah nicht mehr nach ihr um, sah die Tränenflut nicht, die ihr still aus den Augen stürzte, nicht das Winken mit beiden Händen zum Abschiedsgruß und ihr gewaltsames Sichabwenden, um zu gehen. Sie ließ die Tür offen hinter sich, und die Schwester, die gleich nach dem Abschied hereinstürzte, fand ihn noch wie vorher am Herd. Tomà! rief sie mit dem wildesten Schluchzen und Jauchzen und schlang die Arme um den stillen Mann, du hast ihr abgesagt, du bist mein, wir bleiben unser! – Jetzt erst sah sie die tiefe Blässe auf seinem Gesicht und erschrak. Wehe! rief sie, so tief ging es dir ans Leben? Nein, Tomà, das nicht, das sollst du nicht für mich tun. Noch erreicht sie deine Stimme; rufe sie zurück, mein Bruder, sage ihr –

Still, Kind! unterbrach er sie fest und zwang ein Lächeln auf seinen Mund, während die Augen mit der schmerzlichsten Innigkeit auf ihre Stirne niederblickten. Es ist vorbei und zu Ende. Ich bringe kein Opfer, glaub es, Kind, dir kein Opfer. Wärest du vor vier Jahren aus der Ohnmacht nicht wieder aufgelebt, ich hätte dennoch zu ihr gesprochen, wie ich getan. – Es wird bald Nacht sein. Ich will noch einen Gang in die Schlucht hinauf machen und sehen, wie es oben steht mit dem Mühlbach. Ich sehe dich noch vor Schlafengehen, meine Schwester, meine Teresa! Morgen ist ein neuer Tag.

Er küsste sie auf die Stirn und verschwand durch die Tür, die nach der Wiese ging.

Erst eine geraume Welle später wagte der Fremde die Tür der Mühlkammer zu öffnen. Teresa erschrak, als er zu ihr trat, sie hatte seine Nähe, wie es schien, völlig vergessen. Ihr habt alles gehört, sagte sie ernsthaft; besorgt nicht, dass ich Euch ausfrage. Tommaso wollte nicht, dass ich es höre! das ist mir genug. Wo lebt auf Erden ein Bruder wie er? Sagt, ob mein Los nicht zu beneiden ist! O Tommaso!

Er nickte stumm und reichte ihr die Hand. Gute Nacht, Teresa, sagte er. Ich brauche Euch nicht zu bitten, dass Ihr es Euerm Bruder niemals sagt, wer seinem Gespräch mit Lucia zugehört hat. Es könnte ihm doch nur ein verhasster Gedanke sein, dass ein Fremder Zeuge war, wo die eigene Schwester ausgeschlossen blieb.

Nie soll er es erfahren, erwiderte sie feierlich. Einen Bruder wie ihn zu betrüben, – wie käme mir das in den Sinn, für die er sein Leben gäbe! –

Er musste sich abwenden, um nicht zu verraten, wie furchtbar ihre arglose Hingebung an den, der ihr das Teuerste entwendet hatte, ihm durchs Herz schnitt. Worte des innigsten Anteils schwebten ihm auf der Zunge; er unterdrückte sie, denn sie erwartete Glückwünsche von ihm und das Zeugnis, dass ihr Los beneidenswert sei. Er sah den silbernen Ring an ihrem Finger und an der Wand drüben das Bild des Toten, und sagte sich: dies sieht Tommaso Tag für Tag und muss leben und dulden, dass die Schwester ihn liebt! –

Teresa, sagte er, erhalte dir Gott den Frieden, den du gerettet hast. Leb wohl! Ich nehme dein Bild mit hinweg, anders, als ich dachte, aber unvergänglicher!

Sie redeten nicht viel auf dem Wege die Schlucht hinab, den er wieder auf dem Rücken des Tiers zurücklegte. Als er sich unten von ihr getrennt hatte, stand er noch lange und sah nach der Mühle hinauf und ließ sich von der Kühle des Bachs seine heiße Stirn umwehn. Die

Nacht brach herein. Er konnte noch nicht den Heimweg suchen; seine Gedanken trieben ihn weit über die Höhen auf wechselnden Pfaden. Als er einen Felsenabhang erstieg, der sich schroff ins Meer vorstreckte, gewahrte er am äußersten Rand eine männliche Gestalt, der die Locken im Wind ums Haupt flatterten. Der Mann spähte unverwandt über das Meer hinaus, wo in der Richtung von Carotta nach Neapel ein winziges Boot tief unten das Segel blähte. Er glaubte den Einsamen dort oben zu erkennen und zu wissen, wer in dem Boot saß, und in tiefer Bewegung schlug er den nächsten Pfad ein, der ihn zu den Wohnungen glücklicherer Menschen hinunterführte. Die Muse, nach deren Anblick er über Tag vergebens geseufzt hatte, war ihm erschienen. Aber das Antlitz, das sie ihm zeigte, war streng und ehern und scheuchte bis weit über Mitternacht den Schlaf von seinem Haupt.

Der letzte Zentaur

[1860, bearbeitet 1870; Wilhelm Hertz, Berlin 1871]

Vom Turm der Frauenkirche schlug es Mitternacht.

Ich kam aus einer Gesellschaft, in der man sich vergebens bemüht hatte, eine sehr lahme und trockene Unterhaltung mit gutem Wein in Fluss zu bringen. Der Kopf war mir immer heißer geworden und das Herz immer kühler. Endlich hatte ich mich weggestohlen in den sommerwarmen Mondschein hinaus und schlenderte ziellos durch die totenstille, taghelle Stadt, um den Unmut über die verlorenen Stunden verdampfen zu lassen. Als ich an der ehrwürdigen Marienkirche vorbei durch das Frauengässchen in die Kaufingergasse trat, blieb ich plötzlich stehen.

Mir gegenüber lag, seine drei Stockwerke mit den dunklen Fenstern gegen Mitternacht erhebend, ein wohlbekanntes Haus mit vorspringender Ecke und einem blauen Laternchen über dem Eingang, in dem ich vor mehr als einem Jahrzehnt manche unvergessliche Nacht bei schlechterem Getränk als heute, aber unter feurigeren Gesprächen zugebracht hatte. Ich las die Inschrift über der zierlich geschnitzten, von zwei Karyatiden gestützten Holzumrahmung des Torwegs: »Weinhandlung von August Schimon«.

Jawohl, sagte ich vor mich hin, die Zeiten wandeln sich und wir mit ihnen! Das ist noch derselbe Name, der damals in jeder Woche unsre Losung war. Aber der ihn trug, der behäbige Mann mit dem schwarzen Kraushaar und den verschmitzten kleinen Augen, – wo ist er hingekommen? Sein Glücksstern hatte nur über diesem Haus leuchten wollen. Als er es verließ, um in einem prachtvollen Hotel den Wirt zu machen, war es mit ihm rückwärts gegangen, bis zu einem traurigen Ende. Seine Gutmütigkeit soll ihn in unglückliche Spekulationen anderer verwickelt haben, vielleicht auch ein phantastischer Zug zum Großen und Gewagten, den er mit einigen seiner Gäste gemein hatte. Er war eben ein Idealist unter den Gastwirten, und sein Andenken ist mir teuer geblieben, trotz seiner Weine, auf die Freund Emanuel damals nach der Melodie des Dies irae die schöne Strophe dichtete:

> Sed post Schimonense vinum
> Malum venit matutinum,
> Luctum quod vocant felinum!

Heutzutage, da die Erben das Geschäft fortsetzen, sollen die Weine sich bedeutend gebessert haben und der alten Firma Ehre machen. Aber können die besten neuen Weine für die gute alte Gesellschaft entschädigen, die nun nicht mehr von ihnen trinkt und den trüben Lethetrank oder selbst den Nektar der Unsterblichkeit gern hingäbe um ein paar Flaschen jenes dunkelroten Ungarweines, den wir mit Todesverachtung und »festlich hoher Seele« so manchmal hier »dem Morgen zugebracht«? Wie gern ließ' ich alles morgendliche Nachweh über mich ergehen, könnt' ich noch einmal dich, teurer Genelli, hinter dem Tisch in dem niedrigen leicht angerauchten Weinstübchen sitzen sehen, die volle Unterlippe halb freudig, halb trotzig aufgeworfen, während eine göttliche Kinderfröhlichkeit dir aus den Augen blitzte! Damals warst du noch nicht Großherzoglich Weimarischer Professor und Falkenritter; du hattest noch nicht in dem Freiherrn von Schack den Mäzen gefunden, der dich in den Stand setzte, die Entwürfe deiner Jugend endlich nach jahrzehntelangem Hoffen und Harren in Farben auszuführen. Oben in deinem bescheidenen Quartier am Stadtgarten saßest du, und die Gesellschaft deiner Götter und Heroen ließ dich die Welt vergessen, die dich vergaß. Aber wenn du auch oft zu warm warst, um die Bleistifte zu bezahlen, mit denen du, in zarten Linien leicht umrissen, deine Träume von den Göttern Griechenlands auf reinliche Blätter schriebst: nie sah ich den Schatten von Erdennot und Sorge auf deiner olympischen Stirn, die wie ein Berggipfel über allem Gewölk sich im ewigen Äther sonnte. Und wie auch die Sorge an deinem Herde die Rolle des Heimchens spielen mochte – einmal in jeder Woche lenktest du den Schritt zu diesem Haus, um den Anflug von Staub und Moder, der sich etwa an deine Seele zu setzen versucht, im Weine wegzuspülen. Ob der wackere Schimon die Ehre zu schätzen wusste, die du ihm antatest? Ich entsinne mich kaum, dass ich dich deinen Wein hätte bezahlen sehen, wie andere Erdensöhne. Freilich warst du auch stets der Letzte, der ging, noch ganz aufrechten Hauptes und festen Ganges, gefeit gegen das vielberufene malum matutinum, und auch darum vielleicht unserm Wirt so teuer, weil du den Glauben an die Unverfälschtheit seines roten Ungar mit der Macht deiner Rede und deines Beispiels verteidigtest.

Schöne, ambrosische Mitternächte, wenn der zweifelhafte Nektar seine Kraft bewies und den Meister über alle Not der Gegenwart hinweg in seine römische Jugend zurückführte! Dann wurden, während Dichtung und Wahrheit sich traulich in eins verschlangen, die Schatten der wackeren Vorfahren heraufbeschworen, die in Rom zuerst, nach Winckelmanns und Carstens Heimgang, der deutschen Kunst eine Freistätte bereitet hatten. Der seltsame Poet und seltsamere Maler, der als Maler Müller dem heutigen Geschlecht trotz neuer Ausgaben seiner Schriften nur noch dem Namen nach bekannt ist, und von dem Genelli gern eine Strophe anführte, die er sehr bewunderte, eine Inschrift auf einem Trinkgefäß, folgender Fassung:

> Trinke, Freund, aus dieser Schale,
> Die der Gott der Lust
> Einst geformt bei einem Göttermahle
> Auf Cytherens Brust.

Als zweiter dann, der nicht minder wunderliche Tiroler Koch, von dessen trefflichen Landschaften jedoch weniger gesprochen wurde, als von seiner »Rumfordschen Suppe«, jener mit derbem Witz und bitterem Hohn reichlich überpfefferten Herzensergießung über den Verfall der Kunst, deren Kraftstellen unser Freund mit schmunzelndem Behagen zu zitieren liebte. Endlich der alte Reinhard, ein wackerer Meister in seiner Art, und doch minder groß und glücklich als Künstler, denn als Jäger. Noch hör' ich Genelli die berühmte Geschichte erzählen, wie der alte Nimrod eines Tages im Zwielicht mit leerer Jagdtasche und dem Schuss noch in der Flinte in sein dämmriges Zimmer trat, unwirsch über den verlorenen Tag. Da sieht er auf seinem Tisch etwas sich regen, als ob es davon laufen wolle, und in ungekühltem Jagdtrieb reißt er, ohne sich zu besinnen, das Gewehr von der Schulter, legt an und schießt. Als er hinzutritt, zu sehen, was er geschossen, findet er einen alten Käse, den die Kugel glatt durchbohrt hat, ohne doch das tausendfältige Leben in ihm zu töten.

Das ist eine von den sogenannten Jagdgeschichten! erlaubte sich, während die anderen lachten, ein kleiner dürrer Mann zu bemerken, der den Kunstkritiker machte, für den Realismus schwärmte, dennoch aber sich häufig an diesem Tisch einfand, wo die idealistischen Spötter saßen. Sie wollen uns doch nicht zumuten, Genelli, an diese Käsejagd zu glauben?

Der Meister blitzte ihn mit seinem gutmütigsten Jupiterblicke an.

Ihnen mute ich überhaupt nicht zu, etwas zu glauben, was Sie nicht sehen, sagte er. Aber wenn diese Geschichte nicht wahr ist, so ist auch die folgende erlogen, die ich doch selbst erlebt habe. Es war in Leipzig; ich stehe eines Abends am Fenster meiner Wohnung und blicke auf den Markt hinunter. Da sehe ich ein kleines altes Weibchen, das langsam mit trippelnden Schritten ihres Weges geht und mit einem Stöckchen auf dem Pflaster etwas vor sich her zu treiben scheint, was ich nicht erkenne. Ich gehe endlich hinunter, um zu sehen, was es ist. Was war es? Eine Herde kleiner alter Handkäse, die das Weibchen auf diese Art zu Markte trieb.

Nun fand es auch der kleine Kritiker geraten, mitzulachen. Er wusste, er durfte die Langmut des Olympiers nicht zu sehr auf die Probe stellen, wenn er nicht mit einer vollen Ladung Rumfordscher Suppe überschüttet sein wollte. Denn als der einzige Realist unter uns Idealisten hätte er, trotz seiner zweischneidigen Zunge, den Kürzeren gezogen.

Nur einer lachte nicht mit, dessen aschfarbenes, schlecht rasiertes Gesicht ich überhaupt nie habe lachen sehen, obwohl ihm bei allem, was Genelli tat und sagte, in heimlicher Bewunderung das Herz im Leibe lachte: ein langer, hagerer, scheu blickender Mann, in sehr schäbigem Rock, von veraltetem Schnitt, der in einem kahlen Zimmerchen, wie es hieß, von der Luft lebte und nie etwas anderes tat, als dass er, wenn ein tollkühner Kunsthändler sich zu einem solchen Unternehmen aufschwang, Genellis Entwürfe in leichter Umrissmanier in Kupfer stach. Dies, und das Bewusstsein, Platens Freundschaft besessen zu haben, waren deine einzigen Lebensfreuden, ehrlicher Schütz. »Die Treue, sie ist kein leerer Wahn!« Und du hast sie redlich bis ans Ende bewährt. Als dein Meister zu den Schatten hinabstieg, um sich auf der Asphodeloswiese zu seinen homerischen Helden, seiner Hexe und seinem Wüstling zu gesellen, litt es auch dich nicht länger hier oben in der Sonne. Ein Schatten eines Schattens zu sein, schien dir rühmlicher, als hier noch länger körperlos herumzuwanken.

Ein anderer der Getreuen war schon vorausgegangen: der edle, hochsinnige Holsteiner Charles Roß, dessen Landschaften mit Verschmähung der modernen Virtuosenkünste jener certa idea nachstrebten, die einst einen Poussin und Claude begeistert hatte. An seiner stählernen Mannesseele, der es an schneidigen Ecken und Kanten nicht fehlte, hatte die weiblich zarte Hülle vor der Zeit sich zerrieben. Denn außer dem Schmerz, in einer Epoche zu leben, die in der Kunst ganz andere Götter verehrte, als die ihm die wahren schienen, drückte auf ihn der Lebenskummer um die gefesselte und geknechtete Heimat, deren Befreiung und Heimkehr zu den deutschen Stammesgenossen er nicht mehr erleben sollte. Auch ihn, wie Genelli, habe ich nie klagen, wohl aber zürnen und spotten hören, wobei dann seine sanften blauen Augen unter der weißen, von blondem Haar überwallten Stirn seltsam leuchteten wie vom Widerschein seiner stählernen Seele. An Genelli hat er in dessen sorgenvollster Zeit mehr getan als irgendein anderer seiner Freunde; er war es auch, der ihm in Baron Schack den hilfreichen Gönner und Freund zuführte und die Bestellung seines Raubes der Europa vermittelte, wodurch dem Einsamen auf der Schwelle des Alters noch einmal die Genugtuung wurde, sein bestes Wollen und Können in einer Reihe großer Schöpfungen auszusprechen, freilich nicht ganz ohne Spuren der langen Vereinsamung, in der er seine kraftvollsten Jahre hingefristet hatte.

Soll ich die anderen noch aufzählen, die Jüngeren, die sich an jenen Abenden um den Meister scharten? Sie leben und schaffen noch, und nicht alle sind dem Bekenntnis jener stillen Gemeinde treu geblieben, deren Stolz es war, eine ecclesia pressa zu sein und allem schwächlich dürren und seelenlosen Unwesen des modernen künstlerischen Rationalismus den Rücken zu kehren. Einer aber, der es äußerlich am weitesten gebracht und die Genusskraft des alten Heidentums nicht bloß darum besaß, um desto schmerzlicher zu entbehren, sondern in vollen Zügen Lebensfreuden schlürfte, Karl Rahl, – auch er ist schon zu jener stillen Schar versammelt, die er auf Erden nur dann und wann besuchte, aus Italien oder von Wien herüberreisend, um dem alten Freunde die Hand zu schütteln und ein paar Tage aus dem Vollen mit ihm zu leben.

Ich sehe ihn noch, wie er bei einem dieser Besuche auch abends zu Schimon kam und alle, die ihn noch nicht kannten in Erstaunen setzte durch die unerhörten Massen Fleisches, die er ruhig, ohne viel Aufhebens von seinem Appetit oder der Zubereitung zu machen, rein zur Stillung des dringendsten Bedürfnisses zu sich nahm. Er hatte etwas vom Löwen, der mit gleicher Würde und Kraft, ohne Gier und Feinschmeckerei seine Kost zermalmt. Da begreift man, sagte der Kunstkritiker mir ins Ohr, dass das Fleischmalen seine Force ist, bei solchen Naturstudien! – Aber als er dann satt war und sich nun in die Unterhaltung mischte, konnte man merken, dass der Leib sich nicht auf Kosten des Geistes so heroisch nährte. Denn unmerklich ohne rhetorische Künste, mit der unscheinbaren Gewalt eines reichen Wissens und eines hellen Verstandes, der allen Ideenstoff sofort in Saft und Blut verwandelte, fing er an das Gespräch zu beherrschen, dass wir alle an seinen Lippen hingen, während es von der kahlen Stirn des geistreichen Satyrgesichts wie eine prophetische Flamme leuchtete. Genelli saß schweigsam neben ihm, verklärt von dem brüderlichen Stolz, seinen Freund aus allen Wortkämpfen als Sieger hervorgehen zu sehen. Er trank an dem Abend für zwei, während Rahl kaum einmal vom Ungar nippte. So saßen sie wie die Dioskuren beisammen, jeder auf seinen Stern vertrauend, den Stern der Schönheit, der in die dampfumwölkte Gegenwart nur trübe hereinleuchtete, in solchen Nächten aber den Eingeweihten im alten hellenischen Glanz erschien.

Solche Nächte! Wie lange schon waren sie verglüht und verglommen, und wie hell leuchteten sie beim Anblick jenes Hauses in der Erinnerung auf. Vieles hatten die Jahre seitdem gebracht, redliche Kämpfe und fröhliche Siege, heitere Tage und Nächte genug mit alt' und jungen Freunden – solche Nächte nicht wieder!

Eine feierliche Wehmut überkam mich; ich ließ den Kopf auf die Brust sinken und vertiefte mich eine Weile in den Abgrund dieses geheimnisvollen Erdendaseins. In die Tür mir gegenüber war ich, seitdem die stille Gemeinde in alle Winde zerstreut war, nie wieder eingetreten. Was hatte ich dort auch zu suchen? Heute fühlte ich einen unwiderstehlichen Trieb, wenigstens in den langen Flur hineinzuspähen, durch den uns sonst der kleine schwindsüchtige Kellner, Karl, der nun auch längst einen besseren Schlaf genießt, hinauszuleuchten pflegte, um das Haustor hinter uns zu schließen. Ich versuchte den Türgriff, und obwohl die Polizeistunde schon längst vorüber war, gab die Tür dennoch willig und geräuschlos nach. Es mussten noch Gäste drin beim Weine sitzen.

Aber um keinen Preis der Welt hätte ich's übers Herz gebracht, fremde Gesichter an der geweihten Stätte zu sehen.

Ich setzte mich, um nur noch einen Augenblick in der Stille meinen Erinnerungen nachzuhängen, auf eines der leeren Fässer, die an der Wand standen, und sah den tiefen Hausgang hinunter, aus dessen Hintergrund eine schläfrig rote Laterne mich vertraulich anblinzte. Es war im Hause totenstill, und eine seltsame Moderkühle, mit Weingeruch vermischt, wehte mich aus Flur und Kellertreppe an. Dann und wann hörte ich draußen einen Nachtschwärmer vorbeitrappen und konnte an seinem gleichen oder ungleichen Schritt erkennen, ob es ihm kühl oder schwül unterm Hute war. Durch die halboffene Tür fiel ein armdicker gleißender Strahl des Mondlichtes herein, auf den ich unverwandt starren musste, als sollte mir von daher, wie weiland Jakob Böhme durch den Sonnenstrahl auf einer zinnernen Schüssel, eine mystische Offenbarung zuteil werden. Ich wartete aber umsonst – und über dem Harren und Sinnen wollten mir endlich eben die Augen zufallen –

Da kam ein schlurfender Schritt aus der Tiefe des Hausgangs auf mich zu, jener bekannte schlaftrunkene Kellnerschritt in ausgetretenen Hausschuhen. Ich dachte, man komme mich hier wegzuweisen, damit das Haus geschlossen werden könnte, und fuhr in die Höhe. Erschrocken sah ich die wohlbekannte Gestalt des kleinen Karl vor mir stehen.

Sie sind es? sagte ich. Wie kommen Sie denn wieder hierher? Sind sie denn nicht längst –

Er sah mich aus seinen müden, geröteten Augen so wunderlich an, dass mir das Wort in der Kehle stecken blieb.

Die Herren schicken mich, sagte er in schläfrig-leisem Ton, um zu sehen, ob Sie denn noch nicht kommen. Es sei schon sehr spät, und sie würden nicht mehr lange bleiben.

Welche Herren? fragte ich, während ich von meiner Tonne heruntersteig.

Sie kennen sie ja wohl, erwiderte der Kleine und wendete sich schon, um wieder hineinzugehen. Übrigens wie sie wollen. Die Herren meinten nur –

Damit ging er mir voran, und ich besann mich nicht länger, der seltsamen Einladung zu folgen. Auch fühlte ich, wunderbarerweise, nicht den leisesten unheimlichen Schauer. Ich könnte fast glauben, dies sei ein Traum, sagte ich so für mich hin; aber ich habe doch die Augen weit offen und sehe die rote Laterne und höre das Hüsteln des kleinen Karl. Nun, was es auch sei und wen ich auch sehen werde, – in diesem Haus und unter so guten Freunden brauche ich mich nicht zu fürchten.

Und doch, als wir uns der Tür der Weinstube näherten, musste ich plötzlich stehen bleiben. Das Herz klopfte mir heftig, und eine tiefe Rührung überschauerte mich. Denn aus dem Innern hörte ich nun deutlich eine unvergessliche Stimme, die mir zum letzten Male so wehmütig Lebewohl zugerufen hatte auf dem verschneiten Schiller-und-Goethe-Platz zu Weimar.

Er soll nur hereinkommen, erscholl die Stimme wieder, mit der alten freudigen Kraft und Frische. Per Bacco! er wird doch dem Wein nicht abgeschworen haben und unter die Wasserdichter oder Bierphilister gegangen sein? Guten Abend, Freund! Setzen Sie sich zu uns. Der Schütz wird ein wenig Platz machen. Oder wollen Sie sich lieber bei Charles Roß niederlassen? Karl, noch einen Spitz! Man lebt nur einmal – hätt ich beinah gesagt.

Ich war eingetreten, und ein rascher Blick hatte mir gezeigt, dass ich unter lauter Bekannten war. Auf seinem gewöhnlichem Platz an der Wand mein alter Genelli, neben ihm, etwas magerer und blasser und, wie es schien, in trübseliger Laune sein Dioskurenzwilling, gegenüber die beiden schon genannten, die auseinanderrückten, um mir einen Platz in ihrer Mitte freizumachen. Sie nickten mir alle zu, und Freund Roß murmelte etwas, das ich nicht verstand. Keiner aber bot mir die Hand, und auch sonst war ein Zug von Fremdheit, Ernst und Kummer in ihren Mienen, der mich nachdenklich machte. Vor einem jeden stand eine halbvolle Flasche und ein Glas mit rotem Wein, aus dem sie dann und wann in bedächtiger Stille einen langen Zug tranken. Dann glühten für einen Augenblick die bleichen Wangen und matten Augen, und es fuhr ein Zucken durch ihren Körper, als wollten sie eine Last abschütteln. Gleich darauf saßen sie wieder starr und stumm und senkten die Blicke ins Glas.

Ich konnte, obwohl keine Gasflamme brannte, jede Miene in diesen vertrauten Gesichtern deutlich erkennen, denn der Mond schien mit blendender Klarheit durch ein Seitenfenster herein und erleuchtete gerade unseren Tisch, während die Winkel des Gemachs dunkel blieben. Nun regte sich dahinten noch eine Gestalt und näherte sich mir, mich zu begrüßen. Ich erkannte den schwarzen, schon etwas mit Silber angesprengten Krauskopf unseres Wirts und wunderte mich über mich selbst, dass mich dieses Wiedersehen fast lebhafter erschütterte als das der trefflichen Freunde. – Sie bemühen sich in Person, Herr Schimon, rief ich, als ich ihn Glas und Flasche vor mich hinstellen sah. Wahrhaftig, ich hätte mir nicht träumen lassen, dass ich noch einmal das Vergnügen haben würde – Wieder brachte ich den Satz nicht zu Ende, denn ich sah plötzlich alle Blicke auf mich gerichtet, als fürchte man, dass ich etwas Ungeschicktes sagen möchte.

Unser Herr Wirt darf doch nicht fehlen, wenn wir uns einmal wieder eine gute Stunde gönnen! fiel mir Genelli ins Wort. Setzen Sie sich zu uns, Herr Schimon. Ihr Wein will heute nicht recht wärmen. Und was haben Sie sich für eine sparsame Gasbeleuchtung angeschafft? Gleichviel! wo solche Leute beisammen sitzen, können sie ihr eigenes Licht leuchten lassen. Aber mit dem Rahl ist nichts anzufangen. Celesti dei! wie kann man sich gewisse unvermeidliche Dinge dermaßen zu Herzen nehmen! Der Mensch lebt nicht von Fleisch allein, und der ganze übrige Bettel – pah!

Er rümpfte, wie er es gern tat, wenn ihm wohl war von trotzigem Selbstgefühl, die volle Unterlippe und leerte sein Glas auf einen Zug. – Niemand sprach ein Wort; der kleine Karl schlich mit einer vollen Flasche heran und setzte sie vor den Meister hin. Ich sah jetzt, dass Genelli der einzige war, dessen Augen kein Hauch von Trübsinn und Müdigkeit verschleierte, und dass der mächtige Kopf auf dem Stiernacken noch so ungebeugt sich bewegte wie je in seinen lebensfrohesten Tagen.

Nun sagen Sie, wandte er sich wieder zu mir, wie läuft die Welt? Was treiben Sie? Was macht das große Irrlicht? Nährt es sein windiges Flämmchen noch immer aus dem Sumpfboden der faulen Zeit und seiner eigenen Nichtsnutzigkeit? Ich habe Ihnen einmal die Karikaturen gezeigt, die ich auf diesen großen Impostor gemacht habe; sie sind freilich noch nicht zeitgemäß, aber auch ihre Zeit wird kommen, wenn überhaupt noch ein Hahn nach ihm kräht, sobald er das Zeitliche gesegnet hat. Pah! der wird sich wundern, wenn er an einen gewissen Fluss kommt und übergesetzt sein will und der alte Fährmann ihm erst den Pass revidiert. Aber wir wollen uns den Wein nicht verderben. Es lebe, wer's ehrlich meint!

Jeder erhob sein Glas, ich wollte mit Charles Roß anklingen, merkte aber, dass es nicht angebracht war. Er trank stillschweigend, nickte mir schwermütig zu und setzte das Glas lautlos wieder hin.

A proposito »wer's ehrlich meint!« fing Genelli wieder an, was macht denn unser Kunstvogt, der Kritikus? Warum haben Sie ihn heute nicht mitgebracht? Wissen Sie, so recht konnte ich eigentlich nie ein Herz zu ihm fassen, aber ein ehrlicher Kerl ist er doch. Er streckte sich eben nach seiner Decke, die manchmal verdammt kurz war. Davon bekam er dann selbst eine Ahnung, wenn ihm die Zehen froren, und dann sah er sich nach was Besserem, Größerem und Breiterem um, und in solchen Stunden verstanden wir uns ganz gut. Hernach aber kroch er doch wieder ins Enge zurück, da das nun einmal Mode ist in dieser bettelhaften, pauvren [armseligen, dürftigen] Zeit. Haben Sie ihn lange nicht gesehen?

Das letzte Mal, erwiderte ich, haben Sie uns wieder zusammengeführt. Ich traf ihn vor Ihrer Omphale in der Schackschen Galerie. Er wusste nicht genug den Bacchantenzug unten in der Predelle zu loben. Solche Zentauren, sagte er, haben selbst die Alten nicht zustande gebracht, solch verwünscht leibhaftiges, liederliches Gesindel von Manngäulen oder Rossmenschen, und nun erst die Weiberstuten, zumal die eine da oben, die an der Rose riecht, die sind so mit Händen zu greifen, dass keinem einfällt zu fragen, ob man mit zwei Mägen, zwei Herzen und sechs Gliedmaßen auch vor der gestrengen Wissenschaft der Anatomie bestehen könne. Sie wissen, setzte er hinzu, ich bin sonst ein Anhänger des entschiedensten Realismus und glaube, dass die Zeit der Götter, Helden und Zentauren vorbei ist. Aber vor diesen Genellischen Fabelwesen muss man den Hut abziehen, die haben Rasse; es kommt mir manchmal vor, als müsse er dabei gewesen sein, als könne kein Mensch sich solch verteufeltes Heidenzeug aus den Fingern saugen. – Er ist auch dabei gewesen! sagte der Meister nun, und sein fröhlicher Blick wurde fast feierlich. Und was insbesondere die Zentauren betrifft, warum soll ich es leugnen, dass ich wirklich diese merkwürdige Schicht der antiken Gesellschaft in einem Musterexemplar studiert habe, dass ich so glücklich gewesen bin, den letzten der Zentauren persönlich kennen zu lernen?

Alle Augen richteten sich jetzt auf ihn, der die seinigen aber durchaus nicht niederschlug, wie man sonst wohl zu tun pflegt, wenn man auf einer Münchhausiade nicht gleich ertappt zu werden wünscht.

Ich will Ihnen die Geschichte erzählen, fuhr er fort, sich heiter im Kreise umblickend. Es scheint ohnehin heute kein rechter Diskurs zustande kommen zu wollen. Der Rahl, seitdem er vom Fleisch gefallen, ist unter die Trappisten gegangen; seine jetzige Diät – sie ist freilich miserabel genug – schlägt ihm weder geistig noch leiblich an. Freund Roß, glaub' ich, denkt an Weib und Kind, und der Schütz war nie ein großer Redner. Abgedankte Leute wie wir, sollten allerdings stille liegen und den Mund nur auftun zu einem Kyrie oder Peccavi. Aber wie sagt Falstaff? Hol die Pest alle feigen Memmen! Karl, noch einen Spitz! Und nun will ich euch sagen, wie das mit dem Zentauren sich ereignet hat.

Es war im ersten Sommer, als ich mich in München niedergelassen hatte, das Jahr hab' ich vergessen. Juni und Juli waren kühl gewesen, dafür brach im August eine solche Mordshitze herein, dass man hier in der Stadt wie im Fegefeuer nach Luft schnappte und ich's wahrhaftig bei der Arbeit nicht aushielt, außer in dem paradiesischen Kostüm, in dem Freund Rahl damals in Rom in seinem Atelier herumging, zum Staunen der schönen Nachbarinnen gegenüber, die durchs offene Fenster hereinsahen, und zu großem Ärgernis ihrer signori mariti, die endlich den Herrn Pfarrer des Viertels an ihn abschickten, um ihn zu christlich ehrbarer Zucht und Bekleidung zu ermahnen. Wie der Schalk da dem Biedermann um den Bart gegangen, ihm mit gutem Schinken aufgewartet und mit Orvieto so lange eingeheizt hat, dass auch dem Pfarrer endlich die Glut zum Dach herausschlug und er sich zureden ließ, eines seiner Gewänder nach dem anderen abzulegen, bis er in derselben einfachen Sommertracht wie sein Wirt auf den kühlen Fliesen herumspazierte, – das habt ihr, denk' ich, noch in guter Erinnerung. Genug, ich hielt es zuletzt nicht länger aus und beschloss, mir im Gebirge einen besser gelüfteten Schattenwinkel zu suchen, als meine Dachkammer war. So fuhr ich mit dem Stellwagen eine Strecke ins Land hinein gegen den Inn zu und wanderte dann von der ersten Station, wo mir die Gegend gefiel, mit meinem leichten Ränzel bergan.

Obwohl aber dort das Flusstal hinunter »ein guter Luft« ging, wie die Tiroler sagen, merkte ich doch bald, dass ich des Steigens in der Mittagssonne ungewohnt war, und war froh, nach zwei sauren Stunden ein großes Dorf aus dichtem Walnusslaub mir zuwinken zu sehen, recht fett und bequem auf der sanft ansteigenden Halde hingelagert. Gegen Westen stieg der Berg jählings in die Höhe, bis endlich auch den Tannen und Föhren der Atem ausging und sie ihm nicht mehr nachklettern konnten. Da oben hinter den kahlen Gipfeln musste die Sonne selbst im Hochsommer frühzeitig verschwinden und der Bergesschatten eine angenehme Kühle über den Abhang ergießen.

Also war ich rasch entschlossen, hier Rast zu machen, obwohl es für heute nicht sehr ruhig herzugehen versprach. Es war eben Kirchweih und das einzige Wirtshaus gestopft voll von trinkenden, kegelnden und juhu schreienden Bauern. Überdies waren ein paar Kauf- und Schaubuden dicht neben dem Wirtsgarten aufgeschlagen, zwischen denen sich ein buntes Gedränge hin und her trieb, besonders vor der Bude eines Italieners, der ein ausgestopftes Kalb mit zwei Köpfen und fünf Füßen für ein paar Kreuzer sehen ließ. Ich versparte mir diesen Genuss für den Abend, da ich vor allem nach einem kühlen Trunk lechzte, schlug mich auch endlich durch Flur und Treppe durch bis auf die obere Laube, wo ich hinter dem Geländer des Altans ganz in der Ecke einen Sitz auf der Bank und ein Seidel roten Tiroler eroberte. Den Wein stellte ich vor mich auf die hölzerne Brustwehr, streckte mich nach Herzenslust aus und sah, während ich langsam mich verkühlte, über das Bauerngewühl unten um die Tische über den Gartenzaun und die nächsten Hütten hinweg in die prachtvolle Gebirgslandschaft hinaus.

Kaum eine halbe Stunde mochte ich so geruht haben, da sah ich auf dem breiten Feldweg, der zu dem nächsten, höher gelegenen Dörfchen führte, einen ganz seltsamen Schwarm sich heranbewegen.

Ich glaubte im ersten Augenblick, der Wein, den ich etwas hastig getrunken, werfe so wunderliche Blasen in meiner Phantasie, dass ich am hellen Tage einen fabelhaften Traum träumte. Auch war die wunderliche Gruppe noch so fern, wohl drei Büchsenschüsse von meinem Luginsland, dass ich meinen Augen wohl misstrauen durfte. Aber obwohl sich's in ruhigem Schritt fortbewegte, kam es doch unaufhaltsam näher, und nun konnte ich endlich nicht mehr zweifeln, dass ich in Wirklichkeit »sah, was ich sah, und hörte, was ich hörte«.

Stellt euch vor, in der goldigsten Herbstsonne kam auf der weißen staubenden Bergstraße ein riesenhafter Zentaur dahergetrabt, in einem würdevollen beschaulichen Viervierteltakt, wie der alte Schimmel, der im Wilhelm Tell mitspielt und den Landvogt in die hohle Gasse tragen muss. Hinter ihm drein, aber in scheuer Entfernung, etwa um einige Pferdelängen, zottelte und trottelte ein lautloser Haufen alter Mütterchen, lahmer und presshafter Männlein und ganz junger Kinder, alles nämlich, was von jenem abgelegenen Dorf entweder zu alt oder zu jung gewesen war, um die nachbarliche Kirchweih mitzufeiern. Der riesige fremde Gast mochte sich mit Gutem oder Bösem so in Respekt gesetzt haben, dass man ihm ohne jede Anfechtung, weder durch Geschrei, noch tätliche Neckereien, das Geleit gab. Aber je näher der abenteuerliche Zug dem Kirchweihdorfe kam, desto deutlicher sah ich besonders die Weiblein bemüht, die Aufmerksamkeit der noch ahnungslosen Nachbarn schon von weitem zu erregen, durch Winke mit den dürren Armen, Krückstöcken und Kopftüchern, auf die freilich über der Tanzmusik und dem Festtreiben rings um mich her keine Menschenseele aufmerksam wurde.

So konnte sich das heidnische Ungetüm unbeschrien der Dorfmark nähern, und erst, als es bei den letzten Hütten vorbeitrabte und nun gerade auf das Wirtshaus lossteuerte, wurden die Bauern inne, dass sich etwas ganz Unerhörtes begab. Nun war freilich der Effekt, den dies Intermezzo machte, umso gewaltiger. Im Nu stob alles auseinander, was unten im Wirtsgarten und um die Schaubuden sich zusammengedrängt hatte. Wie Ameisen durcheinander wimmeln, wenn man mit dem Stock in ihren Bau stößt, so stürzten Männer und Weiber in wilder Flucht vom Wirtshaus weg, und jedes suchte eine Tür, einen Zaun oder einen Baum zu erreichen, hinter denen man vor dem ungefügen vierbeinigen Mirakel auf den ersten Anlauf sicher wäre. Ebenso hastig aber fuhren alle, die in den Häusern und oberen Räumen der Schenke waren, an die Fenster und starrten entsetzt nach dem Scheuel und Gräuel hinaus. Auf den Lärm des ersten Aufruhrs folgte eine tiefe Stille; selbst die Hunde, die erst wütend losgebellt hatten, zogen sich, als sie die mächtigen Hufe des Ankömmlings gewahrten, vorsichtig mit bangem Winseln zurück, und nur die kleinen Bauernpferde, die an ihren Krippen schmausten, begrüßten ihn mit zutraulich gastfreundlichem Wiehern, da er ja jedenfalls, soweit er zu ihnen gehörte, ihrem Geschlecht alle Ehre machte.

Ich war vielleicht der einzige, der nicht den Kopf verlor, zunächst als ein alter eingeteufelter Heide, der ich war, und in der ganzen fabelhaften Naturgeschichte wohlbewandert, dann aber auch, weil das Entzücken über die ungemeine Schönheit des Fremdlings keine Furcht aufkommen ließ. – Was ich selber hernach an solchen Zwiegeschöpfen gemalt, oder Freund Hähnel in seinem Dresdener Theaterfries gemeißelt hat, würde sich gegen diesen göttlichen Burschen in Fleisch und Bein ausgenommen haben wie Halbblut gegen Vollblut. – Obgleich freilich an das, was man heutzutage Vollblut nennt, nicht gedacht werden darf, wenn man sich einen Begriff machen will von der Gaulhälfte des wundersamen Kirchweihgastes. Denkt an den Bucephalus oder das trojanische Pferd, oder meinethalben an den prachtvollen Streithengst, der den Großen Kurfürsten auf der langen Brücke trägt, und nun stellt euch vor, dass der ganze heroische Gliederbau von der glattesten silbergrauen Decke überzogen war, unter der man jede Muskel spielen und bei jedem Fältchen, das sie warf, die Sonne wie auf hochgeschorenem Samt schimmern sah. Aus diesem mächtigen Gestell wuchs ein Menschenleib hervor, der sich mit dem tierischen wohl messen konnte – Arme, Brust, Schultern wie vom Farnesischen Herkules gestohlen, so recht in der Mitte zwischen fett und hager, die Haut sanft angebräunt und ebenfalls hie und da stark behaart, wie denn auch von dem mächtigen dunklen Schopf, der ihm Stirn und Haupt umwallte, noch eine wehende Mähne bis tief auf den Rücken hinunterwucherte, übrigens, gleich dem lang nachschleppenden kohlschwarzen Rossschweif, dem Anschein nach wohlgepflegt. Es war überhaupt nicht zu verkennen: das Fabelwesen hielt etwas auf sein Äußeres. Keine Spur von tausendjährigem Staub und Unrat, der Bart am Kinn zierlich gestutzt und gekräuselt, und wie ich mich erst getraute, ihm näher in das ernsthaft treuherzige Gesicht zu sehen, das nur etwa so wild war wie ein Bube, der aus Verlegenheit trotzig dreinschaut, bemerkte ich, dass er einen kleinen Rosenzweig, eben frisch, wie es schien, vom Strauch gebrochen, in das dichte Haar hinters Ohr gesteckt hatte.

So kam das schöne Ungeheuer gemächlich in den Hof der Dorfschenke getrabt, aus dem sofort auch der letzte Gast, den Maßkrug an die Brust gedrückt, mit lautem Geschrei ins Haus oder in die Wirtschaftsgebäude flüchtete. Der Schwarm von alten Weibern und Bauernkindern, der ihm das Geleit gegeben, blieb draußen auf der Dorfstraße stehen, und über der Verwegenheit des hohen Reisenden, sich so leichtbegleitet mitten in die Kirchweih zu begeben, schien allen das Wort in der Kehle zu erstarren. Wenigstens hörte man ringsum nur ein verhaltenes Summen und Schwirren, aus dem nur dann und wann ein paar Naturlaute des Schreckens und der Angst hervorkreischten. Alle erwarteten das Entsetzlichste, und wohl nur wenige mochten sein, die den Spuk nicht gerade für den leibhaften Gottseibeiuns hielten, der gekommen sei, das sämtliche halb betrunkene Gesindel recht in seiner Sünden Kirchweihblüte in die Hölle abzuführen.

Der alte Heide aber zeigte sich trotz seiner höllischen Pferdefüße als ein ganz zahmer, menschenfreundlicher Kamerad. Er sprengte geradeswegs auf die hohe Laube zu, auf der ich saß, und sah mit einer höflichen Miene, wie einer, der gerne mit einem Fremden anbinden möchte, mir ins Gesicht, der ich ihm ebenso artig zunickte. Dann aber richtete er seine großen glänzenden Augen auf das Schenkmädchen, das neben mir stand, zwei offene Flaschen voll Tirolerwein in den Händen. Sie hatte sie für die Gäste heraufgetragen, die das Hasenpanier ergriffen hatten, und stand nun, da sie, obwohl mit dem Dorfschneider verlobt, ein munteres, couragiertes Frauenzimmer war, ohne Scheu neben mir auf dem Altan, um die Wundergestalt in aller Arglosigkeit zu betrachten. Dem Fremdling mochte die saubere Dirne – man hieß sie die schöne Nanni – ebenfalls einleuchten, nicht minder auch der rote Wein, den sie trug. Mit so viel Lebensart, wie man solchen Rossmenschen kaum zutrauen sollte, nahm er den Rosenzweig hinterm Ohre hervor, roch erst daran und überreichte ihn dann ohne Mühe, da Haupt und Schultern noch über die Brüstung der Laube herausragten, dem schönen Kinde, das etwas geschämig tat, die Blumen aber doch nicht ausschlug, sondern in ihren Brustlatz neben den silbernen Löffel steckte. Zugleich schien sie gemerkt zu haben, worauf die ganze Huldigung abzielte. – Ohne Zaudern reichte sie ihrem Verehrer die beiden vollen Flaschen hinaus, die er auch mit freundlichem Kopfnicken ergriff, und dann in so raschen Zügen leerte, wie unsereins zwei Gläser Champagner hinunterstürzt. – Ein beifälliges Murmeln unter den Kopf an Kopf gedrängten Zuschauern begleitete diese ganze trauliche Szene, und ein paar kecke Burschen wagten sogar ein »Wohl bekomm's!« oder »Gesegn' es Gott!«

zu rufen, wurden aber gleich von den Vorsichtigeren niedergezischt. Aber auch dem fremden Gast schien der Wein die Zunge gelöst zu haben. Er sagte erst dem Mädchen einige Artigkeiten, die sie aber nicht verstand und nur mit Kichern und Kopfschütteln erwiderte. Dann wandte er sich an mich, fragte mich, wo er sich hier befinde, und wie das wilde Volk heiße mit den Pelzhauben und der ohrenzerreißenden Musik, unter das er, er wisse selbst nicht wie, geraten sei. Ich antwortete –

Erlauben Sie, Herr Genelli, unterbrach ihn der Wirt, der gleich uns anderen begierig gelauscht hatte, in welcher Sprache unterhielten Sie sich mit dem antiken Herrn? – Im reinsten Griechisch, Herr Schimon; Sie mögen es nun glauben oder nicht. Er sprach es natürlich etwas fließender als ich, aber mit einem Anflug an den jonischen Dialekt, der mir hie und da das Verständnis erschwerte. Indessen, es ging. Not bricht Eisen und lehrt radebrechen. Sie werden selbst schon erlebt haben, dass Sie im Traume ganz korrekt Ungarisch oder Spanisch sprachen, was Ihnen sonst sauer werden möchte. Aber unterbrechen Sie mich nicht wieder; lassen Sie mir lieber einen neuen Spitz Carlowitzer kommen. Wo war ich denn stehen geblieben? Richtig, wo ich den Spieß umdrehte und ihn fragte, wie es im Homer steht: Wer er sei und woher, wo er wohnt und wer die Erzeuger. – Da kamen denn kuriose Dinge heraus.

Stellt euch vor, der arme Bursche war vor so und so viel tausend Jahren hoch oben durchs Gebirge geritten, in Geschäften, wie er sagte, da er als Landarzt – Kreisphysikus würde man's heute nennen – einen gewaltig großen Bezirk zu versehen hatte, lauter wildes, armes Volk, Hirten, Bärenjäger, Pfahlbauern usw. Nun war's gerade ein heißer Tag, und er hatte bei seiner Praxis überall scharf gezecht, hineingegossen, was die Leute ihm gerade vorsetzten, da er sie meist um ein Glas Wein oder Enzianbranntwein kurierte, und wie er mittags an eine Gletscherhöhle kommt, denkt er, du willst ein Schläfchen machen, streckt sich in der dämmerigen blauen Eisspelunke hin und schläft richtig ein. Was weiter geschehen, wusste er freilich nicht zu sagen, und auch ich konnte ihm nur die Vermutung aussprechen, dass Schnee- oder Eismassen um ihn zusammengestürzt und heute erst wieder aufgetaut sein müssten, dass er, wie jenes Mammutungetüm im Polareis, frisch und ohne jeden Hautgout sich in seinem Eiskeller konserviert habe, nur mit dem Unterschied, dass auch sein Geist, dank dem vielen genossenen Spiritus, durch den unmäßigen Winterschlaf hindurch keinen Schaden gelitten und er nun als ein vorsintflutliches mythologisches Rätsel auf vier gesunden Beinen in unsere entgötterte Welt hineinsprengen könne. Ich suchte ihm in aller Kürze, so gut es ging, über die ungeheure Kluft hinwegzuhelfen, die sein Erwachen von seinem Einschlafen trennte. Aber ich merkte bald, dass die summarische Weltchronik, die ich vor ihm aufrollte, ihn sehr wenig interessierte. Er schüttelte nur den Kopf, als ich ihm erzählte, die Götter Griechenlands seien ein überwundener Standpunkt, und mit dem kleinen Lutherischen Katechismus wusste er ebenso wenig anzufangen wie mit dem heiligen Augustin oder Pius IX. Auch die politischen Umwälzungen der letzten dreitausend Jahre ließen ihn völlig kalt. Als ich endlich schwieg, seufzte er so recht vom Grunde seiner ehrlichen Zentaurenseele auf und sagte: er werde von allem, was ich ihm da vorgefabelt, aus dem Zehnten nicht klug, und das sei ihm auch ganz gleichgültig. So viel merke er, dass ihm ein recht hämischer Possen gespielt worden sei mit jener Aufbewahrung im Eiskeller; inzwischen sei alles anders geworden und nur er derselbe geblieben, wessen er sich eben nicht schäme, denn nach den wenigen Proben scheine ihm die Welt viel lumpiger, schäbiger und nicht einmal gescheiter geworden zu sein, die Wälder dünner, der Wein saurer, die Weiber – bis auf seine Freundin »Nannis oder Nannidion« (wie er sich das Nannerl ins Griechische übersetzte) – plumper und einfältiger. Nun erzählte er, was er seit seinem Erwachen für Erfahrungen gemacht hatte.

Kaum war ihm nämlich sein Gletschermantel von den Schultern geschmolzen, und er hatte sich die letzten Nebel des Schlafs aus den Augen gerieben, so war er ins Freie hinausgetrabt, ärgerlich über die, wie er wähnte lange Versäumnis von vierundzwanzig Stunden, da er einen schweren Patienten eine Stunde tiefer im Tal zu besuchen hatte. Als er sich aber umsah, schien ihm alles so wunderlich, dass er noch fortzuträumen glaubte. Dichte Wälder, durch die er sich sonst pfadlos hindurchzuwinden hatte, waren verschwunden; auf Wiesen, wo sonst der Ur und der wilde Steinbock gegrast, sah er Herden buntfarbiger Kühe weiden; hie und da stand ein Blockhaus am Wege, hoch hinauf mit Heu angefüllt, und nicht selten sah er kleine Steige gebahnt, oder Balken über Gießbäche gelegt, die er früher mit einem mächtigen Satz hatte überspringen müssen. Kopfschüttelnd hielt er still und überlegte bei sich, wie sich das alles über Nacht verwandelt haben möchte. Da er aber kein Freund von überflüssigem Nachsinnen war, beschloss er, eine benachbarte Waldnymphe um Aufschluss zu bitten, mit der er auf vertraulichem Fuße stand. Er rief ihren Namen in die Schlucht hinunter, aus der noch wie damals die mächtigen Edeltannen heraufragten. Sonst war sie gleich oben im Wipfel erschienen, da sie sehr einsam lebte und gerne eine Ansprache hatte. Heut zeigte sich nur ein altes Weib, das Enzian sammelte und beim Anblick des vierbeinigen Ungeheuers mit heiserem Jammergeschrei und heftigem Kreuzschlagen sich ins Dickicht verkroch.

Also trabte er immer nachdenklicher seines Weges weiter, und da es gerade Sonntag war und die Kirchweih alles, was eine saubere Jacke und ein paar Kreuzer in der Tasche trug, in das Dorf hinuntergelockt hatte, begegnete er auch keiner Menschenseele, als ein paar Hüterbuben, die ebenso hastig vor ihm Reißaus nahmen wie das Kräuterweib. Nun sah er auch unten die ersten kleinen Häuser, die mit ihren weißgetünchten Wänden und blanken Fensterchen als ein neues Rätsel ihm entgegenschimmerten. Hier hatten sonst nur verfallene Hütten der wilden Ziegenhirten gestanden, elende Pferche zwischen Gestrüpp und Klippen. War eine Stadt aus der Ebene ausgewandert und hatte sich in die Berge verstiegen? Ein seltsames Gebäude mit hohem Dach und spitzem Turm ragte aus den Schindeldächern in die Lüfte, und oben aus den schwarzen Turmluken drang ein unerklärliches Summen und Schallen hervor, das er nie gehört hatte, und das in seiner feierlichen Eintönigkeit ihn vollends bestürzt machte.

Das Grauenhafteste aber in dem ganzen Märchen, das ihn an seinen gesunden Sinnen zweifeln ließ, begegnete ihm, als er den ersten Hütten des oberen kleinen Dorfs sich näherte. Unter einem spitzen, rot getünchten Bretterdach hing da ein Mann mit ausgebreiteten, blutrünstigen Armen an ein Kreuz genagelt, aus einer Seitenwunde blutend, die Stirn von großen Blutstropfen überquollen, die unter den spitzigen Stacheln eines dicken Dornkranzes hervordrangen. Gleichwohl schien der Gemarterte noch am Leben. Er hatte die Augen weit geöffnet nach oben gekehrt, und der kundige Blick des Zentauren fand auch an den nackten Gliedern noch nicht die Farbe der Verwesung.

Er redete den armen kleinen Mann mit seiner freundlichsten Stimme an, fragte, um welches Verbrechen man ihn so schwer büßen lasse, ob er ihm vielleicht von seinem Marterholz herunterhelfen und die Wunden verbinden solle. Als er keine Antwort erhielt, berührte er sacht die Brust des stummen Dulders. Da merkte er, dass es nur ein hölzernes Bild war. Ein Rosenstrauch war neben dem Stamm des Kreuzes gepflanzt. Von dem pflückte er einen kleinen Zweig, roch daran, wie um wieder etwas Liebliches zu genießen, und verließ dann die Stätte mit immer unheimlicherem Staunen.

Im Dorf hatte gerade der Pfarrer, ein altes Männlein, das den Kirchweihfreuden längst abgestorben war, für die andern zu Hause gebliebenen Invaliden einen Vespergottesdienst begonnen, zu dem die kleinen Buben das Geläut besorgten. Wie nun der Fremdling, dem alles, was ihm links und rechts in die Augen fiel, ein Rätsel war, an die offene Kirchentüre kam, hielt er an und spähte neugierig in das halbdunkle Innere. Ein Sonnenstrahl fiel durch das kleine Seitenfenster neben dem Altar und beleuchtete das Bild einer wunderschönen Frau mit goldenen Haaren in blau und rotem Gewand, die einen Knaben auf dem Arm und eine Lilie in der Hand trug. Sie hatte die großen, sanften Augen gerade auf ihn gerichtet, als wolle sie ihn einladen, näher zu treten. Zu ihren Füßen, ihm den Rücken zuwendend, stand der kleine Pfarrer im Ornat, und die sämtliche Gemeinde kniete jetzt, gleich ihm, vor der schönen Frau. Du solltest doch hineintreten und sie dir etwas näher betrachten, sagte der Fremde zu sich selbst. Und gedacht, getan. Er trabt, ohne an etwas Arges zu denken, durch das Portal und geradewegs über die Steinfliesen, die von seinem mächtigen Hufschlag dröhnten, auf den Altar zu.

Welch einen Spektakel das gab, kann man sich denken. Im ersten Augenblick freilich versteinerte der Schrecken über diese Tempelschändung durch ein so unerhörtes, geradewegs der Hölle entstiegenes Ungeheuer die ganze andächtige Gemeinde samt ihrem Seelsorger. Dann aber besann sich dieser, der trotz seiner achtzig Jahre durchaus kein Don Abbondio [feigherziger, leutescheuer Geistlicher in Alessandro Manzonis „I Promessi Sposi"/„Die Brautleute", 1827/1840-1842] war, dass der Eindringling niemand anders als der leibhaftige Satan sein könne, erhob, was er gerade Geweihtes in der Hand hatte, und rief, es gegen den Versucher schwingend, mit lauter Stimme sein »Apage! Apage! und nochmals Apage!« – Beim Zeus, sagte der Zentaur, das freut mich, endlich einem redenden Menschen zu begegnen, der noch dazu griechisch spricht. Du wirst mir nun wohl auch sagen können, Alter, wer diese schöne Frau ist, ob sie noch lebt, was ihr hier treibt, und wie sich überhaupt alles seit gestern so fabelhaft verändert hat. – Den Pfarrer überlief es eiskalt, als er sich von dem bösen Feind anreden hörte, noch dazu in einer Sprache, die ihm natürlich griechisch war. Wieder erhob er seinen Ruf und schlug ein Kreuz über das andere, wich aber doch ein wenig vom Altar zurück, da ihn die Unbefangenheit des hohen Fremden einschüchterte, und hätte sich dieser nicht umgesehen, wer weiß, wie es abgelaufen wäre. Jetzt aber kam die Reihe, sich zu fürchten, an unsern Rossmenschen. Denn wie er die vom Schreck verstörten Wackelköpfe der alten Männer und die verwelkten Gesichter der greisen Weiblein unter ihren hohen Pelzhauben sämtlich anstarren sah, überkam ihn plötzlich die Furcht, er möchte in ein Konventikel von Hexen und Zauberern geraten sein und Strafe leiden, wenn er ihr geheimes Wesen noch länger störe. Also machte er, nachdem er der schönen Blauäugigen noch einen verehrungsvollen Blick zugeworfen, auf einmal kehrt und stob mit gewaltigen Sätzen, den Schweif wie zur Abwehr böser Geister hoch um den Rücken schlagend, über das hallende Pflaster zur offenen Tür hinaus.

Werter Freund, sagt' ich, als er mir das alles treuherzig gebeichtet und meine Aufklärungen nur halb verstanden hatte, Ihr seid in einer verwünschten Lage. Wie Ihr da geht und steht, möchte es schwer halten, Euch in der modernen Gesellschaft einen Platz ausfindig zu machen, der zu Euren Gaben und Ansprüchen passte. Wäret Ihr nur ein paar Jahrhunderte früher aufgetaut, so etwa im Cinquecento, so hätte sich alles machen lassen. Ihr hättet Euch nach Italien begeben, wo damals alles Antike wieder sehr in Aufnahme kam und auch an Eurer heidnischen Nacktheit kein Mensch sich geärgert haben würde. Aber heutzutage und unter dieser engbrüstigen, breitstirnigen, verschneiderten und verschnittenen Lumpenbagage, die sich die moderne Welt nennt – ich fürchte, mio caro, Ihr werdet es sehr bedauern, nicht lieber bis an den jüngsten Tag im Eise geblieben zu sein! Wo Ihr Euch sehen lasst, in Städten oder in Dörfern, werden Euch die Gassenbuben nachlaufen und mit faulen Äpfeln bewerfen, die alten Weiber werden Zeter schreien und die Pfaffen Euch für den Gottseibeiuns ausgeben. Die Zoologen werden Euch betasten und begaffen und dann erklären, Ihr wäret ein unorganisches Monstrum und könntet nichts Besseres tun, als Euch einer kleinen Vivisektion unterziehen, damit man sähe, wie Euer Menschenmagen sich mit Eurem Pferdemagen vertrage. Seid Ihr aber der Scylla der Naturforscher entronnen, so fallt Ihr in die Charybdis der Kunstgelehrten, die Euch ins Gesicht sagen werden, dass Ihr ein schamloser Anachronismus, eine totgeborene nur galvanisch belebte Reliquie aus der Zeit des Parthenonfrieses seid, und die Künstler, die nur noch Hosen und Wämser und kleine witzige Armseligkeiten malen können, werden sich in ihren tugendhaften Armenversorgungsanstalten, genannt Kunstvereine, zusammenrotten und bei der Polizei darauf antragen, dass Ihr ausgewiesen werdet, als der öffentlichen Moral im höchsten Grade gefährlich. Dass Ihr Praxis bekommen könntet, auch nur als Pferdearzt, ist vollends undenkbar. Man hat jetzt ein ganz anderes Naturheilverfahren, als zu Euren Zeiten, der vielen anderen gelehrten Systeme zu geschweigen, und dass ein Doktor seine Equipage vors Krankenbette mitbringt, ist unerhört. Bliebe also nichts als der Zirkus oder die Menagerie, um Euer Brot zu verdienen, und fern sei es von mir, einem Mann von so guter Familie, wie Ihr, eine solche Erniedrigung zuzumuten. Nein, Bester, bis uns etwas Gescheiteres einfällt, will ich selbst mein bisschen Armut mit Euch teilen. Wenn ich es recht bedenke, bin ich ja nicht viel besser daran als Ihr, muss mir auch von Gassenbuben und bigotten Vetteln, Ästhetikern und meinen eigenen werten Kollegen die größten Schnödigkeiten gefallen lassen, und seht, ich lebe noch und fühle mich in meiner Haut tausendmal wohler, als all das Gewürm und Gesindel, das mir nicht das Leben gönnt. Coraggio! animo, amico mio! Dieser rote Wein ist zwar nur ein säuerlicher Rachenputzer, aber ihr werdet Euch auch nicht zu oft in Nektar gütlich getan haben, und corpo della Madonna! wenn zwei rechte Kerls miteinander Brüderschaft trinken, so adeln sie den ordinärsten Tropfen.

Damit reichte ich ihm meine Flasche, welche die Nanni wieder gefüllt hatte, und klang, das Glas erhebend, mit ihm an, wozu er als zu einem ganz neuen Brauch ein verdutztes Gesicht machte. Ich winkte dann dem Mädel, für neue Zufuhr zu sorgen, und so schwammen wir bald im Überfluss und wurden guter Dinge. Nach und nach machte unsere Kordialität auch das Bauernvolk vertraulich. Einige der Beherztesten wagten sich wieder in den Hof und zogen, da ihnen nichts zuleide geschah, bald die anderen nach sich. Sie besahen nun den Fremdling sorgfältig von allen Seiten. Der Jude Anselm Freudenberg, der mit Pferden handelte, erklärte laut, dass um tausend Louisdors ein solcher Hengst halb geschenkt wäre, stünde nur nicht das unnatürliche Vorderteil im Wege. Denn trotz der großen Fortschritte beim Militär habe man noch nirgends Kavalleriepferde eingeführt, denen ihre Reiter angewachsen wären. Eine vorwitzige Dirne wagte das Wundertier zu berühren und das samtweiche Fell am Bug zu streicheln. Das ermutigte den Schmied des Dorfes, behutsam den linken Hinterfuß aufzuheben, was der Zentaur, der eben das siebente Seidel an die Lippen setzte, in aller Gutmütigkeit geschehen ließ. Es fiel ungemein auf, dass die starken, lichtbraunen Hufe keine Spur irgendeines Beschlages zeigten, und da auch sonst so vieles ganz anders war, als bei anderen Reitpferden, erhob sich die Frage, welcher Rasse er angehöre. Endlich, nachdem man lange gestritten, tat der Schulmeister den Ausspruch, da alle übrigen Kennzeichen fehlten, werde es wohl die kaukasische Rasse sein, wogegen selbst der Jude Freudenberg nichts einzuwenden wusste.

Während aber so die öffentliche Meinung sich eben mit dem Heidengräuel auszusöhnen schien und er wenigstens, was man einen succès d'estime [Achtungserfolg] nennt, davontrug, war eine bösartige Verschwörung gegen den arglosen Fremdling im Gange. An der Spitze stand natürlich die hochwürdige Geistlichkeit, die es für das Seelenheil ihrer Pfarrkinder sehr nachteilig fand, sich mit einem gewiss ungetauften, völlig nackten und wahrscheinlich sehr unsittlichen Tiermenschen näher einzulassen. Ebenso aufgebracht, wenn auch aus anderen Gründen, äußerte sich der Italiener, der Besitzer des ausgestopften Kalbes mit zwei Köpfen und fünf Beinen. Seit der Fremde erschienen war, hatte er mit seiner Missgeburt schlechte Geschäfte gemacht. Den Rossmenschen sah man gratis, er war lebendig und trank und schwatzte, und wer wusste, ob er sich nicht noch bewegen ließ einige Kunstreiterstückchen zum Besten zu geben, wozu das Kalb durchaus keine Miene machte. Das konnte der Italiener nicht so ruhig mit ansehen. Es sei ein Unterschied, setzte er dem Pfarrer auseinander, zwischen einem zünftigen, von der Polizei approbierten Naturspiel und einer ganz unwahrscheinlichen, nie dagewesenen Missgeburt, die ohne Pass und Gewerbeschein das Land unsicher mache und ehrlichen fünfbeinigen Kälbern das Brot vorm Maule wegstehle. Wenn das erst Sitte würde, dass solche Mondkälber sich ohne Entrée sehen ließen, so wäre es ja gar nicht mehr der Mühe wert, mit einem Kopf zu wenig oder ein paar Gliedmaßen zu viel auf die Welt zu kommen.

Der hitzigste aber war der Dorfschneider, der Bräutigam der schönen Nanni.

Er hatte sich zwar, als das Ungetüm herantrabte, Hals über Kopf von der Laube ins Haus geflüchtet und seinen Schatz, der sich nicht fürchtete, im Stich gelassen. Aber durchs Fenster sah er desto grimmiger mit an, wie vertraulich das Blitzmädel mit dem hohen Herrn schäkerte, seine Rosen annahm und ihn wohlgefällig betrachtete, während er sich ihren Wein schmecken ließ. Was von dem Fremden über die Brustwehr hervorragte, war wohl dazu angetan, den etwas schief gedrechselten Schneider im Hinblick auf seine eigene dürftige Person eifersüchtig zu machen. Zudem hatte ihn die Nanni, als er ihr das Unanständige ihres Betragens vorwarf, schnippisch genug abgefertigt und erwidert: sie verbitte sich's, dass er den Fremden einen unverschämten Kerl, eine nackte Bestie, eine Staatsmähre schimpfe. Er sei manierlicher und anständiger als manche Menschen, von denen dreizehn aufs Dutzend gingen, und andere könnten froh sein, wenn sie sich weniger zu schämen brauchten, sich nackt zu zeigen. – Das stieß dem Fass den Boden aus. Zwar dem Mädel gegenüber hüllte sich der Beleidigte in ein naserümpfendes Stillschweigen, ließ aber sein Mundwerk desto zügelloser laufen gegenüber dem Herrn Pfarrer, dem er seine Not klagte: die neue Mode, die der Unbekannte eingeführt, müsse das ganze Schneiderhandwerk ruinieren und überdies alle Begriffe von Anstand und guter Sitte über den Haufen werfen.

Von diesen Kabalen wussten wir natürlich nichts, sondern ließen uns durch die wachsende Vertraulichkeit die übrigen Kirchweihgäste immer mehr in die fröhlichste Feststimmung einwiegen. Der reichlich genossene Wein tat das Übrige, und so wenig meinem neuen Duzbruder das Volk um uns her in den hohen Hüten und Hauben, mit schwerfälligen Stiefeln, kurzen Jacken und vielfältigen Röcken gefiel, war er doch wohlgesittet genug, sich's nicht merken zu lassen und keinen zurückzuweisen, der ihm das volle Glas hinaufreichte. Nachgerade aber stieg ihm der Spuk zu Kopfe, seine Augen fingen an zu glänzen, er ließ einige Naturlaute hören, die zwischen dem landüblichen Juhuschreien und gewöhnlichem Pferdegewieher die Mitte hielten, und als jetzt die Musikanten, die lange pausiert hatten, frisch zu einem Schleifer einsetzten, langte unser Freund, ohne ein Wort zu sagen, mit beiden Armen über die Brüstung, umfasste die schöne Nanni, und setzte sie mit einem leichten Schwunge sich auf den Rücken, indem er sie durch Zeichen anwies, sich in seiner wallenden Mähne festzuhalten. Dann begann er nach dem Takte der Musik sehr zierlich sich in Bewegung zu setzen und in dem engen Raume zwischen Tischen und Bänken in den gewandtesten Courbetten [Bogensprüngen] seine Kunst zu zeigen, während die muntere Dirne, ihre Arme fest um seinen Menschenleib geschlungen, dann und wann mit der Ferse ihres kleinen Schuhes ihm in die Seite stieß, um ihn zu einem rascheren Tempo anzufeuern.

Das Schauspiel sah sich so allerliebst mit an, dass alle anderen Tänzer mit ihren Dirnen herauskamen und sich, um zuzuschauen, in einem dichten Kreis um das Paar herumstellten. Ich ärgerte mich nur, dass ich mein Skizzenbuch vergessen hatte und nirgends einen Fetzen Papier auftreiben konnte. So musste ich mich begnügen, mit den Augen zu studieren, und wahrhaftig, ich konnte mich nicht satt sehen an den hundert wechselnden Wendungen und Gruppierungen, wie sie der immer übermütiger und wilder herumwirbelnde Tanz an mir vorübergaukeln ließ. – Als es aber etwa eine Viertelstunde gedauert hatte, nahm die Herrlichkeit plötzlich ein Ende mit Schrecken. Zufällig sah ich einmal über den Hof hinaus ins Tal hinunter und bemerkte eine bedenkliche Kavalkade, die sich auf der Straße vom Tal herauf dem Dorf näherte: ein halb Dutzend reitender Landgendarmen und mitten unter ihnen, mit eifrigen Gebärden nach der Schenke hinaufdeutend, zwei Zivilisten auf kleinen Bauernkleppern, in denen ich, als sie näher kamen, die beiden verbissenen Kabalenmacher, den Italiener und den Dorfschneider, erkannte. Ich rief meinem Freund und Duzbruder in meinem besten Griechisch zu, er möge auf der Hut sein; es sei auf ihn abgesehen. Man wolle sich, wie es scheine, tot oder lebendig seiner Person bemächtigen und die ganze Rache der Philister an seiner Simsonsmähne auslassen. Aber es war umsonst. Sei es, dass die Musik meine Warnung übertäubte, oder dass der Rausch des bacchantischen Tanzes den Trefflichen gegen jede Anwandlung von Furcht gefeit hatte, genug, er hielt erst einen Augenblick inne, als die bewaffnete Macht – die Denunzianten blieben weislich im Hintertreffen – am Hoftor erschien, das dichtgedrängte Publikum erschrocken zurückwich und nun der Anführer der Schergenbande, ein schnurrbärtiger Korporal mit dickem Bauch, im allergröbsten Ton die Aufforderung an ihn ergehen ließ: auf der Stelle seinen Pass oder sein Wanderbuch vorzuweisen, widrigenfalls er nach der Fronfeste unten im Städtchen gebracht und gründlich visitiert werden würde.

Der gute Bursch verstand natürlich keine Silbe, konnte auch den feindseligen Sinn der Worte nicht ahnen, da er aus seiner heroischen Welt andere Begriffe von Gastfreundschaft mitgebracht hatte. Also sah er sich mit einem drolligen Ausdruck von Ratlosigkeit nach mir um, und erst, als ich ihm erklärt hatte, dass diese breitmäuligen Herren Jäger seien und er das Wild, und dass man im Sinne habe, ihn in einen Stall zu sperren, wo er bei schmalem Futter über die Wohltat der Gesetze und die Fortschritte der Kultur nachdenken könne, ging ein verächtliches Lächeln über sein ehrliches Gesicht. Er antwortete nur mit einem Achselzucken, setzte sich dann, als beachte er diesen Zwischenfall nicht im Geringsten, langsam wieder in Galopp, wobei er die Hände des Mädchens, die sich vor seiner Brust verschränkten, sanft an sich drückte, und so, immer rascher und rascher im engen Kreise herumsprengend, ersah er plötzlich die Gelegenheit, nahm einen kecken Anlauf und setzte mit einem prachtvollen Sprung – ungelogen wohl zwölf Schuh hoch und zwanzig weit – über die Köpfe der Bauern weg, dass nur den letzten, die draußen standen, die Hüte von den Schädeln flogen. Und während die Weiber laut aufschrien, die Gendarmen fluchten und mit gezogenem Seitengewehr ihm nachsetzten, auch ein paar unschädliche Pistolenkugeln ihm nachknallten, sprengte er über Wiesen und Felder bergan, das entführte Mädchen sicher auf seinem Rücken haltend, wie ein Löwe, der ein Lamm aus einer Schafhürde geraubt hat und es unter dem Schreien und Drohen der nachjagenden Hirten in seine Höhle trägt.

Als es oben angekommen war, wo eine tiefe Schlucht den Abhang durchschneidet, hielt er still und wandte sich zu seinen Verfolgern um, die noch tief unter ihm in ohnmächtiger Wut die Steile hinaufkeuchten. Ich konnte sein Gesicht, selbst durch mein kleines Fernrohr, nicht mehr deutlich erkennen, sah aber, dass er sich zu dem Mädchen zurückwandte und nun, wahrscheinlich von ihrer Angst und ihrem kläglichen Flehen gerührt, ihre Hände losließ, sodass sie sacht von seinem Rücken auf die Wiese niedergleiten konnte. Ihre Lage war allerdings nicht die angenehmste. So sehr ihr die ritterliche Huldigung des Fremden geschmeichelt hatte, und eine so traurige Figur ihr Schatz neben ihm spielte, – eine solide Versorgung konnte sie von diesem reitenden Ausländer nicht erwarten. Als sie daher merkte, dass aus dem Spaß Ernst werden sollte, behielt ihre praktische Natur die Oberhand, und sie wehrte sich entschieden gegen alle Entführungsgelüste. Wie eine gejagte Gemse vor dem Treiber sprang sie von Stein zu Stein den Abhang hinunter ihrem Schneider wieder in die Arme. – Der Zentaur sah ihr eine Weile nach, und meine Phantasie malte sich deutlich den Ausdruck eines göttlichen

Hohnes aus, der durch seine Mienen blitzte und dann einer erhabenen Schwermut wich. Als die wilde Jagd mit Toben und Kreischen ihm auf die Weite eines Steinwurfs nahe gekommen war, winkte er noch einmal mit der Hand hinunter – einen Gruß, den ich wohl mir allein aneignen durfte –, schwenkte dann gelassen, mit einer fast herausfordernden Wendung seines Hinterteils, nach rechts ab und verschwand unseren nachstarrenden Blicken in der pfadlosen Kluft, um nie wieder aufzutauchen.

Wir hatten alle andächtig zugehört, nur Rahl schien zu schlafen, wenigstens blinzelten seine geschlitzten Satyraugen verdächtig in den Mondschein. Als der Erzähler jetzt schwieg, tat er einen tiefen Seufzer und erhob sich vom Sitz, an der Wand herumtastend, wie um seinen Hut vom Haken zu nehmen.

Accidente! wollt Ihr schon aufbrechen! sagte Genelli. Hol die Pest alle die feigen Schlafmützen! Wir sind eben im besten Zuge – Die Geschichte hat mir die Zunge ausgedörrt – noch einen Spitz, Herr Schimon! Auf die Gesundheit aller revenants, die Zentauren mit einbegriffen. Sie haben zwar keine bleibende Stätte in diesem miserablen neunzehnten Jahrhundert und müssen sich wieder hinausmaßregeln lassen. Aber sagt selbst: wenn man zu wählen hätte zwischen dem Schneider, der das Glück hat und die Braut heimführt, und jenem armen Burschen – ich wenigstens, so lange noch ein roter Tropfen – aber corpo di Bacco! Schimon, wo bleibt mein Carlowitzer?

Der Wirt näherte sich mit ehrerbietiger, geheimnisvoller Miene, Sie wissen, Herr Genelli, raunte er ihm zu, wenn es auf mich ankäme – aber beim besten Willen – die Instruktionen sind erst neulich verschärft worden, und ich habe einen Wischer bekommen, weil ich hier oben noch eine halbe Minute nach Eins –

Ah so, murmelte der alte Meister und stand unwillig auf. Immer die ewigen Scherereien. Die Nacht ist ja noch lang genug, und ob wir's hier oben einmal mit der Polizeistunde nicht so genau nehmen, wem schadet's? Aber man ist ein armer Tropf, und der selige Achilleus hat recht: Lieber ein Tagelöhner im Licht, als König der Schatten!

Geben Sie mir die Hand, Schütz. Es ist hier so verwünscht dunkel, oder sollte mir die Geschichte zu Kopf gestiegen sein? Wo ist der kleine Karl, uns heimzuleuchten? Felice notte!

Damit ging er leicht auf den Arm des hageren Freundes gelehnt, voran, ganz mit seinem alten rüstigen Schritt und aufrechter Haltung, aber barhaupt, und so folgten ihm die andern. Der kleine Karl schwankte, ein Kellerlämpchen hoch über seinem Kopf haltend, voran, Schimon war der letzte und wartete an der Tür auf mich, als wolle er hinter mir abschließen. Er tat es aber nicht, sprach auch kein Wort zu mir, sondern sah mich nur mit einem wehmütigen Zwinkern seiner kleinen schwarzen Augen an, als wollte er sagen: wir haben bessere Zeiten erlebt! – Während wir durch den langen düsteren Hausgang schritten, fiel es mir auf, dass ich keinen Fußtritt hörte. Und dann wollte auch der Gang kein Ende nehmen, so hastig wir hindurchgingen. Ich sah noch deutlich über die Scheitel der anderen weg Genellis graues Haupt durch das Zwielicht ragen, von dem Lämpchen rot angeschienen. Es fiel mir aufs Herz, dass ich ihm noch so viel zu sagen hatte, vor allem ihn fragen wollte, wann er hier wieder zu treffen sei. Ich sputete mich, ihm nachzukommen, und in der Tat trennten mich von ihm nur wenige Schritte. Aber je rascher ich ging, desto unerreichbarer blieb er mir. Endlich trat mir der kalte Schweiß auf die Stirn, der Atem stockte mir, ich fühlte meine Füße wie von Bleigewichten an den Boden gezerrt. – Nur ein paar Augenblicke will ich hier ausruhen, Herr Schimon! sagte ich und sank auf eines der Fässer, die an der Wand standen. – Sagen Sie es den Herren – sie sollen draußen auf mich warten!

Es kam keine Antwort. Statt dessen fuhr ein scharfer Luftzug durch die offene Tür, verlöschte die Lampe des kleinen Karl und wehte mir in das heiße Gesicht. In demselben Augenblick dröhnte es Eins vom Frauenturm, und ich hörte eine Stimme neben mir: Das Haus

wird geschlossen. Ich muss schon bitten, Herr, dass sie sich eine andere Schlafstelle suchen.
– Erstaunt sah ich auf und starrte einem ganz unbekannten, vierschrötigen Hausknecht ins Gesicht. – Verzeiht, guter Freund, stammelte ich, ich habe mich hier nur einen Augenblick – die Herren sind ja auch eben erst gegangen. – Ja so, sagte er, Sie gehören zu der geschlossenen Gesellschaft, die hier einmal in der Woche Tarock spielt. Wenn ich sie etwa nach Hause bringen soll –

Ich erhob mich rasch und trat auf die Straße hinaus. Meine Stirn war kühl geworden, das Herz desto wärmer, und wie ich gegen den Mondhimmel sah, an dem leichtes Gewölk in phantastischen Streifen hinzog, summte ich leise die Worte:

> Wolkenzug und Nebelflor
> Erhellen sich von oben;
> Luft im Laub und Wind im Rohr –
> Und alles ist zerstoben.

Jugenderinnerungen und Bekenntnisse

[Rümpler, Hannover 1868]

Vorwort

Dies Buch, dessen fünfte Auflage in vielfach ergänzter und erweiterter Gestalt hier erscheint, hat gleichwohl die Mängel seiner Entstehung vor zwölf Jahren nicht von Grund aus verbessern können.

Den ersten Anlass zur Aufzeichnung meiner Jugenderinnerungen gab der Wunsch, meinem teuren alten Geibel einen Nachruf zu widmen, der unser Freundesverhältnis und den vielfachen Dank, den ich ihm schuldete, etwas ausführlicher schilderte. Hieran schlossen sich zwanglos, wie mir gerade die Stimmung kam, Rückblicke auf andere Menschen und Erlebnisse, ohne die Absicht, eine regelrecht durchgeführte Selbstbiographie zu verfassen. Zu einer solchen hätte es gehört, wenigstens in kurzem Umriss ein Bild der Zeit zu geben, in der ich aufwuchs, während ich mich bloß mit meinen eigenen Schicksalen und Abenteuern beschäftigte und sie zum Besten gab, wie man etwa guten Freunden behaglich plaudernd von einer langen Reise berichtet, wobei man die Kenntnis der Landkarte voraussetzt. Nicht einmal meine seit 1852 geführten Tagebücher oder die Briefe mit meinen Eltern und Freunden zog ich dabei zu Rate, um auch nur die Daten stets sicherzustellen. Am Schluss fügte ich allerlei Bekenntnisse über mein ästhetisches Credo hinzu, die gleichfalls ohne Anspruch auf Erschöpfung der Themata keinen anderen Wert hatten, als zu erklären, wie ich auf dem Wege, den ich gewandelt, gerade der geworden war, als den mich Freunde und Gegner seit langen Jahren kannten.

Die unregelmäßige Form des Buches wurde noch dadurch gesteigert, dass ich manche größere Partien nur als vorläufig hingeschrieben betrachtete, die sorgfältiger durchzuarbeiten ich mir vorbehielt. Als eine längere Krankheit mich hieran verhinderte, gleichwohl aber der Abschluss des Ganzen drängte, ließ ich es bei dem ersten improvisierten Hinwurf bewenden, und fügte auch diese Abschnitte dem Buche hinzu, obwohl ich mir im Stillen aus solcher Übereilung ein Gewissen machte. Doch bei dem anspruchslosen Charakter dieses Rückblicks auf meine Frühzeit und da der Leser nicht wissen konnte, was ich etwa noch Anderes und Besseres zu sagen gehabt hätte, scheint diese Ungleichheit der einzelnen Teile nicht sonderlich aufgefallen zu sein.

Jetzt, nach so langer Zeit, alles damals Versäumte nachzuholen, konnte ich mich nicht entschließen und beschränkte mich auf das Ausfüllen wichtiger Lücken, die Hinzufügung einiger interessanter äußerer Erlebnisse, deren ich mich später erst erinnert hatte, und Charakteristiken gewisser Personen, die auf meine Entwicklung von Einfluss gewesen waren. Nur in Betreff der kritischen Aufsätze aus den fünfziger Jahren, die ich in einer Auswahl dem zweiten Bande angeschlossen, habe ich noch ein Wort zu sagen, um Missdeutungen vorzubeugen.

Wiederholt bin ich von literarischen Freunden aufgefordert worden, was ich in den Jahren 1854-59 an Kritiken im Literaturblatt des Deutschen Kunstblatts erscheinen ließ, gesammelt herauszugeben. Ich habe mich stets geweigert, diese jugendlichen, in Form und Inhalt vielfach unreifen Arbeiten ans Licht zu ziehen, obwohl mir vorgehalten wurde, es sei jedenfalls von historischem Interesse, aus ihnen zu erfahren, wie man vor einem halben Jahrhundert über damals neu hervortretende Erscheinungen geurteilt habe. Auch dürfe ich es mir zum Verdienst anrechnen, auf manchen Dichter, der sich anfangs noch keiner allgemeinen Würdigung erfreute – Theodor Storm, Turgenjew, Mörike, Hermann Kurz, Hebbel als Lyriker und andere – zuerst in eingehender Kritik hingewiesen, ja selbst Grillparzer in Norddeutschland zu den gebührenden Ehren verholfen zu haben, die ihm Ende der fünfziger Jahre sogar in seinem Österreich noch vorenthalten wurden.

Wenn ich mich nun doch endlich diesem freundlichen Ansinnen füge, so geschieht es, weil ich jenen jugendlichen Expektorationen an sich zwar auch heute noch keinen höheren Wert beilege, ihnen jedoch eine Stelle in diesem Buch nicht versagen will, da sie hier als Zeugnisse meiner Entwicklung dienen und zu den »Bekenntnissen aus der Werkstatt« wohl eine schickliche Ergänzung sein möchten.

Ich konnte mir freilich, als ich diese mir selbst völlig fremd gewordenen Blätter wieder überflog, nicht verhehlen, dass es eine starke Zumutung an den Leser sei, sich durch diese weitschweifigen ästhetischen Betrachtungen, die oft in einen schwerfälligen, gesuchten und überladenen Stil verfielen, geduldig hindurchzuwinden. Zumal ich mir versagen musste, was mir selbst der Besserung sehr bedürftig schien, zu überarbeiten oder zu kürzen, um den dokumentarischen Wert nicht zu vermindern. Auch gewisse übereilte Urteile musste ich stehen lassen, in der Hoffnung, dass im Großen und Ganzen das redliche Bemühen, überall der Aufgabe gerecht zu werden, erkannt und die unzulänglichen Ergebnisse nachsichtig beurteilt werden möchten.

Freilich begann man auch schon damals zu wünschen, über neuere Erscheinungen nicht gründlich belehrt, sondern kurz und bündig im Feuilletonstil orientiert zu werden, sodass nach einem Jahr meiner selbständigen Redaktion (1859) es dem Verleger des Kunstblatts zweckmäßig erschien, das Literaturblatt eingehen zu lassen.

Den jugendlichen Rezensionen habe ich zwei Aufsätze aus viel späterer Zeit über Goethes Dramen angeschlossen, auf die ich ihrer Themata wegen noch heute Wert legen möchte.

Paul Heyse, München, April 1912

1. Mein Elternhaus

Wenn es für ein Findelkind ein erhebendes Gefühl ist, sich selbständig durch die Welt geschlagen zu haben, so hat doch das Bewusstsein, einem edlen Stamm wackerer Vorfahren entsprossen zu sein, einen höheren Wert, in dem Maße, als dankbare Pietät das kühle Selbstgefühl, niemand als sich selbst für sein Leben verpflichtet zu sein, an wärmender und beglückender Kraft überwiegt.

Freilich legt ja auch der Vorzug, trefflicher Eltern sich rühmen zu dürfen, dem Sohn Pflichten auf, die kein Ausruhen auf ererbten Lorbeeren gestatten, und mein Oberlehrer in der Quinta des Gymnasiums wusste, was er tat, als er mir in mein Schülerstammbuch (auf griechisch, das ich damals noch nicht verstand) die homerische Mahnung schrieb:

> Immer der Erste zu sein und vorzustreben den Andern,
> Ehre zu machen der Väter Geschlecht

In mir aber war der Familiensinn, der allen Heyses im Blute liegt, noch besonders genährt worden, da ich zu dem stattlichen Bilde meines Großvaters in unserer Wohnstube von früh an mit Ehrfurcht aufblicken lernte. Auch von den Brüdern meines Vaters, dem Petersburger Großkaufmann Ludwig[1], Onkel Theodor in Italien, dem großen Griechen und Catullüberset-

---

[1] Dieser Onkel vor allen, ein warmherziger Mann von großem Zuschnitt, ließ es sich angelegen sein, auch in den ernsteren Zweigen der Familie das Gefühl der Zusammengehörigkeit wach zu erhalten. Im Jahre 1842 berief er einen Familienkongress aller Heyses mit y – die sich mit i schreiben, haben wir nie als Stammverwandte anerkannt – nach Magdeburg, wo damals noch die zweite Frau meines Großvaters lebte, eine ehemalige Lehrerin an der Töchterschule, die nach dem Tode ihres Gatten noch ein Mädchenpensionat hielt. Da kamen zweiunddreißig Heyses, verschiedene halbverschollene Vettern, Landpfarrer

zer, und dem Onkel Gustav in Aschersleben, der erst Bergmann, dann bis an sein Ende an der dortigen Realschule ein hochverehrter Lehrer war, von ihnen allen erfuhr ich, dass sie dem Geschlecht der Väter Ehre machten. Vor allen aber sah ich schon in der helldunklen Knabenzeit im eigenen Vater ein Vorbild alles Edlen und Guten, Selbstlosigkeit mit schlichtem Selbstgefühl gepaart und die Pflichttreue, mit der er eine große, ihm vom Vater überkommene Arbeitslast lebenslang auf Kosten seiner Gesundheit und eigener Lieblingsaufgaben trug. Höher hinauf erstreckte sich meine genealogische Kenntnis damals nicht, und es fehlte mir auch die historische Neugier, in den Wipfel unseres Stammbaums hinaufzuklettern. Erst später erfuhr ich, dass wir unser Geschlecht bis auf einen Johann Heinrich Heyse zurückführen können, der während des Dreißigjährigen Krieges als Landwirt in Lipprechtsrode bei Bleicherode lebte und im Jahre 1683 starb. Nach ihm kam ein Johann Adam, geboren 1669, gestorben in Nordhausen als Ädituus [„Küster"] und Schullehrer am Frauenberge. Sein Sohn Johann Georg, der Theologie und Philosophie studiert hatte, folgte dem Vater in dessen Ämtern, war auch als Organist an der Frauenberger Kirche angestellt, und starb 1784.

Dessen Sohn, Johann Christian August, 1764 in Nordhausen geboren, war mein Großvater. Auch er hatte Theologie und Philosophie studiert, dann aber in Oldenburg eine Mädchenschule gegründet und später seinen Wohnsitz in Magdeburg genommen, wo er 1829 als Direktor der dortigen höheren Töchterschule starb.

In Oldenburg war ihm sein ältester Sohn, Karl Wilhelm Ludwig, mein Vater, am 15. Oktober 1797 geboren worden. So bin ich also nur von der Mutter Seite ein richtiges Berliner Kind, da sie am 12. Januar 1788 als die jüngste Tochter des königlich preußischen Hofjuweliers, des »Hofjuden« Salomon Jakob Salomon und dessen Ehefrau Helene, geborene Meyer (gestorben 1811) zur Welt kam. Fünf Geschwister, zwei Brüder und drei Schwestern, gingen ihr voran, sämtlich von der Natur glücklich ausgestattet mit lebhaftem Geist und einem schönen Äußeren, wie man es in gewissen aristokratischen jüdischen Familien findet. Nur die Züge des ältesten Bruders, Simon, und einer der Töchter, Klara, erinnerten an den bekannten semitischen Typus. Den anderen war ihre Abstammung nicht an den feinen geraden Nasen zu lesen, so wenig wie an den großen blauen Augen unter breitgeschwungenen Lidern. Keines der Kinder jedoch soll, wie ich Mutter und Tanten oft versichern hörte, ihrer eigenen Mutter an Schönheit gleichgekommen sein, wofür freilich zwei treffliche Miniaturbilder, die sie als alte Frau von stark ausgesprochenen orientalischen Zügen mit üppigem grauem Haar, kohlschwarzen Augen und blendend weißer Büste darstellen, nur ein unvollkommenes Zeugnis ablegen.

Von der Anmut aber der jüngsten Tochter Karoline Marie Helene Henriette Julie gibt ein schönes Pastellbild etwa aus ihrem zwanzigsten oder einundzwanzigsten Jahr eine hinlängliche Vorstellung, die ich freilich aus eigener Erinnerung nicht zu bestätigen vermag, da meine Mutter, als sie mich zur Welt brachte, schon das zweiundvierzigste Jahr erreicht hatte. Auch war jener Jugendreiz schon früh durch einen schmerzlichen Unfall in der Blüte versehrt worden. Eine Blatternepidemie brach in der Stadt aus, und die vorsichtigen Eltern auch unter der jüdischen Gesellschaft ließen ihre Kinder impfen. Nur die jüngste Enkelin, ihren Liebling, wollte meine alte Großmutter, noch ganz im Vorurteil gegen dies neue Schutzmittel be-

---

und Landschullehrer, auf des Onkels Kosten mit ihren Frauen herbei, ärmliche Leutchen, sehr unbeholfen und verlegen, sich plötzlich in einem so großen Verwandtenkreise zu finden. Sie tauten dann aber auf, als bei dem solennen Festmahl im ersten Gasthof der Stadt der Champagner schäumte, den sie früher kaum je zu kosten bekommen hatten, und der Festgeber in seiner gütigen Art freute sich, ihnen einmal einen sonnigen Tag verschafft zu haben. Derselbe Onkel hatte auch den Kindern aus seinen beiden Ehen – er hatte nach dem Tode der ersten Frau ihre Schwester geheiratet – die Namen seiner eigenen Geschwister gegeben.

fangen, der Impfung nicht aussetzen. Die Folge war, dass meine Mutter allein von der Krankheit befallen wurde, wobei eine Blatter sich auf das rechte Auge setzte. Ein berühmter Arzt tröstete die Eltern, es sei mit einem leichten Eingriff zu helfen, Tag und Stunde der Operation wurden festgesetzt, ein paar Assistenzärzte waren zur Stelle, man wartete und wartete, der alte Arzt wollte nicht kommen. Einer seiner jüngeren Kollegen erbot sich, um das junge Fräulein nicht länger in der bangen Spannung zu lassen, die geringfügige Operation der Entfernung des kleinen Häutchens sogleich vorzunehmen, war aber so unbeholfen, dass er zu tief schnitt. In demselben Augenblick trat der Erwartete herein, das Auge aber war verloren.

An dieses Unglück hat sich eine Legende geknüpft, der ich nur in einigen Zeitschriften, niemals in Erzählungen meiner Familie begegnet bin. Das arme Kind habe, um den Verlust zu verbergen, ein künstliches Auge getragen, das so täuschend dem lebendigen geglichen, dass ein junger Mann, der sich früher um eine der älteren Schwestern beworben, nun der jüngsten seine Neigung zuwandte. Als diese es inne geworden, habe sie sofort auf die Täuschung verzichtet, um dem Glück der Schwester nicht im Wege zu stehen. Seitdem trug sie über der leeren Augenhöhle eine schmale Locke aus ihrem schwarzen Stirnhaar, die durch ein Sammetband darauf festgehalten wurde.

Was an diesem heroischen Geschichtchen Wahres sein mag, weiß ich, wie gesagt, nicht zu entscheiden. Doch würde es durchaus der Gemütsart meiner Mutter entsprochen haben, die von weiblicher Eitelkeit völlig frei war, wie sie auch mit ihren geistigen Gaben nie zu prunken suchte und über ihr Missgeschick sich selbst mit Humor zu trösten pflegte, indem sie von ihrem »Einspänner« sprach, mit dem sie dennoch den rechten Weg durchs Leben zu finden wisse.

Und in der Tat hat sie, dank der unverwüstlichen Frische und Liebenswürdigkeit ihres Naturells, ihr ganzes Leben lang so viel Liebe und Freundschaft genossen, dass sie jenen Verlust wohl verschmerzen konnte.

Sie war ohne Frage unter den vier Schwestern die begabteste, wenn sie auch an regelmäßiger Bildung ihnen nicht überlegen war, sondern sich nur auf eigene Hand aneignete, was ihre geistigen Bedürfnisse befriedigte. Wie sie und ihre Geschwister erzogen wurden, habe ich die Mutter leider nie gefragt. Ich zweifle aber, dass sie je eine Schule besucht und auch nur im Hause einen regelmäßigen Unterricht genossen haben. In Französisch, Tanzen, Singen, feinen Handarbeiten hat man sie wohl ziemlich zwanglos unterrichtet und es ihnen selbst überlassen, sich nach Belieben weiterzubilden. Sie waren aber alle sprachenkundig, sprachen geläufig Französisch und Englisch, und die zeitgenössischen Literaturen blieben ihnen, die mit den Kreisen der Rahel und Henriette Herz in Verkehr standen, ebenso wenig fremd, wie die Werke unserer Klassiker, deren Zeitgenossinnen sie noch eine gute Weile waren. Ich bewahre noch ein Gedicht Goethes (»Herz, mein Herz, was soll das geben«) in der englischen Übersetzung meiner Mutter. In ihrer Bibliothek fanden sich sämtliche Werke Shakespeares, Byrons, Moores, Walter Scotts in englischen Originalausgaben, und die erste Anregung, englisch zu lernen, verdanke ich den Stunden, in denen ich, zuerst ohne ein Wort zu verstehen, nur um die Aussprache zu lernen, meiner Mutter den ganzen Quentin Durward vorlesen musste, bis ich nach und nach ratend und nach einzelnem fragend auch in den Sinn des Gelesenen eindrang.

***

Wann und unter welchen Umständen die sechs Geschwister zum Christentum übertraten und ihren jüdischen Namen Salomon gegen den nicht allzu christlichen Saaling vertauschten, wüsste ich nicht anzugeben, so wenig wie, wer die Paten waren, die meiner Mutter zu ihrem Rufnamen Julie die übrigen Namen gaben. Von dem nicht übergroßen Reichtum des Vaters war, da das Erbe in sechs Teile ging, auf das einzelne Kind nur ein mäßiger Anteil und einiges an Juwelen gekommen, immerhin genug, dass die Geschwister sorgenfrei leben konnten. Der älteste Bruder starb, noch ehe ich geboren wurde. Der zweite, Louis Saaling, brachte es in kaufmännischen Stellungen zu einem etwas ansehnlicheren Vermögen, das er sorgfältig durch eine wunderliche Sparsamkeit zu vermehren suchte. Während er eine offene Hand hatte, wo es galt, seinen Schwestern oder guten Freunden Liebes zu erweisen, kehrte er unter anderem die Kuverte empfangener Briefe um, sie zu den Antworten zu benutzen, kaufte auf einmal mehrere Dutzend Ausschusshandschuhe und rauchte Zigarren, die sein nicht eben verwöhnter Neffe standhaft verschmähte. Dabei war er ein weichherziger, heiterer, allgemein beliebter Mann, der es zu hohen Jahren brachte und bis zuletzt die drei steilen Treppen seiner Wohnung an der Schönen Aussicht in Frankfurt a. M. nachts hinaufstieg, nachdem er in der Ressource stundenlang dem Kartenspiel der Anderen zugesehen hatte.

Noch steht der gute Onkel Louis vor mir, die hohe, wohlproportionierte Gestalt bis in seine achtziger Jahre ungebeugt, in einem langen blauen Rock, dessen Schöße tief hinab über die Nankingbeinkleider fielen, die Schuhe mit Gamaschen verwahrt, auf dem Haupte den grauen Zylinder, unter dem das glattrasierte regelmäßige Gesicht mit freundlich-klugen blauen Augen durch die goldene Brille hervorsah, das Kinn in eine handbreite schwarze oder buntleinene Krawatte eingetaucht. So erschien er alljährlich zur Sommerfrische in Baden-Baden, wo er in jede Bude eintrat, um an die Verkäuferinnen galante Scherze zu richten, ohne je etwas zu kaufen. Er gehörte zu den stehenden Figuren des Orts, und man lachte freundlich über seine eben so stehend gewordenen Witzworte.

Mir, der ich oft in seinem Hause dort zu Gast war, bewies er das herzlichste Wohlwollen, bis ich die Tochter Franz Kuglers heimführte, während er selbst mir eine reiche Erbin zugedacht hatte. Er vergoss Tränen über diese törichte Verbindung, als er zu meiner Hochzeit nach Berlin kam, und seitdem erhielt ich auf alle Briefe, in denen ich die Geburt meiner Kinder oder andere wichtige Neuigkeiten anzeigte, nur eine Bescheinigung des Empfangs mit ein paar freundlich-kühlen Zeilen – in einem umgewendeten Kuvert.

Und doch hatte auch er, da er sich zu heiraten entschloss – in schon etwas vorgerückten Jahren, doch immer noch ein ansehnlicher Freier –, bei seiner Erwählten nicht auf goldene Schätze gesehen, sondern die Tochter eines armen Landarztes zu seiner Frau gemacht, die bei seiner ältesten Schwester Marianne als Zofe im Dienst gestanden hatte. Sie war weder schön noch sonderlich gebildet, er aber folgte seinem Herzen, das ihn auch nicht betrog, und hatte es dieser Heirat wegen auf ein langes Zerwürfnis mit zwei anderen seiner Schwestern ankommen lassen, die ihm eine »ebenbürtige« Gattin gewünscht hatten und sich weigerten, die ehemalige »Dienstmagd« als Glied ihrer Familie zu betrachten. Erst als die Frankfurter Schwester, verwitwet und einsam geworden, von langem Siechtum heimgesucht wurde, kam eine Versöhnung zustande; denn Tante Emilie widmete sich der früheren Gegnerin mit so aufopfernder Treue, dass diese ihr tausendmal alles Unholde, was sie ihr angetan, abbat.

Dass dies so spät geschah, war begreiflich, wenn auch nicht verzeihlich. Diese Frankfurter Schwester meiner Mutter, Tante Klärchen, ihrer Mutter wohl von allen Geschwistern die ähnlichste, da sie dieselben großen, schwarzen Augen und den üppigen Wuchs hatte, war an einen reichen Frankfurter Bankier Herz verheiratet, einen großen, stattlichen, jovialen Mann, an den sich meine früheste Kindererinnerung knüpft. Ich war in meinem dritten Jahr mit den Eltern nach Frankfurt gekommen, wo der Onkel sich nicht zu gut hielt, meinen Spielkameraden zu machen. Er trug mich auf seinem breiten Nacken im Galopp den langen Korridor hinauf und hinab, und wir rasteten von dem Ritt gewöhnlich in einer Speisekammer, wo allerlei süße Vorräte aufgespeichert waren. Ich durfte aber von einer gewissen Himbeermarmelade erst naschen, wenn ich »Esel asinus« gesagt hatte, vielleicht das einzige Latein, über das der

101

Onkel gebot, jedenfalls das erste, das über meine Zunge kam und sich mir mit Hilfe des sü-ßen mnemotechnischen Mittels tief einprägte.

In diesem vornehmen jüdischen Hause aber verkehrte nicht nur die Frankfurter Geldaristo-kratie, sondern auch die Blüte der Bundestagsgesellschaft, durch den Glanz der Empfangs-abende, Bälle und Diners, die Liebenswürdigkeit der Hausfrau und die Schönheit der Töchter angezogen. Die älteste, Adelheid, heiratete einen Rothschild, die zweite und schönste, Hele-ne, einen Attaché der französischen Gesandtschaft, Graf Salignac de Fénélon, die dritte, Ma-rianne, einen Baron von Haber. Es war kein Wunder, dass Frau Klara Herz die Vermählung ihres Bruders mit einer armen, zum Dienen genötigten Landarzttochter für eine Mesalliance hielt, zu der sie ihre Zustimmung nicht geben könne. Sie hatte vergessen, dass sie von einem Vater abstammte, den der Hofmarschall, wenn er ihm schriftlich eine Bestellung zu machen hatte, mit »Lieber Jude!« anzureden pflegte.

Die andere Schwester, die sich unversöhnlich zeigte, Tante Regine, lebte in Wien, in den Kreisen der dortigen jüdischen Aristokratie, der Arnstein und Eskeles. Sie hatte früh eine Ehe geschlossen, die unglücklich war und bald wieder aufgelöst wurde. Seitdem hatte sie sich als geistreiche Frau etabliert und unter dem Namen Regina Frohberg verschiedene Romane ver-fasst, die das Leben der höheren österreichischen Gesellschaft zu schildern suchten, ohne das geringste Talent und mit so wenig Erfindungsgabe, dass es ein Rätsel war, wie diese armseli-gen Produkte einen Verleger finden konnten. Indessen wusste sie ihrem »Salon« doch eine Anzahl treuer Bewunderer und Hausfreunde zu erhalten, zumal sie in jüngeren Jahren mit ih-rem feinen, zierlichen Gesicht und ihrer Weltgewandtheit eine anziehende Erscheinung ge-wesen sein muss. Ich lernte sie kennen, als ein beginnender Star sie nach Berlin führte, um die Hilfe des berühmten Jüngken in Anspruch zu nehmen. Sie wohnte da einige Monate im Erdgeschoss unseres Hauses, und ich entsinne mich noch, wie betroffen ich war, als ich – ein dreizehn- oder vierzehnjähriger Knabe – die Wiener Tante in ihrem halbverdunkelten Zim-mer begrüßte, wo sie in großer Toilette mit weißen Glacéhandschuhen den ganzen Tag wie ein geputztes Götzenbildchen saß und sich von ihrer dicken, blatternarbigen steiermärkischen Zofe den Tee bereiten ließ.

***

Dass die geschminkte und gepuderte Salondame von der kleinbürgerlichen Schwägerin nichts wissen wollte, konnte der Bruder leicht verschmerzen. Blieben doch seine beiden Lieblingsschwestern auf seiner Seite, meine Mutter und die älteste Schwester Marianne, in deren Hause er seine Lebensgefährtin gefunden hatte.

Von dieser meiner Tante Marianne Saaling ist vielfach in Büchern, die die Zeit des Wiener Kongresses schildern, die Rede gewesen. Sie hatte damals in Wien durch ihre hohe Schön-heit eine glänzende Rolle gespielt, Könige und Fürsten hatten ihr gehuldigt, ein alter portu-giesischer Herzog sich mit ihr verlobt. Er starb, ehe sie die Seine geworden war, aber der Nachglanz dieses Erlebnisses und der Wiener Triumphe verbreitete sich über ihr langes, fer-neres Leben und verlieh der hohen junonischen Gestalt auch in den bescheidenen, doch nicht ärmlichen Verhältnissen, in denen sie neben uns lebte, einen vornehmen Zug. Da sie der por-tugiesischen Heirat wegen zum Katholizismus übergetreten war, ließ sie es sich angelegen sein, in den katholischen Kreisen Berlins eine hervorragende Rolle zu spielen, gründete ein Krankenhaus, veranstaltete zu dessen Ausstattung allweihnachtlich einen Bazar, den die ka-tholische Aristokratie besuchte und manchmal sogar die Königin, die sie zu umarmen sich herabließ, und erreichte in stillen, kleinen Befriedigungen ihrer naiven Eitelkeit ein hohes Alter. – Von ihrer späteren Verlobung mit Varnhagen bald nach Rahels Tode und der Aufre-gung, die die Auflösung derselben bei uns hervorrief, habe ich die dunkle Erinnerung behalten, dass sich vor meinen Knabenaugen hier zum ersten Mal etwas zutrug, was einem Roman ähnlich sah. Eine Aufklärung über die seltsamen Motive, die zu der Katastrophe führten, verdankte ich viel später dem Einblick in vergilbte Briefblätter und Varnhagens eigenen Mitteilungen in seinen Denkwürdigkeiten.

Mir waren früh die Augen über die Schwächen dieser Tante aufgegangen, zumal ich an der ganz echten und impulsiven Natur meiner Mutter einen Maßstab hatte für das einzig Wertvolle im Menschenleben. Aber die große Liebe und Treue, die mir die gute Tante bewies, entwaffnete mein rigoroses Knabenurteil und ließ es mich sogar bedauern, dass ich für ihre Schriftstellerei – auch sie, wie die Wiener Schwester, füllte in ihrer kaum lesbaren Handschrift dicke Hefte mit romanhaften Memorabilien und freien Erfindungen – kein anerkennendes Wort haben konnte.

Von solchen literarischen Velleitäten hielt meine Mutter sich immer frei, bis auf die Übersetzung von Lieblingsgedichten ins Englische und Französische zu ihrem eigenen Vergnügen. Sie war aber eifrig darauf aus, alle neueren Erscheinungen auch der deutschen Literatur kennen zu lernen, und eine Zeitlang scheint besonders Tieck sie aufs Lebhafteste beschäftigt zu haben. Auch das Theater verfolgte sie wie das ganze damalige Berlin mit höchstem Interesse, niemals aber mit dem Anspruch, sich als geistreicher Mittelpunkt eines befreundeten Kreises hervorzutun oder gar ein sogenanntes *bureau d'esprit* zu halten, sondern einzig und allein ihrem innersten Bildungstriebe zu genügen.

So vorbereitet, begegnete sie meinem Vater, auf den diese seltene Verbindung von Anspruchslosigkeit und geistiger Regsamkeit, von warmer Empfindung und sprühendem Witz sofort, wie es scheint, einen tiefen Eindruck machte, obwohl die nicht mehr junge, durch den Verlust des Auges geschädigte äußere Erscheinung durch die noch in voller Blüte stehende Schönheit der älteren Schwester in den Schatten gestellt wurde.

Mein Vater, fast zehn Jahre jünger, fühlte sofort, dass ihm hier »eine Natur« gegenübertrat, und verehrte sie zugleich als die Reifere, Überlegene, die auch im äußeren Leben unabhängig dastand, während er selbst es nur zum Hauslehrer gebracht hatte. Er hatte, da sein Vater im Jahre 1807 nach Nordhausen übersiedelte, am dortigen Gymnasium schon mit fünfzehn Jahren das Abiturientenexamen bestanden und dann sofort an der Erziehungsanstalt eines Herrn von Türk in Vevey eine Lehrerstelle annehmen müssen, da er noch acht Geschwister hatte und so früh als möglich selbständig werden sollte. Von den drei Schwestern ging ihm nur eine voran; er allein konnte dem Vater, der als Mädchenschullehrer, erst hier in Nordhausen, dann später in Magdeburg hoch geachtet und schlecht besoldet war und durch seine Schulbücher, seine Lexika und Grammatiken das Fehlende hinzuerwerben musste, schon früh die Sorge für den Unterhalt der großen Familie in etwas erleichtern. Drei Jahre lebte er dann im Haus des Ministers Wilhelm von Humboldt als Erzieher des jüngsten Sohnes, dann von Oktober 1819 bis Ostern 1827 in Berlin als Hauslehrer des jungen Felix Mendelssohn-Bartholdy, den er zur Universität vorbereitete.

In diesem Hause lernte er meine Mutter kennen, die eine Cousine von Felix' Mutter war. Sie und ihre Schwester Marianne schlossen sich der Mendelssohnschen Familie an, als diese über Frankfurt a. M. eine Reise in die Schweiz machte. Soviel ich weiß, kam es auf dieser Reise zur Verlobung, zunächst zu einer heimlichen.

Denn wenigstens promovieren wollte der junge Gelehrte, ehe er seinen Hausstand gründete, und durch seine Habilitation als Privatdozent ein Vierteljahr später (Ostern 1827) den ersten Schritt zu einer öffentlichen Wirksamkeit tun. Am 11. Juli 1827 fand dann die Hochzeit statt, und zwei Jahre später kam die Ernennung zum außerordentlichen Professor.

Das junge Ehepaar wohnte die ersten Jahre in einem Hause der Heiligengeiststraße, das, wenn ich mich recht entsinne, der Familie Salomon gehört hatte und wo ich am 15. März

1830 zur Welt kam. Im Jahre 1831 bezogen meine Eltern dann eine Wohnung in dem einstöckigen Haus am Weidendamm, das einem Holzhändler gehörte und mitten auf dem sehr ausgedehnten Holzplatz stand, gegen die Friedrichsstraße durch die hochaufgeschichteten Holzhaufen verdeckt, hinter denen auch das bescheidene Gärtchen nur einen kargen Pflichtteil von Luft und Sonne erhielt. An der anderen Seite lag ein ziemlich geräumiger Hof, der unser Haus von einem niedrigen, nur aus einem Erdgeschoss bestehenden Hintergebäude trennte. In diesem, das sich vorn bis an die Uferstraße erstreckte, wohnte ein Schenkwirt, der für die Schiffer, die hier das Holz auf ihren Spreekähnen landeten, Ess- und Trinkwaren feilhielt. Hinter seinem Grundstück floss ein trüber, schwarzer Kanal mit träger Welle in die Spree.

Vor wenigen Jahren, bei einem Besuch in meiner Vaterstadt, fühlte ich ein Verlangen, diese Stätte meiner frühesten Jugend einmal wieder aufzusuchen. Ich hatte es bisher unterlassen, in der Meinung, alles verändert und statt der wohlbekannten verwitterten alten Mauern und heimlichen Winkel moderne vierstöckige Zinshäuser zu finden. Wie sehr war ich überrascht, alles so wiederzusehen, wie ich's in meiner Erinnerung trug! Unser unscheinbares Wohnhaus, an dem sogar die alten Stuckornamente noch nicht abgebröckelt waren, der Hof, der mir freilich jetzt kleiner vorkam, – so spukhaft alles, dass ich mich kaum gewundert hätte, wenn sich das Fenster oben im Arbeitszimmer meines Vaters geöffnet hätte, wie an jedem Nachmittag, wenn er mich von meinem Spiel heraufrief, um ein paar lateinische Deklinationen bei ihm zu schreiben. Nur das Gärtchen war verschwunden, – die Holzhaufen waren bis auf sein Gebiet vorgedrungen. Dafür hatte sich an dem Schenkenhäuschen nichts verändert. Ich sah im Geiste wieder den dicken, jungen Wirt, der dort mit seiner blassen, schwindsüchtigen Schwester hauste. Sie war zu zart für diese Umgebung, saß still in ihrem Stübchen mit einer Näharbeit und sah unseren Spielen zu oder rief uns herein, uns Kuchenwerk zu geben und Geschichtchen zu erzählen. Zuweilen wurde für die Schenke ein Schwein geschlachtet. Dann musste ich meinen Kopf in den Schoß des Mädchens legen, und sie hielt mir fest die Ohren zu, damit ich das Todesstöhnen und Röcheln nicht hören sollte. Ich hatte sie sehr lieb. Als sie gestorben war, führte mich ihr Bruder in das niedere Zimmer, wo sie im Sarge lag, und deutete stumm auf das feine, wachsbleiche Gesicht, während ein Weinkrampf seine derbe Gestalt erschütterte und er zuweilen laut aufschrie. Es war das erste Mal, dass ich dem Tod ins Gesicht sah, und das feierliche Bild steht darum tief eingegraben in meiner Erinnerung[2].

Dass ich dies alles wiederfinden sollte, obwohl in der Weltstadt sonst kaum ein Stein auf dem andern geblieben war, hatte seinen Grund nur darin, dass am Weidendamm noch immer die Holzkähne anlegten und eines Stapelplatzes für ihre Fracht bedurften. Hinter den dunklen Holzhaufen aber, die wie eine Stadt mit vielen engen Gassen oder ein Gebirge mit tiefen Schluchten uns Knaben den herrlichsten Platz zu unseren Räuber- und Kriegsspielen darboten, würde ein neues, eleganteres Wohnhaus doch nur verloren gewesen sein, da es von der Straße aus niemand gesehen hätte.

Für mich war, dass ich meine ersten Kinder- und Knabenjahre gerade in diesem Haus verleben durfte, von unschätzbarem Wert. Zunächst für meine körperliche Entwicklung. Besser sogar als in einem wohlgepflegten Garten, dessen Beete Schonung verlangt hätten, konnte ich in diesem weiten Revier meine Glieder tummeln und freiere Luft atmen, als in einem der gewöhnlichen Stadthäuser mit ihren engen, lichtlosen Höfen. Dazu kam die mannigfache Anregung, die meine Kinderphantasie in dieser hochaufgetürmten hölzernen Stadt empfing, die wechselnde Szenerie auf dem Flusse, das Leben und Treiben der Schiffer auf ihren schwimmenden Häusern mit der geheimnisvollen Kajüte, die meine Neugier unendlich reizte, nicht

---

[2] In den »Kindern der Welt« habe ich dem kleinen Maler aus jenem Schenkengebäude seine Wohnung zurecht gemacht.

zum Wenigsten der stille, dunkle Kanal hinter der Schenke, zu dem vom Hof aus ein Treppchen hinabführte. Ich entsinne mich, dass ich hier oft gesessen und in das langsam vorbeifließende Wasser gestarrt habe, ja als ein noch sehr kindlicher kleiner Idealist mich darüber grämte, dass es mir nicht möglich war, das Gold herauszufischen, das die Abendsonne in einzelnen breiten Flecken auf die schwarze Flut streute.

***

Sechs Jahre lang lebten meine Eltern in diesem Haus, Schwester Marianne schon hier mit ihnen, wie später in dem Haus der Behrenstraße.

Sie waren beide gesellige Naturen. Aber sie verstanden die Geselligkeit im besten Sinne, dass sie sich auf wenige vertraute Menschen beschränken sollte, die zu jeder Zeit an dem gastlichen Tische willkommen sind. So lange ich denken kann, erinnere ich mich nicht, dass meine Eltern eine größere Festivität besucht oder bei sich mehr als ein halbes Dutzend Gäste bewirtet hätten. Noch heute steht mir jener Mittag vor Augen, zu dem mein Vater seinen ehemaligen Schüler, den nun hochgefeierten Leipziger Musikdirektor Felix Mendelssohn mit seinem Bruder Paul eingeladen hatte, als er zum Besuch seiner Schwester Fanny Hensel nach Berlin gekommen war. Ich sehe ihn leibhaftig vor mir, die schlanke Gestalt mit dem feinen, scharfgeschnittenen Gesicht und dem schwarzen Lockenhaar, zurückgelehnt gegen den runden Deckel des Sekretärs meiner Mutter, heitere Scherze wechselnd mit seiner alten Freundin, Tante Julie Heyse, während ich mit schüchterner Bewunderung zu ihm aufsah und kein Wort an ihn zu richten wagte.

Um diese Zeit ereignete sich auch ein kleines Geschichtchen, das für seine Kunstanschauung charakteristisch ist.

Robert Griepenkerl [Wolfgang Robert Griepenkerl, 1810-1868; Revolutionsdramatiker und „Deutscher Shakespeare"], der Verfasser des Robespierre [1849], erzählte eines Abends bei Moritz Lazarus [Moses Lazarus; 1824-1903; Völkerpsychologie auf Herbartscher Grundlage; Vorkämpfer für die Rechte des Judentums], er habe neulich mit Mendelssohn einen ganzen Morgen lang disputiert und ihm zu beweisen gesucht, jede Zeit habe das Recht, eine neue Kunst hervorzubringen und sie für die alleinseligmachende zu halten. Felix habe das nicht zugeben wollen, doch ohne sich weiter auf eine Widerlegung einzulassen, immer nur gesagt: »Was scheen is, is scheen!«

***

Auch als außerordentlicher Professor gebot mein Vater nicht über reiche Einkünfte, und sein Stolz ließ es nicht zu, von dem Vermögen seiner Frau mehr als das Unumgänglichste in Anspruch zu nehmen. Wohl mehrten sich seine Einnahmen nach dem Tode seines Vaters im Jahre 1829. Die Fortsetzung und Neubearbeitung der verschiedenen väterlichen Lexika und Grammatiken war testamentarisch ihm, als dem ältesten Sohn, übertragen worden, zugleich aber auch die Sorge für die einzige noch lebende Schwester, die an einen Pfarrer verheiratet und mit vielen Kindern gesegnet war. Ihr sollte die Hälfte aller Honorare zugute kommen, nachdem die anderen Brüder sowohl auf die Arbeit als auch auf den Ertrag verzichtet hatten.

Mein Vater hatte an der Universität als klassischer Philolog begonnen (er las auch später noch einige Kollegien über Plato's Kratylos, Horaz' Epistel an die Pisonen, Catull und Terenz). Aber die persönliche Berührung, in die ihn seine Hauslehrerstelle im Humboldtschen Hause mit dem großen Begründer der Sprachwissenschaft gebracht, hatte seinen Sinn ebenfalls nach dieser Richtung gelenkt, wo die anziehendsten Probleme zugleich historischer und philosophischer Forschung ihrer Lösung harrten. Das Glück aber, das höchste aller geistigen Menschen, sich in voller Freiheit den Aufgaben zu widmen, zu denen man sich berufen fühlt, sollte ihm nicht gegönnt sein. – Denn sein Leben lang hat er als Märtyrer seiner Pietätspflicht vornehmlich am Ausbau der Wörterbücher (von dem großen dreibändigen deutschen waren beim Tode des Vaters nur wenige Bogen gedruckt, das Fremdwörterbuch wurde erst von dem Sohne durch die etymologischen Nachweise zu wissenschaftlicher Bedeutung erhoben), der großen Grammatik und der grammatischen Schulbücher gearbeitet, und sein eigentlichstes Lebenswerk, an das er seine beste Kraft gesetzt, das »System der Sprachwissenschaft«, erschien erst nach seinem Tod, aus seinem Vorlesungsheft und Nachschriften seiner Schüler von dem bedeutendsten unter ihnen, Heinrich Steinthal, herausgegeben.

Ein tragisches Lebenslos, unter dessen Schwere manche robustere Kraft erlegen wäre. Und doch widerstand die zart angelegte Natur meines Vaters dreißig Jahre lang diesem Druck, weil in dem schwachen Körper ein stählerner Wille, ein unerschütterliches Pflichtgefühl lebten. Wohl lag fast immer ein Hauch von Resignation über den stillen Zügen seines nicht regelmäßigen, aber feingebildeten Gesichts, und in dem seelenvollen Blick seines hellen Auges lasen, die ihm nahe standen, den Kummer um ein verlorenes Leben. An Tagen aber, wo er einmal, etwa nach Beendigung eines schweren Abschnittes, ein wenig aufatmete, war die Heiterkeit, die dann aus ihm hervorglänzte, um so ergreifender. Etwas Jünglinghaftes, Reines, ein Strahl »jener Jugend, welche nie verfliegt«, klang aus seinen Worten und gewann ihm die Herzen, wo er sich in dieser Stimmung zeigte. Und er wusste auch einen munteren Lebensgenuss wohl zu schätzen und war glücklich, gute Freunde mit einer Flasche edlen Weins und einer »echten« Zigarre bewirten zu dürfen. Zu dem dritten Luxus, den er sich gönnte, fand er nur selten Teilnehmer, zu seiner Leidenschaft, wertvolle alte Drucke zu sammeln, sie zu ordnen, sauber einbinden zu lassen und so mit der Zeit einen »Bücherschatz« zusammenzubringen, dessen später gedruckter Katalog den Kennern und Liebhabern unserer älteren Literatur ein wertvolles Hilfsmittel ihrer Studien geworden ist. Ich selbst habe diesen Schatz, als mein Vater wenige Jahre vor seinem Tode sich entschloss, ihn als ein Ganzes zu verkaufen, ohne Bedauern, außer soweit es meinen Vater anging, in fremde Hände übergehen sehen. Es hat mir zeitlebens, bis auf sehr bescheidene Ansätze zu einer Käfersammlung, an allem Sammeltrieb gefehlt, und für die literarische und wissenschaftliche Bedeutung dieser alten Drucke besaß ich nicht die Kenntnis, sodass ich an den großen Schränken in unserem Entree, wo die Schätze aufbewahrt wurden, ohne sonderliche Ehrfurcht oder Neugier vorbeiging, zu stetem schmerzlichem Bedauern meines Vaters.

Auf seine philologische Richtung hatte F.A. Wolf den entschiedensten Einfluss geübt; in der Philosophie stand er unter dem Banne Hegels, der damals, in den dreißiger Jahren, eine unumschränkte Herrschaft über die jungen Geister ausübte. Doch brachte er in diese Schule sein Bedürfnis nach unabhängiger Forschung mit, das er gelegentlich in den Versen aussprach, die ich als den Wahlspruch seines Lebens auf seinen Grabstein schrieb:

> In des eignen Busens Schranken
> Suche Wahrheit, werde frei!
> In dem Irrsal der Gedanken
> Finde dich und sei dir treu!

Auch war er von Wilhelm von Humboldts Ideen aus zu seinen eigenen Überzeugungen gelangt und gab sich der Hegelschen Dialektik nicht auf Gnade und Ungnade gefangen. Seine nächsten Universitätsfreunde aber waren entschiedene Hegelianer: Hotho, Werder, Michelet, später der geistvolle Eduard Gans [1797-1838; Jurist, Rechtsphilosoph, Historiker], der auch zu den intimeren Hausfreunden gehörte. Ein nicht minder vertrauter Freund war der Historiker Ernst Helwing [Heinrich Christian Karl Ernst Helwing, 1803-1875], und ich bewahre aus diesen frühen Jahren am Weidendamm eine lebendige Erinnerung an die heiterste Geselligkeit, zumal das chronische Leiden meines Vaters damals noch nicht zu der späteren lebensverderblichen Höhe gediehen war. – Das Bekenntnis zum Hegeltum indessen sollte verhängnisvoll für die weitere Universitätskarriere werden. Nach dem Tode des Meisters hatten sich bekanntlich die Schüler nach den verschiedensten Richtungen selbständig weiter entwickelt, die Autorität des Systems war dadurch erschüttert worden, mit ihr das Ansehen bei den maßgebenden politischen Gewalten. Zugleich kam gerade auf dem Gebiet, das meines Vaters Domäne war, die historische Richtung auf unter der glanzvollen Führung der Brüder Grimm. Nun sollte eine systematische Sprachwissenschaft, mochte sie noch so redlich die Ergebnisse historischer Forschung verwerten, kein Recht mehr auf eine staatliche Förderung besitzen, und der außerordentliche Professor, der mit Unrecht des Hegeltums auch in seinen grammatischen Arbeiten verdächtig war, hatte keine Hoffnung, jemals eine ordentliche Professur zu erlangen.

Zumal wenn er, wie mein Vater, aus seinen liberalen Ansichten über die damals in Staat und Kirche herrschenden Missstände nie ein Hehl machte, sowenig er sich berufen fühlte, öffentlich damit hervorzutreten.

Und so hat mein Vater über dreißig Jahre an der Universität gelehrt, ohne mehr als eine magere Besoldung und infolge einer durch seine Bücher unterstützten energischen Beschwerde beim Minister statt der Beförderung, auf die er gerechten Anspruch zu haben glaubte, – den Roten Adlerorden vierter Klasse zu erhalten.

Ich war gerade bei ihm, als die Antwort auf seine Eingabe eintraf. Als er den Orden, der beigefügt war, aus seiner Umhüllung hervorzog, sahen wir uns in augenblicklichem Einverständnis an und brachen dann in ein helles Lachen aus, das aus meiner Seele wohl bitterer klang als aus der meines Vaters. Er hat dies allgemeine Ehrenzeichen für redliche Beamtendienste nicht ein einziges Mal angelegt.

***

Doch wenn er selbst auch über diese Demütigung mit hoher Seele sich erhob und gelassen in seinen Arbeiten fortfuhr, – meine Mutter war nicht so leicht zu beruhigen, wo sich's um eine Unbill handelte, die diesem leidenschaftlich geliebten, ja vergötterten Mann angetan wurde. Ihr alttestamentarisches Blut wallte auf, sie warf einen unversöhnlichen Hass auf die Personen, die sie für die Zurücksetzung meines Vaters verantwortlich machte. Es war unmöglich, ihr klarzumachen, dass Trendelenburg [Friedrich Adolf Trendelenburg, 1802-1972; an Kant und Aristoteles orientierter Philosoph, Philologe, Pädagoge], den sie vor allen dieser »Kabale« bezichtigte und um so heftiger anklagte, da er früher in naher Freundschaft mit ihnen beiden gelebt, aus sachlichen Motiven gegen die Beförderung zum ordentlichen Professor gestimmt hatte, da er als Aristoteliker gegen den Hegelianer, als Vorkämpfer für das Beckersche grammatische System gegen das Heysesche sich erklären musste. Von einer unumschränkten Lehrfreiheit an den Universitäten und kollegialer Toleranz war man damals freilich weiter noch als heute entfernt.

Zum Glück hielt der leidenschaftlichen Empörung über diese Kränkung und dem Kummer über die schwankende Gesundheit ihres Mannes gleichwohl das tiefe Dankgefühl die Wage, dass sie ihn überhaupt besaß. Denn ihre Liebe zu ihm war völlig unbedingt und grenzenlos. Sie sah in ihm geradezu die höchste Verkörperung aller menschlichen und männlichen Vollkommenheiten, und kein Opfer, das sie ihm zu bringen gehabt hätte, wäre ihr zu schwer gewesen. Zwischendurch kamen freilich Augenblicke, wo ihr jähes Naturell, ihr orientalisches Temperament auch ihm gegenüber aufloderte. Aber auf solche Szenen folgte eine umso innigere Ergebung in seine Autorität und das Bemühen, durch ein wahres Feuerwerk von übermütiger guter Laune die kleine Trübung des Verhältnisses vergessen zu machen.

Schon in ihren Mädchenjahren war meine Mutter ihres Witzes wegen berühmt gewesen. Sie wusste das natürlich selbst; aber wie sie in allem nicht zu glänzen suchte, ließ sie auch dieser ihrer Gabe wie etwas, das ihr natürlich war, freies Spiel, zumal auch in ihren Briefen, in denen sie sich ihren eigenen, oft etwas dunkeln und geistreich barocken, öfter jedoch heiter mit Worten und Gedanken spielenden Stil gebildet hatte. Von früh an hatte sie viele treue Freunde gefunden. Denn es ging ein Hauch von Herzenswärme, von tätiger Liebenswürdigkeit von ihr aus, der jedem wohltat, während zugleich die Munterkeit und Frische ihres Geistes die Besucher ergötzte. Dabei fehlte es ihr durchaus an eigentlichem praktischem Humor. In ihren menschlichen Verhältnissen verstand sie keinen Spaß, konnte sich nicht zu einer freien Betrachtung der Weltwidersprüche erheben und zwischen den Gefühlen von Liebe und Hass der *pauvre humanité* ein halb mitleidiges, halb belustigtes Interesse widmen.

In der Tat aber durfte sie ihrem Geschick danken für das überquellende sanguinische Temperament, das ihr ins Leben mitgegeben war, nicht nur um die trübsinnigen Stunden ihres Gatten zu erleichtern, sondern auch sich selbst in einer der schwersten Prüfungen, die einem Mutterherzen auferlegt werden können, aufrecht zu erhalten.

Sie hatte am 23. März 1828, ein Jahr nach ihrer Vermählung, einen Knaben geboren, der einen oder zwei Monate zu früh zur Welt kam, meinen einzigen Bruder, Ernst Hermann getauft. Es war ein übrigens wohlgebildetes, schönes Kind, mit großen, blauen Augen, und die Eltern waren glücklich, als es der aufopferndsten Mühe, besonders der guten Tante Marianne, gelang, das zarte Wesen am Leben zu erhalten.

Auch zeigte sich in den ersten, nur mit Spielen ausgefüllten Jahren nichts, was eine bleibende Schwäche der Entwicklung befürchten ließ. Erst als das Lernen anfing, das von einem trefflichen Hauslehrer geleitet wurde, kam es zutage, dass der Kopf des Knaben, der etwas zu klein geraten war, nur schwer zu jedem Denkgeschäft sich bequemte. Es wurde ihm sauer, mit mir, dem um zwei Jahre Jüngeren, Schritt zu halten, und als der Vater mich in meinem achten Jahr ins Gymnasium brachte, wurde beschlossen, meinen Bruder in die Realschule zu tun, die glücklicherweise ebenfalls in der Kochstraße lag und unter demselben Direktor stand, sodass wir den langen Schulweg gemeinsam machen konnten.

Dieser Schulweg wurde bald genug ein Dornenweg für mich. Zum ersten Mal, nachdem mich im elterlichen Hause nur Liebe und Güte umgeben hatten, lernte ich die Bosheit der Menschenwelt kennen, zunächst der jugendlichen, da die Kameraden meines armen Bruders mit der Herzlosigkeit ihres Alters sich ein täglich neues grausames Vergnügen daraus machten, den Harm- und Wehrlosen zu hänseln, truppweise oder einzeln ihn zu verhöhnen und ihm jeden denkbaren Schabernack zu spielen. Mit erstickten Tränen der Wut und zusammengebissenen Zähnen fuhr ich dazwischen, solange ich an seiner Seite war. Was im Hofe seiner Schule geschah, konnte ich nicht verhindern, und wie viel meine Klagen bei dem alten Direktor Spilleke erreichten, erfuhr ich nicht, da der gute Junge alle Unbill, ohne sich dagegen zu empören, ertrug. Zuletzt scheint gerade dieses stille Erdulden die Tücke der jungen Teufel entwaffnet zu haben, da ich in den höheren Klassen, in die auch er langsam vorrückte, mich nicht entsinne, oft genötigt gewesen zu sein, als sein Beschützer aufzutreten.

Aber wenn mir auch diese Sorge vom Herzen fiel, blieb noch genug, was schwer zu tragen war. Man konnte sich keinen sanfteren, liebevolleren und treuherzigeren Jungen denken als meinen Bruder, und ich liebte ihn zärtlich und gönnte ihm alle Freuden unserer jungen Jahre. Doch bei seiner geistigen Unbeholfenheit spielte er in der Gesellschaft meiner aufgeweckten Schulfreunde, mochte ich nun sie zu mir geladen haben oder bei ihren Eltern mit ihnen verkehren, eine linkische, wunderliche Figur, sodass ich, selbst wenn die Kameraden sich bemühten, es mich nicht empfinden zu lassen, um alle Freude kam und wünschte, der arme Junge möchte zu Hause geblieben sein.

Doch einzusehen, dass dies auch für ihn das Beste gewesen wäre, konnte meine Mutter nicht über sich gewinnen. In ihrer grenzenlosen, blinden Zärtlichkeit hatte sie keine klare Vorstellung von dem, was dem lieben Kinde zu einem normalen Menschen fehlte, wenn sie auch zugab, dass er weniger begabt sei, als sein jüngerer Bruder, und zum Studieren nicht das Zeug habe. Ihr sonst so scharfer Verstand versagte völlig, sobald auf dieses ihr Schmerzenskind die Rede kam; sie sah es als eine lieblose Zurücksetzung an, wenn zu irgendeinem meiner jungen Genossen mein Bruder nicht mit eingeladen wurde[3], und wie manches Mal schlug ich eine solche Aufforderung ab, um der Mutter Kummer und Tränen zu ersparen.

Sie hatte sich ausgedacht, wenn Ernst die Schule durchgemacht hätte, ihn zu einem Landwirt oder Kunstgärtner in die Lehre zu geben. Vielleicht, wenn dieser verständige Plan beizeiten zur Ausführung gekommen wäre, hätte sich das spätere Leben meines Bruders anders gestaltet. Nun aber wurde er mit den vielen Schulaufgaben geistig und körperlich so lange belastet, bis es zu spät war.

In der kritischen Zeit der Pubertät brach das Unheil aus. Er kam eines Sonntagmittags aus der Kirche, die er gern besuchte, nicht nach Hause, mein Vater ging, ihn dort zu suchen, und fand ihn ganz einsam im Kirchenstuhl sitzend, mit seltsam irrem Blick und blödem Lächeln. So folgte er ihm gutwillig nach Hause, wo er eine kurze Zeit gepflegt wurde, während er tagelang am Fenster stehend in den Hof starrte und Choralverse sang, immer sanftmütig und leicht zu lenken. Als der Zustand sich verschlimmerte, wurde er in eine Heilanstalt gebracht, die er schon nach einigen Monaten verlassen durfte, »geheilt«, aber mit einer unheilbaren geistigen Unzulänglichkeit behaftet. Seine Entwicklung war auf der Stufe eines dreizehnjährigen Knaben stehen geblieben.

Er hat noch lange gelebt (bis zum 28. Dezember 1866), ja die Mutter überlebt, die über diesen größten Schmerz ihrer leidenschaftlichen Seele nie zur Ruhe kam. Die treffliche Schwester meines Vaters, Bertha, die mit einem Landpastor Brennecke verheiratet war, nahm den unglücklichen Neffen in ihre Obhut und liebevolle Pflege, wo er unter seinen vielen gutmütigen Vettern und unter den einfachen ländlichen Verhältnissen wohlaufgehoben war. Er hatte keine ernstlichere Beschäftigung, leistete gelegentliche kleine Dienste im Hause und Hofe, holte Wasser vom Brunnen für die Gartenbeete und fühlte sich, soweit man urteilen konnte, wunschlos glücklich. Wenigstens, als ich ihn zum letzten Mal besuchte und fragte, ob ich ihm etwas zuliebe tun könne, schüttelte er den Kopf, streichelte mir den Arm und sah mich mit seinen großen Knabenaugen rührend dankbar an. Auch hatte er das Schreiben nicht verlernt, und seine sehr einfachen, aber nicht konfusen Briefe erhielten die gute Mutter bis zuletzt in der Täuschung, er sei allerdings nicht ganz wie andere Menschen, aber bei richtigem Verstande, der sich nur nicht zu äußern wisse. Dass sie selbst darauf verzichten musste, ihn bei sich zu haben, da es in der großen Stadt nicht möglich war, ihm leiblich und geistig die für ihn passende Umgebung zu schaffen, war ihr ein lebenslanger Kummer.

---

[3] So musste er zurückbleiben, als ich einmal eine Einladung nach Glienicke zu dem gleichaltrigen Prinzen Friedrich Karl erhielt. Jener Oberlehrer in der Quinta, dessen ich oben erwähnt habe – sein Name war Bogen, seine hohe, schlanke Gestalt und der blonde Kopf mit dem kurzgehaltenen krausen Haar stehen noch heute in hellen Zügen vor meiner Erinnerung – dieser ungemein lebhafte und anregende junge Mann gab dem Prinzen einige Privatstunden, ich weiß nicht in welchen Fächern, und da ich ein Musterschüler war und sich's vielleicht darum handelte, einen Sohn aus guter bürgerlicher Familie zum Schul- und Spielgefährten des Prinzen zu erwählen, hatte er die Einladung vermittelt. Ich entsinne mich nur dunkel, dass es mir in dem schön gelegenen königlichen Schlosse und Garten gar wohlgefiel, während es zwischen mir und meinem fürstlichen Kameraden zu keinem sonderlich traulichen Verhältnis kam. Der spätere schneidige Reitergeneral zeigte schon damals sein heftiges Temperament bei unseren Spielen. Es imponierte mir aber sehr, dass sein militärischer Gouverneur, als der Prinz einmal sich einer Weisung widersetzte, mit größter Strenge sich Gehorsam zu erzwingen wusste. Es blieb dann auch bei dieser ersten Einladung. Ich war aber ein wenig eitel darauf, die Kleidung, die für solche Besuche vorgeschrieben war, eine blaue Jacke mit Perlmutterknöpfen, auch an den folgenden gutbürgerlichen Sonntagen weiter tragen zu dürfen, und dieses harmlose Vergnügen durfte auch mein Bruder mit mir teilen.

Ob die Freude, die sie an der normalen Beschaffenheit und raschen Entwicklung ihres jüngeren Sohnes haben konnte, dem Gram um den älteren ganz die Waage hielt, möchte ich für die ersten Jahre bis zu der traurigen Katastrophe bezweifeln. Hernach, als der »Schmerzenreich« ihrem leiblichen Auge entrückt war, widmete sie die ganze reiche Liebesfülle ihres Herzens nächst ihrem Manne dem Sohn, der ihr geblieben war. Und dies tat sie mit derselben kritiklosen Überschwänglichkeit, mit der sie sich ihrem Gatten unterordnete und selbst das unglückliche Kind nie im richtigen Licht gesehen hatte.

Ich war indessen schon früh Manns genug, um durch diese mütterliche Verhätschelung in meiner geistigen Selbstzucht nicht beirrt zu werden, zumal das Vorbild meines Vaters mir beständig vor Augen stand. Nur meine körperliche Erziehung litt unter der Verweichlichung, die meine überängstliche Mutter durchführte, sodass ich von mancher Leibesübung, die mir sehr zustatten gekommen wäre, ferngehalten wurde. Zum Glück war das Turnen damals in den Schulplan aufgenommen worden, und zum noch größeren Glück hatte mir die Mutter ihre herrliche körperliche Konstitution, ihr reges, gesundes Blut vererbt, sodass gewisse Unterlassungssünden meiner jungen Jahre in Betreff meiner Abhärtung durch diese unschätzbare Mitgift reichlich aufgewogen wurden[4].

Im Übrigen, wenn ich die Elemente prüfe, aus denen meine westöstliche Natur zusammengesetzt ist, finde ich an mir die alte Erfahrung bestätigt, dass uns die Charakteranlage vom Vater, die geistig-sinnliche von der Mutter vererbt zu werden pflegt. Wie ich dieser verdanke, was an phantastischem Vermögen und warmblütigem, sinnlichem Temperament mein eigen ist, so habe ich von meinem Vater, der aus echtestem germanischem Stamm entsprossen war, die Eigenschaften überkommen, deren ein Künstlerleben zu seiner reinen und freien Entfaltung bedarf, die Gewissenhaftigkeit und den Fleiß – »seines Fleißes darf man sich ja rühmen« – und den unerschütterlichen Trieb zur inneren und äußeren Unabhängigkeit. Zugleich auch neben einer Anlage zu jäh auflodernder Leidenschaft die Kraft, diese gefährlichen Anwandlungen zu bändigen, sodass ich fast immer denen, die mich nur oberflächlich kennen, den Eindruck eines durchaus gleichmütigen, von inneren Stürmen und Kämpfen stets verschonten Menschen gemacht habe, wovon ich weit entfernt bin.

Früh war mir die Ahnung aufgegangen, was ich an diesen Eltern besaß. An meinem Vater hing ich mit einer innigen Verehrung, die der meiner Mutter für ihn wenig nachgab. Ihm etwas Liebes zu tun, ihn zu erheitern, sein Lob zu erringen, war mein beständiges Bestreben. Ich war glücklich, wenn er meine Hilfe bei seinen Arbeiten brauchen konnte, zum Beispiel die peinlich langweilige Korrekturarbeit an den immer neu bearbeiteten Wörterbüchern sich dadurch erleichterte, dass er sich die Bogen von mir vorlesen ließ. Wie gern auch unterzog ich mich der mühseligen Kunst, in den alten Druckwerken, die er sammelte, einzelne Blätter oder ausgerissene Titel nach den Vorlagen wohlerhaltener Exemplare in möglichst ähnlicher

---

[4] Doch nicht so sehr, dass ich zum Militärdienst tauglich geworden wäre, was ich aufrichtig bedauert habe, da es mir von großem Wert gewesen wäre, auch in dieser so wichtigen Schule unsrer nationalen Erziehung eigene Erfahrungen zu sammeln. Mein Eintritt als Einjährig-Freiwilliger war immer wieder hinausgeschoben worden. Ehe ich als ein Vierundzwanzigjähriger in meinem neuen Wohnort nach München ging, hatte ich mich einer vorläufigen Prüfung durch einen Militärarzt unterzogen, der mir ein befreiendes Zeugnis ausstellte, da mein Brustumfang nicht genügte. »Treffliche Konstitution, aber verpimpelt!« Daraufhin hatte ich geheiratet und war nach München gezogen, da ich die letzte definitive Untersuchung nur für eine Formsache hielt. Im Herbst aber, als ich mich in Berlin der Kommission stellte, fand der Oberst, der den Vorsitz hatte, Wohlgefallen an meiner langen, schlanken Figur, die unter etwelchen verkümmerten Schneidergesellen sich vorteilhaft hervorhob. Er bestand darauf, gegen das Votum der anwesenden Ärzte, ich müsse »zur Probe« eintreten. Für den jungen Ehemann und königlich bayrischen »Günstling« keine erfreuliche Zumutung, von der mich dann König Max durch diplomatische Vermittlung erlöste.

Frakturschrift zu ergänzen! Und obwohl er mich früh nicht wie einen Sohn, sondern wie einen Freund behandelte, verlor ich bei aller traulichen Hingebung nie das Gefühl, dass er von einer höheren, edleren Menschenart sei, wofür auch meine gute Mutter ihn ansah.

Diese, so sehr ich sie liebte, stand mir nicht auf der gleichen Höhe, teils weil ich ihr manchmal etwas zu verzeihen hatte, wenn ihr rasches Temperament sie zu einer ungerechten Behandlung fortriss – denn sie besaß nicht das kleinste Teilchen von der pädagogischen Kunst meines Vaters, die nur gerade an ihr, weil sie eben so ganz und gar aus einem Stück war, nichts auszurichten vermochte; – teils weil sie sich unbedenklich in heiteren Stunden zu uns Knaben herabließ, unseren Übermut nur noch schürte, uns ihre alten, drolligen Volksliedchen sang und es hin und wieder nicht verschmähte, wenn wir in dem großen, altmodischen Sofa uns mit Kissen bombardierten, an diesem Scharmützel teilzunehmen. Ich höre noch, wie eines Nachmittags, als mein Vater, der in seinem Zimmer nebenan durch unser Lärmen und Jauchzen in der Arbeit gestört wurde, mit einer vorwurfsvollen Miene hereintrat, mein Bruder ausrief: »O, Mutter ist immer die Dollste!« worauf wir in ein Lachen ausbrachen, in das der nachsichtige Vater, statt zu schelten, mit einstimmte.

Meine Eltern hatten, als ich sieben Jahr alt geworden war, die Wohnung auf dem Holzplatz mit einer anderen im zweiten Stock des Hauses in der Behrenstraße Nummer 58 vertauscht, zu meiner großen Betrübnis. Einen so geräumigen Spielplatz, wie ich ihn dort gehabt, konnte ich nicht leicht verschmerzen. Doch wurde ich bald getröstet. Der neue Hausbesitzer, ein Herr Seifarth, hatte eine acht- oder neunjährige Tochter Antonie, deren orientalische Schönheit auf mein Knabenherz einen tiefen Eindruck machte. Ich huldigte ihr vorläufig nur in einer sehr kindischen und unzweckmäßigen Weise, sodass sie nie eine Ahnung davon bekam. Unter anderm hatte ich schon damals den Trojanischen Krieg in der Beckerschen Bearbeitung für die Jugend gelesen und führte nun allerlei Szenen daraus mit meinen Kameraden auf, wobei ich ihr die Rolle der Helena zuerteilte, von deren Bedeutung sie jedenfalls nicht den leisesten Begriff hatte. Ich selbst war natürlich Achill, und sie sollte mit ihren Freundinnen sich über uns Griechen unterhalten und meine Tapferkeit rühmen. Was die Mädchen über uns Buben plauderten, konnte ich freilich nicht verstehen; und so entsinne ich mich nicht, dass ich einen anderen Gewinn aus diesem glorreichen Kampfspiel davontrug, als einen zerhauenen Helm und Schild und das beschämende Bewusstsein, vor Helenas Augen gegen meine stärkeren Gegner trotz meines Heldennamens den Kürzeren gezogen zu haben.

Für meine gute Mutter jedoch hatte die neue Wohnung außer anderen Vorteilen noch den, dass sie aus den Fenstern ihres Wohnzimmers die lange Kanonierstraße hinunterblicken und ihre beiden Söhne jeden Morgen eine Strecke weit auf ihrem Schulweg verfolgen konnte, den wir im Winter, wohleingepackt in wollene Schals, die sie selbst gestrickt hatte, antraten. Sie war überhaupt eine unermüdliche Strickerin, hatte sogar, während sie las, immer das Strickzeug in den Händen und verfertigte dazwischen künstliche Häkelarbeiten, große, rot- und gelbgestreifte Bettdecken für uns oder weite, wollene Tücher, die sie freigebig rechts und links verschenkte.

**

Als ich acht Jahr alt geworden war, kam ich auf das Friedrich-Wilhelms-Gymnasium.

Hier sollte ich sogleich erfahren, dass man in der Schule des Hauses, zumal eines so liebevollen wie mein Elternhaus, manches nicht lernt, was man im Leben, und wär's nur das Zusammenleben mit kleinen, oft nichtsnutzigen Schulkameraden, nicht ohne Schaden entbehren kann; dass es nicht genügt, ohne Falsch wie die Tauben zu sein, wie wir zwei so äußerst »wohlerzogene« Brüder unsern teuren Eltern und Verwandten gegenüber es sein durften, sondern auch ein wenig klug wie die Schlangen, ohne welche Kunst man mit dem besten Willen sich nur allzu oft im Lichte steht.

111

Ich war durch den Unterricht meines Vaters und meines vortrefflichen Hauslehrers Valentin Kutscheit – er hat einen damals sehr gelobten Atlas der Alten Welt herausgegeben – für die Sexta mehr als genügend vorbereitet, im Latein eigentlich schon für die Quinta reif. Dass ich nie im Deutschen einen besonderen grammatikalischen Unterricht erhalten hatte, mag für den Sohn und Enkel zweier Grammatiker seltsam erscheinen. Doch wurden wir auch auf dem Gymnasium mit theoretischen Lektionen in der Muttersprache verschont und lernten das Nötigste von der Terminologie bei Gelegenheit des Lateinischen.

Da ich nun meine Schulaufgaben zu Hause aufs Gewissenhafteste machte und in den Schulstunden mit einer Art Andacht zu den Lehrern aufblickte, konnte es nicht fehlen, dass ich für einen Musterschüler galt und meinen Kameraden, die eine schlechte Zensur ohne sonderliche Gewissensbisse hinnahmen, als Vorbild hingestellt wurde. Das hätten sie mir nun wohl verziehen, wenn ich mich im übrigen kameradschaftlich betragen und auch in den Raufereien auf dem Schulhof und bei den Possen, die gewissen wehrlosen Lehrern gespielt wurden, danach getrachtet hätte,

Immer der Erste zu sein und vorzustreben den andern.

Das aber konnte mir nicht in den Sinn kommen, da ein Lehrer für mich eine geheiligte Person und das Balgen in den Zwischenstunden und auf der Straße verboten war. Ja, schlimmer als das: ich war von meinen Eltern zur unbedingtesten Wahrhaftigkeit angehalten worden und glaubte nun auch, wenn nach irgendeinem mutwilligen Streich ein Verhör angestellt wurde, um den Täter oder Rädelsführer zu ermitteln, verpflichtet zu sein, alles, was ich wusste, auszusagen, ohne in meiner blöden Unschuld ein Gefühl dafür zu haben, wie verächtlich die Rolle eines Denunzianten in den Augen aller tapferen Schelme ist, die lieber unschuldig büßen, als gute Freunde einer noch so wohlverdienten Strafe zu überliefern.

So konnte es nicht fehlen, dass ich meinen Kameraden immer widerwärtiger und verhasster ward, je mehr ich bei unseren Lehrern »in Tee kam«, – (ein Ausdruck, der wohl daher stammt, dass Lieblingsschüler von ihren Lehrern dann und wann abends in ihr Haus geladen wurden). Ich selbst, durch meine Überlegenheit als kleiner Tugendbold verblendet, achtete nicht auf die sich mehrenden Zeichen der Abneigung, die ich hervorrief. Ich hielt es sogar für unrecht, schwächeren Kameraden bei ihren Aufgaben zu helfen, oder gar eine Arbeit von ihnen abschreiben zu lassen, da die Lehrer dadurch betrogen worden wären. Und sicherlich spielte bei dieser Hypertrophie des Gewissens eine noch minder löbliche Eitelkeit auf meine Erfolge bei den Lehrern mit, zumal ich damals zu keinem meiner Kameraden ein herzliches Verhältnis hatte.

Dass so ein kleiner Heiliger zu Schaden kommt, wenn er es verschmäht, mit den Wölfen zu heulen, sollte mir auf eine beschämend lächerliche Weise klargemacht werden.

Ich saß, wenn ich nicht irre, in der Quinta, als das Reformationsfest gefeiert wurde. Alle Schulen hatten bronzene Medaillen zur Erinnerung an das Fest erhalten, die in der Art verteilt werden sollten, dass auf jede Klasse nur eine kam, über deren Verleihung an den besten Schüler die ganze Klasse abzustimmen hatte.

Als unser Oberlehrer die Stimmzettel ablas, die wir ihm eingereicht hatten, und auf jedem, außer meinem eigenen, mein Name stand, lief ein dumpfes Murren durch die Reihen der Bänke. Wie aber auch der letzte verlesen war, wieder mit meinem Namen, und der Lehrer erklärte: »So hat also Heyse einstimmig die Medaille erhalten« –, da brauste wie ein wahrer Sturm durch das Klassenzimmer der ebenso einstimmige Ruf: »Heyse nich! Heyse nich! Heyse nich!«

Statt mich meines Erfolges zu freuen, saß ich auf meinem Primussitz wie ein armer Sünder, der zu Pranger und Staupe verurteilt wird, kalter Schweiß trat mir auf die Stirn, auch in dem Lächeln des Lehrers glaubte ich meine Schande zu lesen, als er sagte: »Ihr seid wunderliche Jungen. Warum habt ihr ihm denn die Medaille zuerkannt, wenn ihr sie ihm nicht gönnt? Nun muss es einmal dabei bleiben.«

Bei allem anderen aber, was zu dieser tragikomischen Szene geführt hatte, blieb es nicht. Von dieser Stunde datierte eine gründliche Reformation meiner Weltanschauung vom Standpunkt des Schülergewissens aus. Ich nahm eine entschlossene Trennung meiner häuslichen von meiner Gymnasiastenmoral vor und ließ es mir angelegen sein, mich mehr nach unten als nach oben beliebt zu machen.

Es gelang mir dies auch bald, obwohl ich darum die Gunst der Lehrer nicht verscherzte. Übrigens war kein sonderliches Verdienst dabei, den ersten Platz zu behaupten, um den ich nur zuweilen mit einem guten Kameraden, dem Sohn eines armen Volksschullehrers, zu kämpfen hatte. Zufällig befanden sich in meiner Generation sehr wenige gute Köpfe, was auch daraus erhellt, dass sich kaum einer von all meinen Mitschülern im späteren Leben hervorgetan und mich an seinen Namen erinnert hat, bis auf den einen v. Kardorff, mit dem ich täglich zweimal die lange Friedrichstraße hinabwanderte, ohne zu ahnen, welch eine parlamentarische Größe aus ihm erwachsen würde.

Hermann Grimm und sein Bruder Rudolf traten nur für ein oder zwei Semester in unsere Prima ein und besuchten dann ein anderes Gymnasium.

Von unserer alten *Frederico-Guilelma* aber ist so viel gesungen und gesagt worden, ich selbst habe meiner Dankbarkeit gegen sie bei verschiedenen Gelegenheiten lyrischen Ausdruck verliehen, und die »Chronik«, die von ihren ehemaligen Schülern alljährlich verfasst und auch mit Rückblicken in alte Zeiten ausgestattet wird, spricht so beredt zu ihrem Ruhme, dass ich an diesem Ort mich eines ausführlichen Eingehens auf meine Schuljahre enthalten kann. Nur zur Ergänzung des Allbekannten will ich bezeugen, wie weit entfernt wir waren, ein Gefühl der Überbürdung zu empfinden oder, so gründlich wir in den klassischen Sprachen geschult wurden, über grammatischem Formelkram den Blick für die Schönheit der alten Welt, ihre Geschichte und Dichtung uns trüben zu lassen und als junge klassische Philologen *in herba* das Interesse für die heutige Welt und ihre großen Aufgaben zu verlieren. Ob es sehr ersprießlich war, dass wir im lateinischen Aufsatz unreife Gedanken in ciceronianische Phrasen kleideten oder Cornelius Nepos mündlich ins Griechische übersetzen konnten, will ich dahingestellt sein lassen. Doch übt man ja auch auf dem Turnplatz seine Glieder in allerlei kühnen akrobatischen Exerzitien ohne einen anderen Zweck, als sie geschmeidig zu machen. Und so wird keiner unter uns es bereut haben, dass er dergleichen halsbrechende philologische Künste betreiben müsse, statt, wie es die heutige Richtung auf die Realfächer mit sich bringt, sein Gedächtnis mit einem Übermaß naturwissenschaftlicher Kenntnisse zu belasten, die doch nur halb verstanden und halb verdaut bleiben müssen und für eine spätere praktische Fortbildung eine sehr dürftige Grundlage bilden.

Was mich betrifft, so war ich für Chemie und Physik schon aus dem Grunde verdorben, weil mir das mathematische Organ vollständig versagt war. Was weder meinen Geist noch meine Phantasie anregte, fand keinen Eingang bei mir, und die Welt der Zahlen blieb mir so fremd wie die Geographie des Mondes. Auch mein Gedächtnis sträubte sich gegen die Aufnahme von allem, womit ich keine Anschauung verband, während ich, sobald ich von dieser Seite gewonnen wurde, außerordentlich leicht lernte und lange behielt. Ich habe auf einem Redeaktus einmal den ganzen ersten Gesang der Odyssee auswendig griechisch vortragen können, gewiss zu geringer Erbauung der anwesenden Väter und Mütter. Dagegen kostete mich's große Mühe, nur das Nötigste an historischen Jahreszahlen mir einzuprägen, selbst von den Zeiten, die mich durch die Ereignisse und Gestalten höchlich interessierten. Sobald aber eine Zahl ins Spiel kam, wurde mein Gedächtnis geradezu gelähmt; ich konnte mich dann nur im Allgemeinen orientieren, indem ich den Ablauf der Tatsachen in mir wieder rekapitulierte. – Bis in die Untersekunda hatte ich mich in den mathematischen Stunden mitgeschleppt. Vor den Vegaschen Logarithmen machte ich ein für allemal halt, wie ein müder Wanderer vor einem Urwald, der ihm undurchdringlich scheint. Ein wenig mutiger zeigte ich mich der Trigonometrie gegenüber. Wo es galt, die Höhe eines Mastbaums oder eines Turms zu berechnen, wenn zwei Dimensionen und der Winkel gegeben sind, machte ich mich fröhlich ans Werk. Man sah doch, wo und wie, und freilich kam es mir mehr darauf an, bei dieser Gelegenheit ein stattliches Segelschiff oder einen kühnen Festungsturm zu zeichnen, als die Rechnung selbst richtig zu erledigen. Im Übrigen verzichtete ich in den oberen Klassen entschieden darauf, dass mir noch einmal eine Erleuchtung kommen möchte, und zum Glück erbarmte sich unser verehrter Mathematiklehrer, Professor Schellbach, meiner unbezwinglichen Unfähigkeit, da er mich sonst als einen musterhaften Schüler kannte. Er drückte ein Auge darüber zu, dass ich in seinen Stunden Coopers Romane oder Heines Reisebilder las, und wenn die anderen Rechnungen machten, die er dann zur Korrektur mit nach Hause nahm, ließ er sich hernach stillschweigend von mir das Blatt reichen, auf dem ich mein Landschäftchen oder den Kopf eines meiner Kameraden gestrichelt hatte, und ergötzte damit seine Frau und Kinder.

Dieser eine Zug möge genügen zum Beweis, wie wenig pedantisch der Unterricht auf unserem Gymnasium betrieben wurde. Unsere einsichtsvollen Lehrer wussten, dass nicht allen Bäumen eine Rinde gewachsen ist und, was die Natur versagt hat, durch eisernen Drill nicht ertrotzt werden kann. Auch das Abiturientenexamen wurde in diesem Geiste abgehalten. Was ein Schüler im Ganzen wert war, welchen Grad der Reife sein Charakter erlangt hatte, wurde schärfer in Betracht gezogen als seine Leistungen in den einzelnen Examenfächern, zumal unter dem Druck der wenigen Prüfungsstunden. Mein teurer Schellbach, als die Mathematik an die Reihe kam und ich hilflos auf das weiße Blatt vor mir starrte, trat an mich heran und fragte: »Nu, nu, Heyse, was haben Sie denn zustande gebracht?« Ich zeigte ihm mit stummer Resignation nur die Aufgabe, die ich niedergeschrieben hatte. »Nu, nu«, sagte er, »das werden wir schon 'rauskriegen. Ich würde das etwa so machen.« Damit nahm er meine Feder und schrieb die Rechnung ausführlich hin, nahm auch hernach das Blatt, zu dem ich nichts hinzugefügt hatte, mir wie allen anderen ernsthaft ab, und die Prüfung war bestanden.

***

Obwohl nun aber über der Tür der Pythagoreischen Schule die abweisenden Worte standen: μηδεὶς ἀγεωμέτρητος εἰσίτω – kein ungeometrischer Kopf wage sich herein! – war ich doch früh mit heißer Begierde über allerlei philosophische Lektüre geraten und hatte mir begreiflicherweise, da mein Vater ein Anhänger Hegels war, zunächst eine Vorstellung von dieser Philosophie zu verschaffen gesucht. Als ich merkte, dass das für ein fünfzehn- oder sechzehnjähriges Gehirn seine Schwierigkeiten hatte, verstieg ich mich, wohl durch den Titel angelockt, sogar zu der »Kritik der reinen Vernunft«, an der mein Verständnis sich nun vollends als unzulänglich erwies. Ich klagte meine Not nicht sowohl meinem Vater als unserm hochverehrten Professor Yxem, bei dem wir in Oberprima wöchentlich einmal eine trockene Logikstunde hatten. Er fand dies mein heimliches Studium natürlich verfrüht, sodass ich mich denn doch endlich meinem Vater anvertraute. Von ihm erhielt ich das treffliche »Handbuch der klassischen Philosophie« von Ritter und Preller, wo ich die geschichtliche Entwicklung der Systeme in den entscheidenden Äußerungen der einzelnen Denker im Urtext zusammengestellt fand. An diesen befriedigte ich, so gut es ging, meinen neugierig grübelnden Vorwitz.

Professor Yxem, von dem wir in den beiden obersten Klassen im Griechischen und Deutschen unschätzbar gefördert wurden, war unstreitig der interessanteste unsrer Lehrer. Schon sein Äußeres, die schmächtige Gestalt mit dem kleinen verwitterten Gesicht unter einer blonden Haartour, die nervös zitternden Hände und die heiser vibrierende Stimme, ließ ihn zunächst als den Typus eines vertrockneten Schulmagisters erscheinen, dessen Wunderlichkeiten übermütige Jungen zu allerlei Possen und Schabernack reizen mussten. Diese dreiste Laune verging ihnen aber bald, da sie in der ersten Stunde vor dem überlegenen Geist und dem tiefen Wissen, die in dem kleinen Kopfe wohnten, Respekt bekamen. Man erzählte sich, dass er einmal ein Schulprogramm verfasst habe unter dem Titel: »Goethes Charakter. Ein Versuch.« Der Olympier in Weimar habe ihm dafür in einem eigenhändigen Briefe gedankt, den sein begeisterter Verehrer eingerahmt über seinem Schreibtisch aufgehängt habe und als seinen kostbarsten Schatz betrachte.

Yxem war ein großer Grieche, wir lasen Plato bei ihm. Wohl auf seine Anregung habe ich, als ich eben siebzehn Jahr alt geworden, nachdem mir bei meinem Abgang vom Gymnasium als Primus das mündliche Examen erlassen worden war, die Züricher Gesamtausgabe der Werke Platos vom Jahre 1839 zum Geschenk erhalten, von dem ich jedoch, da ich der klassischen Philologie abtrünnig wurde, weniger Gebrauch gemacht habe, als die gütigen Geber gedacht hatten.

Für den deutschen Aufsatz war uns in der Oberprima die Wahl des Themas freigegeben worden. Als dies zum ersten Mal geschah, schrieb ich ein ziemlich übermütiges romantisches Capriccio über »Das Märchen«, zu dem mich Clemens Brentano und, was den Stil betrifft, Heine angeregt hatte.

Als die Hefte dann vom Professor zurückgegeben und kritisiert wurden, nahm er das meine zuerst vor und teilte zur Probe die extravagantesten Stellen mit, sie aufs Unbarmherzigste wegen ihrer logischen Mängel und stilistischen Unmanieren verdammend, sodass ich tief gedemütigt, zumal ich sonst im deutschen Aufsatz einer der besten war, mit gesenktem Kopfe dasaß und die Zensur am Schluss meiner Schreiberei gar nicht anzusehen wagte. Als ich es dann doch zu Hause über mich gewann, las ich zu meinem frohen Erstaunen: »Mit Vergnügen gelesen. Yxem.«

***

Ich muss aber aus der Schule in mein Elternhaus, aus der Prima in meine Knabenzeit zurückkehren, zumal Schulgeschichten, so wichtig und merkwürdig sie denen erscheinen, die sie erlebt haben, für jeden Unbeteiligten nur von geringem Interesse zu sein pflegen. Und so fürchte ich, in meiner Pietät für das so oft verwünschte und doch so unvergesslich geliebte altersgraue Haus an der Koch- und Friedrichstraßenecke schon allzu weit abgeschweift zu sein.

Das Gymnasium ist seitdem ausgewandert, und seine früheren Schüler haben ihm ein gerührtes Abschiedsfest gefeiert, zu dem ich einen poetischen Abschiedsgruß beisteuerte (Lyrische Dichtungen Bd. II, S. 293), wie ich auch meiner Dankbarkeit gegen meinen alten Direktor, Ferdinand Ranke, in dem Gedicht zu seinem fünfundzwanzigsten Direktoratsjubiläum den herzlichsten Ausdruck gegeben habe (ebenda, S. 227).

Mein Elternhaus in der Behrenstraße 58 aber hat sich nur einen Umbau gefallen lassen müssen, bei dem es eine elegante Fassade und, wie ich vermute, auch eine völlige Erneuerung und Verschönerung im Innern erfahren hat. Die jetzigen Bewohner würden sich keine Vorstellung machen können, wie dürftig und schmucklos es damals aussah, wie einfach und altmodisch die Möblierung der Wohnungen im zweiten Stock war, die meine Eltern und Tante Marianne innehatten.

In der damaligen Zeit wusste man in noch so gebildeten Bürgerhäusern kaum etwas von einer künstlerischen Ausstattung der Räume. So kunstsinnig mein Vater war, und so früh ich selbst mich in Malerateliers herumtrieb und des Zeichnens befliss, niemand fiel es ein, die Einrichtung unserer Zimmer mit alten Mahagonimöbeln, einem Potpourri auf dem Eckschrank und einem winzigen Teppich vor dem schwerfälligen Sofa spießbürgerlich zu finden.

Die Bilder an den Wänden waren Familienporträts, ein paar Kupferstiche, kolorierte Schweizerlandschaften und eine Menge jener reizenden Miniaturbildchen auf Elfenbein, die heute leider durch die billigen Photographien gänzlich verdrängt worden sind.

Nur in meines Vaters Zimmer hingen einige wertvolle Ölgemälde, das lebensgroße treffliche Bildnis Pestalozzis und ein paar niederländische Genrebilder, darunter ein Jan Steen [Jan Havickszoon Steen; um 1626-1679], der noch heut mein Arbeitszimmer schmückt.

Er stammte aus der kleinen Gemäldesammlung, die mein Großvater zusammengebracht hatte, was damals selbst mit den Mitteln eines Töchterschuldirektors noch möglich war. Vor dem Spiegel auf einem niederen Schränkchen standen Rauchs [Christian Daniel Rauch, 1777-1857; Berliner Bildhauerschule] geistreiche kleine Gipsstatuetten Goethes und Wilhelms von Humboldt, oben auf dem Pult die lebensgroße Büste Hegels; ein großes Porträt F. A. Wolfs [Ferdinand August Wolf; Altphilologe und Altertumsforscher, Professor der Philosophie und Pädagogik, Lehrer von Carl Wilhelm Heyse] in Kupferstich hing an der letzten freien Wand, während die ganze lange Wand gegenüber von der wissenschaftlichen Bibliothek ausgefüllt wurde.

Im Übrigen waren wir Knaben in dem neuen Hause nicht allzu gut daran, hatten keinen Raum für uns, sondern mussten unsere Schularbeiten in der dunklen sogenannten »Berliner Stube« machen, die zum Esszimmer diente und der allgemeine Durchgang war. Die beiden hinteren Zimmer, die nach dem Hof gingen, wurden uns erst eingeräumt, als ich dreizehn Jahre alt war. Bis dahin gehörten sie den Pensionären, die mein Vater bei sich aufnahm, um seine finanzielle Lage zu verbessern. Der erste war ein Hamburger Kaufmannssohn, Adolf Schirmer [1821-1886; Schriftsteller und Komponist; Konsequenzen, 1867], den sein Vater, da er schon ziemlich erwachsen war, in eine strengere Zucht zu geben wünschte. Der junge Mann ließ sich aber auch durch einen so erfahrenen Pädagogen nicht auf einen ersprießlichen Weg bringen. Mir imponierte er sehr, da er Dramen schrieb und mir auseinandersetzte, der Lustspieldichter müsse den Torheiten der Zeit den Spiegel vorhalten. Nun arbeitete er lange an einem Lustspiel, das die Anhänger der Gallschen Schädellehre geißeln sollte, und trieb sich halbe Tage und – Nächte lang auf der Straße herum, »Studien nach dem Leben« zu machen, deren Nutzen für sein phrenologisches Stück meinem Knabengehirn nicht eben einleuchtete. In viel späteren Jahren ist mir sein Name als des Verfassers von Kolportageromanen in Wien wieder aufgetaucht.

Erfreulicher waren ein paar junge Franzosen, Tribert, Demion und Anisson, die die Vorlesungen an der Universität besuchten und nacheinander als Pensionäre meines Vaters eine Zeitlang in unserem Hause lebten. Sie fühlten sich bei dem deutschen Professor und seiner heiteren Frau, die beide fließend Französisch sprachen, sehr wohl und ließen sich auch mit uns Knaben freundlich und zutulich ein. Doch so sehr ich gewohnt war, mich in alles zu fügen, was die Eltern bestimmten, begrüßte ich es doch wie eine Erlösung, als uns Brüdern endlich unser eigenes kleines Reich eingeräumt wurde.

Man hat in Süddeutschland stets unter anderer *fable convenue* [„verabredete Fabel": etwas Erfundenes, das man als wahr gelten lässt] über den Charakter der Berliner auch die sehr verkehrte Meinung von ihren anspruchsvollen Lebensgewohnheiten gehegt. Nichts irriger als dies. Wenn einzelne Parvenüs, die auf Reisen gingen, überall die Nase rümpften und nichts so gut fanden, wie sie es angeblich zu Hause hatten, so konnten diese widerwärtigen Berliner *snobs* nur für diejenigen maßgebend sein, die sich in den mittleren und unteren Ständen der werdenden Großstadt nie umgesehen hatten. Bei diesen war vielmehr eine so große Genügsamkeit vorherrschend, wie sie in Bayern und Österreich nirgends in den gleichen Schichten der Bevölkerung anzutreffen war. Ihre Wohnungseinrichtung, die engen Höfe, in deren Tiefe ein kaum schwacher Sonnenschimmer fiel und doch ein schwindsüchtiges Gärtchen mit einer Bohnenlaube gepflegt wurde, die Landpartien im »Kremser« nach Pankow, Stralau, dem Grunewald, bei denen der bescheidene Mundvorrat mitgenommen wurde, die Spaziergänge der Bürger- und Arbeiterfamilien zu den Wirtschaften in Charlottenburg und Schöneberg, wo »kalte Schale« getrunken wurde oder ein Zettel anzeigte »Hier können Familien Kaffee kochen«, – dies alles zeugte für eine Anspruchslosigkeit im Lebensgenuss, die dem Wiener oder Münchener unbegreiflich gewesen wäre. Berlin war eben noch keine reiche Stadt, und die Arbeiter, die es im Laufe des Jahrhunderts dazu machten, mussten sich noch entsagungsvoll nach der Decke strecken. Auch die geistigen Arbeiter, Beamte und Gelehrte, konnten damals nicht daran denken, wie es schon um die Mitte des Jahrhunderts jeder leidlich wohlstehenden Münchener Familie als selbstverständlich erschien, alljährlich zur Sommerfrische vier bis sechs Wochen aufs Land oder in die Berge zu ziehen. Der Tiergarten musste für die Bedürfnisse nach frischerer Luft selbst in den Hundstagen ausreichen. Aber mit dem Talent zur Selbstironie, das dem echten Berliner angeboren ist, machte er aus der Not eine Tugend, und von sozialer Unzufriedenheit war damals noch nichts zu spüren.

Auch ich habe bis in meine spätesten Jahre nicht aufgehört, mich als »genügsamer Berliner« mit Humor in manches zu schicken, was mir notdürftig genügen konnte, wenn im Augenblick etwas Besseres nicht zu erreichen war. Damals vollends erschienen mir die beiden Hofzimmerchen als ein sehr stattliches Quartier. Wie bescheiden es ausgestattet war, kam mir eigentlich nie zum Bewusstsein, da der Reiz der Freiheit in eigenen Räumen mich allzu sehr beglückte. Ich kam freilich in Häuser, wo es weit glänzender aussah, selbst in den Zimmern der noch die Schule besuchenden Söhne. Denn da mein Vater als ein Eingewanderter keine Familienverbindungen in Berlin besaß und mit seinen Kollegen nicht viel von Haus zu Haus verkehrte, beschränkte sich unser geselliger Umgang fast ausschließlich auf die jüdischen Familien, mit denen meine Mutter schon vor ihrer Verheiratung befreundet gewesen war. Dies waren nun fast lauter reiche Häuser, vor allem die verschiedenen Zweige des Mendelssohnschen Stammes, der Patriarch Joseph Mendelssohn mit seiner feinen alten Frau Hinny, zu deren Hausfreunden Alexander von Humboldt gehörte, Alexander Mendelssohn, dessen einer Sohn, Franz, mein Altersgenosse war, Paul Mendelssohn, Felix' Bruder, dann unter anderem eine sehr musikalische Familie Rubens, bei der ich einmal, da ich mich überarbeitet hatte, einen Sommer lang Gastfreundschaft genoss. Sie hatten die Hälfte der Mendelssohnschen Villa in Charlottenburg gemietet, in deren großem Park ich mich lüften konnte. Auch sonst war's eine vergnügliche monatelange Ferienzeit, in der ich auch an guter Musik keinen Mangel litt. Noch ist mir der Besuch Marschners [Heinrich August Marschner, 1795-1861; Der Vampyr, 1828; Der Templer und die Jüdin, 1829 Hans Heiling, 1833] in lebendiger Erinnerung, und die volle, reine Stimme klingt mir im Ohr, mit der seine schöne, rothaarige (zweite) Frau Lieder ihres Mannes zum Klavier sang.

Außer diesen waren meine Eltern gern gesehene Gäste bei dem Varnhagenschen Ehepaar und jener trefflichen Madame Levy [geb. Sara Itzig, 1761-1854; Cembalistin, Musikaliensammlerin, Mäzenin, Philanthropin; ihr Salon Treffpunkt der bedeutendsten Musiker und Gelehrten Berlins], deren Haus mit dem parkähnlichen Garten die jetzige Museumsinsel fast gänzlich einnahm. Die trotz ihres Uralters völlig geistesfrische Besitzerin sah jeden Donnerstag allerlei Gelehrte und andre notable Leute an ihrem Tisch, und auch ich als ein frühreifer Primaner wurde öfters dorthin mitgenommen und aufs Gütigste von der alten »Tante Levy« behandelt.

Mit besonderer Dankbarkeit aber gedenke ich all des mannigfachen Guten, das ich in dem Hause der Leipzigerstraße genoss, in welchem späterhin der Reichstag seinen vorläufigen Wohnsitz aufschlug. – Im Erdgeschoss des Vorderhauses wohnte Felix Mendelssohns jüngere Schwester Rebekka, die mit dem großen Mathematiker Dirichlet [Johann Peter Gustav Le-

117

jeune Dirichlet, 1905-1859; Analysis, Zahlentheorie; lehrte in Berlin und Göttingen] vermählt war, über ihnen die Familie Böckh. Noch sehe ich den großen Philologen [August Boeckh, 1785-1867; Professor für Beredsamkeit und klassische Literatur in Berlin; Die Staatshaushaltung der Athener, 1817; Corpus Inscriptionum Graecarum, 1828-1843; Metrologische Untersuchungen, 1838], wie er am Nachmittag in den Garten kam und an dem Bocciaspiel des Henselschen Kreises teilnahm, das von diesem aus einer italienischen Reise nach Berlin mit herübergebracht worden war. Das einstöckige Hinterhaus zwischen dem geräumigen Hof und dem weitgestreckten Garten hatte nämlich der Maler Wilhelm Hensel [1794-1861; vorzugsweise Porträtist; *die Seele griechisch, der Geist altenfritzisch, der Charakter märkisch* (Fontane)] inne, der Felix' ältere Schwester Fanny zur Frau hatte. Zu allen früheren freund- und verwandtschaftlichen Fäden, die mich mit diesen trefflichen Menschen verbanden, kam noch die Schulfreundschaft mit ihrem einzigen Sohn Sebastian (dem späteren Herausgeber des reichen und anziehenden Memoirenwerks *Die Familie Mendelssohn*). Diesen begleitete ich alle Sonnabende um Zwölf von der Schule nach Hause, um bei einem Schüler seines Vaters, Pietrowski, ein paar Stunden zu zeichnen, leider nach einer unglücklichen Methode, da ich nur große Gipsköpfe in sorgfältiger Durchführung nachzustrichen hatte. Schon seit meinem zehnten Jahr hatte ich eifrig gezeichnet, nicht nur in der Schule, sondern zu Hause nach allerlei Vorlagen, und in den Schulstunden meine Lehrer und Mitschüler abkonterfeit. Auf der Reise 1842 mit dem Petersburger Onkel nach Süddeutschland trug ich in ein Skizzenbüchlein allerlei Umrisse von Gebäuden, die mir gefielen, ein, schon damals ein paar Münchner, die ich heute noch bewahre. Meine Hand und meine Augen übten sich früh, und zeitlebens ist mir die Freude am Porträtzeichnen nicht erloschen, ohne dass ich es hierin, so wie in meinen Landschaftsskizzen, je zu wirklicher Künstlerschaft gebracht hätte.

An jenen Sonnabenden blieb ich dann nach der Zeichenstunde zu Tisch im Henselschen Haus und gewann eine warme Verehrung für die edle, hochbegabte Mutter meines Freundes, die trotz ihrer körperlichen Unansehnlichkeit mit den charaktervollen Zügen und dem ruhigen Blick ihrer schwarzen Augen einen beherrschenden Einfluss auf ihre gesamte Umgebung ausübte. Auch zu Sebastians Vater hatte ich eine herzliche Zuneigung, schon um der Güte willen, mit der er meine junge Zeichenkunst aufmunterte. Er war durchaus an Charakter und der Art, sich zu geben, das Widerspiel seiner Frau, mit der er jedoch in der glücklichsten Ehe lebte: ein heiterer, gern witzelnder, zu Gelegenheitsversen stets aufgelegter guter Gesellschafter, bei Friedrich Wilhelm IV. wohlgelitten wegen seiner schwärmerischen Königstreue, in allen Häusern des hohen Adels eingeführt, wo er seine sehr konventionellen idealisierenden Bleistiftporträts zeichnete. Seit einem Kolossalbild in der Garnisonkirche, Christus vor Pilatus geführt, das die Höhe seines Könnens bezeichnete, hatte er nicht mehr viel Größeres von Bedeutung zustande gebracht.

Wertvoller aber als die malerischen Anregungen, die ich in diesem Atelier empfing, waren mir die musikalischen, die ich seiner Gattin verdankte. – Meine Erziehung in dieser Hinsicht war leider vernachlässigt worden.

Meine Mutter war sehr musikalisch. In ihrer Mädchenzeit hatte sie Gesang und Klavierspiel gelernt, beides aber nach ihrer späten Vermählung nicht mehr geübt, und ihr altes Klavier stand verschlossen in dem dunkelsten Zimmer jener schon erwähnten *Berliner Stube*. Doch die ersten Lieder, die ich als kleiner Knabe zu hören bekam, sang mir die Mutter vor. Sie besaß ein großes Repertoire kleiner kindischer Reime, die ich sonst nirgends wiedergefunden habe, wie:

> Der Kuckuck ist ein alter
> Ziesele bum bum basele besele,
> Der Kuckuck ist ein alter Mann.

Er muss wohl zwanzig Weiber ha'n.
Er kam vor eines Goldschmieds Haus.
Der Goldschmied sah zum Fenster 'naus.
Ach Goldschmied, lieber Goldschmied mein,
Mach mir ein goldnes Ringelein usw.

Ferner hatte sie einen Vorrat französischer Liedchen:

Ains font font font (bis)
Les petits marionettes (bis)

oder:

Que je vous aime
Das muss ich gestehn.
Sans papa, sans mama,
So ganz allein, ach ja!
Das muss ich gestehn!

oder das bekannte:

Sur le pont d'Avignon ...

Dass sonst in unserem Hause musiziert worden wäre, kann ich mich nicht entsinnen. Nur einmal wurde meinen Eltern ein junger Komponist empfohlen, dessen Name mir entfallen ist. Er hatte das obligate lange Haar der Musikanten und ihren großen Durst. Wenigstens sah ich mit Erstaunen, dass er am hellen Nachmittag eine Flasche Rheinwein, die mein Vater ihm vorsetzte, fast allein austrank. Worauf er das alte Instrument öffnete, das ziemlich verstimmt sein mochte, und mit einer dünnen Komponistenstimme mehrere seiner Lieder sang. Eines davon auf einen Eichendorffschen Text machte einen so tiefen Eindruck auf mich, dass ich Worte und Melodie bis heute noch in mir trage:

Wenn der kalte Schnee vergangen,
Stehst du draußen vor der Tür.
Kommt ein Knabe schön gegangen,
Stellt sich freundlich dar zu dir,
Lobet deine frischen Wangen,
Dunkle Locken, Augen licht –
Wenn der kalte Schnee vergangen,
Glaub dem falschen Herzen nicht!

Noch weiß ich, mit welcher Bewunderung ich zu dem Künstler aufschaute.

Ich bat denn auch meine Eltern, mir zunächst Klavierstunden geben zu lassen, was sie gern bewilligten. Es war aber kein rechter Segen dabei. Die Stunden, die ich eine Zeitlang bei einer meinen Eltern befreundeten, uns benachbarten Dame, der Gesangslehrerin Frau Johanna Zimmermann, nahm, gerieten bald ins Stocken. Sie fanden in aller Frühe vor der Schule statt, wo mein Kopf teils noch unausgeschlafen, teils mit der Präparation auf die bevorstehenden Stunden erfüllt war. Im Gymnasium selbst nahm ich eifrig am Gesangsunterricht teil, da ich eine gute Stimme und ein treffliches Gehör und Gedächtnis hatte. Aber eine eigentliche Unterweisung im Technischen der Musik wurde uns nicht zuteil; kaum dass wir die oberflächlichste Kenntnis der Noten gewannen. So habe ich bei großen Festaufführungen – wir wagten uns an Händels »Messias«, Haydns »Jahreszeiten« und schwere kirchliche Kantaten – Solopartien frischweg und ziemlich fehlerlos zu singen gewagt, bloß nachdem ich sie einmal von unserem glänzendsten Solisten, dem Sohn des Tenors der königlichen Oper, Stümer, hatte vortragen hören. Meine vielfachen anderen Allotria neben den Schulfächern, Versemachen und Zeichnen, ließen für eine ernstlichere Pflege der Musik keine Zeit, ein so inniges Bedürfnis ich fühlte, meine musikalische Bildung zu fördern, wozu ich begierig jede Gelegenheit wahrnahm.

Damals waren die Symphoniekonzerte vor dem Oranienburger Tor eben in Aufnahme gekommen, wo man gegen ein Eintrittsgeld von zwei guten Groschen unter der Leitung des Kapellmeisters Liebig an gewissen Nachmittagen eine Symphonie und zwei Ouvertüren klassischer Meister zu hören bekam, in einem großen Saal, in welchem trotz des Tabaksqualms und Bier- und Kaffeegeruchs die andächtigste Stimmung herrschte. Ich kann nicht genug sagen, wie sehr ich diesen »populären Konzerten« für Kenntnis und Verständnis der unbegreiflich hohen Werke verpflichtet bin.

Vor dem Oranienburger Tor [im »Feuerland« (Berliner Volksmund)] lag auch die Egellssche Maschinenbauanstalt, neben der Borsigschen damals in Preußen das größte Unternehmen dieser Art. Der Chef des Hauses [Franz Anton Jakob Egells, 1788-1854] war als ein Mitglied der katholischen Gemeinde mit meiner Tante Marianne bekannt geworden, und zumal die älteste Tochter, Elise, hatte sich eng an sie angeschlossen. So war auch ich in das Haus gekommen, hatte mich mit den Söhnen befreundet und für jene Elise eine große Verehrung gefasst, da sie ihr unerfreuliches Verhältnis zu einer jungen französischen Stiefmutter mit klagloser Ergebung ertrug. Ich machte sie in allerlei jugendlichen Herzensnöten zu meiner Vertrauten und weihte sie auch in die poetischen Versuche ein, die sich oft um sie selbst und meine Erlebnisse in ihrer Gesellschaft drehten. In diesem Hause machte ich auch die Bekanntschaft des um mehrere Jahre älteren Peter Cornelius [1824-1874; »Dichterkomponist«; Brautlieder und Weihnachtslieder, 1856; Der Barbier von Bagdad, 1858; Der Cid, 1865], der mir zu weiterer laienhafter musikalischer Ausbildung verhalf. Er lebte mit Mutter und Schwester in ziemlich engen Verhältnissen in Berlin seinen Studien in der Komposition, und es gereichte mir zu nicht geringer Aufmunterung, dass er – als der erste Musiker, der mir diese Ehre erwies – vier meiner Lieder komponierte, die aus seinem Nachlass herausgegeben wurden. Sooft er mit seinen Kameraden Quartette spielte, durft' ich dabei sein, und hörte dann in meiner Sofaecke eifrig zu, bemüht, das verschlungene viersträhnige Tongewebe genau zu verfolgen. Die geniale Natur des Freundes zog mich lebhaft an, auch seine stille, kluge Schwester war mir sehr lieb geworden. Sie hatten beide, nachdem sie meine »Francesca von Rimini« gelesen, eine sehr gute Meinung von meinem poetischen Talent bekommen. Das viel reifere Gedicht, das darauf folgte, »Urica«, nahmen sie nicht sonderlich günstig auf. Den Grund habe ich nie recht begriffen. Doch als der Jugendfreund später nach München übersiedelte, um dort zunächst die Partitur des »Cid« auszuarbeiten, wollten unsere Wege sich nicht wieder vereinigen, da ich seine Begeisterung für die Meister der Zukunftsmusik nicht zu teilen vermochte.

Alles aber, was mir an musikalischen Genüssen von verschiedenen Seiten zuteil ward, wurde durch die Sonntagskonzerte in Fanny Hensels Gartensaal überboten, zu denen ich ein für allemal Zutritt hatte.

Eine illustre Gesellschaft füllte den weiten Raum, doch war kaum einer darunter, der nicht durch ein intimes Verhältnis zur Musik ein Anrecht auf seinen Platz beweisen konnte, und es galt durchreisenden musikalischen Zelebritäten immer für eine hohe Auszeichnung, der Ehre einer Einladung zu diesen Morgenkonzerten gewürdigt zu werden. Zu den Stammgästen gehörte neben Böckh der alte Steffens [Henrich Steffens, 1773-1845; norwegisch-deutscher Philosoph, Naturforscher, Hochschullehrer, Dichter], dessen ehrwürdiges Gesicht die reinste Verklärung zeigte, während er dem geistvollen Spiel der Hausfrau oder dem Gesang ihrer Freundinnen lauschte, die Felix' liebliche Quartette vortrugen. Die breiten Glastüren nach dem Garten zu standen offen; zuweilen schmetterte der Vogelgesang mit hinein. Hier wurde die »Letzte

Walpurgisnacht«, von dem Komponisten soeben vollendet, zuerst aufgeführt und wie manche der schönen Klavierstücke und Lieder noch im Manuskript frisch vom Blatt gespielt und gesungen. Zuweilen kam auch der geliebte Bruder und Meister in Person von Leipzig herüber und verherrlichte eine dieser Matineen durch sein wundervolles Spiel. Dann war der Saal wie in einen Tempel verwandelt, in welchem eine enthusiastische Gemeinde jeden Ton wie eine himmlische Offenbarung einsog.

Ich selbst stand neben Freund Sebastian zuhinterst auf der Schwelle des Nebenzimmers und reckte meine lange Figur auf den Zehen, um keinen Ton zu verlieren und die Gesichter zu betrachten, die sich um den Flügel reihten. Hier sah ich auch die blonde Löwenmähne des jungen Franz Liszt, der seinen ersten Triumphzug durch Berlin hielt, in der vordersten Reihe der Zuhörerschaft eine schöne, blonde Gräfin, die hernach am Arm des glücklichen jungen Eroberers den Saal verließ[5].

---

[5] Ob er an jenem Morgen sich herbeiließ, sich an den Flügel zu setzen, der oft unter den Händen der Hausfrau und ihres großen Bruders erklungen war, ist mir nicht erinnerlich. Desto lebendiger steht ein Tag in meinem Gedächtnis, wo ich über ein Jahrzehnt später den hohen Genuss hatte, den wundersamen Künstler für mich allein spielen zu hören. Er war mit seiner Freundin, der Fürstin Wittgenstein, nach München gekommen, um dafür zu wirken, dass Richard Wagner der Maximiliansorden verliehen würde. Zu diesem Zweck lud die Fürstin die Mitglieder des Kapitels der Reihe nach zu Tisch in ihr Hotel, den Bayrischen Hof, und wendete all ihre Liebenswürdigkeit daran, jeden für den Meister der Zukunft günstig zu stimmen. Ich selbst hatte damals zu dem Orden noch keine Beziehung, doch als Mitglied der königlichen Tafelrunde konnte auch ich vielleicht im gewünschten Sinne gelegentlich ein Wort fallen lassen, und so wurde auch mir zuweilen die Ehre zuteil, zu diesen intimen Diners geladen zu werden, öfter sogar als die alten Herren, da die Tochter der Fürstin, die schöne Prinzessin Marie, sonst eines unterhaltenden Tischnachbars entbehrt hätte, wenn die Mutter sich nur ihrer diplomatischen Mission widmete. Bei den Gesprächen über das Musikdrama und seinen Schöpfer konnte es nicht fehlen, dass auch ich bescheiden zu Worte kam, wobei ich aus meinem Unvermögen, mich für den Sprechgesang und die neue Kunst überhaupt zu erwärmen, kein Hehl machte. Ich musste versprechen, den Tannhäuser noch ein zweites Mal zu hören, und wurde beim Wiederbegegnen sofort examiniert, ob ich nicht bekehrt worden sei. Die große Virtuosität, einen dankbaren Stoff theatralisch wirksam zu machen, erkannte ich bereitwillig an, die Musik hatte mich lebhafter angezogen, als das erste Mal. Nur mit dem Text konnte ich mich nicht einverstanden erklären. Die trivialen Sprüche der Dichter beim Sängerkampf schienen mir eines Wolframs und Walters unwürdig, wie auch an vielen anderen Stellen mein Ohr beleidigt wurde. Herr Wagner, sagt' ich ganz naiv heraus, sollte sich mit einem Poeten assoziieren, etwa von Peter Cornelius seine Texte revidieren lassen. – Wie diese Gotteslästerung auf die Hörer wirkte, die ihren Abgott auch für den größten Dichter aller Zeiten hielten und, da sie nicht deutscher Abstammung waren, weit entfernt zu fühlen vermochten, wie ein deutscher Poet von dieser dilettantischen Dichtkunst befremdet werden musste, kann man sich vorstellen. Die Fürstin insbesondere und ihre Tochter schienen mich ein für allemal als einen Barbaren zu betrachten und einfach aufzugeben. Liszt aber verleugnete seine große Liebenswürdigkeit auch jetzt nicht. Er setzte sich an das Klavier und spielte die Ouvertüre zum Tannhäuser mit so zauberhafter Kunst, dass ich hingerissen lauschte und hernach meine Ketzereien zwar nicht widerrief, aber versprach, von jetzt an mit redlichem Willen mich in diese und alle folgenden Schöpfungen des Meisters hineinzuhören. Dass der redlichste Wille ein angeborenes Widerstreben der Natur nicht zu überwinden vermag, habe ich freilich im Lauf der Zeit regelmäßig erfahren müssen, wenn ich ein neues Werk aus dieser Schule kennen lernte, bis ich endlich darauf verzichtete, noch einmal eine Umwandlung meines ästhetischen Sinns zu erleben. Was an der Musik dieser »Musikdramen« mit Ausnahme einiger herrlicher Stellen mir ungenießbar bleibt, mag auf Rechnung meiner mangelnden technischen Bildung kommen und meiner frühen warmen Bewunderung der Opern Glucks, Mozarts, Beethovens, Cherubinis, Boieldieus, Rossinis und einiger anderen alten Meister, die mich für das Verständnis der Leitmotive und der unendlichen Melodie verdorben haben. Die dichterischen und dramatischen Unzulänglichkeiten dieser in ihrer Art genialen Schöpfungen nachzuweisen, würde hier zu weit führen. Jedenfalls haben sie den enormen Welterfolg bis jetzt nicht beeinträchtigt.

Bei jenen Morgenkonzerten im Henselschen Gartensaal hatte noch niemand eine Ahnung, dass einmal die Ära einer Zukunftsmusik anbrechen würde, in welcher dem blondmähnigen jungen Virtuosen eine führende Rolle beschieden war, und deren fanatische Anhänger die Musik eines Felix Mendelssohn mit Achselzucken als abgetan zu den Toten werfen würden. Die Namen vieler anderer aus den besten Berliner Kreisen und durchreisender hoher Gäste sind mir entfallen. Doch entsinne ich mich, dass einmal auch das gewaltige Silberhaupt Thorwaldsens [Bertel Thorvaldsen, 1770-1844; dänischer Bildhauer, Medailleur] über die Menge emporragte. Er war am Morgen vorher von drei Malern zugleich porträtiert worden, dem Hausherrn, Begas [Carl Joseph Begas, 1794-1854; Stammvater einer Künstlerdynastie] und, wenn ich mich recht erinnere, Eduard Magnus [Leopold Eduard Samuel Magnus, 1799-1872; viel beschäftigter und gefeierter Bildnismaler]. Die drei *alla prima* [einmaliges Auftragen der Farbe, ohne Unter- oder Übermalung] gemalten Bildnisse standen noch im Atelier, dessen Flügeltür geöffnet war, um nach der Musik die Bewunderer des Meisters einzulassen. An einem anderen Tage fiel mir ein scharfgeschnittener Männerkopf von entschieden jüdischem Typus auf, in dessen Zügen ein Ausdruck gebieterischer Willenskraft und kalten Hohnes lag. Ich fragte Sebastian nach dem merkwürdigen Gesicht. Er nannte mir den Namen Ferdinand Lassalle [1825-1864 (Tod nach Duell); Schriftsteller, sozialistischer Politiker im Deutschen Bund, Wortführer der frühen deutschen Arbeiterbewegung], vom alten Böckh hier eingeführt, der ihm wegen seiner Abhandlung über Herakleitos den Dunkeln [1858] eine glänzende Philologenzukunft weissagte.

Auch die Konzerte in der Singakademie besuchte ich fleißig, zumal eine alte Freundin, die Witwe eines Kammergerichtsrats Gedike, die mit meiner Tante Marianne zusammenlebte, eine der Vorsteherinnen dieses ehrwürdigen Institutes war. Die künstlerische Haltung desselben war seit Zelters [Carl Friedrich Zelter, 1758-1832; Musikpädagoge, Komponist, Dirigent] Tod ein wenig gesunken. Ihr damaliger Direktor Rungenhagen [Carl Friedrich Rungenhagen, 1778-1851; Komponist und Musikpädagoge] galt für einen pedantischen und doch energielosen Anhänger der klassischen Musik, der jedem frischen Hauch der neueren Zeit den Eingang wehrte. (Als man meiner Mutter erzählte, er sei krank, und man fürchte für sein Leben, erwiderte sie: *»Da liegt wohl die Singakademie in den ersten Zügen?«*[6]) Immerhin hatte ich auch hier Gelegenheit, mich an guter Musik zu erquicken und meine Kenntnis der hohen Meister zu vervollständigen.

Zu eigenem Komödiespielen auf einem Liebhabertheater war keine Gelegenheit, auch traute ich mir, so leidenschaftlich meine Neigung allem Dramatischen zugewandt war, ein schauspielerisches Talent nicht zu. Wenn es einmal sich fügte, dass ich bei einer Dilettantenaufführung bescheiden mitwirkte, war es nie in jugendlichen Rollen. In einem kleinen Lustspiel, das im Mendelssohnschen Haus am Geburtstag von Felix' Mutter aufgeführt wurde, hatte ich den Papa von Mariechen Böckh, der späteren Frau Professor Gneist [Ehefrau Rudolf von Gneists, 1816-1895; preußischer Politiker, Jurist; Nationalliberale Partei; Mitbegründer und erster Präsident des Vereins für Sozialpolitik], zu spielen und zog mich ohne sonderlichen Ruhm aus der Sache. Ein

---

[6] Noch einige ihrer originellen Worte mögen hier angeführt werden. Als Jemand sie zu etwas überreden wollte und sagte: Die Sache ist doch an und für sich recht angenehm – erwiderte sie: »Ja, aber nicht an und für mich!« ... Ein Bekannter fragte: »Ist Herr N. denn ein Jude?« – Sie: »Das will ich meinen! Jude mit Jude gefüttert.« ... »Die L.schen Kinder sehen aus, als ob ihre Mutter sie beim Trödler gekauft hätte.« ... »Der X. macht immer ein Gesicht, als ob er sich's übel nähme, dass er auf der Welt ist. Ich kann doch nichts dafür.« ... »Wenn R. lacht, sieht es aus, als ob er zu lachen eingenommen hätte.« ... »Ist das Konkordiatheater (ein neuerbautes Liebhabertheater) hübsch?« ... Nicht besonders; sehr eng und dunkel. – »Also recht passend für Liebhaber.« ... »Es täte mir sehr leid, wenn ich nächstens abrutschte. Ich habe mich sehr gern gehabt.« ... »Wenn man mir am jüngsten Tag nicht Equipage schickt, bleib' ich liegen.« ... Als man sie bei einem munteren Essen, wo viele Toaste ausgebracht wurden, aufforderte, auch eine Tischrede zu halten, sagte sie: »Nein, Kinder, meine Reden sind nicht so schwach, dass sie gehalten werden müssten.«

einziges Mal, in einem französischen Lustspiel, das eine Dame, bei der ich Konversationsstunde nahm, von ihren Schülern aufführen ließ, machte ich einen jungen Ehemann und verliebte mich ein wenig in meine reizende Frau, der ich hernach in einer Menge französischer Gedichte, ohne das geringste Verständnis der fremden Verskunst, zu huldigen fortfuhr. Später aber, auf der Universität, wo Professor Geppert seine Schüler in Stücken des Plautus öffentlich auftreten ließ, gab ich eine Gastrolle als der joviale alte Micio in den »Menächmen«, *haud sine laude* [nicht gerade ohne Lob]. Ich hatte aber früh einen zu klaren und hohen Begriff von dem, was zur Kunst des Mimen erforderlich ist, als dass ich an der unzulänglichen Produktion von eigenen oder fremden Liebhaberkünsten Freude gehabt hätte, denen ich auch mein ganzes Leben lang sorgfältig aus dem Wege gegangen bin.

Zu Theatergenüssen kam ich leider nur selten, wegen meines sehr bescheidenen Taschengeldes.

Den ersten vollen Eindruck einer richtigen Bühnenkunst empfing ich durch eine Posse im Königstädter Theater, »Die Reise auf gemeinschaftliche Kosten« [von Louis Angelys, 1787-1835], in der mich Beckmanns [Friedrich Beckmann, 1803-1866] komisches Talent bezauberte. (Ich konnte ihm lange Jahre später, als er in Wien den Henoch in meinem *»Hans Lange«* so herrlich spielte, wie ich vor und nach ihm die Rolle von keinem andern gesehen habe, für diese erste theatralische Freude danken.) Mein erster Operneindruck war eine Aufführung des »Fidelio«. Eine sehr liebe Freundin hatte meine Mutter an der Sängerin Milder [Anna Milder-Hauptmann, 1785-1838; Sopranistin], deren ich mich in der Rolle der Gluckschen Iphigenie noch dunkel als einer imposanten Erscheinung mit herrlicher Stimme erinnere. Das Königliche Schauspielhaus aber besuchte ich selten, und so vielgerühmt die dort auftretenden Künstler waren, sie hielten in meiner jugendlichen Empfindung den Vergleich nicht aus mit einer französischen Truppe, an deren Spitze das Saint-Aubainsche Ehepaar und der *jeune premier* Monsieur Péchéna standen. Und als vollends die Rachel [1821-1858; gefeierte Tragödin] zu einem längeren Gastspiel nach Berlin kam, versäumte ich keine ihrer Vorstellungen und verkaufte einige Schulbücher, um mein Parterrebillet bezahlen zu können.

Für unsere deutsche Komödie in Berlin war die große Zeit vorbei. Ludwig Devrient, Iffland, Seydelmann, Beschort lebten nicht mehr. Frau Crelinger mit ihren Töchtern und ihre männlichen Kollegen machten mit ihrem korrekten, etwas nüchternen Spiel stets den Eindruck, als vergäßen sie, selbst wenn es Figuren aus dem Volk darzustellen galt, keinen Augenblick, dass sie die Ehre hatten, königlich preußische Hofschauspieler zu sein. Erst später kam ein anderer Geist in diese Gesellschaft, und Döring, Dessoir, Liedtke, Gern Sohn, Hoppé und Berndal nebst einigen schönen und temperamentvollen Damen, dazu die unvergessliche Frieb-Blumauer [Minona Frieb-Blumauer, 1816-1886] bildeten einen Künstlerkreis, der wohl den Vergleich mit dem Wiener Burgtheater aushalten konnte.

***

Mit diesen Erinnerungen bin ich endlich bis in die Zeit vorgerückt, die, wie alle Übergangszeiten, unbehaglich durchzumachen sind, wo man, den Knabenschuhen entwachsen, noch nicht von den Jünglingen für ihresgleichen, von den Männern vollends nicht für voll angesehen wird und bei einem Gespräch, in welchem man für seine Meinung noch so gute Gründe vorgebracht hat, sich sagen lassen muss: »Werden Sie erst älter, dann werden Sie von dieser Ansicht selbst zurückkommen.« Die schönen Mädchen, denen man eine schüchterne Huldigung widmet, lassen sie sich gefallen, solange kein reiferer Anbeter um den Weg ist, oder beim Tanz, wenn sie sonst keinen Tänzer fanden. Der hoffnungsvolle Primaner, der schon ahnungsvoll eine Welt im Busen trägt, gebärdet sich in unbeholfener Blödigkeit zuweilen dreist und hochfahrend, nur um seine Unsicherheit zu verbergen, und nimmt eine Zurechtweisung wie eine tödliche Kränkung hin. Was man vom Glück der Jugend sagt, liegt vor und nach dieser unerquicklichen Zeit, in der gerade die feinsten und begabtesten Naturen das meiste Herzweh zu erdulden haben.

Ich selbst, obwohl auch mir solche Erfahrungen nicht ganz erspart blieben, kam doch gnädig genug durch, teils weil ein tiefgewurzelter Respekt vor dem Alter in Gegenwart reifer Männer meine Zunge im Zaum hielt, teils weil ich meist mit Altersgenossen verkehrte, die weniger dialektisch geschult waren als ich und meine fürwitzigen Urteile mir hingehen lassen mussten. In Mädchengesellschaften gereichte mir meine allzu grüne Jugend eher zum Vorteil, da ich schon früh für einen heimlichen Poeten galt, von dem gelegentlich angesungen zu werden es immerhin wert war, dass man ihm ein Ungeschick oder eine Dreistigkeit hingehen ließ.

In diese Zeit fällt meine Bekanntschaft mit Geibel [Emanuel Geibel, 1815-1884; deutscher Lyriker, populärer Autor] und mein Eintritt in das Kuglersche Haus. Was das Verhalten meiner Eltern zu den neuen Menschen, die mich nun an sich zogen, betrifft, so kann ich nicht verhehlen, dass meine gute, zärtliche Mutter den immer regeren Verkehr mit jenem Kreise freilich nicht ohne Eifersucht mit ansah. Auch mein Vater empfand es anfangs schmerzlich, dass ich nun häufiger als sonst, oft mehrmals in der Woche, dem stillen, häuslichen Teetisch fern blieb. Aber in seiner weisen, liebevollen Seele gönnte er mir die Förderung meiner künstlerischen Bildung durch so treffliche Freunde wie Kugler und Geibel und die geselligen Freuden, die mir das Elternhaus nicht bieten konnte. Denn je schwankender sein körperliches Befinden wurde, je mehr zog er sich von allem geselligen Umgang zurück. Nur hin und wieder lud er einen Freund zu Tische, oder es stellte sich ein guter Bekannter oder einer seiner Schüler Lazarus [Moritz Lazarus, 1824-1903; Mitbegründer der Völkerpsychologie auf Herbartscher Grundlage] und Steinthal [Chajim Heymann Steinthal, 1823-1899; Sprachwissenschaftler, Philosoph] abends bei uns ein, um ihn über seine Sorgen und Beschwerden ein paar Stunden hinwegzuplaudern.

Dann aber, als ich die Eltern in meine zuerst noch heimliche Verlobung mit Kuglers Tochter einweihte, schon im Jahre 1851, begrüßten sie die neue Tochter beide mit wärmster Freude, und auch meine Mutter schloss meine Braut ohne Widerstreben in ihr leidenschaftliches, eifersüchtiges Herz, das nur für wenige Menschen Raum hatte, diese aber um so inniger festhielt. Für ihren in blindem Mutterstolz überschätzten Sohn war ihr die Beste gerade gut genug gewesen. Nun erschien ihr ohne weitere Prüfung, die als die Beste, die diesen Sohn glücklich machte.

Dass ihr die Trennung von Sohn und Tochter, die durch meine Berufung nach München notwendig wurde, schwer zu ertragen war, ist begreiflich, und selbst die Befriedigung des mütterlichen Ehrgeizes durch die ehrenvolle Stellung in der Nähe des König Max konnte sie nicht ganz über den Verlust der täglichen Gegenwart trösten. Als dann im Winter des folgenden Jahres mein Vater starb, überkam sie vollends das Gefühl einer tödlichen Vereinsamung.

Sie konnte sich aber nicht sofort entschließen, alle Bande, die sie an ihr heimatliches Berlin fesselten, zu zerreißen und zu ihren Kindern nach München überzusiedeln. Auch fand sie sich, dank ihrer lebensmutigen, sanguinischen Natur, äußerlich wenigstens rascher wieder zurecht, als wir ihr zugetraut hatten. In der kleineren Wohnung, die sie bezogen hatte, empfing sie nach wie vor ihre alten Freunde; Schwester Marianne, die sie um acht Jahre überleben sollte, hielt getreu zu ihr; was sie von meinen dramaturgischen und literarischen Erfolgen hörte, bereitete ihr Festtage, und sie las meine Sachen, so wie sie erschienen waren, mit der lebhaftesten, völlig kritiklosen Begierde.

So lebte sie noch neun Jahre, und ich sorgte dafür, teils durch allwöchentliche Briefe, teils durch Besuche in Berlin oder unser Zusammenkommen in den Monaten der Sommerfrische, dass sie die Trennung nicht allzu schmerzlich empfand. Dass sie meine Kinder mit der zärtlichsten großmütterlichen Liebe umfing, brauche ich kaum zu erwähnen. Besonders meinen ältesten Sohn Franz hatte sie zu ihrem Liebling erkoren und konnte stundenlang mit dem Knaben scherzen und Unsinn treiben und ihm die Liedchen vorsingen, mit denen sie uns Kinder belustigt hatte. Auch dass sie ihrer Schenklaune nun erst recht die Zügel schießen ließ, war natürlich. Zu allen Geburtstagen von Kindern und Enkeln kamen reiche Sendungen ihrer gütigen Hand, darunter nicht wenige große gehäkelte Bettdecken und selbstgestrickte Strümpfe für die erwachsenen bis zu den kleinsten Füßen, und ihre Weihnachtskiste war ein unerschöpfliches Schatzhaus. »Wirst du mir auch nicht böse sein«, schrieb sie mir mehr als einmal, »dass du nichts zu erben findest, wenn ich einmal mit meinem Einspänner aus der Welt hinauskutschiert sein werde?«

Als aber Jahr um Jahr verging, manche alte Freunde wegstarben, ihr Befinden, obwohl sie nie eigentlich krank war, doch zuweilen ihr zu schaffen machte, ihr lebhafter Geist jedoch immer noch Ansprüche erhob, die einer einsamen alten Frau nicht befriedigt werden können, fühlte sie ein immer zunehmendes Ungenügen und den heftigen Wunsch, Berlin, das ihr jetzt öde und kalt vorkam, mit unserm München zu vertauschen. So sehr ich bestrebt war, ihr jeden erreichbaren Wunsch zu erfüllen, konnte ich ihr doch nur zureden, auf diesen zu verzichten. Ich sah eine bittere Enttäuschung voraus, wenn sie, da man ohne Schaden keinen alten Baum verpflanzt, in ihren hohen sechziger Jahren ihr gewohntes Leben aufgegeben hätte, das ihr freilich mancherlei Verzicht auferlegte, wie er aber vom späten Alter in den meisten Fällen unzertrennlich ist. Meine Münchener Freunde waren ihr fremd. Die Kinder, mit denen zusammen sie zu leben hoffte, gingen in die Schule, meine Frau war durch häusliche Pflichten, ich selbst durch meine Arbeiten in Anspruch genommen. Sie hätte uns in der Nähe schmerzlicher entbehrt als in der Trennung und wäre sich vollends verloren und verlassen vorgekommen, wenn weder ihre Schwester noch alte Bekannte, die ihr immer noch treu geblieben waren, zu traulichem Geplauder sich bei ihr eingefunden hätten. Ja, schon ihre gewohnte Spenersche Zeitung hätte sie schwer vermisst, und die Annoncen der »Neuesten Nachrichten« wären ihr keine Entschädigung gewesen für die Ankündigungen von Verlobungs- und Todesfällen mit alten Berliner Namen und die Geschäftsanzeigen der Kaufleute, die ihr seit fünfzig Jahren bekannt gewesen waren.

Sie fügte sich endlich meinem eindringlichen Abraten, und ich überzeugte mich, als ich ihr im Jahre 1863, nachdem ich im Jahr vorher in Meran meine junge Frau begraben hatte, auf ein paar Monate ihre beiden ältesten Enkel brachte, dass ihr Leben in der Tat nicht so verarmt und vereinsamt war, wie sie in sehnsüchtigem Ungenügen es darzustellen pflegte. Auch war es noch die alte geistige und leibliche Frische, all ihre Sinne standen ihr ungeschwächt zu Gebot, sie las ohne Brille, hörte den leisesten Ton, und der heitere Witz, mit dem sie jeden Besucher ergötzte, ließ niemand die Stunde für verloren halten, die er bei der alten »Mama Heyse« zugebracht hatte.

Erst im folgenden Jahr mehrten sich ihre körperlichen Beschwerden, eine nahe Lebensgefahr aber schien bei ihrer glücklichen Konstitution und der Unversehrtheit aller Organe nicht vorhanden. Dennoch wurde ich durch allerlei ängstliche Berichte alarmiert und war drauf und dran, im Herbst zu ihr zu reisen, um mich von ihrem Zustand mit eigenen Augen zu überzeugen. Sie selbst aber beruhigte mich wieder, und so fuhr ich am 20. Oktober nach Wien, um am Burgtheater der dritten Vorstellung meines »Hans Lange« beizuwohnen. Ich konnte ihr noch den glücklichen Erfolg telegraphieren und ahnte nicht, dass es die letzte Freude ihres Lebens sein sollte.

Wenige Tage nachher, als ich schon wieder bei den Meinigen in München war, rief mich ein Telegramm der Tante Marianne an ihr Sterbebett. Die Wassersucht, die langsam aufgetreten und oft wieder zurückgegangen war, hatte sich plötzlich edleren Teilen genähert, und der

Arzt gab nur noch eine kurze Frist. Sie selbst, als ich um Mittag an ihr Bett trat, begrüßte mich mit ihrer alten Heiterkeit, ohne dass die Schatten des nahen Todes ihr Gemüt und ihren Geist schon verdunkelt hätten. Ich musste mich zu ihr setzen, ihr von den Kindern und von der Wiener Aufführung erzählen, dann war ihre Hauptsorge, wie in früheren Tagen, was ich essen und wie ich nachts gebettet sein würde. Nur der etwas schwerere Atem ließ erkennen, dass schon vorgestern ein leiser Lungenschlag gedroht hatte sie hinzuraffen, und ihr liebevolles, großes Auge irrte unsicher umher. Aber ihre gute Laune verließ sie auch jetzt nicht. »Es geht noch nicht ans Sterben«, sagte sie; »kein ordentlicher Mensch stirbt.« Dann wieder: »Meine Mädchen sind treu, ich behalte sie auch beide. Wenn sie mich nur behalten! Aber das kann der liebe Gott ja wohl machen, es ist ja nur eine Kleinigkeit, wenn er sonst Lust dazu hat.« – Als ich ihr Wasser reichte, scherzte sie:

> »Ein Schlückchen nur
> Dem Troubadour!«

Dann sprach sie noch von Iffland, halb im Traum und ganz abgerissen: »Er war sehr hässlich, aber ein sehr guter Schauspieler. Ja, er lebte in Mannheim. Kinder, ich spreche wohl irre, oder habe ich noch meine gerade Sprache? Ja, und Beschort war auch kostbar!« Dann verstand sie nicht mehr klar, was ich sagte, ihr Auge wurde immer trüber, die Lampe schien ihr dunkel, sie wusste nicht mehr, ob wir bei ihr saßen, und lag ganz still. Die schwache Flamme ihres Bewusstseins erlosch unmerklich, nur der Atem ging noch stundenlang aus und ein, bis auch der am Morgen des 27. stillstand.

Ihre helle, heitere Seele war, wie sie sich's immer gewünscht hatte, heiter und ohne Kampf aus dem Leben geschieden.

2. Berliner Lehrjahre

Es war im Herbst des Jahres 1846, dass ich zum ersten Mal über Geibels Schwelle trat, ein sechzehnjähriger Primaner, dem zu Ostern des nächsten Jahrs das Abiturientenexamen bevorstand.

Schon lange hatte ich mich eifrig des Dichtens beflissen und zumal die Freuden und Leiden einer ersten Liebe, mit der es mir bitterer Ernst gewesen war, in unendlichen lyrischen Variationen, meist nach bekannten Mustern, gebeichtet. Auch an dramatischen Versuchen hatte es nicht gefehlt, und es war mir sogar gelungen, mit einem ersten fertig gewordenen Trauerspiel, »Don Juan de Padilla«, den aufmunternden Beifall meines lieben Vaters zu erringen, der mein aufkeimendes poetisches Talent von früh an begünstigte, doch als der Pädagog und Sprachforscher, der er war, wenn ich ihm wieder einmal ein Heftchen mit Versen zeigte, sich lobender Kritik möglichst enthielt, dagegen sprachliche und Reimverstöße sorgfältig anmerkte.

Noch eins, zu vielem anderen, danke ich ihm. Er hielt streng darauf, dass ich jeden einmal angefangenen Entwurf zu Ende führte, auch wenn ich mitten in der Arbeit die Lust oder selbst den Glauben an den Wert des Stoffes verloren hatte. »Selbst aus einem verfehlten Ganzen«, sagte er, »lernst du mehr als aus zehn leicht begonnenen und leichtsinnig aufgegebenen Fragmenten.«

Außer ihm und einigen Schulfreunden wusste nur noch mein obenerwähnter verehrter Lehrer, Professor Yxem, um meine heimlichen poetischen Jugendsünden, war aber weit entfernt, mich darin zu bestärken. Liebeslieder durft' ich ihm natürlich nicht zur Beurteilung vorlegen. Ich wagte es aber hin und wieder mit einer Romanze oder Ballade im Uhlandschen Stil, nach dem Muster von »Der Wirtin Töchterlein«. Nicht wenig betroffen war ich dann, als der grillenhafte alte Herr mit einer gewissen Gereiztheit mich warnte, in dieser Uhlandschen

»Handwerksburschenpoesie« fortzufahren. Der Grund dieses wegwerfenden Urteils über einen Dichter, der uns allen so hoch stand, lag in seiner schon erwähnten begeisterten Goetheverehrung. So hatte er sich nun auch Goethes Ansicht über den schwäbischen Dichter, »aus dessen Region nichts Tüchtiges, die Welt Bewegendes kommen könne«, angeeignet, was mein jugendliches Gezwitscher im Volkston entgelten musste.

Auch Geibels erste Gedichte waren mir natürlich nicht unbekannt geblieben. Zur Nachahmung aber hatten sie mich nie angeregt. Ich bewunderte ihren Wohlklang, des Dichters reife Künstlerschaft in der Beherrschung aller Formen und die Wärme und Zartheit seiner Empfindung, und doch, sie machten mir weder kalt noch warm. Was ich in ihnen vermisste, hätte ich damals nicht klar zu bezeichnen vermocht: jene starke persönliche Eigenart, die mich in Heines kleinen Liedern, seinen Nordseebildern und dem Romanzero fesselte, und dann wieder den unwiderstehlich süßverworrenen Naturton Eichendorffs, der mich mit seiner einförmigen Melodie, den wenigen, unermüdlich wiederkehrenden Stimmungsklängen ganz in seinem Banne hielt.

So hätte ich nie daran gedacht, gerade Geibels Bekanntschaft zu suchen, vollends nicht, ihn um sein Urteil über meine poetischen Exerzitien anzugehen. Er war fünfzehn Jahre älter als ich, ein berühmter Mann, der es schon zu einem halben Dutzend Auflagen gebracht hatte. Wie sollte er sich um die »Handwerksburschenpoesie« eines unbärtigen Gymnasiasten kümmern? Ja, wenn mich noch eine überschwängliche Verehrung zu ihm geführt hätte!

Dass ich trotzdem eines Tages an seine Türe klopfte, und zwar als angehender Poet, der »schüchtern und beklommen« den Spruch des Meisters zu hören erwartet, damit war's in folgender seltsamer Weise sehr gegen meinen Wunsch und Willen zugegangen.

***

Während meines letzten Schuljahrs hatte ich mit dreien meiner nächsten Freunde ein poetisches Kränzchen gegründet, das wir den »Klub« nannten. Einmal in der Woche fühlten wir das Bedürfnis, uns unsere Verse vorzulesen, und versammelten uns zu diesem Zweck in der Wohnung des Ältesten unter uns, des Sohnes eines wohlhabenden Soldiner Bürgers, Richard Göhde, der mit mir in der Prima saß, ziemlich weit zurück auf den hinteren Bänken. Er war ein heiterer, überaus gutherziger Kamerad, von seinem Papa der Obhut eines Schulvorstehers in Berlin anvertraut, der seinem Pflegling neben der Überwachung seiner Schulstudien Freiheit genug ließ, allerlei unschuldige Allotria zu treiben.

Zu diesen gehörte unter anderem eine gelegentliche, aber ziemlich hoffnungslose Beschäftigung mit der edlen Poeterei, die auch mich und zwei andere Schulfreunde mit ihm zusammengeführt hatte. Denn er besaß, was ihn uns besonders liebenswürdig erscheinen ließ, eine schwärmerische Neigung, anzuerkennen, was ihm selber fehlte, sodass wir uns kein dankbareres Publikum wünschen konnten.

Der zweite meiner Klubgenossen war Felix von Stein, der Urenkel von Goethes Freundin. Das geringe Talent für Poesie, das er besaß, schien ihn doch wegen der Familientradition zu einiger Pflege und Ausbildung zu verpflichten, und noch viele Jahre später, als er bereits glücklicher Gatte und Vater geworden war und sein Erbgut Kochberg, mit geringem Erfolg freilich, bewirtschaftete, hat er in den Zimmern, die Goethe mit kleinen, runden Wandbildern in Sepia geschmückt, sich mit dramatischen Versuchen abgemüht, die höchstens damals in unserem Primanerklub Anerkennung gefunden hätten.

Der vierte im Bunde war ein entschiedenes dichterisches Talent, das fruchtbarste von uns allen, Bernhard Endrulat [1828-1886; Journalist, Staatsarchivar; Allgemeine Deutsche Biographie].

Er stammte aus einer litauischen Familie; die Eltern, in bescheidenen Verhältnissen lebend, waren, soviel ich mich entsinne, seit Jahren in Berlin angesiedelt, zwei hohe, stattliche Gestalten, von denen der Sohn die Statur und eine gewisse Zartheit des Wesens geerbt hatte. Er war ein oder zwei Jahre älter als ich, an Leib und Seele wohlgeraten, ein auffallend schöner, stolz und treuherzig in die Welt blickender Junge mit dunklen Locken, von dem seine Lehrer – er besuchte nicht mit uns das Friedrich-Wilhelms-Gymnasium – nach seinen Zeugnissen zu schließen, die günstigste Meinung hegten.

Früh hatte sich bei ihm die Überzeugung festgesetzt, dass er zum Dichter geboren sei. Er erklärte dies auch mit naiver Feierlichkeit seinen Freunden, ohne dass er die Verse, die er mit unglaublicher Leichtigkeit hinwarf, schon für vollkommene Gaben der Muse angesehen hätte. Bald nachdem uns ein Zufall zusammengeführt, befreundete ich mich mit ihm aufs Herzlichste. Ich bewunderte sein Talent höchlich und stellte es weit über mein eigenes. Denn obwohl ich selbst in einer dichterischen Welt lebte und webte, war ich durchaus nicht klar darüber, ob ich zum Dichter und nicht vielmehr zum Maler berufen sei. Von Endrulat aber glaubte ich, dass ihm der Lorbeer des Poeten nicht fehlen könne. Meine neidlose Bewunderung ging so weit, dass ich mich unendlich geehrt und geschmeichelt fühlte, als er eines meiner kleinen sentimentalen Gedichte so hochschätzte, dass er es selbst gedichtet zu haben wünschte. Er schlug mir einen Tausch gegen eines der seinigen vor, das mir als ein unerreichbares Virtuosenstückchen erschienen war, und da ich ihn ohnehin für den reicheren hielt, ging ich ohne sittliche Bedenken auf diesen Glaukustausch [Glaukos, König der Lykier, im Trojanischen Krieg auf Seiten der Trojaner, tauschte seine goldene Rüstung gegen die eherne des Diomedes] ein. Meines eigenen Produkts entsinne ich mich nicht mehr. Das seine, das er als Motto vor ein Buch mit weißem Papier geschrieben hatte, ist mir im Gedächtnis geblieben:

> Was ungereimt
> Gereimt entkeimt,
> Sich ungesäumt
> Zum Verschen säumt,
>
> Ob's gegen Zaum
> Und Zügel bäumt,
> Hier wird ein Raum
> Ihm eingeräumt.

Zur Steuer der Wahrheit muss ich hinzufügen, dass ich von meinem wohlerworbenen Eigentumsrecht nie Gebrauch gemacht habe.

Man würde aber eine falsche Meinung von dem hochgestimmten, schwärmerisch dichtenden und trachtenden Jüngling fassen, wenn man ihn im Verdacht hätte, dergleichen Formkünste hätten sein dichterisches Wesen ausgemacht. Vielmehr war er ganz erfüllt von den Freiheitsgedanken der vormärzlichen Zeit, in höherem Grad als irgendeiner von uns, und in schwungvoller Rhetorik huldigte er den abstrakten politischen Idealen der Lyriker jener Tage, denen er auch später nicht untreu geworden ist.

Dass es um unser Naturgefühl nicht zum Besten stand, wir uns vielmehr in diesem Gebiete mit wohlfeilem Anempfinden begnügten, wird niemand von richtigen Berliner Kindern anders erwarten. Auch er war hierin mir nicht überlegen. Doch entsinne ich mich, welchen Eindruck die Verse in einem seiner Gedichte auf mich machten:

> Melancholisch finster
> Schwankt der gelbe Ginster.

Was wusste ich im Tiergarten oder der Hasenheide von dieser wildwachsenden Pflanze! Als ich ihr später zuerst begegnete, musste ich freilich lachen, da ich dem heiteren Gesträuch, das mit heller Goldfarbe an den Bergabhängen leuchtete, nicht zutrauen konnte, jemals in finsterer Melancholie vor dem Auge des Dichters geschwankt zu haben.

Unsere Zusammenkünfte erfuhren auch im Sommer keine Unterbrechung. In jener anspruchsloseren Zeit war es ja noch nicht Sitte geworden für jeden, der es irgend vermochte, sich aus dem Berliner Staube zu flüchten, und Felix von Steins Eltern besaßen überdies ein Haus mit einem großen, alten Garten in Schöneberg, das auch den »Klub« oft gastlich beherbergte. Im Übrigen betätigte Felix sein literarisches Interesse weniger durch eigene poetische Beiträge als durch den Eifer, mit dem er sich an unseren ästhetischen Debatten beteiligte, wobei er, der einzige unter uns grünen Jünglingen, eine Zigarre nach der anderen rauchte.

Auch der Soldiner Freund war nicht sehr produktiv. Er erwarb sich aber auf andere Art ein erhebliches Verdienst um uns, da er ein besonderes Talent für die Kochkunst hatte. So ging er, oft während der Vorlesungen selbst, geschäftig ab und zu, um in der Küche nach dem Rechten zu sehen. Er »rumorte« draußen, wie wir mit Bezug auf den Verfasser [Carl Friedrich von Rumohr, 1785-1843; Geist der Kochkunst von Joseph König, überarbeitet und hrsg. von C. F. von Rumohr., 2., verm. u. verb. Aufl., Stuttgart und Tübingen 1832] des »Geists der Kochkunst« von ihm sagten, wenn er zu lange fortblieb. Aus den geringen monatlichen Beiträgen, die wir zu unseren Symposien leisteten, konnte unmöglich die für unsere Begriffe oft glänzende Bewirtung bestritten werden. (Richard war stolz darauf, uns sogar einmal in die Geheimnisse der Béchamelsauce eingeweiht zu haben.) Da er aber einen reichlichen Wechsel hatte und es sich zur Ehre schätzte, in dem Poetenkreis wenigstens durch ein schätzbares Talent sich hervorzutun, drangen wir nicht weiter auf genaue Abrechnung.

Das Getränk bestand in ein paar Flaschen jenes säuerlichen Jostyschen Biers, das nicht im Verdacht stehen konnte, uns die Köpfe zu erhitzen. Dafür sorgte jedoch nicht bloß die Begeisterung, mit der wir unsere eigenen Verse vortrugen; sie wurde überdies oft genug durch die offenherzigste Kritik gedämpft. In eine feurigere Stimmung versetzten uns häufig die Werke der großen Dichter, die wir uns mit verteilten Rollen vorlasen. Unter anderem entsinne ich mich eines Abends, wo wir die »Iphigenie« gewählt hatten. Immer mächtiger ergriff uns die Herrlichkeit des wundersamen Gedichts, immer höher erhoben Endrulat und ich die Stimmen; unser Kochkünstler war von seinem Herde hereingeschlichen und hatte sich sacht auf einen Stuhl neben der Tür niedergelassen; im Sofa lag Felix mit zurückgesunkenem Haupt und geschlossenen Augen; wir achteten nicht darauf, dass wir beide zuletzt allein lasen, bis tiefe, regelmäßig auf- und absteigende Töne vom Sofa her uns verkündeten, dass einer aus unserem Bunde sanft entschlummert war. Zugleich drang ein brenzliger Missduft aus der Küche herein, der verriet, dass unser Abendessen Gefahr lief, als ein Brandopfer auf dem Altar der Dichtung für geringe Sterbliche ungenießbar zu werden.

Richard sprang erschrocken auf, dem Übel draußen womöglich noch Einhalt zu tun; träumerisch erhob sich Felix von seinem Lager und versicherte, nur einen Augenblick von der Macht der Schönheit überwältigt worden zu sein; wir alle aber konnten durch dergleichen drollige Intermezzi in unserer gehobenen Stimmung nicht ernstlich gestört werden.

***

Was an diesen Abenden vorgelesen wurde, unterlag einer strengen Sichtung, nach welcher das für würdig Erklärte in das sogenannte »Klubbuch« eingetragen wurde, – ein Quartband mit dünnem, bläulichem Schreibpapier, in einer rot marmorierten Decke, so unscheinbar, wie sich's für die prunklose Beerdigung meist totgeborener Musenkinder geziemte.

Es war unter uns ausgemacht, dass keinem profanen Auge der Einblick in diese Blätter gestattet werden sollte. Wir waren daher nicht wenig bestürzt und entrüstet, als Richard uns eines Abends mit verlegener Munterkeit gestand, er habe sich erlaubt, unser Klubbuch jemand zu zeigen, und zwar keinem Geringeren als Emanuel Geibel, der es denn auch freundlich durchgeblättert und geäußert habe, es werde ihm Vergnügen machen, die Verfasser persönlich kennen zu lernen. – Zu diesem Verrat hatte sich unser Freund auf folgende Weise verleiten lassen, wodurch sein Verbrechen allerdings in milderem Lichte erschien.

Das stille Haus nämlich am Enkeplatz Nr. 3, dicht an dem Gitter, das den Bezirk der Sternwarte abgrenzte, stand in besonderer Musenhuld. Im ersten Stock wohnte der Schulvorsteher, Schuft mit Namen, Richards ehrsamer Nähr- und Pflegevater, bei dem unsere dichterischen Konventikel stattfanden, der zweite Stock beherbergte Robert Prutz mit seiner Familie, im dritten hatte Emanuel Geibel ein paar möblierte Zimmer inne. Trotz unserer Neugier, wie wohl ein wirklicher, schon gedruckter lebender Dichter aussehen möge, hatten wir keinen Versuch gemacht, mit den »höheren Mächten« in Verkehr zu kommen. Richard aber, als Hausgenosse, war beiden Dichtern zuweilen auf der Treppe begegnet und mit Geibel insbesondere in ein freundnachbarliches Verhältnis getreten, da er sich erboten hatte, ihm Federn zu schneiden.

Dabei hatte der berühmte Mann sich einmal zu der Frage herabgelassen, ob er etwa auch Verse mache.

Errötend hatte Richard seine eigenen lyrischen Sünden verleugnet, dagegen von dem Talent zweier Freunde groß Rühmens gemacht und endlich zum Beweise, dass er nicht übertreibe, das Klubbuch ausgeliefert.

Nachdem der Sturm unserer sittlichen Entrüstung verbraust war, sahen wir ein, dass wir die Folgen dieses Vertrauensbruches wohl oder übel auf uns nehmen mussten. So stiegen wir am nächsten Vormittag mit einigem Herzklopfen in den dritten Stock hinauf. Der Empfang aber, der uns zuteil wurde, verscheuchte bald jede Beklommenheit.

Auf dem Schreibtisch freilich, von dem der Dichter sich erhob, uns mit herzlichem Händedruck zu bewillkommnen, lag das *corpus delicti*, unser Buch in dem rot marmorierten Einband. Das peinliche Verhör aber, das wir fürchteten, unterblieb. Geibel, damals einunddreißig Jahre alt, begrüßte uns mit väterlichem Wohlwollen als hoffnungsvolle junge Leute, deren löbliches Streben mit seinem Rat zu fördern ihm Freude machen würde. Er hielt uns, da wir selbst bescheiden verstummten, eine schöne kleine Rede über die Pflicht, durch strenge Selbstzucht sich der Gunst der Musen wert zu machen. Vor allem sollten wir uns bemühen, etwas Rechtes zu lernen, mit allem Wissen der Zeit unseren Geist zu nähren, da der Dichter auf der Höhe seiner Zeit stehen müsse, wenn er ihr Leitstern werden wolle. Der sonore Klang seiner Stimme und die priesterliche Wärme, mit der er sprach, machten einen tiefen Eindruck auf mich. Er hatte sofort mein junges Herz gewonnen, weit sicherer, als wenn er sich auf die freundlichste Kritik meiner Verse eingelassen hätte. Mit einer Art Ehrfurcht betrachtete ich das von braunem, lockigem Haar – damals noch reichlich genug – umrahmte, groß geschnittene Gesicht, aus dem unter der schönen Stirn die hellen, feurigen Augen uns gütig anblickten. Im Ganzen freilich hatte ich mir einen Dichter anders vorgestellt. Mit dem alten grünen Schnürrock und dem lose umgeschlungenen Tuch um den offenen Hals machte die stämmige, untersetzte Gestalt mehr den Eindruck eines alten Studenten oder eines etwas verwahrlosten französischen Troupiers, an den auch der starke Schnurr- und Knebelbart erinnerte. Es war mir aber lieber, ihn so finden, als wenn er in der Gestalt eines Barden oder Troubadours erschienen wäre. Dazu waren seine Worte denn doch von dem tiefen lyrischen Hauch durchweht, der seinen Gedichten ihren Reiz verlieh, und wie er sich nun mit jedem einzelnen von uns über seine persönlichen Verhältnisse und Lieblingsstudien unterhielt, ganz anders, als wir es von den ebenfalls sehr verehrten Professoren unseres Gymnasiums gewohnt waren, fühlten wir doch, dass er von einer Menschenart war, der wir bisher noch nicht begegnet waren.

Dazwischen warf ich verstohlene Blicke auf das Blatt, an dem er eben geschrieben hatte. Ich glaube, es war eine Szene seiner Albigensertragödie, mit der er sich lebenslang tragen sollte, ohne sie zum Abschluss zu bringen. Zum ersten Mal sah ich ein im Entstehen begriffenes Manuskript eines Meisters, und auch die großen, etwas schwerfälligen Züge seiner Handschrift mit ihren Haken und Schwänzen imponierten mir höchlich.

***

So verlief unsere erste Begegnung zu unsrer großen Befriedigung, und wir erteilten im Hinuntergehen auf der Treppe dem Verräter unserer Klubgeheimnisse feierlich Absolution.

Dann führte er mich beiseite und vertraute mir, die Gedichte im Klubbuch, die Geibel als besonders talentvoll bezeichnet habe, seien fast alle von meiner Hand geschrieben gewesen, was natürlich Bernhard gegenüber Geheimnis bleiben müsse.

So sehr dies meinen nicht allzu lebhaften Ehrgeiz aufstacheln musste, befremdete mich's doch nicht wenig. Ich hatte Endrulats Talent für das weit bedeutendere und reifere gehalten. Als ich dann aber das erste Mal von Geibels Aufforderung, ihn auch einmal allein zu besuchen, Gebrauch machte, erkannte ich an seinem freundlichen Eingehen auf einzelne meiner Lieder und Romanzen, dass es ihm jedenfalls Ernst damit war, wenn er in meinen noch vielfach unbeholfenen, naiven Anfängen etwas fand, was er in den weit flüssigeren, doch oft konventionell-pathetischen Versen meines Freundes vermisste.

Doch ermahnte er mich, in diesem Winter mich des Versemachens möglichst zu enthalten und erst das Gymnasium zu absolvieren. Er wolle mich auch dann erst bei Franz Kugler [1808-1858; Historiker, Kunsthistoriker] einführen, mit dem er in herzlicher Freundschaft verbunden war, und von dessen Urteil über alles Künstlerische er die höchste Meinung hatte.

Eines meiner Gedichte – eine Art Monolog der Niobe vor ihrer Versteinerung, deren Eintritt auch den Fluss der Terzinen zum Stocken brachte – hatte er schon jetzt dem Freund gezeigt und beurteilte nun das Gedicht sehr eingehend. Ich hatte mich ja auch von meinem Vater einer strengen Kritik zu erfreuen gehabt. Doch obwohl dieser selbst eine feine poetische Ader hatte, wovon ich manches Zeugnis bewahrte, – die letzten Geheimnisse des lyrischen Metiers waren ihm doch nicht aufgegangen, während wohl kaum ein deutscher Dichter so vertraut mit ihnen war, wie Emanuel Geibel.

Ihm war nicht nur das feinste Ohr für den sinnlichen Reiz des dichterischen Ausdrucks eigen, auch das sicherste Gefühl für die Einheit des Stils und das klarste Verständnis für alles, was die innere Form betraf. Sein angeborenes Kunstgefühl war aus drei Quellen genährt und geläutert worden: dem Studium der Alten, besonders der Griechen – mit Ernst Curtius war es ihm ja vergönnt gewesen, ein paar schöne Jugendjahre in dem klassischen Lande selbst zu verleben, – dann aus der Bewunderung Goethes und endlich nicht zum Wenigsten aus einer genauen Kenntnis der zeitgenössischen französischen Lyriker. Es war ihm aber gelungen, alle diese Elemente so in sich zu verarbeiten, dass aus ihrer Verschmelzung ein eigener Klang hervorging und von Nachahmung kaum hie und da die Rede sein konnte. Es hat größere lyrische Dichter gegeben als ihn; wohl nie einen größeren lyrischen Künstler.

Das sollte auch mir zugute kommen. Denn wenn der Dichter auch »den Gehalt in seinem Busen« keiner menschlichen Schulweisheit verdanken kann, sondern nur seiner innersten Natur und dem lebendigen Leben, bringt er »die Form in seinem Geist« doch nicht fertig mit auf die Welt und darf es als ein Glück betrachten, wenn ein richtiger Meister ihm hilft sie auszubilden.

Wie einem lyrischen Motiv am einfachsten und schlagendsten alles abzugewinnen sei, was es an Stimmungsreiz und seelischem Wert enthält, wie, wenn der erste Hinwurf vorliegt, eine sorgsame Feile anzuwenden, nicht so sehr zur tadellosen äußeren Glättung, sondern um jede verbrauchte, flache oder bloß rhetorische Wendung durch eine charakteristischere, eignere zu ersetzen, darüber gingen mir durch Geibels Winke ganz neue Lichter auf. Das Geheimnis des

Adjektivs wurde mir klar, das mir freilich schon beim Lesen Heinescher Lieder, der Goetheschen ganz zu geschweigen, aufgedämmert war und sich vollends enthüllen sollte, als ich einige Jahre später Mörike kennen lernte. Geibel zeigte mir an manchem meiner eigenen Jugendlieder, wie durch ein unermüdliches »Nach-innen-feilen« zuweilen ein paar unbedeutende Strophen, die aber einer echten Stimmung entsprungen waren, zuletzt doch einen intimen, persönlichen Reiz gewinnen konnten. Auch wie viel darauf ankommt, richtig anzufangen und zur rechten Zeit zu enden, vor allem »nicht aus dem Stil zu fallen«, das heißt, in einem Gedicht, das in einer bestimmten Tonart, etwa im Volkston, gehalten ist, keine Wendung zu gebrauchen, die einer höheren literarischen Sphäre angehört oder umgekehrt, wurde mir jetzt erst klar. Um nur ein Beispiel anzuführen: ich hatte, durch eine französische Lebensbeschreibung Bayards, des Ritters ohne Furcht und Tadel, angeregt, einen Romanzenzyklus nach dem Muster von Herders »Cid« verfasst, den ich Geibel nun auch lesen ließ. Was er davon hielt, ist mir nicht mehr erinnerlich. Es muss wohl nicht viel gewesen sein, da ich es nicht der Mühe wert hielt, das Heft aufzubewahren. Nur eine einzige dieser Romanzen habe ich später in meine Gedichte aufgenommen, die letzte, die den Tod des Helden erzählt, wie er nach dem ergreifenden Begegnen mit Karl von Bourbon,

> Prinz Bourbon, der gegen Frankreich,
> Gegen seinen König kämpft,

verwundet im Tal der Sesia an einen Baum gelehnt, verscheidet. Der Sieger –

> Klirrend in dem Eisenharnisch
> Schwingt er sich von seinem Rappen,
> Tritt zu jenem Vielverehrten,
> Spricht zu ihm, indem er weint:
>
> »O Bayard, dein herbes Scheiden,
> Wie zerreißt es mir die Seele!« –
> Doch Bayard – mit dem Verräter
> Tauscht er weder Wort noch Blick.
>
> Schaut noch einmal auf zum Himmel,
> Wendet sich und ist verschieden –

Hieran schlossen sich in meiner ersten Fassung noch einige Verse, die den Eindruck der stummen Verdammung des Verräters warmherzig schilderten. Dadurch schwächst du den Schluss des Gedichts, sagte Geibel. Hier ist die äußerste Kürze geboten, kein Wort sentimentaler Empfindung, das dem Hörer vorschreibt, was er selbst dabei zu empfinden habe. Ich würde einfach schließen:

> Nie seit dieser Stund' hat jener
> Mehr gelächelt, wie man sagt.

Stoße dich nicht an die letzte trockene Wendung. Auch in den spanischen Romanzen begegnen wir dergleichen scheinbar prosaischen Versen, die eben dadurch das Gedicht als ein echt volkstümliches legitimieren und stilgemäßer sind als die schönste lyrische Phrase.

Ich entsinne mich, dass ich damals nur mit geheimem Widerstreben seinem Rate folgte. Bald jedoch ging es mir auf, dass es das einzig Rechte gewesen war.

Es hatte nicht lange gewährt, so war mir von dem verehrten Freund und Meister das brüderliche »Du« angetragen worden, in das ich mich trotz des Gefühls meiner Unterordnung leicht genug fand. Er hatte von Anfang an sein geistiges Übergewicht über meine grüne Primanerweisheit nie mit kühler Gönnermiene geltend gemacht, sondern nur wie der gereifte ältere Bruder gegenüber dem jüngeren. Zeitlebens hat er es geliebt, mit jüngeren Talenten sich von vornherein auf den Fuß eines kameradschaftlichen Verhältnisses zu stellen. Julius Grosse [1828-1902; Schriftsteller, Theaterkritiker], Heinrich Leuthold [1827-1879; Schweizer Dichter, Übersetzer, Journalist], Hans Hopfen [1835-1904] konnten es bezeugen, wie einfach menschlich der als schroff und hochfahrend Verschriene ihnen entgegenkam. Gerade weil er sehr wohl wusste, was er wert war, lag ihm nicht daran, äußerlich den noch Unausgereiften gegenüber seine Würde zu wahren, und eine kleinliche eifersüchtige Regung vollends konnte ihn niemals anwandeln. Wie denn überhaupt der vielberufene Künstlerneid immer das Zeichen einer Unsicherheit des Selbstgefühls, die unheimliche geheime Furcht der eigenen Unzulänglichkeit in ehrgeizigen Halbtalenten zu sein pflegt, mit der sich dann doch eine törichte Eitelkeit und Selbstüberschätzung sehr wohl verträgt. Ein anderes ist die bittere Empfindung, die den Edelsten, Neidlosesten überschleichen kann, wenn er »des Ruhmes heil'ge Kränze auf der gemeinen Stirn entweiht« sieht. Wo ihm dies begegnete, konnte auch Geibel in eine heilige Empörung geraten, die dann von urteilslosen Anhängern jener falschen Größen als selbstsüchtige Überhebung gedeutet wurde. Den wahrhaft Großen gegenüber war niemand bescheidener als er.

Und doch hätte mancher andere sich durch den raschen Ruhm, den ihm der erste Band seiner Gedichte eintrug, verblenden lassen können. Zu diesem ungewöhnlichen Erfolge hatten, außer dem inneren Wert dieser Dichtungen, mancherlei äußere Umstände mitgewirkt.

Als Geibel auftrat, waren die Zeiten der zweiten Romantik eben vergangen. Der letzte ihrer Jünger, Eichendorff, hatte seine Laute oder »Mandoline«, mit der er auf den Spuren seines »Taugenichts« »durch die überglänzte Au« geschritten war, an den Nagel seines Amtszimmers gehängt und nahm an der Bewegung der Zeit nur noch in seltsamen kritischen und literarhistorischen Expektorationen teil. Heine war eine dichterische Großmacht für sich, deren Anhänger sich in zwei Lager teilten, die aufrichtigen Poesiegläubigen, die, wie ich und meine Freunde, in ihm den größten Lyriker nach Goethe sahen, und das »Junge Deutschland«, an dessen Spitze Gutzkow jede Poesie, die nicht der Zeit diente und in dem Kampf der Geister ihre Fahne flattern ließ, als ein müßiges Spiel verachtete, Heine aber wegen seiner genialen satirischen Brandraketen in Vers und Prosa seine romantischen Lieder verzieh. Wir Jüngeren aus dem Kuglerschen Kreise waren, obwohl das Stichwort *l'art pour l'art* noch nicht ausgegeben war, innigst davon durchdrungen, dass alle sogenannte »Tendenzpoesie« vom Übel sei, worin wir allerdings insoweit Recht hatten, als es stets nur wenigen der Größten gelungen ist, aus der Tagesstimmung heraus eine Dichtung zu schaffen, die wie der unsterbliche Ritter von la Mancha das Gelegenheitsinteresse weit überdauert. Von den Dichtern, die ein politisch Lied im Sinne der vormärzlichen Freiheitssänger zwar nicht für ein garstig Lied erklärten, aber selbst in der stürmischen Zeit schwerer politischer Krisen an dem Recht der Dichtung, sich an die ewigen Mächte der Menschenbrust zu wenden, festhielten, waren einige der begabtesten, Fontane, Storm, vor allem Gottfried Keller, noch nicht an den hellen Tag hinausgetreten, Mörike in Norddeutschland so gut wie unbekannt, und nur Freiligraths fremdartig glänzende Erscheinung wurde in den etwas matt gewordenen Musenalmanachen als ein aufleuchtender, vielverheißender Meteor bewundert.

In diese teils nüchterne, teils überhitzte Stimmung der Geister trat Geibels Muse mit ihren melodischen, seelenvollen Klängen in der Tat wie das Mädchen aus der Fremde hinein. Es war, als wäre der Begriff der wahren Poesie, die vom Herzen zum Herzen spricht, eine Weile verloren gewesen und nun wieder aufgefunden worden. Man freute sich, wenn auch unter den politischen Ungewittern der Himmel einzustürzen drohte, doch noch eine Lerche davonkommen zu sehen, deren süßer Ton die Herzen erquickte. Hier war von keiner »Tendenz« die Rede, von keinen witzigen, spitzigen Sarkasmen oder Sturmliedern einer revolutionären Kämpferschar: die alten, ewigen Gefühle, Liebe, Andacht zur Natur, Feier der Schönheit und gläubige Hinwendung zu einer göttlichen Weisheit, die über allem zeitlichen Weltschicksal thront, waren die bewegenden Mächte in der Brust dieses jungen Dichters, der daneben doch auch schon zu erkennen gab, dass er in dem politischen Kampf dieser Tage seinen Mann zu stehen gedenke.

Es war daher kein Wunder, dass nicht bloß »Backfische« und zartgestimmte Frauen für den neuen Dichter schwärmten, sondern auch ernste Männer, die in ihrer Gesinnung sich von dem scharfen, nüchternen Ton des Jungen Deutschlands und Heines zynischer Genialität abgestoßen fühlten, durch den Hauch von Innigkeit und heiterer Schönheit, der alle Dissonanzen auflöste, für Geibel gewonnen wurden. In den Kreisen der Aristokratie kam noch die Genugtuung hinzu, dass endlich einmal wieder ein Dichter auftrat, der aus seinem von dem geistlichen Vater überkommenen Christenglauben kein Hehl machte.

Zu allen Zeiten hat Geibel Wert gelegt auf aristokratische Verbindungen, doch ohne jemals seiner eigenen Würde etwas zu vergeben. Vielmehr durchdrang ihn dabei das Bewusstsein der Ebenbürtigkeit des Talents mit dem Adel der Geburt, die hohe Meinung von der Glorie des Dichterberufs nach dem Worte Schillers:

> Es soll der Sänger mit dem König gehn;
> Sie beide wandeln auf der Menschheit Höhn.

Keine persönliche Eitelkeit war dabei im Spiel, nur der Anspruch, in diesen exklusiven Regionen als Vertreter seines Standes von Macht zu Macht behandelt zu werden. Wie er denn auch sonst von der Schwäche, auch nach dem Beifall solcher zu streben, die er nicht für voll nahm, völlig frei war. Auch er wusste, dass wir die Welt in unseren Freunden sehen müssen, wenn wir verdienen sollen, dass die Welt von uns erfahre.

In jenem Winter aber klagte er oft, dass er sich in zu viele gesellige Beziehungen verstrickt habe, die mehr von ihm forderten, als sie ihm zu geben imstande waren. Man scheute sich nicht, seine Gefälligkeit und sein leicht improvisierendes Talent zu allerlei privaten Zwecken zu missbrauchen. So erinnere ich mich, dass ich eines Tages, als ich ihn besuchte, ihn noch im Bette fand. Er war immer ein Langschläfer und musste sich damit necken lassen, dass er das schöne Gedicht:

> Wer recht in Freuden wandern will,
> Der geh' der Sonn' entgegen –

wohl nur nach Hörensagen verfasst habe.

Diesmal war es schon hoher Mittag. Aus den Kissen auffahrend, erklärte er mir, er sei die letzte Nacht erst gegen Morgen zu Bett gekommen. In der Gesellschaft, in die er geladen war, habe eine junge Gräfin einen schwachen Augenblick benutzt, ihn um ein Gedicht zur silbernen Hochzeit ihrer Eltern zu bitten. Er habe es nicht abschlagen können und, als er gegen zwei Uhr nach Hause gekommen, noch die erste Strophe hingeworfen, da die Feier nah' bevorstehe. »Tu mir nun den Gefallen und mache die beiden folgenden. Dies und das ungefähr hab' ich darin sagen wollen, mir brummt aber noch der Kopf von der Ananasbowle und dem schlechten Schlaf. Ich brächte in dieser Verfassung nichts Gescheites zustande.«

Ich brauche nicht zu versichern, dass mir kein König der Welt eine höhere Ehre hätte erweisen können, als er durch diesen Auftrag. Ich fand richtig auf dem Schreibtisch im Nebenzimmer das Blatt mit der großen, diesmal etwas unsicheren Schrift des Freundes, eine achtzeilige Strophe, die an das Glück der ersten, grünen Hochzeit erinnerte; die zweite sollte der silbernen gewidmet sein und die dritte mit dem üblichen Ausblick auf das Gold des Greisenalters schließen. Die nächtliche Inspiration hatte ihm nicht eben einen besonders neuen, tiefsinnigen Gedanken eingegeben, dessen Ausführung einem Anfänger schwer gefallen wäre. Als denn auch nach einer Viertelstunde der Verfasser der ersten Strophe, wie er den Federn entstiegen war, nur mit einer Unterhose und der grünen Pekesche [mit Knebeln geschlossener, oft mit Pelz verarbeiteter Überrock; geschnürte Festjacke der Verbindungsstudenten] bekleidet, mit finsterer Stirn, die Locken wirr ums Haupt flatternd, bei mir eintrat, war das gemeinsame Werk schon beendet. Er ließ es sich vorlesen, nickte ein kurzes »Gut!«, bat mich, das Gedicht abzuschreiben, und nachdem er seinen Namen mit gewaltigen Haken daruntergesetzt hatte, steckte er das Blatt in ein Kuvert und schickte es sofort durch seinen Stiefelputzer an die gräfliche Adresse.

***

Was aber den Gegenstand unserer häufigsten und eifrigsten Unterhaltungen bildete, war keineswegs, wie man nach all diesem voraussetzen möchte, die lyrische Poesie, sondern die dramatische.

Sein ganzes Leben hindurch war Geibel mit dramatischen Projekten, Szenaren und halb ausgeführten Szenen beschäftigt, und kein Thema griff er begieriger auf, als das Problem der dramatischen Technik, »das Geheimnis des Dramas«, wie er es zu nennen pflegte. Fertig geworden war von all seinen jugendlichen Entwürfen nur ein »König Roderich«; der »Meister Andrea«, den er zuerst unter dem Titel »Die Seelenwanderung« für den Sohn des Prinzen von Preußen schrieb, reifte heran. Dass das anmutige Stück, wie Geibels Biograph Gaedertz berichtet, 1847 in acht Tagen geschrieben worden sei, ist bei der langsamen, schwerflüssigen Art, wie Geibel arbeitete, nicht denkbar. Schon aber hatte er die beiden unermesslichen Gebiete der Geschichte und Sage nach allen Richtungen durchstreift, an jeden Busch geklopft, ob ihm keine dramaturgische Frucht daraus in die Hand fallen möchte, und die zwei inneren Seiten eines leeren Buchdeckels enthielten die lange Liste der Stoffe, die er sich zu dramatischer Behandlung ausersehen hatte. Es fehlte darin kein antiker tragischer Held, kein schon hundertmal dramatisierter deutscher Kaiser, kein vorleuchtender Name der nordischen Heldensage. Und regelmäßig musste man erleben, wenn man ihm von einem historischen Stoffe sprach, aus dem man ein Trauer- oder Schauspiel zu machen gedenke, dass er die Stirne runzelte, die Augen zornig rollen ließ und mit donnernder Wucht hervorstieß: »Das ist mein Stoff!«

Worauf er dann den Buchdeckel mit der Namenliste herbeiholte und nachwies, dass er denselben Stoff schon vor so und so viel Jahren zu eigenem Gebrauch sich notiert habe.

Damals trug er sich, wie gesagt, mit einer Albigensertragödie, von der er schon einige Szenen ausgeführt hatte, obwohl die Komposition des Ganzen ihm noch nicht feststand. Eben der architektonische Aufbau, so viel er über dessen Grundgesetze sich Gedanken gemacht und mit Freunden ihn hin und her beraten hatte, blieb ihm bei all seinen dramatischen Unternehmungen das Schwierigste. Die sittlichen und geistigen Konflikte, die Charakter- und Leidenschaftsprobleme gingen ihm in voller Klarheit auf und regten seine Seele zum höchsten dichterischen Ausdruck an. Nur allzu sehr aber gebrach es ihm an der unentbehrlichen szenischen, theatralischen Phantasie, die eine sich entwickelnde, anschwellende, in notwendiger Verknüpfung sich gruppierende Handlung in Bewegung setzt. Er war stets in einer hilflosen Lage, wenn sich's darum handelte, seine Figuren mit einem plausiblen Motiv auftreten und wieder abgehen zu lassen. Solange sie auf der Szene verweilten, verstand er es trefflich, ihnen bedeutende Worte in den Mund zu legen, nicht nur lyrisch-rhetorische Herzensergüsse, sondern echt dramatische Reden und Gegenreden. Aber so wie ihm jedes novellistische Talent fehlte, stand er auch der Aufgabe des Dramatikers, äußere Umstände zum Hebel innerer Vorgänge zu gestalten, unbeholfen und unlustig gegenüber.

Aus diesem Grunde ist auch nur das eine seiner Trauerspiele zu einer starken Bühnenwirkung herangereift, die »Brunhild«. Hier hatte die Sage so kräftig vorgearbeitet, dass der er-

135

findenden Phantasie des Dramatikers nicht viel zu tun übrig blieb. Von den vielen Bearbeitern der Nibelungen hat denn auch kaum einer, selbst der am wenigsten Begabten, sich an dem gewaltigen Stoff versucht, ohne einen bedeutenden Gewinn davonzutragen, bis zuletzt Hebbels kongeniale Natur die Aufgabe für alle Zeit erledigte. So stark sind die tragischen Grundmauern des Stoffes, dass sie auch in einem Ausbau von geringerer dichterischer Größe einen imponierenden Eindruck machen. Gleichwohl bedurfte es auch für dieses Stück Geibels der mäeutischen Beihilfe guter Freunde, wie Kugler und Putlitz, um das äußere Gefüge den Anforderungen der Bühne überall anzupassen.

Diese seine Grenze kam mir damals natürlich nicht zum Bewusstsein, und ich hielt den Freund auch auf dem Gebiet des Dramas zu allem Höchsten berufen, da er zu der Erkenntnis dessen, was die größten Dramatiker unsterblich gemacht, die feinsten und reinsten Organe besaß. Ihn über Shakespeare reden zu hören, war mir auch späterhin stets in hohem Grade anregend und belehrend, ihn ein großes Drama vorlesen zu hören, ein unvergleichlicher Genuss. Auch seine Rezitation lyrischer Gedichte, zumal seiner eigenen, war eindrucksvoll; er setzte die Verse gleichsam in Musik und ließ sie auf dem Strom seiner tiefen, melodischen Stimme in einer träumerischen Eintönigkeit hinschwimmen. Wenn er Dramatisches las, kam mehr Licht und Schatten, eine größere Mannigfaltigkeit von Tönen in den Vortrag, die leidenschaftlichen Szenen wuchsen ohne jedes falsche Pathos zu machtvoller Größe an, und in den zarten, lyrischeren Teilen wusste er jede weichliche Affektation zu vermeiden. Die Abende in München, an denen er einem kleinen Freundeskreis Otto Ludwigs »Makkabäer« und Grillparzers »König Ottokar« vorlas, stehen mir in unauslöschlicher Erinnerung. Kaum jemals im Theater, auch nicht von den größten Schauspielern, habe ich eine tiefere Erschütterung erlebt.

Und so werde ich, da er mich zu den Gipfeln dramatischer Kunst emporblicken ließ, schwerlich den Mut gefasst haben, ihm von meinen tastenden Anfängen zu sprechen, von jenem »Don Juan de Padilla«, der mir selbst trotz des väterlichen Lobes so äußerst unreif erschien, noch weniger von einer krausen dilettantischen Komödie, die ich vor jenem historischen Trauerspiel verfasst, und mit der ich eine sehr niederschlagende Erfahrung gemacht hatte. Die Handlung dieser phantastischen Posse, die ich für uns Viere vom »Klub« gedichtet hatte, ist mir gänzlich entfallen. Ich weiß nur noch, dass die Hauptpersonen ein Schneider und eine Prinzessin waren, deren Rollen mir und Endrulat zufielen, und dass es von gereimten Versen in allen erdenklichen strophischen Formen wimmelte. Beim Niederschreiben derselben hatte ich mich unendlich ergötzt und so viel lustige Faxen und Anzüglichkeiten auf unsere eigenen werten Personen eingeflochten, dass wir bei den Proben, die auf meinem Hinterzimmer in der Behrenstraße stattfanden, nicht aus dem Lachen kamen. Wir versprachen uns einen glänzenden Erfolg bei unserm Publikum, das nur aus Felix Steins Eltern, seiner schönen Schwester und den Meinigen bestand. Zu unserm größten Erstaunen entzündete die Aufführung nicht die geringste Heiterkeit; die Scherze, die wir oft kaum vor eigenem Lachen vernehmlich hervorbringen konnten, fielen platt zu Boden, und der Beifall am Schluss rührte nur von der gütigen Absicht der Zuschauer her, uns über die beschämende Stimmung eines vollständigen Fiasko hinwegzuhelfen.

Ich aber hatte die gründliche Lehre erhalten, dass man beim Dichten eines Lustspiels seinem Publikum nicht alles vorweglachen soll, und wie Recht Lessing mit seiner Warnung gegen den Bruder hatte: er dürfe nie vergessen, dass man eine Woche lang auf seiner Stube sehr ernsthaft gewesen sein müsse, wenn die Leute im Theater eine Stunde lang lachen sollen.

***

Im März des Jahres 1847, fünf Tage nach meinem siebzehnten Geburtstag war mir das mündliche Abiturientenexamen erlassen worden. Meine Lehrer, die mich zur klassischen Philologie berufen glaubten, hatten mir die schöne Züricher Gesamtausgabe des Plato mit auf den Weg gegeben. Ich habe ihre Hoffnungen freilich sehr getäuscht.

Denn obwohl ich zunächst in vier Semestern in Berlin unter anderem die Vorlesungen von Boeckh [August Boeckh, 1785-1867; klassischer Philologe, Altertumsforscher], Lachmann [Karl Lachmann, 1793-1851; germanistischer Mediävist, Altphilologe] und meinem Vater besuchte – bald war ich mir bewusst, dass ich nicht aus dem Holze war, aus dem klassische Philologen geschnitzt werden. Zwar, dass diese edle Wissenschaft mit der Pflege der Dichtkunst vereinbar sei, hatte gerade Geibels Beispiel mir gezeigt, der seinen Schulsack nicht auf die leichte Achsel genommen, sondern so gründlich sein Wissen bewahrt hatte, dass er imstande war, bei einer längeren Verhinderung seines früheren Lehrers am Lübischen Gymnasium ihn in den Jahren 1848 und 1849 nicht nur in Deutsch und Literaturgeschichte, sondern auch im Horaz zu vertreten.

Ich aber hatte früh erkannt, dass ich überhaupt für einen gelehrten Beruf nicht geschaffen war. Mein Sinn stand allein auf dichterische Aufgaben, und da ich stets vor allem Dilettieren in ernsten Dingen eine heilige Scheu gehegt hatte, war mir der Gedanke entsetzlich, mit halbem Herzen und halber Kraft mich einer Wissenschaft zu widmen, die, wie eine jede, die Hingabe des ganzen Menschen und eines ganzen Lebens erheischt.

Zunächst freilich, da es galt, ein »Brotstudium« zu wählen, während damals mehr noch als jetzt die Poesie als eine brotlose Kunst angesehen wurde, schlenderte ich auf dem Wege, den mir meine Abstammung von zwei Grammatikern und Sprachforschern wies, ohne viel Zukunftssorgen weiter und genoss nebenher die schöne Freiheit des Studentenlebens und alles Ersehnte und kaum Geahnte, was sich durch den Eintritt in das Kuglersche Haus vor mir auftat.

Unser »Klub« hatte sich, soviel ich mich entsinne, seit der Bekanntschaft mit Geibel zwar nicht aufgelöst, sich aber lahm und unersprießlich durch den Winter fortgeschleppt. Wir waren, seit wir uns an eine berufene Kritik wenden konnten, gegen unsern eigenen ästhetischen Fürwitz misstrauisch geworden. Das Klubbuch wurde nicht fortgesetzt. Mein Verkehr mit Endrulat hörte zwar nicht auf, da wir uns von Herzen zugetan waren. Doch da Geibel nicht daran dachte, auch ihn bei Franz Kugler einzuführen, blieb ihm der Kreis, in dem ich nun meine reichsten Eindrücke und die unschätzbarste Förderung in aller künstlerischen Bildung empfing, verschlossen.

Seine *anima candida* war ganz frei von Neid und Eifersucht. Sein Leben lang hat er mit brüderlicher Wärme zu mir gestanden und mir noch durch die Widmung seiner zweiten Gedichtsammlung, der »Geschichten und Gestalten« (Hamburg, 1862), bewiesen, dass er der Jugendfreundschaft Treue gehalten.

Im Jahre 1857 erschienen seine »Gedichte«, »den deutschen Männern Ernst Moritz Arndt und Ludwig Uhland« gewidmet. Bald nach dem Revolutionsjahr hatte sich der junge Student nach Schleswig-Holstein gewendet, wo er zunächst eine Hauslehrerstelle fand. Als dann der Streit mit Dänemark ausbrach, konnte ihn nichts zurückhalten, sich als Freiwilliger im zweiten Jägerkorps am Kampf zu beteiligen, und er war glücklich, als er bei Idstedt eine leichte Kopfwunde erhielt[7]. Das »Buch der Erinnerung«, das er unter dem Titel »Von einem verlore-

---

[7] Nach dem traurigen Ausgang, den die Erhebung Schleswig-Holsteins im Jahre 1851 nahm, beteiligte er sich noch mehrfach an den Geschicken der Herzogtümer, an denen sein Herz hing, 1864-1866 als Leiter des Pressebureaus des Herzogs Friedrich von Schleswig, 1868 bis Ende 1872 als Redakteur der »Itzehoer Nachrichten«. Als er seine Hoffnungen auf eine selbständige Stellung der Herzogtümer im Deutschen Reich scheitern sah, siedelte er nach dem Elsass über, wo er als Journalist tätig war, und trat 1876

nen Posten«, Herzog Ernst II. gewidmet, im Jahre 1857 herausgab, zeugt auf allen Blättern von dem stürmischen Mut und feurigen Freiheitsdrang, der ihn beseelte.

Er hatte an einer Hamburger Schule eine Stellung gefunden, die seinen Wünschen und Fähigkeiten entsprach. Als die Stadt Hamburg mit großer Begeisterung 1859 ihr Schillerfest feierte, war Bernhard Endrulat die Seele der gesamten Bewegung. In einem stattlichen Band hat er darüber berichtet. Was er selbst an poetischen Reden und Prologen dazu beigesteuert hat, entbehrt freilich alles eigenartigen Reizes und bleibt hinter vielem zurück, was in seinen anderen Gedichten von seiner schwungvollen dichterischen Beredsamkeit Zeugnis gibt. Wie reich und voll strömt diese gleich in dem Prolog zu den »Gedichten«, in welchem er seine Hingebung auf Gnade und Ungnade an die Poesie, die bestrickende »Meeresfei«, in dithyrambischer Ekstase ausspricht:

Schiffe fahren, Segel schwellen, und sie singt in sel'ger Ruh.
Kluge, nüchterne Gesellen stopfen sich die Ohren zu,
Steuern ängstlich nach der kargen, klanglos-kalten Heimat fort,
Bebend vor den himmlisch-argen Liedern und den Strudeln dort.

Aber ich – mit festem Steuer zu den Klippen streb' ich hin,
Meine Augen füllt ein Feuer, Licht und Wonn' ist all mein Sinn.
Mein verklärtes Antlitz lächelt nach dem lichten Götterbild,
Luft wie Frühlingsodem fächelt Herz und Stirne kühl und mild.

Mahnet nicht, ich soll erwachen aus dem schauersüßen Wahn:
Seht, schon langt der schwanke Nachen bei dem schwarzen Schlunde an,
Und die Zaubrin hör' ich singen, und sie leuchtet rosenrot,
Und mit Singen und mit Klingen stürz' ich in den sel'gen Tod!

Nicht alles in den beiden lyrischen Bänden ist auf diesen pathetischen Ton gestimmt. In buntem Wechsel, in den mannigfaltigsten Formen ziehen die inneren Erlebnisse, Stimmungen und Betrachtungen des Dichters vorüber, vieles so sinnig im Gedanken, so glücklich im Ausdruck, dass es sich neben dem Besten in Geibels Gedichten sehen lassen kann. So unter anderem die Antwort auf die Frage:

Was ist das Glück?

Nach jahrelangem Ringen,
Nach schwerem Lauf ein kümmerlich Gelingen,
Auf greise Locken ein vergoldend Licht,
Ein spätes Ruhen mit gelähmten Schwingen –?
Das ist es nicht.

Das ist das Glück:

Kein Werben, kein Verdienen!
Im tiefsten Traum, da ist es dir erschienen,
Und morgens, wenn du glühend aufgewacht,
Da steht's an deinem Bett mit Göttermienen
Und lacht und lacht!

Oder ein nachdenkliches Sprüchlein, wie das folgende:

Hüt dich vor Wünschen, Menschenkind!

---

in den preußischen Archivdienst, erst in Düsseldorf, dann in Wetzlar, zuletzt als Vorstand des Staatsarchivs in Posen, wo er am 17. Februar 1886 starb.

Die guten flattern fort im Wind,
Und keiner ist, der taubenfromm
Zurück mit grünem Ölblatt komm'.

Die schlimmen hascht der Teufel ein
Und stutzt nach seinem Sinn sie sein,
Erfüllt sie dir zu Leid und Last,
Wenn du sie längst bereuet hast.

Und doch, so vieles ich noch anführen könnte, des alten Freundes Talent und adlige Gesinnung zu erweisen, – sein Name ist so gut wie vergessen. In dem Piererschen Konversationslexikon ist ihm freilich ein Artikel von fünfundzwanzig Zeilen gewidmet, doch seine dort aufgezählten Schriften sind verschollen, und nur ein oder das andere seiner kleinen Lieder begegnet uns hin und wieder in einer Chrestomathie [Auswahl von Texten bekannter Autoren].

Denn so rüstig er sich im äußeren Leben zum Manne entwickelt hat – als Dichter ist er über den Jüngling nicht hinausgekommen. Das allein freilich würde nicht erklären, warum er nicht mitgenannt wird, wo man die besten Namen nennt. Ist doch gerade die Jugendzeit für den echten Lyriker die Zeit der schönsten Blüte, und mancher früh Dahingeschiedene lebt im ewigen Gedächtnis der Nachwelt. Solchen Auserwählten aber war es gegeben, früh einen eigenen Ton zu finden, die persönlichen Züge ihres Wesens so deutlich auszuprägen, dass keine Zeit sie verwischen kann. Einem Hölty, Theodor Körner, Hölderlin, Shelley ist dies zuteil geworden. Den Gedichten meines Jugendfreundes fehlte die persönliche Note, die seine Stimme im Geräusch der Welt erkennbar gemacht hätte. Auch in seiner geistigen Entwicklung ist er bei den Anschauungen und Ideen der achtundvierziger Tage stehen geblieben. Als er mich im Juli des Jahres 1858 in meiner Ebenhauser Sommerfrische besuchte, fand ich auch in dem gesetzten, etwas feierlich auftretenden Manne die alte Wärme der Empfindung wieder. Doch nachdem wir unsere Jugenderinnerungen ausgetauscht hatten, stockte es zwischen uns. Wir fühlten beide, dass wir uns eigentlich nichts mehr zu sagen hatten.

***

Nach dieser Abschweifung, die man der Pietät für einen verschollenen alten Freund zugute halten wird, kehre ich zu der Zeit zurück, wo mir durch den Eintritt in das Kuglersche Haus im eigentlichsten Sinne eine *vita nuova* aufging.

Der Hausherr selbst, 1808 in Stettin geboren, stand damals in der Vollkraft seiner wissenschaftlichen Lebensarbeit und als vortragender Rat im Kultusministerium auf der Höhe seiner Wirksamkeit auf vielen Gebieten künstlerischer Kultur, da sein Chef, der Minister von Ladenberg, ihm das größte Vertrauen in seine Einsicht und Redlichkeit bewies. Neben der Vollendung und immer neuen Bearbeitung seiner bahnbrechenden kunstgeschichtlichen Werke, neben den Aktenstößen, die sich auf seinem Pulte häuften, fand aber der so vielfach Begabte noch Zeit zu dichterischen Aufgaben, und dieser unwiderstehliche Nebentrieb seiner Natur war es auch gewesen, was ihn mit dem um sieben Jahre jüngeren Geibel zusammengeführt hatte.

Mit anderen künstlerischen Gefährten, darunter vor allen dem Malerdichter Robert Reinick [1805-1852], dem Architekten Strack [Johann Heinrich Strack, 1805-1880], dem Bildhauer Drake [Friedrich Drake, 1805-1882], hatte Kugler schöne Lehr- und Wanderjahre genossen und in den verschiedensten Künsten sich versucht. Er zeichnete, radierte, sang, blies das Waldhorn, komponierte Lieder im Volkston, die er selbst gedichtet hatte. Eine Frucht dieser romantischen Jünglingszeit war das im Jahre 1830 erschienene »Skizzenbuch«, das seine ersten Gedichte enthielt, mit eigenen, zum Teil phantastischen Radierungen illustriert und mit den Noten seiner eigenen Kompositionen begleitet. Sein allbekanntes »An der Saale hellem Strande« erschien hier zum ersten Mal, mit einer Zeichnung der alten Rudelsburg. Ein so vielseitiges Talent lief Gefahr, sich in dilettantischem Selbstgenuss zu verzetteln. Aber der redliche Ernst, der im Grunde seines Charakters lag, bewahrte ihn vor dem Schicksal, aus so vielen fröhlichen Blüten keine dauernde Frucht zu gewinnen. Er sammelte seine Kräfte zu gründlichen Studien der Kunstgeschichte, einer Wissenschaft, die damals noch in den Windeln lag, und um deren rasches Aufblühen er im Wetteifer mit seinem Freund Karl Schnaase [1798-1875; Jurist, Kunsthistoriker] sich ruhmvoll verdient machen sollte.

Über die Ergebnisse seiner Forschung, die in einer großen Reihe umfangreicher Bände niedergelegt sind, ist die Wissenschaft seitdem vielfach hinausgegangen, manches berichtigend und nach neueren Quellen ergänzend. Dennoch sind diese Bücher in ihrer ersten Form wertvolle Zeugnisse geblieben, wie sich die Fülle der Erscheinungen in einem ungewöhnlich künstlerisch begabten Geist gespiegelt und einen glücklich bezeichnenden Ausdruck gefunden hat.

Als ich ihn kennen lernte, war Kugler mit der Ausarbeitung seiner »Geschichte der Baukunst« beschäftigt. Zur Übung in seinen geliebten freien Künsten ließ dies große Werk ihm kaum noch Zeit, es sei denn, dass er einzelne architektonische Illustrationen selbst radierte und abends zum Klavier eines seiner alten Lieder sang oder den stattlichen Band hervorholte, in welchem er aus dem Schatz der Volkslieder aller Nationen die charakteristischsten gesammelt hatte. Aber die poetische Ader war zu stark in ihm, um sich lange unterbinden zu lassen. Die Tage der Lyrik waren freilich vorüber. Er trug sich dagegen mit einer Fülle von Plänen zu historischen Dramen und Novellen, deren Ausführung durch das ganze nächste Jahrzehnt eifrig betrieben wurde, und über die er mit Freund Emanuel und bald auch mit mir auf weiten Spaziergängen sich auszusprechen liebte.

Wie oft holte er mich aus meiner Wohnung in der Behrenstraße ab, um durch den Tiergarten, am »Knie der Frau Crelinger« vorbei (so hieß bei den Berlinern die Villa der berühmten Schauspielerin, die an der Charlottenburger Chaussee gerade da gelegen war, wo die Straße im rechten Winkel abbog) bis zum »Türkischen Zelt« mit mir zu wandern. Dort rasteten wir ein wenig bei einer Flasche – Limonade Gazeuse! und traten bald den Heimweg nach dem Halleschen Tor an. Was wurde auf diesen traulichen Wanderungen nicht alles besprochen, wie oft auch lange Zeit geschwiegen! Dann kam es wohl vor, dass Franz eine Melodie pfiff, die ihm eben eingefallen war, zu der ich dann ebenso den Text aus der Luft griff. Das hernach so oft komponierte Lied »Waldesnacht, du wunderkühle« entstand auf diese Art zu einer feierlich getragenen, für ein Waldhorn passenden Melodie, deren träumerischer Klang von keinem der späteren Komponisten erreicht worden ist. Zuweilen auch kehrte sich das Verhältnis um; was ich in den Tag hineinsang, regte ihn an, einen Text dazu zu verfassen, womit wir dann abends am Klavier den Frauen etwas zu raten aufgaben.

Das Kuglersche Haus war damals der Sammelpunkt eines ganzen Schwarms aufstrebender junger Leute, die sich freudig als seine Schüler bekannten. Der bedeutendste darunter, Jakob Burckhardt, geboren 1818, konnte schon für einen jungen Meister gelten und stand mit dem älteren Freund mit eigenem Urteil und einer Fülle auf eigene Hand erworbener Kenntnisse zur Seite, sodass Kugler ihm die Bearbeitung der zweiten Auflage seiner »Geschichte der Malerei« anvertrauen konnte, für die Burckhardt aus frischen eigenen Studien in Italien ein großes Material der wertvollsten Notizen gesammelt hatte. Noch ahnten wir nicht, zu welch beherrschender Stellung in der Geschichte der Kunst und Kultur der damals Neunundzwanzigjährige, der mit seiner heiteren Feinheit, seiner poetischen und musikalischen Begabung den häuslichen Kreis belebte, schon im Lauf der nächsten Zeit sich emporschwingen sollte. Damals sah er mit bescheidener Unterordnung zu dem älteren Meister und Freund auf, ließ sich geduldig von Tante Luise abkonterfeien und sang, wenn er darum gebeten wurde, zum Klavier seine italienischen Volkslieder mit einer zarten, seelenvollen Stimme. Dass in ihm selbst ein Lyriker steckte, der sich wahrlich sehen lassen konnte, wenn er auch die Tarnkappe vorzog, hatten wir an den beiden anonym gedruckten dünnen Heftchen »Ferien, eine Herbstgabe« und »E Hämpfeli Lieder« erkannt, die letzteren, das Lieblichste, was je im Basler Dialekt gedichtet worden, mir heute noch unvergesslich. Auch er war mit Geibel herzlich befreundet, wärmer und dauernder als mit den anderen jungen Hausfreunden: Fritz Eggers, der jahrelang das Kunstblatt redigiert und durch seine Rauchbiographie sich um die moderne Kunstgeschichte verdient gemacht hat, Wilhelm Lübke [1826-1893], der der Kunstgeschichtsforschung durch eine unermüdliche literarische Betriebsamkeit Eingang in den weitesten Kreisen verschaffen sollte, dem genialen Architekten (unter anderem Erbauer des Frankfurter Theaters) Richard Lucae [Johannes Theodor Volcmar Richard Lucae, 1829-1877; ab 1873 Direktor der Berliner Bauakademie], Theodor Fontane und andere. Adolf Menzel, der damals schon Kuglers »Geschichte Friedrichs des Großen« durch seine herrlichen Illustrationen verewigt hatte, stand diesem Kreis persönlich ferner, bei dessen geselligen Abenden man ihm kaum einmal begegnete.

Was aber die verschiedenen Elemente dieser Schülerschaft anzog und zusammenhielt, fast mehr noch als die unermüdliche, immer mit Rat und Tat hilfsbereite Güte des Meisters, waren die liebenswürdigen Frauen und Mädchen, die der zwanglosen Geselligkeit des Kuglerschen Hauses einen unwiderstehlichen Reiz verliehen. Vor allen anderen die Hausfrau selbst, eine Tochter Eduard Hitzigs [Julius Eduard Hitzig, ursprgl. Isaac Elias Itzig, 1780-1849; Jurist, Verleger, Schriftsteller], der selbst noch, als ein gebrochener alter Mann, im Erdgeschoss seines Hauses an der Friedrichsstraße 242 vegetierte und seinen Lehnstuhl nie verließ, um in die obere Wohnung der Tochter hinaufzusteigen. Er freute sich aber ihres Glückes, des wachsenden Ansehens ihres Gatten, der drei lieben Kinder, die sie ihm geboren hatte, und dann und wann wünschte er auch einen der jungen Hausfreunde bei sich eintreten zu sehen. Seine Erinnerungen an die eigenen berühmten Freunde, E.T.A. Hofmann, Zacharias Werner, vor allem den edlen Chamisso, bildeten dann das Thema des Gesprächs.

In solcher Umgebung war Franz Kuglers Frau aufgewachsen, ein Poetenkind, an dessen Wiege Dichter gestanden hatten. Auch ihr Vater, der alte »Ede«, hatte sich als Dichter versucht. Sie selbst aber hatte von dem Kastalischen Quell [am Fuß des Parnassos bei Delfi in Griechenland, trank man daraus, so die Sage, erhielt man die Dichtergabe], der durch ihr väterliches Haus rauschte, nur so viel gekostet, um ihren Sinn für alle Schönheiten der Dichtung zu läutern und den Instinkt für das Echte und Große in sich zu befestigen. So bewegte sie sich anspruchslos auch unter der künstlerischen Jugend, auf die der Adel ihrer ernsten Schönheit und die weibliche Milde ihres Wesens einen Zauber ausübten, wie ihn ihr Bräutigam in dem Gedicht:

> Du bist wie eine stille Sternennacht

und späterhin Geibel bei der Widmung seiner Gedichte geschildert hatte:

> Du aber wandelst durch den Garten
> In stiller Anmut lächelnd hin.

Neben ihr, in vielem ihr voller Gegensatz, stand Kuglers Schwester Luise, äußerlich ohne jede Anmut, mit lebhaften, derben Bewegungen ihre Reden begleitend, eine echt pommersche Frohnatur, dabei mit einem zarten Sinn für alles Künstlerische begabt, wie sie es denn auch im Blumenmalen und Dekorieren von Kunstblättern zu nicht geringer Fertigkeit gebracht hatte. Sie wohnte mit ihrer trefflichen, alten Mutter in einem Hause, das dem Hitzig-Kuglerschen gerade gegenüberlag, brachte all ihre Abende in der brüderlichen Familie zu, vergötterte die Kinder, tat der Schwägerin alles Liebe und Gute an und nahm an den poetischen Gastgeschenken, die die Hausfreunde lieferten, begierig teil, einen nach dem andern im Profil in ihr Album zeichnend. Alle liebten sie und verkehrten, beim größten Respekt vor der Grundliebenswürdigkeit und Tüchtigkeit ihres Naturells, weit zwangloser mit »Tante Ihßy« als mit der Herrin des Hauses.

Außer ihr gingen noch andere anziehende weibliche Gestalten in den großen, niedrigen Mansardenzimmern der Frau Klara aus und ein, zunächst die Töchter ihres Schwagers, des Generals Baeyer [Johann Jakob Baeyer,1794-1885; Geodät], der den ersten Stock des Hauses bewohnte. Seine Gattin, Eugenie, von deren Schönheit alle, die sie gekannt hatten, nicht genug zu sagen wussten, war schon vor einigen Jahren gestorben. An den verwaisten fünf Kindern vertrat Frau Klara neben einer alten Gouvernante Mutterstelle. Auch diese Mädchenjugend war unter künstlerischen Einflüssen aufgeblüht, die zweite Tochter, Emma, die später mein Freund Otto Ribbeck [Johann Carl Otto Ribbeck, 1827-1898; klassischer Philologe, Dichter und Dichtkunst im Römischen Reich] heimführte, schon über das Backfischalter hinaus, dem Kuglers Töchterchen Margarete in kurzen Röcken und wehenden Haarschleifen als ein übermütiges Schulkind noch angehörte. Eine schöne, blonde Nichte Kuglers, Klara Wulsten, lebte zu verschiedenen Malen längere Zeit unter ihrem Dache, und an reizenden jungen Freundinnen war kein Mangel.

Hiernach wird man begreifen, dass ein siebzehnjähriger Student, dem der Eintritt in dieses Haus gestattet wurde, sich die Pforten des Paradieses eröffnet zu sehen glaubte. Zudem war es noch die gute alte Zeit des Berliner Lebens, in der die engeren Verhältnisse, die bescheidneren Sitten der Stadt, die noch nicht davon träumte, als Weltstadt zu gelten, jenen anspruchsloseren Zuschnitt der Geselligkeit begünstigten, der allein ein wärmeres Zusammenschließen der Menschen möglich macht und heutzutage schon wegen der räumlichen Weitläufigkeit des Verkehrs fast ganz geschwunden ist. Man durfte noch ungeladen an eine gastliche Tür anklopfen, ohne die Hausfrau in Verlegenheit zu setzen. Wenn der unvorhergesehenen Gäste einmal so viele wurden, dass das Wohnzimmer wie ein gefüllter Bienenkorb schwärmte, – für die Bewirtung mit Tee, Butterbrot und kalter Küche reichte der häusliche Herd immer noch aus, da niemand kam um eines Soupers willen, sondern um unter liebenswürdigen Menschen ein paar Stunden lang plaudernd und scherzend sich's wohl sein zu lassen.

Nun aber wäre nichts irriger, als zu glauben, dass solche Abende sich zu Sitzungen einer kleinen privaten Kunstakademie gestaltet hätten. So wenig der bekannte scharfe, kritische Ton, der in gewissen ästhetisch angehauchten Berliner Salons vorherrschte, hier angeschlagen wurde, so wenig war es auf ein beständiges Besprechen poetischer oder kunsthistorischer Themata abgesehen. Und dies war nicht zuletzt das Verdienst des Hausherrn, der, ehe er abends zu den Seinigen kam, den Professor- und Geheimratsrock in seinem Arbeitszimmer auszog und in ein bequemes Hausvaterkostüm schlüpfte. Wenn ihm Fernerstehende eine gewisse Steifheit und ablehnende Kälte nachsagten, berührten sie damit sein eigentliches Wesen so wenig wie die Berichte aus Weimar über Goethe von solchen, die in dem großen Dichter nur den Minister gefunden haben wollten. Seine scheinbare Geheimrätlichkeit entsprang nur aus einer Art Zerstreutheit und naiver Unbekümmertheit um den Eindruck, den er auf fremde Menschen machte, aus einer nachlässigen, poetischen Träumerei, in der er von seinen sehr energischen Arbeiten ausruhte. So konnte er auch unter uns jungen Leuten lange stumm dasitzen, nur mit seinen freundlichen Mienen unsere zwanglosen Scherze oder ernsten Debatten begleitend. Dann stand er wohl endlich auf, wenn die Frauen »ein Lied für das Gemüt« von ihm verlangten, und sang ein paar Eichendorffsche Lieder in seiner eigenen einfachen Melodie oder spanische und italienische Volksweisen, zu denen er die Worte gedichtet hatte, und die wir nicht müde wurden immer von neuem zu hören.

***

Jenes erste Jahr aber, das ich in dem traulichen Hause verleben durfte, stand fast ausschließlich unter dem Zeichen Geibels.

Er war damals besonders produktiv und bereitete die Herausgabe seines zweiten Bandes, der »Juniuslieder«, vor, die im folgenden Jahr erschienen. Ich habe diese Juniuslieder stets für die reifste und reichste dichterische Gabe gehalten, die Geibel seinem Volke beschert hat. Alle Töne, über die seine Leier gebot, sind hier voll und rein angeschlagen: neben der zarten, süßen Naturempfindung und den Liebesliedern, die seinen ersten Band fast ausschließlich gefüllt hatten, erklingen die zornigen und weihevollen Töne, mit denen er Deutschlands politische Kämpfe begleitete, jene Seherworte, in denen er schon damals seinen unerschütterlichen Glauben an die Wiederkehr der alten Kaiserherrlichkeit aussprach, als wir alle noch eine Erhebung und Einigung Deutschlands in dieser Form für einen Traum mittelalterlicher Dichterphantasie hielten.

> Durch tiefe Nacht ein Brausen zieht
> Und beugt die knospenden Reiser.
> Im Winde klingt ein altes Lied,
> Das Lied vom deutschen Kaiser.

Wie männlich klar und bei aller feierlichen Wucht doch maßvoll erhebt er seine Stimme für die damals heiß umstrittenen Herzogtümer, wendet sich gegen die »Kleingläubigen«, die in den Stürmen der Zeit den herannahenden Untergang ahnten, und träumt von glücklicheren Tagen, »wo die Christen Menschen werden«. Mögen manche dieser Lieder in der Form den Einfluss der Freiligrathschen Lyrik verraten und die markigen Sonette an Rückerts »geharnischte« erinnern: der Gehalt in ihnen ist sein Eigen, und immer muss es ihm zum Ruhm angerechnet werden, dass er in dem tosenden Hader der Parteien fortfuhr, auf die Stimme seines Genius zu horchen, um sich von seinem Wege weder rechts noch links abdrängen zu lassen. Durch alle diese eifernden und dräuenden, klagenden und anklagenden Herzensergüsse klingt immer wieder der zuversichtliche Glaube an den endlichen Sieg dessen, was ihm das Höchste war: die Befreiung seines Volks von allem Druck, aller Schmach, unter denen es gelitten.

> Es ist ein großer Maientag
> Der ganzen Welt beschieden.
>
> Und wenn dir oft auch bangt und graut,
> Als sei die Höll' auf Erden,
> Nur unverzagt auf Gott vertraut,
> Es muss doch Frühling werden!

Neben so bedeutsamen Offenbarungen seines Innern stehen liebenswürdige Gelegenheitsverse, in denen er seine Freunde anredet, allerlei Humoristisches, Gnomen und Sprüche voll Geist und Gemüt, zum Schluss die schöne, kleine, epische Dichtung »König Sigurds Brautfahrt«, im musterhaftesten Stil des alten Nibelungenepos. Alles in allem ein so gehaltvoller, reicher und farbenfrischer Gedichtband, wie die achtundvierziger Zeit nichts Ebenbürtiges ihm an die Seite zu stellen hatte.

Gleichwohl hatten die »Juniuslieder« nicht den Erfolg wie der erste Band der Gedichte. Zum Teil lag die Schuld wohl an dem Titel, der erst durch das Sprüchlein, das als Motto vorangesetzt war, erklärt wurde[8]. Weiß man doch, dass die große Menge gern sicher geht und

---

[8] Ein ähnliches Ungeschick in der Wahl eines Titels sollte meinem ersten Versbüchlein, mit dem ich mich in München einführte, verhängnisvoll werden. Das Motto, das zur Erklärung des Titels »Hermen«

ein einmal akkreditiertes Buch lieber verlangt als ein neues, das ihm unter einer problematischen Etikette angeboten wird. Diejenigen aber, deren Amt es gewesen wäre, das Publikum darüber aufzuklären, dass der Dichter hier seine gepriesenen Erstlinge überboten habe, die Wortführer in der Presse hatten anderes zu tun. Es galt, leidenschaftlicheren Vorkämpfern der »Freiheit« zuzujubeln, solchen, die »auf der Zinne der Partei« standen. Emanuel Geibel, der zum Maßhalten ermahnte, konnte man den Backfischen überlassen, deren Dichter zu sein er in heiterer Selbstironie gelegentlich einmal geäußert hatte. Es ist oft genug verhängnisvoll, eine nur in halbem Ernst gemeinte unterschätzende Selbstkritik offen auszusprechen, die dann gedankenlose oder übelwollende Kunstrichter begierig sich aneignen und für das Zeugnis tiefer Selbsterkenntnis ausgeben.

Im Sommer 1847 aber, wo die Gewitter, die sich im Revolutionsjahr über Frankreich und Deutschland entluden, nur erst von fern durch die gärende politische Schwüle sich ankündigten, hatte man noch für alles Poetische eine dankbare Empfänglichkeit. Es waren schöne Abende, wenn Geibel, der fast täglich im Kuglerschen Hause sich einfand, das schmale abgegriffene Taschenbuch hervorzog und das neueste Gedicht las, das ihm der Tag beschert hatte. Wir saßen in dem großen Wohnzimmer mit den drei tiefen Fensternischen um den runden Tisch, die Frauen mit einer Handarbeit beschäftigt, Luise Kugler ihr Zeichenbuch vor sich, während irgendeiner der Anwesenden ihr sitzen musste. Die Kinder hatten ihr Spielzeug weggeworfen und sich hochaufhorchend in die dunklen Ecken gekauert, um nicht zu früh zu Bett geschickt zu werden; alle, und nicht zuletzt die jungen Hausfreunde, hingen an den Lippen des Dichters, der, die Brauen zusammengezogen, heftig den Knebelbart zausend, mit seiner tiefen, eintönigen Stimme den »Morgenländischen Mythus« las –

Welch ein Schwirren in den hohen Lüften
Nächtlich überm Kaschmirsee! – Von Flügeln
Rauscht's, als kämpften droben Schwan und Rabe
Flatternd hin und her, und wundersame
Stimmen gehn dazwischen, scheltend, flehend;
Weithin trägt den Schall der Wind im Mondlicht. – –

Auf eine solche Vorlesung erfolgte nicht immer ein einmütiger Beifall. Zuweilen wagte sich auch eine kritische Stimme hervor, zumal wenn es ein dramatisches Fragment betraf, und auch wir Jüngeren fassten uns wohl ein Herz, mit einem Bedenken nicht zurückzuhalten. In der Regel nahm Geibel dergleichen Einreden mit guter Laune auf. Aber schon damals machte ihm das innere Leiden zu schaffen, das ihm durch sein ganzes Leben den freien Genuss des Daseins verkümmerte. Sein reizbares Temperament konnte dann heftig auflodern, und von den Lippen, denen eben noch die sanftesten lyrischen Töne entströmt waren, brachen dann Ausdrücke von so hanebüchener Art, wie sie eher einem hanseatischen Bootsmann als dem hochgestimmten Seher und Sänger geziemten. Besonders mit Luise, die ihm in ihrer pommerschen Naturfrische bei aller tiefen Bewunderung und warmen Freundschaft an derber Geradheit nichts nachgab, kam es hin und wieder zu einem leidenschaftlichen Disput, den er gelegentlich mit dem gut lübeckischen »Back di wat, Sela!« abschnitt, in hellem Zorn das Zimmer verlassend.

Er kam dann bald wieder sacht zu derselben Tür herein, die er so dröhnend zugeschlagen hatte, beugte vor der Gekränkten, ritterlich Abbitte leistend, ein Knie, oder zog sich mit einem Scherz aus der Affäre. Einmal unter anderem mit einem lustigen Gasel, dessen Kehrreimzeilen das schnöde Wort wiederholten:

---

dienen sollte, bewirkte dies erst, wenn das Buch schon gekauft ward, wozu das rätselhafte Wort nicht einlud.

Holde Künstlerin Luise: Back di wat!
Hör das Wort, das ich erkiese: Back di wat!
Bist du klug, so wählst du dir zum Wappenschild
Die Palett' und zur Devise: Back di wat!
Denn in diesen Silben schlummert Zauberkraft;
Keine Formel bannt wie diese: Back di wat!
Und des Westens Sänger müssten sie erhöhn,
Wie des Orients Hafise: Back di wat!
Hätt' es Adam einst zur Eva kurz gesagt,
Säß' er noch im Paradiese: Back di wat!
Und wir wandelten auf Blumen allzumal,
Statt zu gehn auf hartem Kiese: Back di wat!
Mancher Held, er ward ein Held nur durch dies Wort,
Das so gern ich würdig priese: Back di wat!
Zum Zyklopen sprach es leise schon Ulyss',
Flüsternd unterm Widderfliese: Back di wat!
Hannibal, der Alpenklettrer sprach's am Fels,
Und es barst der Alpenriese: Back di wat!
Cäsar, da sein Schifflein schwankte hoch im Sturm.
Rief: Du wiegst den Cäsar, Brise. Back di wat!
Jenen Fluten rief's entgegen, die er brach,
Camoens, der Portugiese: Back di wat!
Als sie schmachtend sich ihm nahte, sagte kühl –
Abälard zu Heloise: Back di wat!
Aber laut bei Roßbach donnert's König Fritz
In das Ohr Herrn von Soubise: Back di wat!
Ja, die Welt erobern müsste jener Held,
Welcher mit Trompeten bliese: Back di wat!
Im Marienbade friedlich singt's der Gast,
Singt's zu Karlsbad auf der Wiese: Back di wat!
Und sobald er ausgesungen seinen Spruch,
Naht die heißersehnte Krise: Back di wat!
Darum einen Tempel möcht' ich stolz dir baun,
Auf geschliffnem Marmorfliese: Back di wat!
Und mit goldnen Lettern überm Säulengang
Schreiben auf die breiten Friese: Back di wat!

Es war unmöglich, ihm länger zu grollen. In dem großen Zuschnitt seiner Natur verschwanden diese kleinen Menschlichkeiten, und je näher ich ihm kam, desto fester verband mich mit ihm das Gefühl einer dankbaren, brüderlichen Liebe und Treue. Auch seine dichterische Begabung imponierte mir je länger je mehr. Immer noch blieb ich mir bewusst, dass unsere Naturen zu verschieden waren, als dass ich einen tieferen Einfluss auf mein poetisches Trachten und Treiben von ihm hätte empfangen können. Und wenn

Ein jeglicher muss seinen Helden wählen,
Dem er die Wege zum Olymp hinauf
Sich nacharbeitet –

so war sein Weg nicht der meine. Aber in vollem Maße musste ich den Adel seines Gemüts, das von aller Phrase weit abliegende Pathos seiner Gesinnung und den Ernst seiner künstlerischen Selbstzucht anerkennen, dabei immer wieder die souveräne Herrschaft über alle Kunstmittel bewundern. Was er dichtete, reifte stets zu einem geschlossenen, in sich vollendeten Gebilde heran, dem es freilich vielfach an jener reizenden Unmittelbarkeit, den charakteristischen Zügen naiver persönlicher Eigenart fehlte, wie sie an den größten oder doch von mir geliebtesten Dichtern mir entgegentraten. Aber wenn sein Bestreben, alles auf den höchsten Ausdruck zu bringen, im Starken wie im Zarten jene scheinbar nachlässigen Naturlaute ausschloss, die ein lyrisches Gedicht als eine Offenbarung der Seele in unbewachten Augenblicken erscheinen lassen, so bewahrte doch der warme Pulsschlag seines Bluts sein Dichten vor der Erstarrung zu kühler akademischer Formschönheit. Je älter er wurde, desto deutlicher trat der priesterliche Zug seines Naturells hervor. Er fühlte sich mehr und mehr als der geweihte Mund, aus dem in ihrer feierlichsten Stunde die Seele seines Volkes sprach, und in den »Heroldsrufen«, die er in der glorreichsten Zeit der deutschen Kämpfe und Siege herausgab, sind Töne angeschlagen, wie sie vor ihm nur Klopstock, freilich oft schwülstig und gesucht, seiner Bardenharfe entlockt hatte.

Nicht minder erschien mir auch die strenge Selbstkritik verehrungswürdig, der er seine Dichtungen unterwarf, ehe er sie veröffentlichte. Seine »Sämtlichen Werke« umfassen nur acht Bände. Und doch, bei der Leichtigkeit, mit der er in Versen improvisierte, hätte er ihre Zahl unschwer auf das Doppelte bringen können. Sein feines künstlerisches Gewissen bewahrte ihn davor, dies Phantasieren auf einem immer bereiten, wohlgestimmten Instrument für etwas Höheres zu halten als ein geselliges Talent. Wie manchen Abend aber hat er uns damit ergötzt!

> Die Kinder wurden längst zu Bett gebracht,
> Zu scheiden mahn't auch uns die Mitternacht.
> Doch zwischen Tür und Angel, schon im Gehn,
> Blieb er in plötzlicher Erregung stehn
> Und wand uns aus dem Stegreif eine Kette
> Melodischer Oktaven und Sonette,
> Elegisch bald, bald humoristisch endend,
> Aus seinem Füllhorn unerschöpflich spendend,
> Dass der sonoren Verse Klang hinaus
> Sich dröhnend schwang und unten vor dem Haus
> Ein später Wandler stehen blieb und lauschte,
> Was für ein Spuk da oben raunt' und rauschte.

Diese Gabe ist ihm allezeit treu geblieben. Noch in der späteren Münchener Zeit, als sein körperliches Leiden ihn oft schwer verdüsterte, konnte er bei einer Flasche edlen Weins, wenn die Freunde ihn dazu anreizten, sich in die alte Stegreiflaune zurückfinden. Es gab dann zuweilen ein lustiges Wettsingen, zumal zwischen ihm und Dingelstedt [Franz Freiherr von Dingelstedt, 1814-1881; Dichter, Journalist, Theaterintendant; Lieder eines kosmopolitischen Nachtwächters, 1841], der nicht in lyrischem Pathos, sondern mit scharfgeschliffenen, witzigen Vierzeilern Geibel herausforderte, ihn aber so schlagfertig fand, dass auch er zuletzt den Meister in ihm erkennen musste.

***

Hier nun habe ich noch eines anderen literarischen Kreises zu gedenken, von dem ich vielfache Förderung genoss, der literarischen Gesellschaft, die unter dem Namen des »Tunnels über der Spree« [Sonntags-Verein zu Berlin am 3. Dezember 1827 gegründet; 214 Mitglieder bis 30. Oktober 1898] sich allsonntäglich ein paar Nachmittagsstunden in einem Café hinter der katholischen Kirche versammelte, eigene dichterische Arbeiten sich vorzulesen und darüber ernsthaft zu Gericht zu sitzen.

Theodor Fontane hat in seinen liebenswürdig hingeplauderten Lebenserinnerungen auch dem Tunnel ein anziehendes Kapitel gewidmet. Ich kann mich daher an dieser Stelle einer ausführlicheren Schilderung dieser »Kleindichterbewahranstalt«, wie Geibel mit sehr ungerechtem Hohn den Tunnel nannte, enthalten und will Fontanes Darstellung gegenüber nur bemerken, dass ich von der Spannung und Spaltung der Mitglieder in zwei Gruppen, die er ausführlich bespricht, nie das Geringste wahrgenommen habe. Im Übrigen, so mancherlei Seltsames, Pedantisches und Unpoetisches auch mit unterlief – jeder, der es mit seiner künstlerischen Entwicklung ernst nahm, musste den wohltätigen Einfluss dieser Genossenschaft dankbar anerkennen.

In einem Kreise von zwanzig bis dreißig poesiebeflissenen Männern, die den verschiedensten Berufen angehörten, waren die wirklichen Talente natürlich in der Minderheit. Wenn es zur Abstimmung über vorgelesene Dichtungen kam, gab die Mehrheit der Dilettanten, unter denen es an biederen Philistern nicht fehlte, gewöhnlich den Ausschlag. Aber auch den Talentvollsten konnte daran liegen, das Urteil des gröberen »gesunden Menschenverstandes« zu erfahren, das er ja auch von dem großen Publikum zu erwarten hatte, und eine unschätzbare Abhärtung gegen törichtes Lob und verständnislosen Tadel wurde dem grünen Neuling zuteil, als der ich selbst, trotz meiner Jugend, durch Kugler eingeführt und freundlich aufgenommen wurde. Man weiß, dass niemand unter seinem bürgerlichen Namen Mitglied war, sondern jeder einen Tunnelnamen erhielt, der den Vorteil gewährte, dass alle Rücksicht auf Rang und Stand ferngehalten wurde. So scheute man sich nicht, da eine unbedingte Offenherzigkeit herrschte, einem Anakreon, Cook oder Lessing ins Gesicht zu sagen, was man dem Geheimrat A. oder dem Oberst N. N. gegenüber doch wohl für unschicklich gehalten hätte. Allen aber war es stets um die Sache zu tun. Und da bei der Umfrage nach einer Vorlesung jeder sein Urteil abgeben und begründen musste, hatte diese schulmäßige Einrichtung zugleich den Vorteil, auch die Schüchternen in freier, zusammenhängender Aussprache über ästhetische Themata zu üben.

Man hatte mir, da ich ein sehr sentimentales, todesahnungerfülltes Gedicht vorgelesen hatte, den Namen Hölty gegeben. Ich zeigte bald ein anderes Gesicht mit minder elegischen Zügen und muss mich sogar anklagen, dass ich oft die Bescheidenheit vergaß, die meiner Jugend geziemt hätte, und dilettantischen alten Herren, von deren talentlosen Versen man billig überhaupt nicht viel Redens hätte machen sollen, rücksichtslos zu Leibe ging. Man verzieh mir aber dergleichen Unarten, da man meine raschen Fortschritte sah und sie zum Teil der erzieherischen Kraft des Tunnels zum Verdienst anrechnete. Und da ich die »Späne« Fontanes, Lepels [Bernhard von Lepel, 1818-1885], Scherenbergs [Christian Friedrich Scherenberg, 1798-1881] und anderer wahrhaft Begabter mit großer Wärme anerkannte, gewann ich gerade unter den Besten Freunde, denen ich durch mein ganzes Leben verbunden blieb.

Der Bedeutendste von diesen und zugleich meinem Herzen der nächste war Theodor Fontane. Er war zehn Jahre älter als ich, ganz anderen Lebenskreisen entstammt, von etwas kühlem Temperament, in dem sich die Elemente des französischen Esprit und der deutschen, ausgesprochen märkischen Charakteranlage vereinigt fanden, zu einer Erscheinung von unwiderstehlicher Anziehungskraft. Die völlige Abwesenheit alles Gemachten, Konventionellen, die sich in seinem Bekenntnis, ihm fehle der Sinn für Feierlichkeit, aussprach, die helle Klugheit, mit der er Menschen und Dinge auf ihren letzten Gehalt zu beurteilen suchte, ohne sein eigenes Wesen weder zu überschätzen noch je zu verleugnen, dazu dichterische Töne des echtesten Klanges, die er auf verschiedenen Gebieten anzuschlagen wusste – dies alles erregte in mir eine hingebende Liebe und Bewunderung, die er, wie mir scheint, niemals so recht voll erwiderte, obwohl er von meinem Talent von Anfang an die beste Meinung hatte. Unsere Naturen waren allzu verschieden. Für das, was mir schon früh als das Höchste in Kunst und Poesie erschien, hatte er nur eine respektvolle Hochachtung, da er im Erhabenen, ohne sich darüber klar zu werden, stets etwas wie Pose witterte. Er hatte freilich nie den Einfluss der antiken Dichtung erfahren, da er in einer Gewerbeschule für den Apothekerberuf vorgebildet worden war. Auch als er gegen das achtundzwanzigste Jahr diese Fessel abschüttelte, sich ganz auf sein schriftstellerisches Talent stützend, fehlte unter den Bildungsstoffen, die er nach wie vor reichlich in sich aufnahm, unter anderm auch alles, was zu philosophischer Betrachtung der Weltprobleme anregen konnte. Dafür trat sein historischer Sinn immer stärker hervor, sein leidenschaftliches Interesse an merkwürdigen Zuständen und Gestalten einer nicht allzu entfernten Vergangenheit, vor allem neben den englischen an denen seiner Heimat, die er mit dem Auge des Dichters in voller Leibhaftigkeit heraufbeschwor und in festen Zügen vor uns hinzustellen wusste. Für die eigentliche Lyrik, wie er sie vor allem an Storm bewunderte, fehlte ihm jede Begabung. Auch in seinen Herzensangelegenheiten, bei aller Echtheit der Empfindung, bewahrte er sich eine gewisse nüchterne Klarheit, die keinen Hauch von Traumstimmung oder dichterischer Überschwänglichkeit hatte.

Seine ersten Erfolge im Tunnel verdankte er den von Frische und Kraft strotzenden Gedichten auf die »Männer und Helden« der Zeit Friedrichs des Großen. Was auf dem Gebiet der bildenden Kunst den alten Schadow so groß gemacht hat und später in Menzel aufs Höchste gesteigert worden ist, ein idealer Wirklichkeitssinn, eine Verklärung des Nüchternen und zuweilen höchst Prosaischen, die wieder einen Eindruck hoher Kunst machen, den *coin de nature, vu par un tempérament* [den Fleck Natur, gesehen durch ein Temperament] zu etwas unendlich Wertvollem erheben – vorausgesetzt, dass das Naturobjekt nicht völlig gleichgültig oder gar abstoßend ist, war auch Fontane eigen.

Wie hoch im Lauf der Zeit diese Kraft charakterisierender Darstellung selbst des Alltäglichsten bei ihm sich entwickelte, wie er insbesondere seinen Menschenblick schärfte, zeigen, um nur ein Beispiel anzuführen, die Porträts, die er von besonders interessanten und ihm nahestehenden Tunnelgenossen entwarf (»Von Zwanzig bis Dreißig«, S. 195-378). Da mir alle diese Charakterköpfe wohlbekannt sind, kann ich die Schärfe und Feinheit jedes Zuges beurteilen und neben der Richtigkeit der Auffassung die hohe Billigkeit im Urteil, die überlegene Sicherheit in der Verteilung von Licht und Schatten nicht genug bewundern. Dazu der von eigentlich literarischer Prätention vollkommen freie Stil, ein beständiges *parlato,* wie es auch in seinen von Witz und Ungebundenheit funkelnden Briefen so liebenswürdig erscheint, wenn auch zuweilen ein Berlinischer Bummelton durchklingt.

So hat er in diesen Konfessionen, in denen er auch seine Schwächen und Menschlichkeiten schonungslos preisgibt, neben der endlosen Reihe glänzender Porträtfiguren auch sein eigenes Bild treu nach dem Leben gezeichnet, und die wachsende Popularität, die seinem Namen zuteil geworden, heftet sich meines Erachtens noch mehr als an seine Werke an den unvergleichlichen Zauber seiner Person, der durch alles, was von intimen Zeugnissen seines Lebens besonders auch in seinen Briefen nach und nach zum Vorschein kommt, an Wärme und Lebendigkeit immer noch zunimmt. Aus diesem Grunde werden auch seine Wanderbücher wohl unbestritten ihren Rang über allen ähnlichen »Reisebildern« behaupten, da die Figur des Dichters zwischen allem, was er sieht und erlebt, mit seinen hellen Augen und dem nie vordringlichen, stets aus der Sache entspringenden Humor ihren Reiz behalten wird.

> Nichts Hochromantisches rings zu sehn,
> Pappeln umschwirrt von Spatzen und Krähn,
> Ein roter Kirchturm hin und wieder,
> Ein Schlossdach dunkelt schwarz hernieder –

Dächer von Ziegel, Dächer von Schiefer
Dann und wann eine Krüppelkiefer,
Am trägen Flusse Schilf und Rohr,
Und am Abhang schimmern Kreuze hervor –
Ein Land, mit dem verwöhnte Touristen
Wohl nicht viel anzufangen wüssten,
Das leibt und lebt so frisch und echt,
Spricht seine Sprache schlecht und recht;
Ist nichts so groß und nichts so klein,
Der Dichter schließt's in sein Herz hinein,
Und wie er geliebt, was er geschrieben,
So müssen wir's nun wieder lieben[9].

Diese beiden Gaben, die er im höchsten Maße besaß, scharfe Beobachtung des Lebens und die Fähigkeit, das Erlebte und Geschaute in reizvoller Lebendigkeit darzustellen, kamen ihm auch für seine Romane und Novellen zustatten, sodass er bald nach seinen ersten noch etwas tastenden Schritten zu einer führenden Stellung unter den zeitgenössischen Erzählern gelangte und heute als das glänzendste Talent der neuen realistischen Schule anerkannt wird.

Hier aber gingen unsere Wege auseinander. Da ich von einem novellistischen Kunstwerk oder einem Roman einen höheren Begriff hatte, als dass es sich dabei nur um eine interessante Darstellung des vielgestaltigen Menschenlebens handle, um gut erzählte Geschichten, wie sie eben in buntem Wechsel sich oft zu ereignen pflegen, nicht um bedeutende Fälle sittlicher oder geistiger Konflikte, in denen wir daran teilnehmen, wie sich irrende und strebende Sterbliche mit ihren größeren oder kleineren Schicksalsaufgaben abfinden, konnte mir eine Dichtung nicht genügen, der jeder *coin de nature* gleich wertvoll war, wenn er nur Gelegenheit bot, von irgendeiner malerischen Seite aufgefasst zu werden. Das Gemeine wurde als ebenso wichtig, wie das Edle, das Alltägliche so berechtigt zur Schilderung, wie das Seltene und Bedeutende betrachtet, das Kranke und Abstoßende sogar gegenüber dem Gesunden und Erquicklichen bevorzugt, da es an pathologischem Reiz diesem überlegen war. Fontane kannte unser Berlin in all seinen Schichten, von den obersten Regionen der Junker, Geheimräte und hohen Offiziere bis in die untersten Volksklassen, wusste um ihre Sitten und Unsitten Bescheid und beherrschte meisterhaft ihren Jargon. Sie so zu schildern, wie sie waren, mit einem neutralen kühlen Interesse an den verschiedensten Modellen, war sein Talent und sein einziger Ehrgeiz. Während man dem Erzähler folgte, war man im Bann seiner großen plastischen Kunst, seines Humors und der Echtheit eines jeden Zuges. War er zu Ende, so fühlte man, dass all seine Kunst nichts Bleibendes, Nachwirkendes in der Seele zurückgelassen, da keine tiefere Idee – wenn das von den Naturalisten belächelte Wort hier einmal gebraucht werden mag – die Handlung zu einer Art organischer Einheit zusammengefügt hatte. Alles war damit erschöpft, dass man wieder einmal davon Zeuge gewesen war, wie es eben in der Welt zuzugehen pflegt.

Um diese Sätze durch ein Beispiel zu illustrieren, will ich an eine Novelle erinnern, die für die Mängel und Vorzüge des Fontaneschen Naturalismus typisch ist.

Sie schildert ein Liebesverhältnis zwischen einem jungen adligen Offizier und der hübschen Tochter aus einer Gärtnerfamilie. Die Eltern haben gegen dies aussichtslose Verhältnis nichts einzuwenden, der vornehme Liebhaber imponiert ihnen, sie gönnen dem Mädchen die heimlichen Freuden dieses Umgangs. Eine Landpartie an heiterem Sommertag wird ausführlich geschildert, mit aller Anmut, die dem Erzähler eigen ist. Die Umgebung, die reizende

---

[9] An Theodor Fontane zum siebzigsten Geburtstag.

Abgeschiedenheit, das Glück des Paars tritt in bezaubernder sinnlicher Gegenwart vor unser Auge. Eine tiefere Empfindung wird dadurch nicht geweckt. Weder der junge Baron noch das Gärtnerskind haben sich selbst oder uns irgendetwas zu sagen, was über das Alltäglichste hinausginge, sie sind beide völlig unbedeutende Naturen, an denen nur die Jugendfrische und äußere Gestalt anziehend erscheint, eine Art *beauté du diable*.

Und diese vergeht auch bald nach diesem Tage, den wir miterlebt haben. Das flüchtig angeknüpfte Verhältnis wird ebenso rasch, wie es geschlossen war, gelöst, ohne großes Herzweh zu hinterlassen. Mein Gott, eine Liebschaft zwischen einem Offizier und einem Mädchen niederen Standes ist ja so etwas Alltägliches! Aber wenn ein Dichter dieses tausendfach sich ereignenden Falles sich bemächtigt, erwarten wir, dass es nicht bei der Konstatierung der Tatsache bleibe; dass noch irgendetwas geschehe, was diesen Fall interessanter mache, als tausend ähnliche, ihm einen gewissen sittlichen Wert verleihe. Beide haben nach der Trennung geheiratet, der Baron ein Fräulein seines Standes, das er nicht sonderlich liebt, das Mädchen einen widerwärtigen Menschen, gegen den sie sogar einen stillen Abscheu empfindet. Sie wünschte eben versorgt zu werden. Aber jetzt – jetzt wird doch noch etwas kommen, ein Wiedersehen wird irgendwie stattfinden und vielleicht sogar eine Katastrophe herbeiführen, bei der es zu irgendeinem Konflikt käme? Die eigentliche Novelle wird jetzt erst beginnen und zu irgendwelcher Höhe gelangen? Nichts derart! Denn in der Wirklichkeit pflegt es dabei zu bleiben, dass eine solche Liebschaft keine Fortsetzung hat, es sei denn eine natürliche »Folge«, die ebenfalls auf die gewohnte alltägliche Weise abgefunden wird.

Wie aber stimmt nun mit dem höchst einfachen Verlauf dieser Geschichte der Titel »Irrungen, Wirrungen«, ein Titel, der durch nichts in der Erzählung gerechtfertigt wird. Alles verläuft ja ganz regelrecht, keine der Personen irrt sich in der andern, und von einem Wirrsal, das zu lösen wäre, ist keine Rede. Nur der Leser irrt sich, wenn er eine Vertiefung des Stoffes erwartet, die der Dichter ihm schuldig geblieben ist!

***

Von dieser langen Abschweifung kehre ich zum Tunnel zurück.

Was Fontane dort zum Besten gab, ließ seine spätere Entwicklung nicht ahnen, sodass auch ein künstlerischer Gegensatz zwischen uns sich nicht von fern ankündigte. Ich war sehr angetan von seinen Balladen, die zwar fühlbar durch *Percys relics of ancient poetry* beeinflusst waren, doch auch oft weit über deren chronikartigen Stil hinausgingen. Ich erinnere nur an den herrlichen Archibald Douglas, das Kleinod aller deutschen Balladenpoesie.

Was mich selbst betrifft, so brachte ich im Tunnel 1851 meine erste Novelle »Marion« und die Erzählung in Versen »Die Brüder«, die bei der ausgeschriebenen Doppelkonkurrenz für die beste Erzählung in Prosa und Versen beide den Preis erhielten. Ich verhehlte mir nicht, dass hier, wie bei dem Eindruck alles Künstlerischen auf jedes Publikum, der Wert und Reiz des Stoffes den Ausschlag bei der Beurteilung gegeben hatte. Doch war ich sehr glücklich und von da an, da ich mir nun die Ziele immer höher steckte, vor jeder Überhebung bewahrt.

Bald nachher sollte ich noch bei einer anderen Preisbewerbung als Sieger hervorgehen.

Im Berliner Zoologischen Garten war ein Bär gestorben, den man, um eine Starbildung auf seinen Augen zu operieren, chloroformiert hatte. Die Operation war auch gelungen, der Patient aber aus der Narkose nicht wieder aufgewacht. Dieses Ereignis hatte unser Tunnelmitglied, der Bildhauer Wilhelm Wolff, der sich besonders durch Skulpturen aus dem Tierreich auszeichnete, in einer humoristischen kleinen Gruppe verewigt. Der selig entschlafene Bär ruht, das schwere Haupt auf die rechte Schulter herabgesunken, von verschiedenen Ärzten in Tiergestalten umgeben, zu seinen Füßen sein kleiner Sohn, der die Tatzen vors Gesicht hält, auf der andern Seite ein ironisch lächelnder Fuchs, hinter dem Toten ein Widder als Famulus mit der Chloroformflasche. – Das lustige Bildwerkchen sollte in Bronze gegossen und mit einer Inschrift versehen werden, zu deren Abfassung der Künstler einen Wettbewerb im Tunnel ausschrieb. Preis: ein Abguss der Gruppe.

Die Verse, mit denen ich siegte, sind mehrfach ungenau zitiert worden, sodass sie hier im richtigen Wortlaut stehen mögen

> Der Bär ist nun ein stiller Mann,
> Das Chloroform ist schuld daran.
> Ein ärztliches Kollegium
> Ging mit dem Tier zu menschlich um.
> Das Füchslein grinst, das Bärlein flennt,
> Der Wolff setzt' ihm dies Monument.

***

Geibel hatte sich, wie schon angedeutet, dem Tunnel beharrlich ferngehalten. Er war nicht der Mann dazu, sich vor einem größeren Kreise Zensuren über sein poetisches Wohlverhalten gefallen zu lassen, zumal vor einer Korona, die so bedenklich aus Laien und Kennern gemischt war. Auch sollten wir ihn bald verlieren. Ende Februar 1848 hatte Ernst Curtius, der Hofmeister des Prinzen Friedrich Wilhelm, ihn auf Befehl des Prinzen von Preußen eingeladen, der zweiten Vorstellung seines »Meister Andrea« beizuwohnen, die diesmal vor dem Könige stattfand. Er erlebte darauf noch den Ausbruch der Märzrevolution mit uns und zog sich bald darauf nach Lübeck zurück, wo er während der Jahre 1849 bis 51 an seinen dramatischen Entwürfen weiterarbeitete.

Mit welcher Stimmung er der Bewegung, die vom 18. März ausging, gegenüberstand, sagten uns seine Briefe. Schon seiner maßvollen, tief religiösen Natur war das wüste Treiben, das nicht auf eine ruhige Entwicklung so tief berechtigter politischer Forderungen und lang genährter volkstümlicher Wünsche, sondern auf einen jähen Umsturz zielte, ein Gräuel. Zudem fühlte er sich dem Könige für die freiwillig gewährte Pension zu Dank verpflichtet und hatte im Hause seines hohen Bruders so viel Freundliches und Huldvolles genossen, dass ihn die Ereignisse aufs Persönlichste mittreffen mussten, die den verehrten Prinzen nach England trieben, und der Gedanke ihn im Innersten empörte, dass an der Wand des Palais, in welchem noch vor kurzem sein »Meister Andrea« aufgeführt worden war, nun mit großen Buchstaben das freche Wort »Nationaleigentum« geschrieben stand.

Wir Jüngeren, politisch völlig Unreifen hatten keinen Schutz gegen das hitzige Freiheitsfieber, das damals auch besonnenere Köpfe ergriff. Die Abenteuerlust der Jugend kam hinzu. Es war so aufregend schön, mit Flinte und Schleppsäbel, eine Feder am grauen Heckerhut, im Studentenkorps mitzumarschieren, nachts Schildwacht zu stehen auf der Rampe vor dem »Nationaleigentum«, oder im Schweizersaal des Schlosses die Nächte zu durchwachen und mit den Freunden Roquette [Otto Roquette, 1824-1896; Butzenscheibenlyrik; Waldmeisters Brautfahrt, 1851] und Fritz Eggers [Friedrich Eggers, 1819-1872; Kunsthistoriker] Verse auf Endreime zu machen, um den Schlaf abzuwehren. Auch blieb es nicht bei diesen Reimscherzen, die mit der großen Sache nichts gemein hatten. Wir konnten der Versuchung nicht widerstehen, in die stürmischen Klänge der Zeit auch unser Wort mit hineinzuwerfen, und ließen ein Heftchen im Verlag der Gubitzschen Buchhandlung erscheinen unter dem Titel »Fünfzehn neue deutsche Lieder zu alten Singweisen«, natürlich »den deutschen Männern Ernst Moritz Arndt und Ludwig Uhland gewidmet«. Nur der alte Arndt hat ein freundliches Wort zum Dank an uns gewendet.

Wiederholt hatte mich Geibel davor gewarnt, zu früh mit meinem Dichten hinauszutreten; ich sollte warten, bis ich »einen Schlag damit tun könnte«. Zu einem Schlage nun kam es auch diesmal nicht, nur zu einem Schlag ins Wasser. Denn diese wohlgemeinten patriotischen Herzensergüsse, deren Begeisterungssturm stets die schwarzrotgoldene Fahne flattern ließ, gingen spurlos vorbei.

Wie ich jetzt das graue Heftchen wieder aufschlage, steigt meine Jugend daraus empor. Vier Gedichte von Bernhard Endrulat, zwei von Louis Karl Aegidi, der sich zu einem wirklichen Politiker auswachsen sollte, zwei mit N. N. bezeichnet – verbarg sich unter dieser Maske ein gewisser Geheimrat? Ich bin heut nicht mehr imstande, es zu entscheiden, die Züge sind allzu sehr verwischt. Die noch übrigen sieben kommen auf mein eigenes Konto. Ich finde, wenn ich sie noch so redlich prüfe, dass sie weder besser noch schlechter sind als die meisten, die damals durch die Zeitungen gingen. Eines, das letzte von ihnen, möge hier seinen Platz finden, um den Ton zu bezeichnen, auf den unsere Gemüter damals gestimmt waren.

Einen Mann!

Mel.: Prinz Eugen, der edle Ritter usw.

O du Deutschland, edle Fraue,
Welch ein' schlimme Witwentrauer
Ist ergangen über dich,
Seit dein weiland Mann und Kaiser
Stieg hinab in den Kyffhäuser,
Barbarossa Friederich!

Freier kamen gnug gelaufen,
Kamen gar zu hellen Haufen,
Sechsunddreißig an der Zahl.
Warum tatst du alle nehmen?
Edle Frau, du musst dich schämen:
Sechsunddreißig auf einmal!

Ei, du hast es bald gespüret,
Wie die Herrn dich nasgeführet
Und ins Fäustchen sich gelacht.
Sechsmal sechs macht sechsunddreißig;
Rührtest du dich noch so fleißig,
Hast es doch zu nichts gebracht.

Deinen Söhnen auch vor allen
Wollte nimmermehr gefallen
Solch verzwicktes Regiment.
Und sie schrien Weh und Zeter,
Aber ach, die Herren Väter
Machten bald dem Schrei'n ein End.

Endlich nahm's den Herrgott wunder,
Da man Anno achtzehnhundert-
Achtundvierzig schrieb im März,
Machte nicht viel Federlesen
Mit dem ganzen tollen Wesen,
Dass uns leichter ward ums Herz.

Jetzo mag vor allen Dingen
Eines noch nach Wunsch gelingen,

So man nicht erkämpfen kann:
Unser Herrgott sei so gnädig,
Dass Frau Deutschland nicht bleib' ledig,
Send' er einen mächt'gen Mann.

Nicht den alten morschen Kaiser,
Der verzaubert im Kyffhäuser
Ganz verträumet sitzen soll;
Nein, ein frisches, junges Leben,
Allem Deutschen heiß ergeben,
Aller Kraft und Treue voll.

O du Deutschland, edle Fraue,
Fröhlich im Gemüt vertraue:
Neue Hochzeit hebt dir an,
Wenn der Freier wird erscheinen,
Den wir grüßen wie noch keinen:
Nun gottlob, das ist ein Mann!

Der junge Sänger und Seher ahnte nicht, wie spät erst, dann aber wie glorreich sein Wunsch sich erfüllen sollte.

3. Bonner Studien

Die Ordnung in Berlin war wieder hergestellt, die Einwohner zu der »ersten Bürgerpflicht« zurückgekehrt. Das politische Fieber, das jung und alt ergriffen hatte, zitterte nur noch in dem leidenschaftlichen Interesse nach, mit dem man die Debatten in der Paulskirche verfolgte.

Auch die Musen, die ja unter den Waffen nicht ganz verstummt waren, bequemten sich wieder, friedlichere Weisen anzustimmen. Im Tunnel fuhr man fort, die Seenovellen des dicken Smidt [Heinrich Smidt, 1798-1867; Jan Blaufink, 1864] anzuhören, Fontanes und Lepels Balladen mit »sehr gut« auszuzeichnen und sich in poetischen Wettkämpfen zu erhitzen. Ich selbst schwänzte immer regelmäßiger meine Kollegien und war ein desto häufigerer Gast im Kuglerschen Hause, das mir ein zweites Elternhaus geworden war.

So verging das Jahr 1848. Im Frühjahr 1849 bezog ich die Universität Bonn.

Ich war, wie gesagt, nach den zwei Jahren, in denen ich in Berlin klassische Philologie studiert hatte, nur darüber klar, dass ich zu dieser Wissenschaft weder Talent noch Neigung hatte. Ob zu einer andern und zu welcher, darüber sollte ich in Bonn mit mir ins Reine kommen.

Am ehesten bildete ich mir ein, das Zeug zum Studium der Kunstgeschichte zu haben. Hatte sie doch auch Kugler, ihren Mitbegründer, nicht so ganz in Beschlag genommen, dass sie ihm nicht Zeit und Kraft für allerlei novellistische und dramatische Allotria übrig gelassen hätte. Und so hoffte ich im Stillen, das unumgängliche Brotstudium in dem zu finden, was meinem teuren Freunde eine so angesehene Stellung verschafft hatte und wofür ich eine entschiedene Anlage auch in mir zu erkennen glaubte.

Und war es nicht auch günstig genug, dass ich mein neues Universitätsjahr gerade in Bonn zubringen sollte, von wo auf die beste Gelegenheit war, in den Städten hinab und hinaus am Rhein die Geschichte der Baukunst anschaulicher zu studieren, als aus gedruckten Büchern und architektonischen Atlassen? Immerhin fanden sich zunächst in Köln und Aachen Kirchen genug, an denen ich beweisen konnte, was ich in Kuglers Vorlesungen gelernt hatte. Ich war auch eifrig bemüht, mich so tief als möglich ins Technische hineinzuarbeiten, und da

Kugler mit diesem Vorhaben einverstanden war, munterte er mich dazu auf, auch das Thema meiner Doktordissertation aus dem Kreise der Baugeschichte zu wählen. Nichts Geringeres betraf es als die Untersuchung, wie es mit den Bauhütten des Mittelalters bestellt gewesen war, ihre zünftige Organisation und ihren sagenhaften Zusammenhang mit der Freimaurerei zu erforschen.

Meine Erwartung, durch Kinkels [Johann Gottfried Kinkel, 1815-1882; Theologe, Professor für Kunst-, Literatur- und Kulturgeschichte, Kirchenlieddichter, Politiker] Vorlesung über Geschichte der Malerei an das Studium der Kunstgeschichte ernstlicher gefesselt zu werden, war freilich eine Täuschung gewesen. Statt eines ernsten Gelehrten im Stil der Kugler, Schnaase, Bötti-ger, Burckhardt sah ich einen Schönredner auf dem Katheder, der mit selbstgefälliger Würde sein Auditorium zu bezaubern suchte. Als ich von ihm gehört hatte, dass es »der höchste Sieg des Geistes über die Materie sei, nur ein bisschen rote Farbe zum Ausdruck des Zorns oder der Scham auf einem Menschenantlitz zu gebrauchen«, besuchte ich diese Vorlesungen nicht mehr, die denn auch bald durch des Dichters abenteuerlichen Freischarenzug ins Badische abgebrochen wurde.

Auch mit der Ästhetik des alten Brandis [Christian August Brandis, 1790-1867; Philosoph, preu-ßischer Gesandtschaftssekretär], in dessen Kolleg ich zuletzt neben dem Dichter der »Anneliese« [Lustspiel *Die Anna Liese*: Apothekerstochter Anna Luise Föhses Ehe mit Fürst Leopold I. von Anhalt-Dessau] Hermann Hersch [1821-1870] der einzige Zuhörer war, blieb es beim ersten Anlauf. Auch das war nicht das Rechte, das Eine, was mir Not tat. Mit der klassischen Philologie vol-lends hatte ich innerlich schon gebrochen, eh ich nach Bonn kam. Auch eine so bedeutende Persönlichkeit wie Friedrich Ritschl [1806-1876; Begründer der Bonner Schule der Klassischen Philologie; Textkritik] konnte den Abtrünnigen nicht zurückführen. Ich war dem Ritschlschen Hause aufs Wärmste empfohlen worden und verehrte in dem großen Gelehrten auch den gü-tigen Menschen, der sich meiner aufs Freundlichste annahm. Eine ähnliche Güte bewies mir der alte Welcker [Friedrich Gottlieb Welcker, 1784-1868; Griechische Götterlehre, 1857 ff.], der eine eigene Gabe hatte, jungen Menschen das Herz aufzuschließen und sie für die Welt der Grie-chen, in der er lebte, zu begeistern. Gleichwohl gelang es keinem dieser beiden verehrten Lehrer, mich zur klassischen Philologie zurückzugewinnen.

Ich ließ mir aber von dem Dunkel, das über meiner Zukunft lag, die Jugendlust nicht trü-ben, die hier an den lachenden Rheinufern hell aufblühte, sondern verbrachte den Sommer 1849 wie sonst nur ein Fuchs sein erstes Semester, mehr in lustigen Streifzügen durch die herrliche Gegend und in den kleinen Weinkneipchen von Endenich, Kessenich und Rolands-eck, als in den Hörsälen, immer in der Gesellschaft sehr guter Freunde, wenn ich auch ein für alle Mal mich von allem, was Korpskomment hieß, ferne hielt. Denn ich begriff nicht, wie junge Leute, die eben die Fessel des Schulzwangs abgestreift haben, statt ihre Freiheit unge-bunden zu genießen sich sofort wieder unter eine kameradschaftliche Zucht schmiegen und auf Kommando trinken, singen, fechten und bummeln mögen, wie es ihnen von ihren Oberen vorgeschrieben wird. Für gewisse unselbständige Charaktere mag es zweckmäßig sein, sich erst einem Korpsgeist unterwerfen zu müssen, der ihnen einen gesellschaftlichen Halt gibt, bis dann vielleicht ihr Selbstgefühl daran erstarkt. Ich fühlte dazu kein Bedürfnis und hielt mich an einzelne Freunde, zu denen auch die Brüder Herman und Rudolf Grimm [Söhne von Wilhelm Grimm und Dorothea Grimm, geb. Wild] zählten. Nur dieser, der jüngere, studierte die-sen Sommer in Bonn, sein älterer Bruder kam nur einmal zum Besuch. Dabei fiel eine drol-lige Szene vor, die sich in der Erinnerung so belustigend ausnimmt, wie sie im Erleben pein-lich war.

Ich hatte von Franz Kugler auch einen Gruß an Simrock [Karl Joseph Simrock, 1802-1876; Dichter, Philologe; neuhochdeutsche Übersetzung des Nibelungenliedes, 1827] mit auf den Weg bekommen, mit dem er als Student befreundet gewesen war. Noch immer hatte ich keine Gelegenheit gehabt, diesen Gruß zu bestellen, da Simrocks Persönlichkeit mich wenig anzog und die mittelhochdeutsche Dichtung, um die er sich durch seine etwas steifen Übersetzungen immerhin verdient gemacht hatte, mir damals fern lag. Die jungen Grimms, zu denen er in einer Art Onkelverhältnis stand, besuchten ihn sofort und luden auch mich eines Nachmittags zu einem gemeinsamen Spaziergang nach Plittersdorf ein.

Nach der ersten stummen Begrüßung richtete ich Kuglers Auftrag aus, worauf auch nur wieder ein stummes Kopfnicken erfolgte. Als wir uns dann in Bewegung setzten, schritt der Professor mit Herman voran, ich folgte mit Rudolf, nahe genug, das Gespräch vor uns mit anhören zu können, das nicht sonderlich belebt war. Auch der Wein, den wir tranken, als wir unser Ziel erreicht hatten, war nicht imstande, die Stimmung mehr in Schwung zu bringen. Als wir daher den Heimweg antraten und ich wieder die langen schwarzen Rockschöße des Herrn Professors philisterhaft vor mir hin und her schwanken sah, ertrug ich es nicht länger, als stummer Trabant hinterdrein zu wandern, ohne von dem immerhin verehrten Manne eines Wortes gewürdigt zu werden, und brach ein Gespräch vom Zaune, durch das ich ihn ein wenig zu interessieren dachte. Heut morgen, sagt' ich zu Rudolf, habe ich ein sonderbares Gedicht gelesen, in welchem die Vorgeschichte von Schillers »Ritter Toggenburg« in demselben Versmaß erzählt wird. Als ob das nicht gerade so echt dichterisch wäre, wie Schiller, dem die historischen Antezedenzien sehr gleichgültig waren, mitten ins Zeug hineingeht. Wer da etwas zu ergänzen für nötig gefunden hat, muss ein rechter Pedant gewesen sein.

Da steht Simrock plötzlich still, wendet sich um und sagt mit dem ruhigsten Tone: Der Pedant bin ich gewesen. – Dass ich gern in den Erdboden versunken wäre, wird man mir glauben. Doch kam von diesem hochdramatischen Augenblick an eine lebhafte Unterhaltung unter uns vieren in Gang, und der alte Herr entließ mich, da wir uns vor seinem Hause verabschiedeten, mit einem freundlichen Händedruck.

Unter allen aber stand mir ein Braunschweiger, Bernhard Abeken [1826-1901; Schriftsteller, Jurist, Politiker], den ich in Berlin kennen gelernt, am nächsten. Ich wohnte mit ihm zusammen in zwei Zimmern eines ansehnlichen Hauses, das dem Besitzer eines großen Warengeschäfts, Röttgen, gehörte. Im Winter darauf, als mein Stubengenosse mich verließ, fand ich ein bescheidneres Quartier in der Rheingasse bei einer Witwe Böschemeyer, die einen kleinen Laden mit Eisenkram hielt, und deren schönäugige Tochter Settchen mich darüber hinwegsehen ließ, dass dies Stübchen nach dem Hof hinaus nicht viel Sonne und einen rauchenden, eisernen Ofen hatte.

Abeken war schon ein bemoostes Haupt, vier Jahre älter als ich, und machte bald darauf in seiner Heimat das erste juristische Examen. Sein klarer, kritischer Verstand und ein trockner Humor, mit dem er uns Jüngere behandelte, ließen das warme Gemüt nicht auf den ersten Blick erkennen. Doch war sogar ein Stück Poet in ihm. Als ich viele Jahre später an allerlei Büsche klopfte, um für den Novellenschatz verborgene Findlinge zu sammeln, geriet ich auch an eine anonyme [Pseudonym Ernst Andolt] Erzählung in Westermanns Monatsheften[10], die ich der Aufnahme in diese Mustersammlung durchaus würdig fand, und erfuhr auf meine Anfrage bei der Redaktion, dass kein anderer der Verfasser sei, als Bernhard Abeken.

Er hat später auch eine politische Rolle gespielt und ist in den Reichstag gewählt worden, wie auch der zweite meiner Bonner Intimen, Levin Goldschmidt [1829-1897], der in der Folge als Meister des Handelsrechts eine hervorragende Stelle an den Universitäten Heidelberg und

---

[10] Eine Nacht. Von Ernst Andolt. Westermanns Monatshefte, 1857. »Fünf Jahre später erschien unter seinem wahren Namen ein Roman ›Greifensee‹ der zum größten Teil schon aus der Studentenzeit stammte, doch durch mancherlei lebendige Details nicht für die mangelnde Reife und die zerstreute Gesamtwirkung entschädigen konnte.« (Vorwort im Novellenschatz)

Berlin wie am Reichsgericht in Leipzig eingenommen hat. Damals offenbarte sich unser politisches Interesse ziemlich fragwürdig durch die heftige Parteinahme für die revolutionären Vorgänge am Rhein und im Badischen. Es fehlte nicht viel, so hätten wir uns Kinkel bei seinem abenteuerlichen Freischärlerzuge angeschlossen. Doch versäumten wir den richtigen Zeitpunkt und erkannten dann bald, dass wir bei diesem phantastischen Unternehmen unsere Haut sehr töricht zu Markte getragen hätten.

Dieser Sommer am Rhein steht in vollem Sonnenschein vor meiner Erinnerung; er wurde noch gekrönt durch eine erste Schweizerreise in den Herbstferien. Der gute Onkel Louis, den ich in Mannheim aufsuchte, hatte das Reisegeld dazu hergegeben, allerdings ziemlich schmal bemessen, sodass es nur für eine zehntägige Fußwanderung mit den bescheidensten Ansprüchen ausreichte. Doch die Wonne, in der herrlichen Gotteswelt der Alpen, mein Ränzel auf dem Rücken, tagelang dahinzuträumen, war durch keine Einschränkung zu verkümmern.

In Basel klopfte ich bei meinem teuren Jakob Burckhardt an und verbrachte einen unvergesslichen Abend mit ihm auf seiner stillen Klause hoch überm Rhein, wo er mir einen edlen Burgunder nebst einer Hasenpastete vorsetzte und seine italienischen Liedchen wieder einmal sang. Dann stieß ein jüngerer, guter Freund aus der Berliner Zeit zu mir, der Wiener Heinrich Jaques [1831-1894; österreichischer Jurist, Politiker; Rechtsanwalt in Wien; Mitbegründer der Wiener Handelsakademie, des Schriftsteller- und Journalistenvereins Concordia und der Grillparzer-Gesellschaft], später an den politischen Kämpfen in Österreich lebhaft beteiligt, der dritte meiner Jugendfreunde, der in einen Reichstag gewählt wurde. Damals war er ein schmächtiger, zarter Juvenil mit schwarzen Locken um ein schmales, blasses Gesicht von stark orientalischem Typus, dem große schmachtende Augen einen anziehend schwermütigen Ausdruck verliehen. Er begleitete mich aber nur bis Zürich, von wo mir ein anmutiges Erlebnis im Gedächtnis geblieben ist. Abends durch die dunkle Stadt schlendernd, hörten wir aus den erleuchteten Fenstern eines Hauses weiblichen Chorgesang. Mein Freund, ein eifriger Musiker – er war Virtuose auf dem Cello –, blieb lauschend stehn, ich schlug vor, hinaufzugehen und zu fragen, ob man dem Konzert nicht beiwohnen dürfe. Gesagt, getan. Als wir oben in einer Pause anklopften, öffnete uns der Dirigent, ein älterer Herr, der uns auf unsere bescheidene Anfrage, da wir uns als Musikenthusiasten vorstellten, freundlich einzutreten bat. Der Saal war voll junger Mädchen in hellen Sommerkleidern, die uns sehr erstaunt und untereinander flüsternd musterten. Wir wurden aber als reisende Kunstfreunde von Distinktion behandelt und zu ein paar Sesseln in der vordersten Reihe geführt, in denen wir uns niederlassen mussten, während der Musikdirektor uns das Beste, was gerade einstudiert war, zum Besten gab.

Nach einer Stunde war der musikalische Abend zu Ende. Nun erschienen die Dienerinnen der jungen Damen, sie nach Hause zu holen, jede mit ihrem Laternchen, sodass sich die nächsten Straßen wie mit einem Schwarm großer Leuchtkäfer belebten, bis die Sternennacht wieder allein herabfunkelte.

So ganz wonnevoll aber wurde dem fahrenden Schüler erst zumut, als er sich einsam dieser gewaltigen Natur gegenüber sah. Die Briefe nach Hause strömen über von der ungebundenen Jugendlust des angehenden Poeten, die selbst durch einen heftigen Katarrh – mein lebenslanger Spielverderber! – kaum gedämpft werden konnte. Auch der verließ mich endlich, und ich fühlte mich lebensfroher und glücklicher als je.

Hier aber muss ich noch eines wundersamen Erlebnisses gedenken, dessen schwermütig süße Erinnerung mich auf dem ganzen Heimwege begleitete und heute noch, wenn ich ein kleines, altes Bildchen betrachte, mich im Innersten bewegt.

Ich war am 6. September in Alpnach, noch halb verschlafen, früh um fünf Uhr aufgestanden, hatte dann bald meine Wanderung über Sarnen angetreten und um Mittag die große Scheideck erreicht, darauf den Brünig überschritten, alles in allem für einen richtigen Alpenwandrer keine erhebliche Leistung. Ich aber, da ich meine Kräfte noch nicht geübt hatte, kam gegen Abend sehr erschöpft in Meiringen an und hatte kaum noch Augen dafür, wie hübsch der kleine Ort vor mir lag, rauschende Gießbäche von allen Seiten und die grünsten Wiesengelände um die sauberen Häuser. Ich dachte nur einen Bissen zu essen und dann einen langen Schlaf zu tun.

Wie ich aber die enge Treppe im Hôtel du Sauvage hinaufklettre zu meinem Zimmer im obersten Stock, steht da ein Mädchen am Treppengeländer in der Berner Tracht, schwarzes Mieder, breite, schneeweiße, gestärkte Hemdärmel, die bis an die Ellbogen reichten, um den Kopf eine breite Flechte, ein Gesicht, das selbst in dem halbdunklen Flur mich auf den ersten Blick bezauberte, große, reine, sehr edle Züge und stille, dunkle Augen, ein schlanker Hals auf einer stolzen Gestalt, die sich mit einer ganz eigenen ruhigen Anmut bewegte. Sie erwiderte meinen Gruß nur mit einem stummen Kopfnicken und führte mich in mein schmales, einfenstriges Zimmer, wo ich mein Ränzel ablegte.

Als sie dann das Bett bereitete und mir frisch Wasser brachte, stand ich nur immer und verfolgte jede ihrer Bewegungen. Hunger und Müdigkeit waren vergessen, ich hatte nur einen Wunsch, dies Gesicht in mein Büchlein zu zeichnen. Das sagte ich ihr endlich, und sie nahm es ohne einen Zug von geschmeichelter Eitelkeit hin, ging wieder, um erst noch draußen etwas zu verrichten, und kam dann, immer sehr still und wie abwesenden Geistes, wieder zu mir herein. Der letzte Tagesschein fiel in die Kammer, sie setzte sich auf den Stuhl am Fenster, das schöne, gemmenhafte Profil gegen die Wipfel der Nussbäume draußen gekehrt, und ich sputete mich, die kurze helle Zeit zu nützen. Währenddessen erscholl ein paar Mal von unten herauf ein wütendes Klingeln. Gilt das Ihnen? fragt' ich. – Es ist der Engländer im ersten Stock, er hat mir eine Handvoll Gold geboten, wenn ich zu ihm käme, ich tu's aber nicht. O kein Mensch glaubt, was ein armes Maidli in einem Hotel oft auszustehen hat, wenn's nicht wüescht ist und ehrbar bleiben will!

Dann sprachen wir weiter nicht viel miteinander, sie blieb aber nicht ruhig, sondern wandte beständig das Gesicht nach mir um und sah mich an, bis ich endlich lachend aufstand, nachdem ich eine flüchtige Skizze zustande gebracht hatte, und sagte, ich wolle sie nun freigeben, die Nacht breche herein, ob sie das Bildchen anschauen wolle. Sie nickte wieder, warf einen Blick auf das Blatt und schlug dann ihre großen Augen voll zu mir auf. Im nächsten Augenblick hatten wir uns umfasst, und unsre Lippen ruhten aufeinander.

Es war das so gekommen, als müsse es sein, als hätte ein elementarer Zug uns einander in die Arme geführt und alle Fremdheit abgestreift. Mir war zumut wie im Traum; aber nun war der Bann gebrochen, und sie fing an zu sprechen, in einem mit schweizerischen Lauten und Worten gemischten Hochdeutsch, das mir ungemein lieblich klang. Es war, als fühlte sie das Bedürfnis, mir den Verdacht zu benehmen, sie sei eine der leichtsinnigen Wirtsmägde, die mit jedem Fremden sogleich vertraulich umgehen. Ach Gott, sagte sie, wie ist das nur gekommen! Ich dachte an nichts und sang in meinem Stübli, da werd' ich gerufen; es komme ein Fremder. Wie ich nun an die Stiege trete und sah Sie heraufkommen, ward mir's ganz wirblig im Herzen. Ich verwundre mich über mich selbst, dass ich so rede, aber ich habe Sie lieber, als ich je ein Menschenkind gehabt habe. – Und dann wieder, während wir still am Fenster lehnten und ich ihr reiches Haar streichelte und ihre Wange küsste: Je länger ich dich anschaue, desto holder wirst du. Du musst ein guter Mensch sein, es steht in deinen Augen. Ich wollte, der liebe Gott bescherte dich mir, da dürft' ich den ganzen Tag by dir sy, nit immer küsse, nur anschaue. Ach geh du weg! Ich bekomm' dich viel zu lieb, und dann ist's ein Herzeleid! – Man rief nach ihr im Hause. Sie machte sich los und sagte: I ha' jetzt z'schaffe. Gang du abe und iss, nachher stiehl' i mi wieder zu dir. – So begleitete sie mich bis an die Treppe, wo wir uns mühsam trennten.

Ich aß dann im Gastzimmer unten zu Nacht, mir war alle Esslust vergangen. Immer musste ich an das eben Erlebte denken und wusste nicht, was ich davon halten sollte. So unerfahren ich war, hatte ich doch genug von den Abenteuern gehört, die Reisenden im Berner Oberland, die darauf ausgehn, nur zu willig entgegenkommen. Dann brauchte ich mir nur Bäbelis Blick und den Ton ihrer Stimme zurückzurufen, um jeden schnöden Verdacht weit abzuweisen.

Einmal sah ich sie hinten durch das Gastzimmer gehen, ein leuchtender Blick traf mich, mir stieg das Blut ins Gesicht, wie wenn alle, die an den Tischen saßen, das Geheimnis erraten müssten, dann eilte ich, in meine Zelle hinaufzukommen.

Gleich darauf trat sie wieder bei mir ein, mit einer brennenden Kerze im zinnernen Leuchter, deren Schein ihr reizendes Gesicht noch ganz anders verklärte, als vorher das schwindende Abendrot. Dazu das Lächeln, mit dem sie mich grüßte, gleichsam triumphierend, dass sie mich nun wieder in Besitz nehmen konnte. Sie setzte sich zu mir und küsste mich auf die Augen – das ist mir noch heute lebhaft in der Erinnerung als etwas besonders Liebliches. Ich zog sie auf meinen Schoß, und sie sagte mir Liebesworte ins Ohr, die mir sehr süß klangen, trotz der rauen Aussprache des ch. Draußen war's tiefe Nacht geworden, wir hörten die Gießbäche tosen und verworrene Stimmen im Hause und plauderten ganz leise miteinander. Hör, sagte sie, du musst mich heiraten, willst du? O du hast Eltern, die du fragen musst! Ach, wenn du nach niemand zu fragen hättst! Schau, ich hab' ein Haus mit zwei Schwestern zusammen und ein Güetli. Ach, ich tät', was du wolltst, wenn du mein wärst für Zeit und Ewigkeit! Wärst du mein Mann, ich tät dich noch vieltausendmal lieber haben. Aber am End hast du schon eine Frau? – Ich lachte und sagte ihr, wie jung ich sei, ich könne noch lange nicht ans Heiraten denken. – O, sie könne warten, sie sei ein paar Jahr älter als ich, das schade aber nicht. Es eile ihr nicht mit dem Heiraten, wenn's nur dann der wär', den sie gern hätt' – sonst bring' ich dem Herrgott eine Jungfernseele. Ich hab' schon mehr als einen heiraten können, schon als ich erst sechzehn Jahr alt gewesen bin, aber immer nicht gewollt. Es ist auch schon einer um mich im Grab. Ach wärst du mein, zu Nacht wollt' ich dich nur ein einziges Mal küssen, aber der Kuss sollt' dauern bis zum Morgen!

Als ich ihr keine Hoffnung machen konnte, wurde sie traurig. Was ist das doch für ein Schicksal, dass du kommen musstest! Es war die sechste Stund', da ich dich zuerst sah. Ich werd' die Zit behalten, wo der Herrgott so gnädig war – o so ungnädig! Aber du bleibst doch noch hier – morgen – übermorgen – mir zulieb? – Dann ward sie wieder abgerufen, und ich saß allein in schweren, schwülen Gedanken, dabei von Müdigkeit befangen und der Sorge, was werden sollte. Sie kam endlich wieder, freudestrahlend und in überströmender Zärtlichkeit. Es sind noch so viel Fremde gekommen, sagte sie, und unten isch's wüescht. Ich hab' aber eine Frau gebeten, dass sie meine Arbeit für heut Abend tun soll, ich bezahl's ihr frili, aber da kann ich doch zu dir und noch es bitzli von dir profitiere. Ach Schätzeli, ich lieb' dich über die Maßen. Jetzt aber gang schlafen, du bist müed. Nein, ich möcht' dich nit schlafen sehn; wo sollt' ich dann hin mit mein bitzli Bravheit! Oder nein, gang nur zu Bett. Ich komme noch einmal und bring dir e gueti Nacht, ich bleib schon fest und bet zuvor: Führe mich nicht in Versuchung!

Sie kam dann auch und hatte ein Scherchen mitgebracht und fragte mich, ob ich von ihren Haaren wolle, was ich freudig bejahte. Dann schnitt sie mir eine lange Strähne von meinem Kopf ab und verbarg sie an ihrer Brust. Und dann – *parting is such sweet sorrow* – das Herz schlug mir bis in den Hals hinauf, aber sie wand sich glühend und scheu aus meinem Arm, der sie halten wollte, und schlüpfte hinaus.

Als ich am andern Morgen die Augen aufschlug, sah ich sogleich in die ihren. Sie saß auf dem Rand meines Bettes und lächelte mir guten Morgen zu. Dann aber, da ich zum Bleiben

158

nicht zu bewegen war, stürzten ihr die Tränen aus den Augen. Wenigstens wiederkommen sollt' ich, auf alle Fälle schreiben, sie könne mich nicht verlieren. Ich gab ihr ein seidenes Tuch von mir, das ihr gefiel, zum Andenken und sagte, dass ich ihr was schicken wolle. – Aber keinen Schmuck! bat sie. Wann i di ha', bin i scho' überschmückt. Ach, du wirst mich vergesse, bald! – Ich ging dann hinab, um zu frühstücken. Als ich wieder hinaufkam, kauerte sie an meinem Bett und sagte: Ich drücke den Kopf dahin, wo deiner lag, das tut so weh! Dann sprang sie auf und fiel mir ans Herz unter strömenden Tränen, endlich so von Sinnen, dass sie neben dem Bett hinfiel und ich, die Verwirrung ihres Schmerzes benutzend, mich hinausschleichen konnte.

Als ich unten im Freien war und zu dem Fenster droben zurücksah, stand sie regungslos an der Brüstung, ihre blassen Wangen schimmerten von Tränen, die sie nicht zu trocknen suchte, so behielt ich ihr trauriges, holdes Bild im Auge, bis ich um die Krümmung des Weges bog.

Wie lang und tief ich es im Herzen behielt, wie auch ihre Briefe den Kummer um dies verlorene Glück nur verstärkten, das am Stirnhaar zu fassen ich nicht mutig oder – gewissenlos genug gewesen war, bis ich sie endlich bat, nicht mehr zu schreiben, das mag jeder sich vorstellen, dem sein Schicksal einen ähnlichen Verzicht jemals auferlegt hat.

**

Nach Bonn zurückgekehrt, wurde ich von den alten Freunden herzlich begrüßt. Unter diesen habe ich vor allen Jacob Bernays [1824-1881, Klassischer Philologe; Sohn Isaak Bernays', 1792-1849; Onkel von Martha Bernays, Sigmund Freuds Ehefrau; Großonkel von Edward Bernays, 1891-1995, moderne Theorie der Propaganda; Public Relations Counselor; Kampagnen psychologischer Kriegsführung, politischer Propaganda, kommerzieller Werbung] zu nennen, einen der schärfsten und tiefsten Denker, die jemals sich der Aufgabe der Philologie, Erkanntes zu erkennen (Böckhs Definition), unterzogen haben. Er hatte eine Zuneigung zu mir gefasst, wie zu einem jüngeren Bruder, und ist späterhin bis an seinen allzu frühen Tod mit warmer Freundschaft mir nahe geblieben. Von seiner jüdischen Tradition, an der er mit starrer Pietät festhielt, war in unserm Verkehr nichts zu bemerken, außer dass er mir zuweilen am Sabbat von der süßen Speise, die ihm ein jüdisches Restaurant zu seinem frugalen Mittagstisch lieferte, in seinem Ofen etwas aufhob, was er sich für den jungen Freund am Munde abgespart hatte. Er war sehr arm, auch noch kein erfolgreicher Dozent, bis er den Ruf nach Breslau erhielt, wo er neben Theodor Mommsen eine hervorragende Stellung einnahm. Auch waren es nicht seine Vorlesungen (über Ciceros Briefe), was mich an ihn fesselte, sondern der persönliche Verkehr, in dem ich die Allgegenwart seines Wissens und die Schärfe seines Urteils nicht nur im Gebiet der klassischen Philosophie und Historie, sondern auch in den modernen Literaturen bewundern lernte. Nur eins fehlte ihm, was überhaupt dem jüdischen Stamm nur selten eigen zu sein pflegt: das Organ für das eigentlich Künstlerische. (Als ich ihn einmal aufforderte, ein Bild anzusehen, das irgendwo ausgestellt war, versetzte er achselzuckend: Wozu soll ich das? Ich war ja im Louvre.) So konnte mir sein Urteil über das Häuflein Dichtungen, das ich nach Bonn mitgebracht hatte, in Rücksicht auf die – innere und äußere – Form nicht maßgebend sein. Doch hatte ich's ihm zu danken, dass er mich auch im Genuss der »unvergleichlich hohen Werke« in die Tiefe führte und es dahin brachte, dass ich mich von Spinozas stillem, starkem Licht durchleuchten ließ. Jetzt zuerst fing ich an, auch den beiden Größten, die ich freilich stets verehrt hatte, Shakespeare und Goethe, ein eigentliches Studium zu widmen. So vollzog sich in mir eine heilsame Katharsis, nicht ohne Schmerzen. Meine eigenen bisherigen Leistungen erschienen mir höchst unbedeutend, die Dramen meines teuren Kugler konnte ich nicht mehr für voll ansehen, und Geibels Lyrik bestand nur in wenigen Stücken vor meiner schonungslos geschärften Kritik. Damals erschienen die Märchen (Der Jungbrunnen. Neue Märchen eines fahrenden Schülers. Berlin, A. Duncker), die ich für die Kuglerschen Kinder gedichtet hatte, vielfach auf den Spuren Clemens Brentanos wandelnd und mit Berliner Mutterwitz allzu reichlich gewürzt. Ich hatte in die Herausgabe gewilligt, um durch das Honorar meinem Vater die Sorge für meinen Unterhalt auf der Universität in etwas zu erleichtern. Im Herzen schämte ich mich, in der sturmbewegten Zeit, an der ich den lebhaftesten Anteil nahm, mit so unreifer leichter Ware hervorzutreten, und beschwor die Meinigen in jedem Brief, die Maske des »fahrenden Schülers« nicht zu lüften.

Hier aber muss ich einer edlen Frau gedenken, die in jener Zeit, wo ich eine innere Krisis durchzumachen hatte, mir mit heilsamer gütiger Strenge zu Hilfe kam.

Ich war, wie schon oben erwähnt, durch meinen Vater an Ritschl empfohlen worden, in dessen Hause ich die herzlichste Aufnahme fand, obwohl ich schon damals der klassischen Philologie abtrünnig geworden war. Zu seiner jungen Gattin fasste ich sofort ein unbedingtes Vertrauen, sodass ich ihr bald meine lyrischen Versuche beichtete und außer den Märchen die beiden Novellen »Luise« und »Vincenz und Veilchen« zu lesen gab. Sie war ohne Frage die geistvollste Frau, die mir in meinem jungen Leben begegnet war, vom feinsten Verständnis für alles Menschliche und Dichterische und jene »großen Gedanken, die aus dem Herzen kommen«, darin, wie auch ihrem Stamme nach, eine Verwandte der Rahel, doch ohne deren unendliches Bedürfnis, sich in Briefen auszusprechen, nur im Gespräch unwiderstehlich anziehend, wie diese, und ohne eigentlich schön zu sein, durch die Anmut ihres Temperaments in jedem Kreise hervorglänzend.

Gegen Weihnachten (1849) kam ich einmal wieder eines Abends zu ihr und traf sie allein, da sie eben sich mit meiner Poeterei beschäftigt hatte. Die Szene, die nun folgte, darf hier nicht übergangen werden, wie in den früheren Auflagen dieses Buches, da ich selbst erst jetzt den Brief wieder aufgefunden habe, in dem ich sie meinem Vater ausführlich schilderte, so wie seine Antwort darauf. Nur in kurzem Auszug aber soll hier von beidem berichtet werden.

Die teure Frau sprach zunächst von der größeren Novelle. »Sie hatte viel zu tadeln, was ich mir selbst vorgeworfen hatte ... es sei nicht groß, sondern mit dem Geschmack gemacht, nicht mit dem vollen Herzen. In der ›Luise‹ sei mehr Macht, unbefriedigend, jugendlich, aber ergreifend ... Tagelang hatt' ich selbst schon dies Gefühl einer schwächlichen, zerfetzten Existenz mit mir geschleppt .... Nun ward ich mir klar bewusst, dass ich auf Unwegen (sic) bin, meine Kraft vergeude im Mittelmäßigen und Kleinen« usf.

»Glauben Sie noch an mich und meine Zukunft? fragt' ich endlich die herrliche Frau. Ja, sagte sie rasch, wenn Sie selbst an sich glauben. Es hat mir Schmerz gemacht, Sie in diesen Berliner Kreisen sich verzetteln zu sehn, wie Sie hier ein gleichgültiges Verhältnis weiterführen, dort einem halben Talent sich anschließen, dort wieder ein zierliches Liedchen machen müssen und über all den tausend kleinen Sorgen die größte, die um Ihre eigene Größe vergessen. Kommen Sie zu sich und setzen Sie alle ungeteilte Kraft daran, ein Dichter zu sein – und in diesem Sinne noch eine gute Weile weiter, was ich mir in mancher guten hellen Stunde halb eingestanden hatte, während ich doch so hinlebte.«

»Ich gab ihr still die Hand, es war wie ein Gelöbnis. Noch ist es nicht zu spät, sich zu ermannen, sagte sie. Sie sind neunzehn Jahre alt. In dem Alter gehen andere zur Universität, und Sie haben Ihre Zeit ja nicht verloren. Aber vor allem – wenn Sie nach Berlin gehen, wird aus Ihren männlichsten Entschlüssen nicht das Geringste. Sagen Sie's Ihren Eltern. Sie werden Sie entbehren, es wird sie hart ankommen. Aber wenn ich einen Sohn hätte, wie Sie, und er käme und sagte: Mutter, ich fühl's, ich darf nicht um dich bleiben, höhere Güter gingen mir verloren! – so wäre ich standhaft und ließe ihn gehn.« – Die Aufregung, in der wir beide uns befanden, beruhigte sich endlich, nachdem mein Entschluss feststand. Dass ich nicht von

160

Hause so gestellt war, um als freier Poet leben zu können, hatte ich ihr gestanden. Ich musste daher irgend ein Studium ergreifen, ein Brotstudium, das mich auf eigene Füße stellen könnte. Mit der Fortsetzung meiner kunstwissenschaftlichen Arbeiten, insbesondere zur Geschichte der Architektur, sah es übel aus, da die Forschungen zu einer Dissertation über die Bauhütte im Mittelalter ins Stocken geraten waren. Mehr hatte mich die romanische Philologie angezogen, da ich die Vorlesungen des verehrten Friedr. Diez [Friedrich Christian Diez, 1794-1876; komparatistischer Romanist; Die Poesie der Troubadours, 1826; Leben und Werke der Troubadours, 1829; Etymologisches Wörterbuch der romanischen Sprachen, 1853] über Dante mit größtem Eifer und Genuss besucht hatte. Zudem hatte ich hier einen Stoff gefunden, der meine dichterische Phantasie lebhaft beschäftigte und zugleich das zu leisten versprach, was meine teure Gewissensprüferin mir zur Pflicht gemacht hatte: die ernste Versenkung in eine schwere, leidenschaftliche poetische Ausgabe, die dramatische Gestaltung einer Tragödie Francesca von Rimini.

So schied ich von jener Stunde im Innersten beruhigt und getröstet und ging, zu Hause angelangt, sofort daran, meinem lieben Vater von den neuen Entschlüssen zu meiner Zukunft Rechenschaft abzulegen. Nachdem ich ihm jenes entscheidende Gespräch ausführlich mitgeteilt hatte, fragte ich ihn, ob es ihm nicht zu schwer fallen würde, mich ein weiteres Jahr in Bonn zu unterhalten: Von seiner äußeren Lage wusste ich nur, dass seine Einnahmen eben ausreichten, ihm eine sorgenfreie Existenz zu gewähren und den einzigen Luxus, den er sich gönnte, die Vermehrung seines großen »Bücherschatzes«. Doch für den Fall, dass mein längeres Studium in Bonn sein Budget übermäßig belasten würde (obwohl ich, zumal er mir keinen regelmäßigen Wechsel schickte, sondern nur wieder Geld, wenn ich dessen bedurfte, mir jede irgend entbehrliche Ausgabe versagte), machte ich allerlei naive Vorschläge, wie ich mich selber durchbringen könnte, hoffte zunächst auf eine zweite Auflage meines »Jungbrunnens«, die hundertfünfundzwanzig Taler Gold einbringen würde (wozu es nie kam), auf Privatstunden, die ich geben könne, ja ich dachte auch einen Augenblick an Porträtmalerei, wo ich im Notfall nur ein Jahr brauchen würde, meiner Hand und Technik sicher zu werden.

Die Antwort auf diesen Herzenserguss, die ich Mitte Januar 1850 erhielt, habe ich nach zweiundsechzig Jahren mit tiefer Rührung wiedergelesen, da sie Zeugnis gibt von einem Verhältnis zwischen Vater und Sohn, wie es inniger und vertrauensvoller nicht zu denken ist. Von den sechs enggeschriebenen Seiten dieses Briefes soll hier nur der Anfang mitgeteilt werden:

»Mein geliebter Sohn!

Du stehst an einem Scheideweg, zu dem Dein Lebens- und Bildungsgang Dich früher oder später führen musste. Du wirfst Dich aber weder blindlings auf gut Glück in eine oder die andere Bahn, noch bleibst du unschlüssig schwankend stehen, die Bestimmung von anderen erwartend, die Du nur in Dir selbst finden kannst. Vielmehr bist Du, wie es einem klaren und starken Geiste gebührt, ernstlich mit Dir selbst zu Rate gegangen, hast den inneren Kampf redlich durchgekämpft und einen Entschluss gefasst, der Deiner würdig ist und dem ich meine unbedingte Zustimmung nicht versagen kann. – Und wäre Deine Entscheidung anders ausgefallen, hättest Du Deinem Dichterberufe misstrauend, Dich ganz der kunstgeschichtlichen Forschung zu widmen beschlossen: ich würde, wenn auch mit Schmerz und innerem Widerstreben – denn mein Leben wäre um meine schönsten Hoffnungen betrogen – das Resultat Deiner ernsten Selbstprüfung billigen müssen. Ich hätte von Dir nicht fordern können ›sei ein Dichter!‹ wenn Du selbst an Deiner poetischen Sendung zweifeltest. – Wie freue ich mich nun, dass der Ausspruch Deiner inneren Stimme mit meinen Wünschen und meiner längst gehegten Überzeugung von Deinem wahren Beruf so vollkommen in Einklang ist!« –

Und weiterhin:

»Es wird uns zwar hart ankommen, Dich noch einen Sommer entbehren zu müssen; wenn es aber zu Deinem Besten ist, so fällt jede andere Rücksicht weg. ... In Hinsicht der Kosten mache Dir vorläufig keine Sorgen. Ist die Sache einmal für gut befunden und beschlossen, so werden sich auch die Mittel dazu finden. ...

Ich drücke Dich mit innigster Liebe an mein Herz.

Dein treuer Vater und Freund C. H.«

(Dass ich gleichwohl darauf verzichten musste, meine romanischen Studien unter Diez fortzusetzen und daneben in der Stille mich in meine Francesca von Rimini zu versenken, hatte seinen Grund nicht etwa in einer Sinnesänderung meines teuren Vaters. Ein leidenschaftliches Verhältnis, das nicht ganz geheim geblieben war, musste für immer abgebrochen werden, was nur geschehen konnte, wenn ich nach Bonn nicht mehr zurückkehrte.)

Den Rest der Zeit, die ich noch in Bonn zubrachte, verwendete ich darauf, mit dem Studium der romanischen Philologie Ernst zu machen. Damals war sie noch eine junge Wissenschaft, gleichsam erst aus dem Haupt eines einzigen Mannes geboren, des hochverdienten Friedrich Diez, der trotz seiner grundlegenden Werke über Leben und Dichten der Troubadours, der romanischen Grammatik und des Wörterbuchs, wodurch er für die romanische Wissenschaft das geworden war, was die Brüder Grimm für die germanische, nur wenig Schüler hatte. Zu diesen gesellte ich mich in seinem Kolleg über Dante. Auf eigene Hand aber hatte ich mich in das uferlose Meer des spanischen Theaters gestürzt, auch angefangen, spanische Lieder und Romanzen zu übersetzen. Wenn ich auch nicht hoffen konnte, es in dieser Wissenschaft jemals zur Meisterschaft zu bringen, so war doch hier auch für eine geringere Kraft noch so viel zu tun, dass ein redlicher Arbeiter sich auch als Handlanger und Geselle verdient machen konnte.

Daneben gedieh in raschem Hinwurf jenes Trauerspiel »Francesca von Rimini«, ganz im Banne der Shakespeareschen Kunst, doch bei aller jugendlichen Unreife wenigstens von einem starken Leidenschaftshauch durchweht und mit so rücksichtslosem Ernst zu Ende geführt, dass es als eine feierliche Absage gegen die Berliner Kleinmeisterei erscheinen konnte.

***

Als ich dann Ostern 1850 nach Berlin zurückkehrte, empfand ich es zunächst schmerzlich, dass ich in die altvertrauten Kreise als halb entfremdet wieder eintrat. Aus meinen verwandelten ästhetischen Gesinnungen, die mit den bisher gläubig anerkannten vielfach im Widerspruch standen, hatte ich den Freunden gegenüber kein Hehl gemacht. Ich konnte nicht vermeiden, denen weh zu tun, die sich meiner dichterischen Bildung so liebevoll angenommen hatten. Aber die anfängliche Verstimmung wurde bald gelöst. Das Stück, das ich drucken ließ, wenn auch manches darin den lieben Frauen unheimlich war, wurde doch auch von ihnen als ein neuer Schritt auf meiner Bahn begrüßt, und Kugler sowohl wie Geibel, den ich wieder in Berlin antraf, wie auch mein lieber, gütiger Vater waren der Meinung, mit dieser Arbeit, wenn sie auch noch nicht für ein Meisterstück gelten konnte, hätte ich meine Lehrjahre ehrenvoll beschlossen.

Minder freundlich urteilten die Biedermänner im Tunnel, denen schon früher manches in meinen Versen nicht sittsam genug gewesen war. Und vollends die sogenannte gute Gesellschaft ließ es mich erfahren, dass sie es nicht verzeihen kann, wenn ein junger Poet es vorzieht, statt auf ihre landläufigen moralischen Vorschriften, auf sein eigenes Gewissen zu horchen. Die Mütter schüttelten in den Kaffeekränzchen ihre tugendhaften Häupter und beklagten meine Mutter um den verlorenen Sohn, der ohne Zeichen der Reue aus dem rheinischen Venusberg heimgekehrt sei. Auch würdige Männer, die im Stillen auf meiner Seite waren, hielten es für Pflicht, ihre sittliche Entrüstung auszusprechen. Der alte Tieck aber

schickte dem unvorsichtigen Verleger durch seinen literarischen Famulus Köpke [Rudolf Köpke, 1813-1870; „Ludwig Tiecks Eckermann", Erinnerungen aus dem Leben des Dichters nach dessen
mündlichen und schriftlichen Mitteilungen, 1855] die Warnung, mit einem so zucht- und talentlosen jungen Manne sich fernerhin ja nicht einzulassen.

Ich hatte freilich versäumt, dem alten Herrn, dem ich nur eine historische Bedeutung zuer-
kannte, unterwürfig, wie er es verlangte, zu huldigen und Heerfolge zu geloben.

Mich kümmerten all diese Dinge nicht, da ich mir in aller Bescheidenheit bewusst war, nur
das Meinige getan zu haben.

Das alte, trauliche Verhältnis zu den Freunden, auch im Tunnel, war bald wiederherge-
stellt. Ich war klug genug, meine neuen Anschauungen für mich zu behalten und ruhig auf
meinem Wege fortzugehen. Nun galt es auch, die wissenschaftlichen Studien nachdrückli-
cher zu betreiben. Ich studierte die Provenzalen *privatissime* bei Mahn [Carl August Friedrich
Mahn, 1802-1887; Romanist, Provenzalist, Anglist], dem Einzigen, der in Berlin in ihrer Sprache
und Literatur zu Hause war, daneben sogar ein wenig Baskisch, von dem auch er nur die An-
fangsgründe sich zu eigen gemacht hatte. Auch hörte ich über spanisches Theater bei V. A.
Huber [Victor Aimé Huber, 1800-1869; Sozialreformer, politischer Denker, Reiseschriftsteller, Literaturhistoriker; Wegbereiter der deutschen Genossenschaftsbewegung], dessen geistvolle Vorträge
mich mehr anregten als die fleißige, aber ziemlich kritiklose Geschichte des spanischen Theaters von Adolf Friedrich von Schack [1815-1894; Dichter, Kunst- und Literaturhistoriker; Geschichte der dramatischen Literatur und Kunst in Spanien, 1845 ff., Poesie und Kunst der Araber in Spanien
und Sicilien, 1865]. Mit Geibel gemeinsam gab ich dann im Jahre 1852 ein »Spanisches Liederbuch« heraus, geschmückt mit einer reizend übermütigen Umschlagvignette von der Hand
meines teuren Adolf Menzel, mit dem ich auch außer den Tunnelsitzungen gute Freundschaft
hielt. Meine Hauptangelegenheit aber in diesem fünften Universitätsjahr war die Vorberei-
tung zur Promotion und die Abfassung einer Dissertation über den Refrain in der Poesie der
Troubadours.

Es war im Mai 1852, dass ich mich zu dem hochnotpeinlichen Verhör über meine sehr
junge und unsichere Gelehrsamkeit in dem Saale der Universität einfand, wo die hohe philosophische Fakultät ihren Spruch tun sollte. Sie war ziemlich zahlreich versammelt. Die Kollegen meines Vaters glaubten es ihm schuldig zu sein, ihr Interesse an seinem Sohn dadurch
zu bezeugen, dass sie ihn scharf ins Gebet nahmen. Und so erwies mir der alte Böckh die Ehre, sich über eine Stelle in Aristoteles' Poetik lateinisch mit mir zu unterhalten, Trendelenburg griff eine von mir aufgestellte These über Spinoza auf, Ranke ließ sich unter anderem
die Reihe der gotischen Könige, die in Spanien geherrscht, von mir hersagen – zum Glück
hatte ich sie mir zufällig eingeprägt bis auf einen einzigen, den Ranke selbst dann hinzufügte
– der greise von der Hagen [Friedrich Heinrich von der Hagen, 1780-1856; Germanist; Textausgaben
mittelhochdeutscher und persisch-arabischer Dichtungen; Germania, Jahrbuch der Berlinischen Gesellschaft für Deutsche Sprache und Altertumskunde] legte mir seine Ausgabe des Nibelungenliedes
vor und ließ mich ein paar Strophen übersetzen. Lachmann [Karl Konrad Friedrich Wilhelm
Lachmann, 1793-1851; germanistischer Mediävist und Altphilologe; historisch-kritische Editionen antiker Texte], den ich am meisten gefürchtet hatte, war nicht erschienen.

Auf all diesen Gebieten, wo ich mich keiner tieferen Studien rühmen konnte, zog ich mich
leidlich aus dem Handel. In meinem eigensten Fach ging es mir nicht so gut. Der alte Immanuel Bekker [1785-1871; „wortkarger" (Friedrich Schleiermacher: »Bekker schweigt in sieben Sprachen«) Altphilologe; erste moderne Aristoteles-Gesamtausgabe], der neben der klassischen Philologie auch
die romanische an der Berliner Universität vertrat, hatte meine Abhandlung sehr günstig beurteilt. Bei dem Besuch, den ich ihm machte, ihn zum Examen einzuladen, hatte ich ihm anvertraut, dass ich in den zwei Studienjahren, nachdem ich umgesattelt, mich außer den Provenzalen hauptsächlich mit Spaniern und Altfranzosen beschäftigt hatte. Hier wusste ich

163

wirklich ein wenig Bescheid und konnte meinen Mann stehen. Gleichwohl beliebte es ihm, mich ausschließlich in romanischer Grammatik zu examinieren, die ich nur so weit studiert hatte, als zum Verständnis der Werke notwendig war.

Noch jetzt, wenn manchmal in Angstträumen jene Stunde in meiner Erinnerung auflebt, wenn ich die scharfen, trockenen Augen des kleinen Mannes auf mich gerichtet sehe und gewisse Fragen wieder höre, auf die ich verstummte oder eine verkehrte Antwort gab, fühle ich beim Erwachen, dass mir Mörikes »examinalischer Schweiß« auf die Stirne getreten ist [vgl. Brief Eduard Mörikes an Familie Hartlaub. Mergentheim, 29. Januar 1845].

Ich erfuhr nachher, selbst seine Kollegen hätten dem unerbittlichen Peiniger vorgeworfen, dass er mir keine Gelegenheit gegeben, zu zeigen, was ich wirklich gelernt hatte. Da aber seine Stimme den Ausschlag gab, wurde mir mitgeteilt, dass ich nur *multa*, nicht *summa cum laude* bestanden hatte.

Ich nahm mir das nicht sonderlich zu Herzen, da ich keinen Gelehrtenehrgeiz hatte und vor allem glücklich war, von dem langen Druck der letzten Monate aufatmen zu können.

Im Stillen war ich seit Jahr und Tag mit Kuglers Tochter, der ich das Märchen vom Glückspilzchen und dem langen Poeten erzählt hatte, heimlich verlobt. Dies öffentliche Geheimnis durfte nun ans Tageslicht kommen. Ein schöner Brautsommer folgte, den ich mit der Familie meiner künftigen Schwiegereltern in dem Schönhauser Landhaus Bernhard von Lepels verlebte.[11] – Dann aber musste geschieden sein, da ich mich zum Aufbruch nach dem gelobten Lande Italien zu rüsten hatte.

4. Ein Jahr in Italien

Am 11. Juli 1852 feierten meine Eltern in aller Stille ihre silberne Hochzeit.

Um allen festlichen Veranstaltungen ihrer Berliner Freunde aus dem Wege zu gehen, reisten sie mit mir nach Baden-Baden, wo wir ein paar heitere Wochen in der Gesellschaft meines Onkels Louis Saaling und seiner Frau verlebten.

Ich machte dort unter andern auch die Bekanntschaft des alten Justinus Kerner, den ich mit seiner wunderlichen Geistermarotte, die er gelegentlich selbst ironisierte, seiner »Klecksographie«[12] und seinem ganzen naiven, warmblütigen Wesen sehr liebgewann. Auch er fand an mir ein väterliches Wohlgefallen. Er war seit dem Tode seines treuen Rikele sehr weichmütig und tränenselig geworden und lebte in allerlei Mystik, gab mir bei dichtverhangenen Fenstern ein Konzert auf der Maultrommel, die in der Tat wie eine geheimnisvolle Stimme aus einem fernen Jenseits klang, und hatte eine wunderliche, etwas schwachsinnige kleine Gräfin bei sich, die beständig um ihn herumgeisterte und seinen Rapport mit dem Zwischenreich vermittelte. Einmal saß er mir auch zu einer Bleistiftskizze, unter die er die Verse schrieb:

---

[11] Damals entstand auch das Gedicht »Michelangelo«. In seinen Sonetten, die ich als eine der Vorstudien zur italienischen Reise in die ländliche Musenstille mit hinausgenommen hatte, fand ich eines, in dem der alte Meister den Zwiespalt seines Gemüts ausspricht, die er von ihm geliebte Frau wohl durch ihre seelischen Reize, nicht aber durch ihr Äußeres seinem Ideal entspreche. Das hatte mich dazu geführt, in dieser Frau die berühmte Dichterin Vittoria Colonna [1492-1547] zu vermuten. Leider aber widerlegte deren schönes Porträt späterhin diese Vermutung, und so musste ich das Gedicht, obwohl es vielen Beifall gefunden hatte, von der Aufnahme in die letzte Ausgabe meiner epischen Dichtungen ausschließen.

[12] Er ergötzte sich daran, ein Blatt Papier in der Mitte zu brechen, spritzte auf die eine Seite Tintenkleckse und drückte sie dann auf der Gegenseite ab. In die dadurch entstandenen breit ausgelaufenen Flecken zeichnete er mit der Feder Striche und Punkte, die Umrisse ergänzend, in denen er dann allerlei Figuren sah (unter anderen »eine Nonne, auf einem Husaren reitend«), wie Mädchen beim Bleigießen den unförmlichen Klümpchen mit der Phantasie nachhelfen.

164

Endlich ist mein Bild getroffen,
Wider Hoffen,
Du, nur du hast es vollbracht.
Jeder, Jeder
Mit dem Pinsel, mit der Feder
Malte mir, dem armen Tropf,
Sonst nur einen Kürbiskopf.

Wie er die Ähnlichkeit beurteilen konnte, da er fast erblindet war, blieb mir rätselhaft. Doch stand ihm wohl auch bei anderen Gelegenheiten ein Rest seiner Sehkraft zu Gebote. Wenn sich ihm Frauen und Mädchen näherten, wusste er sehr wohl die Hässlichen von den Hübschen zu unterscheiden, indem er jene stehen ließ und nur diese an sich heranzog, um ihre Gesichter ganz nahe zu betrachten und sie dann auf den Mund zu küssen.

Als ich ihn zum letzten Mal besuchte, um mir zu meiner Romfahrt seinen Dichtersegen geben zu lassen, nahm er ein in schwarze Wachsleinwand eingenähtes Schreibheft von seinem Tische und schenkte es mir. Auf die erste Seite hatte er geschrieben:

Deine Saiten sind zersprungen.
Und erblindet bist du schier.
Überlass dem frischen, jungen,
Alter Schreiber, dein Papier.

Ich habe den lieben, alten Mann, der jedenfalls ein geborener Poet war, wenn er sich auch zu höheren Leistungen nie erzogen hat, nicht wiedergesehen. Seine unförmlich dicke Gestalt aber mit dem bleichen, blödsichtigen Kopf in dem abgetragenen, langen, schwarzen Rock an einen katholischen Landpfarrer erinnernd, steht mir noch deutlich vor Augen, und sein »Papier« ist in Italien fleißig beschrieben und des freundlichen Donators oft dabei gedacht worden.

***

Von Baden-Baden aus wendeten wir uns in die Schweiz und hielten uns vier Wochen in Interlaken auf, um dann noch eine längere Herbstfrische am Genfer See zu genießen. Die Fahrt dahin war fröhlich und beglückte mich sehr, da ich meinen teuren Vater selten so frisch an Leib und Seele gesehen hatte. Ein lang gehegter Herzenswunsch ging ihm in Erfüllung: er sollte die Gegenden wiedersehen, in denen er als sechzehnjähriger Lehrer, wie ich oben erzählt habe, zuerst auf eigenen Füßen gestanden und in eine fremde Welt geblickt hatte. Wie oft hatte er mir die Namen der Berge Dent du Midi, Dent de Morcle und der kleinen Städte von Chillon bis Genf genannt. Nun sah ich dies alles zugleich mit meinen und seinen Augen, kein Wunder, dass auch mir seitdem dieses zugleich liebliche und erhabene Seegestade des Pays de Vaud mehr ans Herz gewachsen blieb, als irgendeine andere Gegend der Schweiz.

Montreux war damals noch nicht wie heutzutage eine englische Kolonie. In der Pension Vautier fanden wir nur eine alte schottische Dame mit zwei Töchtern, die sich rasch mit uns befreundeten, wenn auch die Mutter es der meinigen nicht verzeihen konnte, dass sie die Sonntagsruhe verletzte, indem sie sich am Sonntagnachmittag mit ihrem Strickzeug im Salon niederließ. Außerdem war da ein englischer Geistlicher mit seiner Frau, der seiner Gesundheit wegen hier überwinterte. Als ich fünfzehn Jahre später wieder nach Montreux kam und die Wirtin fragte, ob sie inzwischen von Mister N. etwas gehört habe, öffnete sich die Tür, und der feine Kopf des alten Herrn erschien leibhaftig vor meinen Augen, mit dem gleichen sinnigen und heiteren Ausdruck wie damals. Er war längst gesund geworden, hatte sich aber von dem reizenden Fleck Erde nicht mehr trennen können. – Die übrige Gesellschaft bestand zumeist aus Franzosen, aber auch an jungen Deutschen fehlte es nicht, guten Gesellen, mit denen ich auch später in Rom und Neapel wieder zusammentraf, wo wir jedoch bei ihrer sehr unkünstlerischen Bildung nicht viel aneinander hatten. Um ein Haar wäre ihnen und mir die Romfahrt überhaupt vereitelt worden. Ich hatte mich mit ihnen, ohne einen erfahrenen Bootsmann mitzunehmen, in einem leichten Segelboot bis nach Chillon gewagt, als bei der Rückkehr plötzlich ein Sturm losbrach und wir nur mit großer Anstrengung es dahin brachten, bei Montreux wieder zu landen.

In der zweiten Hälfte des September kam nun mein Freund Otto Ribbeck, mit dem zusammen ich die Reise machen sollte. Auf Ritschls, seines Lehrers, Empfehlung war ihm von der Berliner Akademie eine Reiseunterstützung bewilligt worden, um für eine große neue Ausgabe des Vergil in italienischen Bibliotheken die Handschriften zu vergleichen. Jedenfalls trug er ein ganz anderes gelehrtes Rüstzeug mit sich, als ich für meine Provenzalen, zu deren wieterer Erforschung mir das preußische Ministerium ein Stipendium von fünfhundert Talern gewährt hatte. Er war auch freilich fast drei Jahre älter als ich (geboren am 23. Juli 1827 zu Erfurt) und sollte dermaleinst als der treueste Schüler seines großen Meisters die glänzendste Leuchte der philologischen Wissenschaft werden, eine weitausgebreitete Lehrtätigkeit ausüben und durch kritische und darstellende Werke ersten Ranges bis in sein einundsiebzigstes Jahr sich hervortun.

Damals hatten seine Freunde wenig Hoffnung, dass er es zu hohen Jahren bringen würde. Man hatte ihn sogar mit Sorgen die Reise nach Italien antreten sehen, da seine Konstitution, insbesondere seine zarte Brust, bisher die größte Schonung erheischt hatte. Aber in dem anscheinend schwächlichen, überschlanken Körper herrschte ein energischer Geist und eine zähe Widerstandskraft, die alle Anfechtungen siegreich überwand.

Ein ähnlicher Gegensatz von Zartheit und Festigkeit erschien auch in seinem geistigen und sittlichen Wesen: eine fast mädchenhafte Reinheit und Jungfräulichkeit der Empfindung ohne eine Spur von moralisierender Prüderie, nur weil das Gemeine weit hinter ihm lag, und dabei eine so mannhafte Rüstigkeit des Willens, oft bis zur Schroffheit gesteigert, dass er sich nicht besann, Menschen, die er geringachtete oder auch nur unsympathisch fand, mit verletzender Schärfe abzustoßen. Wen er aber liebte, den umfasste und hegte er mit einer Innigkeit des Gemüts, einer Zartsinnigkeit des Ausdrucks, die unwiderstehlich waren. Dazu konnte er an Tagen, wo ein jugendliches Wohlgefühl ihn beseelte, ausgelassen lustig sein, wie ein ganz junger Jüngling, und an tollen Streichen teilnehmen, als ob er noch keine Fragmente der lateinischen Tragiker ediert und Vergil-Codices kollationiert hätte.

Mit diesem brüderlich geliebten Menschen das gelobte Land kennen zu lernen, war zu allem andern eine Gunst des Glücks, die ich mir immer mit stillem Dank gegenwärtig hielt.

So trennten wir uns am Abend des 21. September von Montreux und fuhren die Nacht durch das Rhonetal hinan, das von Bergwassern teilweise unwegsam gemacht war und im hellen Mondschein die schauerlich schönsten Ausblicke gewährte. Um zehn Uhr morgens langten wir am Fuß der Simplonstraße an und brauchten den ganzen Tag, den Pass zu überschreiten und, nachdem wir das letzte Schweizerdorf Gondo und die erste italienische Dogana in Isella passiert hatten, den Abstieg zu vollenden.

Die milde lombardische Herbstsonne vergoldete uns auch den nächsten Tag, der uns über den Lago Maggiore und seine beiden herrlich blühenden Inseln nach Sesto Calende führte. Dann noch eine Mondscheinfahrt von neun Uhr abends bis drei Uhr früh im engen zehnsitzigen Omnibus, und im dunkeln Morgen war Mailand erreicht.

***

Von den vier Tagen, die wir hier rasteten, will ich nicht im Einzelnen berichten. Es braucht nicht gesagt zu werden, dass wir allem nachgingen, was von italienischer Art und Kunst in dieser halbfranzösischen Stadt vorhanden ist, Kirchen und Theater besuchten, in der Brera [Accademia di Belle Arti di Brera] unsere ersten Kunststudien machten und das erhabene Wunderwerk Lionardos im Refektorium von Santa Maria delle Grazie, das trotz der Verwüstung durch den Zahn der Zeit und menschliche Rohheit uns gewaltiger ergriff, als alle ergänzenden Nachbildungen, andächtig bewunderten. Ein Tag wurde zu einem Ausflug nach dem Comer See verwendet, um in der Villa Carlotta (damals noch V. Sommariva) den Alexanderzug und Canovas Amor und Psyche, dann die Kunstwerke in der Villa Melzi zu betrachten und uns die reizenden Seeufer mit den Gestalten der *Promessi sposi* [Die Brautleute von Alessandro Manzoni, 1827 / 1840-1842, Mailand] zu beleben.

Am neunundzwanzigsten mittags brachen wir nach Genua auf, damals noch eine beschwerliche Fahrt, da von der Eisenbahn erst die kurze Strecke zwischen Alessandria und Arquata fertig war und ein mehrmaliges Umsteigen in unbequeme Wagen der Impresa Sarda nötig wurde. So langten wir erst am Abend des 30. September in Genua an und fanden im vierten Stock des Albergo d'Italia ein bescheidenes Zimmer, von dem aus wir aber einen weiten Blick über das Meer und den von Schiffsmasten starrenden Hafen hatten und eine Ahnung, warum man von *Genova la superba* sprach.

Zwei Tage hatten wir für Genua bestimmt, die wir unermüdlich zur Fortsetzung unserer Kunst-, Natur- und Volksstudien verwendeten. Dann aber war unser Touristengewissen in Betreff der genuesischen Kirchen, Paläste und hoch hinaufsteigenden Gassen vollauf befriedigt. Weder damals, noch bei späterer mehrmaliger Wiederkehr habe ich zu der stolzen, einst weithin das Meer beherrschenden Stadt ein rechtes Herz fassen können und mich ohne Bedauern nach kurzem Aufenthalt von ihrer kalten Pracht getrennt, zumal der tief in die Nacht fortdauernde Lärm in den Gassen, das Geschrei des Volks und das Rollen der Wagen stets meinen Schlaf gemordet hat.

Doch einer liebenswürdigen Szene im Teatro della Radegonda muss ich noch gedenken.

Wir hatten einer trefflichen Aufführung des »Don Pasquale« [Opera buffa Gaetano Donizettis, 1843] beigewohnt. Nach dem zweiten Akt wurde ein komisches Duett eingeschoben, ein Gutsbesitzer beklagt sich mit seinem Fattore [Verwalter] über die schlechte Ernte des Jahres, die ihn in bittere Not bringe. Der Verwalter stimmt schwermütig ein und weiß sich ebenfalls keinen Rat, bis sie endlich beide auf die Knie sinken und die Götter des Olymp um Hilfe bitten. Wenn sie auf das Gebet armer Sterblicher hörten, sollten sie es Zechinen regnen lassen. Wirklich geschieht nach ihrem Flehen, aus den Soffiten [vom Schnürboden herabhängende Dekorationen, die die Bühne nach oben abschließen] kommt ein Regen blanker Zahlpfennige herab, denen die beiden in höchstem Entzücken auf allen vieren nachlaufen, dann sich aufrichten und eine drollige Dankeshymne anstimmen.

Das zahlreiche Publikum wurde von dieser taumelnden Lustigkeit dermaßen angesteckt, dass es wütend applaudierte und so lange *bis! bis!* schrie, bis das Paar wieder erschien und die Szene noch einmal aufführte. Diesmal aber kam es zu einem noch muntreren Schluss. Denn als es wieder Zechinen regnen sollte, brach von allen Seiten, aus den Logen wie aus dem Parkett, ein Regen von wertvollerem Metall über die Duettisten los, dass die armen Teufel anfangs wie versteinert standen, dann aber in hellen Jubel ausbrachen und mit rührend komischen Dankesgebärden den silbernen und kupfernen Segen, der von oben und unten kam, zusammenrafften.

***

Am regnerischen Morgen des dritten Oktober verließen wir die Stadt, diesmal nicht mit der Diligence [Eilpostkutsche]. Wir hatten nach der damaligen Sitte mit einem Vetturin [Kutscher] einen regelrechten Kontrakt gemacht, der ihn verpflichtete, uns in drei Tagen nach

Lucca zu bringen und gegen eine bestimmte, immerhin sehr mäßige Summe unterwegs für unser Nachtlager und volle Beköstigung zu sorgen.

Wie vergnüglich diese Art zu reisen sei, erfuhren wir gleich bei der ersten Probe. Unser Vetturin traf unterwegs einen römischen Kollegen, der augenblicklich ohne Wagen und Pferde ziemlich trübselig auf der Landstraße dahinwanderte, und erlaubte ihm, hinten auf dem Wagentritt mitzufahren. Zum Dank dafür entfaltete der flotte Gesell, Graziano mit Namen, alle Talente eines Grazioso, sang uns die damals im Schwange gehenden Volkslieder vor, das berühmte *Te voglio bene assaje* und *Bell' Angiolina,* und regte den andern an, eine Menge Opernarien vorzutragen, leider sehr falsch. Der Compagno dagegen machte sich noch auf andere Weise nützlich, indem er uns von den Feigenbäumen am Wege saftige Früchte stahl und hundert kleine Dienste leistete. Dazu die lustige Fahrt unter dem weiten, tiefblauen Himmel am hohen Meeresufer, während man jetzt von der Schönheit dieser entzückenden Küste immer nur einen flüchtigen Momenteindruck empfängt, so oft der Bahnzug aus einem der siebzig Tunnel auftaucht, um gleich wieder in die Nacht des nächsten zu verschwinden.

Dies war das Italien, wie es uns in unsern Träumen vorgeschwebt hatte, und auch mit dem italienischen Volk kamen wir jetzt zuerst in nähere Berührung.

Die Mittagsrast hielten wir in dem malerisch gelegenen Rapallo, übernachtet wurde in Sestri. Wir hatten noch Zeit zu einem Gang in der Abendkühle, das von Pinien überschattete Felsenvorgebirge der Villa Piuma hinauf und nach der zweiten Bucht, wo das Hospiz der Seeleute so stattlich mit den weiß und schwarz gestreiften Marmorwänden am Ufer steht. Nach der Cena unterhielt uns dann der Wirt unseres »Hôtel de l'Europe«, ein angeblicher Veteran der napoleonischen Garde, von seinen Kriegsfahrten, wies zu seiner Beglaubigung seine fünf Blessuren vor und sang spanische Lieder, die er auf seinem Feldzuge dort gelernt hatte.

Die ganze Romantik, die in Eichendorffs »Dichter und ihre Gesellen« [1833; »Roman, der die verschiedenen Richtungen des Dichterlebens darstellen soll.«; »So gingen sie langsam durch die verlockende Nacht, die Nachtigallen schlugen aus allen Gärten und zahllose Brunnen rauschten von fern.«] die italienischen Abenteuer durchklingt, wurde in dieser »mondbeglänzten Zaubernacht« wieder lebendig und begleitete uns auch im Sonnenschein der folgenden Tage.

Bei jeder Mittagsrast hatten wir Zeit, das kleine Nest, wo unsere Colazione eingenommen wurde, wenigstens im Fluge zu durchstreifen, in die Kirche einen Blick zu tun – in einer wunderten wir uns nicht wenig, ein halb Dutzend verirrter Ferkel anzutreffen –, und ich insbesondere konnte ein paar Striche in mein Skizzenbuch machen, wenn auch die Suppe zuweilen darüber kalt wurde.

Als wir abends in La Spezia anlangten, war es zu einer Fahrt nach dem so malerisch ins Meer hinausgebauten Porto Venere zu spät. Wir mussten uns begnügen, unter den Bäumen am Hafen – damals noch eine sehr junge Anlage – herumzuschlendern und die Spaziergänger und Honoratiorenfrauen in buntem Gemisch mit den Weibern und Kindern aus dem Volk an uns vorüberziehen zu lassen. Sehr kleidsam erschienen uns die kleinen Strohteller mit krausen Strohschleifchen und roten Blumen, die hie und da ein Mädchen geringeren Standes schief auf dem schwarzen Haar trug, und da ich einem sehr schönen, schwarzbraunen Rassegesicht mit schwarzen Augen begegnete, das unter einem solchen *cappellino* hervorsah, blieb ich stehen und fragte die Alte, die mit dem Mädchen Arm in Arm lustwandelte, ob ich wohl eine Porträtskizze von der *ragazza* machen dürfe. Die Schöne schwieg, die Alte aber erwiderte, ich müsse ihre Herrin um die Erlaubnis bitten, die unweit von ihnen ihren Spaziergang machte. Als sie mich dann zu der Dame geführt hatten, die ein hässliches kleines Mädchen von etwa sieben Jahren an der Hand hielt, wiederholte ich meine Bitte, indem ich mich als einen deutschen Maler vorstellte, dem diese Strohhütchen sehr malerisch erschienen. Aber die *ragazza* wird nie stillhalten, versetzte die Dame. Ich versicherte, es sei mit einer Sitzung von zwanzig Minuten getan, worauf ich die Erlaubnis erhielt, mich nach dem Abendessen da und da in Casa Bonini einzufinden.

Sehr stolz und glücklich über meinen Erfolg kehrte ich zu meinem Freund und einem andern Reisegefährten zurück, die mich beneideten und, als es dunkel geworden war, mich bis zu dem bezeichneten Hause begleiteten. Die Schöne wartete schon unten an der Tür und führte mich eine schmale, finstere Steintreppe hinauf in ein großes, kahles Zimmer, wo der Hausherr, ein langer, schwarzbärtiger Mann mit einer argwöhnischen Miene sich aus dem Sofawinkel ein wenig erhob und mir mit einer stummen Verbeugung den Stuhl an dem kleinen Tisch anwies. Auf diesem stand eine Lampe, die nur wenig Licht gab. Ich ergab mich aber in alles und wollte eben das Mädchen bitten, auf dem andern Stuhl mir gegenüber Platz zu nehmen, als die Dame des Hauses ihr eigenes Töchterchen dort hinsetzte, dem garstigen, kleinen Geschöpf einen cappellino auf den dünnen blonden Scheitel band und ihm einschärfte, ja recht ruhig zu sitzen.

In meinem ersten Schrecken, und da ich noch nicht genug Italienisch wusste, um das Missverständnis höflich, ohne die Muttereitelkeit zu verletzen, aufzuklären, fing ich mit verbissenem Ingrimm zu zeichnen an, lehnte aber das Anerbieten des Hausherrn ab, den Bleistift an einem großen Dolchmesser zu spitzen, das er neben sich auf den Tisch gelegt hatte, und sputete mich, so viel ich konnte, da hinter mir mein eigentliches Modell nebst einigen anderen weiblichen Hausgenossinnen mir über die Schulter aufs Blatt schaute. Kein Wort wurde gesprochen, und so kam die Unglücksskizze hurtig zustande, ich bedankte mich »für gnädige Straf« und musste es noch leiden, dass mir das schöne Gesicht wie zum Hohn die Treppe wieder hinunterleuchtete.

Dass ich, ins Hotel zurückgekehrt, zum Schaden noch den Spott meiner Gefährten hinnehmen musste, versteht sich von selbst.

Neben diesem unliebsamen Abenteuer hatte ich aber meinem Künstlerhut und Skizzenbuch andere, anmutigere Erlebnisse zu danken. Denn so argwöhnisch erfahrene Mütter ihre hübschen Töchter vor dem Verkehr mit einem Fremden zu behüten pflegen – die Bitte, ein schönes Gesicht porträtieren zu dürfen, klingt auch ihnen schmeichelhaft, und dem Maler, der in einer Stunde weiterfährt, öffnen sich Türen, die jedem anderen fest verschlossen bleiben.

***

Am nächsten Tag wurde früh aufgebrochen und auf ziemlich schwierigen Wegen, da das Flüsschen Macra ausgetreten war, Sarzana erreicht. Erst nach vielfachen Scherereien bei den verschiedenen Doganen, die damals ebenso wie die obligaten Passvisa und Aufenthaltskarten an jeder Grenze und jeder größeren Stadt den Reisenden in Italien Zeit und Geld kosteten, langten wir abends in Lucca an. Von hier konnte schon die Eisenbahn benutzt werden, auf der wir am nächsten Tag, Pisa nur im Fluge durcheilend, gegen Abend in Florenz landeten.

Was wir in den drei Tagen unseres damaligen ersten Aufenthalts in der entzückenden Arnostadt an Herrlichkeiten der Kunst und Natur genossen, war nur ein Vorgeschmack der eigentlichen Florentiner Freuden, die hier im nächsten Sommer unser warteten. Da wir hierauf sicher rechnen konnten, setzten wir unsere Reise ohne allzu großen Kummer fort, fuhren auf der Bahn bis Siena, von dort – wo mein Tagebuch allerlei Kunsteindrücke notiert, ohne des großen Sodoma [Giovanni Antonio Bazzi, 1477-1549; italienischer Maler; »Er hatte immer Knaben und ganz junge Leute bei sich, die er missbrauchte, weshalb er Sodoma genannt wurde. Weit entfernt aber, sich darüber zu ärgern oder zu erzürnen, rühmte er sich dessen vielmehr, dichtete Stanzen und Lieder darauf und sang sie ohne Umstände zur Laute.« (Giorgio Vasari)] zu gedenken! – am nächsten Tage wieder mit einem Vetturin über Radicofani, Montefiascone, Viterbo, Ronciglione in vier Tagen nach Rom.

Die Fahrt war lustig und interessant genug, auch befand sich unter den Mitreisenden ein Pariser Advokat, Monsieur Landrin, der uns auf öderen Strecken mit seinen Calembourgs [Wortspiele; Kalauer] und pikanten Histörchen unterhielt, besonders aus dem Leben der Rachel, deren Rechtsgeschäfte er geführt hatte. Wir guten deutschen Jünglinge taten Blicke in eine Welt, die uns mit einem tugendhaften Entsetzen erfüllte. Auch Bernardin de Saint-Pierre [1737-1814; Paul et Virginie, 1788] erschien uns in einem sonderbaren Licht, da der Verfasser der zartsinnigen Schilderung des vielbeweinten, jungen Liebespaares seine drei Frauen zu Tode gequält haben sollte, *le plus mauvais bougre du monde, un égoiste froid et sec* [der schimmste Kerl auf der Welt, ein kalter und schroffer Egoist].

Als aber am Morgen des letzten Reisetages Rom endlich sichtbar wurde und die Kuppel des Sankt Peter über die Hügel an der Landstraße aufragte, wurde der geschwätzige Franzose stumm, während ein Engländer, der bisher kein Wort gesprochen hatte, in begeisterter Beredsamkeit sich über die »Ewige Stadt« erging, und wir beide »still und bewegt« über Ponte Molle unseren Einzug in die Porta del Popolo hielten.

***

Wer heutzutage nach einer unaufhaltsamen Tag- und Nachtfahrt mit dem Nord-Süd-Expresszug an dem südlich der Stadt gelegenen Bahnhof anlangt und dann auf der breiten Via Nazionale gleich ins Herz der Stadt hineinrollt, erfährt nichts von der feierlichen Stimmung, in der man vor einem halben Jahrhundert Rom betrat.

Es war noch das alte Rom, fast unverändert, wie es zur Zeit des Rinascimento gewesen war, jedenfalls das Rom der Winckelmann, Goethe und Wilhelm von Humboldt, das Rom des Papstes und seines geistlichen Hofstaates, der zahllosen Mönchsorden jeder Observanz, das Rom der engen, schmutzigen, winkeligen Gassen und jenes so höchst charakteristischen Volkes, das in G. G. Bellis zweitausend Sonetten [Giuseppe Gioachino Belli, 1793-1863; 2279 *Sonetti romaneschi* im römischen Dialekt] mit all seinen Sitten und Unsitten, witzig, pathetisch, zynisch, bigott und pfaffenfeindlich in seiner drolligen Mundart sich sehen und hören lässt. Dann aber auch vor allem das Rom der alten Welt, dessen gigantische Baudenkmäler noch nicht wie heutzutage durch den vandalischen Forschergeist der Archäologen in ihren Grundfesten durchwühlt und aus ihrer jahrhundertelangen Verschüttung bloßgelegt waren, sondern von wilder Vegetation überwuchert in traumhaft malerischer Erhabenheit den Beschauer fesselten. Noch war weder im Forum noch im Coliseo der Boden aufgegraben, noch wandelte man zwischen den geheimnisvollen Palastruinen des Palatin ohne genauen Wegweiser herum, und aus den verwilderten Gärten der Villen schweifte der Blick über die weite Campagna mit ihren trümmerhaften Aquädukten bis an die Albaner- und Sabinerberge, ohne durch die ungefügen Zinskasernen einer neuen, nüchternen Zeit gehemmt und beleidigt zu werden.

Eine gewisse Enttäuschung freilich erfuhr der fromme Rompilger auch damals. Man hatte die berühmten Gebäude antiker und mittelalterlicher Zeit so gründlich in hundert Abbildungen studiert, wenn nicht gar aus den Lindemann-Frommelschen Steindruckblättern [Karl August Lindemann-Frommel, 1819-1891; Landschaftsmaler, Lithograf; Vignetten aus Rom,1846] kennen gelernt, die durch eine romantische Beleuchtung und theatralische Gruppierung die einfache Größe jener Architekturen zu entstellen pflegen. Man dachte sich nun eine Stadt, die aus lauter Monumentalbauten hohen Stils und riesigen Trümmern von Palästen und Tempeln bestehe, und war erstaunt, im Corso an einer langen Flucht ordinärer, völlig stilloser Häuser entlang zu fahren.

Doch die Ernüchterung hielt nicht lange stand. Man erkannte bald, dass diese Verwahrlosung und Armseligkeit, die sich an die gewaltigen Überreste größerer Epochen anschloss, gegen den Eindruck der erhabenen Bauten verschwand, wie man auch in alten deutschen Städten zu Füßen der hohen Domkirchen einen Kranz von unscheinbaren Häuschen und Hütten gewerbetreibender Kleinbürger angesiedelt findet, aus denen die Bogenfenster und Strebepfeiler der gotischen Architektur mit um so größerer Majestät sich emporheben. Zudem übte sich auch in Rom das Auge des Neulings bald darin, an diesen Zusätzen einer charakterlosen späteren Zeit vorbeizusehen und, wie nach chemischer Wegnahme einer zweiten jüngeren Schrift, den ehrwürdigen Palimpsest der *Roma antica* mühelos zu entziffern.

***

Es war meinem Vater und wohl auch mir als eine besonders günstige Fügung erschienen, dass ich in meinem Onkel Theodor Heyse [1803-1884; Altphilologe] den erfahrensten Wegweiser in dieser neuen Welt finden sollte, den ich nur wünschen konnte.

Dieser drittjüngere Bruder meines Vaters war nach eben absolvierten Universitätsstudien nach der Schweiz gegangen, um dort an einer Erziehungsanstalt in Lenzburg mehrere Jahre als Lehrer zu wirken. Dann hatte es ihn nach Italien getrieben, das ihn nicht wieder losgelassen, sodass er seinen Geschwistern völlig verstummt und verschollen war. Nur an meinen Vater wendete er sich, in langen Pausen, sooft er etwas von ihm wollte. Denn er wünschte nur sich selbst zu leben, ein Leben geistigen Genusses, von keiner Verpflichtung gegen andere gehemmt, nur so weit mit Arbeit belastet, als nötig war, mit einigem Behagen sich durchzubringen. So hatte er seine reichen philologischen Kenntnisse nie auf eine eigene größere Arbeit angewendet, sondern sie in den Dienst anderer gestellt, die Editionen von Klassikern, Kirchenvätern oder neue Bibeltexte auf Grund der in Italien befindlichen Handschriften veranstalteten.

Bald war sein Ruf als *sommo grecista* [bester Gräzist] so fest gegründet, dass er, besonders von London aus, die lohnendsten Aufträge erhielt. Nebenher ging als eine früh ergriffene Lieblingsaufgabe die Beschäftigung mit Catull, dessen Text kritisch festzustellen ihm jahrzehntelang am Herzen lag, wie er auch nie müde wurde, seine Übersetzung von Catulls Liederbuch immer von neuem zu feilen und umzudichten.

Mit deutscher Literatur der Zeit nach seiner Ansiedlung in Rom hatte nicht die geringste Fühlung behalten, sondern war bei Goethe stehen geblieben, den er fast ohne jeden Vorbehalt vergötterte. In dessen Bann stand auch sein eigenes Dichten, das über ein geistreiches Nachklingen weimarischer Tonarten nicht hinauskam. Bei der völlig verwandelten ästhetischen Stimmung der fünfziger Jahre war es unmöglich, für seine Gedichte, die ich später mit nach Deutschland nahm, einen Verleger zu finden, so wenig wie für Lieder eines modernen begeisterten Haydnverehrers nach der Zeit von Beethoven und Schubert ein Publikum vorhanden wäre.

Als ich nach Rom kam, fand ich den »Onkel Catull« in einer unfreundlichen Erdgeschosswohnung der Straße Sant' Andrea delle Fratte, die aus fünf Zimmern, einer Küche und einer Loggia bestand, diese mit einem lustigen Blick über allerlei Nachbarhöfe und sonnig genug, um hier etliche immergrüne Pflanzen zu ziehen. Auch eine kleine Menagerie hatte hier einmal ihren Platz gefunden, große Vögel in Käfigen, ein Affe und anderes seltsames Getier. Diese Passion war aber vergangen, seit der Züchter, der eigensinnige pädagogische Methoden bei seinen vernunftlosen Zöglingen anwendete, einen ungebärdigen großen Geier im Jähzorn erschlagen und auch den Affen so misshandelt hatte, dass das alte trauliche Verhältnis in die Brüche ging. Jetzt war nur noch das Hündchen Fido und der Kater Micetto übrig, für deren leibliches Wohl die Köchin Pia sorgte, während der Onkel selbst seine Erziehungsversuche etwas gelinder an ihnen fortsetzte. – Pia war eine richtige Romana di Roma, bis auf die äußere Schönheit und Stattlichkeit, die ihr völlig gebrach, mit allem unergründlichen

Aberglauben und unglaublichem Mangel an jeder, auch der geringsten Schulbildung. Ihr Mann hatte sich unfreiwillig von ihr trennen müssen, um auf einer Galeere für gewisse Messerübungen zu büßen, und ein ziemlich verwahrloster sechzehnjähriger Sohn Domenicuccio, der irgendwo irgendwas bei irgendwem zu verrichten hatte, besuchte die Mutter nur von Zeit zu Zeit, meist halb berauscht, wo ihn dann der Padrone unsanft genug behandelte, wie er auch der guten Pia gegenüber oft sein jähes Temperament nicht im Zaum hielt, wenn ihre Dummheit alle Grenzen überstieg.

Sie war aber eine gute Köchin und hielt seine Zimmer und all seinen Besitz in musterhafter Ordnung und Reinlichkeit, sodass er doch besser mit ihr daran war, als wenn er eine Römerin des Mittelstandes zur Frau genommen hätte, eine von denen, die bis zehn Uhr morgens liegen bleiben, sich von ihrem Gatten die Schokolade ans Bett bringen lassen und ihn dann zum Metzger und auf den Markt schicken, um die Spesa zu machen, das heißt die Einkäufe für die Küche zu besorgen.

So sah ich die Romulusenkel täglich in dem Metzgerladen schräg gegenüber sich einstellen und das Stück Fleisch für ihr Mittagsmahl in ein buntgewürfeltes Schnupftuch wickeln, sehr selten unter ihnen die Köchin eines wohlhabenderen Bürgerhauses oder die Hausfrau selbst.

Einmal freilich war der deutsche Gelehrte nahe daran gewesen, ein römisches Mädchen heimzuführen. Nicht gar lange nach seiner Ansiedlung hatte er sich in die Tochter einer Frau, bei der er zur Miete wohnte, sterblich verliebt, ein anziehendes Gesicht von edlen, ruhigen Formen – ich sah ihr kleines Brustbildnis über dem Bücherschrank des Onkels hängen, von einem befreundeten Maler in Öl gemalt –, und als sie einmal gegen die strenge Sitte, die ihr eingeschärft worden, in sein Zimmer getreten war und sogar neben ihm auf dem Sofa Platz genommen hatte, fragte er sie, indem er ihre Hand ergriff: *Mi volete un poco bene, Teresa? – Oh! molto più di Voi!* hatte sie geantwortet. Als er sie aber an sich ziehen und umarmen wollte, war sie, ihn ruhig abwehrend, rasch aufgestanden und hatte ihm auch während der ganzen nun folgenden Zeit ihrer Verlobung nicht die geringste Liebkosung gestattet.

Die römischen Mädchen wissen, dass sie vor ihrem eigenen heißen Blut auf der Hut sein müssen, und da sie praktische Naturen sind, halten sie sich streng an die Warnung:

> Tut keinem Dieb
> Nur nichts zulieb,
> Als mit dem Ring am Finger.

Daran hielt sich auch die junge Römerin, doch in etwas anderem Sinne.

Die Pfaffen hatten hier eine gute Beute zu machen gehofft, indem sie den fremden Lutheraner durch seine Liebe zu einem ihrer Beichtkinder in den Schoß der Mutterkirche zu locken dachten. Als aber der Deutsche fest blieb, wurde der Mutter seiner Braut dermaßen die Hölle heiß gemacht, dass sie die Verlobung aufhob und ihr Kind trotz alles Sträubens zwang, einem ungeliebten, halbverwandten Spießbürger sich antrauen zu lassen.

Nach der Hochzeitsnacht aber, die der unglückliche Verstoßene in Qualen schlaflos zugebracht hatte, klang morgens früh die Glocke an seiner Tür. Als er öffnete, stand die junge Frau mit hold erglühenden Wangen an der Schwelle, trat hastig ein und sagte mit ihrem klangvollen Alt freudestrahlend: *Eccomi! Sono zitella ancora* [Hier bin ich wieder! Bin immer noch Jugfrau].

*** *

Damals muss der Sor Teodoro ein junger Mann gewesen sein, der seiner Macht über die Frauen sicher sein konnte, von all seinen Brüdern der Wohlgebildetste, ein wenig hager, aber mit Gebärden, die ein leidenschaftliches Gemüt verrieten, und schwarzen, durchdringenden

Augen. Dazu eine sanfte, wenn er wollte, sehr einschmeichelnde Stimme und eine unwiderstehliche Beredsamkeit.

Als ich ihn kennen lernte, war von all diesen verführerischen Eigenschaften nur die letzte geblieben. Er hatte ein halbes Jahrhundert voll Arbeit und mancher Entbehrung hinter sich und fühlte sich selbst erschöpfter, als seine Jahre es erklären konnten. Aber wenn er an einem leidlich gesunden Tage still vor sich hin träumend aus dem Fenster des gewölbten, weißgetünchten Zimmers auf die enge Straße sah, konnte er in eine dichterische Erregung geraten, in der ihm die tiefsten und seltsamsten Reden über Gott und Welt, Kunst und Natur, Menschenschicksal und Lebensüberfluss von den Lippen strömten. Wie wenn ein Musiker an seinem Flügel sitzend in glücklicher Stimmung die Finger über die Tasten gleiten lässt und in solchem Phantasieren oft Schöneres hervorbringt, als wenn er mit bewusster Künstlerschaft ans Komponieren geht.

Indem er so improvisierend sich auslebte und im Selbstgenuss seiner Persönlichkeit schwelgte, trat ihm auch das Bedürfnis nicht nahe, diese seine innere Welt zu »befestigen mit dauernden Gedanken«. Dazu kam, dass er zu den geistvollen Menschen gehörte, die eine künstlerische Befriedigung darin finden, ausgesucht reizende und gehaltvolle Briefe zu schreiben, und darauf all ihren schriftstellerischen Ehrgeiz beschränken. Er machte von diesen kleinen epistolaren Kunstwerkchen stets einen Entwurf, und die Reinschrift eines solchen war ihm ein hinlängliches Arbeitspensum, worauf der übrige Tag ihm gehörte.

Nach alledem wird es begreiflich sein, dass es mir im höchsten Grade anziehend war, diesem Onkel nahezutreten, und dass der vertraute Umgang mit ihm mir in vielfacher Hinsicht ersprießlich sein musste. Und doch war ich sehr bestürzt, als er mir nach der ersten herzlichen Begrüßung erklärte, ich müsse durchaus bei ihm wohnen, wenn er mir auch keine volle Gastfreundschaft anbieten könne, da seine Einnahmen eben nur ausreichten, ihn selbst über Wasser zu halten.

Das war eine erste schmerzliche Erfahrung in der ewigen Stadt. Ich hatte es nicht anders gedacht, als dass ich den ganzen Winter hindurch mit meinem liebsten Otto Ribbeck alles und jedes teilen würde, und musste mich, noch dazu mit einer dankbaren Heuchelmiene, darein finden, in der düsterlichen Straße ein langes, schmales, einfenstriges Gemach zu beziehen, während der Freund bei einer guten, dicken »weisen Frau«, Sora Rubicondi, sich eines behaglichen, sonnigen und unabhängigen Daseins erfreute.

Denn dieser letzte Punkt war's nicht zum wenigsten, der mir so manche Annehmlichkeiten des Zusammenwohnens mit dem guten Onkel aufwog. Ich hatte von vornherein das Gefühl, dass er mich als eine Art Zögling betrachtete, an dem er seine pädagogische Kunst und Erfahrung bewähren sollte, in aller Lieb' und Güte freilich. Doch da ich mir bewusst war, als junger Poet, Doktor der romanischen Philologie und hoffnungsvoller Bräutigam mich selbst genügend zügeln zu können, war mir das Aufgeben meiner Ungebundenheit, abgesehen von der Trennung von meinem Freunde, im höchsten Grade verdrießlich, zumal es nicht einmal meinem Beutel zugute kommen sollte.

Doch durfte ich mich nicht gegen etwas auflehnen, was mir wie ein Beweis der gütigsten Gesinnung geboten wurde. Und um es gleich hier vorwegzunehmen: das Verhältnis gestaltete sich leidlicher, als ich anfangs gefürchtet hatte. Ribbeck fand fast täglich den Weg zu mir oder ich zu ihm, und wir absolvierten unser Studium der Stadt und all ihrer alten und neuen Herrlichkeiten gemeinsam. Und der Erziehungsversuche des Onkels wusste ich mich nach und nach immer erfolgreicher zu erwehren. Er ersparte sie mir freilich nicht, zumal wenn er sich unwohl in der eigenen Haut fühlte. Dann musste ich wohl, wenn etwa eine Arbeit mich zu Hause hielt, von ihm hören: ich sei doch nicht nach Rom gekommen, um hinterm Ofen zu hocken und über den Büchern zu schwitzen, was ich auch in der Behrenstraße hätte tun können. Streifte ich dann aber ein paar Tage hintereinander, wenn die Vaticana [Bibliothek des Heiligen Stuhles in der Vatikanstadt, Cortile del Belvedere; gegr. 1475] geschlossen war, in Villen und Galerien oder den Osterien der Campagna herum und kam spät nach Hause, so empfing mich eine wohlgemeinte Paternale [Strafpredigt, Akanzelung], dass ich von einem solchen vergnüglichen Bummelleben nicht viel geistige und künstlerische Frucht ernten würde, da es vor allem darauf ankomme, sich zu sammeln und das Erlebte und Gesehene zu verdauen.

Ich ließ mir indessen meine Freiheit nicht verkümmern, und da ich denn doch manches zustande brachte, auch im Übrigen dem alten Herrn – sein Haar war in der Tat schon angegraut – zu allerlei guten Dingen hold und gewärtig war, so fanden wir uns auf die Dauer ganz wohl ineinander.

Zumal ich mehr und mehr erkannte, dass sein Leben denn doch ziemlich freudlos war und er die Freiheit, der er alles geopfert hatte, teuer genug bezahlen musste. Freunde, mit denen er früher gesellig verbunden gewesen, waren ihm weggestorben oder nach Deutschland zurückgekehrt. Die neugierigen Durchzügler, die ihn als eine römische Sehenswürdigkeit aufsuchten, konnten ihm nur eine flüchtige Genugtuung seines Selbstgefühls bieten. Die englischen Aufträge wurden spärlicher. Seine Haupteinnahme war das Honorar, das er für den Unterricht der beiden erwachsenen Töchter des Fürsten Orsini erhielt. Auch diese täglichen Lektionen, in denen, wie es mir vorkam, nur eine allgemeine Förderung in höherer Bildung beabsichtigt war, pflegten ihn zu verstimmen, da die jungen Principessen wenig begabt und für geistige Interessen nicht allzu empfänglich waren. Er kam dann schwermütig, obwohl der alte Fürst ihn aufs Höchste verehrte und um jeden Preis festzuhalten suchte, in sein helldunkles Zimmer zu seinem einsamen Mahl zurück, melancholisierte mir eine Weile vor und entließ mich mit sichtbarem Neid zu meinem Mittagessen, das ich in einer der Trattorien, wo ich Otto und andere Bekannte traf, einzunehmen pflegte.

***

Gleich am dritten Tag nach meiner Ankunft in Rom hatte ich durch einen Schulfreund, den ich im Café Greco getroffen, den jungen *Dr. med.* Klaatsch [August Hermann Martin Klaatsch, 1827-1885; Geheimer Sanitätsrat in Berlin], die Bekanntschaft des Kirchenrats Hase [evangelischer Theologe, großherzoglich-sächsischer Wirklicher Geheimer Rat] gemacht, des berühmten Jenenser Professors und Kirchengeschichtschreibers, der mit Frau und Töchtern seit einigen Wochen in Rom sich aufhielt. Wir trafen uns bei meinem ersten Gang durch den Riesendom des Sankt Peter, und der gewaltige Eindruck, der uns wie ein Elementarereignis überstürzte, näherte uns in der ersten Stunde so herzlich, als hätten wir schon den berühmten Scheffel Salz miteinander gegessen. Der sehr lebhafte kleine Herr mit dem übersprudelnden Temperament gewann mich völlig, und ich empfand eine Lücke, als er einige Wochen später Rom verließ.

Auch war er gerade an dieser Stätte der größten päpstlichen Erinnerungen wie kein zweiter zum Cicerone geschaffen. Wir stiegen endlich miteinander die endlosen Treppen und Treppchen bis in die höchste Spitze der Laterne hinauf, wo wir in dem engen runden Raum einige Zeit stumm und beklommen nebeneinander saßen und durch die offenen Fensterlöcher über die ungeheure Stadt hinabschauten. Endlich fing einer von uns »Ein' feste Burg« zu summen an, und sogleich fielen wir anderen mit ein und sangen das ganze herrliche Lutherlied auf dem obersten Gipfel dieses allerpäpstlichsten Gotteshauses fröhlich und andächtig bis zu Ende.

An dieser Stelle will ich ein für alle Mal erklären, dass ich nichts weniger im Sinn habe, als meine Eindrücke von römischen Bauten, Kirchen und Palästen, antiken und neueren Kunstwerken, die ich diesen Winter hindurch nach und nach kennen lernte, hier auch nur mit flüchtigen Strichen zu schildern. Was ich mit allen künstlerisch angeregten Romfahrern gemein hatte, wäre von geringem Interesse und würde diesen Bericht über meine erste italienische Reise allein schon zu einem Buche anschwellen. Nur was mir von persönlichen Erlebnissen teils in meiner inneren Welt, teils im Verkehr mit guten Leuten und bedeutenderen Persönlichkeiten in heller Erinnerung geblieben ist, soll hier erwähnt werden.

So muss ich vor allem jenes fröhlichen Ausfluges nach dem Tal der Egeria gedenken, den ich in einer Terzinenepistel an Arnold Böcklin geschildert habe. Da ich in jener Dichtung streng bei der Wahrheit geblieben bin, kann ich hier einfach darauf hinweisen. An Böcklin war ich, wenn ich mich recht erinnere, durch seinen Baseler Landsmann Jakob Burckhardt gewiesen worden. Ich hatte ihn schon am zweiten Tage nach meiner Ankunft in seiner sehr dürftigen Wohnung in der Via della Purificazione aufgesucht und mich an seinen wundervollen Landschaften erbaut. Am Abend desselben Tages führte er mich – im Stromregen – nach einer echt römischen Winkelkneipe, wo ein kleines Häuflein von befreundeten Malern und Bildhauern beisammensaß. Sie hatten sich den Namen »Tugendbund« beigelegt – *lucus a non lucendo* – und empfingen mich, da ich ihnen durch Böcklin angekündigt war, mit der ganzen zutraulichen Herzlichkeit unserer zwanziger Jahre. Der Angesehenste der Bande war Franz, genannt Dreber [Carl Heinrich Dreber, genannt Franz Dreber, 1822-1875], ein sehr begabter Landschaftsmaler aus Sachsen, der leider durch einen grüblerischen Zug seiner Natur sich um das volle, naive Ausleben seines Talents gebracht hat. Neben ihm sein Intimus, der Bildhauer Gerhardt [Heinrich Gerhardt, 1823-1915; „Deutschrömer"; Klassizist], der alle Freunde außer Böcklin überleben sollte, zwei andere Bildhauer, Kaupert [Gustav Kaupert, 1819-1897; römische Wohngemeinschaft mit Heinrich Dreber, Heinrich Gerhardt, Friedrich Gunkel] und der Däne Holbeck, ein langer, grotesker Geselle, endlich ein Maler, der mir nur unter seinem Spitznamen »der Indianer« im Gedächtnis geblieben ist.

In dieser Gesellschaft nahm ich an der Ottobrata [altes römisches Volksfest mit Musik und Tanz zur Feier der Weinlese] nach dem Tal der Egeria [Nymphäum der Egeria in Rom im Tal der Caffarella] teil. Sie setzte sich von dem Hause an der Ripetta in Bewegung, in dem Gerhardt und Kaupert ihre Bildhauerwerkstätten, Dreber im zweiten Stock sein Studio hatte und ich noch manchen Abend der erquicklichsten Geselligkeit genoss. An jenem ersten des 18. Oktober, nachdem wir alle Wonne des herrlichsten Tages er-schöpft hatten und, wie mein Tagebuch sagt, es »immer tiefer ins Leben hineinging« (Heinses Ardinghello), bis zu jenem Tanz ums Feuer nach abgeworfenen Kleidern, traten wir, eh' wir unter der zauberhaften Abendbeleuchtung der stillen Campagna uns zur Heimfahrt nach den »bunten, schimmernden« Straßen der Stadt entschlossen, noch einmal in die Grotte der Egeria zu einer dankbaren Abschiedsfeier ein, bei der unser Däne mit seinem mächtigen Bass der gastfreundlichen Nymphe in der Arie *Casta diva* [siehe Vincenzo Bellinis Oper, 1831] unsern letzten Gruß zurief.

***

Von all diesen aufstrebenden jungen Künstlern blieb mir Böcklin damals der nächste und anziehendste. Auch er begegnete mir, so weit es seine verschlossene, schwerflüssige Natur zuließ, mit freundschaftlichem Vertrauen. Gleich bei meinem ersten Besuch erzählte er mir von dem fatalen Abenteuer, in das er sich bei seinem letzten Besuch in seinem heimatlichen Basel verstrickt hatte. Aus *dépit amoureux* [Liebesverdruss], da eine alte Jugendliebe ihm kalt begegnet war, hatte er sich mit dem ersten besten hübschen Kinde, das er auf der Straße getroffen, obwohl er sah, dass sie dem dienenden Stand angehörte, allen Ernstes verlobt und einige Tage in der lieblichen Nähe des guten Kindes sich's auch wohl sein lassen. Nun aber in der Ferne war ihm dieser frevelhafte Leichtsinn schwer aufs Herz gefallen, zumal das Bräutchen im ersten Brief, den sie ihm schickte, aus einem Briefsteller immer noch unorthographisch genug abgeschrieben, von seinen – Böcklins – »Rosenlippen« geschwärmt hatte.

Ich erwarb mir das Verdienst um den sehr niedergeschlagenen Freund, ihm zu einer möglichst raschen Aufhebung der Verlobung zuzureden, zu der er sich freilich erst Ende Februar entschloss.[13]

Er war damals noch völlig unbekannt, eben aus Paris gekommen und in Rom ohne alle Gönner und Fürsorger in tiefster Armut, dabei stets durch seinen Stolz aufrecht gehalten, der ihm jedes noch so lässliche Paktieren mit dem Geschmack eines Publikums, das er verachtete, verwehrte. Von der späteren kühnen Phantastik, die ihm seinen Weltruhm eintrug, und der überströmenden Farbenfreudigkeit war noch nichts in seinen Landschaften zu spüren, auch von einer menschlichen Staffage noch keine Rede, dagegen in minder gewaltigem Stil schon das ganze intime Naturgefühl, das keiner fleißigen und peinlichen Studien mit Stift und Pinsel bedurfte, um dies wundersame Gedächtnis mit allen charakteristischen Formen und Farben, an denen seine Augen sich weideten, zu erfüllen. Ich bewahre noch eine Landschaft von ihm aus den Pontinischen Sümpfen, ein großartig einfaches Waldmotiv immergrüner Eichen, über dem er die Lust verloren hatte. So lag die unvollendete zerknüllte Leinwand im Winkel seines Ateliers, und er ließ es geschehen, dass ich sie glättete und an der nackten Wand meiner Klause in S. Andrea delle Fratte annagelte, bis ich ihr später in Berlin einen Rahmen gab.

***

Hier will ich auch einiger anderer Künstler gedenken, mit denen ich in mehr oder minder häufigen Verkehr kam.

Die Zeit war noch nicht fern, wo in Rom eine neue Blüte der deutschen Kunst aufgegangen war. Von den Malern, die in der Casa Bartoldi [Mendelssohn-Bartholdy] jenen reizvollen Freskenzyklus geschaffen hatten, traf ich freilich nur Overbeck [Johann Friedrich Overbeck, 1789-1869; Maler, Zeichner, Illustrator; Nazarener; Lukasbund; romantische Erneuerung christlicher Kunst im Sinne der Kunst des Mittelalters] noch an, der an gewissen Tagen in seinem Atelier auch fremden Kunstfreunden Zutritt gewährte. Ich entsinne mich deutlich seiner hohen, etwas vorgebeugten Gestalt und der sinnend gesenkten Augen, wie er neben der Staffelei stand und einer mutwilligen schönen Dame, die ihn mit einer etwas aszetisch [aszetische Theologie; Askese] aufgefassten Eva zu necken wagte, da sie nicht wie die allgemeine Menschenmutter, sondern wie eine verschämte entkleidete Heilige aussah, mit leisem Erröten verlegen erwiderte. Mir selbst sind seine zartempfundenen und harmonisch zusammengestimmten biblischen Kompositionen, die freilich ein warmblütiges Naturgefühl vermissen lassen, stets erfreulich gewesen. Sein mächtigerer und tiefgründigerer Gesinnungsgenosse Cornelius [Peter von Cornelius, 1783-1867; Hauptvertreter der Nazarener] hatte Rom schon seit Jahren verlassen, auch Thorwaldsen war in seine Heimat zurückgekehrt. Aber ihr Andenken war in den Kreisen der Jüngeren noch lebendig, wie auch von den verstorbenen Landschaftern Reinhardt und Koch [Johann Carl Koch, 1806-1900] manches charakteristische Histörchen immer von neuem erzählt wurde. Am Leben war noch der jüngere der beiden Brüder Riepenhausen [Franz Riepenhausen, 1786-1831 und Johannes Riepenhausen, 1787-1860; Maler und Kupferstecher], die sich durch ihr Nachschaffen der von Pausanias [Periegetes, um 115 - um 180; griechischer Reiseschriftsteller, Geograph; Beschreibung Griechenlands] beschriebenen Polygnotischen Fresken in der Lesche [Versammlungsraum] Delphis einen Namen gemacht hatten. Mein Onkel veranlasste mich, diesen seinen alten Freund zu besuchen, ich fand aber mehr an seiner treuherzig-milden Person als an seiner Kunst Gefallen.

Der alte Willers [Ernst Wilhelm Dietrich Willers, 1802-1880; Landschaftsmaler; 1835-1861 in Rom] war, als ich nach Rom kam, schon mit den Zurüstungen zu seinem Aufbruch beschäf-

---

[13] Siehe die Novelle »Vetter Gabriel« (Bd. III der Volksausgabe).

tigt, und ich konnte nur noch an seinem Abschiedsfest teilnehmen. Dagegen war es mir oft vergönnt, dem alten Martin Wagner [Johann Martin von Wagner, 1777-1858; Maler, Bildhauer, Kunstsammler, Kunstagent König Ludwigs I.] zu begegnen, jenem merkwürdigen Künstler, den das Machtwort König Ludwigs I. aus einem Maler zum Bildhauer umgewandelt hatte, in richtiger Erkenntnis seiner eigentlichsten Kraft. Er ist bekanntlich der Schöpfer der Bavaria und der kriegerischen Reliefs am Münchener Siegestor, in denen sich eine etwas trockene, aber energische plastische Phantasie offenbart. Damals, im Herbst 1852, schien er auf seinen Lorbeeren auszuruhen und keine Hand mehr zu rühren. Er gehörte zu den Stammgästen der Trattoria del Lepre, in der auch wir häufig unser Mahl einnahmen. Da ergötzte er uns durch seine derben Auslassungen über Menschen und Kunstwerke und durch gewisse Sonderlingszüge seiner in allem Äußeren völlig nachlässigen Erscheinung. Unter anderm ließ er sich von allen Tischgenossen die Reste ihrer Mahlzeiten beisteuern zur Fütterung seiner Katzen. Dieses bunte Gemisch von Fleisch- und Knochenstückchen, Fischköpfen und Gemüsen packte er dann in zwei große, notdürftig aus Zeitungen hergestellte Tüten, die er in die tiefen Seitentaschen seines Rockes versenkte. Da er dann regelmäßig mit diesen Vorräten beladen einen weiten Nachmittagsspaziergang machte, auch wenn die Herbstsonne noch so scharf herabglühte, kann man denken, dass seine Kleidung nach und nach einen seltsamen Duft verbreitete.

Nicht säuberlicher sah es in seiner Wohnung aus. König Ludwig hatte ihn zum Kustoden der Villa Malta gemacht, die ein königlich bayerischer Besitz war. Hier besuchte ich ihn einmal und fand ihn inmitten einer so gräulichen genialen Wüstenei, wie sie mir noch nie vorgekommen war. Auf Tischen und Stühlen lagen große Blätter mit künstlerischen Entwürfen chaotisch übereinandergeschichtet, Teller mit Speiseresten, leere Weinflaschen, Kleidungsstücke und alte Schuhe, dazwischen ein wertvolles Gemälde aus der Kölnischen Schule, das er bei einem Trödler gekauft, alles mit einer dicken Schicht grauen Staubes friedlich eingehüllt. Zwischen diesen Herrlichkeiten führte er mich mürrisch herum und klagte mir seine Not: König Max habe seinen Besuch in Rom angekündigt und werde natürlich bei ihm absteigen. Er werde Mühe haben, hier alles »elegant« zu machen – ja freilich! dacht' ich – und um seine Behaglichkeit sei es geschehen.

Von den älteren Künstlern muss ich noch Riedels [Johann Friedrich Ludwig Heinrich August von Riedel, 1799-1883] gedenken, dessen Atelier in Via Margutta lag, nach drei Seiten mit Fenstern versehen, durch deren halb oder ganz geöffnete Läden mehr oder weniger Sonnenstrahlen eingelassen werden konnten, immer genau so viel, wie der Maler jedes Mal zur transparenten Beleuchtung einer Wange, eines Nackens oder auch nur eines Ohrläppchens bedurfte. Von dieser Künstelei abgesehen, die Riedel zu einer virtuosen Spezialität ausgebildet hatte, war der völlig zum Römer gewordene prächtige Mann ein ganzer Künstler, an dessen Werken man seine ehrliche Freude haben konnte, und ich habe in seinem Studio, von dem man einen herrlichen Blick auf den Monte Pincio hatte, mich auch an seinem treuherzig-klugen Gespräch manche gute Stunde erfreut, während seine Kanarienvögel zirpend und zwitschernd von Staffelei zu Staffelei flogen.

Ein Freund von ihm, der Wiener Maler Pollack [Leopold Pollak, 1806-1880; österreichischer Genre- und Porträtmaler], bildete nur seinen Schatten und brachte selbst nicht viel Wertvolles zustande. Dagegen machte damals der junge Bildhauer Wittig [1823-1893; Schüler von Ernst Rietschel] einiges Aufsehen mit seiner lebensgroßen Gruppe Hagar und Ismael (jetzt in der Berliner Nationalgalerie), die auch mich bewog, die Bekanntschaft des liebenswürdigen Künstlers zu suchen. Er gehörte oft zu dem Trüpplein, in dessen Gesellschaft ich Ausflüge machte oder dieser und jener Sehenswürdigkeit nachging, zu der gerade der Zutritt eröffnet war. Auch ein sehr feiner Landschaftsmaler Flamm [Albert Flamm, 1823-1906; Düsseldorfer Schule], ein Rheinländer, ging uns flüchtig vorüber, nicht ohne dass ich von seiner Kunst einen hohen Begriff erhielt. Und ein einziges Mal begegnete ich auch dem Größten unter den zeitgenössischen Historienmalern, dem Schöpfer des genialen Totentanzes und des grandiosen Hannibalzuges über die Alpen, Alfred Rethel [1816-1859]. Schon damals war sein hoher, phantastischer Geist von der beginnenden Krankheit verschattet, die dann so bald ihn hinraffen sollte. Seine treffliche, charaktervolle Frau hatte ihn nach Rom geführt, in der Hoffnung, sein verstörtes Gemüt werde sich in der Nähe seiner geistesverwandten großen Vorgänger beruhigen. Ich sah an ihrem tieftraurigen Blick, als ich sie in einer Trattorie begrüßte, dass sie an diesem Heilversuch bereits zu verzweifeln begonnen hatte.

Unter all meinen Malerfreunden der Stammfreund aber war der mir von Berlin her bekannte Julius Muhr [1819-1865], der mit Echter [Michael Echter, 1812-1879] zusammen die großen Kaulbachschen Wandgemälde im neuen Museum in enkaustischer Technik ausgeführt hatte. Durch diese jahrelange Frone im Dienst eines anderen Meisters von sehr ausgesprochener Eigenart war seine selbständige künstlerische Entwicklung gehemmt worden, was er hier in Rom erst recht mit Schmerz empfand, sodass er es in der ersten Zeit nicht übers Herz brachte, einen Pinsel anzurühren. Er war in seiner feinen Bescheidenheit und Herzenswärme ein so erfreulicher Kamerad, dass wir ihn bald liebgewinnen mussten. Ein weiteres Band zwischen uns beiden war seine heimliche und im Stillen erwiderte Herzensneigung zu einem auch mir bekannten liebenswürdigen Berliner Fräulein, Mathilde v. Colomb, die er erst neun Jahre später heimführen konnte. Leider sollte das Glück dieser Ehe nicht lange dauern, da er schon 1865, nachdem wir in München vier Jahre lang die alte römische Kameradschaft erneuert hatten, uns durch den Tod entrissen wurde. Seine Witwe – ich hatte sie in meinem sechzehnten Jahr kennen gelernt, im Hause ihres Onkels, des Leibarztes der Königin, *Dr. v. Stosch*, der unser Hausherr in der Behrensstraße war, – ist mir bis zum heutigen Tage in ältester herzlicher Freundschaft verbunden geblieben.

Auch Muhr aber hatte endlich wieder zu malen angefangen, sogar ein größeres Bild [*Eine Predigt in der Sixtinischen Kapelle mit Papst Pius IX.*] aus der Sixtinischen Kapelle entworfen, in der während einer feierlichen Funktion Seine Heiligkeit der Papst und sämtliche Kardinäle versammelt erschienen. Einflussreiche geistliche Würdenträger hatten ihm ihre Protektion und sogar einige Sitzungen gewährt, in der stillen Hoffnung, den jüdischen Künstler dadurch zur Taufe zu locken, was ihnen freilich misslang. Daneben aber wurde unser Freund noch immer von dem Romweh geplagt, das alle redlichen Künstler befällt, die vom Norden in diese Welt erhabener Reliquien einer größeren, künstlerisch begabteren Zeit eintreten und zunächst in tiefer Verzweiflung ihres Unvermögens sich bewusst werden, bis sie nach und nach, wenn sie sich zu dem demütigen Verzicht auf die höchsten schöpferischen Großtaten durchgerungen haben, sich auf ihr eigenes Lebensrecht besinnen und von jenem schmerzlichen Aufruhr ihres Innern wenigstens den Gewinn davontragen, dass sie sich geloben, stets ihr Bestes zu tun und, so viel oder wenig es sein möchte, alles an alles zu setzen.

So kam denn auch unser guter Freund mit der Zeit wieder ins Gleichgewicht und nahm an allerlei Humoren harmlos teil. Unter anderm half er zu einem scherzhaften Projekt mit, durch das wir unserer satirischen Stimmung gegen den archäologischen Dünkel, der in Rom grassierte, Luft machen wollten. Wir verabredeten, dass ich ein Gedicht in elegischem Versmaß schreiben und Muhr, ohne den Inhalt zu kennen, Zeichnungen nach Art antiker Vasenbilder entwerfen sollte. Ribbeck hatte dann die Aufgabe, eine gelehrte Abhandlung zu schreiben, in der er nachwies, dass jene Vasenbilder sich unzweifelhaft nur auf diese Dichtung beziehen könnten. Letztere kam denn auch zustande (»Die Furie«) und Muhrs Illustrationen ebenfalls. Die Abhandlung aber, zu der es unserm Freunde nicht an satirischem Talent fehlte, blieb in den ersten Anläufen stecken, da seine Arbeit am Vergil ihm hinlänglich zu schaffen machte.

178

Indem ich hieran zurückdenke, ist es mir verwunderlich, was uns zu dieser heimlichen Bosheit gegen die hohe Wissenschaft, die ihren Sitz auf dem Kapitol hatte, aufreizen konnte.

Wohl hatte mich Burckhardt, als ich ihn vor der römischen Reise sprach, gewarnt, den kapitolinischen Großmächten nicht zu nahe zu kommen, da sie harmloser Rompilger sich gern bemächtigten. Wir hatten jedoch allen Grund, dieser Gespensterfurcht zu lachen, da von keiner Seite ein Versuch gemacht wurde, Ribbeck einzufangen, und wir uns nur der größten Bereitwilligkeit zu rühmen hatten, mit welcher der treffliche Henzen [Johann Heinrich Wilhelm Henzen, 1816-1887; Epigraphiker; stadtrömische Inschriften] und der jüngere Brunn [Heinrich Brunn, 1822-1894; Klassischer Archäologe], die neben dem weniger bedeutenden Braun [August Emil Braun, 1809-1856; Klassischer Archäologe] auf dem Kapitol die deutsche Wissenschaft mit allem Glanz vertraten, uns in Rom die Wege ebneten. Dazu kam, was uns als ein besonders günstiges Zusammentreffen erschien, dass auch der ehrwürdige Welcker [Friedrich Gottlieb Welcker, 1784-1868; klassischer Philologe, Archäologe], der Patriarch der damaligen antiken Altertumsforschung, diesen Winter in Rom zubrachte und uns beide mit der ganzen Herzensanmut, die ihm eigen war, als seine Schüler von Bonn her begrüßte. Trotz seiner hohen Jahre und nicht gar festen Gesundheit ließ er es sich nicht nehmen, am 10. November bei kalter Nebelluft uns zu einer Fahrt nach Tivoli abzuholen, wo er uns zu allen malerischen oder sonst denkwürdigen Stätten führte, zehn Tage später mit uns und Braun nach dem Tal der Egeria und dem Grabmal der Cecilia Metella [Mausoleo di Cecilia Metella, imposantes Grabmonument an der Via Appia Antica] zu wallfahrten und an einem strahlend hellen Sonnentag zu Ende des Jahres unsern Cicerone in der Villa Ludovisi zu machen, deren herrliche Bildwerke durch sein deutendes Wort ein ganz ungewöhnliches Leben gewannen.

Wir hatten noch die Freude, den verehrten Alten an einem gastlichen Abend in Ottos Wohnung zu sehen, bei gutem Orvieto, einem Gallinaccio [Pfifferling] und römischem Salat, nur unser sieben, von denen der Alte der geistsprühendste war, der vor Mitternacht nicht an den Aufbruch dachte.

***

An all dieser fröhlichen Geselligkeit nahm Onkel Theodor keinen Teil, eingerostet, wie er war, in seine Junggesellengewohnheiten, aus denen ihn auch die beflissensten Versuche einer Wiener Dame, mit der ich durch ihn bekannt geworden war, nicht herauszulocken vermochten.

Es war dies eine Frau Obermeier, die, von ihrem Manne getrennt, mit ihren beiden eben herangeblühten Töchtern ihren bleibenden Wohnsitz in Rom aufgeschlagen hatte. Ein Hausfreund, Bosino, den der Gatte selbst als einen Ersatz für das gestörte Eheglück ihr zugeführt hatte, ein Grieche von ungewöhnlicher Bildung und den besten gesellschaftlichen Formen, leitete die Erziehung der jungen Mädchen und besorgte alle geschäftlichen Angelegenheiten der Mutter. Jedermann fand dieses Verhältnis durchaus in der Ordnung, wenn auch die römisch-deutschen Familien die treffliche Frau mit ihren Töchtern und dem Freund nicht an sich herankommen ließen. Sie empfand durchaus keinen Kummer darüber und entschädigte sich für das Versagte durch den häuslichen Verkehr mit alleinstehenden Künstlern, unter denen Riedel der verehrteste war, und Fremden, die ihr von irgendeiner Seite wünschenswert erschienen.

Ein Abend in jeder Woche versammelte die Intimen in diesem liebenswürdigen Haus, wo man nach der Cena, bei der es an edlem Wein nicht gebrach, noch eine Stunde beisammen blieb, in angeregtem Gespräch. Zuweilen wurde auch Musik gemacht; eine der sehr anmutigen Töchter, die schwarzäugige Jetti oder die blonde Miezi, setzte sich an den Flügel und begleitete den jungen Bremer Komponisten Reinthaler [Carl Martin Reinthaler, 1822-1896; Komponist, Dirigent, Leiter des Bremer Domchors], der damals auch mit unserm Freundeskreis zusammenhing, bei seinem sonoren Gesang. Manchmal wuchs die Stimmung zu solcher Höhe, dass es nicht möglich war, sich nur in Prosa der verehrten Hausfrau dankbar zu bezeigen, und ich wohl oder übel mich zu einer Improvisation verstehen musste.

***

Über all diesen geselligen Freuden und den Streifzügen durch Kirchen, Paläste und Galerien kam jedoch auch die Arbeit nicht zu kurz.

Von Florenz her war mir der Perseus [tötete die Medusa, die schrecklichste der drei Gorgonen-Schwestern, nachdem er von den Nymphen *Tarnkappe*, *Flügelschuhe* und *Zaubertasche*, von Hermes die Waffe der Titanen, das *Sichelschwert*, von Athene einen *spiegelnden Schild aus Bronze* erhalten] des Benvenuto Cellini [1500-1571; Manierist; *„uomo universale"* der italienischen Renaissance: Goldschmied, Bildhauer, Medailleur, Schriftsteller, Musiker, Mörder, Päderast] während der ganzen Fahrt beharrlich nachgegangen. Wie ich ihn auf seinem hohen Piedestal in der Loggia de' Lanzi [an der Piazza della Signoria in Florenz] hatte stehen sehn [am Morgen des 17. April 1554 ursprünglich enthüllt (Benvenuto Cellini, Mein Leben. Die Autobiographie eines Künstlers aus der Renaissance, Übers. aus dem Ital. und Nachw. von Jacques Laager, Manesse, Zürich 2000, S. 689)], das Haupt der Medusa, das er abgeschlagen, hoch erhoben, den Blick düster gesenkt, war mir's vorgekommen, als habe ihn eine schaudernde Reue erfasst, dass er dies zauberhafte Weib entseelt habe und nun verdammt sei, auf ihren kalten, weichen Leib mit seiner geflügelten Sohle zu treten. Ich hatte mir ein tragisches Märchen zusammenphantasiert, das ich, sobald ich zu einem Schreibtisch beim Onkel gelangt war, aufzuschreiben begann, in Knittelversen, die mir zu einem mythischen Puppenspiel, dem auch der Kasperle nicht fehlte, einzig geeignet schienen. Ich brachte das kuriose Ding sehr *con amore* in wenigen Wochen zustande und las es dem Onkel vor, der, wie mir schien, etwas anderes von mir erwartet hatte. Auch anderen erging es so; ich wüsste nicht, dass einer meiner späteren Kritiker sich im Guten oder Bösen darauf eingelassen hätte, als dieser mein römischer Liebling in den »Hermen« [Dichtungen; Wilhelm Ludwig Hertz, Berlin 1854] gedruckt erschien. Was ging mich's an? Hatt' ich doch meine Freude dran.

Weit mehr als an zwei anderen poetischen Aufgaben von größerem Gewicht: einem Trauerspiel »Saul«, zu dem mich meine fleißigen Bibelstudien angeregt hatten, und dem epischen Gedicht »Thekla«, dessen Stoff ich meinem Freund Jacob Bernays [siehe oben S. 159] verdankte. Er hatte mir die Legende von Paulus und Thekla in einem lateinischen Legendenbuch nach Rom geschickt und mir die Bearbeitung ans Herz gelegt. Zunächst ging ich mit lebhaftem Eifer daran, wagte freilich nicht, die Gestalt des großen und größten Apostels in meiner Dichtung erscheinen zu lassen, und schob ihm einen apokryphen Tryphon [Heiliger] unter. Bald aber, aus verschiedenen Ursachen, erkaltete mein Feuer, nur die anerzogene Pflichttreue gegen eine begonnene Arbeit ließ mich den ersten Entwurf vollenden, und erst nach mehreren Jahren, auch dann nur mit halber Neigung, gewann ich es über mich, wieder daranzugehen. – »Saul« war in den ersten Szenen stecken geblieben. Vielleicht weil ich inzwischen, da ich an Alfieris [Vittorio Amedeo Alfieri, 1749-1803; Aufklärer, republikanische Freiheitsgedanken, gegen jegliche Tyrannei; 22 streng formale, klassische Tragödien; Erfinder der Tramelogödie; antirevolutionärer Franzosenfeind, *Misogallo*, 1799] *Vita* [Autobiografie] und seine Dramen geraten war, sein gleichnamiges Trauerspiel [*Saul*, 1782] kennen gelernt hatte, wohl das farbigste und poetisch bedeutendste unter all seinen Stücken.

Auch an anderer Lektüre fehlte es nicht, soweit Onkel Theodors kleine Bibliothek versehen war. Zunächst Dante; es tauchte sogar einmal der Plan auf, gemeinschaftlich die *Vita nuova* [entstanden zwischen 1292 und 1294, in der Tradition mittelalterlicher Minnedichtung, Dantes Liebe zu Beatrice, die sein Leben erneuert; gedruckt 1576] zu übersetzen, aus der ich einige der schönsten Sonette und Kanzonen nachgedichtet hatte. Übrigens eine unmögliche Hoffnung, von dem Reiz einer altertümlichen, mit Edelrost angehauchten und doch seit sechshundert Jahren unverwüstlich jungen Dichtersprache eine Vorstellung zu erwecken. Manzonis »Adelchi« [1822/Uraufführung 1843; Letzte Jahre des Langobardenreichs, 772-774, vor der Eroberung durch die Franken unter Karl dem Großen, Prinz Adelchis, zwischen Vaters Desiderio, des letzten Langobardenkönigs, Kampfeswillen und seinem eigenen Friedensbedürfnis] waren dazwischen an die Reihe gekommen, Apuleius, Lukians Göttergespräche und saturnalische Verhandlungen. Von Deutschen natürlich in der Gesellschaft des Onkels, des andächtigen Goetheverehrers, viel von ihm, seine lyrischen Sachen zumal, die wir beide freilich auswendig wussten. Sie dienten aber als Stimmgabel, um die Catullübersetzung zu prüfen, ob überall der natürlichste Ausdruck gefunden war. So saßen wir, da ich die Morgenstunden stets zu Hause blieb, manchmal jeder in seinem Zimmer mit Versen des anderen beschäftigt, die einer strengen Feile unterworfen wurden, die Tür zwischen uns offen, damit wir uns sofort über unsere Anstöße und Änderungsvorschläge verständigen konnten.

Gegen Zehn, wenn er sich zu seinem Gang in den Palazzo Orsini rüstete, brach ich nach dem Vatikan auf, wo die eigentliche »offizielle« Arbeit meiner wartete. Am 12. November hatte ich den hohen Arbeitssaal der Bibliothek Seiner Heiligkeit zum ersten Mal betreten, den ersten provenzalischen Codex in Empfang genommen und mir meine paläographischen Sporen daran verdient. Freund Otto saß nahe bei mir über einer großen Vergilhandschrift, ein paar andere deutsche Gelehrte hatten uns bewillkommnet, es war eine behaglich feierliche Stimmung in dem stillen Gemach, über das der wortkarge, aber höfliche Kustode Monsignor Martinucci die Aufsicht führte. Von den italienischen Kollegen sind wir keinem einzigen nähergekommen.

Mein Reisestipendium war mir bewilligt worden, um auf italienischen Bibliotheken nach ungedruckten romanischen Handschriften zu forschen, und eine Anzahl von Troubadour-Codices, die mir teils durch meinen Lehrer Mahn [Carl August Friedrich Mahn, 1802-1887; Romanist, Provenzalist, Anglist], teils durch Adalbert v. Kellers [Heinrich Adelbert Keller, 1812-1883; Romanist, Germanist; Editionen und Übersetzungen mittelalterlicher sowie frühneuzeitlicher Literatur; Forschungen zur schwäbischen Mundart] »Romvart« [Beiträge zur Kunde mittelalterlicher Dichtung aus italienischen Bibliotheken, 1844] bekannt waren, hatte ich nach und nach durchzusehen und auszubeuten im Sinne. Dabei hatte ich aber die Rechnung ohne den Wirt gemacht.

Nach den Verordnungen der päpstlichen Bibliothek war es verboten, irgendetwas ohne vorher erlangte Erlaubnis abzuschreiben. Man hatte nur das Recht, nachdem man überhaupt in dem Arbeitssaal zugelassen war, die Handschrift zu studieren, *di studiare sopra i codici*, und kleine Notizen zu machen.

Hieran war mir wenig gelegen. An eine kritische Textausgabe, wie Otto Ribbeck sie bei seinem Vergil im Auge hatte, dachte ich nicht. Es wäre mir töricht erschienen, die provenzalische Lyrik mit ihrem konventionellen Redeschmuck so wichtig zu nehmen, wie einen griechischen oder römischen Dichter, bei dem es oft auf ein mehr oder minder charakteristisches Beiwort ankommt. Freilich galt es auch hier, einen richtigen Text zu schaffen. Das aber überließ ich den richtigen Philologen, während ich vor allem an der Erweiterung unserer Kenntnis von dem, was überhaupt vorhanden war, Interesse hatte, besonders daran, ob neben der höfischen Lyrik nicht auch noch epische Dichtungen zu finden seien, von denen bisher so gut wie nichts überliefert war.

Auf Abschlag nahm ich indessen auch mit unedierten Liedern vorlieb, die nun freilich verbotene Ware waren. Ich hatte mir ein Exemplar der Mahnschen Troubadours [Gedichte der Troubadours in provenzalischer Sprache, Berlin 1856 ff.] mit weißem Papier durchschießen lassen und dachte es sehr klug anzustellen, wenn ich zwischen dem Kollationieren schon gedruckter Texte dann und wann ein vollständiges, noch unediertes Lied in mein Buch hinüberschmuggelte. Aber den scharfen Augen des Herrn Kustode entging dies Manöver nicht. Plötzlich schoss er wie ein Sperber auf ein Huhn, das eben ein gutes Korn aufgepickt hat, auf mich zu und untersagte mir im schärfsten Ton, die *regolamenti* fernerhin zu verletzen.

Damit war der wissenschaftliche Zweck meines römischen Aufenthaltes so gut wie vereitelt. Zwar standen mir noch einige andere Bibliotheken offen, so die Casanatensis, die aber wenig Ausbeute bot, und die Barberiniana, aus der ich wenigstens ein langes, nicht uninteressantes altfranzösisches Lehrgedicht mir aneignen durfte. Der Hauptschatz aber an handschriftlichen Seltenheiten befand sich in der Vatikana, und wahrlich, es war ein törichtes Vorurteil, als ob der Wert derselben durch die Bekanntmachung verringert würde, da vielmehr Edelsteine, die in einer dunklen Truhe vergraben jedem Auge entrückt bleiben, nicht mehr Wert haben als gemeine Kiesel.

Nun hatte es freilich eine besondere Bewandtnis damit, dass das vatikanische Hausgesetz gerade an mir mit so rigoroser Strenge geübt wurde. Von Berlin her war mir durch die Schuld meiner »Francesca von Rimini« [1850] der Ruf eines unsittlichen jungen Menschen vorausoder nachgegangen und auch zu der geistlichen Behörde gedrungen, die darüber zu wachen hatte, dass keine anrüchigen Fremdlinge in das Heiligtum der päpstlichen Bücherei eindrängen. Zum Überfluss hatte ich in meiner Eingabe erklärt, dass es mir um die provenzalischen Handschriften zu tun sei, und ihre Dichter standen in dem wenig begründeten Verdacht, das Äußerste an Zuchtlosigkeit geleistet zu haben, sodass man besorgen musste, dieser liederliche junge Berliner, noch dazu ein Protestant, wünsche nur sich einzuschleichen, um noch unbekannte obszöne Dichtungen aus der Bibliothek Seiner Heiligkeit zu veröffentlichen.

Ich wurde daher von verschiedenen Seiten scharf bewacht, und als ich zu schreiben fortfuhr, sogar nur abweichende Lesarten auf einzelne Blätter notierte, erfolgte meine Ausweisung – am 8. Januar – und auf meine Frage nach dem Grund, da ich mich jetzt in nichts mehr vergangen hätte, der lakonische Bescheid: *Questo è il mio ordine* [Das ist mein Befehl].

Nun muss ich freilich bekennen, dass diese Wendung der Dinge mir nicht halb so unerwünscht war, wie ich den maßgebenden Personen gegenüber in sittlicher Entrüstung verlauten ließ. Statt der unersprießlichen Bibliotheksfron war vieles in Rom, was ich mit mehr Freude und Nutzen an den nun freigewordenen Vormittagen mir zu Gemüt führen konnte. Aber da ich in offizieller Mission auf Staatskosten in die Vatikana abgeordnet war, konnte ich mich bei der Tatsache, dass der Kardinalstaatssekretär Antonelli meine Ausweisung befohlen hatte (*Scacciatelo subito!* [Jagt ihn sofort davon!]), nicht beruhigen.

Mein Onkel dachte zuerst durch seine alten römischen Verbindungen es dahin zu bringen, dass ich wieder zugelassen würde. Sie versagten alle. Auch diplomatische Vermittlungsversuche, die Verwendung des Königs von Bayern, an den ich auf den Rat des Grafen Spaur eine Eingabe machen musste, zu meinen Gunsten, nicht minder die Bemühungen des preußischen Gesandten Graf Usedom [Karl Georg Ludwig Guido Graf von Usedom, 1805-1884; Briefe und Charakteristiken aus der deutschen Gegenwart, 1849] blieben ohne Erfolg. Bei letzterem wurde ich einmal zu Tisch gebeten, wo ich außer dem alten Kestner (dem »Sohn von Werthers Leiden« [Georg August Christian Kestner, 1777-1853; Jurist, Diplomat, Archäologe, Zeichner, Kunstsammler; Sohn des Hannoverschen Juristen und Hofrats Johann Christian Kestner und seiner Ehefrau Charlotte Sophie Kestner, geb. Buff]) auch einen andern Träger eines berühmten Namens, den Legationsrat Wolfgang v. Goethe [Wolfgang Maximilian Freiherr von Goethe, 1820-1883; Jurist, preußischer Legationsrat; Enkel des Dichters Johann Wolfgang von Goethe] traf, einen stillen, ernsten Mann, der über Tisch nicht zehn Worte von sich gab.

Die Sache selbst rückte trotz aller Bitten und Beschwerden nicht vorwärts. Nur zuletzt erlebte ich noch ein Pröbchen römischer Geschäftspraxis. Es wurde mir eröffnet, dass sich ein Grieche gefunden habe, ein gewisser Matranga [Abate Pietro Matranga, Sekretär des Kurienkardinals und Philologen Angelo Mai, Entzifferer von Palimpsesten], der sich der Mühe unterziehen wolle, diejenigen Troubadourlieder, die ich bezeichnete, und die vorher geprüft werden sollten, für ein anständiges Honorar zu kopieren. Da dieser dunkle Ehrenmann mir sehr wohl bekannt war, konnte mir dieses Kompromiss nicht einen Augenblick verlockend erscheinen. Ich war nicht nach Rom geschickt worden, um für schweres Geld von einem andern, der kein Wort Provenzalisch verstand, Inedita [noch nicht Herausgegebenes] abschreiben zu lassen.

Ich wies also dies freundliche Ansinnen zurück und nahm, wie gesagt, die Sache auf die leichte Achsel, da ich dem preußischen Ministerium gegenüber meinen Eifer, das Reisestipendium redlich zu verdienen, klar bewiesen hatte.

***

Um so freier und fröhlicher genoss ich nun alles Herrliche, was ein römischer Winter nur bieten konnte. Unter anderen freien Künsten befliss ich mich auch wieder des Zeichnens, nach einem oder dem anderen der Modelle, die an der Spanischen Treppe den Malern sich anzubieten pflegten, darunter eine nicht mehr ganz junge Chiaruccia, die einen prachtvollen Rassekopf hatte, und anderer römischer Typen, wie sie mir in den Ateliers meiner Malerfreunde vor Augen kamen. Eines der schönsten Mädchen Roms wohnte unserm Hause benachbart. Ich hatte oft Gelegenheit, sie von unserer Loggia aus zu beobachten, wenn sie auf ihrem Altan mit einer häuslichen Verrichtung beschäftigt war. Leider war es nicht möglich, sie zu einer Sitzung zu bewegen. Unsere Pia wusste, wie jeder in der ganzen Nachbarschaft, dass die Schöne in festen Händen war, da sie vor dem Herrn Pfarrer von S. Andrea delle Fratte Gnade gefunden hatte. Auch der talentvolle neapolitanische Maler Morani, dessen Studio im dritten Stock unseres Hauses lag, hatte vergebens seine Angel nach ihr ausgeworfen. Für hundert Scudi wollte ihre Mutter ihre Einwilligung geben. Das war ihm denn doch zu teuer erschienen.

So kam langsam und doch zu schnell der Karneval heran; am 7. und 8. Februar verzeichnet mein Tagebuch unsere Teilnahme an dem tollen Maskengewimmel, das sich den Corso hinauf und hinunter trieb. Damals wohl noch ziemlich im Stil jener alten Zeit, wie wir sie aus Goethes gewissenhafter Schilderung kennen. Doch war das Wetter schlecht, die Straße schmutzig, der Konfettiregen, von den Balkonen brutaler Engländer schaufelweise auf die bunte Menge hinabgeschüttet, durchaus kein anmutiger Scherz, sodass es eine Weile dauerte, bis auch wir auftauten, Sträußchen schleuderten und an den schönen Augen an Fenstern und Balkonen Feuer fingen. Bald hatte jeder die Seine gefunden, der er vorzugsweise huldigte, und ich besonders als ein leidenschaftlicher Ballspieler betrieb das Werfen und Fangen der kleinen Blumensträuße mit immer lebhafterem Eifer, bis ich zuletzt an einem stillen, blonden Gesicht mit großen, grauen Augen hängen blieb, das zwischen greisen Eltern- und Tantenhäuptern vom Balkon eines Erdgeschosses mir zulächelte und mich durch eine gewisse deutsche Sanftmut und unrömische Lieblichkeit fesselte. Ich ließ nun alle anderen weit Schöneren fahren und eröffnete auf dieses zarte Wesen ein hitziges Blumenbombardement, das kräftig erwidert wurde. Die Dunkelheit stellte einen Waffenstillstand her; am andern Nachmittag aber wurde der lustige Krieg von neuem eröffnet, und als wir im Obermeierschen Wagen den Corso hinunterfuhren, ein wahrer Blütenregen auf das blonde Fräulein herabgesendet. Ja, ich stieg dann aus, kaufte einen großen Rosenstrauß und kletterte damit an ihrem Balkon hinauf, ihn feierlichst ihr zu überreichen und mit einem Händedruck dafür belohnt zu werden.

Am andern Tag, dem Aschermittwoch, begegnete ich ihr im Corso und zog mit einem halb vertraulichen Lächeln den Hut. Mein Gruß wurde nur mit einem unmerklichen Neigen des Kopfes und einem völlig fremden Blick erwidert. Man war in die Fasten getreten, und die ungebundene Maskenfreiheit musste der strengen römischen Sitte weichen, die einem Mädchen jeden Verkehr mit einem fremden Herrn verbietet. – Auch Freund Muhr hatte für seine Huldigungen einen anmutigen Gegenstand gefunden, eine schöne, schlanke Engländerin, die leider ihren Platz am Fenster eines zweiten Stockwerks hatte, sodass eine Verbindung mit ihr durch Blumensendlinge einige Schwierigkeiten hatte. Damit aber wollte der galante Freund sich überhaupt nicht begnügen. Er entwarf auf einem Quartblatt eine allegorische Zeichnung mit Amoretten, Rosen und Nachtigallen, zu der er sich von mir einen Vers erbat. Um zu zeigen, wie sehr uns die Karnevalslaune zu Kopf gestiegen war, mag diese Probe meiner sehr fragwürdigen englischen Verskunst hier ihren Platz finden:

> *Such is old Carnival's stern sentence:*
> *After short joy long sorrow and repentance.*
> *Fresh flowers, sweet confetti, sweeter eyes*
> *Are in his lovely malice his allies,*
> *And the poor victim makes – o irony! –*
> *A trophy to his own fair enemy.*

Dies sorgsam gemalte und geschriebene Blatt wurde zusammengerollt und mit einem roten Seidenband umwickelt, das zugleich ein Veilchensträußchen festhielt. Ich wurde dann mit der Aufgabe betraut, die Rolle nach jenem Fenster des zweiten Stocks hinaufzuschleudern. Zweimal fiel sie, da man sie nicht geschickt auffing, zurück auf die schmutzige Straße und musste erst am nächsten Brunnen wieder gereinigt werden. Beim dritten Mal erreichte sie ihr Ziel. Es war aber verlorene Liebesmüh'. Von einem besonders liebenswürdigen Dank oder gar einer Erwiderung war keine Rede.

***

So ging der Winter zu Ende, einer jener gelinden römischen Winter, in denen man schon im Januar Veilchen in der Campagna pflückt, aber während der langen, schwülen Schirokkowochen manchmal ein starkes Heimweh nach nordischem Schnee und klingendem Frost verspürt.

Zumal wenn in den trüben und feuchten Häusern die eisernen Öfen versagen, wie es auch der meine zu tun pflegte, den ich in meiner kahlen Erdgeschossklause auf eigene Kosten hatte setzen lassen, ohne sonderlichen Nutzen, da er bei dem leisesten Wind dermaßen zu rauchen anfing, dass ich mich vor ihm auf die Straße flüchten musste.

Zu diesem meteorologischen Heimweh gesellte sich auf die Länge noch ein anderes, das in der Seele seinen Sitz hatte. Die Trennung von meiner Liebsten, über die ich anfangs durch hundert merkwürdige neue Eindrücke mich hatte beschwichtigen lassen, wurde zuweilen, wenn ein Brief ungebührlich lange ausblieb oder gar verloren ging, schier unerträglich, die sehnsüchtige Stimmung machte sich vergeblich in lyrischen Stoßseufzern Luft, und auch die Ungebühr, die mir im Vatikan angetan worden war, und für die ich keine Genugtuung erhalten konnte, nagte an mir, da sie beständig durch den Kampf um mein Recht mir gegenwärtig blieb. Zum Ausbruch kam's am 10. März durch die Eröffnung eines Freundes meines Onkels, *Dr.* Marstaller [Anton Marstaller, 1815-1865; preußischer Konsul in Rom], über die Intrige jenes Don Pietro Matranga und meinen üblen Ruf als Verfasser »lasziver Poesien«, in den mich nur ein Landsmann bei der geistlichen Behörde gebracht haben könne. Der Ingrimm darüber verursachte mir ein heftiges Kopfweh, eine Erkältung trat hinzu, und an die erste Fiebernacht reihten sich acht kranke Tage einer schweren Influenza, die damals als ein Nervenfieber angesehen wurde und einmal sich so bedenklich steigerte, dass die Sache eine schlimme Wendung zu nehmen schien. In jener gefährlichen Stunde ereignete sich auch der seltsame Fall einer geistigen Wirkung in die Ferne, den ich in der ersten Geschichte der »Geisterstunde« [und andere Spukgeschichten, Berlin 1894; *»Die schöne Abigail«*] erzählt habe, meine »Ankündigung« bei meinen beiden teuersten Menschen zu Hause. – Mein Onkel, der mit der treuen Pia mich aufs Liebevollste pflegte, hatte gleich bei Beginn der Erkrankung seinen alten Freund,

Dr. Alertz [Clemens August Alertz, 1800-1866; Leibarzt der Päpste Gregor XVI. und Pius IX.; im Vorstand der Erzbruderschaft Campo Santo Teutonico], zu Hilfe gerufen, der durch eine glückliche Kur an *Pio nono,* zu der keiner der italienischen Ärzte Mut und Kenntnisse genug besessen, das Vertrauen des Papstes gewonnen hatte und sein Leibarzt geblieben war. Ob ich es mehr diesem trefflichen Manne oder meiner Jugendkraft verdankte, dass ich die böse Anfechtung überwand, will ich nicht untersuchen. Genug, nach einer Woche stand ich von meinem Schmerzenslager auf, genesen, aber mit wankenden Knien und so taumelndem Gehirn, dass an eine Fortsetzung meiner Romstudien nicht zu denken war und eine gründliche Luftveränderung geboten schien.

Unter den Freunden, die mich während meiner Rekonvaleszenz besuchten, war auch einer, dessen ich bisher nicht erwähnt habe, obgleich ich bald nach meiner Ankunft mit ihm bekannt geworden war, Ferdinand Gregorovius [1821-1891; *Geschichte der Stadt Rom im Mittelalter,* 1859 ff.; *Lucretia Borgia und ihre Zeit,* 1874], der spätere Geschichtsschreiber der Stadt Rom im Mittelalter. Wir hatten wohl bald den Gegensatz unserer Naturen empfunden, da er, ein Anhänger der Schlosserschen Schule, mit einem gewissen sittlichen Rigorismus alle Zustände der bunten römischen Welt betrachtete, während ich zunächst an ihrer naiven, sinnlichen Lebenskraft mich ergötzte und moralische Maßstäbe anzulegen mich nicht berufen fühlte. Dazu kam bei dem um einige Jahre älteren Ostpreußen, der in der Stadt der reinen Vernunft [Königsberg; Immanuel Kant, *Kritik der reinen Vernunft,* 1781] aufgewachsen war, ein feierlich getragenes Benehmen, ein pathetischer Stil, der sich auch in seinem Gespräch nicht verleugnete, und ein völliger Mangel an Humor, sodass ich mich kaum entsinne, ihn je herzlich lachen gehört zu haben. Er blieb sich jeden Augenblick in gehobener Stimmung bewusst, dass, wohin er auch treten mochte, überall geweihter historischer Boden sei, während ich mir durch antike Reminiszenzen die harmlose Freude an der Gegenwart nicht einschüchtern ließ.

Bei alledem schätzte ich seine Kenntnisse und Talente und hatte seine schöne epische Dichtung »Euphorion« [Eine Dichtung aus Pompeji in vier Gesängen, F. A. Brockhaus, Leipzig 1858] im »Literaturblatt zum Deutschen Kunstblatt« aufs Günstigste besprochen, während ich mit seinem »Hadrian« [Geschichte des römischen Kaisers Hadrian und seiner Zeit, 1851] mich nicht befreunden konnte. So behandelten wir uns mit kühler Freundlichkeit, die auch lange Jahre nachher, als der römische Ehrenbürger nach München übergesiedelt war, sich nicht zu einem tieferen Einverständnis erwärmen wollte.

Ich finde eine Stelle in meinem Tagebuch vom 21. März, bald nach meiner Auferstehung, die dies Verhältnis anschaulich schildert: »Gregorovius kam mit einer Beichtvater- und Seelsorgermiene, mir mein Wesen klarzumachen. Meine Gedichte seien nicht warm und so weiter. (Es fehlte ihnen freilich jede Spur von Gesinnungsrhetorik.) Er fragte dann, ob ich mich (über diese freimütige Kritik) ärgere. Allmählich ward mir's dieses naiven Moralisierens zu viel (zumal ich vom Fieber noch geschwächt war). Onkel Theodor wurde dann hereingezogen. Jeder sprach seine Sprache, und der Teufel verstand's.«

Meiner Rekonvaleszentenüberreizung mag es zugute gehalten werden, dass ich einen gewiss gutgemeinten Versuch, sich um mein dichterisches Seelenheil verdient zu machen, so übel aufnahm. Ich war sonst immer dankbar für unumwundene Freundeskritik; aber wessen Natur nicht mit einem vollen Tropfen Humor gewürzt war, auf dessen Verständnis meiner Art und Kunst verzichtete ich von vornherein.

***

Die zweite Hälfte des März hatte gräuliche Regen- und Hagelstürme gebracht, sodass wir endlich froh waren, die unwirtlich gewordene Stadt verlassen zu können. Ein Vetturin war gedungen worden, der uns für zehn Scudi die Person und die *mancia* [das Trinkgeld] nach Ne-

185

apel bringen sollte. Zwölf Paul [*Paolo*; nach Alessandro Farnese, Papst Paul III., 1468-1549, benanntes Geldstück] hatte der Pass gekostet, aber der *babbo* zu Hause hatte gesorgt, dass wir nicht als Landstreicher, sondern als Signori unsere Reise antreten sollten. Zum Schluss erlebten wir noch am 29. März das überwältigende Schauspiel der Girandola, des Feuerwerks, das von der Höhe der Engelsburg in märchenhafter Pracht gegen den schwarzen Sternenhimmel emporflammte, während Tausende von Lampen die erhabenen Umrisse der Peterskuppel und alle Säulen und Architrave ihrer Fassade mit Perlenschnüren einsäumten.

Noch eine Menge Abschiedsbesuche, bei den Kapitolinern Welcker, Henzen und Brunn, den lieben Obermeiers, meinem Lebensretter *Dr.* Alertz, und am Abend des 30. ein Fest im Künstlerverein, wo fünfundneunzig efeubekränzte Kollegen Riedels fünfundzwanzigjähriges Romjubiläum feierten (Anrede der Roma an ihn, Lorbeerkranz mit sibernen Früchten und silbernem Ring, Festgesang und Überreichung eines Diploms mit einer Zeichnung, wie Riedel die Sonne bestiehlt) – und unser letzter Tag in Rom war zu Ende gegangen.

Am andern Morgen holte uns der Vetturin aus unseren Häusern ab, und um acht Uhr fuhren wir in weicher Regenluft an dem Lateran vorbei gen Süden.

Vier volle Tage brauchte man damals zu der Fahrt, die heute in einem einzigen zurückgelegt wird. Man gewann dabei aber eine Kenntnis jenes merkwürdigen Gebietes zwischen Rom und Neapel, wie man sie im Vorübersausen auf der Eisenbahn nicht erlangen kann. Über Albano lief die Straße zunächst bis Velletri, von da am zweiten Tage, immer das reizende Kap Circello im blauen Duft vor Augen, bis Terracina. Wie schauerlich »romantisch« war's, langsam durch die Pontinischen Sümpfe zu fahren, immer bedacht, die Augen offen zu halten wegen der Warnung vor der Malaria, die jeden Schläfer befalle, zum Teil auch, um gleich auf dem *qui vive* zu sein, wenn Fra Diavolos [Brigant und Kämpfer gegen die französische Vorherrschaft in Süditalien zur Zeit Napoleons, von den Franzosen in Baronissi gefangen, in Neapel gehängt] Spießgesellen aus der *macchia* sprängen und uns ihr *faccia in terra!* zubrüllten. Fieber und Banditen ließen uns ungeschoren, nur an der Rechnung am andern Morgen erkannten wir, dass die räuberischen Traditionen dieser klassischen Brigantengegend sich noch im Stillen forterbten. Aber was man in dem malerischen Nest zu sehen bekam, war's schon wert, als unsichtbarer Posten auf der Nota mitzufigurieren. Spaziergang den Felsen hinauf zwischen *Fichi d'India,* Palmen und schönen Ölbäumen. Der Weg biegt vor der Stadt rechts ab, steil hinauf, an Hütten vorbei, in denen Steinmetzfamilien hausen. Auf der Höhe wächst Stadt und Kloster sehr stattlich empor. Ein Schwarm bildschöner Jungen in Lumpen geleitet uns rechts die steinige Straße hinauf nach Kastell S. Angelo. Stadt und Hafen, das Meer, links das Gebirge, rechts Kap Circello und die schwarzen Wasser der Sümpfe. Meer und Luft von heiterer Bläue. Die Ruinen nicht bedeutend, eine verfallene Kapelle mit verblichenen Fresken. An der Spitze des Knabenschwarms ein stolzer Junge, der die andern anführ wie der Wolf eine Schafherde. Dann zurück, dem Kloster vorbei durch engste Straßen, wunderschöne Männer, Frauen mit Locken an den Seiten, die Haare schön geflochten. Alles bettelt. Eine Art Markt im Durchgang neben der Kirche, zu der eine Freitreppe aufsteigt, mit schlankem Campanile. Drinnen nichts von Belang. Hinab an die Küste, wo eine Schöne, namens Silvia, sich nicht dazu versteht, gezeichnet zu werden, während eine Horde Fischerbuben die halben Bajoccos [Münzen, 15. Jh.-1865], die ins Meer geworfen werden, um die Wette tauchend herausfischt.

»Dann am Abend die ganze Felswand dem Wirtshaus gegenüber von Millionen Leuchtkäfern überflimmert und der herrlichste Glanz des Firmaments.«

Der geneigte Leser fürchte aber nicht, dass ich ihn mit ähnlichen Auszügen aus meinem Tagebuch bis nach Neapel hinhalten werde. Nur der Versuchung konnte ich nicht widerstehen, in einer Probe zu zeigen, was das heutige atemlose Hindurchjagen durch die merkwürdigsten südlichen Gegenden dem Reisenden an wundersamen Eindrücken vorenthält.

Und so brachte uns der 2. April über Fondi, Itri, Molo di Gaeta nach Sant' Agata. Ein biederer irischer Brauer aus Belfast, der sich zur Ruhe gesetzt hatte – den Namen dieses Ehrenmannes, John Porter, will ich nicht verschweigen, da er eine so erfreuliche Ausnahme von der unholden Manier der meisten seiner reisenden Landsleute machte – dieser Treffliche hatte mich und Ribbeck in Affektion genommen und sorgte bei jeder Gelegenheit wie ein alter Onkel für unser Wohl. So war er, da die Straße bergauf ging, drei Miglien vor Sant' Agata ausgestiegen und hastig vorangestiefelt. Als wir dann unser Nachtquartier erreichten, begrüßte er uns mit stolzem Augenzwinkern vor dem Gasthaus und vertraute uns an, dass er das beste, einzig gute Zimmer für uns in Beschlag genommen habe.

Am nächsten Tage erreichten wir zu Mittag Capua, fuhren durch Atella durch, wo mein philologischer Freund, der einmal seine berühmte Geschichte der lateinischen Dichtung schreiben sollte, auf den Straßen nach Gesichtern spähte, die an die Masken der alten, Atellanen [Komödienform aus Campanien, verwandt mit der dorischen Volksposse der Phlyaken im griechischen Unteritalien] genannten, Possenspiele erinnerten, und langten gegen *Ave Maria* in Neapel an.

***

Acht Tage hatten wir dazu bestimmt, »das Leben zu schlürfen an Parthenopes [Sirene der griechischen Mythologie] üppigem Busen«, nachdem wir »den Tod gelernt über den Trümmern der Welt«, wie A. W. Schlegel sich ausdrückt. Seltsam genug, dass wir lebensfrohen, jungen Leute einige Mühe hatten, nachdem wir den römischen Tod liebgewonnen, uns mit dem parthenopeischen Leben zu befreunden.

Wir waren nicht übel untergebracht im vierten Stock einer *Maison garnie,* wo wir die herrlichste Aussicht auf das Meer und zum Vesuv hinüber hatten. Auch war, trotz der heftigen Frühlingswinde, das Wetter leidlich genug, um von früh bis spät zu Fuß, zu Wagen und in der Barke alle berühmten Stätten: Posilipp, Grab des Vergil, Kastell S. Elmo, San Martino, Camaldoli zu besuchen, zuletzt auch noch eine schöne Meerfahrt an der Küste von Bajá [im Altertum Badeort in Kampanien, westlich von Neapel] zu unternehmen. Aller Zauber des Himmels und der Erde konnte uns aber unser Rom nicht vergessen machen, das hinter uns lag wie ein geheimnisvolles, mit wundersamen Bildern geschmücktes Buch, in dem wir nur erst geblättert, nur erst das Inhaltsverzeichnis studiert hatten, sodass uns eine unendliche Sehnsucht nachging, in den unerschöpflichen Text tiefer einzudringen.

Von antiken oder bedeutenden Bauwerken des Cinquecento war hier unten nichts zu finden, die Kirchen innen und außen in schlechtem Geschmack oder wie San Martino mit übermäßigem Prunk ausgestattet. Das Museo Borbonico [Archäologische Nationalmuseum Neapel] bewahrte zwar die wundervollsten antiken Bronzen, aber mit dem überwältigenden Eindruck des Braccio Nuovo im Vatikan war nichts zu vergleichen, so wenig die Gemäldesammlung im oberen Stock, der es doch auch an Meisterwerken nicht fehlte, sich neben der Galerie Borghese oder gar den Stanzen Raffaels und der Sixtinischen Kapelle sehen lassen konnte.

Nach und nach fanden wir uns darein, hier auf große Kunstgenüsse zu verzichten und vor allem »das Leben zu schlürfen«. Das wogte, lachte und lärmte nun freilich wilder und farbiger hier unten, als selbst im Corso Roms an den Tagen des Karnevals, und zumal in der breiten Straße, die vom Postgebäude unten am Hafen ins Herz der Stadt hineinläuft, konnte man sich stundenlang am Volksgewühl ergötzen, das sich um die offenen Garküchen und Weinbuden drängte und für wenige Gran seinen Hunger an Meerfrüchten stillte, die eben aus der siedenden Ölpfanne gefischt oder auf runde Maisfladen gelegt und gebacken wurden. Dazwischen flimmerten die ewigen Lämpchen vor den Madonnenbildern in den offenstehenden Häusern, Karren mit Orangen, lustig mit grünen Zweigen herausgeputzt, wanden sich langsam durch das Gewühl, hier und da saß eine Geldwechslerin an einem niederen Tisch, auf dem die kupfernen Tornesi in großen Säcken aufgepflanzt standen, oder ein Weib, in Lumpen gekleidet, kauerte auf einem Strohstühlchen und bot mit der mageren, schmutzigen Hand ein kleines Bündel Kerzen oder ein paar Früchte zum Verkauf.

Hatte man sich endlich an diesem ewig gleichen und ewig wechselnden Schauspiel satt gesehen, so ging man in das unfern gelegene Theater San Carlino – das große San Carlo hatte Ferien – um in einer übermütigen Posse im Dialekt seine Studien des neapolitanischen Volkscharakters fortzusetzen.

Vom italienischen Theater hatten wir in Rom nur wenig charakteristische Eindrücke empfangen. Mein Tagebuch verzeichnet nur eine Aufführung zweier Komödien im Teatro Valle, *La bella e la bestia* und *L'anello della madre*, letztere besonders Kotzebuisch, beide sehr gut gespielt.

Außerdem ist mir noch eine wunderschöne Tänzerin Fuoco lebhaft in der Erinnerung geblieben, deren leidenschaftlicher Tanz ganz ihrem Namen entsprach. Eine Operngesellschaft scheint in jenem Winter in Rom nicht aufgetreten zu sein.

Desto glänzender erschien das mimische Talent, das den Italienern im Gegensatz zu uns Nordländern angeboren ist, in diesen Volkskomödien, die uns manchen Abend nach San Carlino lockten. So wenig wir wegen des Dialekts vom Dialog verstanden, so hoch ergötzten wir uns an der unwiderstehlichen Komik der Gebärden, die uns den Gang der Handlung vollkommen verständlich machten. Die alte Tradition der *Commedia dell' arte* mit ihrer Improvisation auf Grundlage eines bloßen Szenars war hier noch lebendig, und das sprühende Temperament der Schauspieler hielt das ganze hohe und niedere Publikum unablässig im Bann eines wahrhaft elementaren Entzückens.

Selbst unser treuer irischer Reisegefährte, der sich unzertrennlich an unserer Seite hielt, fand an Pulcinella Vergnügen. Im übrigen hatte er mehr die Gabe, uns zu ergötzen, als sich selbst. Sein sonderbares französisches Radebrechen – er verstand nicht ein Wort Italienisch – brachte ihn oft genug in Verlegenheiten, ohne dass er darüber verlegen wurde. Den Doganieri in Fondi, die ihm andeuteten, er möge sich mit der üblichen Geldspende von der Durchsuchung seines Gepäcks loskaufen, erklärte er trotzig: *Pas du tü! Vüs êtes tüs des voleurs, oui!* (Er sprach das *ou* stets wie *u*.) Doch kam er damit durch. *È malsano questo Signore*, erklärte der Grenzwächter achselzuckend; *non capisce l'italiano.* – Auf der Fahrt an der Küste von Bajá geriet er, da die Schiffer sich nicht an das halten wollten, was wir ausbedungen hatten, in Wut und rief: *Vüs êtes un farceur, oui!* Um ein Haar wäre es zwischen ihm und dem beleidigten Barcarolen, der etwas von *falsario* gehört zu haben glaubte, zu einem Faustkampf in unserem schwanken Boot gekommen. Es gelang aber, die feindlichen Mächte zu versöhnen, nur verlangte Mister John Porter schleunigst ans Land gesetzt zu werden. Er liebte überhaupt Meerfahrten nicht. *C'est trop motonone, oui!*

Wir nahmen ihn dann auch nicht nach Pompeji mit, da wir fürchteten, er werde auch dort wenig nach seinem Geschmack und alles *trop motonone* finden. Uns selbst aber, zumal die glorreichste Frühlingssonne in die Gassen der auferstandenen Stadt hereinsah, waren dort einige Stunden so märchenhaften Zurückträumens in eine entschwundene Welt vergönnt, wie wir sie selbst in unserm geliebten Rom, zwischen Kaiserpalästen und Thermen nicht erlebt hatten.

***

Nach acht Tagen nahmen wir Abschied von Neapel und unserm biederen irischen Freunde und fuhren in einem leichten Wägelchen an der lachenden Küste zu Füßen des Vesuvs nach Sorrent.

Was ich hier in der *Rosa magra*, »jener billigen, bescheidnen Künstlerherberg alten Stiles« durch vier unvergesslich schöne Frühlingswochen erlebt habe, mag, wer daran Interesse hat, in den »Idyllen von Sorrent« [Berlin 1854] nachlesen, die in ihrem Distichengeplauder ein wahrheitsgetreues Tagebuch jener Zeit enthalten.

Ich zumal genoss alles Schöne, Heitere und Seltsame des Sorrentiner Frühlings umso mehr *con amore,* da erst hier die letzten Nachwehen der römischen Fieberwoche mich verließen. Auch hatten wir uns bisher noch nie so tief in italienisches Volksleben eingelassen, wie in diesem Hause, wo kein deutscher Laut vier Wochen lang an unser Ohr drang und wir von den elf Geschwistern, die von vierzehn noch am Leben waren, nur allzu bereitwillig in die Lehre genommen wurden, da wir bei jeder Mahlzeit wenigstens drei oder vier Zuschauer hatten[14].

Dass hinter dieser zudringlichen Neugier doch auch ein herzlicheres Gefühl verborgen war, sollte ich fünfzehn Jahre später erkennen, als ich mit meiner Frau wieder nach Sorrent kam, Luisa, die Älteste der Familie, als Mutter einer erwachsenen Tochter und meinen damaligen Aufenthalt so unvergessen fand, wie ich es in einer Epistel an Scheffel [Joseph Victor Scheffel, 1826-1886; Erzählungen, Versepen, Liedtexte; Der Trompeter von Säckingen, 1853; Ekkehard, 1855] mit einiger Rührung berichtet habe.

Dieser Altersgenosse war mir zuerst im vorigen November in Rom begegnet, und durch unsere gemeinsame Freundschaft mit Friedrich Eggers [1819-1872; Kunsthistoriker; Mitglied im Tunnel über der Spree und im Rütli], der die Gabe besaß, kunstbeflissene junge Leute (seine »Leibschwaben«) an sich zu fesseln, waren wir bald einander näher gekommen.

Als ich ihm jetzt in Capri wieder begegnete, stand er noch am Scheidewege zwischen der Malerei, die seine erste Liebe gewesen war, und der Poesie. Doch hatte sich während der einsamen Monate, die er auf dem Eiland der Sirene verbracht, die Schale stark auf die Seite der letzteren gesenkt. Der »Trompeter von Säckingen« war entstanden, indem er auf dem flachen Dache der Herberge Paganos »unbarmherzig dichtend« auf und nieder schritt, mitten unter allem südlichen Zauber von Land und Meer ein Schwarzwaldlied voll von deutscher Minne und Humor »Aus dem Engern«. Wir beschlossen, in Sorrent eine »Akademie« zu gründen, in der aus Leibeskräften gezeichnet, gedichtet, philosophiert werden sollte. Das dritte Mitglied dieses würdigen Instituts ließ uns aber im Stich. Otto Ribbeck musste nach Rom zurück seiner Arbeiten wegen, dann kam Scheffel in meine *Rosa magra* zu mir herüber, und wir blieben vierzehn Tage in heiterer Kameradschaft beisammen. Abend für Abend las er mir ein Kapitel seines »Sangs vom Oberrhein« und ich ein Stück meines »Perseus«. Ich ergötzte mich sehr an Fludribus, dem Zwerg Perkeo und dem Kater Hiddigeigei, mehr als an der Liebesgeschichte, die mir etwas düsseldorfisch-romantisch schien, und ahnte nicht von fern den ungeheuren Erfolg, den dieser Erstling des Freundes gewinnen sollte. Ja ich fand es immerhin verwegen, darauf eine Poetenzukunft zu gründen.

Um so freudiger habe ich dann den herrlichen Ekkehard begrüßt und begriffen, dass die deutsche Jugend, zumal die trinkbare, das »Gaudeamus« mit heller Begeisterung aufnahm.

---

[14] In dieser Umgebung empfing ich auch die erste Anregung zu meinen späteren Forschungen im Bereich der italienischen Volkspoesie. Die Töchter der Rosa magra wussten eine Menge von damals beliebten Canzonen, die nicht im eigentlichen Sinne dem Volksmund selbst entsprungen, sondern von bekannten volkstümlichen Dichtern in der neapolitanischen Mundart gedichtet und von »gelernten« Musikern komponiert worden waren. Viele von ihnen fand ich später in Sammlungen wieder, die unter dem Titel Pascariello und L'aura di Mergellina in Neapel erschienen waren. Hier aber, unter lustigem Schwatzen von den hellen Mädchenstimmen gesungen, entzückten sie mich höchlich, ich behielt die munteren Melodien und legte einer oder der anderen von ihnen deutsche Texte unter. So entstand unter anderem das seitdem auch von deutschen Musikern oft komponierte: »Sei gegrüßt, du mein schönes Sorrent!« auf die Melodie von Sto crescenno no bello cardillo, und aus diesen Sorrentiner Anfängen ist später mein »Italienisches Liederbuch« hervorgegangen.

Wir machten noch zusammen einen fröhlichen Ausflug nach Pästum, bei dem uns eine Empfehlung Don Paganos [Giuseppe M. Emanuele Pagano; 1773-1831; Capri] an den Wirt der Cappuccini in Amalfi und die Padrona della Locanda del Sole in Salern sehr zustatten kam. Der Tag aber, der uns nach Pästum brachte, leuchtet noch heute in meiner Erinnerung nach als einer der seltenen, an denen kein Erdenrest den Flug in die Regionen des Erhabenen behindert hat.

Bei der Rückkehr in unsere *Rosa magra* fand der Freund einen Brief seiner Eltern vor mit der Nachricht, dass die Verlobung seiner schönen, sehr geliebten Schwester gelöst und sie infolge davon in eine schwere Krankheit verfallen sei.

Am nächsten Tage reiste der Bruder ab, um den Seinigen in dieser schweren Zeit nahe zu sein. Ich selbst blieb noch fünf Tage einsam zurück, um einer Arbeit willen, die mir auf der Fahrt über Amalfi nach Salern im Kopfe herangereift war.

Gleich in den ersten Sorrentiner Tagen hatte ich mich an ein wunderliches Lustspiel gemacht, zu dem ich den Plan fertig von Rom mitgebracht hatte, eine Episode aus dem Leben Samuel Footes (1719 in Cornwallis geboren), des originellen, dicken, witzigen Schauspielers und Theaterdichters, der durch einen Sturz mit dem Pferde ein Bein verloren hatte, aber mit seinem Stelzfuß in burlesken Rollen, zumal in Weiberröcken, große Erfolge hatte. In dem englischen Reisebuch des Peter Helferich Sturz [Helfrich Peter Sturz, 1736-1779] hatte ich die Anekdote gelesen, wie er, um einem Freunde zu einer reichen, abergläubischen Frau zu verhelfen, den Wahrsager gespielt, so erfolgreich, dass er zur Belohnung von dem glücklichen Ehemann eine Leibrente erhielt, die ihm aus seiner beständigen Geldnot heraushalf. Was mich bewegen konnte, dieses dürftige Schwankmotiv zu bearbeiten, noch dazu in unserm Sorrentiner Paradiese, ist mir heute noch rätselhaft. Auch war das Ergebnis so armselig, dass, als ich das Stück später meinen lieben Kuglers vorlas, niemand sich daran belustigte, ja überhaupt, nachdem ich geendet hatte, kein Wort der Kritik laut wurde, so dass ich die Blätter, gleichfalls ohne ein Wort zu sagen, sofort in den Ofen steckte.

Mit allerlei Lyrik, die in das Schreibheft des alten Justinus eingetragen wurde, war mir's besser geglückt. Nun, in der tiefen Einsamkeit, brachte ich auch die Novelle der Arrabbiata [oben, S. 9 ff.] zustande, zu der ich ausgiebige Studien nach dem lebenden Modell gemacht hatte. Es war ein kaum siebzehnjähriges, blutarmes Ding, das mir dazu – saß, kann ich nicht sagen, da der Wildfang in beständiger, heftiger Bewegung war und daher von den Geschwistern in der *Rosa magra* jenen Spitznamen erhalten hatte; von Schönheit war in ihrem leidenschaftlichen, jungen Gesicht nichts anderes zu entdecken, als die feurigen Augen, die wundersam blitzten, wenn die Kleine mittags bei mir eintrat, mir ein paar irgendwo gestohlene Blumen auf den Tisch warf und dann im Zimmer herumsauste, dass ich sie endlich auf den Balkon hinausschaffen und die Glastür hinter ihr zuschließen musste, durch die sie dann wie eine wilde Katze zu uns hereinfeixte. Sie hatte aber auch ihre stillen, melancholischen Tage, und beim Abschied brach sie in Tränen aus. Nach fünfzehn Jahren, als ich sie wieder sah, war sie eine gesetzte, gleichmütige, etwas korpulente Frau geworden und entsann sich nicht des Unfugs, den sie damals getrieben, während Luisa und ihre Schwester alles in gutem Gedächtnis behalten hatten.

Auch in einigen damals entstandenen Liedern spielt Laurella eine Rolle, gleichsam die Inkarnation wilder südlicher Mädchenjugend. Und so konnte ich, als ich am 15. Mai mein Bündel schnürte, doch auch ein paar dichterische Früchte mit hineintun, die mir in den Sorrentiner Zaubergärten herangereift waren.

***

An eine Besteigung des Vesuvs hatte ich nicht denken können, so lange Freund Ribbeck bei mir war, da wir ihn der Anstrengung nicht gewachsen glaubten. Als nun auch Scheffel mich verlassen hatte, fühlte ich mich nicht mehr dazu aufgelegt, das Abenteuer allein zu bestehen, sondern ließ den alten Wolkenversammler in Hoffnung eines späteren besseren Glücks hinter mir, zu dem es niemals kommen sollte.

In gleicher Hoffnung, die ebenso wenig späterhin sich erfüllt hat, hatte ich auch auf Sizilien verzichtet. Je höher die Sonne stieg, je rascher schmolz mir das Gold im Beutel. Auch stand ich im Dienst der Troubadours, denen ich weder in Palermo noch in Messina und Taormina zu begegnen Aussicht hatte. So fuhr ich am Pfingstmontag früh von Neapel fort, in einem überfüllten Postwagen (ein fetter Prete, ein englisches Ehepaar, ein Kapuziner, drei barmherzige Schwestern) den nun schon bekannten Weg über Capua, Sant' Agata und Molo di Gaeta, diesmal aber rascher als auf der Herfahrt, da wir Terracina schon am Abend des ersten Tages bei Mondschein und Illumination durch Lucciole erreichten. Am Nachmittag des 17. traf ich dann den Onkel und Freund Ribbeck, die mir bis Albano entgegengekommen waren. Wir schlenderten erst durch die schöne Villa Torlonia und die sehr verwilderte des Fürsten Barberini (*olim* ein Palast Domitians) und fuhren dann die vier Stunden lange Straße durch das Heideland nach Porto d'Anzio, wo Seine Heiligkeit der Papst ein paar Sommermonate zuzubringen pflegte. Auch wir begegneten ihm mit der *Guardia nobile* und sonstigem Gefolge, wie er im roten Hut und langem weißem Gewande vom alten Hafen herüber sehr rüstig nach seiner Villa schritt.

Infolge dieses hohen Gastbesuchs war für uns niedere Sterbliche kein Unterkommen in Porto d'Anzio zu finden. Wir mussten eine Miglie [Meile] weiter nach Nettuno wandern, wo uns der alte Gemahl einer dicken Kaffeewirtin in seinem Hause Herberge gab und mir und Otto sein eigenes Ehebett abtrat, während der Onkel mit einem Lager auf einem Sofa vorlieb nahm. Die Nichte der Padrona, ein feines, schnippisches Ding, sorgte für unsere frugale Cena [Mahlzeit], während die ihre nur aus rohem Salat ohne Öl und die ihrer Magd aus gekochten Seeschnecken bestand. Um sie zu essen, zog sie eine Nadel aus ihrem sehr unfrisierten Haar und holte damit die einzelnen *frutti di mare* aus ihren Häuschen. Auch im Übrigen war dieses malerische Strandnest von aller modernen Kultur noch unangekränkelt. Auf unsere Frage nach einer gewissen Bequemlichkeit wurde uns achselzuckend, aber wie selbstverständlich erwidert: *Si fa in strada* [Das macht man auf der Straße].

Nach wohldurchfrorener Nacht wendeten wir den hellen Tag dazu an, Porto d'Anzio in seinem päpstlichen Glanze zu betrachten, und landeten abends wieder in Albano. Onkel fühlte sich matt und ging zu Bette, bestand aber darauf, sich die »Arrabbiata« vorlesen zu lassen.

Am andern Morgen war er vor Tau und Tage plötzlich verschwunden und nach Rom zurückgekehrt. Wir beide schickten unser Gepäck nach Frascati voraus und genossen die nächsten Tage auf einer Leib und Seele erquickenden Wanderung durch Ariccia, Genzano, um den Monte Cavo herum nach Rocca di Papa und Grotta Ferrata, bis wir durch die herrliche Ulmenallee, stets von Nachtigallen begleitet, das reizende Frascat erreichten.

Wer das Bild dieser gesegneten Bergnester in eigener Erinnerung bewahrt, dem wird bei der bloßen Nennung ihrer Namen das Herzblut aufwallen. Wem dies Glück noch nicht zuteil geworden, dem würde die liebevollste Schilderung kaum einen schwachen Begriff von ihrem Zauber zu geben vermögen.

Endlich rissen wir uns los und fuhren am Sonntag mit drei Malern, darunter dem virtuosen Architekturmaler Werner [Carl Friedrich Heinrich Werner, 1808-1894], nach Rom zurück.

***

Hier wartete meiner eine hocherfreuliche Überraschung. Jakob Burckhardt war angekommen und hatte mich sogleich aufgesucht. Die achtzehn Tage, die mir noch für Rom übrig blieben, wurden mir durch seine Gesellschaft unendlich wertvoll, da er täglich entweder schon früh oder bald nach Tische sich in unserer Wohnung einfand, mich zu einem Rundgang abzuholen. Wer aus seinem »Cicerone« [1855] Anregung und Belehrung in Fülle geschöpft hat, wird ermessen, wie unschätzbar es für mich war, an der leibhaftigen Hand eines solchen Führers alles, was ich von Roms Denkmälern und Kunstwerken schon zu kennen glaubte, nun erst noch einmal aus dem Grunde mir anzueignen und auf so vieles hingewiesen zu werden, was meiner Kenntnis entgangen war. Mein Tagebuch verzeichnete ausführlich, wie wenn ich zu einem kunstwissenschaftlichen Werk Notizen hätte machen wollen, den Gewinn eines jeden Tages.

Dass ich über diesen Studien mit dem Freunde die alten römischen Bekannten nicht ganz vernachlässigte, die Archäologen auf dem Kapitol, die Maler, vor allen Böcklin und den »Tugendbund«, Reinthaler, Riepenhausen, Gregorovius – die lieben Obermeiers hatten Rom verlassen – versteht sich von selbst. Auch von Frau Livia Frege [Virginia Livia Frege, 1818-1891; Sopranistin und Mäzenin], deren ich noch nicht erwähnt habe, verabschiedete ich mich. Sie war bekanntlich die Gattin eines Leipziger Bankiers und durch ihren schönen Gesang in ein freundschaftliches Verhältnis mit Felix Mendelssohn gekommen, dem sie seine Lieder frisch vom Blatte weg, auf dem die Tinte kaum trocken geworden war, vorzusingen pflegte. In ihrem Hause war ich im November des vorigen Jahres dem damaligen Erbgroßherzog Karl Alexander von Sachsen-Weimar vorgestellt worden, dem ich dann in den langen Jahrzehnten seit jener Zeit für ein stets sich gleichbleibendes, immer neu bewiesenes Wohlwollen mich herzlich verpflichtet fühlen sollte. Nun rüstete sich auch diese liebenswürdige Frau zur Heimkehr, mit allen, die sich nicht malariafest fühlten, oder nicht durch höhere Pflichten gebunden waren, in Rom zu übersommern, was trotz alledem auch uns gereizt haben würde.

Zuletzt verabschiedete ich mich noch von Graf Usedom, der mir mitteilte, er habe die Akten über meine Ausweisung aus dem Vatikan nach Berlin geschickt, es sei *a good grievance,* mein Fall werde hoffentlich dazu dienen, dass denen, die nach mir kämen, keine ähnliche Unbill zugefügt würde. Ein Trost, mit dem ja auch das gesamte Menschengeschlecht abgefunden wird, dessen üble Erfahrungen den folgenden Generationen zugute kommen sollen.

***

Am regnerischen Morgen des 9. Juni fuhren wir, Ribbeck und ich, in ziemlich trübseliger Abschiedsstimmung aus unserm geliebten Rom gen Norden und erreichten am Abend des ersten Tages Civita Castellana, am Mittag des folgenden Terni, wo uns ein Eselritt zu den berühmten Wasserfällen brachte. Abends blieben wir in Spoleto, dann ging's weiter über Foligno, Assisi, Perugia, Arezzo, bis wir am 16. Florenz erreichten.

Dass der Zögling Burckhardts allem, was auf diesem verschwenderisch von allen Künsten geschmückten Wege sich darbietet, begierig nachging, wird man ihm aufs Wort glauben. Statt kunstgeschichtlicher Exkurse aber, die nur für Eingeweihtere Interesse hätten, sei hier nur der angenehmen Reisegesellschaft gedacht, die bis Foligno den Wagen mit uns teilte: die Frau eines *Letterato* aus Perugia mit ihrer Schwester, deren Bekanntschaft uns zuerst einen Begriff von dem sogenannten gebildeten Mittelstande in Italien gab, da wir bisher nur von den niederen Klassen und ich durch Onkels fürstliche Schülerinnen von dem Zuschnitt der höheren Stände eine Ahnung erhalten hatten.

An diesen beiden gutbürgerlichen Damen zog uns die natürliche Lebhaftigkeit und Abwesenheit jeder konventionellen Prüderie aufs Angenehmste an. In der ersten Viertelstunde wurden wir ins Verhör genommen, ob wir keine Liebsten in Rom zurückgelassen hätten, und da ich mich als ehrbaren Bräutigam eines deutschen Mädchens vorstellte, wollte man dies als ein vollgültiges Zeugnis für meine Tugend nicht gelten lassen und bezeigte starken Zweifel, dass es zwischen mir und der Mariuccia in Sorrent nur zu einem platonischen Verhältnis gekommen sein sollte. Die Rede kam dann auf Volkslieder, ich gab die neapolitanischen zum Besten, die ich der Luisa verdankte, und die Damen allerlei etwas leichtfertige Canzonetten aus ihrer Gegend, deren versteckte Zweideutigkeiten sie uns zu erklären schuldig zu sein glaubten. Alles aber blieb auf dem Fuß einer mutwilligen Plauderei, und da wir auch sonst schon Proben davon erhalten hatten, wie ländlich sittlich die Begriffe von dem, »was sich ziemt«, bei italienischen »edlen Frauen« von unseren deutschen verschieden sind, verloren unsere Reisegefährtinnen durch ihre Schelmenliedchen nichts an unserer Hochachtung.

***

Die fünf Sommerwochen, die wir dann in Florenz verlebten, waren die gleichmäßig freuden- und arbeitsreichsten des ganzen Reisejahrs.

In keiner der großen italienischen Städte hat sich die neue Zeit mit der mittelalterlichen so glücklich verschmolzen, dass alles wie aus einem Gusse erscheint. Auch heute noch, wo in Rom durch die plumpen hastigen Neubauten zwischen den antiken Trümmern und den Palästen der Renaissance das Stadtbild sich immer unharmonischer darstellt, liegt die reizende Blütenstadt in ihr heiteres Tal eingebettet, wie wenn sie dem schöpferischen Geist eines einzigen Baumeisters entsprungen wäre. Keine Wohnkasernen beleidigen, wie in den Mauern Roms, das Auge, das zu den Hügeln von San Miniato und nach dem luftig thronenden Fiesole emporschweift, und der moderne Viale dei Colli, der vor fünfzig Jahren noch zu keiner Piazza di Michelangelo hinaufführte, hat sich so wenig durch ehrwürdige charakteristische Stätten Bahn machen müssen, dass einem ist, als hätte er nie in dem Gesamtbilde der Stadt und ihrer Umgebungen fehlen können.

Manches kam noch hinzu, unser Florentiner Dasein uns sofort heimisch und behaglich zu machen.

Wir hatten gleich am ersten Tage eine uns völlig zusagende Wohnung in der Via del Cocomero gefunden, bei einer freundlichen Dame, der ich in der Novelle »Erkenne dich selbst« ein pietätvolles Denkmälchen gesetzt habe. Auch später zog ich auf meinen südlichen Fahrten ein Quartier bei guten Privatleuten den Gasthöfen vor, da sich dann bald das Gefühl, zu Hause zu sein, einstellte und Blicke in das Innere des bürgerlichen Wesens sich tun ließen, zu denen der Verkehr mit Kellnern und Portiers keine Gelegenheit gibt.

Bei unserer guten Donna Eugenia, die ein kontemplatives Leben auf ihrer Poltrona [Lehnsessel] führte und Verse machte, hatten wir zu Zimmernachbarn ein junges Freundespaar aus Venedig, Maler, die ihren Studien in den Uffizien und der Akademie nachgingen und uns durch die Anmut ihrer Erscheinung sofort anzogen. Dieser Eindruck verstärkte sich noch, als wir dahinterkamen, dass der Jüngere, Zartere und Kleinere der beiden eine Frau oder ein Mädchen war, das in Männerkleidern ihren Gatten oder Geliebten nach Florenz begleitet hatte. Das durchsichtige Geheimnis wurde jedoch von allen Seiten respektiert und gab unserm Verkehr nur einen romantischen Reiz, dem – wie jene Novelle andeutet – auch die dichtende Hauswirtin nicht widerstehen konnte.

Dass wir im Übrigen hier durchaus keine Bekannten hatten, sondern auf uns allein angewiesen waren, empfanden wir nach dem zerstreuenden Verkehr in Rom als eine besondere Wohltat. Nicht minder auch die regelmäßige Arbeit, mit der wir beide durch ein paar fleißige Vormittagsstunden das Glück erkauften, so Herrliches an Kunst und Natur zu genießen. Ein Reiseleben ohne einen solchen Pflichtteil, den man seiner ernsten Lebensaufgabe bezahlt, wird auf die Länge so schwer zu ertragen, wie jede »Reihe von schönen Tagen«, in denen kein Wechsel von Arbeit und Genuss für das Gleichgewicht unseres Geistes und Gemütes sorgt. So war ich stets darauf bedacht, unterwegs eine leichte Arbeit mit mir zu führen, die mich wenigstens eine Morgenstunde lang in Atem hielt, und wäre es nur die halbmechanische Beschäftigung mit einer Übersetzung. (Habe ich doch sogar auf der Hochzeitsreise im Sommer 1867 Shakespeares »Timon« zustande gebracht, immer des fröhlichen Gegensatzes mir bewusst, den die Tragik dieses Lebens- und Menschenverächters zu meinem reinen Glücksgefühl bildete.)

Damals, vierzehn Jahre früher, war mein Tagewerk noch besonders darum ersprießlich, weil ich damit der Verpflichtung gegen diejenigen genügte, die von meiner Wanderung durch die Bibliotheken Italiens die Erweiterung unserer Kenntnis der romanischen Literaturen erwarteten. Ich fand hier im wohltuenden Gegensatz zu der üblen Behandlung im Vatikan überall das freundlichste Entgegenkommen und mancherlei Ausbeute auf nicht weniger als vier an Handschriften reichen Bibliotheken, der Riccardiana, Magliabecchiana, Maruccelliana und Laurenziana. Die Schätze der letzteren, die mich am längsten fesselten, waren offen ausgebreitet in dem weiten, von keinem Geringeren als Michelangelo architektonisch ausgestatteten Saal, wo jeder Codex an seinem bestimmten Platz auf den schöngeschnitzten Pulten angekettet liegt, bis der Kustode ihn von der Kette befreit und im Arbeitssaal dem, der ihn studieren will, einhändigt.

Wir arbeiteten freilich im Schweiße unsres Angesichts, denn die Glut dieses Hochsommers wuchs von Tag zu Tag. Doch war's eine reine, trockene Hitze ohne den lähmenden Sciroccohauch, der über der römischen Campagna zu brüten pflegt. Dazu gab es überall Granita und Sorbetti, in den Kirchen und Galerien erhielt sich eine sanfte Kühle, und auf des Tages Last und Hitze folgte die wundervolle reichgestirnte Nacht.

In den Stunden der Siesta freilich war's wohlgetan, das Haus nicht zu verlassen. Wir lasen dann zusammen Terenz oder die übermütigen Geschichtchen der alten Florentiner Novellisten Boccaccio und Sacchetti, dazwischen die ernsthafteren *Istorie fiorentine* des Machiavelli, die uns noch bis Venedig begleiteten. Ja so wenig hatte die tropische Temperatur Macht über Leib und Seele des dreiundzwanzigjährigen fahrenden Schülers, dass ich eine freche kleine mythologische Farce in Jamben verfasste, zu der mich die Freske der Caracci vom Polyphem und der schönen Meernymphe Galatea im Palast Farnese angeregt hatte.

Meine alte Leidenschaft für das Drama erhielt aber noch eine ganz andere, viel bedeutendere Nahrung. Im Teatro Cocomero spielt die Ristori [Adelaide Ristori, 1818/1822-1906], damals in der herrlichsten Blüte ihrer jungen Schönheit und schon ausgereiften Kunst. Neben geringeren Stücken«, in denen ich sie bewunderte, sah ich sie in der »Francesca von Rimini« Silvio Pellicos [1789-1854]. Der junge Rossi [Cesare Rossi, 1829-1898] spielte den Paolo. So wenig das Stück mit seiner konventionellen, weichen Rhetorik mir genügte, zumal die Gestalten mir in meiner eigenen Jugendsünde so ganz anders aufgegangen waren, so hinreißend wusste die große Künstlerin durch ihre leidenschaftliche Rezitation und den Adel ihrer Gebärden die Figur zu beleben, sodass ich dem wunderbaren tragischen Duett bis zum Ende des dritten Akts mit wonnevollem Herzklopfen folgte. Von da an freilich konnte selbst diese Francesca den Eindruck nicht auf der gleichen Höhe halten und die schwachen letzten Akte retten. Alles in allem aber war es eine der höchsten dramatischen Offenbarungen, die mir je zuteil geworden waren.

Auch Donizettis *Maria de Rohan* im Teatro Nuovo war ein denkwürdiges Erlebnis durch die begeisterte Stimmung des Publikums, das wir in solchem Taumel noch nicht beobachtet hatten, und die vollkommene Gesangskunst, die eine uns wenig sympathische Musik mit so echter, feuriger Empfindung zu beseelen wusste.

Wir hatten den Florentinern so viel Temperament nicht zugetraut, da sie uns bei allen Anlässen als völlig gelassen, feingeartet und wohlerzogen erschienen waren. Auch bei öffentlichen Festen war man vor allen Ausbrüchen zügelloser Lustigkeit oder gar weinseliger Frechheit sicher, wie sie in Neapel uns so oft begegnet waren. So verhielt sich die ungeheure Menschenmenge, die am Vorabend des höchsten florentinischen Festtages, San Giovanni gewidmet, an dem Feuerwerk sich ergötzte, das über dem Arno abgebrannt wurde, so still und gesittet, dass die Freudenlaute eines jungen Mädchens, das jedes Herniederrieseln schöner Feuerkugeln mit dem entzückten Ausruf: *Ohi! Ohi! ciliege! ciliege!* (Kirschen! Kirschen!) begrüßte, im weiten Kreise von den Umstehenden belacht wurden.

Am andern Tage sahen wir dieselbe Volksmenge lautlos in und vor dem Dom geschart, wo der Großherzog und die Großherzogin von Toscana dem Hochamt beiwohnten, unter einem prunkvollen Baldachin links vom Altar, »die Großherzogin alt, mit schönen neuen Zähnen und einem Brillantdiadem, der Großherzog weißgrau, mürrisch, mit welken, verschwommenen Zügen«. Er hatte seine Toskaner milder und freundlicher regiert als irgendeiner seiner Nachbarfürsten auf italienischen Thronen und Thrönchen, freilich mit Hilfe der verhassten Tedeschi, die ich an jenem Feiertag in Reih' und Glied, Eichenblätter an den Tschakos, vor dem Portal des Domes aufgepflanzt sah. Selbst der unerbittliche Giusti [Giuseppe Giusti, 1809-1850], der in seinem »Fürstenkongress« von ihm gesagt hatte:

Da kommt auch König Morpheus sachte, sachte,
Den Kranz von Mohn und Lattich um den Scheitel –

hatte nicht umhin gekonnt, ihm in einem späteren Gedicht eine Art Ehrenzeugnis für seinen guten Willen auszustellen. Trotzdem dauerte es nur wenige Jahre, und der Sturmwind der Begeisterung, der das junge Italien durchbrauste und alle Schlagbäume der kleinen Fürstentümer niederriss, hatte auch dem guten Granduca die Krone vom Haupt gerissen.

***

Am stürmischen Abend des 21. Juli verließen wir Florenz und fuhren, während der Mond nach und nach den Himmel klärte, die Nacht durch über den Apennin bis Bologna, wo wir morgens um acht Uhr eintrafen.

Auch hier hielten uns Bibliothekspflichten ein paar Tage fest. Ribbeck lag es neben seinen Vergilkollationen ob, sich um die Inschriftenkunde verdient zu machen, da er die wichtigsten noch unedierten, von denen ihm eine Liste mitgegeben worden war, mit angefeuchteten großen Blättern eines starken Löschpapiers abzuklatschen und, sobald sie getrocknet waren, abzulösen hatte. Von solchen genau abgedrückten authentischen »Klätschen«, wie wir sie nannten, führten wir eine ansehnliche Zahl in einem Blechtubus unter unserm Gepäck mit uns, zum argwöhnischen Erstaunen der Doganieri an jeder Grenze. Eine frühere Kollektion war schon von Rom aus heimgeschickt worden.

Dies alles jedoch ist für jeden nichtphilologischen Leser sehr gleichgültig; ich will denn auch die ferneren Etappen unserer Forschungsreise, Modena, Reggio, Parma, Mantua, nur mit ihren Namen anführen, auch von meinem besonders geliebten Verona, wo wir uns volle acht Tage aufhielten, nur im Fluge erwähnen, dass wir in dem antiken Amphitheater, dem besterhaltenen aus der spätrömischen Zeit, an mehreren Abenden moderne Komödien spielen sahen, einmal sogar eine Tragödie Alfieris [Vittorio Alfieri, 1749-1803], den »Oreste« [1783], in einer Aufführung, die einen parodistischen Anstrich hatte. Klytämnestra war eine weinerliche alte Mama, Aegisth ein grotesker Birbante, Elektra eine verbitterte alte Jungfer, Orest nicht übel, bis auf sein beständiges Schreien, Pylades sich gebärdend wie ein kompletter Narr. Sogar die Schauspieler empfanden das Unzulängliche ihrer Leistungen und spielten, sich selbst ironisierend, das Stück, das jedenfalls besser war als die Aufführung, mit schlechtverhaltenem Lachen zu Ende. Von alledem merkte das Publikum, das unten in der Arena um das rohgezimmerte Bühnenhäuschen geschart saß, nicht das Mindeste. Die Gewalt des alten Stoffes bemächtigte sich dieser einfachen Gemüter, und sie strömten nach dem Schluss sichtbar ergriffen zu den steinernen Pforten hinaus.

Am Nachmittag des 6. August fuhren wir dann auf der Eisenbahn den schönen Weg an Padua und Vicenza vorüber, die Euganeen [Hügel] zu unsrer Linken, in der traumhaft aufgeregten Stimmung, die jeden, auch den stumpfsinnigsten Touristen überkommt, der sich zum ersten Mal der Märchenstadt an der Adria nähert.

Für den Eindruck, den auch wir empfingen, da wir in der schweigenden Mondnacht in die schwarzen Kanäle einfuhren und bald darauf auf dem schimmernden Platz von S. Marco traten, ein neues Wort zu suchen, nachdem Tausende in allen Zungen davon gesungen und gesagt haben, wäre ein törichtes Unterfangen. Nicht allen aber mag es so wie uns ergehen, dass sie sich schon am zweiten Tag unter so fremdartiger Umgebung, wo statt Wagenrollen und Peitschenknall nur das eintönige *Stalì* und *Premì* [Warn- und Richtungsrufe] der Gondoliere erklingt und die Paläste statt aus dem festgegründeten Erdboden aus dem Meeresgrund aufsteigen, dennoch wie zu Hause fühlen. War es die alte Bekanntschaft mit dieser Wunderwelt, die wir von früh an aus unzähligen Büchern und Bildern gewonnen hatten, und die durch die lebendige Wirklichkeit nicht wie die Erwartung der römischen Herrlichkeiten enttäuscht, sondern noch überboten wurde? War's das Trauliche der engen Gassen und Gässchen, wo man sich nicht wie auf der Straße fühlt, sondern auf dem blanken Steinparkett unter dem wimmelnden Volke mitwandelt, wie in einer großen Gesellschaft, in die man von einem hohen Herrn geladen wäre? Oder heimelte uns die Anmut der schlanken, jungen Weiber an, die unter den dunkeln Tüchern, mit denen sie Kopf und Schultern verhüllten, die Augen verstohlen blitzen ließen und dem Fremdling allerlei holde Dinge versprachen, die sie durchaus nicht immer zu halten geneigt waren?

Mir wenigstens ist es jedes Mal, wenn ich wiederkehrte, so zumute gewesen, als gehörte mir diese wundersame Stadt als Ergänzung meiner nordischen Heimat mit so gutem Recht, wie jeder neben seiner wachen Wirklichkeit ein zweites Leben im Traum führt. Alles ist unwahrscheinlicher, glänzender und schwermütiger zugleich, das Lachen leiser, die Erlebnisse schattenhafter, und doch fühlt sich die Brust von allem irdischen Druck entladen, wie ja auch in diesem zweiten Element der Staub nicht mehr lästig wird, während aus dem dumpfen Anschlagen der Lagunenwelle an die Pfahlroste das alte tröstliche Lied klingt:

Acqua del canal
Guarisce d'ogni mal.

(Wasser vom Kanal
Kuriert radikal.)

Uns wurde es damals auch aus dem Grunde leicht gemacht, uns sofort heimisch zu fühlen, da wir eine Wohnung fanden bei einer guten, freundlichen Frau und ihrer schlanken, blutjungen Tochter, echten Venezianerinnen mit der schmiegsamen Grazie ihres Stammes, dem leichten, zwitschernden Geplauder, den Liedchen und Sprichwörtern, deren unerschöpfliche Fülle ihren ganzen Bildungsvorrat ausmacht. Das Haus in der Calle della Cortesia neben der Calle degli Assassini habe ich in der Novelle »Andrea Delfin« [oben S. 19 ff.] ausführlich beschrieben. Auch die Hauswirtin und ihre Tochter Marietta findet man lebensgetreu dort geschildert. Unser traulicher Verkehr mit ihnen war freilicher quicklicher, als jener düstere Gast ihn genießen konnte. Einer meiner liebsten Bonner Universitätsfreunde, Levin Goldschmidt [1829-1897; Jurist, Handelsrechtler], war uns am dritten Tage auf der Straße begegnet und hatte ein Zimmer neben dem unsern bezogen. Nun wurde alles zu dreien erlebt, Kirchen, Akademie, Dogenpalast und Merceria durchwandert und bis in die Nacht hinein auf der Piazza die auf und ab wogende Menge studiert. Oft konnten wir uns auch dann noch nicht zum Schlafen entschließen. Wir trugen eine Flasche Cipro nach Hause, die wir langsam bei einem Robber Whist ausschlürften, während Marietta mit dem Räucherpfännchen sacht an den Wänden herumging, um die Zanzaren [Stechmücken] auszuräuchern. – In einem der Fenster gegenüber erschien dann wohl das bedenkliche Lacertchen, das dort hauste und mit allerlei Singsang und in abenteuerlichen Verkleidungen uns herüberzulocken suchte. Wir blieben aber standhaft unserer Marietta treu, in die wir alle drei ein wenig verliebt waren, ohne dass einer von uns sich einer besonderen Gunst zu rühmen gehabt hätte.

Auch gearbeitet wurde, und an einem meiner Troubadourtage auf der Markusbibliothek tat ich einen Fund, der mir seltsamerweise wertvoller schien als irgendein anderer von größerem Umfang. In einem Pergamentdeckel sah ich zwei fast verblichene Strophen geschrieben, in denen ich den bisher unbekannten Anfang einer Kanzone des ältesten Troubadours, des Grafen Wilhelm von Poitiers, erkannte. Drei Stunden brachte ich damit zu, die kaum noch leserlichen Schriftzüge zu enträtseln. Als es mir endlich gelungen war, empfand ich eine so stolze Freude, wie nie bei einer eigenen Dichtung, und wenn auch bei Entrollung dieses »würdigen Pergamens« nicht »ein ganzer Himmel zu mir niederstieg«, konnte ich mich doch der stillen Ahnung nicht erwehren, dass immerhin vielleicht ein romanischer Philologe in mir steckte, um den es schade war, dass er so früh sich hatte verführen lassen, aus der Schule zu laufen.

**

Auf einmal aber überkam mich das Gefühl wie bei einem schwelgerischen Fest, wo man an Genuss übersättigt ist, aus keinem Becher mehr trinken, keinen Geigenstrich mehr hören und in keine schönen Augen mehr blicken mag. Zu dem Bedürfnis, auszuruhen von allen aufregenden Freuden, das so überreich Aufgenommene zu sammeln und innerlich zu verarbeiten, gesellte sich ein Heimweh nach meinen liebsten Menschen, denen ich nun Jahr und Tag fern geblieben war. Am 26. August verließen wir Venedig. Von der unaufhaltsamen, besinnungslosen Fahrt über Peschiera, Gardasee, Innsbruck, Bodensee usw. bis nach Dürkheim in der Pfalz, wo meine Eltern und die gesamte Kuglersche Familie mich erwarteten, finde ich in meinem sonst so gewissenhaften Tagebuch nichts verzeichnet, so wenig vermochte alles, woran ich vorüberjagte, mein Interesse zu fesseln. Was ich aber mit heimbrachte, als die Frucht dieses Wanderjahrs, die neuen Maßstäbe für das wahrhaft Echte und Mächtige in der Kunst und die unvergängliche Liebe zu dem großen Stil der Natur, wie er mir im landschaftlichen und Volkscharakter Italiens aufgegangen war, davon habe ich mein langes Leben hindurch in so mannigfacher Weise Rechenschaft abgelegt, dass ich an dieser Stelle mir den zweifelhaften Versuch ersparen kann, von so reichen und tiefen Eindrücken die Summe zu ziehen.

5. König Max und das alte München
(1854–1864)

Während dieses ganzen Jahrs, das ich jenseits der Alpen verlebt hatte, war ein eifriger Briefwechsel mit den Meinigen unterhalten worden. Da aber zwei Väter, zwei Mütter, eine zärtliche Tante und vor allem meine Braut Anspruch auf direkte Mitteilungen hatten, war ich kaum einmal dazu gekommen, meinem lieben Geibel einen schriftlichen Gruß zu senden.

Auch bei meiner Rückkehr im Herbst 1853 traf ich ihn in Berlin nicht an. Er war im Frühjahr des Jahres vorher von König Max II. nach München berufen worden und mit seiner jungen Frau dorthin übergesiedelt. Dass er in den neuen Verhältnissen des alten, jungen Freundes nicht vergessen hatte, davon sollte ich bald den erfreulichsten Beweis erhalten.

Nach der Rückkehr aus meinem gelobten Lande hatte ich wohl oder übel mich dazu bequemen müssen, mit der romanischen Philologie Ernst zu machen. Denn was ich an novellistischen, lyrischen und dramatischen Reisefrüchten neben meinen romanischen Fundstücken nach Hause mitbrachte, war nicht der Art, mich der Sorge um das tägliche Brot zu überheben: kein Roman, der viele Auflagen, kein Drama, das reiche Tantiemen versprach.

Zudem, auch wenn ich für mich allein verwegen genug gewesen wäre, mich auf gut Glück als »Schriftsteller« zu etablieren, ich hatte eine Braut, der ich es so wenig wie ihren Eltern zumuten konnte, sich auf ein so leichtsinniges Abenteuer einzulassen.

Es galt also, der geliebten Muse zunächst wieder zu entsagen und zu dem Brotstudium zurückzukehren, das freilich, auch wenn ich bald zur Habilitation gelangte, erst in vier, fünf Jahren es mir möglich machen konnte, meine Liebste heimzuführen.

So ging ich denn seufzend daran, meine handschriftliche Ausbeute zu verwerten, zunächst anknüpfend an ein längeres unediertes Gedicht *Apologia mulierum,* das ich in Rom in der Barberiniana gefunden hatte, und das mir nun die Anregung zu einer Abhandlung über die moralisierende Poesie der Altfranzosen gab. Mitten in den Vorarbeiten kam mir im März 1854 ein Brief aus München zu, in dem mich Dönniges im Auftrag des König Max einlud, nach München überzusiedeln und dort mit einem Jahresgehalt von tausend Gulden zu leben, ohne weitere Verpflichtung, als an den geselligen Abenden des Königs, den sogenannten Symposien, teilzunehmen.

Dass ich durch diese märchenhafte Glückswendung, um so wundersamer bei meiner Jugend und den geringen Anfängen meiner dichterischen Laufbahn, auf einen Schlag allen Zukunftssorgen und -zweifeln enthoben wurde, hatte ich einzig und allein Geibels unermüdlicher Freundschaft zu danken.

Er hatte in seinem guten Glauben an meinen Stern meine Berufung beim Könige durchgesetzt, obwohl von dem wenigen, was ich bisher veröffentlicht hatte, kaum ein oder das andere Stück dem erlauchten Freunde der Dichtkunst, wie ich ihn später kennen lernte, so recht nach dem Sinne sein konnte. Der König aber, der Geibel als Dichter unbedingt verehrte, hatte auch zu seinem Urteil und der Lauterkeit seines Charakters das festeste Vertrauen, und so wurde auf Geibels ehrliches Gesicht hin das Berufungsdekret unterzeichnet, durch das mir in der bayerischen Hauptstadt eine zweite Heimat bereitet wurde.

***

Ich habe es stets als eine besondere Gunst meines Geschicks betrachtet, dass mein Leben in jungen Jahren aus dem heimatlichen Berlin nach München verpflanzt wurde.

Nicht allein wegen der frühen Sicherung meiner äußeren Lage und der Verpflichtung, die mir damit auferlegt wurde, meine volle Kraft an meine dichterische Lebensaufgabe zu setzen. Wichtiger noch war, dass ich nun auf mich selbst gestellt wurde und an innerer Reife zunahm durch die Trennung von den literarischen Kreisen Berlins, in denen mir bis dahin wohl, nur allzu wohl geworden war. Was sie dem Anfänger gegeben, bewahrte ich in dankbarem Gedächtnis, wie ich auch im Süden nie verleugnete, dass ich ein Berliner Kind war und ein Heimweh in mir fortlebte nach allem, was ich an den Menschen im Norden lieben gelernt: feste Freundestreue, Klarheit und Klugheit und redlicher Wille, dem Strebenden die Wege zu weisen, und bei größter geistiger Regsamkeit der zähe, beharrliche Fleiß, auch in künstlerischen Dingen seinem Gewissen genugzutun.

Ich war aber auf einem Punkt angelangt, wo ich Gefahr lief, über den Horizont der dortigen Gesellschaft nicht hinauszublicken, ihrem Richterspruch mich zwar nicht blindlings zu unterwerfen, ihn aber doch für wichtiger zu halten, als er im Grunde war. Vor allem wäre mir, wie so viel anderen poetischen Talenten, die dünne, austrocknende kritische Luft der großen Stadt auf die Länge verhängnisvoll geworden, das Überwiegen des scharfen, zersetzenden Verstandes über die sinnliche Dumpfheit, aus der jede künstlerische Schöpfung ihre beste Kraft, ihr eigentliches Lebensblut saugt. Wer schaffen will, soll nicht zu klug aus sich

198

selber werden. Er hüte sich, so sehr er der Selbstkritik bedarf, sich dem Naturboden zu entfremden und durch voreiliges Dreinreden der »alten Schwiegermutter Weisheit das zarte Seelchen Phantasie zu beleidigen«.

Nun fand ich in München gerade das, was mir bisher gefehlt hatte: eine sehr unliterarische Gesellschaft, die sich um mein Tun und Treiben wenig oder gar nicht bekümmerte, am wenigsten mich durch Urteilen verwirren konnte. Man sprach damals selbst in den gebildeteren Münchener Kreisen niemals von Literatur, höchstens vom Theater. Dafür empfing mich eine unfreundlich, wo nicht feindselig gesinnte Schar einheimischer Kollegen, deren Verhalten gegen den Fremdling seinen Charakter stählte und ihn dazu trieb, stets sein Bestes zu geben. Wichtiger noch war, dass der Großstädter, der bisher nur in den Häusern guter Freunde heimisch gewesen war, sich hier zum ersten Mal auf einen breiten, derben Volksboden gestellt fand, auf dem sich ein eigenwüchsiger, nicht immer löblicher, aber kraftvoller und vielfach poetischer Menschenschlag bewegte, nicht von fern mit dem zu vergleichen, den man in Berlin »Pöbel« nannte. Von diesem sich fernzuhalten, war wohlgetan gewesen, zumal man von der Literaturfähigkeit des Berliner Jargons, die heutzutage so eifrig angestrebt wird, damals noch keine Ahnung hatte. Eine Berührung aber mit dem altbayerischen Stamm, der seine eigenen Volkslieder und volkstümlichen Poeten besaß, konnte dem Norddeutschen nur heilsam sein und seine dichterischen Nerven erfrischen. Zudem galt es hier für mich, da gesellschaftliche Lorbeeren nicht zu erringen waren, über die nächsten Grenzen hinaus vor dem deutschen Volke zu beweisen, dass ich nicht von Königsgnaden allein zu den »Berufenen« zählte.

München war im Jahr 1854 eine Stadt von wenig über hundertfünfzigtausend Einwohnern. Schon im Sommer 1842 auf einer Reise über Dresden, Prag, Wien, Graz und Ischl, die mein Onkel Ludwig nach jenem Familienkongress in Magdeburg mit seiner mir sehr teuren Frau zum Teil in Geschäften unternahm, und auf der mein Vater und ich ihn begleiten durften, war ich auch nach München gekommen, wo wir König Ludwigs große künstlerische Unternehmungen zum Teil noch im Werden fanden.

Noch hatten wir nur erst das Modell der Bavaria in der hohen Bretterhütte auf der Theresienwiese bestaunt, waren in der Basilika auf den Gerüsten herumgeklettert, auf denen Heß [Heinrich Maria Hess, 1798-1863] und Schraudolph [Claudius Schraudolph der Ältere, 1813-1891] ihre Fresken malten, und in der Ludwigskirche legte Meister Cornelius [Peter von Cornelius, 1783-1867; Hauptvertreter des Nazarener-Stils] die letzte Hand an sein großes jüngstes Gericht. Jetzt, zwölf Jahre später, fand ich die schöne Kunststadt an der Isar in vollem Glanz, freilich noch räumlich weit beschränkter als heutzutage. Das Siegestor und die noch unvollendeten Propyläen begrenzten damals im Norden und Westen, das Hoftheater im Süden die Stadt, die erst durch König Max bis an den schönen, starken Strom fortgeführt wurde, während nach Osten hin die Straßen sich ohne Abschluss bald ins freie Feld verliefen, und die Vorstädte Au, Giesing, Haidhausen und Schwabing sich's noch nicht träumen ließen, dass sie dermaleinst in den Ring der Stadt einbezogen werden sollten. Es lag damals auch noch eine Menge großer Gärten zwischen den Häusermassen verstreut, wenn auch der jetzt so lustig grünende Dultplatz noch eine dürre Wüste war, da man zu gewissen Zeiten dort die Budenstadt hinpflanzte. Den Berliner aber, der diese in fröhlichem Aufschwung begriffene lachende Stadt betrat, heimelte sie im Vergleich zu den endlosen Straßenzügen und schwerfälligen Palästen seiner Vaterstadt fast mit ländlichem Reiz an, während doch wieder die vielen neuen und alten Kirchen und die drei großen Museen dem Ganzen ein vornehmes Gepräge gaben und die malerischen, altertümlichen Stadtteile daran erinnerten, eine wie lange, merkwürdige Geschichte dieses Isar-Athen zu erzählen hatte. – Nicht minder fand sich der Norddeutsche, zumal wenn ihm das muntere Blut des »fahrenden Schülers« noch in den Adern floss, durch die ungebundenen Sitten und den farbigen volkstümlichen Zuschnitt des Lebens angezogen, wenn er auch manches Liebgewohnte vermisste.

So gab es zum Beispiel keine eigentliche Geselligkeit, kein uneingeladenes Eintreten bei Freunden, sehr selten eine Hausfreundschaft, wie ich sie von meinem Elternhaus, der Kugler-schen und anderen Berliner Familien her gewöhnt war.

Die Männer gingen allabendlich in ihr gewohntes Bierhaus, die Frauen saßen in sehr zwangloser Toilette zu Hause und empfingen höchstens eine Freundin – gelegentlich wohl auch einen »Freund«, den das Négligé nicht abschreckte. Wenn ein Gast von fern zugereist kam, bestellte ihn sein Münchener Gastfreund auf den Abend ins Wirtshaus, oder, wenn er ihn zu seinem Tische einlud, kam die Magd herein, zu fragen, was der Herr zu Nacht zu spei-sen wünsche. Das wurde dann nebst dem trefflichen Abendtrunk aus dem nächsten Wirtshaus »über die Gasse« geholt. Ich erinnere mich sogar, dass Kobell [Mitgl. der gleichnamigen Künst-lerfamilie] uns einmal ausnahmsweise zum Abend einlud, ein Drama mit anzuhören, das ein ihm empfohlener junger Poet der Familie vorlesen wolle. Als wir alle versammelt waren, trat der Hausherr herein, begrüßte uns freundlich und sagte:»Nun, unterhalten Sie sich gut! Ich muss in meine Gesellschaft.«

Wir konnten, als die Lektüre begann, freilich begreifen, dass er es vorgezogen hatte, in sein »Altengland« zu gehen. Aber von den ortsüblichen Bräuchen der Gastlichkeit hatten wir doch einen seltsamen Begriff bekommen.

Desto liebenswürdiger erschien uns hier im Süden gegenüber der strengen Sonderung der Stände, die in der Heimat herrschte, der freiere Verkehr der verschiedenen Gesellschaftsklas-sen untereinander an öffentlichen Orten, der schon an Italien erinnerte. Zwar konnte es in München nicht vorkommen, wie ich es in Rom erlebt hatte, dass ein Bettler im Café von Tisch zu Tische ging und, nachdem er so viel gesammelt, um seinen Kaffee zu bezahlen, sich ohne Verlegenheit unter die Gäste setzte, um vom Kellner wie jeder andere bedient zu wer-den. Aber die demokratisierende Macht des Bieres hatte doch eine Annäherung bewirkt. Der geringste Arbeiter war sich bewusst, dass der hochgeborene Fürst und Graf keinen besseren Trunk sich verschaffen konnte als er; die Gleichheit vor dem Nationalgetränk milderte den Druck der sozialen Gegensätze. Und wenn im Frühling noch der Bock dazu kam, konnte man in manchem Wirtsgarten eine so gemischte Gesellschaft zwanglos beisammen finden, wie sie in Berlin nirgends anzutreffen war.

Sei mir gegrüßt, du Held im Schaumgelock,
Streitbarer Männer Sieger, edler Bock!

Nicht graues Zwielicht dampfdurchwölkter Schenken,
Den Mittag liebst du und der Gärten Frische.
Hier finden sich auf brüderlichen Bänken
Hoch und Gering in traulichem Gemische:
Den Knechten nah, die seine Pferde lenken,
Der Staatenlenker vom Ministertische;
Pedell, Professor, Famulus, Student –
Du spülst hinweg die Schranke, die sie trennt.

Es wird von jenem Treviquell berichtet,
Daraus man ew'ges Heimweh trinkt nach Rom,
Sehnsucht, die unermüdlich denkt und dichtet,
Nur einmal noch zu schaun Sankt Peters Dom.
So hat auf München nie ein Herz verzichtet,
Das je hinabgetaucht in deinen Strom.

So rasche Wurzeln hier geschlagen hätt' ich
Nie ohne dich und deinen Freund, den Rettig.

Ein wenig Übertreibung muss man diesem dithyrambischen Erguss zugute halten. Pflegen sich doch alle »Neubekehrten« eines gewissen Fanatismus schuldig zu machen. Zwar war ich nie ein sonderlicher Trinker gewesen und wurde es auch nicht in meiner neuen Heimat, wie denn auch wohl an meiner Begeisterung für den Rettig der Reim den größeren Anteil hatte. Das aber gewann mich sofort für meine neuen Landsleute, dass sie, so sehr sie Rang und Stand zu schätzen wussten, sich durch die Nähe eines Höherstehenden nicht einschüchtern oder im behaglichen Lebensgenuss stören ließen. Freilich hatte das alte München auch noch keine breite Arbeiterbevölkerung. Noch herrschte unter einem strengen Zunftzwang die Handwerksarbeit im Kleinen vor; es fehlte fast gänzlich an Fabriken und jeder Art von Großindustrie, wie denn auch hier vor fünfzig Jahren diejenigen gezählt werden konnten, die nach heutigen Begriffen für reich gegolten hätten. Dafür gab es auch durchaus keine Massenarmut, die in großen Städten dem Menschenfreunde das Herz beklemmt. Bettler waren genug vorhanden, an den Kirchenpforten wie in den Häusern. Aber sie waren sämtlich mit ihrem Lose zufrieden, da in wohltätigen Vereinen und durch das obligate Almosenspenden frommer Seelen dafür gesorgt wurde, dass sie sich in ihrem Stande wie in einer auskömmlichen Sinekure wohlfühlen konnten. Der gewerbetreibende Bürgerstand vollends genoss eines so reichlichen Lebens- und Nahrungszuschnitts, wie in dem sparsamen und nüchternen Norden unerhört war. Zweimal, auch wohl dreimal am Tage Fleisch zu essen, erschien nur als etwas, das der gute Bürger als sein Recht in Anspruch nehmen konnte. Dafür arbeitete er nicht mehr, als nötig war, um das nahrhafte, vergnügliche Leben fortzusetzen, und wurde durch strenge Zunftgesetze gegen betriebsame Konkurrenten geschützt. Aufs Genaueste – für den Uneingeweihten oft unverständlich – war vorgeschrieben, was jeder Handwerker oder Händler anfertigen oder verkaufen durfte. War dann ein ehrsamer Meister, der selbst nicht höher hinausgewollt hatte, zu einigem Wohlstande gediehen, so ließ er den Sohn, wenn er ihn nicht der Kirche widmete, wohl auch studieren, obwohl er, wie ein bekannter Großbrauer, der Meinung war: »Studieren hält auf.« Es war eben noch die gute alte patriarchalische Zeit, deren Sitten und Unsitten im Gegensatz gegen die stark sich aufschwingende norddeutsche Industrie einen »gemütlich« anheimelnden Charakter trug, ohne dass darum das eigentliche Gemütsleben wärmer und nachhaltiger gewesen wäre, als in dem für kaltherzig verschrienen Berlin.

Als wir einmal die Sommermonate in Starnberg zugebracht hatten, wo unsere vier Kinder auf weiten Spaziergängen viel Schuhwerk verschlissen, schickte ich am Vorabend der Abreise unsre älteste Tochter zum Schuhmacher, unsre Rechnung zu bezahlen. Morgen würden wir in die Stadt zurückkehren, erzählte sie dem Meister. »Da bin ich aber froh, Fräulein, dass Sie endlich fortgehen«, versetzte der Biedermann ganz ernsthaft. »Denn so viel wie für Ihnen hab' ich noch für keine Herrschaft zu arbeiten gehabt.«

Man mag vom volkswirtschaftlichen Standpunkt aus von dieser Antwort weniger günstig denken. Doch wird man nicht bestreiten können, dass in dem Grundsatz, sich ja nicht zu überarbeiten, bloß um Geld zu erwerben, um dann im späteren Alter die Früchte seines Fleißes vielleicht nicht mehr genießen zu können, ein freierer und vornehmerer Sinn sich offenbart, als in dem atemlosen Jagen nach Erwerb, wobei über der Hast, immer reichere Mittel zum Lebensgenuss zu gewinnen, der Zweck oft nicht mehr erreicht wird.

Bestärkt wurde das Volk in dieser leichtherzigen Lebenskunst überdies durch die vielen Feiertage, zu denen im Karneval noch andere Gelegenheiten, sich gute Tage und Nächte zu machen, hinzukamen. Das alles aber sah sich bunt und lustig an und hing mit so manchen phantasievollen Überlieferungen zusammen, dass es auch auf den protestantisch gewöhnten

Sohn der Mark einen anziehenden Eindruck machen musste. – Freilich konnte er sich nicht verhehlen, dass die warmblütigere, sinnlichere Natur dieser Bevölkerung in sittlicher Hinsicht manches Bedenkliche hatte. Nicht nur im Gebirge galt das Sprüchlein: »Auf der Alm da gibt's ka Sünd.« Auch in Stadt und Land herrschte eine Sittenfreiheit, die uns anfangs höchlich befremdete. Als wir für unsern Erstgeborenen ein Kindsmädchen mieteten, das noch sehr jugendlich erschien, fragte sie meine Frau, ob sie auch mit einem so kleinen Kinde umzugehen wisse. »No natürlich«, sagte das Mädchen, »ich hab' ja selbst schon ein Kind gehabt.« Und durch die etwas betroffene Miene ihrer Herrin sichtbar gekränkt, fügte sie rasch hinzu: »Was meinen S' denn, gnä' Frau? So wüst bin i doch net, dass mi keiner möcht'!«

Diese naive Offenheit entwaffnete uns. Wir sagten uns, dass die sittlichen Zustände in unserer Heimat schwerlich löblicher seien als hier und nur weniger unbefangen zutage träten. Und wenn auch Heuchelei ein Kompliment ist, das das Laster der Tugend macht, im Grunde war die Sache damit nicht gebessert und das freimütige Bekenntnis, der Erbsünde verfallen zu sein, immer noch einem engherzigen Tugenddünkel vorzuziehen, der oft nur die Maske feiger Sündhaftigkeit ist.

Dazu kam als ein weiterer mildernder Umstand die Erleichterung, die hier im katholischen Lande durch die Absolution der Kirche gewährt wird, während ein protestantisches Gewissen in schweren Kämpfen mit sich selbst zu ringen hat. Nicht minder auch musste man die erhöhte Versuchung durch das gesamte sinnenfrohe Leben in Betracht ziehen und die stärkere Anlage des oberbayerischen Stammes zu allem Künstlerischen, in der sich auch der Sinn für leibliche Schönheit lebhafter entwickelt.

Die großen Schöpfungen König Ludwigs hatten alte und junge Künstler jeder Art nach München gezogen. Hier fanden sie außer großen, weitreichenden Aufgaben auch alle Mittel zu ihrer Durchführung, vor allem unter den Mädchen aus den niederen Klassen, die sich durch eine kräftige, rassemäßige Schönheit und frische Anmut auszeichneten, Modelle genug, während es in Berlin einem ehrbaren Dienstmädchen als eine Beleidigung erschienen wäre, einem Maler diesen Dienst erweisen zu sollen. Dass dies Vorwiegen der Künstlerschaft dazu beitrug, die Unbefangenheit im Verkehr der Geschlechter überhaupt zu steigern, liegt auf der Hand. König Ludwig selbst hatte sich ein »gemaltes Serail« angelegt, nicht bloß als ein platonischer Verehrer der Schönheit. Und so ging ein Hauch von fröhlicher, warmer Sinnlichkeit durch alle Schichten der Gesellschaft, ein wenig phäakenhaft, doch nicht in unfruchtbares »süßes Nichtstun« ausartend, da eben auf dem Boden, wo Leben und Lebenlassen der Wahlspruch der gesamten Bevölkerung war, jene großen künstlerischen Taten geschahen, denen das heutige München seinen Rang als erste deutsche Kunststadt verdanken sollte.

Damals freilich ging noch ein ganz anderer Geist durch die Münchener Künstlerschaft. Wie alle sich hatten bescheiden müssen, bei den Aufträgen des Königs mehr auf die Ehre als auf reichen Lohn zu sehen, so war auch von einem Kunstmarkt, wie heutzutage, noch keine Rede. Freilich auch nicht von einer so übermäßigen Konkurrenz, an der seit einigen Jahrzehnten auch noch die immer wachsende Zahl der »Malweibchen« in beängstigender Weise teilnimmt. Die Künstler waren keiner fieberhaften Bilderproduktion beflissen, sondern manche, die mehr Verstand als Glück hatten, ergaben sich sogar zeitweise einem behaglichen Müßiggang, weil es ihnen »so billiger kam«. Wo es aber galt, öffentliche Feste zu verherrlichen, war jeder bereit, seine Dienste anzubieten, ohne sich für den Zeitverlust entschädigen zu lassen. Die Frühlingsfeste an den reizenden waldigen Isarufern bei Pullach, Grünwald, Schwaneck, die alles, was an Schönheit, Jugend und Humor in den gebildeteren Kreisen der Stadt vorhanden war, in buntem Gemisch hinauslockten, erschienen von dem fröhlichen Treiben so vieler malerischer Gestalten belebt dem norddeutschen Gast wie ein lebendig gewordenes Bild aus einem Märchen, und die Raketen, die den spät in der Nacht Heimkehrenden einen Gruß auf den Weg mitgaben, wie das letzte Aufleuchten der romantischen »mondbeglänzten Zaubernacht«.

Diese Jugendzeit der Münchener Kunst ist längst dahin. Eine Periode ernster, ruhiger Arbeit ist ihr gefolgt, deren Führer und Meister nur noch bei seltenen Gelegenheiten sich um eine öffentliche Lustbarkeit der Stadt mithelfend verdient machen. Zeit ist Geld geworden, und auch die bildenden Künste haben sich dem Industrialismus anbequemen müssen, der seit dem französischen Krieg alle Lebensgebiete beherrscht. Viel Schönes ist trotzdem zur Erscheinung gekommen. Wem aber die damaligen Anfänge in der Erinnerung fortleben, dem klingen wohl die Verse im Ohr:

> Schöner war die trübe Schwüle
> Als die helle Kühle jetzt;
> Jene frühen Vollgefühle,
> Kennst du was, das sie ersetzt? (Lingg)

König Max und die Wissenschaft

Auf einem anderen Gebiete freilich, dem der Wissenschaften, war von einem ähnlichen jugendlichen Auf- und Vorwärtsstreben desto weniger zu spüren.

»Wenn wir einen Blick auf jenen Kulturboden werfen, den München in der ersten Hälfte unseres Jahrhunderts darbot, finden wir, dass es ein ziemlich rauer Boden war, rau wie die ganze Hochebene, über welche die Frauentürme hinschauen. Kein Goethe und kein Schiller, kein Lessing und kein Wieland hatten diesen Boden mit geistiger Saat befruchtet. München war eine Stadt von Kleinbürgern, von Staatsbeamten und Hofbediensteten, in welcher als lebhafteste Gäste die Schrannenbauern mit ihrer schallenden Geißel und die Tölzer Flößer mit ihren blanken Äxten und ihren qualmenden Pfeifen einkehrten. Und dennoch war dieser Kulturboden kein hoffnungsloser. Denn in die alte Hochburg der Jesuiten war die Akademie der Wissenschaften eingezogen; aus der Staatsverwaltung hatte ein scharfer, aufklärender Wind den ärgsten Dunst und Staub vergangener Jahrhunderte herausgefegt; in der Prannerstraße tagte schon um dreißig Jahre früher als in dem klugen Berlin eine Volksvertretung unter dem Schirm einer volksfreundlichen Verfassung, und in der Residenz thronte ein Fürst von lebhaftem Geist, von feurigen Idealen und beseelt von dem unermüdlichen Willen, aus seiner Stadt München etwas zu machen, das in ganz Deutschland nicht war.« (Max Haushofer)

Die Männer aber, zum Teil bedeutende Gelehrte, die der Akademie angehörten oder Lehrstühle an der Universität inne hatten, waren im Lauf der Zeit von dem allgemeinen Geiste behaglichen Genügens angesteckt worden, der den Ehrgeiz, sich durch wissenschaftliche Taten hervorzutun, als eine sehr »ungemütliche« Störung empfand. Sie glaubten, vollauf ihre Schuldigkeit zu tun, wenn sie ihre Vorlesungen und Examina abhielten, ohne durch neue Forschungen und deren literarische Verwertung sich an den Fortschritten ihrer Kollegen im übrigen Deutschland zu beteiligen.

In den höheren Schulen, die größtenteils noch den alten geistlichen Zuschnitt bewahrten, hatte der treffliche Thiersch [Friedrich Wilhelm von Thiersch, 1784-1860; Philologe; „Praeceptor Bavariae"], der schon als »Präzeptor Griechenlands« sich bewährt hatte, einen frischeren Geist anzuschüren gesucht, mit zweifelhaftem Erfolg. Alle freie, liberale Wissenschaft, die vor traditionellen Vorurteilen nicht haltmachte, war der damals in Kirche und Staat herrschenden Partei ein Dorn im Auge, und König Ludwigs Interesse richtete sich so ausschließlich auf seine künstlerischen Unternehmungen, dass ihn das Zurückbleiben der großen gelehrten Institute hinter der Zeit wenig bekümmert haben würde, auch wenn man ihn über die Gefahren, die der geistigen Kultur dadurch erwuchsen, aufgeklärt hätte. – In seinem Sohne, zu dessen Gunsten er, durch die bekannten Ereignisse dazu gedrängt, auf den Thron verzichtete, erstand ihm ein Nachfolger, dessen höchste und ernsteste Sorge eben das wurde, was der Vater vernachlässigt hatte.

König Ludwig war eine geniale Erscheinung gewesen, eine Künstlernatur mit dem Sinn für Glanz, Größe, freie und schöne Entfaltung des äußeren Lebens. Sein Sohn, der siebenunddreißigjährig zur Regierung kam, war in allem das Widerspiel des Vaters, der die Erziehung seines Thronfolgers sich nicht sonderlich hatte angelegen sein lassen.

König Max selbst hat es oft genug gegen die, die sein Vertrauen genossen, ausgesprochen, dass er die großen Lücken seiner Bildung schwer empfinde und alles daran setzen wolle, die Unterlassungssünden seiner Jugend so viel als möglich wieder gut zu machen. Wie gewissenhaft er dabei zu Werke ging, dessen sind alle diejenigen Zeuge, die ihm jemals näher gestanden.

Er war wie in all seinen äußeren Regierungsakten so auch in dem Bestreben, seine innere Welt zu ordnen und zu bereichern, das inkarnierte Pflichtgefühl, unfähig, mit einer Sache abzuschließen, ehe er sie völlig durchdrungen, unermüdlich im Fragen und wieder Fragen und daher oft lange unschlüssig, wenn es galt, in einer Sache, die ihm noch Zweifel erweckte, eine Entscheidung zu treffen. Hatte er aber das ergriffen, was ihn das Rechte dünkte, so hielt er mit zäher Beharrlichkeit daran fest und war bei der Durchführung selbst unter schwierigen Kämpfen in seinem Mut nicht zu erschüttern.

Dabei war ihm alles Scheinwesen verhasst, und es wird wenig Fürsten gegeben haben, die ihm an Selbstverleugnung, an Unzugänglichkeit für höfische Schmeichelei, an Bescheidenheit überragendem Verdienste gegenüber gleichkamen. Vor dem Bestreben, es in äußeren Erfolgen seinem genialen Vater gleichzutun, auf Gebieten, in denen er sich nicht heimisch fühlte, bewahrte ihn »die schlichte Gediegenheit seines Wahrheit suchenden Geistes«, wie Alfred Dove es treffend bezeichnet hat. Überall war es ihm um die Sache zu tun, nicht um die Person, am wenigsten um seine eigene. Das schloss nicht aus, dass er von seiner königlichen Würde eine hohe Meinung hatte und jede Schmälerung derselben als eine persönliche Unbill empfand. Auch das aber nur, da er es für seine Königspflicht hielt, das ihm anvertraute Herrscheramt mit vollem Nachdruck zum Segen seines Staates und Volkes auszuüben.

Nun suchte er, sobald er ans Regiment gekommen war, das Gebiet, auf dem er sich um das Wohl seines Bayernlandes vor allem verdient machen könnte. Die Künste hatten unter seinem Vater eine so hohe Blüte erreicht, dass er ihre weitere Förderung ruhig der Zeit überlassen zu dürfen glaubte. Dagegen konnte viel, in mancher Hinsicht noch alles geschehen, um auch die Wissenschaften auf die gleiche Höhe zu bringen, und da diese Aufgabe zugleich seiner persönlichen Begierde nach weiterer Erkenntnis entgegenkam, zögerte der junge Fürst nicht, das schwierige Werk sofort offen in Angriff zu nehmen.

Schwierig insbesondere, da nicht nur das Widerstreben gewisser klerikaler Kreise, sondern auch der Unmut der heimischen Gelehrten zu überwinden war, die durch das Eindringen berühmter Kollegen von auswärts in dem bequemen Besitz ihrer bisherigen Stellung gefährdet wurden.

Wie unbekümmert um alles Geschrei in den Blättern, alles Gerede und Gemurre in der Gesellschaft König Max seinen Weg fortsetzte, ist bekannt. Über sein Verhältnis zur Geschichte, die natürlich ihm innerlich näher stand als die Naturwissenschaften, haben die Meister der Historie Ranke, Döllinger und Sybel sich so ausführlich in den ergreifenden Denkreden auf ihren erlauchten Gönner ausgesprochen, dass ich mich jeder eigenen Äußerung enthalten darf[15].

Doch wenn König Max keine Künstlernatur war, so war doch auch kein Gelehrter an ihm verdorben; schwerlich würde er sich, auch wenn er nicht zufällig für den Thron geboren worden wäre, zu einem Professor der Geschichte ausgebildet haben. Denn so sehr er stets die Forderung betonte, Geschichte müsse in objektivem Geiste betrieben und geschrieben werden, so war sein Interesse doch wesentlich bestimmt durch das Bedürfnis, von der Darstellung vergangener Zeiten und Menschen für die Gegenwart zu lernen, für sein staatsmännisches Geschäft Aufklärungen und Lehren aus der Betrachtung abgeschlossener politischer Entwicklungen zu schöpfen. Dazu lag in seiner zarten und weiblich feinen Natur neben dem ernsten Wahrheitstrieb der Hang zu schwärmender Kontemplation, zu träumerischem Versenken in eine Welt der Ideale, wie sie durch Dichtermund offenbart worden sind. Von allen geistigen Gaben seines Vaters war nur das dichterische Talent auf ihn übergegangen, freilich auch das in minder eigenartiger Form und seinem bescheidenen Charakter gemäß so zurückhaltend, dass die Welt nichts davon erfahren konnte.

Das alte und das neue literarische München

Bei der ganzen Anlage seines geistigen und sittlichen Naturells war nun nichts natürlicher, als dass der König gerade für Geibel vor allen anderen zeitgenössischen Dichtern die wärmste Sympathie fühlte. Der melodische Fluss und die glänzende Vollendung seiner Verse bezauberten ihn; der tiefe Brustton idealer Gefühle und Gesinnungen kam einer verwandten Stimmung in der Seele des Königs entgegen.

Schon im Frühjahr 1852 berief er den ihm so teuren Dichter in seine Nähe und war glücklich, dass er im persönlichen Verkehr Geibels Charakter ebenso schätzen lernte, wie er seine Dichtungen bewundert hatte. Geibel war nach München übergesiedelt und hatte dort seinen jungen Hausstand gegründet. Eine Professur der Literaturgeschichte und Poetik war ihm übertragen worden, die er in den ersten Jahren ziemlich ernst nahm; eine Schar angehender junger Poeten sammelte sich um ihn und suchte in den Vorlesungen, die er in seinem Hause hielt, Belehrung über poetische Technik. Ob es dabei zu eigentlich wissenschaftlicher Arbeit, zumal im Gebiete der Literaturgeschichte, gekommen, weiß ich nicht zu sagen. Jedenfalls war das Verhältnis zum König der Hauptzweck seiner Gegenwart in München.

Er war freilich bei aller angeborenen Loyalität nicht fähig, die Rolle eines geschmeidigen Höflings zu spielen. Gleich zu Anfang, als der König ihm durch seinen bisherigen Amanuensis, den Ministerialrat Daxenberger, eine Auswahl seiner eigenen Gedichte zur Prüfung geschickt hatte mit der Frage, ob er sie zur Veröffentlichung geeignet halte, hatte Geibel unumwunden vom Druckenlassen abgeraten. Der König, weit entfernt, darüber empfindlich zu werden, hatte ihm diese Warnung als einen Freundschaftsdienst hoch angerechnet und ist auf den Lieblingswunsch eines jeden, der sich dilettantisch mit Versemachen beschäftigt, nie wieder zurückgekommen.

Der Verkehr mit Geibel aber regte in ihm die Neigung zur Poesie so lebhaft an, dass er neben den Männern der Wissenschaft, die er an seine Universität berief, um auch privatim ihres belehrenden Umgangs zu genießen, auch einige Poeten zu den Abendgesellschaften zuzuziehen beschloss, in denen er geistige Nahrung und Erfrischung der verschiedensten Art zu gewinnen wünschte.

---

[15] Siehe den vortrefflichen Aufsatz »Ranke und Sybel in ihrem Verhältnis zu König Max« in Alfred Doves »Ausgewählten Schriftchen, vornehmlich historischen Inhalts«. Leipzig 1898.

Es konnte nicht fehlen, dass diese Gründung einer »geistigen Tafelrunde« in den Kreisen der einheimischen Gelehrten und Dichter eine sehr unfreundliche Stimmung erzeugte.

Schon die Berufung hervorragender Gelehrter an die Universität hatte, wie oben bemerkt, aus den verschiedensten Ursachen lebhaften Unmut erregt. Die besondere Gunst, die einigen dieser Fremden, vor allem Liebig [Justus Liebig, 1803-1873 Chemiker; Mineraldüngung, Agrochemie, Rindfleisch-Extrakt, Chloroform], durch die Teilnahme an den Symposien des Königs zuteil wurde, musste die feindselige Gesinnung der zunächst betroffenen altbayerischen Kreise nur noch erheblich steigern, da die bevorzugten »Berufenen« allgemein im Verdacht standen, weil sie das Ohr des Königs hätten und häufiger und zwangloser als selbst die Minister mit ihm verkehrten, diesen Vorzug, wenn auch nicht immer in persönlichem Interesse, doch zu immer stärkerer Zurückdrängung der verdienten einheimischen Männer zu missbrauchen. Es half nichts, dass auch bayerische Gelehrte zu den Symposien geladen wurden. Die Liebig, Bischof, Jolly, Riehl, Bluntschli, Carriere, späterhin Sybel und Windscheid waren doch in der Mehrzahl und gehörten zu den Stammgästen an diesem königlichen Tisch.

Nun vollends die Bevorzugung fremder Poeten, da es in dem bayerischen Dichterwald doch wahrlich »von allen Zweigen schallte«! Schon mit Dingelstedts Berufung war man unzufrieden gewesen. Man hielt ihn nach seinen »Nachtwächterliedern« nur für einen der politischen Dichter und Tendenzpoeten, die nachgerade abgetan waren; zudem hatte er sich durch seine »Verhofräterei« den Liberalen verdächtig gemacht, während er den Altgesinnten durch allerlei Frivolitäten Anstoß zu geben fortfuhr. Immerhin war er nicht als Dichter, sondern als Theaterintendant nach München gekommen und hatte ein Amt, mit dem ohnehin ein Gehalt verbunden war. Auch wurde er nicht zu dem engeren Kreise des Königs hinzugezogen. Dass aber zwei andere fremde Dichter durch die Gnade des Königs eine Jahrespension genossen, ohne weitere Verpflichtung, als an den Symposien teilzunehmen und in München ihr Dichten und Trachten weiter zu treiben, entflammte die Gemüter, zumal der einheimischen Kollegen, zu heftiger Empörung.

Die Schuld an dieser unerhörten Vernachlässigung der talentvollen Landeskinder schob man nächst Dönniges natürlich Geibel in die Schuhe. Zwar hatte er von vornherein ein freundliches Verhältnis zu dem angesehensten der bayerischen Dialektdichter, Franz von Kobell [1803-1882], gefunden, der zu den Intimen des Hofes gehörte. Wo aber blieben die anderen, die zwar über die Grenzen Bayerns hinaus sich nicht bekannt gemacht hatten, aber innerhalb derselben eines gewissen Ansehens genossen? Wo blieb sogar der berühmte Oskar von Redwitz, dann Andreas May, Ludwig Steub, Franz Trautmann Hermann Schmid, Franz Bonn, Heinrich Reder, Teichlein, Ille und so viele andere unter den jüngeren Talenten, denen ein königliches Jahrgehalt und die Soupers in der »Grünen Galerie« des Königsschlosses von ihren Freunden und Lesern lieber gegönnt worden wären, als dem in Peine an der Fuse geborenen Bodenstedt [Friedrich Martin von Bodenstedt, 1819-1892] und gar dem Schreiber dieser Zeilen, dem es als ein unvertilgbarer Makel anhaftete, mit Spreewasser getauft worden zu sein?

Gewiss wäre niemand froher gewesen als Geibel, wenn er unter den genannten einheimischen Poeten den oder jenen dem Könige zur Aufnahme in seinen engeren Kreis hätte empfehlen können. Wie weit entfernt er von jeder prinzipiellen Geringschätzung der süddeutschen Talente war, hatte er zunächst durch die liebevolle Sorgfalt bewiesen, mit der er Hermann Linggs [1820-1905] Gedichte herausgab [1853], in der Vorrede auf ihn als einen »Ebenbürtigen« hinweisend, und späterhin durch das freundschaftliche Verhältnis mit dem Münchener Hans Hopfen, dem Schweizer Leuthold und dem Schwaben Wilhelm Hertz. Er war es auch, der Lingg und später Melchior Meyr eine Jahrespension beim König erwirkte, wie er denn überhaupt auch in materieller Fürsorge für Dichter, die er anerkannte, unermüdlich war, nicht nur durch sein Fürwort beim König (das auch Otto Ludwig zugute kam), sondern in großherzigster Weise aus seiner eigenen Tasche.

Wenn er sich gleichwohl den damaligen Poeten Münchens gegenüber zurückhaltend bewies, so geschah es ohne alle persönlichen Motive, aus dem Grunde, weil er keinen darunter für voll nahm.

Dass er ein gutes Recht dazu hatte, hat einer der talentvollsten jüngeren Münchener Dichter offen ausgesprochen, Max Haushofer [Jr., 1840-1907] in dem trefflichen, durch feines Urteil und gerechte Verteilung von Licht und Schatten ausgezeichneten Essay »Die literarische Blüte Münchens unter König Max II.«, aus dem oben schon eine bezeichnende Stelle angeführt worden ist[16].

»Den vormärzlichen Dichtern Münchens gebrach es nicht an Talent, aber an der Energie des Strebens. Süddeutsche Gemütlichkeit ging ihnen über jeden Erfolg. Vormittags beim Bockfrühschoppen im ›Achazgarten‹ zu sitzen, den Nachmittag in einem der Kaffeehäuser des Hofgartens zu verplaudern und den Abend, wenn er schön war, auf einem der damals noch so prächtigen aussichtsreichen Keller zuzubringen: das war in jener Zeit ein viel schöneres und poetischeres Tun als das Sitzen am Schreibtisch.«

Es war aber doch wohl nicht vorzugsweise diese Neigung zu vergnüglichem Lebensgenuss, was die talentvollen Altbayern nicht zu strenger Arbeit im Dienst der Muse kommen ließ. Gerade weil hier im Süden der poetische Trieb den Begabteren mehr im Blute lag, ihre Natur von Hause aus künstlerischer gestimmt war als dem nüchternern Menschenschlag im Norden, fühlten sie weniger die Pflicht innerer Vertiefung und glaubten den Kranz »schon im Spazierengehen« zu erringen. Dass auch der Dichter nicht nur im Technischen viel zu lernen habe – hatte doch auch der berühmteste bayerische Poet, Graf Platen, sich nachgerühmt: »Die Kunst zu lernen, war ich nie zu träge« – sondern dass es etwas wie ein künstlerisches Gewissen gebe, dessen Mahnungen nicht als Schulweisheit eines pedantischen Präzeptors verspottet und vernachlässigt werden dürften, ahnten die wenigsten. Sie begnügten sich nach Art aller Dilettanten mit dem, was ihnen in angeregter Stunde von ihrem Genius beschert worden war, und antworteten, wenn sie auf Mängel dieses ersten Hinwurfs hingewiesen wurden, wie jener Poet in Shakespeares »Timon«: »'s ist eben nur ein Ding, mir leicht entschlüpft.«

Dazu kam, dass es vor fünfzig Jahren in München völlig an einer einsichtsvollen literarischen Kritik gebrach. Der Journalismus stand selbst in Bayerns Hauptstadt auf keiner höheren Stufe als heutzutage in den Lokalblättern kleinerer Provinzstädte, und auch das »Blatt für Diplomaten und Staatsmänner«, die »Augsburger Allgemeine Zeitung«, befasste sich nur gelegentlich in der Beilage mit neueren belletristischen Erscheinungen. Was in norddeutschen kritischen Journalen hin und wieder geurteilt wurde über ein Buch, das aus dem Süden kam, machte, wenn es noch so sachlich und maßvoll klang, keine tiefere Wirkung, da man überzeugt war, die norddeutsche Kritik stehe der süddeutschen Produktion von vornherein mit einem geringschätzigen Vorurteil gegenüber. Auch fehlte es in München an einem Verleger für andere als wissenschaftliche, geistliche und pädagogische Literatur, und bei Cotta anzukommen, war ein seltener Glücksfall.

Noch verhängnisvoller aber als der Mangel einer öffentlichen Kritik war hier die Scheu vor jenen »goldnen Rücksichtslosigkeiten« im persönlichen Verkehr der Schriftsteller, die den Berliner Tunnel trotz manches pedantischen Zuges für die Bildung junger Talente so er-

---

[16] Beilage zur »Allgemeinen Zeitung«, 15. und 16. Februar 1898.

sprießlich gemacht hatten[17]. Junge Künstler haben in der Regel mehr Vorteil von kamerad-schaftlicher wetteifernder Anregung untereinander, als von der eindringlichsten Unterwei-sung älterer Meister. Nun galt es aber für sehr unschicklich, offen ins Gesicht seine Meinung zu sagen, da man ja hinter dem Rücken der guten Freunde seiner scharfen Zunge keinen Zwang anzutun brauchte. Ich selbst, als ich einigen Kollegen keinen besseren Beweis meines freundschaftlichen guten Willens geben zu können meinte, als wenn ich ihnen in der scho-nendsten Form aussprach, was mir neben dem Gelungenen noch einer Besserung fähig schien, musste zu meinem Schaden erfahren, dass dies des Landes nicht der Brauch sei. Man wollte *en bloc* gelobt werden und beschuldigte den unberufenen Tadler eines Mangels an gu-ter Erziehung oder einer hochmütigen, wenn nicht gar feindseligen Gesinnung. Ich sah denn auch bald ein, dass mein redliches Bemühen hier an die Unrechten kam. Den wenigsten war es so ernstlich um die Sache zu tun, dass sie die Mühe daran gewendet hätten, auch wenn sie einen Einwand zugeben mussten, noch einmal Hand an ihr Werk zu legen. Sie fühlten sich persönlich beleidigt und trotzten nun erst recht auf die Unantastbarkeit ihres ersten Hinwurfs.

Einem so viel älteren Poeten wie Franz von Kobell gegenüber hätte ich mich wohl gehütet, meinem kritischen Vorwitz Luft zu machen. Auch waren seine frischen Lieder und kleinen anekdotischen Gedichte in bayerischer und pfälzischer Mundart voll Mutterwitz und volks-tümlichem Reiz schon durch den Zügel des Dialekts in ihrem munteren Gange gesichert, wie ja auch im Dialekt keine Sprachfehler gemacht werden. Was er hochdeutsch dichtete oder ge-legentlich für die Bühne schrieb, hatte freilich auch einen dilettantischen Anstrich, fand aber ebenfalls so allgemeinen Beifall, dass sich niemand versucht fühlen konnte, die höchsten äs-thetischen Maßstäbe daran zu legen. So wenig wie an die Verse seines Freundes, des Grafen Franz von Pocci [1807-1876; „Kasperlgraf"], der so recht der Typus des vielseitig begabten alt-bayerischen Dilettantismus war. Als Knabe hatte ich den »Festkalender«, den er in Gemein-schaft mit Guido Görres [1805-1852] herausgab, mit Entzücken studiert, die schnurrigen oder romantischen Balladen auswendig gelernt, die hübschen Bilder eifrig nachgezeichnet. Nun begnügte sich der liebenswürdige Mann freilich nicht mit seinen Erfolgen in geselligen Krei-sen, wo er seine witzigen, oft sehr anzüglichen Karikaturen durch lustige Verse erklärte, noch mit dem Beifall der Kinderwelt, für die er seine vielen drolligen Puppenspiele dichtete, son-dern er verfasste auch anspruchsvollere Dramen, die allerdings von neuem bewiesen, dass es in dieser dichterischen Gattung mit einer leichtherzigen Improvisation nicht getan, sondern ernste Arbeit unerlässlich ist.

***

Ich gedenke aber nicht, hier die Geschichte des literarischen Münchens um die Zeit, ehe ich mich dazu gesellte, zu schreiben. Einen hinlänglichen Überblick über die Bestrebungen der einheimischen Poeten hat Max Haushofer in dem erwähnten Aufsatz gegeben, aus dem ich selbst erst manches erfahren habe, was mir damals entgangen war. Unter anderem, dass schon im Jahre 1848 in München – überhaupt die Stadt der Vereine – ein »Verein für deut-sche Dichtkunst« gegründet wurde, der im Jahre 1851 ein Jahrbuch erscheinen ließ, darin unter mir bekannten Namen viele völlig verschollene. Sieben Jahre später gab Graf Pocci – »auf eine Anregung, die vom Königshaus ausgegangen war« – ein Münchener Album her-aus, in dem sich eine noch viel größere Anzahl von einheimischen Namen findet. Dann ent-stand im Jahre 1852 »der Poetenverein an der Isar« unter dem Vorsitz des eifrig dichtenden

---

[17] Wie ernst es Freunde mit gegenseitiger Kritik ihrer dichterischen Arbeiten nahmen, wie unumwunden sie sich aussprachen und selbst die völlige Verwerfung nicht als Kränkung empfanden, sieht man in ei-nem höchst interessanten Beispiel aus den Briefen Bernh. v. Lepels an Theodor Fontane.

Papierfabrikanten Medicus, der besonders einen jüngeren Freund, August Becker, zu fördern bemüht war und viel dazu beitrug, diesen hoffnungsvollen Anfänger in dem Wahn einer früh erreichten Meisterschaft zu bestärken.

All dieser Vorgänge auf dem bayerischen Parnass habe ich nur erwähnt, um den Boden zu schildern, der dem Neuling heiß genug werden sollte, und die Stimmung der kollegialen Gesellschaft, die alle drei Berufenen empfing[18].

Bodenstedts Berufung war durch Dönniges veranlasst worden, der an dem ziemlich äußerlichen Witz des Mirza-Schaffy Gefallen gefunden hatte und von dem Verfasser der »Völker des Kaukasus« und »Tausendundein Tag im Orient« sich für die Unterhaltung der königlichen Tafelrunde viel versprach. – Geibel hatte sich fügen müssen, obwohl er von Bodenstedts Talent nicht so gut dachte. Im Vergleich zu den anderen westöstlichen Poeten – außer Goethe vor allem Rückert, Daumer und Platen – schien ihm Mirza Schaffy des tieferen poetischen Gehalts, der echten, leidenschaftlichen Empfindung zu entbehren und der vielgerühmte Witz oft nur in billigen Reimspielen zu liegen, die höchstens einem Laienpublikum imponieren konnten. Was Bodenstedt nicht in der orientalischen Maske, sondern als guter Deutscher geschaffen hatte, seine eigenen Gedichte, Dramen, Novellen, stand so tief unter jenen poetischen Reisefrüchten, dass man sich des Verdachts nicht erwehren konnte, es handle sich bei diesen mehr oder weniger nur um Nachdichtungen geistvollerer Originale, – worüber Bodenstedts Erklärungen nie ein volles Licht verbreiteten.

Auf seine eigene Verantwortung hatte Geibel dagegen, wie gesagt, meine Berufung befürwortet und durchgesetzt, in jeder Weise ein Wagnis. Es war nichts Unerhörtes, dass ein Fürst einen anerkannten Dichter in seine Nähe rief und ihn aller Lebenssorgen überhob. So hatte Friedrich Wilhelm IV. Kopisch nach Potsdam berufen, Rückert als Professor an die Berliner Universität, und Tiecks müder Pegasus genoss den königlichen Gnadenhafer. Was aber bisher von meinen Sachen gedruckt worden war, hatte schwerlich den Weg nach Bayern gefunden und konnte höchstens als Talentproben gelten, die mir keinen Anspruch darauf gaben, so vielen älteren einheimischen Dichtern vorgezogen zu werden. Dazu war mein Äußeres noch jugendlicher, als meine jungen vierundzwanzig Jahre. Ich sehe noch Liebigs verwunderte Miene bei meinem ersten Besuch, da er glaubte, ich sei gekommen, für meinen Vater, der berufen worden, Quartier zu machen, und höre das Lachen der Frau von Dönniges, als ich ihr erzählte, ich würde in sechs Wochen Hochzeit machen.

Der König indes hatte durch die »Urica«, die »Brüder« und das »Spanische Liederbuch«, die Geibel ihm vorgelegt, eine günstige Meinung von meinem Talent gewonnen, auch darein gewilligt, dass mir die erbetene Honorarprofessur an der Universität übertragen wurde. Nicht dass ich denn doch Zweifel gehegt hätte, ob ich es wagen dürfe, mich als Poet zu etablieren und in dichterischen Aufgaben ein ganzes Leben lang Genüge zu finden, sondern weil ich nicht wusste, wie mir in der Stellung eines königlichen »Günstlings« und Pensionärs zumute sein würde. Da ich mir wenig Talent zum Hofmann zutraute, wollte ich mir den Rückzug an die Universität offen halten.

Meine erste Audienz bei dem Könige, die am 28. März 1854 stattfand, überzeugte mich, dass es mir nicht schwer fallen würde, nach dem Wunsch dieses gütigen Fürsten in seiner Nähe ausschließlich meinem Talent zu leben.

---

[18] Bekannt ist das satirische Gedicht, mit dem der witzige Redakteur der Augsburger Allgemeinen Zeitung, Altenhöfer, die fremden Poeten begrüßte. Es war den autochthonen Gegnern aus der Seele gesprochen:

Merkt es euch, ihr Geibel, Heyse, die ein Wind beliebig dreht,
Hofgunst ist ein Dingel, das auf keinem festen Boden steht.

Ich habe daher von dem Recht, an der Universität Vorlesungen zu halten, nie Gebrauch gemacht, zumal nachdem ich in Konrad Hofmann [1819-1890] einen der gelehrtesten und geistvollsten Meister der romanischen Philologie kennen gelernt hatte, demgegenüber vollends ich mir der Unzulänglichkeit meines fragmentarischen Wissens beschämend bewusst wurde.

Die einfache Güte aber, mit der mein hoher Gönner mich empfing, das freundliche Interesse, das er an meinen Erstlingen zeigte, verscheuchten sofort jedes Gefühl von Befangenheit, mit dem ich ihm gegenübergetreten war. Ich fand ihn stattlicher, als er mir von Italien her im Gedächtnis geblieben war, das Gesicht jugendlicher und frischer, sein Anstand voll einfacher, natürlicher Würde.

Nun konnte ich ihm endlich persönlich für das mir in Rom bewiesene Wohlwollen danken, da er sich in meinen Bibliotheksnöten für mich verwendet hatte. Er erinnerte sich der Sache, fragte, ob ich auch in Spanien gewesen, was ich verneinen musste, und ob in den dortigen Bibliotheken nicht noch unbekannte Schätze vergraben seien. Er knüpfte dabei an das Spanische Liederbuch an und fragte nach meinen gegenwärtigen Arbeiten, wobei er seine Neigung zur Poesie lebhaft äußerte. – »Majestät sind selbst Dichter« – – »Meine Zeit ist leider nicht mein. Aber ich kenne nichts, was eine bessere Erholung wäre, mehr das Gemüt und den Geist erhöbe, gerade in einer Zeit, die poetischen Bestrebungen so ungünstig ist. Was halten Sie davon, ob ein modernes geschichtliches Epos möglich wäre? Ich habe schon öfters mit Professor Geibel davon gesprochen, der aber nichts davon wissen will.« –

Meine Antwort darauf, und was ich über den weiteren Gang des Gesprächs an meine Eltern berichtete, will ich hier übergehen. Man wird begreifen, dass ich sehr glücklich war, in dem Fürsten, dessen Gnade mir zuteil geworden, einen Mann zu finden, den ich mit aufrichtigem Herzen verehren durfte. »Ich verspare mir«, hieß es in einem nach der Audienz geschriebenen Brief an die Eltern, »alles Nähere auf mündlich, wo auch allerlei Züge von hoher Menschlichkeit und Noblesse verraten werden dürfen, die der *histoire secrète* des Hofes angehören.« (Was hier gemeint war, ist mir nicht mehr erinnerlich.) Im Ganzen hatte die Unterredung eine halbe Stunde gedauert, und ich war von ihrem Verlauf höchst befriedigt. »Abends sah ich mit Geibel die Terenzischen ›Brüder‹ im Theater, mit jener Frische und gutem Willen aufgeführt, wie man sie sonst bei Liebhabertheatern trifft. Nur einer war eigentlich ein voller Künstler (Christen?). König Ludwig und Königin Therese saßen links in der Proszeniumsloge, sodass ich sie genau und lange betrachten konnte. Der alte Herr ist sehr verwittert. Gegen die Mitte des Stücks kam das regierende Paar in die Loge gegenüber, die junge Königin sehr hübsch und beide stattlich zusammen. Geibel sah, wie der König mich von fern der Königin vorstellte. Eine nähere Bekanntschaft wartet meiner im Sommer. Darauf sind wir wieder bis gegen Mitternacht bei sehr gutem Wein und noch besserer Freundschaft beisammen geblieben.«

Meine Münchener Anfänge

So kehrte ich denn erleichterten Herzens nach Berlin zurück, wo am 15. Mai die Hochzeit stattfand. Ein lustiger Polterabend im Kuglerschen Hause ging vorher, an dem allerlei sinnige und unsinnige Scherze getrieben wurden. Nach verschiedenen Einzelanreden an das Brautpaar teilte sich vor einer der Mansardennischen ein Vorhang, und ein würdiges Ehepaar erschien, Fritz Eggers als Gatte und eine Tante der Braut (Lorchen Ritschl) als seine Frau. Sie führten einen kleinen, trockenen Dialog über die Unsicherheit, die in der Stadt herrsche. Unter anderm sei ein Preis auf die Ergreifung eines berüchtigten Räubers, Borscht, gesetzt worden. Alsbald wurde die Frau unruhig. Es sei ihr, als habe sie im Zimmer ein verdächtiges Geräusch gehört. Der Mann war der Meinung, dasselbe rühre von ihrem Söhnchen her – keinem Geringeren als Adolf Menzel, der in einem Kinderkleidchen am Boden kauerte und sehr ernsthaft mit einem hölzernen Pferde spielte. Doch gleich darauf kam unter dem Sofa ein haarbuschiger Gesell hervorgekrochen, Wilhelm Lübke in einer schäbigen Räubertracht, der sich als den steckbrieflich Gesuchten zu erkennen gab und das erschrockene Ehepaar auf den Knien anflehte, ihn laufen zu lassen. Dies geschah denn auch mit einigen großmütigen Worten, und der erste Akt war kurz und gut zu Ende.

Ich hatte dem Spiel in höchster Verwunderung zugeschaut und mir den Kopf zerbrochen, aus welchem Grunde diese kindische, völlig witzlose Komödie in unsern Polterabend hineingeschneit sei. Die übrigen Zuschauer schienen sich desto köstlicher zu amüsieren, nicht zum wenigsten über unsere verdutzten Mienen, sodass ich endlich mit verlegenem Lachen in den Applaus mit einstimmte. Gleich aber ging es an den zweiten und letzten Akt, der im Manuskript nicht über zwei Seiten füllen konnte. Das nämliche Ehepaar mit seinem schon damals kahlköpfigen Söhnchen erschien auf einer Reise, in einem Walde, wo ihre unsichtbare Kutsche sich verirrt hatte. Sie waren wieder vor Räubern in Furcht, und wirklich erschienen auch einige verdächtige Kerle mit geschwärzten Gesichtern, die sie aufforderten, ihre Barschaft herzugeben. Sie flehen auf den Knien um Gnade – vergebens. Da, wie der Mann schon seine Börse herauszieht, erscheint aus dem Dickicht, einem mit einer Decke verhängten Kleiderschrank, der vorhin begnadigte Räuber Wilhelm Lübke, schreckt das Gesindel, dessen Anführer er ist, mit einem wütenden Blick zurück und ruft feierlich, indem er die Knienden aufhebt: Beruhigen Sie sich: ich bin Borscht! Vorhang fällt.

Schon bei Beginn des zweiten Akts waren mir die Schuppen von den Augen gefallen: das Stück, das den Titel »Der dankbare Räuber« führte, war mein eigenes dramatisches »Erstlingswerk«, in meinem zwölften Jahre in ein kleines Oktavschulheft geschrieben, in welchem es ganze fünf oder sechs Seiten füllte. Meine gute Mutter hatte es aufbewahrt und der mutwilligen Bande zur Aufführung ausgeliefert.

Ein unstillbarer Lachkrampf schüttelte mich, als mir die Sache klar wurde, und die Vorstellung endete unter so stürmischem Beifall, wie ihn keines meiner späteren, ein wenig reiferen Bühnenwerke davongetragen hat.

Die Trauung fand in derselben Kirche statt, wo ich auch eingesegnet worden war. Der Prediger hatte das Lied, das gesungen werden sollte, drucken und an die Hochzeitsgesellschaft verteilen lassen. Ich konnte mich eines Lächelns nicht enthalten, als ich die anzüglichen ersten zwei Zeilen las:

O Mensch, mit deinem Tichten
Ist wenig auszurichten –

was freilich nur sehr geistlich gemeint war, da der Prediger in der Traurede eine höchst wohlwollende Anspielung auf meine poetische Zukunft machte.

Die Freunde vom Tunnel hatten mir ein schönes Album mit Versen und Handzeichnungen verehrt, das mich darüber beruhigte, meine allzu hitzigen kritischen Unmanieren sollten mir nicht nachgetragen werden. Nach einer fröhlichen Hochzeitsreise durch Thüringen über Koburg, Bamberg, Nürnberg trafen wir am 25. Mai in der neuen Heimat ein. Am 1. Juni wurde ich zu meiner zweiten Audienz ins königliche Schloss beschieden, wo ich dem Könige die eben erschienenen »Hermen« und ein Exemplar der »Arrabbiata« überreichen konnte. Ich fand ihn noch huldvoller und mitteilsamer als das erste Mal. Er versprach sogar, mir von seinen eigenen Poesien einiges mitzuteilen (»im Vertrauen; Sie dürfen nicht allzu scharf kritisieren.« – Es ist nie dazu gekommen). Ich erwähnte, da er äußerte, wie selten ein echter Poet sei, Hermann Lingg, dessen Gedichte Geibel eben herausgegeben hatte, und den ich nicht genug zu rühmen wusste. Auch ließ ich die Gelegenheit nicht unbenutzt, von meinem hochverehrten Mörike zu sprechen. Linggs Gedichte hatten dem Könige »nur teilweise gefallen«; Mörike hatte er nie nennen hören. »Es ist eine Schande!« sagte er. Dann kam er wieder darauf zurück, dass er ein modernes Epos entstehen zu sehen wünsche und sich meiner Vorliebe für Erzählungen in Versen freue. (Durch Geibel wusste ich, dass sein höchster Wunsch eine Epopöe aus der bayerischen Geschichte war.)

So bestärkte mich auch dies zweite Gespräch in der Überzeugung, dass auch ohne ein sonderliches Talent, Fürstendiener zu sein, meine Stellung zu diesem leutseligen, warmherzigen und wahrheitsuchenden Könige mir nichts auferlegen werde, was irgendein Opfer der innersten Überzeugung von mir verlangte.

Zunächst aber sollte fast dieses ganze Jahr in völliger Freiheit von allen höfischen Pflichten vergehen, da der König viel abwesend war und erst Anfang Dezember das erste Symposion stattfand.

Ich war dessen froh, denn wir hatten genug zu tun, unsern jungen Hausstand einzurichten. Man konnte damals nicht wie heutzutage mit einem einzigen Gang in ein großes Möbel- und Hausgerätlager seine ganze häusliche Ausstattung besorgen. Nur zwei größere Möbelmagazine fanden wir, die überdies durch die Vorbereitungen zu der ersten Industrieausstellung im Glaspalast bedeutend gelichtet waren. So erlangten wir, was wir brauchten, nur stückweise; manches musste eigens bestellt werden. Heute kamen die Stühle, morgen ein Schrank, nach Wochen erst mein Stehpult; die Büchergestelle ließen sich noch länger erwarten. Doch konnten alle diese Geduldsproben uns in unserem jungen Eheglück nicht anfechten, ja die Freude, dass jeder Tag etwas Neues brachte, wog die jetzige Bequemlichkeit, mühelos eine fertige Renaissance- oder Biedermeiereinrichtung zu erwerben, reichlich auf.

***

Dazwischen hatten wir Besuche zu machen und zu empfangen.

Die Gesellschaft, auf die wir angewiesen waren, bestand fast ausschließlich aus der Kolonie der Berufenen, unter denen einige waren, die ein geselliges Haus machten. An ihrer Spitze Dönniges [Wilhelm von Dönniges, 1814-1872], der damals bestgehasste Mann in München, da die klerikale Partei und die zurückgesetzten Einheimischen in ihm den bösen Genius des Königs sahen. Es ist bekannt, dass Ranke, bei dem Kronprinz Max 1831 in Berlin gehört hatte, als es sich darum handelte, einen jüngeren Mann von historisch-politischer Bildung zur Leitung der Studien desselben zu bestellen, hierzu Dönniges als einen seiner begabtesten Schüler empfahl. Vom Jahre 1842 bis 1845 hatte denn auch Dönniges dem Kronprinzen Vorlesungen über Staatswirtschaft und Politik gehalten. Nach kurzer Entfernung kehrte er 1847 als Bibliothekar des Kronprinzen nach München zurück und blieb nach dem Thronwechsel als Berater ohne eigentliches Amt ihm zur Seite. Was gründliches Wissen und vielseitige literarische Bildung betraf, war die Wahl gewiss glücklich, und die energische Natur des jungen Gelehrten kam dem König bei dessen oft unschlüssigem, allzu lange abwägendem Charakter gewiss zustatten. Aber Dönniges war alles andere eher als ein Diplomat, hatte wohl Klugheit genug, den Protestanten nicht hervorzukehren, im Übrigen aber nicht das geschmeidige Talent, in seiner verantwortlichen Stellung als nächster Beirat des Königs den maßgebenden Behörden gegenüber stets zu lavieren und unnötiges Ärgernis zu vermeiden.

Ein etwas burschikoser, franker und gutmütiger Zug in seinem Wesen machte mir den Verkehr mit ihm sofort bequem und angenehm, zumal ich mich nächst Geibel ihm vor allen zu Dank verpflichtet fühlte. In seinem Haus aber, wo ein Ton herrschte, der mir nicht ganz zusagte, fühlten wir uns nicht heimisch, so viel interessante Menschen dort aus und ein gingen. Weit anziehender war uns das gastliche Haus des alten Thiersch, der schon vor der durch König Max eröffneten neuen Ära in München eine einflussreiche Stellung gewonnen hatte, freilich ebenfalls stark angefeindet durch die kirchlichen Superioren, die sich in ihrer Alleinherrschaft über die Schule durch sein freieres pädagogisches Regiment bedroht fühlten.

Es war sogar zu einem Attentat auf das Leben des Verhassten gekommen, ein Dolchstoß hatte ihn im Rücken verwundet; in seinem furchtlosen Fortschreiten aber auf dem Weg, den er für den richtigen hielt, hatte dies Abenteuer den ehrwürdigen Mann nicht aufhalten können.

Es war in der Tat eine Freude, diesen nestorischen Greis, aus dessen rötlich gefärbtem, von silberweißem Haar umrahmtem Gesicht zwei milde und doch geistig belebte blaue Augen strahlten, an der Seite seiner edlen Frau, umgeben von den hochbegabten Söhnen und liebenswürdigen Töchtern zu sehen, in den künstlerisch ausgestatteten weiten Räumen seines Hauses, wo er oft zahlreiche Gäste versammelte, zwischen ihnen mit gewinnender Freundlichkeit umhergehend und jedem ein gutes Wort gönnend. Aus dem unteren Saal gelangte man in den Garten, wo es oft von fröhlichem jungem Volke schwärmte. Natürlich war dies Haus nun auch der Sammelpunkt für die Berufenen.

In gleicher Weise machte sich auch Justus von Liebig um die Münchener Gesellichkeit verdient. In meinem langen Leben sind mir wenig Menschen begegnet, die so wie er in ihrer Erscheinung »Anmut und Würde« vereinigt hätten. In der Schönheit seiner Züge konnte er den Vergleich mit Rauch aushalten; doch war sein Blick feuriger, sein Habitus der eines herrschenden Geistes, dessen Übergewicht über seine Helfer und Genossen sich gelegentlich mit gebieterischer Lebhaftigkeit fühlbar machte. Die durchdringende Klarheit seines Blickes, der doch zuzeiten wieder einen träumerisch sinnenden Ausdruck hatte, verriet den genialen Forscher und Finder. Dazu kam, während er im Schreiben die Sprache meisterlich beherrschte, eine gewisse tastende Unsicherheit im mündlichen Vortrag, die aber ihren Reiz hatte, da man das Werden des Gedankens im Geist des Sprechenden zu belauschen glaubte. Auch im geselligen Geplauder schien er oft durch ein Problem, das in ihm fortarbeitete, zerstreut, und nur am Abend, wo er regelmäßig mit vertrauten Freunden, Jolly, Bischof, Pettenkofer, später v. Sybel, im Whist Erholung suchte, war er ganz bei der Sache, die von seiner Tagesarbeit weit ablag.

Zur Poesie hatte er kein intimes Verhältnis. Die Freundschaft mit Platen hatte er wohl nur dem Zauber seiner Persönlichkeit zu verdanken gehabt, dem jeder schönheitsfrohe Mensch verfallen musste. In seinen späteren Jahren, wo ich ihn kennen lernte, fesselte überdies die vornehme Gelassenheit, mit der er seinen Weltruhm ertrug, während er leidenschaftlich fortarbeitete, als ob es gelte, jetzt erst sich einen Namen zu machen.

Der Aufschwung, den die Naturwissenschaften an Universität und Polytechnikum nahmen, war ausschließlich sein Werk. Wie Dönniges die historischen Interessen des Königs, Geibel die poetischen vertrat, so war als dritter im Bunde Liebig der verantwortliche Minister im Gebiet der exakten Wissenschaften.

Auch Dingelstedts Haus stand uns offen. Es kam aber zu keinem freundschaftlichen Verhältnis zwischen uns. Obwohl er es an äußerlicher Höflichkeit auch mir, dem jüngsten »Günstling«, gegenüber nicht fehlen ließ, wusste ich doch, dass er es schwer ertrug, zu den Symposien nie hinzugezogen zu werden. Für den König war er nur der Intendant, nicht der Dichter, und seine Person so wenig wie seine Poesie hatte den kosmopolitischen Nachtwächter bei König Max in Gunst bringen können. Kein Wunder, dass der Monarch, in dessen Wesen nicht ein Hauch von Frivolität war, durch Dingelstedts zur Schau getragenes Witzeln und Höhnen über mancherlei, was ihm in dem alten München krähwinkelhaft erschien, wie auch durch die vormärzlichen Tendenzen seiner Lyrik abgestoßen wurde. Wer den »langen Franz« näher kannte, wusste, dass zwei Seelen in seiner Brust wohnten. Die demagogische aber wurde mehr und mehr durch die aristokratische unterjocht. Es wurde der höchste Ehrgeiz dieses anfänglichen Freiheitskämpfers, in seinem Auftreten es jedem hochgeborenen Dandy gleichzutun und den Adel zu erlangen, um in den Kreisen der höheren Gesellschaft zu glänzen, wozu er alle Anlagen hatte. Der gleiche Zwiespalt der Gesinnungen fand sich auch in dem Poeten. Von Hause aus war er ein so guter, sentimentaler deutscher Gemütsmensch wie irgendeiner seiner hessischen Landsleute. Aber sein Aufenthalt in Paris und London hatte ihn dazu verführt, nicht sich dieser heimischen Mitgift zu schämen – er wurde ein zärtlicher Gatte und Vater und schrieb die gefühlvollsten Verse über sein häusliches Glück –, daneben aber den Ton eines zynischen Weltmanns anzustimmen und mit zweideutigen Abenteuern zu kokettieren.

Ich besprach damals seine Gedichte im Literaturblatt des deutschen Kunstblatts, natürlich voll Anerkennung ihres poetischen Werts, doch schließlich mit dem Rat an den Verleger, einen *family*-Dingelstedt herauszugeben. Er hat mir diesen Scherz nicht übelgenommen, auch seinen glänzenden, stets schlagfertigen Witz nie an mir ausgelassen. Seine persönliche Liebenswürdigkeit versöhnte mich auch immer wieder mit ihm, wenn ich ihm etwas, das er mir oder anderen angetan, übelgenommen hatte, und da ich wohl begriff, dass es ihn kränken musste, mich trotz meiner Jugend in dem literarischen Kreise des Königs zu sehen, der ihm verschlossen blieb, so suchte ich jede Gelegenheit, einen freundlicheren Ton in unser Verhältnis zu bringen. Nach seinem Weggang von München gelang dies auch. Er beglückwünschte mich, wenn eines meiner Dramen unter seiner Leitung in Weimar oder Wien Beifall erhalten hatte, und soll sogar, als er sein Ende nahen fühlte, mich zu seinem Nachfolger am Burgtheater vorgeschlagen haben.

Zudem musste ich sein Talent als Bühnenleiter aufrichtig bewundern. Seine Neigung zum Herrschen und Repräsentieren kam ihm dabei zu statten, da alle Mitglieder des Theaters in der Kunst, Komödie zu spielen – gelegentlich auch zu intrigieren –, ihn als den überlegenen Meister bewunderten und die Weiber vollends unter seinem Zauber standen. Noch später, da er schon München verlassen hatte, sagte mir die Frau eines Schauspielers in Weimar: »Er ist unwiderstehlich. Wenn er mir beföhle, von einem Turm herunterzuspringen, ich müsst' es tun.«

Mit all diesen glänzenden Gaben brachte er es aber nur zu äußeren Ehren und einflussreicher Stellung, während der Poet in ihm verkümmerte. Sein einziges Drama »Das Haus des Barneveldt« wurde bei der Münchener Aufführung schon wegen der Ungunst, in der der Dichter beim Publikum stand, äußerst kühl aufgenommen. Rings um sich her sah er jüngere Talente aufkommen, die ihn in Schatten stellten, und in den lichten Intervallen zwischen Erfolgen, die nur seine gesellschaftliche Eitelkeit befriedigten, wandelte ihn gewiss zuweilen ein bitteres Gefühl des Heimwehs an nach den Idealen seiner Jugendjahre, wo er seine Locken unfrisiert im hessischen Winde flattern lassen und sich gesagt hatte: *Anch' io sono poeta!*

Gegen Kaulbach, der damals auf der Höhe seines Ruhmes stand und mit allen Berufenen befreundet war, hatte ich mich von vornherein entschieden ablehnend verhalten. Seine Kunst, die ich in ihren Anfängen sehr bewundert hatte – die Hunnenschlacht gilt mir noch heute für ein geniales Werk – war mir von Jahr zu Jahr, je mehr die großen historisch-symbolischen Wandbilder im Berliner Neuen Museum vorschritten, immer ungenießbarer geworden, so sehr ich die geistige Kraft anerkennen musste, mit der einige Höhepunkte der Weltentwicklung hier in theatralischen Tableaus dargestellt erschienen. Aber die immer zunehmende Naturlosigkeit und schematische Behandlung der menschlichen Gestalt, das konventionelle Pathos, das sogar die Porträts zu rhetorischen Masken entseelte, wirkte so abstoßend auf mich, dass ich mich in eine leidenschaftliche Gegnerschaft zu dem immerhin bedeutenden Künstler verrannte und ihm, wo es irgend anging, auszuweichen suchte. Ich trieb meine schroffe Haltung so weit, dass ich sogar auf eine Einladung Kaulbachs durch Geibel, ihm zu einer seiner lebensgroßen Porträtzeichnungen zu sitzen, zurücksagen ließ, ich bedauerte, nicht kommen zu können, ich hätte keine Zeit. Freilich waren mir die großen unmalerisch stilisierten Köpfe meiner Freunde mit gespannt geöffnetem Blick und hölzernen Stirnen und Wangen höchst widerwärtig. Die Unart aber eines so jungen Menschen gegen einen gefeierten älteren Künstler, der ihm auch sonst ein entschiedenes Wohlwollen zu erkennen gab, ging doch über das Maß des Erlaubten hinaus.

Damals verstand in allen Klassen der Gesellschaft niemand eine solche Antipathie, die heutzutage zu bekennen der jüngste Akademiker für seine Pflicht hält, wie denn sogar der gewaltige Cornelius von der übermütigen und gedankenlosen sezessionistischen Jugend über die Achsel angesehen wird. Ich selbst habe später die Übertreibung meiner damaligen Abneigung einsehen gelernt und sie umso mehr als eine zwar im Kern berechtigte, in ihrer Äußerung aber ungehörige Grille erkennen müssen, da der Fehler der Naturlosigkeit, den ich Kaulbach nicht verzieh, in ähnlichem Maße auch meinem sehr geliebten Genelli [Bonaventura Genelli, 1798-1868] anhing. Was mich aber in dessen Zeichnungen die offenbare Manier in der Formgebung, den konventionellen Familienzug in den Köpfen leichter nehmen ließ, als die gleichen Mängel der Kaulbachschen Kunst, war teils jene träumerisch-poetische Phantasie, der Genellis schönste Kompositionen entsprangen, teils die groß angelegte Persönlichkeit, die antike Naivität des vom Glück gemiedenen Künstlers, der zu gründlichen Modellstudien selten die Mittel gehabt hatte, da er oft nicht einmal so viel besaß, um das Kartonpapier und die Bleistifte zu seinen Ent-würfen zu bezahlen. Damals lebte er in tiefster Dürftigkeit sehr zurückgezogen, und wir gaben die Schuld seiner Not zum guten Teil dem glücklicheren Nebenbuhler, der, wie wir meinten, zwischen ihm und den königlichen Aufträgen stand[19]. Gewiss mit Unrecht. Wie beide Künstler und zumal der Geschmack der großen Menge und die Kunstbegriffe der Besteller beschaffen waren, hatte Kaulbach die Rivalität Genellis nicht zu fürchten. Aber wir waren nun einmal im Zuge mit der Ungerechtigkeit, und so ging es in einem hin. Wir, worunter vor allen der edle Holsteiner Charles Roß gemeint ist, außer ihm der Bildhauer Brugger, der Kupferstecher Merz, der geniale Rahl, der sich zuweilen bei uns blicken ließ, und einige andere dunkle Ehrenmänner klassischer Observanz, die mit Genelli zusammen den bedenklichen Ungarwein der Schimonschen Weinstube tranken (siehe die Novelle »Der letzte Zentaur«; oben S. 79 ff.). Roß aber, ein Landschafter von großem Talent, doch so wenig voll ausgereift wie Genelli selbst, war der Hauptvermittler bei den Unterhandlungen mit Schack [Adolf Friedrich von Schack, 1815-1894], der eine farbige Zeichnung Genellis – die Vision des Ezechiel – ankaufte und damit den ersten Schritt tat, der Not des Meisters ein Ende zu machen.

So habe ich denn Kaulbachs gastliches Haus nie betreten.

Habe ich nun aber noch des Bluntschlischen Hauses gedacht, das durch die Person des Hausherrn in seiner warmblütigen schweizerischen Eigenart und geistigen Tatkraft eine große Anziehung ausübte, so ist der Kreis der eingewanderten Familien, die eine Geselligkeit in größerem Stil unterhielten, so ziemlich geschlossen. Der Umgang mit diesem trefflichen Gelehrten (seit 1848 Professor des deutschen Privatrechts und des allgemeinen Staatsrechts an der Münchener Universität), dessen Wesen von jedem noch so leichten Schulstaub frei geblieben war, erhielt noch einen besonderen Reiz durch das psychologische Rätsel, wie es möglich war, dass ein Mann, der sich vielfach als praktischer Politiker bewährt hatte, sich den Phantastereien eines so problematischen falschen Propheten wie Friedrich Rohmer [1814-1856] wehrlos gefangen geben und um seinetwillen sogar seiner Heimat hatte entsagen können.

---

[19] Man erzählte, Genelli habe einmal mit mehreren anderen Künstlern eine Audienz bei König Ludwig gehabt. Als die Reihe an ihn kam, habe der König gefragt: Was machen Sie jetzt, lieber Genelli? – Ich führe das Leben eines Wüstlings aus, Majestät! – Der König, der nicht wusste, dass Genelli einen Zyklus von Zeichnungen unter diesem Titel in Arbeit hatte, und das »aus« nicht gehört, sondern nur »ich führe« verstanden hatte, wandte ihm den Rücken und hat ihn nie wieder empfangen wollen.

In den altmünchener Häusern dagegen, auch wenn sie sich nicht spröde gegen die »Fremden« verhielten, herrschte noch die oben erwähnte landesübliche Ungastlichkeit. Der einzige Kobell lud alljährlich im Mai zu einem vergnüglichen Bockfrühstück seine Freunde aus beiden Lagern ein. Die adeligen Familien, deren Standesgenossen es sich in Berlin hatten angelegen sein lassen, Geibel in ihre Kreise zu ziehen, verhielten sich ihm wie allen Berufenen gegenüber ablehnend, aus den verschiedensten Motiven, zumeist wohl aus Groll darüber, dass diese nicht hoffähigen Gelehrten und Schriftsteller eines vertraulichen Verkehrs mit der Majestät gewürdigt wurden, der ihnen versagt blieb.

Die Ecke

Wir jungen Eheleute aber, da wir nicht imstande waren, mit einem festen Einkommen von tausend Gulden ebenfalls ein Haus zu machen – Novellenhonorare, wie sie heute gezahlt werden, kannte man in jenen bescheidenen Tagen noch nicht, und wenn ich auch später zuweilen mich genötigt sah, etwas »für die Küche« zu schreiben[20], so war ich doch damals noch fast ausschließlich mit brotlosen dramatischen und epischen Arbeiten beschäftigt –, wir genossen unser Gastrecht in jenen größeren Häusern nur sehr zurückhaltend und hätten die Trennung von unseren Eltern und den Berliner Freunden schwerer ertragen ohne die Bekanntschaft mit einer hochgebildeten alten Dame, die im Nachbarhaus wohnte und uns bald eine wahrhaft mütterliche Freundin werden sollte.

Wodurch Geibel in einen näheren Verkehr mit ihr gekommen war, ist mir nicht erinnerlich. Sie war eine Russin von Geburt, die Witwe eines Staatsrats von Ledebour, der als Botaniker an der Dorpater Universität eine hervorragende Stellung eingenommen und nach seiner Pensionierung in München sich niedergelassen hatte. Eine nicht mehr ganz junge, heitere und liebenswürdige Pflegetochter, die das kinderlose Ehepaar unter vierzehn oder fünfzehn Sprösslingen eines Heidelberger Pfarrhauses adoptiert hatte, Fräulein Julie Dreuttel, umgab die Greisin mit der treuesten Sorge und trug viel dazu bei, den Hausfreunden die Abende bei der feinen alten Dame anziehend zu machen. Auch Münchener Künstler und andere einheimische notable Leute gingen bei ihr ein und aus, am häufigsten aber das Geibelsche Ehepaar und wir nächsten Nachbarn. Dazu gesellte sich dann auch Riehl mit seiner Frau und im nächsten Jahre Adolf Friedrich von Schack, der durch Geibel, seinen alten Freund, nach München gelockt worden war, um ebenfalls ein Stammgast der königlichen Tafelrunde zu werden.

Es war ein ungemein anregender, geistig belebter, gemütlich erquickender Verkehr, der mit einigen Unterbrechungen bis zum Tode der verehrten Frau (November 1863) fortdauerte. Wir nannten uns »die Ecke«, da sowohl Geibels als wir zu der guten Staatsrätin in der Luisenstraße nur um die Ecke zu gehen hatten. Hier lasen wir unsere neuesten Gedichte, Dramen, Novellen; Riehl brachte seine Hausmusik mit, und die alte Freundin, die wir als den Eckstein der Ecke feierten, hatte für solche Humore ebenso viel Sinn, wie sie dann wieder mit dem milden Blick ihrer blauen Augen in dem welken, bleichen Gesicht, das dünnes silbernes Haar umrahmte, selbst Geibels Ungestüm zu zähmen wusste, wenn er mit Fräulein Julie, die sich nicht von ihm einschüchtern ließ, wie einst in Berlin mit Luise Kugler in einer seiner herrischen Launen aneinandergeriet.

Ich kann mir nicht versagen, eines heiteren Wettbewerbes zu gedenken, zu dem unsere Gönnerin den Anstoß gab.

---

[20] So übernahm ich unter anderem im Jahre 1857 die Übersetzung eines Buches von Caveda über Spanische Baukunst, die mich in allen Nebenstunden eines langen Winters ermüdend beschäftigte und nur ein geringes Honorar eintrug.

Ich hatte an einem unserer Abende ein kurioses Büchlein mitgebracht, das in Bremen gedruckt war und einen dortigen Apotheker Renner zum Verfasser hatte. Dieser wackere Mann hatte den Trieb gefühlt, alle kleinen Erlebnisse in seinem eigenen Inneren und die Schicksale guter Bekannter in Reime zu bringen, und die anspruchslosen Eingebungen seiner Muse, die zwischen Arzneiflaschen und Pillenschachteln entstanden waren, zur Ergötzung seiner Nachbarn und der ganzen Stadt im Jahre 1818 drucken lassen. Die Gedichte hatten das Eigentümliche, dass ihnen fast immer eine sogenannte Pointe fehlte, dass man, wenn sie vorgelesen wurden, fragte, ob es nun aus sei, was, wenn es bejaht wurde, stets einen Heiterkeitsausbruch entfesselte.

Als Beispiel will ich nur die folgenden Gedichte anführen:

Der traurige oder übelgelaunte Knabe

Die Welt ist mir itzt nichts mehr nutz!
So sagte einst der kleine Fritz
Und sprang im (!) Graben und ersoff.
Da gab es auf der Eltern Hof
Ein Schreck, wie sich leicht denken lässt,
Doch er saß ganz im Schlamme fest.
Man brachte ihn sogleich nach Haus.
Geschmückt mit einem Blumenstrauß
Begrub man ihn, auszeichnend schön.
Die Eltern weinten über den,
Allein kein Weinen fruchtete,
Und ob sein Tod tat diesen weh,
So gaben sie in Fritz sich bald,
Der noch nicht mal neun Jahre alt,
Denn Kinder hatten sie genug.
Groß war im Haus davon der Zug.

Lisette und Herr Wölber

Gestern Abend stand Lisette
Spät bei ihrer Toilette,
Setzte auf sich die Dormeuse,
Und weil sie ihr ließ affreuse,
Schalt sie drüber bei sich selber.
Dieses Schelten hört Herr Wölber,
Und der sagt: ich mag dich leiden,
Will dir gleich die Haub nicht kleiden,
So lässt dir die goldne Kette
Schön doch um den Hals, Lisette.

Dass ernste Männer und Poeten wie Geibel, Schack und Riehl sich an diesen kindlichen Verskünsten ergötzten, wird man kaum glaublich finden. Doch regten sie zu ganz ernsthaften Betrachtungen darüber an, dass hier eine Art poetischer Naturselbstdruck vorliege, eine naive Abspiegelung der Wirklichkeit in einem halbgebildeten Kopf, und einer von uns erklärte sogar, es sei keine Kunst, ernsthafte und sinnvolle Verse zu machen, weit schwieriger, ein Gedicht ganz ohne Pointe zu verfassen, da der gewöhnliche Kopf immer bei allem einen Sinn verlange.

217

Dies Paradoxon regte die alte Staatsrätin dazu an, einen Wettbewerb auszuschreiben auf das beste Gedicht ohne Pointe, und wirklich ergab sich, als die eingelaufenen Konkurrenzarbeiten unter großer Heiterkeit vorgelesen wurden, dass es nur mir gelungen war, dem Rennerschen Vorbild nahe zu kommen. Geibel sowohl wie der Übersetzer Firdusis und der Verfasser der »Familie« hatten sich nicht ganz enthalten können, in den Unsinn wenigstens einen Hauch von Sinn zu legen, einen witzigen Zug, der auf das Alberne des Inhalts oder dessen Inhaltslosigkeit hindeutete, während mein Konkurrenzpoem auch des leisesten Gedankengehalts entbehrte.

Da ich noch heute mir etwas darauf zugute tue, dass ich im Sinnlosen den berühmten Freunden es zuvorgetan hatte, will ich der Nachwelt dies seltene Werk nicht vorenthalten.

Herr Zeising saß beim Glase Wein,
Da trat ein kleines Mädchen ein,
Sechs Jahre alt, sie hieß Mariechen.
Dies Kind sah einen Käfer kriechen.
Der Käfer kroch entlang der Wand,
Mariechen fing ihn mit der Hand
Und wollte ihn am Licht verbrennen.
Herr Zeising tät gleich zu ihr rennen
Und sprach: mein Kind, was machst du da?
Doch als er erst den Käfer sah,
Der eigentlich ein Kelleresel,
Sprach er: ich war einmal in Wesel.
Da haben meinen Bruder Jochen
Des Nachts die Wanzen arg zerstochen.

Der Preis war der dichterischen Leistung würdig. Er bestand in einem gefüllten Halbekrügel und einem kindskopfgroßen Knödel.

***

Damals hatte Riehl eben erst seine reiche Arbeitskraft entfaltet und große Erfolge gehabt. Seine Bücher über »Die Familie«, »Die Arbeit«, »Land und Leute«, »Die Pfälzer« waren so voll geistreicher Paradoxen, so reich an charakteristischen Zügen und so farbig im Stil, dass auch wir sie aufrichtig bewunderten und gern über gewisse »reaktionäre« Tendenzen darin hinwegsahen.

Wohl wurden auch wir bald inne, wie wenig diese Bücher des Volkswirtschaftslehrers zur Lösung der schweren sozialen Probleme beitrugen, die damals die Zeit zu bewegen anfingen. Sein Ideal einer »Familie« passte nicht mehr in die von so ganz anderen, freieren Bedürfnissen erfüllte, an Verkehrsmitteln reichere Gegenwart hinein. Und wer von der »Arbeit« im Grunde nicht viel mehr zu sagen wusste, als dass sie einen sittlichen Wert habe, war nicht dazu geeignet, in die moderne Bewegung der breiten Volksschichten einzugreifen.

Aber Riehl war überhaupt eine vorwiegend künstlerische, keine wissenschaftliche Natur. Seinem Wahlspruch »Selbst ist der Mann« gemäß verschmähte er es, sich als ein bescheidenes Glied der Kette ernster Arbeiter einzureihen, die von Hand zu Hand zum Löschen brennender Zeitfragen einander den Eimer reichen. Er betrachtete mit einem Künstler- und Dichterauge die Kulturwelt um sich her und die wechselnden Formen, in denen sich das Leben der Vorzeit bewegt hat. Darüber machte er sich seine Gedanken und schrieb sie nieder, wie wenn niemand vor ihm sich dieser Aufgabe unterzogen hätte, was seinen Büchern freilich einen frischen, persönlichen Charakter ohne jeden mühsamen, gelehrten Anstrich gab, ihnen aber den Vorwurf einer bloß feuilletonistischen, dilettantischen Behandlung eintrug.

Dilettantisch blieben leider auch die Bestrebungen des vielbegabten Mannes auf dem Gebiet der eigentlichen Künste, die er mit Leidenschaft betrieb. Er hatte fünfzig Lieder in Musik gesetzt und unter dem Titel »Hausmusik« bei Cotta erscheinen lassen. Die Musiker nahmen diesen Kollegen nicht für voll, und auch ins »Haus« ist wohl kaum einer dieser einfachen Gesänge gedrungen, wie denn auch die Trios und Quartette, die Riehl komponierte, über seinen eigenen Familienkreis nicht hinausdrangen.

Besser glückte es ihm mit der Novelle. Er hatte sich in der richtigen Erkenntnis, dass er ein Leidenschaftsproblem nicht zu bezwingen vermöchte und der Darstellung tieferer seelischer Konflikte überhaupt nicht gewachsen war, seine eigene Gattung gegründet, die durch den Titel »Kulturnovellen« den Vorwurf entkräften wollte, dass es sich darin oft nur um eine interessante historische Anekdote handelte. Immerhin wusste der vielbewanderte Professor der Kulturgeschichte so viel Merkwürdiges mitzuteilen und tat es zwar in etwas lehrhaftem, doch oft humoristisch gefärbtem Stil, dass diese seine Bücher wohl von allem, was er der Welt gegeben, die längste Lebensdauer behaupten werden.

Er selbst hat in der Vorrede zu einem seiner Novellenbücher, vom Jahre 1874, das er »Aus der Ecke« nannte, mit lebhafter Wärme jener Sonntage bei der verehrten alten Freundin gedacht und ausführlich geschildert, wie es damals unter uns zuging[21]. Nur von Schack ist in jener Vorrede nicht mehr als der Name genannt; als gewissenhafter Chronist der Ecke fühle ich die Verpflichtung, diese Lücke auszufüllen.

Mein erstes Begegnen mit ihm datiert vom Jahre 1848/49. Geibel hatte die Bekanntschaft vermittelt und Schack mir das Vertrauen bewiesen, mir zwei politische Komödien mitzuteilen, die er gerne gedruckt gesehen hätte, ohne dass sein Name genannt würde. Er war damals schon im diplomatischen Dienst seines Landesherrn, des Großherzogs von Mecklenburg, und wünschte mit seiner demokratischen Gesinnung nicht hervorzutreten.

Meine eigenen diplomatischen Bemühungen bei verschiedenen Berliner Verlegern waren erfolglos. Beide Stücke, »Der Kaiserbote« und »Cancan«, sind erst später bei Cotta erschienen. Dann wurde der Faden nicht weiter fortgesponnen, bis wir ihn im Jahre 1855 am Tisch der Staatsrätin wieder anknüpften.

Er kam mir damals sehr freundlich entgegen. Besonders die so höchst jugendliche »Francesca von Rimini« hatte er in Affektion genommen, und auch »Die Sabinerinnen« erfreuten sich seines Beifalls. Je weiter ich aber fortschritt, je kühler wurde seine Teilnahme; denn er verdachte es mir, dass ich zwar seine großen Verdienste als Gelehrter, seine Übersetzung des Firdusi und spanischer Romanzen, die dreibändige Geschichte des spanischen Theaters, das Buch über »Die Poesie und Kunst der Araber in Spanien« und anderes gern anerkannte, seine eigenen Dichtungen aber nicht so begeistert, wie er es wünschte, aufzunehmen vermochte. Auch rechnete er als ein richtiger Platenide Novellen und Romane nicht zur Poesie und sprach sehr geringschätzig von allem, was sich in prosaischer Form hervortat[22]. Er selbst war nur ein

---

[21] Bezeichnend für die Art seiner dichterischen Produktion ist das freilich halb scherzhaft gemeinte naive Geständnis in dieser Vorrede: er habe sich vorgesetzt, fünfzig Novellen zu schreiben, damit er doch auch Anspruch darauf hätte, als Novellist mitgezählt zu werden. Heinrich von Kleist hat es bekanntlich schon mit drei oder vier Novellen dazu gebracht.

[22] Wie Wilhelm Jensen, einer der treuesten Jünger und Anhänger Geibels, dazu kommen konnte, auch ihm nachzusagen, dass »Prosaschriften für ihn mit der Dichtung nichts gemein« gehabt hätten (in dem Aufsatz »Heimaterinnerungen« in Velhagen und Klasings Monatsheften, Juni 1900), ist mir unerklärlich. Der Bewunderer des Werther und der Wahlverwandtschaften, des Don Quichote und der Leute von Seldwyla, soll Dichtungen dieses höchsten Wertes darum, weil sie nicht in gebundener Rede verfasst waren, für »Bastarde der Kunst« erklärt haben? Eine gelegentliche Äußerung des Unmuts über die gewerbsmäßige Roman- und Novellenfabrikation mag zu diesem gründlichen Missverständnis geführt haben.

Bildungspoet, mit größtem formalem Talent begabt, doch ohne ein starkes, echtes Verhältnis zur Natur und zum »vollen Menschenleben«, dem er als ein aristokratisch verwöhnter Junggeselle zeitlebens fern blieb, in seinem einsamen Hause studierend, Klavier spielend und lange Dichtungen verfassend, in einem glänzenden rhetorischen Stil, dem jeder Naturlaut fehlte.

Auch die Stellung, die er in München als Kunstmäzen einnahm, konnte ihm für den ausbleibenden Dichterruhm keinen vollen Ersatz bieten. Denn eben die beglückende verständnisvolle Liebe des Sammlers und Kenners fehlte ihm. Er sah in der Kunst nur auf den poetischen Stoff und eine gewisse Größe der Behandlung, hatte aber für die intimen malerischen Reize kein Auge. Da er aber einsichtige Berater zur Seite hatte, die sein Interesse auf Genelli, Böcklin, Feuerbach und andere bedeutende Künstler hinlenkten, gelang es ihm dennoch, eine Galerie zusammenzubringen, die zu den künstlerischen Zierden Münchens gehört. In seinen letzten Lebensjahren wurde der Genuss, den er selbst daran hatte, immer schattenhafter. Er verlor fast ganz sein Augenlicht, und nun war die Seelenstärke höchst bewunderungswürdig, mit der er klaglos sein Unglück ertrug, beständig wissenschaftlich und dichterisch mit seinem Sekretär und dank seinem nie versagenden Gedächtnis fortarbeitend, bis er in Rom im Jahre 1894 seine verdunkelten Augen für immer schloss.

***

Doch die Erinnerung an die »Ecke« hat mich weit über das Jahr hinausgeführt, in dem sie gegründet wurde. Und dieses erste Jahr meines neuen Münchener Lebens, zu dem ich nun zurückkehre, war doch so vielfach ereignisreich, dass ich noch etwas länger bei ihm verweilen muss.

Die erste große Industrieausstellung, die in dem neu errichteten Glaspalast stattfand und im Sommer 1854 einen breiten Fremdenstrom nach München lockte, hatte Dingelstedt auf den Gedanken gebracht, auch sein Theater der Welt in einem ungewohnten Glanz zu zeigen durch Mustervorstellungen, zu denen er die ersten Kräfte aller deutschen Bühnen zusammenrief. Er inszenierte dies merkwürdige Schauspiel mit seiner gewohnten Geschicklichkeit, und soviel sich auch im einzelnen gegen die Stillosigkeit eines solchen extemporierten Zusammenspiels sagen ließ, der Gesamteindruck war gleichwohl im höchsten Grade anziehend und unvergesslich[23].

Bekanntlich unterbrach das Eindringen der Cholera diese heiteren olympischen Spiele und entvölkerte bald das Theater wie auch die Stadt selbst. Geibel zog sich mit seiner Ada nach Lindau zurück, von wo sie den Keim ihres tödlichen Leidens nach München zurückbringen sollte. Sie starb schon im November 1855, nach einem Leidensjahr, das sie mit wahrhaft heroischer Seelenstärke ertragen hatte. Ja, in den Schmerzen dieser langen Monate, wo eine rätselhafte Lähmung sie fast immer ans Bett fesselte, reifte ihr Charakter von der schüchternen Mädchenhaftigkeit, die sie in ihre junge Ehe hinübergebracht hatte, zur edlen Klarheit und Hoheit einer starken Frauenseele heran. Ganz jung, noch ein halbes Kind, hatte sie ihr Herz dem viel älteren Hausfreund ihrer Eltern hingegeben, dessen Lieder sie bezauberten. Dass er sie vor allen zu seiner Gattin wählen konnte, war ihr als ein unfassbares Glück erschienen, und mit rührender Demut ertrug sie die gewaltsamen Ausbrüche seines heftigen Temperaments, die auch sie nicht verschonten. Erst auf ihrem Siechbett, da sie hilfloser als je sich ihm gegenüber sah, lernte sie ihn zügeln und das Eigenrecht ihrer Persönlichkeit mit sanfter Festigkeit behaupten. Wir betrauerten ihr Scheiden innig, und an manchem Eckenabend lebte die Erinnerung an die verlorene Freundin beweglich unter uns auf.

---

[23] Im Literaturblatt zum Deutschen Kunstblatt habe ich damals ausführlich über diese Mustervorstellungen berichtet.

Damals aber, als sie, noch in voller Blüte ihrer Anmut und Gesundheit, an den Bodensee flüchtete, suchten wir eine Zuflucht vor der Seuche in Possenhofen am Starnbergersee, wohin auch bald meine Schwiegereltern nachkamen.

Diese Sommerwochen unter den herrlichen Buchenschatten des Sees mit unseren teuren Nächsten – auch mein junger Schwager, Hans Kugler, war bei uns – stehen mir in leuchtendster Erinnerung. Von der Einfachheit unseres damaligen häuslichen Zustandes haben die heutigen städtischen Sommerfrischler wohl kaum eine Vorstellung. Wir bewohnten drei kahle, weißgetünchte Zimmer in einem kleinen Fischerhaus, dessen Besitzer das Erdgeschoss innehatte. Hans hatte sein Bett in einem Dachzimmer mit schiefen Wänden, und da es das geräumigste war, versammelte es abends die ganze Familie, von der ein jedes nur einen einzigen, schweren Holzstuhl besaß. Der musste dann die steile hölzerne Bodentreppe hinaufgeschleppt werden. Die Frau Fischmeisterin in Possenhofen, die ein Wirtshaus hielt, war sehr unzufrieden damit, dass wir den Anspruch machten, für unser gutes Geld täglich von ihr gespeist zu werden, da sie es »gottlob nicht nötig hatte«, von den Fremden zu leben. Sie hoffte uns daher durch möglichst ungenießbare Kost wegzuhungern, was ihr aber erst nach beharrlicher ausgesuchter Bosheit gelang. In Starnberg, wohin wir flüchteten, wurden wir besser gefüttert; es war aber nicht mehr unser stilles, lauschiges Nest unmittelbar am Seeufer mit dem Blick auf die herüberschimmernde Alpenkette, wo wir nur zehn Schritt zu gehen hatten, um unsere Glieder in der kristallhellen Flut zu kühlen.

Der Sommer verging; im Frühherbst reisten wir mit den Eltern nach Berlin, um die Hochzeit meines Freundes Otto Ribbeck mit Emma Baeyer feiern zu helfen. Es war mir ein eigenes Gefühl, in den beiden nach dem Hof gehenden Zimmerchen der elterlichen Wohnung in der Behrenstraße, wo ich als Schüler und Student gehaust hatte, nun mit meiner jungen Frau mich einzuquartieren.

Das Krokodil

Am 24. Oktober trafen wir in München wieder ein.

Hier ging ich nun sogleich daran, einen Plan zur Ausführung zu bringen, der mir sehr am Herzen lag.

Die Spannung zwischen uns Berufenen und den einheimischen Poeten durfte auf die Länge nicht bestehen bleiben. Wenn auch eine Vereinigung alter und junger Dichter und Dilettanten nach Art des Tunnels nicht zu erreichen war, so wollte ich doch wenigstens den Versuch machen, die jüngeren Kollegen zu uns heranzuziehen.

Geibel, den ich in München vorfand, war heftig dagegen. Es kam zu einem stürmischen Auftritt zwischen uns, in dem ich Willen gegen Willen setzte und mich absichtlich nicht mäßigte, um ihm zum Bewusstsein zu bringen, dass ich nicht gesonnen sei, mich seiner Herrschgewalt auch da zu fügen, wo ich es als Pflicht erkannte, nach meiner besten Überzeugung einen anderen Weg zu gehen als er. Der Sturm verbrauste aber, ohne die alte Liebe und Freundschaft zu erschüttern. Die Entschiedenheit, mit der ich dem »Donnerer«, wie wir ihn nannten, gegenübergetreten war, hatte nur die erwünschte Wirkung, dass von da an der Freund mich in meiner Weise gewähren ließ und mir nachsagte, ich sei »sehr jähzornig und nicht leicht zu behandeln«, wozu die Freunde, die mich kannten, lächelten.

Ein sehr willkommener und treuer Mithelfer bei dem schwierigen Unternehmen, Einheimische und Fremde zusammenzuführen, war Julius Grosse. Er lebte damals schon einige Jahre in München, wohin es ihn als der Malerei Beflissenen aus seiner Thüringer Heimat gezogen hatte, war aber, da ich nach Bayern kam, schon endgültig zur Poesie übergegangen, in der er seiner unerschöpflich gestaltenden Phantasie freier die Zügel schießen lassen konnte. Wir nannten ihn »den letzten Romantiker«, der Achim von Arnims Erbschaft angetreten habe, da es auch ihm damals schwer wurde, die zuströmende Überfülle der Motive, Gestalten, lyrischen Stimmungen und geistigen Probleme zu ordnen, den reichen Quell seiner Dichtung zu »fassen« und »zu befestigen mit dauernden Gedanken«.

Seit jenen Tagen, wo er Geibel und mir mit herzlicher Wärme und einer Lauterkeit der Gesinnung, die jede Probe bestand, entgegenkam, bin ich ihm durch alle Wechselfälle unseres Lebens zugetan geblieben. Damals aber war sein Eintreten für uns um so unschätzbarer infolge seiner freien Stellung zwischen den Parteien – kein Berufener, doch auch kein Süddeutscher, und schon vor uns mit einigen der hervorragenderen Münchener, wie Franz Trautmann, Franz Bonn, Hermann Schmid, befreundet und somit zum natürlichen Vermittler geeignet. Hauptsächlich durch ihn kam am 5. November eine erste Zusammenkunft in dem Kaffeehause »Zur Stadt München« zustande. Die oben geschilderte Abneigung der hiesigen Poeten, sich eine offene Meinung ins Gesicht sagen zu lassen, verhinderte aber noch eine gute Weile jene kollegiale Vertraulichkeit, die ich vom Tunnel her gewohnt war. Statt dessen fehlte es nicht an verstärkter Feindseligkeit. So trug unter anderem Bonn bei einer unserer nächsten Zusammenkünfte eine Parodie auf meinen kürzlich erschienenen »Meleager« vor, unter dem Titel »Der brennende Stiefelzieher«. Unter dem Schein harmlosen Scherzes war hier ein reichliches Maß von Bosheit aufgewendet. Ich war überhaupt nicht empfindlich, ließ mich gern zum Besten halten und machte natürlich auch diesmal gute Miene zum bösen Spiel. Der Vorfall hatte mich aber belehrt, dass es nicht so leicht sein würde, wie ich gehofft hatte, die tiefgewurzelte autochthone Gegnerschaft zu versöhnen.

Es gelang dies erst, als aus diesen tastenden Anfängen, an denen außer den schon Genannten der Maler Teichlein, der Leutnant Neumann, Leonhard Hamm (ein konfuser, grüblerischer Kölner), Karl Heigel, Felix Dahn, Beilhack, Heinrich Reder, Oskar Horn und andere teilnahmen, sich eine Vereinigung wirklich begabter, ernsthafter Talente herausbildete, unter denen hier nur Hermann Lingg, Wilhelm Hertz, Hans Hopfen, Heinrich Leuthold und Max Haushofer genannt sein mögen. Wir kamen einmal wöchentlich für ein paar Nachmittagstunden in einem Café zusammen, und endlich widerstand auch Geibel der Lockung nicht, an den höchst anregenden Sitzungen dieser Poetenschaft teilzunehmen, die sich den Namen der »Münchener Idealisten«, den norddeutsche Kritiker ihr aufbrachten, gern gefallen ließ.

Geibels Gegenwart aber wirkte, obwohl er gern eben Entstandenes von seinem eigenen zum Besten gab, nicht immer günstig auf die kameradschaftliche Stimmung. Der Respekt vor ihm und die Wucht seiner Persönlichkeit lähmten das freie Urteil, das ohnehin noch immer befangen genug war. Niemand wagte, wenn er gesprochen hatte, Einwendungen zu machen, und ich war dann der einzige, der sich seiner Autorität nicht schweigend unterwarf, gestützt auf mein altes Freundesrecht und Geibels Besorgnis, meinen »Jähzorn« zu reizen.

Die anderen sahen in mir einen willkommenen Anwalt und Volkstribun gegenüber seiner autokratischen Gewalt, und so kam es, dass mir bald auch formell der Vorsitz übertragen wurde. Geibel fühlte sich nicht dadurch gekränkt und erschien nach wie vor regelmäßig, soviel es seine Gesundheit erlaubte, im »Krokodil«.

Dies war der Name, den wir unserer Gesellschaft gegeben hatten. Er rührte nicht von Geibels berühmter Krokodilromanze her (»Ein lust'ger Musikante spazierte einst am Nil« usw.), sondern von Hermann Linggs Gedicht:

Das Krokodil zu Singapur

Im heil'gen Teich zu Singapur
Da liegt ein altes Krokodil
Von äußerst grämlicher Natur
Und kaut an einem Lotosstiel.

Es ist ganz alt und völlig blind,
Und wenn es einmal friert des Nachts,
So weint es wie ein kleines Kind,
Doch wenn ein schöner Tag ist, lacht's.

Der erhabene Charakter dieses Amphibiums schien uns trefflich zum Vorbild idealistischer Poeten zu taugen, und wir hofften, in unserem Münchener »heiligen Teich« dermaleinst ebenso gegen die schnöde prosaische Welt gepanzert zu sein, wie jener uralte Weise, der nur noch für den Wechsel der Temperatur empfindlich war.

Von einem befreundeten Bildhauer wurde ein Krokodil in Ton modelliert, an dessen Sockel die verschiedenen Reptile, nach denen wir uns genannt hatten, in hieroglyphischen Zügen eingegraben wurden. Ich – infolge meiner Lazertenlieder der Eidechs zubenamst – bewahre diese Reliquie noch heute. Die aus Pappendeckel gefertigte Pyramide, die unser Protokollbuch enthielt, von einem der Mitglieder, dem sonst ganz unproduktiven Lichtenstein, in Sonetten abgefasst, ist leider verloren gegangen. Geibel selbst, das »Urkrokodil« (wegen jener Romanze vom lustigen Musikanten), ging mit liebenswürdigem Humor auf den Maskenscherz ein und dichtete zwei weitere Krokodillieder. Eines derselben hat er in seine »Spätherbstblätter« aufgenommen (»Ich bin ein altes Krokodil, ich sah schon die Osirisfeier«). Ein zweites, noch ungedrucktes, möge hier seine Stelle finden:

In ruentis alvo Nili
Quo vescuntur crocodili?
Aethiopum carne vili.

Praeter hoc in omni mundo
Hausto clari sunt profundo
Cerevisiam bibundo.

At post Monacense vinum
Malum venit matutinum,
Luctum quod vocant felinum.

Tunc in ripam conscendentes,
Caudas rhythmice moventes
Versus vomunt excellentes.

Archicrocodilus
de Nilo.

So war's im heiligen Teich, nachdem die ersten frostigen Zeiten überwunden waren, warm und behaglich geworden, wärmer als in dem vielgerühmten »Tunnel über der Spree«. Wer von den Einheimischen sich in den Geist harmloser Krokodilität nicht zu finden wusste, zog sich nach und nach in seinen Schmollwinkel zurück. Gerade die Begabteren aber schlossen sich dauernd an uns an, und mehr und mehr verbreitete sich unabhängig von allem ästhetischen Interesse ein kameradschaftliches Gefühl in dem kleinen Kreise, ähnlich wie sich's in noch jugendlicheren Studentenverbindungen einzubürgern pflegt[24]. Denn auch die paar bemoosten Häupter in unserer Mitte – Melchior Meyr, der erst später hinzutrat, das Ehrenkrokodil Schack, das sich selten blicken ließ, Carriere, der den Professorentalar ablegte, sobald er sich als Dichter gab –, sie alle plätscherten in der kristallinischen Flut des Musenteichs wie

---

[24] Wilhelm Jensens sehr anders lautende Darstellung in den oben erwähnten »Heimaterinnerungen« ist nur durch persönliche Verstimmung zu erklären. Auch war er während seines kurzen Aufenthalts in München nur ein seltener Gast in unserm Kreise.

in einem Jungbrunnen herum. Es fehlten eben hier die würdigen alten Herren, die hohen Staatsbeamten, Schulräte, pensionierten Majore, die im »Tunnel« die Mehrzahl gebildet hatten, und weder ein pedantisches Zensurenerteilen fand statt, noch konnte es vorkommen, dass ein geschätztes älteres Mitglied ein endloses Heldengedicht zum Besten gab, wie in der Gesellschaft der »Zwanglosen« der alte Hofrat Martius seine botanische Forschungsreise in das brasilianische Palmenland in den sanft einlullenden Oktaven seiner »Suitramsfahrten« vorgetragen hatte. Das Langweilige, wenn es selten einmal auftauchen wollte, wurde sofort mit einem Witz unschädlich gemacht, während irgendein wahrhaft poetisches Produkt zuweilen die gründlichsten Debatten anregte. Das alles nicht in dem Ton von Leuten, die ihre Weisheit an den Mann bringen wollen, sondern wie sich Freunde rückhaltlos gegeneinander aufknöpfen, wobei zuweilen ihre innersten Gegensätze zutage treten. Aus der langen Reihe der Jahre aber, in denen die Krokodile wöchentlich einmal sich zusammenfanden, ist mir nicht ein einziger Fall erinnerlich, wo infolge eines Streits eine Verstimmung entstanden, das trauliche Einverständnis gestört worden wäre. Auch nicht, nachdem wir vom Bier zum Wein übergegangen waren, der hitziger ins Blut ging.

Wilhelm Hertz hatte, da der Teich einmal wieder heimatlos geworden war, uns beredet, bei einem schwäbischen Landsmann uns niederzulassen, einem Weinwirt am Dultplatz, namens Murschel, der außer seinem recht trinkbaren Schillerwein uns durch das offene Feuer in der Trinkstube imponierte, über dem er auf einem Rost vor unseren Augen die saftig zischenden Fleischstücke briet. Hier verbrachte das Krokodil vier sehr nahrhafte, vergnügliche Winter, deren erster dadurch denkwürdig war, dass Geibels sechzigste Auflage durch ein Souper gefeiert wurde, zu welchem ein anderer frisch Belorbeerter, Andreas May [1817-1899; Jurist und Dramatiker], der eben im Volkstheater einen Preis davongetragen, den Champagner lieferte. Der letzte Winter bei dem schwäbischen Küchenmeister (1869) wurde durch eine solenne Strohlotterie verherrlicht. Jeder war verpflichtet, seiner mit Stroh umwickelten anonymen Liebesgabe ein Gedicht hinzuzufügen, und ich hatte mir den Spaß gemacht, einer Flasche Punschextrakt ein Blatt beizugeben, auf welchem ich die sämtlichen Mitglieder in etwas stacheligen Versen aufmarschieren ließ, doch nur wie Harlekin im Fasching mit der Pritsche schlägt. Zum Schluss kam ich selbst an die Reihe, indem ich alles Unfreundliche anführte, was die Münchener Übelwollenden gegen mich vorzubringen pflegten. Es sah so aus, als habe sich einer unserer Unfreunde die Tarnkappe zunutze gemacht, um unsere Festfreude zu stören, oder gar einer der Unseren sich vielleicht für eine etwas scharfe Kritik an mir rächen wollen. Die betreffenden Strophen lauten:

> Doch es fehlt im schönen Kreise mir noch ein geliebtes Haupt.
> Dein gedenk' ich, o Paul Heyse. Hast du wirklich schon geglaubt,
> Heute frei hier auszugehen, wo der Spötter Pfeile schießt?
> Nein, dich hab' ich ausersehen als das Hauptstück – *last not least.*

> Denn es waschen dir, der Heimat echtem Sprössling, bis ans Grab
> Weder Bock noch Isarwasser jemals den Berliner ab.
> Deine Muse, ob sie stets auch für des Südens Töchter brennt,
> Gleicht aufs Haar der Holden, die man eine »kühle Blonde« nennt.

> Nie wirst du vergessen machen, trotz dem echt blauweißen Ehstand,
> Dass dem Sande du entsprossen, der umufert deinen Spreestrand,
> Und so wird, was du beginnen magst, zu ernten Lob und Ruhm,
> Alles doch im Sand verrinnen als ein Stück Berlinertum.

> Aber nicht zu Gram und Trauer stimme dich dies herbe Wort:
> Auf dem Felde der Kalauer lebt dein Name ewig fort.

Werde endlich klug, Verehrter, und ergreife nur dein Glück:
Zieh als Kladderadatschgelehrter in die Heimat dich zurück.

Lass dein episches Geflöte, lass die tragische Poesie!
Der berufne »junge Goethe« wird ein alter Goethe nie.
Höchstens als Novellendichter kann man dich noch gelten lassen,
Doch im Kreis der wahren Lichter muss dein künstlich Gas erblassen.

Diesen Spruch in aller Freundschaft bitt' ich mir nicht nachzutragen.
»Darum, Jutster, keene Feindschaft!« pflegt man in Berlin zu sagen.
Wer so gerne spaßt, muss billig Spaß verstehn. Und nun zum Schluss
Allen mich empfehlen will ich.

Dixi. Der Anonymus.

Hierüber entstand erst eine dumpfe Bestürzung, dann ein brausender Unwille, da die guten Gesellen ihren Vorsitzenden nicht ungestraft verspotten lassen wollten, bis Robert von Hornstein[25], den ich allein eingeweiht hatte, lachend mit der Wahrheit herausplatzte und die verlegene Spannung sich in eine allgemeine Heiterkeit auflöste.

Der Einzige, dem ein hämischer Streich dieser Art zuzutrauen gewesen wäre, war schon seit Jahren aus unserem Kreise geschieden. Ich muss hier den Namen Heinrich Leutholds [1827-1879; Schweizer Dichter, Übersetzer, Journalist] nennen, weil nach dem beklagenswerten Ausgang des Unglücklichen mehrfach die Meinung laut geworden ist, die geringe Förderung und Anerkennung seines Talents, die er in München gefunden, habe seinen Geist zerrüttet. Er sei eben eines der verkannten Genies gewesen, die der Widerstand der stumpfen Welt in Wahnsinn und Tod getrieben.

Diese Legende zu zerstören, liegt mir zur Steuer der Wahrheit und Gerechtigkeit am Herzen. Denn weder »verkannt« noch ein »Genie« war der merkwürdige Mensch, der aus der Schweiz zu uns herüberkam und jeden von uns, dem er begegnete, schon durch seine äußere Erscheinung, mehr noch durch sein Talent interessieren musste.

Eine hohe, kraftvolle Figur, auf der ein bleicher Kopf mit scharfen, regelmäßigen Zügen saß, das Haar kurz geschoren, um den stets etwas bitter gerümpften Mund ein graublonder Schnurrbart, an dem kräftigen Kinn ein Knebelbärtchen. Er sprach mit einer rauen Stimme und stark schweizerischen Kehllauten, stoßweise, seine Worte mit großzügigen Gebärden begleitend.

Wer ihn ins Krokodil einführte, weiß ich nicht. Doch machte er sofort Aufsehn durch einige seiner Gedichte von jener hohen Formvollendung, die ihn als einen leidenschaftlichen Platenverehrer ankündigte. Nicht minder erregte er unsere Aufmerksamkeit durch die schneidende Kritik, die pessimistische Grundstimmung seines Geistes, sodass wir der Meinung waren, eine höchst wertvolle Akquisition an ihm gemacht zu haben.

Die Jüngeren wurden seine treuen Anhänger, Geibel verband sich mit ihm zur Herausgabe von Übersetzungen französischer Lyrik, ich zog ihn in mein Haus, wo er besonders zu Willbrandt bewundernd aufsah, und so ging man längere Zeit in einem losen freundschaftlichen Verkehr mit ihm um, der sich nicht fester und wärmer gestalten konnte, da eine unbezwingliche innere Unzufriedenheit ihm und uns zuweilen die besten Stunden verdarb.

Er machte mit zynischer Naivität kein Hehl daraus, dass er vom Neidteufel besessen war. »Wenn ich etwas Schönes lese, so ärgere ich mich; wenn ich aber etwas recht Schofles in die

---

[25] Der uns allen befreundete Liederkomponist. Außer ihm genossen noch zwei andere Nicht-Dichter ein Gastrecht im heiligen Teich: der Maler Theodor Pixis und der Bildhauer des Fischbrunnens, Konrad Knoll.

Hände bekomme, freue ich mich!« – bekannte er ohne jedes Bedenken. Denn da er im Grunde für seine Poesie keinen tieferen seelischen Gehalt in sich hatte, nichts wahrhaft Eigenes und Bedeutendes auszusprechen sich gedrungen fühlte, sondern bei seinem Dichten nur einen virtuosen Formtrieb betätigte, wurde ihm nie so herzlich wohl in seinem Innern, dass er auch anderen ihre stille Befriedigung gegönnt hätte. Mehr als einmal geschah es, dass er bei einer munteren Bowle, die eine behagliche Stimmung erzeugte, irgendeinen, dessen Augen besonders vergnüglich glänzten, zur Zielscheibe der empfindlichsten Bosheiten ersah, nur damit noch einem anderen so innerlich unwohl werden sollte wie ihm selbst.

Diese kleinen gelegentlichen Schadenfreuden ließen wir ihm hingehen, obwohl wir ihm nicht zugestehen konnten, dass er Ursache habe, mit seinem Schicksal zu grollen, wenn wir auch manche seiner grimmigen Launen dem Druck der Armut, der auf ihm lag, zugute hielten. Doch dass er noch keinen Weltruhm erlangt, durfte er Gott und Welt nicht zum Vorwurf machen. Sein unfertiges Epos »Penthesilea« in wunderlich galoppierenden, prunkvollen Anapästen ohne eigentliche Gestaltungskraft, seine Platen nachempfundenen melancholischen Verse und die wenigen trefflichen Übersetzungen Bérangers, Brizeux' und Lamartines wurden ihm noch über Verdienst gedankt, und das warme Interesse so vieler guter junger Freunde war doch wahrlich auch kein geringer Lebensgewinn.

Gleichwohl trieb ihn sein Dämon, auf einen aus unserm Kreise ganz aus hellem Himmel einen giftigen Pfeil abzuschießen. In einem der Münchener Winkelblättchen erschien ein Spottgedicht gegen Julius Grosse [1828-1902; Theaterkritiker], als dessen Verfasser man allgemein Leuthold bezeichnete. Als ich ihm beim nächsten Krokodil das Blatt vorhielt, überflog seine fahle Wange eine dunkle Röte; er sprach kein Wort, stand auf und verließ uns, um nie wieder den Fuß über unsere Schwelle zu setzen.

Der Witz jener Strophen war so gering, der Anlass dazu so unerfindlich gewesen – nur der Wahnsinn, der ihn schon damals umlauerte, konnte erklären, wie der Unbegreifliche sich zu diesem schnöden Verrat an alter, guter Freundschaft hatte fortreißen lassen. Er war im Jahre 1864 nach Stuttgart gegangen, wo er in der Redaktion einer Zeitung sein seltsames Wesen forttrieb, wovon manches Wunderliche verlautete, dann auf kürzere Zeit zu uns zurückgekehrt, wo er sich aber durch allerlei Brutalitäten, deren jener Angriff auf Grosse der letzte war, unmöglich machte, bis er in seine Heimat zurückkehrte, um dort ein Ende zu finden, dessen Tragik alles, was er früher gesündigt haben mochte, in milderem Licht erscheinen ließ, als Symptome der geistigen Erkrankung, die seine reich angelegte Natur unterwühlen und ihn früh in die Nacht hinunterreißen sollte.

Ein desto erfreulicherer Gast war Joseph Viktor Scheffel, der im Winter 1857 sich bei uns einfand. – Von meinem früheren Begegnen mit ihm in Rom und Sorrent habe ich in der Italienischen Reise berichtet. Nun, da er vier Jahre später in mein Münchener Haus trat, wurde er mit offenen Armen aufgenommen. Auch die Krokodile waren hocherfreut, den damals schon gefeierten jungen Poeten in ihrer Mitte zu sehen, wo er sich freilich nach seiner Art etwas steif und wortkarg verhielt, selten zu bewegen war, etwas vorzulesen, und hinter halbgeschlossenen Lidern vor sich hinzuträumen schien, bis der Humor in ihm aufwachte und ein im trockensten Ton hingeworfenes Scherzwort Zeugnis von seiner frischen Geistesgegenwart gab. – Dieser Münchener Aufenthalt sollte leider ein jähes, trauervolles Ende finden. Im Februar wurde seine schöne, liebenswürdige Schwester, die ihm nachgereist war, vom Typhus hingerafft. Er hat seitdem den Boden Münchens nie wieder betreten, und ich selbst sollte ihn nur ein einziges Mal, in seinem väterlichen Hause zu Karlsruhe, wiedersehen. Unser Freundschaftsverhältnis aber blieb bis an seinen Tod in alter Herzlichkeit bestehen, wofür noch zuletzt die Beiträge zeugten, die er mir zu dem »Neuen Münchener Dichterbuch« sandte, und ein warmherziger, kalligraphisch ausgestatteter dichterischer Gruß zu meinem fünfzigsten

Geburtstag. – Julius Grosse, der im Jahre 1905 als Generalsekretär der Weimarer Schiller-stiftung starb, hat in seinen »Lebenserinnerungen« (»Ursachen und Wirkungen«, Georg Wester-mann, Braunschweig 1896) die Lebensgeschichte des Krokodils, sein Wachsen, Blühen und endliches Absterben ausführlicher behandelt. Auch solche Gesellschaften unterliegen ja wie alles Lebendige dem Gesetz des Werdens und Wandelns und können von Glück sagen, wenn sie sich nicht selbst überleben, sondern sich auflösen, sobald sie fühlen, dass der innere Trieb, dem sie entsprungen waren, erstorben ist. Als die Bedeutenderen unter uns herangereift wa-ren und ihren Weg gefunden hatten, empfanden sie nicht mehr das Bedürfnis gegenseitiger Kritik. Die freundschaftliche Gesinnung blieb bestehen, aber jeder wusste auch ohne aus-drückliche Bestätigung, was er dem anderen wert war, und an ein Schutz- und Trutzbündnis in literarischen Blättern war von Anfang an nicht gedacht worden. Der einzige unter den Münchener Idealisten, der journalistisch tätig war, Julius Grosse[26], ließ sich so wenig zu ir-gendwelchen kameradschaftlichen Liebesdiensten herbei, dass er meinem Ludwig dem Bay-ern sogar unfreundlicher, als mir nötig schien, mitspielte. Ich selbst hatte mich nur ein Jahr lang (1858) als Redakteur versucht, da ich das bisher von Berlin ausgegangene Literaturblatt zum Deutschen Kunstblatt zu leiten übernahm. Ich ging mit hohen Absichten und Hoffnun-gen daran. Aller kritische Kleinkram sollte ausgeschlossen bleiben, kein Werk besprochen werden, dem nicht vorwiegend Gutes nachzusagen sei, und wo wir tadeln mussten, eine ein-dringliche Begründung des Urteils nicht fehlen. Ich hatte die Freude, Friedrich Vischer zum Mitarbeiter zu gewinnen, anderer trefflicher Gelehrter zu geschweigen. Aber ich wusste noch nicht, dass man einen weiteren Leserkreis nicht heranzieht und festhält, wenn man ihm lang-atmige kritische Erörterungen zu lesen zumutet. Das gewöhnliche Publikum will feuille-tonistisch unterhalten sein und zieht witzige Bosheit einem wohlabgewogenen ästhetischen Urteil vor. So erlahmte die Teilnahme, auch des Verlegers, und am Ende des Jahres wurde mit einem Defizit das Blatt zu Grabe getragen. Dass ich für keinen der Krokodile in seinen Spalten eine Lanze eingelegt, wurde mir nicht besonders zum Verdienst gerechnet. Dagegen zog ich mir durch einen Artikel in der letzten Nummer über die »Poetik« eines sehr einfluss-reichen Leipziger Schriftstellers, der allerdings schonungslos die Schwächen des Buches auf-deckte, den lang nachwirkenden Hass des Verfassers zu, während Wilbrandt, der den bösen Pfeil abgeschossen hatte, durch die Anonymität aller Mitarbeiter gedeckt, sich der fortdau-ernden Hochschätzung des Erzürnten zu erfreuen hatte.

Unser ästhetisches Credo hatten wir in den zwei Münchener Dichterbüchern, 1862 von Geibel, 1882 von mir herausgegeben, durch die Auswahl der darin veröffentlichten Dich-tungen bekannt. Freilich, eine »Richtung« zu vertreten oder gar eine Kampfstellung einzu-nehmen, war uns nie eingefallen. Auch hatten wir den Idealismus, zu dem wir uns freudig bekannten, niemals so verstanden, als ob seine Aufgabe eine Entwirklichung der Natur und des Lebens zugunsten eines konventionellen Schönheitsideals sein könne. Goethe hatte schon gesagt, was auch uns als das Entscheidende einleuchtete: »Die höchste Aufgabe einer jeden Kunst ist, durch den Schein die Täuschung einer höheren Wirklichkeit zu geben. Ein falsches Bestreben aber ist, den Schein so lange zu verwirklichen, bis endlich nur ein gemeines Wirk-liche übrig bleibt.« Und so konnten wir einen Gegensatz von Realismus und Idealismus nicht anerkennen, da wir uns eines hinlänglichen Wirklichkeitssinnes bewusst waren und den Wert einer dichterischen Produktion zunächst nach der Fülle und Wahrheit des realen Lebensge-haltes maßen, der sich darin offenbarte. Wo wir den vermissten, konnte uns kein Reiz und Adel der äußeren Form für die mangelnde tiefere Wirkung entschädigen. Doch begriffen wir

---

[26] Er redigierte seit 1855 das Feuilleton der Neuen Münchener Zeitung, dann das Morgenblatt der Baye-rischen Zeitung bis Ende 66, 1869 mit Grandaur zusammen die Münchener Propyläen.

auch nicht, dass irgendeine Form, wie sie von großen Vorgängern überliefert war, dem Geist ein Hindernis sein könne, seine Lebenskraft zu erweisen. Dass Formen und Gesetze auch in der Kunst dem Wandel unterworfen sind, wie hätten wir das leugnen können! Aber die absolute Formlosigkeit, die einige Jahrzehnte später der Naturalismus predigte, der schrankenlose Individualismus, der in der Poesie wie in den Sitten der Gesellschaft einzureißen anfing, erschien uns nur als ein Krankheitssymptom, das schon zu anderen Zeiten aufgetaucht und von der unverwüstlichen Regenerationskraft unseres Volkes überwunden worden war. Dass diesen anarchistischen Tendenzen unter anderem auch der Vers im Drama zum Opfer fallen sollte, weil »wirkliche Menschen« nicht in Versen sprächen, konnten wir nur belächeln, da uns Hamlet, Lear und Shylock denn doch sehr reale Personen dünkten, und im »Zerbrochenen Krug« selbst moderne Lustspielfiguren ihr Lebensrecht behaupteten, obwohl ihnen ihr Verfasser durch den Vers eine »höhere Wirklichkeit« verliehen hatte.

Darin aber zeigten wir uns nicht nur als Idealisten, sondern als »Ideologen« im Sinne Napoleons, dass es uns völlig an Geschick und Neigung fehlte, in die Zeit hineinzuhorchen und uns zu fragen, welchen ihrer mannigfachen Bedürfnisse, sozialen Nöte, geistigen Beklemmungen wir mit unserer Poesie abhelfen könnten. Da auch wir mitten in der Zeit lebten, konnten wir uns denselben Influenzen, die den Zeitgenossen zu schaffen machten, nicht entziehen, und auch unsere künstlerische Arbeit trug gelegentlich die Spuren ihres Einflusses. Doch war es dann keine bewusste Spekulation, als soziale Nothelfer uns Dank zu verdienen, sondern das eigenste Bedürfnis, uns mit schwebenden Problemen abzufinden, und vor allem blieben wir der alten Maxime treu, dass die Kunst auch das Zeitliche im Licht des Ewigen (*sub specie aeternitatis*) darzustellen habe.

Und so erschien uns für unser Interesse keine Zeitschranke zu bestehen, da das Menschenwesen seit Anbeginn einer höheren Kultur in seinen Grundtrieben sich gleich geblieben ist. Im Gegensatz gegen die Forderung einer sogenannten Aktualität betonten wir den Anspruch alles »allgemein Menschlichen«, dichterisch gestaltet zu werden, vorausgesetzt, dass es ein »ungemein Menschliches« sei. Es komme nur darauf an, das zeitlich Entlegene uns durch höchste Lebendigkeit und naive Naturgewalt so nahe zu rücken, dass wir es trotz der veränderten Lebensformen als etwas Blutsverwandtes empfänden.

Dieser an sich gewiss richtigen Überzeugung entspross der verhängnisvolle Irrtum, den auch Friedrich Vischer begünstigte: die höchste Form der Dichtung sei das historische Drama, um so weit allen sittlichen Konflikten einzelner Menschen an Bedeutung und Interesse überlegen, als Völkerschicksale die tragischen Nöte des Individuums an Macht und Würde überragten. Ich gehe hier nicht weiter darauf ein, zu erklären, warum der Idealismus hier scheitern musste, wie denn selbst die Historien Shakespeares trotz aller Wiederbelebungsversuche ihrer glorreichen Familiengruft nur hin und wieder als Gespenster entsteigen, um eine kurze Weile auf einer unserer anspruchsvolleren Bühnen herumzuspuken und, wenn der ehrgeizige Direktor sich damit als klassisch gebildeter Mann ausgewiesen hat, wieder zu den Schatten hinabzusteigen. Nur eines melancholischen Rückblicks auf meine eigenen Otto III., Ludolf, Ludwig den Bayer kann ich mich nicht enthalten, der großen Namen zu geschweigen, die Freund Geibel in seinem Buchdeckel als zu bearbeitende Bühnenhelden so liebevoll und eifersüchtig aufgezeichnet hatte.

Immerhin, als er im Herbst 1868 für immer aus München schied, durfte er sich sagen, dass sein Wirken dort im Sinne seines königlichen Gönners nicht fruchtlos gewesen sei und eine Spur hinterlassen habe, die eine Weile nachleuchten würde.

Die Symposien

Am 4. Dezember des Jahres 1854 fand nun auch das erste Symposion statt, an dem ich teilnahm.

Man wurde regelmäßig erst am Morgen oder Mittag zu diesen Abenden eingeladen und hatte in Frack und schwarzer Krawatte zu erscheinen. Oben in dem Vorzimmer der sogenannten Grünen Galerie nahmen einem die Lakaien den Mantel ab, man trat in den Billardsaal, der nur schwach erleuchtet war, dann empfing uns in dem nächsten, hohen, weiten Gemach der diensttuende Adjutant oder der Hofmarschall Baron von Zoller, ein liebenswürdiger Herr von der schlichtesten Höflichkeit, der uns allen sehr wert wurde. In meinem sonst lakonischen Tagebuch finde ich über das erste Symposion ausführlich berichtet. Neben Baron von Zoller machten von der Tann als Generaladjutant und Baron Leonrod die Honneurs; bei den ferneren Abenden erschienen abwechselnd auch die Adjutanten Graf Pappenheim, Baron Struntz, General von Spruner und Graf Ricciardelli, letzterer ein mir besonders sympathischer Italiener, großer Jäger vor dem Herrn, dessen braunes Gesicht und schwarze Augen unter dem grauen Haarschopf auf den ersten Blick seine südliche Herkunft verrieten. Er kam mir sogleich aufs Wohlwollendste entgegen. Aber auch die anderen Herren aus der nächsten Umgebung des Königs beflissen sich der größten *gentilezza* uns Nichtbayern gegenüber, und wir lernten in ihnen Männer kennen, deren Bildung, Talente und geistige Interessen es begreiflich machten, dass der König gerade sie zu seinen Adjutanten gewählt habe.

An diesem ersten Abend waren außer den Erwähnten nur noch Graf Rechberg, Dönniges, Liebig und wir drei Poeten geladen. Als wir alle versammelt waren, erschien der König und begrüßte jeden Einzelnen mit seiner gewinnenden Freundlichkeit. Er fragte mich, was ich eben arbeitete, ich erzählte von dem Trauerspiel »Die Pfälzer in Irland«, das ich nach V.A. Hubers »Skizzen aus Irland« schon in Berlin entworfen hatte und soeben zu einem richtigen Theaterstück auszuarbeiten im Begriffe war. Darauf setzte man sich an den langen ovalen Tisch, über den eine einfache grüne Decke gebreitet war, Bier in kleinen Gläsern und Sandwichs wurden herumgereicht, und der König, der kein Raucher war und fast immer an Kopfschmerzen litt, zündete eine von den Zigarren an, die mitten auf dem Tische standen, und tat ein paar Züge daraus, nur um seine Gäste einzuladen, seinem Beispiel zu folgen.

Damals war gerade der »Fechter von Ravenna« das Tagesgespräch[27], und Bodenstedt fing an, davon zu reden, ich weiß nicht mehr, in welchem Sinne. Nur finde ich aufgezeichnet, dass Geibel ihm heftig widersprach – ein Vorfall, der sich bei Geibels Geringschätzung Bodenstedts und dessen oberflächlichen Urteilen nur allzu oft wiederholen sollte. Liebig erwähnte dann Geibels Komödie »Meister Andrea«, die der König kennen zu lernen wünschte, und deren Vorlesung für den nächsten Abend bestimmt wurde. Von mir war soeben der »Meleager« erschienen, dessen Expositionsszene und Schluss ich nun vorlesen musste, nachdem ich den Mythos erzählt hatte. Ein ästhetisches Gespräch schloss sich an, das wieder durch

---

[27] Ich kann der Versuchung nicht widerstehen, hier einer lustigen Mystifikation zu gedenken, mit der wir uns an dem Streit über die Urheberschaft jenes Trauerspiels beteiligten. Für jeden Urteilsfähigen stand es fest, dass Halm das volle Autorrecht zukam, selbst wenn es wahr sein sollte, wie sein Rivale behauptete, dass er durch ein am Wiener Burgtheater eingereichtes handschriftliches Drama auf den Stoff aufmerksam gemacht worden wäre. Das Bacherlsche Stück war ein lächerliches Dilettantenexerzitium und von der kindischen, durchaus unzulänglichen Behandlung abgesehen auch im Aufbau etwas ganz anderes, als das Werk des theaterkundigsten aller damals lebenden Wiener Dichter. Aber es fehlte nicht an menschenfreundlichen Seelen, die sich verpflichtet fühlten, sich des kleinen bayerischen Schulmeisters gegen den großen, berühmten österreichischen Baron anzunehmen, und besonders Otto von Schorn, ein Neffe des Malers, der in München damals Kunststudien oblag, hatte sich mit sittlicher Entrüstung zum Verteidiger des Unterdrückten aufgeworfen.

Wir hatten gerade wieder an einer dieser Streitschriften uns ergötzt, als einem von uns – Geibel, Carriere, Grosse und einige andere saßen bei einem Glase Bock in der Maizeit beisammen – der Einfall kam, den hitzig Zankenden eine Falle zu stellen, indem wir eine Ballade fabrizierten, die den »Fechterstoff« in nuce enthielte und somit Anwartschaft darauf hätte, ums Streit zu entscheiden, als für die beiden Dramatikern gemeinsame Quelle gelten könnte. Der Vorschlag fand allgemeinen Anklang, und die Anfertigung des falschen Aktenstücks wurde mir übertragen. Am folgenden Tage las ich mein Opus den Mitverschworenen vor, die es durchaus zweckentsprechend fanden. Das Gedicht war im Stil der Zeit Seumes und Pfeffels gehalten, von biedermeierischem Pathos durchweht, wofür hier nur die erste Strophe zeugen mag:

> Im edlen Auge Wonnetränen,
> Den Blick gerichtet himmelan,
> Schmiegt sich nach langem, bitterm Sehnen
> Die Mutter an den Jüngling an.
> Hell schauen Romas goldne Zinnen
> Auf der Vereinten Glück herab,
> Und die Erinnys schleicht von hinnen
> Und senket ihren Schlangenstab.

Durch einen Freund in Kaiserslautern, der sich Joh. Jakob Oppermann unterzeichnete, wurde das Gedicht mit dem Autornamen Lothar an die Redaktion des Frankfurter Konversationsblatts gesendet, als von einem seiner alten Leser, der vor langen Jahren die Ballade in einer Nummer der Dresdener Abendzeitung gefunden und sich abgeschrieben habe. Vielleicht werde dadurch der entbrannte Streit um das eigentliche Urheberrecht entschieden, da sowohl Halm wie Bacherl sehr wohl diese Urform des Stoffes gekannt haben könnten.

Der Scherz glückte über Erwarten. Noch erinnere ich mich lebhaft, mit welcher Entdeckerfreude Ernst Förster bei den Zwanglosen eintrat und die große Neuigkeit verkündete. Niemand bezweifelte die Echtheit des Fundes. Otto von Schorn allein scheint Unrat gewittert zu haben. Wenigstens reiste er sofort nach Dresden und unterzog sich der Mühe, sämtliche ältere Jahrgänge der Abendzeitung nach der famosen Ballade durchzugehen. Als dann doch endlich das Geheimnis unseres Schwanks an den Tag kam, hatten wir die Lacher auf unserer Seite. Nur an mir sein Mütchen zu kühlen, konnte einer der Getäuschten sich nicht versagen. In einer der nächsten Nummern derselben Zeitung, die mein Falsifikat gebracht hatte, erschien ein sehr schwächliches Gedicht »Die deutsche Lerche« betitelt, mit meinem Namen unterzeichnet. Niemand aber nahm Notiz davon.

Bodenstedts redselige Gemeinplätze unerquicklich wurde und zuletzt sich nach dem Kaukasus verlor. Um zehn brach der König auf, nachdem er mir noch freundliche Worte gesagt hatte; wir aber blieben noch bei einem einfachen Souper eine Stunde lang beisammen.

Die nächsten Symposien folgten einander in kurzen Zwischenräumen weniger Tage. Der König schien großes Gefallen daran zu finden und brachte immer neue Fragen aufs Tapet, über die er zunächst den gerade Sachverständigsten unter uns zu hören wünschte. Doch verliefen die späteren Abende nicht ganz wie die ersten. Mehr und mehr wurde es Brauch, dass in der ersten Stunde ein wissenschaftliches Thema aus den verschiedensten Gebieten durchgesprochen wurde, ein naturwissenschaftliches, wie über Parthenogenesis (Siebold), Ebbe und Flut, Elektrizität oder die Entstehung des Sonnensystems (von Jolly, zuweilen mit Experimenten illustriert), Chemie (Liebig), Mineralogie (Kobell), ästhetische und literarhistorische, dann vorwiegend soziale und völkerpsychologische Probleme. Hierauf erhob sich der König und ging in das Billardzimmer voran, wo eine Partie Boule gespielt wurde, während deren er einen oder den andern in eine Fensternische zog und mit ihm besprach, was im Augenblick ihn beschäftigte, etwa über schwebende Besetzungsfragen von Lehrstühlen an Universität und Polytechnikum Liebigs Meinung zu hören wünschte oder über das Ausschreiben eines Wettbewerbs um das beste Drama mit Geibel sich beriet. War dies beendet, so verfügte man sich wieder an den langen Tisch, und nun hatten die Dichter das Wort, die sorgen mussten, dass immer etwas zum Vorlesen bereit war.

So verklang der Abend nach manchen oft stürmischen Debatten tönereich und harmonisch, und man blieb, wenn die Majestät sich zurückgezogen hatte, in heiterer Stimmung beisammen. Einmal war Liebig, der eine feine Weinzunge hatte, darauf gekommen, dass man uns Elfer zu trinken gab; und Baron Zoller erklärte, es sei noch ein großer Vorrat dieses berühmten Jahrgangs im Keller, der allen anderen zu herb erschien und von jetzt an nur den Symposiasten gewidmet sein sollte.

Was diesen Abenden aber einen besonderen Reiz und Wert verlieh, war die unbedingte Redefreiheit, die zuweilen sogar in sehr unhöfischem Maße an die Grenze des Zanks sich verirrte. Hatte man in der Hitze des Gefechts dann vergessen, dass die Gegenwart des Königs doch einige Rücksicht erheischte, und hielt plötzlich inne mit einer Entschuldigung, dass man sich zu weit habe fortreißen lassen, so bemerkte der König mit freundlichem Lächeln: »Ich bitte, sich ja keinen Zwang anzutun. Ich habe nichts lieber, als wenn die Geister aufeinander platzen.«

Von dem leidenschaftlichen Wahrheitstrieb des edlen Fürsten, dessen ich schon oben erwähnte, kann ich kein schlagenderes Beispiel anführen, als jenes Symposion vom 21. April 1855, zu welchem alle bedeutenderen Architekten Münchens geladen waren, um sich über den Lieblingsgedanken des Königs, ob ein neuer Baustil zu schaffen sei, freimütig zu äußern. Der Gedanke entsprach dem Wunsch, nicht ferner, wie König Ludwig getan, Bauwerke der verschiedensten Zeiten und Stile zu kopieren und sich eigener Erfindung zu enthalten, sondern es womöglich mit völlig neuen Formen zu versuchen. Dass kein Fürst der Welt eigenmächtig in die Entwicklung dieser so eminent volkstümlichen, aus notwendigen Kulturbedingungen hervorsprießenden Kunst eingreifen könne, war dem Könige nicht aufgegangen. Er hoffte, durch seinen guten Willen und eine reiche Belohnung einem schöpferischen Genius auf einen neuen Weg verhelfen zu können.

Nun gereichte es ebenso wohl ihm selbst wie den Männern, die er befragte, zur Ehre, dass nicht ein einziger darunter war, der dem königlichen Wahn zu schmeicheln suchte, vielmehr einer nach dem andern die Unmöglichkeit eines aus dem Boden gestampften neuen Baustils nachwies. Der König hörte jeden mit gespannter Aufmerksamkeit an, ohne eine Äußerung der Ungeduld oder des Unmuts, und dankte schließlich dem ganzen Kreise für die Offenheit, mit der man sich ausgesprochen. – In der Sache freilich wurde dadurch nichts geändert. Der Bau der Maximilianstraße und des Maximilianeums wurde fortgesetzt. Denn allerdings war König Max kein Mann der Tat, sondern beschaulicher Betrachtung, und manchmal kam die theoretische Erkenntnis zu spät, wenn ein praktischer Schritt nicht mehr zurückgetan werden konnte.

Wie ernst er es aber damit nahm, durch diese Symposien die Lücken seiner Jugendbildung auszufüllen, bewies er auch dadurch, dass er die Gespräche protokollieren ließ, um sie am nächsten Tage noch einmal durchzugehen, nicht anders, als wie ein fleißiger Student sein nachgeschriebenes Heft studiert.

Das Geschäft des Protokollierens war Franz Löher [1818-1892; Rechtshistoriker, Politiker] übertragen, der im Oktober 1855 als königlicher Privatbibliothekar angestellt worden war, mit dem weiteren Auftrag, über alle neueren literarischen Erscheinungen von Bedeutung dem Könige zu referieren.

Ein anziehend geschriebenes Buch über Amerika, vielleicht auch das talentvolle epische Gedicht »General Spork«, hatte Dönniges auf den westfälischen Gelehrten aufmerksam gemacht, der überdies, obwohl gleichfalls ein »Fremder«, als Katholik weniger Anfeindung zu befürchten hatte als wir anderen.

Er wusste auch diesen Vorzug aufs Geschickteste sich zunutze zu machen und mit großer Schmiegsamkeit sich Personen und Verhältnissen anzupassen. Vor allem unterwarf er sich blindlings den Neigungen und Meinungen des Königs, indem er selbst bei seinen Literaturberichten alles herabsetzte, was gewissen Ideen Sr. Majestät widersprach, dagegen z. B. alle Bücher und Broschüren, die der großdeutschen und Triaspolitik das Wort redeten, rühmend hervorhob. (Ich hatte später in Berchtesgaden, da mir der König Löhers Referate zur Durchsicht geben ließ, Gelegenheit, mich von seinen Höflingskünsten zu überzeugen.) Wie klug der talentvolle Mann seine Schritte zu lenken wusste, hat der Erfolg gezeigt, da er nach dem Tode des Königs zum Archivdirektor ernannt wurde, eine Stelle, die sonst nur einem geborenen Bayern anvertraut zu werden pflegte. Welche Rolle er dann noch bei dem unglücklichen König Ludwig II. zu spielen sich nicht scheute, mag hier nicht weiter ausgeführt werden.

Aber seine feuilletonistische Gewandtheit und die Unbedenklichkeit, mit der er jeden Auftrag des Königs – der, wie alle Fürsten, von der Zeit, die zu gründlicher Arbeit nötig ist, keine Vorstellung hatte, – schlecht und recht erledigte, machten ihn bald unentbehrlich. Er war auch vorsichtig genug, an den Gesprächen der Symposien sich wenig zu beteiligen, außer wenn sie sein Spezialfach, die Geschichte und Kultur Amerikas, berührten. Im April 1856 erhielt er Urlaub zu seiner Hochzeitsreise, und die Führung des Protokolls ging auf mich über.

Es war kein ganz leichtes Amt, obwohl ich mit meiner raschen Hand nicht nur, wie mein Vorgänger, einzelne Stichworte notierte, die am anderen Tage zu einem zusammenhängenden Dialog verarbeitet werden mussten, sondern sofort in der Hauptsache den ganzen Vortrag und die Diskussion darüber nachschrieb und anderen Morgens fast nur noch eine Reinschrift zu besorgen hatte. In der ersten Hälfte dieses Jahres aber war das Interesse des Königs so sehr von verschiedenen Fragen in Anspruch genommen, dass vom 7. Januar bis zum 20. Juni nicht weniger als dreiundvierzig Symposien stattfanden. Die Themata waren mannigfaltig; hauptsächlich kamen die politischen Zeitströmungen, die Volksstimmungen in Spanien, Italien, England und Amerika, die kirchlichen Zustände in Frankreich und Amerika zur Sprache, dazwischen eine Übersicht über die moderne Geschichtsschreibung, dann wieder Chemie und Physiologie. Als es tiefer in den Sommer hineinging, wurden die Symposiasten nach Nymphenburg geladen, in die reizenden Rokokosäle der Amalienburg und Badenburg, wo man, wenn man nicht gerade das Protokoll zu führen hatte, die Augen zu der offenen Flügeltür hinaus über den kleinen See schweifen lassen und sich an der glänzenden Sternennacht erquicken konnte. – So sehr war der König von der Wichtigkeit dieser Abendunterhaltungen durchdrungen, dass er, so gütig er sich sonst mir bewies, meine Bitte, einige Tage vor dem Schluss der damaligen Symposien entlassen zu werden, nicht gewährte. Am 26. November des vorigen Jahrs hatte ich meinen teuern Vater verloren. Im Sommer darauf sollte eine Familienzusammenkunft in Freienwalde stattfinden, zu der ich ungeduldig erwartet wurde. Ich erhielt aber nicht eher Urlaub, als bis ich die Reinschrift des letzten Protokolls in der Kabinettskanzlei abgeliefert hatte.

In ähnlich raschem Tempo wurden die Symposien nie wieder abgehalten. Doch dauerten sie, gewöhnlich einmal wöchentlich, bis an den Tod des Königs fort, nur während des italienischen Krieges von 1859 einen Monat lang unterbrochen, da der Bürgermeister dem König vorgestellt hatte, dieser fortgesetzte Verkehr mit den Fremden und Protestanten mache ihn unpopulär. Der sonst so mutige Fürst, der aber »Frieden haben wollte mit seinem Volk«, gehorchte einer Anwandlung von Schwäche, da er die Gefahren der Weltlage überschätzte, und ließ auch andere Pläne und Bewilligungen an Gelehrte und Schriftsteller fallen, um sie dann nach dem Friedensschluss doch wieder aufzunehmen.

Er hatte auch sonst sich bemüht, die Bevorzugung der Berufenen sich von seinem Volke verzeihen zu lassen, indem er einheimische Gelehrte hin und wieder zu den Symposien hinzuzog: den alten Ringseis, Lasaulx, Döllinger, Pettenkofer, Dollmann, Lamont, Voigt, Seidl, Schafhäutl; von Künstlern gelegentlich Ziebland, Piloty, Kaulbach, Ph. Foltz und andere. Zuweilen erschien auch ein notabler durchreisender Gast, so an einem der Nymphenburger Abende der Großherzog von Mecklenburg, früher schon Fürst Pückler und Andersen; am 31. März 1859 ein ganzer Kreis illustrer Gäste zu Ehren der Säkularfeier der Akademie, darunter Helmholtz, Wöhler, Lepsius, Rudolf Wagner, Ehrenberg, Eisenlohr, wo es mehrere Stunden lang hochgelehrt zuging, da Helmholtz über Klangfarbe, Wöhler über organische Elemente in Meteorsteinen, Lepsius über Pyramiden sprach. Gegen seine Gewohnheit blieb dann der König auch bei dem Souper, dem, statt unseres herben Elfers, der Champagner einen festlichen Charakter gab.

In ähnlicher Weise wurden bei Gelegenheit der Gründung der historischen Kommission die Historiker gefeiert. Sybel hatte schon seit seiner Berufung regelmäßig an den Symposien teilgenommen. Nun erschienen am 6. Oktober 1860 auch die fremden Größen im königlichen Schloss, voran des Königs hochverehrter Lehrer Leopold von Ranke, mit ihm Waitz, Pertz, Lappenberg, Hegel, Wegele, und von den in München ansässigen Cornelius und Föhringer. Außerdem waren Dönniges, Liebig, Dollmann, Löher und die Poeten geladen, und der Abend gestaltete sich zu einem heiteren Fest, bei dem zuletzt Ranke einen Trinkspruch ausbrachte. Zum Schluss rief er das echt bayerische Pfüet (Behüt') Gott! das er als »Führ' Gott!« verstanden hatte, der neuen Gründung des Königs zu und musste sich von Dönniges seines Irrtums belehren lassen.

Noch eines Gastes will ich hier gedenken, ehe ich den Bericht über diese denkwürdige Tafelrunde beschließe.

Gegen Ende Februar des Jahres 1859 war Fontane nach München gekommen. Geibel hatte auch ihn für uns zu gewinnen gesucht, und auch Dönniges war lebhaft dafür gewesen. Ich hatte bei einem der Symposien (am 14. März) von seinen Balladen und »Männern und Helden« vorgelesen und großen Beifall auch beim Könige damit geerntet. Er gewährte dann unserem Freund am 19. März eine Audienz und ließ ihn zu dem Symposion am 24. März laden. Hier las Fontane unter anderem dem anwesenden von der Tann das Gedicht vor, das er in der Zeit, da dieser in Schleswig-Holstein sich die ersten Lorbeern geholt, auf ihn gedichtet hatte (»Hurra, Hurra! von der Tann ist da«). Seine Poesie und seine Person erweckten die wärmste Sympathie von allen Seiten. Weshalb es trotzdem zu einer Berufung nicht gekommen ist –

die übrigens dem eingefleischten Märker auf die Länge schwerlich behagt haben würde – vermag ich nicht zu sagen.

***

Neben den Symposien wurden Geibel und ich zuweilen zu den Teeabenden der Königin geladen, wo auch der König erschien, da er gern häufiger etwas Poetisches von uns vorlesen zu hören wünschte.

Es war immer nur ein kleiner Kreis: außer der Obersthofmeisterin Frau von Pillemand – einer ganz verwitterten, kleinen alten Dame, die Platens erste und einzige Liebe gewesen sein soll – die schöne Gräfin Charlotte Fugger und Fräulein von Redwitz, die zweite, ebenfalls sehr anmutige Hofdame, gewöhnlich von der Tann mit seiner Gemahlin, der Hofmarschall Baron Zoller und eine sehr gescheite unverheiratete Dame, Fräulein von Küster, Tochter eines früheren preußischen Gesandten in München, die der jungen Kronprinzessin nach ihrer Ankunft in München attachiert worden war, um die noch sehr kindliche Bildung der reizenden jungen Frau ein wenig zu vervollkommnen. (Sie hatte dabei gewisse sittliche Rücksichten zu nehmen, deren man sonst gegenüber jungen Frauen überhoben zu sein pflegt. So erzählte man, es sei ihr zur Pflicht gemacht worden, beim Vorlesen von Romanen und Novellen das Wort »Liebe« stets durch »Freundschaft« zu ersetzen.)

Trotz alles Bemühens aber war es nicht gelungen, der Königin Interesse an Literatur und Poesie einzuflößen. Ihr war nur wohl im leichtesten Geplauder und besonders in der freien Luft des Gebirges, das sie unermüdlich nach allen Richtungen zu durchstreifen liebte. Auch am Theater fand sie keinen Geschmack und sah, wenn sie doch einmal mit dem König in ihrer Proszeniumsloge erschien, lieber ins Publikum als auf die Bühne.

Jene Teeabende, an denen gelesen wurde, erfreuten sich daher nicht ihrer Gunst; sie fügte sich eben nur dem Wunsch des Königs und pflegte während der Vorlesung in Photographiealbums zu blättern. Zuweilen flüsterte sie dabei der neben ihr sitzenden Dame ein Wort zu, einmal so laut, dass Geibel das Buch, aus dem er gelesen, auf den Tisch legte und mit finsterem Stirnrunzeln verstummte.

Der König, auf das Peinlichste berührt, warf seiner Gemahlin einen unwilligen Blick zu und lud dann Geibel mit einer huldvollen Handbewegung ein, fortzufahren.

Ich selbst durfte mir einen ähnlichen Protest gegen einen Mangel an Respekt vor der Würde der Poesie nicht erlauben, sondern erhob nur die Stimme ein wenig stärker, wenn ich das Flüstern vom Sofa her vernahm. Übrigens waren diese kleinen Gesellschaften sehr behaglich, der König gewöhnlich besonders gütig, die Damen dankbar dafür, die allabendliche, ziemlich einförmige Konversation einmal durch etwas Poetisches unterbrochen zu sehen.

Ich hatte mit dem Vorlesen der »Brüder« angefangen, die die Königin »sehr schön, aber sehr ernst« gefunden hatte. Besonderen Beifall, auch bei ihr, fand ich dann mit der »Braut von Cypern«, weit mehr, zu meiner Verwunderung, als mit der »Hochzeitsreise an den Walchensee«, von der ich mir versprochen hatte, dass sie meine Qualifikation zum Hofpoeten besonders schlagend beweisen würde. Aber die realistischen Züge darin, wenn sie auch bayerische Szenerien und Volkssitten schilderten, fanden weniger Anklang bei dem Herrscherpaar, als die romantische Welt Cimones, und der düstere Walchensee konnte trotz aller Humore, die ihn umspielten, den Vergleich nicht aushalten mit der Purpurbläue des Mittelländischen Meeres.

Am 13. Februar 1855 war Geibels »Meister Andrea« aufgeführt und sehr freundlich aufgenommen worden. Die geniale Leistung des alten Jost, der den zerstreuten dicken Bildschnitzer mit so viel feinen Zügen ausstattete, dass man das psychologische Wagnis durchaus glaubhaft fand, steht mir noch heute in lebendigster Erinnerung.

Nun kamen von Stücken der Berufenen meine »Pfälzer« an die Reihe.

Ich finde über die erste Aufführung in einem Brief an meine Eltern einen ausführlichen Bericht. Da er bezeichnend ist für die damaligen Zustände des Münchener Theaters und den Eindruck, den diese erste Lampenprobe auf den dramatischen Anfänger machte, will ich einiges daraus mitteilen:

»Den Schauspielern verdarb es etwas den Humor, dass das halbe Parkett leer war. Am ersten Mai, wenn nur ein Strahl von Sonne die Bierkrüge streift, bleibt kein echter Münchener in der Stadt. Alle nahen und fernen Gärten sind belebt von Musik und Bockfröhlichkeit, das wurde mir von allen Seiten vorausgesagt, und Friedrich Haase (der die Hauptrolle spielte) drang in mich, die Aufführung zu verschieben. Ich konnte es leider nicht, wenn ich das hier schon viel zu viel angekündigte und besprochene Stück nicht bis zum Winter ruhen lassen wollte. Heute, am 2ten, reist Haase auf vier Wochen zu einem Gastspiel nach Prag. Wenn er wiederkommt, gehen andere, zumal der König, dem ich es doch auch schuldig war, ihm endlich das Stück vorzuführen. Warum freilich mein sehr verehrter Freund Dingelstedt die Sache von Weihnachten bis zum Mai hat hinschleppen lassen, weiß Gott und munkelt dieser und jener.« (Er verreiste auch einige Tage vor der Aufführung, beteiligte sich nicht an den Proben und kam erst nach der Première zurück.) Der alte Hölken, mein Regisseur, und die Schauspieler schüttelten die Köpfe, schnitten diplomatische Gesichter, taten aber trotzdem ihr Bestes, was freilich nicht immer gut war. Haase (der sich gegen die Übernahme der Rolle gesträubt hatte, da er schon damals alte Charakterrollen spielte und behauptete, dieser junge Weißbursche »liege« ihm durchaus nicht) war im Allgemeinen vortrefflich. Die fliegende Hitze, die Herbigkeit, im ersten Akt der Übermut der Freude, die Resignation zuletzt – das alles stand ihm natürlich, lebhaft und anziehend. Schade, dass er, wo die irische Poesie durchbrechen sollte, weich werden zu müssen glaubte. Der alte Bodenmesser, Herr Büttgen, soll gut gewesen sein. Mir fehlte an ihm die Größe und puritanische Macht, das Zähgläubige, die borniete Würde. Anna, seine Tochter, Frau Dahn-Hausmann, gefiel mir wieder besser als den anderen. Im letzten Akt war sie erschütternd. Eine große Wirkung machte der rote John, der in seiner Rolle stak wie in einer abgetragenen, zerschlissenen, bequemen Jacke. Christen heißt der Schauspieler. Er und Lang, der Emissär, sind Lieblinge des hiesigen Publikums und machten die Szene auf Carrick-o-Gunnel zu einer der schlagendsten des ganzen Stückes. Frau Büttgen, die alte Bodenmesser, sehr gut. Straßmann (Adam) – – hat den »Stock von einem Pfälzer« so hölzern gemacht, dass Anna und der Autor in ihrem Recht waren (ihn fallen zu lassen). Alle Nebenrollen sehr schicklich, die Ensembles vortrefflich eingeübt, nur der Sturm im letzten Akt hinter der Szene etwas zu prahlerisch. Lieber Gott, die Maschinisten wollen sich auch bemerklich machen.

»Ich stand in einem dunklen Winkel des ersten Ranges. – Als es aus war und ich sehr verstimmt (trotz des Hervorrufs), dass so viel bloße Natur und Unglück im Stück ist und so wenig poetische Rührung, so viel Tränen um mich herum flossen und ich stumpf und dumm dastand, nachdem ich in den Proben mich satt gerührt hatte, – ging ich noch und sagte den Schauspielern Dank, küsste die kleinen Hände der Frau Dahn und vertiefte mich dann in die Nacht. – – Geibel begegnet mir und will mir meinen Unmut ausreden. Es glückte ihm so wenig wie den anderen, die wir unterwegs trafen. Einen reinen Eindruck von dem Stück konnte ich freilich nicht haben nach den abmattenden Proben. Aber so viel weiß ich doch, dass eine nur pathologische Wirkung sich abnützt, eine künstlerische nicht. Es kann mich nicht trösten, dass das Publikum nichts Ähnliches empfand, – doch bereue ich auch keinen Augenblick, dass ich die ›Pfälzer‹ auf der Bühne gesehen habe. Ich habe so unabsehlich viel dabei gelernt, dass ich mir selbst einen schlechten Erfolg gern darum gefallen ließe.

Der König hat sich wieder sehr liebenswürdig bewiesen. Die bei Hof uralt übliche Landpartie des ersten Mai hat er abgekürzt, um zur Theaterzeit zurück zu sein, und mir nach dem dritten Akt seinen Adjutanten geschickt, mir seinen Beifall zu melden.«

Die erste Wiederholung fand am 22. Juni statt, sieben Wochen nach der Première. Bei der Probe an dem nämlichen Tage zeigte Dingelstedt von neuem, dass er dem Stück oder seinem Verfasser nicht wohlwollte, da er alles gehen ließ, wie's Gott gefiel. Auch hatte er das Parkett so groß machen lassen wie zu der gestrigen Ballettvorstellung, worüber selbst die Schauspieler räsonnierten, und den freien Eintritt aufgehoben. Es war also wieder ein halb leeres Haus, zumal nach sechs Regentagen dieser siebente im schönsten Sonnenglanz strahlte. Das »gewählte« Publikum aber zeigte sich sehr dankbar, alle Szenen, die am ersten Abend gewirkt hatten, schlugen wieder ein, und am Schluss wurden »Alle« zweimal gerufen, damals durchaus nicht so selbstverständlich wie heutzutage.

Also durchaus kein »Miss-« oder »Achtungserfolg«. Der populäre Stoff hatte seine Schuldigkeit getan trotz des in München bedenklichen Themas (Gegensatz von pfälzischen Protestanten und irischen Katholiken). Die Lokalblätter freilich läuteten das Stück zu Grabe. (Warum gehen die »Pfälzer« nicht in ihr Land? fragte der witzige Redakteur des »Punsch«, unser unversöhnlichster Gegner.)

In meinen Briefen nach Hause finde ich, obwohl ich nach und nach besser von diesem Erstling denken lernte, gleichwohl eine tiefe Verstimmung. Kurz vor der Wiederholung waren Otto Ludwigs [1813-1865; Zwischen Himmel und Erde; Die Heiterethei und ihr Widerspiel] »Makkabäer« [1854] in Szene gegangen, hauptsächlich auf das Betreiben Geibels, der dem Könige das große Werk gerühmt und für seinen Dichter ein Jahrgehalt erwirkt hatte. Auch ich war enthusiastisch dafür eingenommen. »Das Münchener Publikum aber verhielt sich völlig kalt und schimpfte im Hinausgehen über das langweilige Stück. Wie musst' ich mich schämen, dass sie sich in meinen ›Pfälzern‹ nicht gelangweilt haben!«

Freilich wurden diese besser gespielt, während in den »Makkabäern« eigentlich nur die Damböck (Lea) der großen Aufgabe gerecht geworden war. In der Presse aber hütete man sich, dies einzugestehen. Man frohlockte: nach den Erfahrungen mit den »Pfälzern« und den »Makkabäern« sei der Bankrott der »norddeutschen Dramatik« unbestreitbar an den Tag gekommen.

Ich schwieg ganz still und ließ es von Laubes Urteil abhängen, ob ich mein Stück drucken lassen und an andere Bühnen versenden solle. Erst im September kam der Bescheid aus Wien. Laube riet ab. Das Stück sei im Bau und den Motivierungen zu jäh, um das Publikum zu interessieren. Er bezeichnete damit in seiner Sprache, was ich in meiner den Mangel an dichterischer Verklärung des Stoffes nannte. Unrecht hatte er gewiss in Bezug auf den äußeren Bühnenerfolg. Für diesen ist immer der Stoff entscheidend, der sich ja selbst in meiner rohen Zubereitung als wirksam bewährt hatte. Doch gab ich sofort jeden Gedanken daran auf, das Stück noch weiter sein Glück versuchen zu lassen. Ich steckte damals tief in einer neuen Arbeit, einem Trauerspiel »Otto III.«, das mich Jahr und Tag in Atem hielt und dann doch trotz Geibels lebhaftem Beifall mir so wenig genügte, dass ich jede Spur davon vernichtete.

Mein Verhältnis zu Dingelstedt war durch diese Episode begreiflicherweise nicht wärmer geworden. Doch war ich aufrichtig froh, als ein Besuch Auerbachs die unliebsame Spannung zwischen uns löste. An zwei Abenden waren wir Drei beisammen, und es kam zu einer völligen Aussprache, bei der Dingelstedt gestand, er habe Geibel und mich für seine Feinde gehalten, weil wir ihn zu unseren Donnerstagen – im »Krokodil« – nicht hinzugezogen hatten.

Wir hatten keine Ahnung gehabt, dass ihm daran gelegen sein möchte. Nun stießen wir auf einen »unbewaffneten Frieden« mit Champagner an, und bis zu Dingelstedts Entlassung im Jahre 1857 ist auch eine Störung dieses Friedens von keiner Seite vorgekommen.

**

Meine Stellung dem Münchener Publikum gegenüber war durch mein theatralisches Debüt jedenfalls gebessert worden. Das Vorurteil gegen den norddeutschen Poeten, der zu hoch hinaus wolle und die »ungebildeten Bayern« geringschätze, hatte ich durch das einfache Volksstück entkräftet. Wie wunderlich aber, nicht bloß »von Gunst und Hass verzerrt«, mein Charakterbild noch schwankte, ersah ich aus einer vertraulichen Mitteilung Baron Leonrods, der mir immer eine freundschaftliche Gesinnung bewiesen hatte und mir bei einem der Symposien nach wiederholter Bitte, es ja nicht übel zu nehmen, eröffnete, »man habe die beste Meinung von meinem Talent, glaube aber, dass ich mir nicht immer so viel Mühe gebe, wie ich könnte, da ich die Form so oft vernachlässigte. Mit etwas mehr Feile würde manches gewiss vollendeter werden.« Ich versicherte diesem aufrichtigen Freunde, dass ich die »Urica«, die er ausdrücklich ausnahm, für das mangelhafteste Stück in den »Hermen« hielt, und nahm übrigens den Wink mit einer gewissen Genugtuung hin, da ich in meiner Heimat von Prutz, Kossak, Gutzkow und anderen Kritikern über meinen »akademischen Kultus der schönen Form« mir die härtesten Dinge sagen lassen musste. Wer aber war »man«? Ich konnte auf keinen Geringeren als den König raten, dem der »Perseus« in den »Hermen« gewiss als ein ungeheuerliches Produkt – eine antike Mythe in Knittelversen! – sehr seltsam vorgekommen war. Eine solche »Unform« verstieß gegen alle landläufigen ästhetischen Begriffe, in denen ihn Geibels volltönende Lyrik bestärkt haben mochte.

Ob ich es mit meiner nächsten größeren Arbeit bei König Max besser traf, ist mir immer zweifelhaft geblieben. Ich durfte mir freilich sagen, dass ich mir viel »Mühe« damit gegeben und es auch an der »Feile« nicht hatte fehlen lassen. Denn dies epische Gedicht »Thekla« hatte, seit ich es im ersten Entwurf aus Rom mitgebracht, neben all meinen anderen Arbeiten mich unausgesetzt beschäftigt und war mir ein wahres Schmerzenskind geworden, da ich inzwischen wohl auch über seine Form hinausgewachsen war. Ich hatte den Hexameter gewählt als das für eine Erzählung aus der ersten christlichen Zeit passendste neutrale Metrum. Doch musste ich mir sagen, dass es selbst in der freieren, unpedantischen, unplatenschen Behandlung des Verses wenig Aussicht habe, dem deutschen Ohr vertraut zu klingen. Hatten doch selbst das herrlichste Gedicht in dieser Form, »Hermann und Dorothea« [Goethe, 1797], und der geniale »Reineke Fuchs« [Goethe, 1794] eine wirkliche Popularität nie erlangt.

Nun aber war es so weit gediehen, dass ich es nicht aufgeben, noch weniger umschmelzen konnte, und so erfüllte ich während des Sommers 1857, den ich nach meines Vaters Tode mit meiner Mutter und der ganzen Kuglerschen Familie in Freienwalde zubrachte, so gut ich konnte eine immer schwerer gewordene Pflicht, indem ich das Gedicht in dem Kapellchen von Ägidis *vinea domini* beendete.

Als ich dann einen Abschnitt daraus im Symposion, einen anderen bei der Königin vorlas, hatte ich trotz des höflichen Beifalls die Empfindung, dass die Majestäten nach einer Fortsetzung nicht begierig waren. Besseres Glück fanden »Die Sabinerinnen«, die im Jahre darauf bei dem dramatischen Wettbewerb den Preis gewannen. Der Première am 20. Mai musste ich fern bleiben, da ich krank war, auch die Maske meiner anonymen Autorschaft nicht lüften wollte. Bei der Wiederholung hatte ich freilich an dem Spiel der meisten wenig Freude. Die Straßmann-Damböck (Hersilia) blieb weit hinter ihrer Aufgabe zurück, nur das Dahnsche Ehepaar war vortrefflich, Frau Dahn-Hausmann (Tullia) hinreißend, ganz ohne theatralische Manieren, die rührendste Tragik, zu der eine einfache Mädchenseele heranreift.

Im Publikum war die Stimmung entschieden günstig, sogar Schleich im »Punsch« äußerte sich anerkennend. Besonders warm beglückwünschte mich der König, als bei einem der Symposien die verschlossenen Zettel geöffnet wurden und das öffentliche Geheimnis meiner Autorschaft an den Tag kam.

Das Stück wurde dann im Sommer noch in Wien, Berlin und auf einigen anderen großen Bühnen aufgeführt, überall mit lebhaftem Beifall, doch ohne dauernden Erfolg. Zum Teil war die Abneigung des Publikums gegen alle »Stücke mit nackte Füß'« – wie man in Wien sagt – daran schuld, zum größeren Teil die Schwierigkeit, an derselben Bühne zwei junge tragische Liebhaberinnen zu finden, die das sabinische Schwesternpaar gleich sympathisch darzustellen vermochten. Auch ist es die Frage, ob der Stoff überhaupt vorzugsweise dazu angetan sei, tragisch behandelt zu werden, ob die Konflikte sich nicht weit natürlicher und wirksamer humoristisch lösen ließen.

Es kam noch anderes hinzu, mir den Eindruck dieses erfreulichen Ergebnisses bald zu verwischen.

Am 18. März 1857 war mein teurer Schwiegervater Kugler gestorben. Er hatte die »Sabinerinnen« noch eben im Manuskript kennen gelernt. Frau Klara übersiedelte mit den beiden Söhnen zu uns nach München; bald gesellte sich Adolf Wilbrandt hinzu, Bernhard Windscheid war als Lehrer der Pandekten an die Universität berufen worden und unserm engeren Kreise, dem das Sybelsche Ehepaar schon längst angehörte, nahe getreten – unser Leben hatte ein völlig anderes Gesicht bekommen. Ich selbst war während des nächsten Jahrs mit der Redaktion des »Literaturblatts zum deutschen Kunstblatt« über und über beschäftigt, nebenbei mit jener Übersetzung von Cavedas Geschichte der spanischen Baukunst, deren Manuskript Kugler noch durchgesehen hatte.

So konnte ich unserer Sommerfrische in Ebenhausen kaum froh werden, zumal alle poetische Produktion hinter der kritischen und geschäftlichen Arbeit zurückstehen musste. Doch fühlte ich den Boden unter meinen Füßen nun erst wahrhaftig befestigt und die Liebe zu der neuen Heimat mir so ins Blut gedrungen, dass es mir nicht schwer fiel, den wiederholten dringenden Bemühungen des Großherzogs von Sachsen, mich nach Weimar zu ziehen, zu widerstehen. Ich dachte nicht daran, die Erfüllung dieser einfachen Pflicht der Dankbarkeit gegen meinen königlichen Gönner bei ihm selbst geltend zu machen. Er erfuhr davon aber durch andere und erhöhte meine Jahrespension auf fünfzehnhundert Gulden, indem er in der huldvollsten Weise aussprach, dass er auf mein Bleiben in seiner Nähe Wert lege.

Es sollte mir bald so gut werden, das Wohlwollen des gütigen Königs und die Hoffnungen, die er auf mich gesetzt, auch in den Augen seiner nächsten Umgebung und der weiteren Kreise Münchens zu rechtfertigen.

Am 2. Januar 1860 fand die erste Aufführung meiner »Elisabeth Charlotte« statt. Es war mein erster durchschlagender, unbestrittener Erfolg, den auch die Aufnahme auf fast allen deutschen Bühnen bestätigte. In München kam mir eine treffliche Besetzung zustatten: wieder das Dahnsche Ehepaar – Frau Dahn-Hausmann unübertrefflich! – Konstanze Dahn als Maintenon, Christen als Chevalier de Lorraine, Richter als Graf Wied, nicht zuletzt die prächtige Jungfer Kolbin, der Seebach – ein Zusammenspiel, das selbst durch einige schwächere Mitwirkende nicht erheblich gestört werden konnte.

Zu dem günstigen Eindruck in München half nicht wenig, dass die Heldin des Stückes die pfälzische Prinzessin war, die am französischen Hofe ihr deutsches Herz bewahrt und deutscher Tugend sogar bei dem »Sonnenkönig« Achtung verschafft hatte. Dazu der warme patriotische Pulsschlag, der die Handlung beseelt, der derbe Humor der alten Kammerfrau und die spannend verschlungene und erfreulich sich lösende Handlung. Selbst das Misswollen des damaligen Intendanten von Frays konnte den Erfolg nicht mehr verkümmern. Der alte

General, Dingelstedts Nachfolger, der das Stück erst vierzehn Tage später wiederholen woll-te, musste sich darein fügen, die zweite Aufführung wenigstens auf den neunten anzusetzen.

Sogar der alte König Ludwig hatte sich durch die Verherrlichung seiner pfälzischen Urah-nin für mein Stück gewinnen lassen. Am Tage nach der Premiere war er einem meiner Be-kannten auf der Straße begegnet und hatte ihm zugerufen: »Habe gestern das Stück von dem Heyse gesehen. Ein schönes Stück, ein sehr schönes Stück! Mag sie aber alle nicht!« (Niemals hat er sich einen der Berufenen vorstellen lassen.) König Max aber sagte mir bei einem der späte-ren Symposien: »Mein Vater ist ganz begeistert von Ihrer Elisabeth Charlotte. Sie können sich denken, wie mich das freut.«

Ich selbst hatte schon damals kein reines Gefühl gegenüber dem Stück. Zwar, als ich es nach langen Jahren einmal wieder las, musste ich mir sagen, dass es es wohl nicht hätte an-ders machen können, als ich getan, wenn ich die Absicht hatte, die Liselotte zum Mittelpunkt eines wirksamen Schauspiels zu machen. Dazu musste sie noch jugendlich genug sein, um eine Herzensgefahr tapfer, doch nicht ganz leicht zu überwinden. Der Vorstellung aber, die wir uns nach ihren berühmten Briefen von ihr gemacht, durfte sie bei mir nur durch die Ge-radheit und Tüchtigkeit ihres Charakters entsprechen. Ja, selbst wenn es möglich gewesen wäre, sie als korpulente alternde Frau mit allen Zynismen ihrer brieflichen Expektorationen auf die Bühne zu bringen, wäre damit der wahren historischen Figur doch Unrecht getan worden. Was uns in ihren Äußerungen als deutsche Derbheit gegenüber französischer Sitte und Sprache anmutet und zuweilen auch das Maß des Schicklichen zu überschreiten scheint, war in jener Zeit der zügellosen Sitten nichts weniger als unfürstlicher Ton. Sie selbst, so we-nig man sie am Hofe Ludwigs XIV. liebte und verstand, erscheint in den zeitgenössischen Berichten stets als die *fière Palatine,* der niemand eine Unkenntnis höfischer Sitte nachsagte.

So hatte ich mich entschließen müssen, was an Derbheiten gesagt werden musste, der Jungfer Kolbin zuzuweisen. Immerhin aber erinnerten die leichtflüssigen Jamben allzu wenig an den gutbürgerlichen, unverfrorenen Stil der Briefe. Die dankbare Aufgabe, Liselotte etwa wie den alten Götz unserem Volk in einem getreuen Bilde, holzschnittartig und doch vor-nehm gehalten, vorzustellen, hatte ich nicht gelöst.

Berchtesgaden

Der Erfolg des Stückes hatte einen Lieblingswunsch des Königs von neuem angeregt: den Mächtigsten seiner Vorfahren, Ludwig den Bayern, in einem Schauspiel verherrlicht zu se-hen.

Uhlands Drama, das, im Jahre 1818 gedichtet, bei der Preisbewerbung um das beste dra-matische Gedicht aus der bayerischen Geschichte keinen der beiden Preise gewonnen hatte, konnte bei allem edlen dichterischen Reiz des Stils als Bühnenstück nicht in Betracht kom-men, da ihm jede dramatische, geschweige denn theatralische Wirkung versagt war. Was dem Altmeister nicht gelungen war, wünschte der König von mir erreicht zu sehen, und mein Bedenken, dass ich, ein so guter Münchener ich geworden, doch vielleicht den Ton nicht zu treffen vermöchte, der in bayerischen Herzen vollen Widerhall weckte, wurde nicht ange-nommen. Mein tieferes, dass mir einem historischen Stoff gegenüber, der in allen Einzelhei-ten jedem Schulknaben bekannt ist, keine Freiheit bliebe, an Charakteren und Begebenheiten auch nur die geringste Änderung vorzunehmen, die für die dramatische Wirkung günstig sein würde, hielt ich weislich zurück. Der König würde schwerlich ein Verständnis dafür gehabt haben, dass ein historisches Drama etwas anderes als eine wahrhaftige dramatisierte Ge-schichte sein müsse.

So versprach ich, der Aufgabe nachzudenken, sobald ich mit einem frei erfundenen Schau-spiel fertig geworden wäre, den »Grafen von der Esche«, das ich gleich nach der »Pfalzgrä-

239

fin« entworfen hatte, um meine Hand in einem kräftigeren Stil zu üben, als jenem höfischen *parlando* in fünffüßigen Jamben.

Ich nahm die Arbeit in meine Sommerfrische mit, zu der ich mir das kleine, anmutig gelegene Adelholzen unweit Traunstein ausersehen hatte. Hier gesellten sich auch Sybels, Windscheids und Schack zu uns, und wir genossen ein vergnügliches Stillleben im bösesten Wetter, über das mich der Fortgang der »Eschen«, das Billardspiel mit Sybel und die Lektüre der »Bakchen« des Euripides mit Schack hinlänglich trösteten.

In der Mitte des August aber erhielt ich die Einladung des Königs nach Berchtesgaden.

Schon früher hatte Ranke mehrere Wochen bei König Max in der schönen Berchtesgadener Villa zugebracht. Bodenstedt und Riehl hatten dann vor etlichen Jahren den hohen Herrn auf einer Reise durch das bayerische Gebirge begleiten dürfen. Geibel, der den Sommer regelmäßig in seiner Heimat und einem der Ostseebäder zubrachte, hatte seinen Urlaub. So war die Reihe, an der Sommerfrische der Majestäten teilzunehmen, an mich gekommen.

Ich gestehe, dass ich im ersten Augenblick über die mir zugedachte Ehre nicht sonderlich erfreut war, da sie meine Badekur und die Arbeit, die mir sehr am Herzen lag, unterbrach und mich von meiner Familie und den Freunden trennte. Ich wurde aber bald anderen Sinnes, und wenn ich jetzt zurückdenke, stehen mir jene sechs Wochen, die ich in der herrlichen Gebirgswelt am Königshof verleben durfte, in märchenhaftem Glanz vor der Erinnerung.

Ich kannte Berchtesgaden noch nicht, hatte nur gehört, dass es für die Perle in dem reichen Kranz der bayerischen Berge galt. Doch alle meine Erwartungen sollten übertroffen werden.

Am schwülen 16. August waren wir in einem Extrazug nach Salzburg gefahren, wo König und Königin die alte Kaiserin von Österreich noch begrüßen wollten. Ich selbst fuhr mit Kobell und Ricciardelli ohne Aufenthalt weiter, nach der dumpfen Eisenbahnfahrt doppelt erquickt im offenen Wagen die reine Abendluft einatmend, die sich mehr und mehr verkühlte, je näher wir dem Ziel kamen. Im Ort selbst empfingen uns Bergfeuer, die tausend Flammen und Lichter der Illumination, Glockenläuten und Böllerschüsse und der fröhliche Juhschrei von den Halden, da man uns Vorläufer für die Majestäten hielt; und über all dem festlichen Glanz und Lärm der feierliche Gruß des Watzmann und Göll, die ihre hohen Häupter gegen das reine Blau des Nachthimmels hoben, von einer zauberhaften Sternenpracht umfunkelt.

Die königliche Villa liegt auf halber Höhe über dem Ort, in glücklichster Freiheit dem Gebirge gegenüber. Sie ist im Gegensatz zu dem mächtigen alten Schloss in einem leichten und doch vornehmen Stil gebaut, mit vorspringendem Dach und schlanken Balkonen, und ein langgestrecktes *Corps de logis* schließt sich an das Hauptgebäude an. Die Gesellschaft bestand aus von der Tann und seiner Gemahlin, dem alten General Laroche, Graf Pappenheim, Graf Seinsheim, Ricciardelli, Kobell, dem Leibarzt von Gietl und den Hofdamen Gräfin Fugger und Freiin von Redwitz.

Ich hatte mein Zimmer neben dem des Grafen Pappenheim, der sehr musikalisch war. Gleich am ersten Morgen hörte ich ihn auf der Geige einen Czardas spielen, der mir aus einem Münchener Konzert ungarischer Zigeuner kurz vor der Abreise im Ohr hängen geblieben war, sodass ich ihn beständig vor mich hinsingen musste. Der Verkehr mit den Zimmernachbarn war auch sonst der gemütlichste, den man wünschen konnte. Am nächsten Vormittag führte mich Kobell nach der Schießstatt hinunter und stellte mich dem Forstmeister Herrn Sutor vor, der mir, da ich mich einschießen sollte, einen jungen Forstgehilfen namens Phrygius zum Lehrmeister gab. Ich hatte Zeit, mich im Ort umzusehen bis zum Diner. Nach der Tafel, da die Königin zum Passionsspiel nach Oberammergau gereist war, fuhren wir mit dem König allein nach Maria Plein und kehrten erst spät zur Villa zurück.

Auch an den folgenden Tagen war die Tagesordnung die gleiche. Den Vormittag hatte ich für mich, konnte meine Briefe schreiben, den Druck der »Grafen von der Esche« (als Bühnenmanuskript) korrigieren, spanische Romanzen übersetzen und »Ludwig den Bayern« bebrüten. Dabei blieb noch Zeit zu einem Spaziergang und den Schießübungen, die mir viel Freude machten. (Schon am ersten Tage verzeichnet mein Tagebuch mit Genugtuung »zwei Dreier hintereinander«.) Gewöhnlich um vier Uhr das Diner, unmittelbar darauf eine längere Spazierfahrt, wobei ich oft die Ehre hatte, mit dem König allein zu fahren, manchmal zwei oder dritthalb Stunden lang, in denen ich über die verschiedensten Themata, ästhetische, literarische, oft sogar politische, mich aussprechen musste.

Ich hatte es mir zum Gesetz gemacht, immer, natürlich in der bescheidensten Form, meine ehrliche Meinung zu sagen, auch wenn sie den Ansichten des Königs, die mir bekannt waren, widersprach. So hielt ich es auch, wenn der König das Gespräch auf gewisse politische Lieblingspläne lenkte, wie etwa die Triasidee. Ich bekannte ohne Umschweife meine kleindeutsche Gesinnung, wegen deren ich ja auch schon von der Augsburger »Allgemeinen Zeitung« bei Gelegenheit meines Aufsatzes über Giusti angegriffen worden war. (Übrigens hatte der fanatisch großdeutsch gesinnte Dr. Orges das Giustische Gedicht Sant' Ambrogio, das ich übersetzt, missverstanden, da es nichts weniger als feindselig gegen Österreich gemeint war.)

Statt mir meine offenen Bekenntnisse übel zu nehmen, ging der König seinerseits mit allerlei sehr persönlichen Mitteilungen heraus. So zum Beispiel in Betreff des Verhältnisses zu seinem Vater. Er gestand, dass es sein Ehrgeiz sei, wie König Ludwig I. sich durch die Kunst Ruhm und ein Verdienst um sein Volk erworben habe, nun seinerseits durch die Förderung der Wissenschaften sich in gleicher Weise einen Namen zu machen, und fragte mich geradezu, ob auch ein Fürst, der sich jeder »gewaltsamen Handlungsweise« enthalte, hoffen dürfe, einen hohen Rang in der Geschichte einzunehmen. Ich konnte die Frage mit gutem Gewissen bejahen und an einigen Beispielen der Geschichte erläutern.

An diese Spazierfahrten schlossen sich dann zuweilen kleine Wanderungen auf steileren Bergpfaden, auf denen die Königin allen voran war. Nach der Rückkehr hatte man beim Tee wieder zu erscheinen, worauf, wenn der König sich zurückzog, noch ein Souper, eine Partie Billard, zuweilen eine Mondscheinpromenade folgte. Vorgelesen wurde an diesen Teeabenden nicht mehr, auch der schöne Flügel niemals geöffnet. Oft aber brach man zu größeren Ausflügen schon früh am Tag auf, fuhr etwa in einer schöngeschmückten großen Barke über den Königssee nach Bartholomä, wo die Kirchweih das Gebirgsvolk von weither zusammengeführt hatte, oder sah dem – nassen und trockenen – Holzsturz zu, bei dem riesige Stöße geschlagener Fichtenscheite, die auf der Höhe eines jäh abfallenden Felsens aufgeschichtet waren, durch einen gestauten Wildbach, dem plötzlich das Wehr weggezogen wurde, oder durch das Abschlagen der Stützen die ungeheure Wand hinab in den See geschleudert wurden. Oder man fuhr nach einem der weiter entlegenen Jagdhäuser, wo im Freien getafelt wurde. Bei solchen Gelegenheiten war die Königin besonders liebenswürdig und heiter, pflückte große Sträuße Wiesenblumen und unterhielt sich ausführlich mit dem Volk, dass sich ihr zutraulicher näherte als dem »Herrn Kini«. Ich erinnere mich, dass einmal eine Bäuerin aus ihrer Hütte trat und Ihrer Majestät einen ansehnlichen Ballen Butter, lose in Kastanienblätter gewickelt, als Verehrung überreichte. Die Königin nahm ihn ohne Schonung ihrer Handschuhe dankend selbst in Empfang, versprach, von der Butter zu essen, und befahl dann auch, dass sie abends beim Tee aufgetragen werden sollte, wo sie sich's nicht nehmen ließ, selbst davon zu kosten, trotz des ranzigen Geschmacks; denn diese Liebesgabe hatte vielleicht schon eine Woche lang darauf warten müssen, der Frau Königin gelegentlich dargebracht zu werden.

Der König, bei aller Huld und Güte, die ihm aus den Augen sahen, hatte nicht die Gabe, sich mit den Leuten so »gemein zu machen«, wie es seinem Vater leicht gewesen war. Seiner feineren, zartfühlenden Natur widerstrebte es freilich auch, ein verletzendes Scherzwort hinzuwerfen, wie man König Ludwig I. so manches nacherzählte. Dagegen wusste er königliche Würde und menschliche Liebenswürdigkeit aufs Gewinnendste zu verbinden, wenn er in der

Villa Gäste bei sich sah, sowohl die höheren Beamten seines eigenen Landes, als fremde fürstliche und hochadelige Herrschaften.

Im Laufe dieser Sommerwochen erschienen am Hoflager der Großherzog von Mecklenburg mit seiner Gemahlin und der alten Großherzogin, der Schwester König Friedrich Willhelms IV., dem die alte Dame auffallend ähnlich sah, die Herzogin von Modena, Fürst und Fürstin Lobkowitz, Erzherzogin Sophie mit ihrem Gemahl, Fürst und Fürstin Solms; von geistlichen Würdenträgern der Kardinal Reisach, der Fürstbischof von Salzburg, Bischof Ketteler von Mainz und der Bischof von Regensburg; von Staatsmännern unter anderen Herr v. Beust (»feiner, geistreicher, nervöser Diplomatenkopf, ohne Größe, aber nicht ohne Festigkeit«. Tagebuchnotiz vom 25. August). Unter all dieser wechselnden Gesellschaft bewegte sich der König mit der freiesten Haltung, sichtlich bemüht, sich jedem freundlich zu erzeigen und wie ein anderer gastfreier Hausherr es seinen Gästen wohl zu machen. Dabei, so empfänglich er für Scherz und Witz war, hielt er stets eine gewisse Grenze inne, und wenn im Geplauder beim abendlichen Punsch nach einer erfolgreichen Jagd Histörchen vorgebracht wurden, wie sie in Männergesellschaften unbedenklich im Schwange zu gehen pflegen, stimmte er nur aus Höflichkeit in das Lachen der übrigen ein und wurde gleich wieder ernst. Auch auf ihn konnte man das Wort anwenden, dass das Gemeine in wesenlosem Scheine hinter ihm lag.

Obwohl nun er selbst nicht so recht eigentlich ein Jäger, nur ein guter Schütze war – er nahm gewöhnlich ein Buch auf seinen Stand mit, in dem er las, bis sein Jäger ihm beim Herannahen eines Wildes die Büchse überreichte –, versäumte er doch nicht, zur Herbstzeit in den verschiedenen weitgedehnten Hochlandsrevieren zu jagen, was ihn oft tagelang von der Villa fernhielt. Überall hatte er eigene Jagdhütten, die manchmal nur für ihn allein Raum hatten, während seine Herren in Blockhäuschen oder Heustadeln übernachten mussten. In aller Frühe wurde dann aufgebrochen, man bestieg die kleinen, gelben norwegischen Pferde, die auf den schmalen Reitwegen, selbst wenn es steiler hinanging, ihren Reiter so sicher trugen wie in der Ebene, und nahm, wenn man den Platz erreicht hatte, der für die Jagd ausersehen war, den Stand im Bogen ein, den der Forstmeister bestimmte. War dann die Treibjagd vorüber, so wurde nach der Jagdhütte zurückgeritten, im Freien unter hohen Ahorn- oder Fichtenwipfeln diniert, und wenn am andern Tage das Jagen fortgesetzt werden sollte, der Abend bei Punsch, Zitherspiel und Gesang von Sennerinnen, Jägern und Holzknechten verbracht.

Wie mich dies bunte, fröhliche Leben in der mächtigen Hochlandsnatur entzückte, wie dankbar ich war, wochenlang auf die bequemste Art Berg und Tal durchstreifen und die Wunder der Alpenwelt in Regen und Sonnenschein, im ersten Frührot und unter dem leuchtenden Sternenhimmel betrachten zu können, wird jeder Leser mir nachfühlen, der sich an meine städtische Jugend in dem Hinterzimmer der Berliner Behrenstraße erinnert. Es war mir sehr ernst darum, mit einzustimmen, wenn Kobell sein Jägerlied sang:

> Wos war's denn ums Leb'n ohne Jag'n?
> Koan Kreuzer net gebet i drum.
> Wo aber a Hirsch zum dafrag'n,
> Wo's Gamsein geit, da reißt's mi 'rum.
> Und ist auch an Ehr dabei z' g'winna,
> Und muaßt was versteh' und was kinna,
> Denn der si net recht z'samma nimmt,
> A net leicht zun an Gamsbartl kimmt[28].

---

[28] Oberbayerische Lieder mit ihren Singweisen. Im Auftrag und mit Unterstützung Sr. Majestät des Königs für das bayerische Gebirgsvolk gesammelt und herausgegeben von Fr. v. Kobell. Mit Bildern von A. v. Ramberg. 1860.

Dass ich freilich weit davon entfernt war, »was zu verstehn und zu können«, musste ich bald erfahren. So gute Fortschritte, dank meinem scharfen Auge und meiner ruhigen Hand, ich beim Schießen nach der Scheibe gemacht hatte, es war etwas ganz anderes, wenn der Hirsch durch das niedere Gezweig brach und mit seinen flüchtigen Füßen die Steine den Abhang hinunter ins Rollen brachte, um plötzlich sausend aus dem Dickicht vorzubrechen und in wilder Flucht vorbeizustreichen, – auch dann kaltblütig die Büchse zu heben, auf das Blatt zu zielen und mit dem Finger nicht voreilig oder zu spät den Drücker zu berühren!

Ich gestehe, dass ich von der noblen Passion hoher Herren, von einem sicheren Stand aus auf vorbeigetriebenes Wild zu schießen, bis dahin nicht allzu gut gedacht hatte. Vollends ein Kesseltreiben, wo die Schützen in das dichte Gewühl armer Hasen hineinfeuern, schien – und scheint mir noch heute – ein wenig ritterliches Geschäft, während der Jäger, der sich einsam an das Wild heranpirscht oder gefährliche Bergpfade erklettert, »um ein armselig Grattier zu erjagen«, Mut und Geschicklichkeit aufwenden und oft sogar sein Leben einsetzen muss. Und wenn es nötig ist, um den Wildstand nicht übermäßig sich mehren zu lassen, in bestimmten Fristen die überzähligen abzuschießen, sollte man, meint' ich, dies berufsmäßigen Jägern überlassen und nur auf einem Pirschgang sich daran beteiligen.

Bald aber erfuhr ich an mir selbst, dass es auch bei einer Treibjagd auf allerlei Mannestugend ankommt, Ausdauer in Wind und Wetter, Herzhaftigkeit, wenn ein zur Wut gehetztes Tier in blinder Angst auf den Schützen geradesswegs losstürmt, endlich ein sicheres Auge und eine feste Hand. Eine Jagd, wie die vor der Watzmannscharte, von sechs Uhr morgens bis drei Uhr mittags, erst eisiger Frühnebel, dann Regengüsse, dann wieder stechende Sonne und Gewitterschwüle, während die Gemsen, hinten an der steilen Wand über Bartholomä hinaufgetrieben, oben auf der Schneide des Berges langsam auftauchten und, mit zuckenden Sprüngen herabkommend, der Kugel nur ein unsicheres Ziel boten – dazu diese sieben Stunden lang regungslos, die Büchse auf den Knien, auf einem Felsblock ausharren und rechts und links Schüsse knallen hören, während einem selbst kein Stück Wild schussgerecht kommen will – wer da nicht am Ende in ein mordlustiges Fieber gerät, als ob die edlen Tiere, die in der Ferne vorübersausen, es schadenfroh darauf abgesehen hätten, einen zu narren, der hat nicht nur keinen Tropfen Jägerblut, sondern überhaupt kein rotes Blut im Leibe, dem nichts Menschliches fremd ist.

In einer poetischen Epistel an meinen Freund Hermann Lingg, als man uns beide in das Komitee eines Münchener Schützenfestes gewählt hatte, habe ich erzählt, wie es damit zuging, dass ich zum ersten Mal, nachdem ich häufig leer ausgegangen war, ein Stück Wild zur Strecke liefern konnte. Bei dem dunklen Gefühl, dass mein kleiner Phrygius sich als stiller Mithelfer daran beteiligt habe, war ich auf das erste Jagdglück nicht sonderlich stolz. Ich erwähne es hier nur, um der Güte des Königs zu gedenken, den mein bisheriges Misslingen mehr als mich selbst verdrossen hatte, da er auf diesen Jagdausflügen nur frohe Gesichter unter seinen Gästen zu sehen wünschte. Wahrhaft gerührt aber war ich durch einen anderen Beweis seines Wohlwollens gegen mich.

Als wir oben auf dem Plateau unter dem Watzmann angelangt waren, wo wir übernachten sollten, – die Pferdchen wurden abgezäumt und zum Grasen sich selbst überlassen, die Köche errichteten im Freien ihre improvisierten Herde und zündeten große Feuer aus Latschen und Knieholz an – sagte mir der König: Kommen Sie mit! Ich will Ihnen das Haus zeigen, in dem ich übernachten werde!

Er führte mich zu einer unscheinbaren Holzhütte, wohl erst für die Gelegenheit aufgeschlagen, innen aber sogar tapeziert und ganz behaglich eingerichtet, mit einem Komfort, den ein echter Jäger verschmäht haben würde. – Sehen Sie, sagte der König, indem er ein Buch von einem niederen Tische nahm, da hab' ich mir auch was zum Lesen mitgebracht. Kennen

Sie das Buch? – Ich sah, dass es meine »Thekla« war. Die heilige Thekla auf der Gemsjagd, Hexameter statt der Schnadahüpfel! Gewiss hat der König keine drei Verse darin gelesen oder höchstens, um sich in Schlaf zu bringen. Ich wusste ja, dass ihm das Gedicht nicht gefiel. Er hatte es nur mitgenommen, um seinem Gast etwas Freundliches zu erweisen.

An den Abenden nach der Jagd, sobald das Souper vorüber war und man beim Punsch saß, wurde vorgelesen, wenn man nicht in einer Sennhütte Zither spielen und Schnadahüpfel singen hörte, wie an jenem Tage, wo der Großherzog von Mecklenburg mitgejagt hatte. Kobell las, was er kürzlich gedichtet hatte, ich gab meine Novelle *»Andrea Delfin«* [oben, S. 19 ff.] zum Besten, in kleinen Abschnitten, da alle müde waren und man früh sein Lager aufsuchte. General Laroche schnarchte gewöhnlich schon während der Vorlesung so laut, dass es schwer hielt, ihn mit der Stimme zu überbieten. Fataler war's, dass diese Nachtmusik, wenn wir mit dem alten Herrn eine Blockhütte teilten, keinen von uns auf seiner Heumatratze zum Schlafen kommen ließ.

In wie hellen Farben stehen all diese bunten Abenteuer vor meiner Erinnerung! Wie unvergesslich ist mir der heitere Blick des gütigen Fürsten, mit dem er in das fröhliche Treiben hineinsah, während er über den Freuden, die er anderen bereitete, das Leiden, das ihn auch in die reine Höhenluft begleitete, sein fast ununterbrochenes Kopfweh zu vergessen schien.

Doch musste die lange Reihe auch dieser »schönen Tage«, die fürwahr nicht »schwer zu ertragen« war, einmal ein Ende finden.

Am Tage nach jener Jagd in der Watzmannscharte beurlaubte ich mich von den Majestäten, deren Rückkehr nach München bevorstand. Ehe ich am 27. September abreiste, hatte ich unter anderen Besuchen mich auch von den jungen Prinzen zu verabschieden. Sie waren während der ganzen Zeit, wo sie ebenfalls in der Villa wohnten, selten zum Vorschein gekommen. Ein einziges Mal hatten sie an einer Ausfahrt teilgenommen, doch auch da nicht in unmittelbarer Nähe der Eltern. In einem kleinen Boot fuhren sie mit ihrem Gouverneur der großen geschmückten Barke nach, die König und Königin mit dem gesamten Hofstaat über den Königsee nach Bartholomä brachte. Es war gewiss eine weise pädagogische Maßregel, dass die Knaben dem zerstreuenden Hofleben ferngehalten wurden, um den Fortgang ihrer Studien nicht zu stören. Doch ein wenig mehr Freiheit in einer sommerlichen Ferienzeit hätte man ihnen wohl gegönnt. Und seltsam war es, dass der König, so oft eine Anfrage an ihn kam, wie dies und das im Unterricht der Prinzen eingerichtet werden sollte, stets antwortete, man solle sich erkundigen, wie es damit in seiner eigenen Schülerzeit gehalten worden sei, und es genau so wieder machen. Und er klagte doch darüber, dass seine Jugendbildung vernachlässigt worden sei! Es schien, als ob er über der Sorge für die Erziehung seines Volkes das Interesse an der seiner eigenen Kinder verloren habe.

In der Pfalz

Das erste, was mir nach der Rückkehr in die Stadt zu tun oblag, war, meine Ansichten über den neuen Baustil, die ich dem König mündlich vorgetragen hatte, im Zusammenhang aufzuschreiben und den Aufsatz ins Kabinett zu senden.

Während der langen Spazierfahrten nach dem Diner hatte der König auch dies Thema wiederholt aufs Tapet gebracht. Ich war ein wenig gerüstet, mich sachverständig zu äußern. Hatte ich doch in der Berliner Akademie Böttigers Vorträge über die Tektonik der Griechen und Kuglers Vorlesungen gehört und dann in Bonn unter den verschiedenen Anläufen zu einem wissenschaftlichen Studium auch die Geschichte der Baukunst ein halbes Jahr lang ernstlich in Angriff genommen.

So konnte ich dem König manches sagen, was ihm neu war, vor allem ihn über den Begriff des Stiles selbst aufklären, über den er nie tiefer nachgedacht hatte. Dass es stilwidrig sei, eine Fassade äußerlich vor ein Gebäude zu legen, dessen innere Einteilung den äußeren Formen nicht entsprach, dass der Stil sich von innen heraus entwickeln und der Ausdruck der organischen Gliederung sein müsse, hörte er zum ersten Mal. Er hatte kein Arg dabei gehabt, zu sehen, dass hohe, breite Kirchenfenster vertikal aufstrebend die Geschosse des Regierungsgebäudes in der Maximiliansstraße durchschnitten, eine dekorative Täuschung, die durch armselige kleine Mittel maskiert werden musste. Nun sträubte sich sein Wahrheitssinn auch gegen diese Erschleichung eines bloß äußerlichen Effekts, der allerdings »neu« war, aber für einen neuen »Stil« nicht gelten konnte.

Nach seiner bedächtigen Art hatte der König diesen Fragen weiter nachgesonnen und wünschte sich noch gründlicher darüber aufzuklären. Als er daher zu einer Traubenkur in die Pfalz aufbrach – vorher hatte noch am 8. Oktober das oben erwähnte festliche Symposion der Historiker stattgefunden –, musste ich ihn wiederum begleiten.

Die Königin blieb in München zurück. Das Gefolge des Königs bestand nur in von der Tann, General von Spruner, Baron Leonrod und Baron Wendland, den der König auf der Universität kennen gelernt und seitdem zu allerlei hohen Stellungen befördert hatte, zuletzt zum Gesandten in Paris. Außerdem waren im Gefolge die beiden Kabinettssekretäre Staatsrat Pfistermeister und Herr von Leinfelder, sehr gebildete, liebenswürdige Herren, die vom König mit Arbeit überlastet wurden, ohne sonderlichen Dank dafür zu ernten. (Selbst Pfistermeister wurde nur als Beamter behandelt und auch in ländlichen Umgebungen, wo die höfische Etikette nicht streng regierte, nie zur Tafel gezogen, eine Ehre, die manchem Bezirkshauptmann und Forstmeister von weit geringerer Bildung zuteil wurde.)

In Dürkheim war ein Haus gemietet worden, wo die königliche Hofhaltung ein ziemlich beschränktes Unterkommen fand. Es war ein herrlicher Herbst, die schöne Pfalz zeigte sich im besten Licht, ihre Bewohner legten ihre Freude, den Monarchen in ihrer Mitte zu haben, in der verschiedensten Weise an den Tag, und wenn die Traubenkur in den Vormittagsstunden absolviert war, wurde täglich eine andere Spazierfahrt gemacht, die Huldigung eines anderen Städtchens entgegengenommen und ein anderer von den edlen Weinen dieser glücklichen Provinz als Ehrentrunk genossen.

Nur selten kam es vor, dass man die Pferde bestieg, zu meiner stillen Beruhigung. Ein Abenteuer bei einer Landpartie in Berchtesgaden hatte mich über den Unterschied zwischen einem Norweger und einem der anderen Reitpferde aus dem königlichen Marstall gründlich belehrt. Man wollte sich durch die Ramsau nach dem Hintersee begeben, die Damen im Wagen, die Herren zu Pferde. Auch ich hatte ein schönes junges Tier bestiegen, obwohl ich nie reiten gelernt hatte. Aber das vertrauliche Verhältnis, in dem ich so lange mit meinem sanften »Odin« gestanden, hatte mich sicher gemacht. Bald freilich merkte mein Gaul, dass er einen blutjungen Anfänger auf dem Rücken trug, der keine Ahnung hatte, wie man schulgerecht in den Bügeln sitzen und die Zügel führen muss. Ein mitleidiger Stallmeister, der sah, welch einen Reiter von der traurigen Gestalt er vor sich hatte, gab mir ein paar sachkundige Winke, die aber nur halfen, solange die Gesellschaft im Schritt blieb. Sobald der König einen leichten Trab anschlug, wurde meine Lage bedenklich. Der Stallmeister riet mir, zurückzubleiben und langsam im Schritt weiter zu reiten, was meinem feurigen Tier wenig behagte. Es spitzte die Ohren, kurbettierte nervös, und da es die Kameraden weit voraus sah, wurde es immer ungeduldiger. Ich lenkte es eben an den Rand der breiten, schattigen Chaussee, da ich sah, dass daneben das Gras höher und weicher war als an der anderen, steinigeren Seite, auf die sich unsanfter fallen ließ. Nun aber hörte ich den Wagen mit der Königin und den Hofdamen hinter mir heranrollen, und in dem Augenblick, wo er mich erreichte, stieg mein Gaul kerzengerade in die Höhe, wie um der Majestät die Honneurs zu machen. Ich hielt mich kaltblütig genug in den Bügeln und zog ehrerbietig den Hut. Als aber der Wagen vorüber war und andere mit der Dienerschaft folgten, hielt ich es denn doch für weiser, abzusteigen und mein

Pferd einem der Lakaien zu überlassen. – Am Abend erzählte mir die Gräfin Fugger, auf ihre Bemerkung, ich scheine ein ganz flotter Reiter zu sein, habe die Königin, die ein scharfes Auge hatte, lächelnd erwidert: Mein elegantes Salutieren sei ihr sehr unfreiwillig vorgekommen.

In der Erinnerung an diesen Vorfall hatte man mir in der Pfalz einen hochbetagten Schimmel ausgesucht, der an Sanftmut und Rücksicht auf einen Dichter, dessen ritterliche Erziehung vernachlässigt worden war, Gellerts berühmtem Pferde nichts nachgab. Nur einmal wurde auch dieser zuverlässige Freund aus seinem Gleichmut aufgeschreckt, als wir in Edenkoben einzogen und Böller, Musik und Glockenläuten uns tumultuarisch empfingen. Es glückte mir jedoch, der ich zufällig ganz vorn zur Linken des Königs ritt, vor der tausendäugigen Menge zu verbergen, dass ich die Bewahrung meines Gleichgewichts einem verstohlenen Festhalten am Sattelknopf verdankte.

Lange Spaziergänge mit von der Tann, der damals am Halse litt und seine Sorge äußerte, durch dieses Übel vielleicht in Zukunft am Kommandieren im Felde verhindert zu werden, weitere Ausflüge nach Speyer, Worms und sogar bis Heidelberg ließen mich in diesen vier Wochen die schöne Pfalz nach allen Richtungen kennen lernen. Die architektonischen Gespräche gingen nebenher, abends nach dem Souper hatte ich vorzulesen und war oft in Verlegenheit, etwas Passendes zu finden. Ich entsinne mich nur des »Letzten Savelli« von Rumohr, Hofmanns »Fräulein von Scudery«, Goethes »Neuer Melusine« und dieser und jener eigenen Novelle. Am Tage hatte ich allerlei Arbeit für den König, der mich beauftragte, ein Rundschreiben an die bedeutendsten deutschen Architekten zu verfassen, um sie zu einer Äußerung über die Möglichkeit eines neuen Baustils aufzufordern. Noch immer war er über diesen Punkt nicht völlig ins Reine gekommen.

Umsonst hatte ich eingewendet, dass ein Künstler, je talentvoller er sei, desto ausschließlicher zu schaffen, nicht theoretisch über die Möglichkeit, zu schaffen, nachzudenken pflege, am seltensten aber der Mann dazu sei, was er etwa an ästhetischen Überzeugungen in sich trage, klar und bündig auszusprechen. Die wenigen Großen, die auch das gekonnt, bestätigten eben nur als Ausnahmen die Regel.

Der König aber ließ sich nicht irre machen in seiner Meinung, hier erst aus der rechten Quelle zu schöpfen. Das Rundschreiben wurde vervielfältigt und verschickt. Was es für einen Erfolg hatte, ist mir nicht erinnerlich, nur dass eine Menge Gutachten einliefen, die mir nicht mehr mitgeteilt wurden. Dagegen musste ich noch die Konkurrenzentwürfe zum Bau des Maximilianeums, die in großen Mappen eigens zu diesem Zweck aus München verschrieben worden waren, sorgfältig studieren. Ich lernte daraus nichts Neues, nur dass die Aussicht auf die königliche Gunst und einen großen Auftrag selbst gewissenhafte Künstler zu abenteuerlichen Phantastereien zu verführen vermocht hatte. Als ich dem König einen mündlichen Vortrag darüber hielt, konnte ich den unliebsamen Zweifel, den ich ihm erregt, ob wirklich der Plan des Vicomte de Vaublanc – eines Herrn an seinem Hofe, der in Architektur dilettierte und alle Mitbewerber besiegt hatte – den Vorzug verdient hätte, nur damit beschwichtigen, dass der auserlesen günstige Platz, auf dem das wunderliche Gebäude errichtet war, selbst einem noch geringeren Werk einen gewissen Effekt gesichert haben würde.

Dies sollte das letzte Mal bleiben, dass ich über die bis zur Erschöpfung diskutierte Frage dem Könige Rede stand. Ich war trotz des behaglichsten, abwechslungsreichsten Lebens mit der Zeit in eine Melancholie verfallen, die durch influenzaartige körperliche Zustände gesteigert wurde. Ich hörte auf zu essen und zu schlafen; ich wusste, dass meine Frau, die ein Kind erwartete, mich schwer entbehrte, während ich hier, nachdem die baulichen Interessen bei dem König in den Hintergrund getreten waren, mir sehr überflüssig vorkam. Der zweite Leibarzt, Dr. v. Schleiß, stellte die Diagnose meines Leidens auf Nostalgie und befürwortete meine Entlassung in die Heimat, die der König denn auch in Gnaden gewährte. Und wirklich war es vor allem der psychische Druck, der auf mir gelastet hatte. Kaum hatte ich die Eisenbahn bestiegen, so fühlte ich auf einmal das Leiden von mir weichen und konnte in Mannheim, wo ich eine Stunde Aufenthalt hatte, eine Mahlzeit zu mir nehmen, wie es mir an der königlichen Tafel seit vierzehn Tagen nicht mehr möglich gewesen war.

Wien

Kaum zu Hause wieder angelangt, verließ mich der letzte Rest jenes Fiebers, das mir die vergangenen Wochen im Blut gesteckt hatte.

So dankbar ich das viele Gute und Schöne dieser Sommer- und Herbstzeit genossen hatte, so wertvoll es mir war, einmal eine Zeitlang ein Stück Welt von »der Menschheit Höhen« herab, aus der Königsperspektive betrachtet zu haben, so war dies Leben doch nicht das mir gemäße gewesen, das mich befähigte, etwas zu schaffen, woran ich Freude hatte. Das begann nun wieder, sobald ich mich in der alten Freiheit sah.

Denn durch die völlige Unabhängigkeit, die ich stets genossen hatte, war ich dermaßen verwöhnt, dass ich es auch in den Morgenstunden zu keiner dichterischen Stimmung bringen konnte, wenn ich nicht durchaus Herr meines Tages war und durch einen fremden Willen mir nur der geringste Zwang auferlegt wurde. Nun kam sofort allerlei zustande, was in der höfischen Zeit mich nur »im Traum der Gedanken« beschäftigt hatte. Zunächst ging ich wieder an »Ludwig den Bayern«, den ich am 5. Januar in zweiter Schrift zu Ende brachte. Die »Hochzeit am Walchensee« reifte heran, und als Frucht meiner Jagd- und Hochgebirgsstudien entstand die kleine Novelle »Auf der Alm«. Daneben las ich mit Schack die »Phönissen« des Euripides (den griechischen Text, der ihm allerdings geläufiger geblieben war als mir), gab meinem ältesten Buben Schreibunterricht, erfreute mich an dem Aufblühen seiner beiden Geschwister und verkehrte in der alten traulich geselligen Weise mit den Freunden, vor allem mit Geibel, Sybel, Windscheid, Grosse, Adolf Wilbrandt und dem trefflichen Melchior Meyr [1810-1871]. Die Krokodile standen im Flor. Auch die Symposien begannen wieder, da der König noch vor Ende November nach München zurückgekehrt war, und am 3. Januar wurde Geibels »Brunhild« zum ersten Mal aufgeführt und mit großem Beifall aufgenommen.

Zwischen all diesem Treiben beschäftigte mich die Sorge für meine »Grafen von der Esche«, die Laube schon anfangs November angenommen hatte, und die allerlei Nacharbeit nötig machten. Am 11. Januar kam es zur Erstaufführung im Burgtheater. Die ersten vier Akte fanden »lebhaften Beifall«, der letzte »eine geteilte Aufnahme«. Ich entschloss mich aber erst am 20. Februar, nach Wien zu reisen und mit eigenen Augen mich zu überzeugen, was ich von dem Stück und seiner Bühnenwirkung zu halten hätte.

Das Wiener Burgtheater stand damals auf der Höhe seines Ruhms und galt unbestritten für die vornehmste unter allen deutschen Bühnen. Der alte königliche Heldenspieler Anschütz stand noch in voller Kraft, neben ihm der geniale, unvergleichlich feine Fichtner und der reichbegabte Laroche, Sonnenthal im vollen Glanz seines jugendlichen Talents, Joseph Wagner, der wenigstens in Wien in hohem Ansehen stand, daneben die noch jüngeren großen Talente Baumeister und Lewinsky, die Komiker Beckmann und Meixner, das Gabillonsche Ehepaar und von Künstlerinnen, außer meiner hochverehrten und sehr geliebten Julie Rettich, Frau Hebbel, Frau Haizinger mit ihrer reizenden Tochter Luise Neumann und die damals vor allen gefeierte Friederike Goßmann, geringerer Kräfte zu geschweigen, die an anderen Bühnen ebenfalls an erster Stelle geglänzt haben würden. In der Tat eine Künstlergesellschaft, wie sie auch in Wien weder vor- noch nachher sich zusammengefunden hat.

Und neben den glänzenden Darstellern die Dichter, die ihnen dankbare Aufgaben boten. Es war die literarische Blütezeit Wiens. Zwar hatte sich der Altmeister Grillparzer seit Jahren grollend zurückgezogen, aber Laube bemühte sich, ihn mit dem Publikum wieder auszusöhnen, das ihn durch die kalte Aufnahme seines Lustspiels »Weh dem, der lügt« unheilbar verwundet hatte. Desto mehr im Sonnenschein der Gunst stand Halm, den Grillparzer nicht als Ebenbürtigen schätzte. Wie er von Hebbel dachte, der seit Jahren in Wien seinen Wohnsitz aufgeschlagen, ist mir nicht bekannt. Bauernfeld jedoch ließ er gelten, und Joseph Weilen hatte sich eine Art Schülerstellung bei ihm erobert. Laube selbst versah die Bühne mit Stücken, die trotz einer gewissen Trockenheit eine starke Lebenskraft bewiesen. Auch Mosenthal sei hier erwähnt, wenn er auch nicht hielt, was seine »Deborah« versprochen hatte. In der Posse war Nestroy noch immer tätig. Daneben lebte noch von bedeutenderen Lyrikern Zedlitz, und die talentvolle Betti Paoli [1814-1894] genoss in der Wiener Gesellschaft einer großen Beliebtheit. Man wird begreifen, dass ich dem, was in Wien meiner wartete, mit großer Spannung entgegensah.

Seit Anbeginn meiner dramaturgischen Laufbahn hat Laube mir das redlichste Wohlwollen bewiesen und bis an sein Ende, auch nachdem er die Burg verlassen und das Stadttheater übernommen hatte, alles, was ich ihm brachte, mit warmem Anteil aufgenommen. Nach seinem Tode, sowohl unter Dingelstedt wie dessen sämtlichen Nachfolgern, habe ich mich eines gleichen Entgegenkommens nicht mehr zu erfreuen gehabt. Um so pietätvoller bewahre ich das Andenken an den klugen, energischen, bis zur Schroffheit aufrichtigen Mann, der mich bei meinen ersten, noch vielfach tastenden Schritten mit seinem erfahrenen Rate förderte und durch seinen knappen sachlichen Beifall ermutigte.

Ich konnte nicht immer seiner Meinung sein, sofern es das höhere dichterische Interesse betraf. Aber ich musste ihm zugestehen, dass er stets Recht hatte in Bezug auf sein Publikum, das er aus dem Grunde kannte. Und wie sicher er es verstand, auf den Proben die möglichst scharfe theatralische Wirkung herauszuarbeiten, musste jeder bezeugen, der ihn einmal am Werk gesehen.

Meine Eschengrafen hielt er gewiss so wenig wie ich selbst für ein Meisterwerk. Es waren neben den einfachen, kräftigen Szenen von volkstümlicher Frische außer einer mühsam aufgebauten Vorgeschichte intrigenhafte Partien darin, die auf der Bühne erkältend wirken mussten. So ging in einem einzigen Akt ein vermeintlicher Liebestrank, der ein Gift war, allerdings in geschickter Motivierung durch nicht weniger als vier Hände, bis er seine Schuldigkeit tat und den jungen Helden in den Verdacht des beabsichtigten Vatermordes brachte. Aber eine warme poetische Blutwelle strömte durch das Stück, und das Thema: die Versöhnung eines alten Ehepaares, das eine bösliche Verleumdung jahrelang geschieden hatte, durch den eigenen Sohn, konnte einer tiefen Teilnahme des Publikums sicher sein[29].

Sie blieb auch nicht aus, wovon ich mich am 22. Februar bei der vierten Wiederholung überzeugen konnte. »Die Eschen hielten sich ganz wacker«, verzeichnet mein Tagebuch. Dass sie es dennoch nicht zu einem dauernden Erfolg brachten, lag außer der schon erwähnten Verzwicktheit und Künstlichkeit mancher Motive nicht zum wenigsten an der nur teilweise glücklichen Besetzung.

Wahrhaft enttäuscht war ich vor allem durch Joseph Wagner, der die innerliche Wucht meines älteren Eschengrafen nicht von fern zur Anschauung brachte, während doch die Hälfte der Aufgabe auf seinen Schultern ruhte. Ein weichlicher Deklamator, wo ich einen tiefverdüsterten, schwerblütigen, jäh aufwallenden Starrkopf gezeichnet hatte. Nicht minder ungenügend war die Goßmann, die aus dem einfachen, rührend hingebungsvollen Bürgerkind eine

---

[29] Zugrunde lag die alte Sage von Dietleib und ein französischer Reisebericht über den Sohn des Markgrafen Gaston Phébus von Béarn in der Beilage zur Augsburger »Allgemeinen Zeitung« vom 28. Juni 1857.

sentimentale Naive machte, und der junge Lewinsky, um nicht in die Manier des Theater-bösewichts zu verfallen, hielt sich so trocken zurück, dass seine scharf charakteristische Rolle keinen Eindruck zu machen vermochte.

Dass das Stück dennoch sich »ganz wacker hielt«, verdankte ich vor allem dem glänzen-den, tief ergreifenden Spiel meiner Freundin Julie Rettich, die mir, solange ich den Stoff in mir getragen, stets als die einzige kongeniale Darstellerin der alten Gräfin vor Augen ge-standen hatte. (Laube, der bekanntlich auch sonst mit seinen Besetzungen gern experimentierte, hatte nur widerstrebend eingewilligt, die Rolle ihr und nicht der Hebbel zu geben.)

An dieser Stelle drängt es mich, auszusprechen, dass ich die höchsten dramatischen Ein-drücke, neben und über der Rachel, der Ristori und der Janauschek, dieser einzigen Künst-lerin verdankt habe. Sie war auch als Frau die bedeutendste weibliche Erscheinung, die mir je begegnet ist, von einem angeborenen Adel des Geistes und Herzens, einer leidenschaftlichen Güte und schlichten Helle des Gemüts, einem aufopferungsfreudigen Freundschaftssinn und einer verständnisvollen Duldung für alles Menschliche, selbst wenn es ihrer eigenen Natur fremd war, wie es auf dieser unvollkommenen Erde selten zu finden ist. Dazu kam, dass sie eine der sehr wenigen ihres Berufes war, die das Theater nicht in ihr bürgerliches Leben mit hinübernehmen. So sehr sie für ihre Kunst begeistert war, so vollständig fiel aller Theaterflit-ter von ihr, sobald sie sich abgeschminkt hatte, und die echten Züge der Gattin, Mutter, Groß-mutter und Freundin traten auf ihrem großgebildeten, geistvollen Gesicht zutage.

Sie war mit einem vortrefflichen Manne verheiratet, der als Schauspieler weit unter ihr stand und lebenslang unter dem Wahne litt, dass sein Talent verkannt werde. Eine einzige Tochter hatte diesen unglücklichen Mangel an Selbsterkenntnis vom Vater geerbt und bei ihrer Verheiratung mit dem Impresario Merelli es sich ausbedungen, als Sängerin auf italieni-schen Bühnen auftreten zu dürfen, wo sie nirgends Erfolg hatte. Den geheimen Kummer über diese kaltherzige Tochter, die der Mutter so wenig ähnlich sah, vergüteten meiner Freundin zwei liebliche Enkelkinder, deren Erziehung die herumreisende Mutter nur allzu willig der Großmama überlassen hatte. So fand ich sie, als ich nach Wien kam; außerdem umgaben sie noch einige Hausfreunde, die sie gleich dem Gatten auf Händen trugen: ein alter, bescheide-ner Hausonkel, Pabsch, die leidenschaftlich getreue Freundin Julie Schlesinger und der »Adoptivsohn« Faust Pachler; vor allen aber der Freiherr Eligius von Münch-Bellinghausen, der Dichter des »Sohns der Wildnis« und des »Fechters von Ravenna«, Friedrich Halm.

Schon im Juli des Jahres 1854 hatte ich die große Künstlerin in München bei Gelegenheit des Gesamtgastspiels bewundern können. Ihre Gräfin Orsina, Königin Elisabeth, Sittah, Da-me in Trauer in »Minna von Barnhelm«, Isabella in der »Braut von Messina« hatten mich entzückt. Nie zuvor war mir auf der Bühne eine solche Durchdringung des hohen Stils mit vollem Lebensgefühl und reicher Charakterisierung begegnet, und dass die geniale Frau es nicht bedurfte, vom Kothurn getragen zu werden, um alle Mitspieler zu überragen, sah ich zehn Jahre später bei ihrem Gastspiel in Berlin, wo sie in Octave Feuillets kleinem Stück »Le village« die schlichte gute Frau so ergreifend spielte, dass ich mich der Tränen nicht erweh-ren konnte.

Damals, in meinem ersten Münchener Jahr, hatte ich sie auch persönlich kennen und lie-ben gelernt und ihr meinen »Meleager« gewidmet. Sie besuchte uns mit ihrem Gatten und Baron Münch einige Jahre darauf wieder, wo dann unsere Freundschaft sich vollends be-festigte. Auch mit Halm kam ich in ein freundliches Verhältnis und fand ihn »edel, hilfreich und gut«, stets bemüht, jüngeren Talenten mit seinem erfahrenen Rat unter die Arme zu grei-fen. Sein klares Urteil kam auch mir bei meinen dramatischen Entwürfen vielfach zu statten. Denn er war ein Meister in der Kompositionstechnik, im dramaturgischen Kontrapunkt, und verstand es mit virtuoser Sicherheit, jeden Stoff sofort auf seine entscheidenden Grundmoti-ve anzusehen und ihn danach organisch zu gliedern. Hätte er das Knochengerüst ebenso glücklich mit Fleisch und Blut zu bekleiden vermocht, so wäre er der Größten einer geworden.

Hier aber versagte ihm die Natur. Statt des unmittelbaren Ausdrucks der Leidenschaft stand ihm nur eine konventionelle glatte Rhetorik zu Gebote, und wo man den naiven Naturlaut erwartete, brachte er es nicht über eine süßliche Lyrik und jenes theatralische Getändel, das wir mit dem Namen »Wienereien« bezeichneten. (»Zwei Seelen und ein Gedanke« – im »Sohn der Wildnis«!)

Er hatte aber, da die spätere Julie Rettich als Julie Gley von Hamburg nach Wien gekommen war, ihr aufs Wärmste gehuldigt und Rollen geschrieben, in denen sie das Wiener Publikum begeistern konnte. Die persönliche Freundschaft, die unerschütterlich durch die langen Jahre fortbestand, kam hinzu, um das Urteil der Schauspielerin über ihren Dichter befangen zu machen. So feinsinnig und hellsichtig in allem Dichterischen, nicht bloß in Bezug auf den Theatereffekt, die seltene Frau war, hier borniert ihr Herz ihren Verstand. Die einzigen Stunden, in denen ich ihren Unwillen erregte, waren die zum Glück nicht häufigen, in denen sie mich aufforderte, über ein neues Drama Halms mich auszusprechen, wo ich dann trotz der behutsamsten Form an die Schranke stieß, die durch das weibliche Gefühl gezogen und durch kein ästhetisches Räsonnement einzureißen war.

Wie sehr es mich beglückte, meine so schwärmerisch verehrte Freundin in einem meiner Stücke auftreten zu sehen, brauche ich nicht zu schildern. Auch sonst aber waren diese acht Tage in Wien eine wahre Festzeit für mich.

Zu den Vorteilen meiner Münchener Existenz hatte ich es auch gezählt, dass sich dort außer ein paar Freunden niemand um mich bekümmerte. Es gab keine »Salons«, keine »Gesellschaft«, die einen Ehrgeiz darein setzte, bedeutende Persönlichkeiten, sogar so erlauchte wie einen Justus Liebig, zu sich heranzuziehen, bloß um mit ihnen als Dekorationen zu prunken. Ein inneres Interesse schien noch weniger zu bestehen. Es kam nie vor, dass mir am dritten Ort über irgendeine meiner Arbeiten ein Wort gesagt wurde, und eine öffentliche literarische Kritik gab es, wie schon erwähnt, in der Münchener Frühzeit noch kaum. Man konnte im übrigen Deutschland berühmt werden, ohne dass die Stadtgenossen etwas davon erfuhren.

Dieser Mangel an aller persönlichen Verhätschelung war aber eine heilsame Disziplin für den Charakter eines jungen Poeten, dem es um Eitelkeitserfolge nicht zu tun war. An ehrlicher Kritik ließen es die Freunde nicht fehlen, so wenig in Stunden des Zweifels und der Selbstunterschätzung an Aufmunterung und frischem Wind unter die Flügel. Gedruckte Rezensionen hatte ich mir von Anfang an so viel als möglich fernzuhalten gesucht, da ich selbst die Schwächen einer jeden fertigen Arbeit nur allzu genau erkannte und übrigens wusste, dass es vergebene Mühe sein würde, meiner Länge eine Elle zusetzen zu wollen.

Nun überraschte es mich wahrhaft, von der liebenswürdigen Wiener Gesellschaft als ein junger Poet begrüßt zu werden, mit dem man sich schon viel beschäftigt und dem man für manche gute Gabe zu danken habe. Dabei hatte man den Takt, mich nicht durch banale Lobsprüche verlegen zu machen, sondern dieses und jenes vorzubringen, womit man nicht einverstanden war, sodass ich mich sogleich zu meiner Rechtfertigung in ein angeregtes Gespräch hineingelockt sah. Dazu die schönen Frauen, die herrliche Umgebung der Stadt, die Kunstschätze des Belvedere und der reichen Privatgalerien und die Abende im Theater, die mir außer den Stunden im Rettichschen Kreise die größte Freude machten. Nicht vorzugsweise die klassischen Dramen, deren Ausstattung hinter der weit künstlerischer des Münchener Hoftheaters zurückblieb, während ich auch im Spiel bei allem großen Talent der Einzelnen eine gewisse Einheit und Größe des Stils vermisste. Darauf einzuwirken, war eben Laubes Sache nicht. Desto vollkommener erschien mir das Lustspiel und Konversationsstück, von einer Feinheit, Anmut und Wahrheit, wie ich nichts Ähnliches bisher gesehen hatte. Auf gleicher Höhe in anderem Genre das komische Quartett im Treumanntheater: Nestroy, Grois,

Treumann, Knaak. Unsere Lang und Sigl waren gewiss Humoristen ersten Ranges. Aber zu einer so aristophanischen Höhe grotesker Komik, einem solchen Übermut und Überschwang ausbündiger Lustigkeit, wie dort in Wien, konnten sie es nicht bringen, schon weil die Mitspieler ihnen nicht ebenbürtig waren.

Es würde viele Bogen füllen, wollte ich von jenen acht Tagen ausführlich berichten. Unter den vielen neuen Bekanntschaften, die mein Tagebuch verzeichnet, sei nur zweier erwähnt: Grillparzers und Hebbels.

Über beide hatte ich im »Literaturblatt zum deutschen Kunstblatt« mich ausgesprochen, über den Altmeister der österreichischen Dramatiker, der damals in Norddeutschland so gut wie verschollen war, mit andächtiger Bewunderung. Ich hatte ihn gleichsam neu entdeckt und zum ersten Mal, da die Rettich mir seine sämtlichen, noch zerstreut erschienenen Dramen geschenkt hatte, mit tiefstem Interesse studiert. Er hatte wohl von meinem Aufsatz Kenntnis genommen und ihn mir gedankt. Nun empfing er mich, da Lewinsky mich zu ihm führte, mit einer Freundlichkeit, die mir das Herz aufgehen ließ. Ich genoss bei dem ehrwürdigen Greis eine unvergessliche Stunde, und als ich bei meinem zweiten Besuch mich von ihm verabschiedete und er mich mit väterlicher Güte umarmte, war ich nahe daran, wie er selbst in jungen Jahren einem Größeren gegenüber, von meiner inneren Bewegung mich zu Tränen fortreißen zu lassen.

Anders verlief mein Besuch bei Hebbel. Dessen Gedichte hatte ich respektvoll, aber ohne Verhüllung dessen, was ich für die Grenzen seiner Begabung hielt, besprochen, das Gewaltsame und Grüblerische seines Wesens auch in der Lyrik, die dialektische Marotte hervorgehoben, mit der er allem Einfachen aus dem Wege ging, und die Unfähigkeit, »Geist und Natur auf ungetrennter Spur« sich verbinden zu lassen. Ich war also nicht auf den freundlichsten Empfang gefasst, zumal ich darauf bestanden hatte, dass die Rolle meiner Gräfin von der Esche der Rettich zuerteilt werden sollte.

Ich fand aber den merkwürdigen langen blonden Mann zwar etwas einsilbig, doch ohne jede Spur einer Empfindlichkeit gegen den dreisten jungen Kollegen. Eine gewisse befangene Höflichkeit auf seiner Seite verschwand bald, und ein interessantes Gespräch kam in Gang, an dem dann auch die Frau teilnahm. Da ich sein großes Talent anerkannte, so problematisch mir auch das meiste, was er hervorgebracht, erschien – die grandiosen »Nibelungen« waren noch nicht gedichtet –, konnte ich ihm einen aufrichtigen guten Willen zeigen, der ihm nach der Vorstellung, die er sich von mir gemacht, sichtlich wohltat.

Wiener Nachklänge. Meran

Am 1. März traf ich in München wieder ein, voll von den reichen und glänzenden Eindrücken der eben durchlebten Woche. Ich musste beim nächsten Symposion auch dem Könige darüber berichten, und auf seine Frage, warum von allen Wiener Dichtern sich keiner an den Münchener dramatischen Wettbewerben beteiligt habe, konnte ich ihm nicht verschweigen, was ich mehrfach gehört hatte, dass das Münchener Theater in Wien nicht im besten Rufe stand und man gefürchtet hatte, durch unsere Darstellung ein neues Stück nicht vorteilhaft eingeführt zu sehen.

Der König war sehr betroffen und trug mir auf, ihm Vorschläge zur Hebung unserer Bühne und Ausfüllung der Lücken im Personal, die allerdings vorhanden waren, schriftlich vorzulegen. Ich versäumte nicht, dies alsbald zu tun. Meine unmaßgeblichen Winke hatten jedoch keinen praktischen Erfolg; es blieb alles beim Alten.

Vieles von diesem Alten war sehr gut, und die vorhandenen trefflichen Kräfte hätten nur einer sachkundigeren, energischeren Leitung bedurft, um noch Erfreulicheres zu leisten. Auf den ganz unfähigen alten General war aber nur ein geschickter Verwaltungsbeamter »interi-

251

mistisch« gefolgt, der Intendanzrat Schmitt, der alles Künstlerische, dem er sich nicht gewachsen fühlte, den Regisseuren überließ. Mir war er feindlich gesinnt, da er mich im Verdacht hatte, an seine Stelle treten zu wollen.

Auch er also hatte keinen frischeren Zug in unsere Theaterzustände gebracht. So war unter anderem seit den Mustervorstellungen im Sommer 1854 kein Gast auf der Münchener Bühne erschienen, und es wurde als ein Ereignis betrachtet, dass die Intendanz im März 1861 Frau Lila Bulyowsky [Lilla von Bulyovsky, 1833-1909] ein Gastspiel gewährte. Da sie in manchen Rollen auftrat, für die wir nur eine fragwürdige Vertreterin hatten, und der Reiz der Neuheit mitwirkte, war es natürlich, dass sie sehr bewundert wurde und sogar ein leiser slawischer Anklang in ihrer Sprache sich den Ohren einschmeichelte. Ich fand bei meiner Rückkehr aus Wien sogar die nächsten Freunde unter ihrem Zauber, alte Professoren huldigten der klugen Menschenfischerin mit jugendlichem Feuer, und Geibel besang sie in zärtlichen Versen. Dass ich unter diesen Berauschten der einzig Nüchterne blieb, verdankte ich meinen frischen Eindrücken vom Burgtheater. Ich hatte wieder einmal echte große Schauspielkunst erlebt und war durch kleine Künste nicht zu verführen.

Meine »Grafen von der Esche« legte ich zurück, ohne sie weiter zu versenden, obwohl einige Bühnen danach verlangten. Ich tat vielleicht nicht klug daran. Trotz seiner Mängel, über die ich mir klar geworden war, hätte nach dem Vorgang Wiens das Stück dank seinem packenden volkstümlichen Stoff doch wohl seinen Weg gemacht, auch wenn sich, was mich vor allem zurückhielt, für die Rolle der Mutter nirgends eine Darstellerin fand, die nur von fern an die Rettich heranreichte.

Ich habe aber von jeher vorgezogen, ein Stück lieber gar nicht als unzulänglich aufführen zu sehen, für einen Dramatiker, der die Bühne erobern will, ein bedenklicher Fehler. Da es ihm unter zwanzig oder dreißig deutschen Theatern kaum einmal so gut wird, eine Besetzung zu finden, die ihm ganz genügte, muss er sich bescheiden, eins ins andere zu rechnen. Ich habe das nie über mich gewonnen; und diese Empfindlichkeit gegen eine mangelhafte Verkörperung der Gestalten, die ich in mir getragen, hat mit den Jahren mehr und mehr zugenommen, sodass ich immer häufiger selbst großen Theatern die Erlaubnis zur Aufführung eines Stückes verweigerte, für die sie nicht die geeigneten Darsteller hatten. Ich wusste wohl, dass jedes Publikum an seine Schauspieler glaubt und an ihre Schwächen gewöhnt ist. Es widerstrebte mir aber, was ich mit eigensinniger Liebe so und nicht anders gemacht hatte, in entstellender Form ans Licht treten zu lassen, wie ich auch ein Buch mit vielen sinnstörenden Druckfehlern lieber hätte einstampfen lassen, als es zu veröffentlichen.

Dazu kam, dass, sobald ich an einer Arbeit meine Lust gebüßt hatte, eine neue mein leidenschaftliches Interesse in Anspruch nahm und das Schicksal der früheren mich wenig bekümmerte. Von früh an war mein Respekt vor der sogenannten »Gottesstimme« des Publikums nur gering gewesen, mein Ehrgeiz vollauf befriedigt, wenn mein eigenes Gewissen und die Freunde, auf deren unbestechliches Urteil ich vertrauen durfte, mich darüber beruhigt hatten, dass ich das Meinige getan. Wo dies, wie bei den Eschengrafen, ausblieb, lag mir nichts an dem äußeren Erfolg bei der Menge.

Zunächst wandte ich mich wieder meinem »Ludwig dem Bayern« zu, den mir selbst und zugleich dem König und dem Münchener Publikum zu Dank zu machen keine leichte Sache war. Auch fehlte dazu in jenem Frühjahr die reine, glückliche Stimmung. Wir wurden aufgeregt durch Sybels Berufung nach Bonn. In dem Umstand, dass der König ihn nicht halten wollte, sahen wir mit übermäßiger Sorge den Anfang des Endes. (Das Nähere über diese Wendung von Sybels Geschick, an der er selbst nicht von aller Mitschuld frei war, ist in A. Doves oben erwähntem Aussatz »Ausgewählte Schriftchen« S. 125 mitgeteilt.) Uns allen schien durch die Entlassung dieses Freundes der Boden unter unseren Füßen unsicher geworden, weit mehr als durch die frühere Entfernung von Dönniges, der aus der unmittelbaren Nähe des Königs in den diplomatischen Dienst verbannt worden war. Am schwersten aber drückte auf mein Gemüt häusliches Unglück, das mir das ganze folgende Jahr verdüstern sollte.

Am 10. April 1861 hatte meine teure Frau ihrem vierten Kinde das Leben gegeben. Zum ersten Mal konnte sie sich von der Erschöpfung des Wochenbetts nicht erholen, und bald stellten sich Symptome eines tieferen Leidens ein, die uns Mitte Juli nötigten, auf den Rat der Ärzte die frischere Luft von Tegernsee aufzusuchen. Die erhoffte Besserung blieb aus. Wir mussten uns entschließen, Mitte September nach Meran überzusiedeln, und es begann für meine arme Geliebte, die ihre drei jüngeren Kinder unter der Obhut der Großmutter in München hatte zurücklassen müssen, eine Leidenszeit, der selbst die Kraft ihrer tapferen Seele nicht immer gewachsen war. So lange Furcht und Hoffnung wechselten, fast den ganzen Winter hindurch, konnte ich auf einige Stunden des Tages mich zu einer Arbeit sammeln. An »Ludwig den Bayer« wurde die letzte Hand gelegt, die Novelle in Versen »Rafael« für das Münchener Dichterbuch ins Reine gebracht – es gab gute sonnige Stunden, wo man nach einem vom Arzt bestätigten Trugschein der Besserung aufatmete und sich der Freude an dem schönen Fleck Erde und heiteren Zukunftsgedanken hingab. Damals schrieb ich die Novelle »Unheilbar«, die Hoffnung meiner Dulderin auf einen glücklichen Ausgang zu stärken. Im März brachte uns die Großmutter die drei Kinder zu dem ältesten, der unsere Verbannung bisher allein geteilt hatte, und mein jüngerer Schwager Hans, den auch ein tief tragisches Schicksal elf Jahre später in der Blüte seiner hoffnungsvollen Jugend hinraffen sollte, begleitete die kleine Karawane.

Doch nach den ersten frohen Tagen des Wiedersehens wurde die Stimmung rasch wieder tief verschattet, da kein Zweifel mehr blieb, dass an Rettung dieses teuern Lebens nicht zu denken war. Um mich aufrecht zu erhalten, hatte ich eine dritte Meraner Novelle begonnen, »Der Kinder Sünde der Väter Fluch«. Ich dachte, durch das erschütternde Sujet die Schrecken meiner eigenen Tage und Nächte überbieten zu können. Mittendrin aber versagte mir die bildende Kraft. Ich konnte mir nur noch hin und wieder durch die halb mechanische Übersetzermühe am »Giusti« über die Qual der schleichenden Tage hinweghelfen.

In der Nacht des 30. September entschlief meine geliebte Frau. Am 2. Oktober betteten wir sie auf dem protestantischen Friedhof zu ihrer letzten Ruhe. Mit dem Weibe meiner Jugend hatte ich meine eigene Jugend zu Grabe getragen.

Ludwig der Bayer

Nach der Rückkehr in das verödete Haus währte es längere Monate, bis ich die Verstörung meines Innern so weit überwand, dass ich mich zu einer dichterischen Tätigkeit aufraffen konnte.

Allerlei Versuche dazu missglückten; darunter ein historisches Trauerspiel »Ludolf von Schwaben«, das nicht über die drei ersten Akte hinausgedieh. Auch konnte ich durch die jüngste Erfahrung mit meinem »Ludwig dem Bayern« über das Schicksal, das geschichtliche Stoffe aus unserer Vorzeit auf den deutschen Bühnen zu finden pflegen, hinlänglich aufgeklärt sein.

Am 29. April 1862 war das Stück über die Münchener Bühne gegangen. Ein Telegramm hatte mir in Meran gemeldet, dass der erste Akt warm, der zweite, vierte und fünfte lebhaft aufgenommen worden waren, »der dritte durch Zufälle verstimmt« hatte. Die Aufklärung über diese »Zufälle« ließ nicht lange auf sich warten. Geibel hatte sich erboten, statt meiner die Proben zu überwachen. Zum Unglück hatte er den dritten Akt, statt die rasche Verwandlung in seiner Mitte beizubehalten, in zwei Akte geteilt und am Schluss des ersten Teils über dem Schlachtfeld von Ampfing die Sonne aus Meyerbeers Propheten aufgehen lassen. Das hatte selbst das unbefangen gesinnte Publikum als ein brutaler Theatereffekt verstimmt, und es war immerhin ein Zeugnis für die Lebenskraft des Stückes, dass es diesen tödlichen Schlag überwunden hatte.

Die Aufführung hatte auch sonst viel zu wünschen übrig gelassen. Leopold von Österreich, an den ich viel gewendet hatte, um ihn zu einer mächtigen Charakterfigur zu machen, war in den schwachen Händen eines Schauspielers zweiten Ranges. Auch Friedrich der Schöne besaß nicht einen Ton von der ganzen Skala, die ich ihm auf die Zunge gelegt hatte. Doch war wiederum das Dahnsche Ehepaar trefflich, und die Wiederholungen hätten auch wohl die geringeren Darsteller sicherer in ihren Rollen gemacht, wenn die eingeborene Feindseligkeit es dazu hätte kommen lassen. Doch zu allem, was an Misswollen, Neid und Fremdenhass sonst noch in der Bevölkerung gärte, gesellte sich diesmal noch der Groll der klerikalen Partei, die ich durch das – streng geschichtliche – Verhalten Kaiser Ludwigs gegenüber dem päpstlichen Legaten schwer gereizt hatte. Am nächsten Morgen erschienen Abgesandte dieser ultramontanen Kreise an der Theaterkasse und erklärten, das Stück werde ausgepfiffen werden und einen großen Skandal veranlassen, wenn man es noch einmal zu wiederholen wage.

Dass der Intendanzrat Schmitt diese Drohung gern zum Vorwand nahm, das Stück sofort abzusetzen und es für ewige Zeiten in der Theaterbibliothek zu begraben, konnte mich nicht wundern. Der König, dem ich darüber schrieb, antwortete mir huldvoll in alter Weise, doch ohne zu befehlen, dass das Stück fortgespielt werden sollte.

Seine Stimmung dieser von ihm so lebhaft gewünschten Dichtung gegenüber wurde mir erst klar, als ich im Februar des nächsten Jahres im Symposion den ersten Akt vorlas.

Ich hatte mich bemüht, das Charakterbild meines Helden nicht in höfischer Verschönerung zu zeichnen, es jedoch, wie sich's mir aus dem Studium der Quellen ergeben hatte, immer noch mit so viel gewinnenden Zügen ausgestattet, in seiner einfachen Würde so ehrfurchtgebietend, dass selbst das eingeborene patriotische Gefühl eines echten Bayern damit zufrieden sein konnte. Nun aber hatte der König wohl eine Verherrlichung seines Ahnherrn erwartet, die von Anfang an die stärksten Töne anstimmte. Wie musste er sich enttäuscht fühlen, als Leopold von Österreich, allerdings der erbittertste Feind seines Wittelsbacher Vetters, in die heftigen Worte gegen seinen Bruder ausbrach:

> Es steht der Schimpf[30]
> Auf ewig zwischen euch. Jetzt kennst du ihn,
> Wie alle Welt ihn kennt, verschlagen, sacht
> Zugreifend, wo ein Bettlerbrocken abfällt
> Vom Tisch des Reichs, mit jedem Winde segelnd,
> Ein Herzog nach des Pöbels Herzen, selbst
> Dem Bäckerknecht das Mehl vom Wamse klopfend,
> Um einen mehr zu haben, der die Mütze
> Hoch wirft und schreit: »Lang lebe Wittelsbach!«
> Und dieser brach die Flügel Habsburgs Aar,
> Und diesem setzt der kaiserliche Vogel
> Sich auf die Faust, dem zahmen Falken gleich,
> Und schnäbelt ihm den Bart?

Dass Friedrich der Schöne darauf erwidert:

> Der Hass verzerrt dir
> Das Maß der Dinge –

---

[30] Der verlorenen Schlacht bei Gammelsdorf.

konnte den Eindruck dieser Hohnrede bei dem Fürsten, dem der Ruhm seines kaiserlichen Vorfahren vor allem am Herzen lag, nicht verwischen, und die von Akt zu Akt wachsende Größe und Machtfülle der Gestalt kam bei der Vorlesung des ersten Akts nicht zur Anschauung. Ich sah, dass der König eine peinliche Empfindung nur mühsam verbarg, er dankte mir, als ich geendet hatte, mit wenigen kühlen Worten, und von einer Fortsetzung war nicht die Rede.

Ich hatte wieder einmal gesehen, dass mir zum Hofmann gewisse unentbehrliche Eigenschaften fehlten. Aber so gern ich dem gütigen König, dem ich so viel verdankte, seinen Lieblingswunsch erfüllt hätte – dass es mir nicht gelungen, erregte mir keinen tieferen Kummer. Durch die Trauer um die geliebte Frau war ich gegen alle geringeren Kümmernisse abgestumpft und nahm das unverdiente Missgeschick und die Verkennung, die mein Stück erfahren, mit großem Gleichmut hin.

Freilich vermochten in jener Zeit auch frohe Erlebnisse mir nicht bis ans Herz zu dringen. Eduard Devrient in Karlsruhe hatte »Ludwig den Bayern« am 10. November zur Aufführung gebracht, mit lebhaftem Erfolg. Ich folgte seiner Einladung zur zweiten Vorstellung, die am 13. stattfand und mein Gewissen darüber, dass ich dem Stoff sein Recht angetan, beruhigte. Auch in Stuttgart (3. Dezember) wurde mir für die Unbill, die ich in München erfahren, eine erfreuliche Genugtuung zuteil. Weiter hatte ich meiner Gewohnheit nach das Stück nicht versendet. Es war und blieb bei allem Aufwand charakterisierender Kunst und dichterischer Wärme eine »Historie«, der im übrigen Deutschland, wo der Stoff keine heimatlichen Gefühle erweckte, ein tieferes Interesse nicht entgegenkommen konnte. Und mehr als je war mir in meiner damaligen Stimmung ein Theatererfolg gleichgültig.

Der schwere Trübsinn, der über mir lag, wurde erst Ende April ein wenig gelichtet, als Hermann Kurz [1813-1873], mit dem ich bisher brieflich in freundschaftlichem Verkehr gestanden hatte, auf mehrere Wochen nach München kam. Damals befestigte sich das brüderliche Verhältnis, das bis an den Tod des herrlichen Mannes in ungetrübter Frische und Innigkeit fortbestand und ein eigenes Kapitel verdiente. Wie wir von da an alles Literarische miteinander teilten, ließ ich ihn auch in jenen Tagen die während meines Passionsjahres entstandenen Entwürfe und halbfertigen Arbeiten sehen, unter anderem eine Komödie »Rolands Schildknappen«, die freilich erst dreißig Jahre später ihre letzte Form erhalten sollte. Dies lustige Schmerzenskind war auch die Veranlassung, dass ich bei der Reise nach Berlin zu meiner Mutter Ende Mai den Weg über Meiningen nahm. Es lag mir daran, mit dem damaligen Direktor des dortigen Theaters, meinem Freunde Karl Locher, der eine gründliche dramaturgische Bildung und praktische Erfahrung besaß, über diese und andere Arbeiten mich zu beraten. Denn so verschlossen ich alle anderen dichterischen Aufgaben in der Stille des »Heiligtums bildender Kraft« heranreifen ließ, ein dramatisches Projekt konnte ich nicht früh genug mit einsichtigen Freunden durchsprechen und von den verschiedensten Seiten beleuchten lassen, um beizeiten darüber klar zu werden, welchen Eindruck es schon durch die Umrisse der Handlung dermaleinst auf die vielköpfige Menge im Theater machen würde.

Nach zwei erquicklichen Tagen in dem gastlichen Meininger Hause brachte ich meiner Mutter ihren ältesten Enkel und sah mich einmal wieder sechs Wochen lang in meinem alten Berlin um, wo ich mit den alten Freunden, meinem teuren Adolf Menzel, Theodor Fontane, Fritz Eggers, Steinthal und so vielen anderen die Erinnerungen an die gute, alte Tunnelzeit auffrischte und in dem großstädtischen Getümmel wie in der Brandung eines Seebades meine verstörten Nerven sich wieder stärken ließ. Eine besondere Freude war mir noch beschieden durch ein Gastspiel der Rettich, das gerade in diese Zeit fiel und zu dem sich auch Gustav zu Putlitz eingefunden hatte. Sie trat im Viktoriatheater in kleinen Stücken auf, die nur den Wert hatten, die Größe ihres Talents und ihres Seelenadels auch im Kleinen zu offenbaren. Damals sah ich auch das obenerwähnte Feuilletsche kleine Stück (deutsch unter dem Titel »Im Alter«) und hatte über Halms »Wildfeuer«, das sie mir im Manuskript zu lesen gab, eine unserer gelegentlichen hitzigen Debatten mit der Freundin, die aber nur das Blut erfrischten und in keinem von uns einen Stachel zurückließen.[31]

Ich brachte von dieser Berliner Reise Anregungen aller Art in mein Münchener Leben mit heim, vor allem, nachdem ich zu Anfang des Jahres lange gekränkelt hatte, eine leibliche Kräftigung, die mir zu neuen Arbeiten sehr zustatten kam. Die noch übrigen Sommerwochen bis zum Beginn des Herbstes verbrachte ich mit den Meinigen in dem ehemaligen Kloster Seeon, eine Stunde nördlich vom Chiemsee an seinem eigenen kleinen See gelegen. Dort in der früheren Sakristei neben der Hauptkapelle, die jetzt zur Obstkammer diente und deren einziges Fenster auf ein stilles, mit hohem Gras bewachsenes Klosterhöfchen sieht, habe ich zwei Sommer nacheinander in tiefster Weltentrücktheit über dramatischen Aufgaben gebrütet, im ersten Jahr eben jenen »Hadrian« und »Maria Moroni« zustande gebracht, im folgenden meinen »Hans Lange«. Doch soll von diesen Arbeiten hier nicht weiter die Rede sein. Weit wichtigere Ereignisse als die Entstehung eines Trauerspiels künden sich an, denen der Schluss dieser Memorabilien gewidmet sei.

Des Königs Tod

Am 19. November war die Nachricht nach München gedrungen von der Proklamation des Herzogs von Augustenburg, dem Einmarsch Preußens und Österreichs in die Herzogtümer und Preußens Protest gegen den neuen Dänenkönig.

Schon aus süddeutscher Abneigung gegen die norddeutsche Großmacht hatte man in München leidenschaftlich Partei ergriffen für den »angestammten« Fürsten gegen die beiden Vormächte, die trotz des Bundesbeschlusses den Krieg gegen Dänemark auf ihre Rechnung zu führen gedachten und es den Schleswig-Holsteinern wehren wollten, über ihr Schicksal selbst zu bestimmen. So überwiegend großdeutsch man sonst in München gesinnt war, – bei diesem Anlass richtete sich der Groll der Bevölkerung nicht minder gegen Graf Rechberg als gegen Herrn von Bismarck. Volksversammlungen fanden statt, ein Hilfskomitee wurde gebildet, in welches neben den Einheimischen Julius Knorr, Steub, v. Schauß, gleich zu Anfang Bodenstedt, von Schack und ich selbst eintraten und späterhin neben einer Reihe der angesehensten liberalen Bürger auch so konservative Altmünchener wie der ehrwürdige Ringseis nicht fehlten. – Zu dieser sehr heftigen und zähen Agitation trug ich das Meinige redlich bei durch meine Tätigkeit in der literarischen Sektion des Hilfsvereins, wo ich nicht nur die Aufrufe an die Mitbürger und aufklärende Artikel für die »Neuesten Nachrichten« verfasste, sondern

---

[31] Einen tieferen Stachel hinterließ in meinem Gemüt und wohl auch in dem der Freundin die Erfahrung, die ich ihr gegenüber mit meinem »Hadrian« machen sollte. Ich tat mir auf diese Arbeit etwas zugute, da sie auch den Beifall meiner Freunde gefunden hatte. Desto schmerzlicher wurde ich durch das Urteil der geliebten Wiener Freundin überrascht, die mir auch in Halms Namen gestand, dass dies Drama, das sie unklar und technisch mangelhaft fänden, ihre Erwartung getäuscht habe. Auf den Vorwurf der Unklarheit, der mir im Sinne Halms wohl begreiflich war, da seine Stücke in der Tat keinerlei problematische Züge, weder in den Charakteren noch in der Handlung, jemals zeigten, erwiderte ich unvorsichtig genug, in den größten Dramen aller Zeiten fänden sich Motive, über die sich streiten lasse, und darin beruhe zum Teil der Reiz der Lebensschilderung, die nie ganz in eine klare Formel aufginge. (Ich zitiere aus dem Gedächtnis.) Es sei damit wie mit der Büste des Antinous selbst, über die der Kaiser gegen den Bildhauer in meinem Drama sich äußert: *»Dies Bild ist, wie das Leben, rätselhaft.«* Diese meine Verteidigung wurde mir als Hochmut ausgelegt, der bei einem so jungen Autor sehr unberechtigt sei. Eine kleine Verstimmung trat ein. Sie stand gegen den jüngeren Freund auf der Seite des älteren. Doch diese Wolke verschwand bald am Himmel unseres reinen, hinfort immer gleich innigen Verhältnisses.

256

auch die Adresse an den König, die in einer von über viertausend Menschen besuchten Volksversammlung vorgelesen und einmütig ohne jede Debatte beschlossen wurde. König Max hatte, sobald die ersten Wetterzeichen am politischen Horizont aufstiegen, seinen römischen Winteraufenthalt abgebrochen und war am 15. Dezember nach München zurückgekehrt. Er war gleich seinem Volk gut augustenburgisch gesinnt und hatte bekanntlich Herrn von der Pfordten, seinen Gesandten beim Bundestag, in diesem Sinne instruiert. Doch ob auch die Bewegung, die durch alle Kreise seiner Hauptstadt ging, seiner eigenen Stimmung entsprach, – dass sich die guten Bürger herausnahmen, sich in seine Regierungsgeschäfte zu mischen, ihn zu Entschlüssen drängen zu wollen, die er sich selbst vorbehielt, vermerkte er sehr ungnädig. Vollends begriff er nicht, dass einer aus seinem Poetenkreise sich dazu hergeben konnte, den Wünschen des Volks als Dolmetscher an seinem Thron zu dienen. Schack und Bodenstedt traten bei der Agitation wenigstens nicht selbsttätig hervor. Dass ich aber die Adresse entworfen hatte, die er selbst anzunehmen sich nicht herabließ, sondern nur durch den Minister zur Kenntnis nahm, verdachte er mir schwer, was ich deutlich empfand, als ich bei dem Symposion am 3. März meinem sonst so gütigen erlauchten Gönner gegenübertrat.

Es war das erste nach der Rückkehr aus Rom, das letzte, an dem wir das Antlitz des verehrten Fürsten erblicken sollten. Ein gespannter, trübsinniger Zug lag darauf. Die Augen waren müder und verschleierter als sonst an diesen Abenden, mit sichtlicher Anstrengung folgte der König Wilhelm Jordans Vorlesung aus seiner »Nibelunge«, die wir alle zu lang fanden, während der gütige Herr in seiner schonenden Art es nicht über sich gewinnen konnte, die Rezitation zu unterbrechen. Als endlich ein Abschnitt erreicht worden war, zog er sich früher als sonst zurück, indem er wie entschuldigend sagte, dass er leider die Herren verlassen müsse, da er sich unwohl fühle.

Wir ahnten nicht, dass wir seine Stimme zum letzten Mal gehört haben sollten. Sechs Tage später, als ich am Abend des 9. März in eine Sitzung des Schleswig-Holstein-Komitees kam, wurde ich mit der Nachricht empfangen, der König liege auf den Tod. Ich eilte nach dem Schlosse, eine unabsehliche Menschenmenge drängte sich in lautloser Erschütterung nach dem Schlosshof, Schneeregen rieselte auf die Häupter herab, alle waren fühllos gegen den rauen Nachtsturm, immer nur den einen Gedanken wälzend, der unfassbar war, da man noch vor kurzem an keinerlei Gefahr gedacht hatte. Von einem Freund, der aus dem Schlosse kam, erfuhr ich, dass gleichwohl keine Hoffnung sei. Am andern Tage gegen Mittag hatte der edle Fürst ausgeatmet.

Münchener Nachklänge

Mitten aus seinem Lebenswerk war König Max abgerufen worden. Doch was er zur Hebung der Wissenschaften in seinem Lande getan, hatte schon so tiefe Wurzeln geschlagen, dass es allen feindseligen Bestrebungen der Dunkelmächte widerstand. Seit jenen Tagen sind Universität und Akademie Münchens auf der Höhe ihres Ansehens geblieben, und die Arbeiten der historischen Kommission haben ihren ungestörten Fortgang genommen.

Die »Münchener Idealisten« freilich blieben nicht beisammen. Wohl hatte der junge König, dessen Neigungen bekanntlich nach anderen künstlerischen Zielen gingen, den drei Poeten, die sein Vater berufen, ihre Jahrespensionen bestätigt, aus freiem Entschluss, doch erst da Geibel und ich uns nicht dazu bewegen ließen, wie es Ludwig II. anfänglich uns zugemutet hatte, um den Fortgenuss einer königlichen Gunst, die uns ohne unser Zutun gewährt worden war, bittend einzukommen.

Um für die Weitergewährung der Pension meinen Dank abzustatten, hatte ich um eine Audienz nachgesucht. Es war das einzige Mal, dass ich dem jungen Könige gegenüberstand. Er empfing mich freundlich, doch mit einer gewissen gesucht hoheitsvollen Haltung, die erkennen ließ, dass ihm seine königliche Würde noch eine Rolle war, in die er erst hineinwachsen sollte. Wie ganz anders hatte sein unvergesslicher Vater den so viel jüngeren Poeten gleich bei der ersten Begegnung aufgenommen! Doch war der Blick der schönen großen Augen, in denen ein träumerischer Glanz leuchtete, gewinnend und seine Rede frei von jeder Befangenheit. Von Dönniges wusste ich auch, dass der junge Herrscher ein ungewöhnlich sicheres Urteil über jeden besaß, der in seine Nähe kam, eine Menschenkenntnis, deren Reife bei der weltfremden Erziehung, die er genossen hatte, geradezu wunderbar erschien. Das Gespräch mit mir bewegte sich um gleichgültige Dinge. Nur als das Theater berührt wurde und ich bemerkte, wie selten die verschiedenen Eigenschaften, die zur Leitung einer großen Bühne erforderlich seien, in einer Person sich vereinigt fänden, sah ich einen argwöhnischen Zug über das edle junge Antlitz gleiten. Ob er mich im Verdacht hatte, mich selbst zu dieser damals noch immer unzulänglich ausgefüllten Stelle empfehlen zu wollen? Es wäre das nicht eben ein Beweis für die ihm nachgerühmte Menschenbeurteilung gewesen, da mir mein Leben lang nichts ferner gelegen, als der Wunsch, Dingelstedts Erbschaft anzutreten.

Als dann vier Jahre später das bekannte Ereignis eintrat, das Kabinettsschreiben König Ludwigs II., durch das er Geibel seine Pension entzog, weil der alte Kaiserherold König Wilhelm bei dessen Besuch in Lübeck mit dem Wunsch begrüßt hatte,

> Dass noch dereinst dein Auge sieht,
> Wie übers Reich ununterbrochen
> Vom Fels zum Meer dein Adler zieht –

war es auch mir unmöglich, fernerhin ein königliches Gnadengehalt anzunehmen, an das die Bedingung geknüpft gewesen wäre, meine politische Überzeugung, wenn sie mit der des Königs nicht im Einklang war, zurückzuhalten, nachdem ich sie in all den Jahren, da ich seinem heimgegangenen Vater nahegestanden, nie zu verleugnen gehabt hatte.

Auf die Eingabe, in der ich mit ehrerbietigem Dank für das bisher Gewährte meinen Verzicht ausgesprochen hatte, erhielt ich erst spät eine gewundene Antwort in einem Kabinettsschreiben, das deutlich erkennen ließ, der König hatte die Motive, die meine Handlungsweise bedingt, kaum begriffen und war aufs Schwerste gegen mich erzürnt. Doch schien sein Unwille bald zu schwinden. Für einige meiner Bücher, die ich später, da ihr Gegenstand seine Interessen berührte, ihm überreichen zu lassen schicklich fand, ließ er mich seines freundlichsten Dankes versichern. Einmal kam sogar die Anfrage Seiner Majestät an mich, warum ich meinen Roman in Versen »Schlechte Gesellschaft« nicht fortgesetzt hätte, und mein Schauspiel »Ehre um Ehre« wollte er bei einer der Aufführungen im Residenztheater, denen er allein beiwohnte, sich ansehen. Er saß in der Proszeniumsloge des ersten Rangs, ich mit meiner Frau in der ganz dunklen Parterreloge Nummer eins der Bühne gegenüber. In einem Zwischenakt hatte er uns in unserem Versteck entdeckt und sandte einen Lakaien, sich dessen zu versichern. Doch trieb er seine Marotte wenigstens nicht so weit, den Verfasser des Stückes, das er aufführen ließ, aus dem Hause fortzuweisen.

In den letzten Jahren seines traurig verdunkelten Lebens hörten auch diese seltenen literarischen Beziehungen vollständig auf.

Auch König Max würde sich durch jenes Geibelsche Gedicht empfindlich berührt gefühlt haben. Doch wäre es darüber nie zum Bruch zwischen ihm und dem so hochverehrten Dichter gekommen, der dem fürstlichen Gönner aus seinem Kaisertraum nie ein Hehl gemacht hatte.

Bei einem seiner vertraulichen Gespräche mit dem Könige hatte Geibel geäußert: »Wenn ich mich nicht als Bürger eines großen deutschen Reiches fühlte, wäre mein Vaterland nur fünf Quadratmeilen groß.« Der Sohn eines freistädtischen Gemeinwesens durfte wohl so empfinden, und die Äußerung dieser Gesinnung bei einer solennen Gelegenheit hätte ihm vielleicht ein Wort der Missbilligung unter vier Augen, nimmermehr aber die Entziehung der königlichen Gnade in so schroffer Form eingetragen.

So schmerzlich uns aber der Verlust unseres geliebten und verehrten Königs war, ihn selbst bewahrte sein früher Tod vor mancher herben Prüfung, die ihm die Entwicklung der politischen Geschicke Deutschlands auferlegt haben würde.

Schwerer als sein Sohn hätte er das Jahr 1866 empfunden, und obwohl auch er, als der Krieg gegen Frankreich die gesamte Wehrkraft Deutschlands unter die Waffen rief, nicht gezaudert haben würde, sein Heer den Bundesgenossen anzuschließen, einen härteren Kampf als seinen Nachfolger hätte es ihn gekostet, sich in die neue Ordnung des Reichs zu fügen, die ihm ohne Österreich und außer dem Rahmen der Triasidee als ein Abbruch an seiner vollen Souveränität erschienen wäre.

All diesen Zweifeln und Kämpfen war er nun entrückt. Zugleich war ihm das Bitterste erspart geblieben, seine beiden Söhne ihrem tragischen Geschick unaufhaltsam verfallen zu sehen. Nun stand sein edles Bild in der verklärenden Vollendung des Todes vor der Erinnerung der Seinen und seines Volkes, und selbst diejenigen, die ihm widerstrebt hatten, konnten ihm das Zeugnis nicht versagen, dass er das Beste zum Wohl seines Landes gewollt und mit unermüdlich tapferer Hingebung danach gestrebt hatte, selbst auf Kosten einer leicht zu gewinnenden Popularität, was er als die Aufgabe seines Lebens erkannt, zur Erfüllung zu bringen.

**

Das Häuflein der »Münchener Idealisten« war gelichtet, das Band, das sie zusammengehalten, gelockert worden. Einige Jahre hausten die Krokodile noch gemächlich in dem »heil'gen Teich«, den sie bald hierhin, bald dorthin, zuletzt in mein Haus verlegten. Bodenstedt war nach Meiningen gezogen, wo er nicht lange blieb, da er für das Amt eines Dramaturgen in keiner Weise begabt war. Schack hielt sich zurückgezogen in seinem Hause, an das er die Räume für seine Galerie hatte anbauen lassen. Ich selbst dachte nicht daran, dies München je wieder zu verlassen, an das ich durch die teuersten Erinnerungen eines glücklichen Jahrzehnts geknüpft war. Auch einer wiederholten ehrenvollen Einladung zur Übersiedelung nach Weimar, zu der mich der Großherzog, der stets mir wohlgesinnt war, zuerst durch Liszt, dann indem er persönlich mich in meiner Sommerfrische zu Ebenhausen aufsuchte, überreden wollte, widerstand ich um so leichter, da ich nach fünf einsamen Jahren ein zweites Herzensglück gefunden und eine junge Münchnerin heimgeführt hatte. Durch diese Verbindung bestärkte sich mehr und mehr mein süddeutsches Heimatsgefühl, und um so fester wurzelte ich im Münchener Boden, als ich durch den Tod meiner Mutter im Jahre 1864 den Antrieb verlor, in meine Vaterstadt zurückzukehren, die mir, je gewaltiger sie zur Reichshauptstadt heranwuchs, ein immer fremderes Gesicht zeigte, aus dem die traulichen alten Züge verschwunden waren.

Mein alter Geibel hatte, seitdem sein ohnehin nur äußerliches Verhältnis zu König Ludwig II. gelöst worden war, München gemieden. Sein schweres organisches Leiden, das immer qualvoller wurde, machte ihm weitere Reisen unmöglich, sodass er von seinem Haus in Lübeck und seiner einzigen Tochter Marie, die in glücklicher kinderreicher Ehe lebte, sich nur noch entfernte, um im Sommer in einem der Ostseebäder sich zu erfrischen. Er war nie ein fleißiger Briefschreiber gewesen. Nun wurde der Verkehr mit den fernen Freunden immer spärlicher, wie denn auch Kraft und Stimmung zur Arbeit mehr und mehr versiegten. Er vollendete noch, mühsam genug, das Trauerspiel »Sophonisbe«, das 1869 den Schillerpreis erhielt und weit hinter der »Brunhild« zurücksteht. Im Jahre 1877 gab er die »Spätherbstblätter«, den vierten Band seiner Gedichte heraus, Nachklänge aus seiner jüngsten wie auch reifsten Zeit, in denen der alte Löwe noch einmal klingend seine Mähne schüttelte. Die Arbeit an seinem »klassischen Liederbuch« ging nebenher. Die letzte überschwänglich hohe Lebensfreude hatten ihm die Siege in Frankreich und die Erfüllung seines einst verspotteten Kaisertraums bereitet. In dem schmalen Bändchen seiner »Heroldsrufe« sammelte er neben den ahnungsvollen Herzensergießungen der früheren Zeit die machtvollen Triumphlieder, mit denen er das glorreiche Siegesjahr feierte.

An meinem Dichten und Trachten nahm er auch in der Ferne den alten Freundesanteil. Ein Wiedersehen mit ihm war mir aber nur noch einmal, im Herbst 1881, in seinem stillen Hause zu Lübeck vergönnt.

In tiefer Bewegung sah ich den Freund, dessen Bild mir noch immer in der vollen Kraft seiner Mannesjahre vor der Seele gestanden hatte, als einen gebrochenen, hageren Greis, der sich mit schwermütigem Blick mühsam von seinem Sitz erhob, um mich mit alter Herzlichkeit zu umarmen. Bald freilich belebten sich die leidvoll gespannten Züge, das Auge leuchtete wieder auf, wenn er der alten Zeit gedachte oder nach gemeinsamen Freunden fragte, und hin und wieder, sobald das Gespräch literarische oder politische Themata streifte, die seinen Grimm und Groll erregten, blitzte noch ein Funke des alten Berserkerzorns aus seinen Worten hervor, und die magere Hand zauste heftig wie sonst den ergrauten Knebelbart. Hernach aber, als er einen Wagen holen ließ, mir die Stadt und ihre Umgebung zu zeigen, sank er wieder in eine dumpfe Stimmung zurück und saß, in die Wagenecke gedrückt, mit trüben Augen vor sich hin blickend. Vor der Schifferstube des Rathauses ließ er halten, und wir stiegen aus, die altberühmten Räume zu beschauen. Ich sah, mit welcher Ehrerbietung, wie einem Stadtheiligen, man ihm begegnete.

Doch auch hier, bei einem Trunk edlen Weins, der sonst immer die Macht gehabt hatte, seinen Genius zu beflügeln, verharrte er in seiner düsteren Versonnenheit, und erst am Abend, als seine Nichte, die ihm als treue Pflegerin zur Seite stand, meine Bitte unterstützte, doch etwas von seinen neuesten Versen vorzulesen, fiel auch von mir der Druck, dessen ich mich in all den Stunden nicht hatte erwehren können. Er las dann ein paar Übersetzungen aus dem Französischen und einige eigene Gedichte. Es war noch in allen die alte Herrschaft über die Form und die Anmut des Gedankens zu spüren. Aber der tiefe, melodische Klang seiner Stimme war wie umflort, und wir beide fühlten, dass dies stille Symposion das letzte, wehmütige Fest der Freundschaft war, das wir miteinander feiern sollten.

Im Jahre 1883 wurde ich von seinem Verleger aufgefordert, für die hundertste Auflage seiner Gedichte einen Prolog zu dichten. Ich ergriff mit Freuden die Gelegenheit, dem teuren alten Meister, dem ich so viel verdankte, einmal öffentlich auszusprechen, was er mir und seinem Volke gewesen war. Der Freundesgruß sollte ihn nicht mehr erreichen. Ehe noch das Buch zur Ausgabe gelangte, war er, am 6. April 1884, von seinen Leiden erlöst worden.

6. Erste Liebe

Der Tod des Königs machte, wie ich schon erwähnt, in meinen Münchener Verhältnissen keine einschneidende Änderung. So blieb ich in der Stadt wohnen, die mir eine zweite Heimat geworden war, ohne jedes Amt nur meinen mannigfachen literarischen Aufgaben mich widmend, sah gute Freunde und Gleichgesinnte kommen und gehen und eine neue Zeit anbrechen, in der ein neues Geschlecht mit neuen Anschauungen und Bedürfnissen heranwuchs. Dies alles vollzog sich geräuschlos, mit innerer Notwendigkeit, die ich nicht leugnete, wenn ich mich ihr auch nicht unterwarf. Von Zeit zu Zeit, so oft ich einer geistigen Luftveränderung bedurfte, pilgerte ich auf ein paar Wochen wieder in mein gelobtes Land und fuhr auch zweimal mit meiner Frau statt über den Brenner über den Rhein, um mich jedes Mal etwa vierzehn Tage in Paris umzusehen. Von diesen kurzen Episoden jedoch soll hier so wenig berichtet werden, wie von meinen vielfachen einsamen Streifzügen in Italien. Da wir es in Paris von vornherein nur auf die Stadt selbst, Museen, Theater, die Umgegend und so viel vom Volkscharakter abgesehen hatten, als man im Schlendern über die Boulevards und im Bois davon erhaschen mag, notablen Bekanntschaften aber aus dem Wege gingen, so hätte die Mitteilung unserer flüchtigen Eindrücke nur geringes Interesse.

Hier aber habe ich noch einen Punkt zu berühren, der eigentlich schon früher hätte zur Sprache kommen sollen.

Ich bin oft gefragt worden, ob meinen zahlreichen Novellen, in denen es sich um leidenschaftliche Konflikte handelt, nicht eigene Erlebnisse zugrunde lägen, an denen ja auch ein äußerliches Stillleben nicht arm zu sein braucht. Man pflegte zu glauben, die Kenntnis des weiblichen Geschlechts, der Abgründe und Untiefen im Frauenherzen, die man in meiner Dichtung finden will, könne nur in der Schule des Lebens erworben und mit eigenem Herzblut bezahlt worden sein.

Dies ist nun keineswegs der Fall gewesen.

Von den nur allzu zahlreichen Novellen, in denen ich Frauencharaktere geschildert habe, wüsste ich kaum ein halb Dutzend, für welche persönliche Erinnerungen das Motiv geliefert hätten. Auch dann niemals in memoirenhafter Genauigkeit, sondern so umgebildet und künstlerisch verarbeitet, dass nur der seelische Grundton des eigenen Erlebnisses darin forttönte. Ebenso wenig habe ich Schicksale guter Freunde oder Charakterbilder von Personen, mit denen das Leben mich in nahe Berührung brachte, novellistisch »verwertet« oder als Modelle mit porträtmäßiger Ähnlichkeit mir angeeignet, sondern mich stets auf die Anregungen beschränkt, die eine fruchtbare Phantasie einer liebevoll beobachteten Wirklichkeit verdankt. Gegen »Schlüsselromane« vollends, die nur eine frivole Neugier befriedigen, fühlte ich stets einen tiefen Abscheu, als gegen eine schnöde Zwittergattung, die den Reiz polizeilicher Dokumente mit künstlerischen Effekten verbinden will.

Und so würde die heut so unheilvoll im Schwange gehende Methode, Dichterwerke als eine genau zu berechnende Summe biographischer Faktoren darzustellen, an meinen novellistischen Arbeiten keinen dankbaren Stoff finden. Wohl habe auch ich in der Schule der Leidenschaft meinen Kursus gründlich durchzumachen gehabt. Denn schon als Knabe hatte ich die Macht der Schönheit empfunden, und es war eine sehr persönliche Konfession, die ich in einer Strophe der »Braut von Cypern« aussprach:

> O heilig Wunder! Uralt ist die Welt,
> Und dennoch steht am Anfang aller Dinge
> Das Herz, in das ein Strahl der Schönheit fällt!
> Als ob dich eine Schöpfung neu umfinge,
> Wird dir die Brust erschüttert und geschwellt,
> Es trifft dich wie ein Schlag von Adlerschwinge,
> Die Träne fühlst du dir im Auge beben –
> Nun weißt du erst, lebendig sei dein Leben.

Was der träumerische Tölpel Cimone dort erfuhr, wie gut kannte ich es, wie oft hatte ich es als schüchterner Juvenil selbst erfahren, in Gesellschaften, wo ich einer reizvollen Mädchengestalt begegnete, im Theater, wenn ich eine schöne Frau in ihre Loge treten oder sie auf der Straße mir vorübergehen sah. Ich empfand dann leibhaftig jenen »Schlag« auf das Herz, der Atem stockte mir, ja, wie es schon die große Lesbische Dichterin an sich erlebt hatte, ein leiser Schweiß trat mir auf die Stirn, wenn das zauberhafte Wesen mich anredete.

Diese Schwäche meiner jungen Jahre ist mir noch lange nachgegangen, und wenn ich als Dichter oft eines überschwänglichen Schönheitskultus geziehen worden bin – obwohl mir so viel tiefere geistige und sittliche Probleme zeitlebens zu schaffen machten –, kann ich mich nur damit entschuldigen, dass es sich dabei um einen Naturfehler handle, der sich mit keinem noch so guten Willen hätte ausrotten lassen. – Dass ich aber dennoch in der Schule der Frauen lange gesessen, ohne allzu schweres Lehrgeld zu zahlen, und vor zerrüttenden Herzensstürmen bewahrt geblieben bin, verdanke ich dem seltenen Glück, dass mein Herz früh in festen Händen war und dass ich zweimal eine Ehe geführt habe, wie sie harmonischer, Seele und Sinne im Tiefsten erquickender nicht gedacht werden konnte.

***

Eine ernsthafte erste Liebe hatte ich schon in meinem Primanerherzen erleben müssen.

Schon bei der Schilderung des »Klubs«, den ich mit meinen drei Schulfreunden in dem Poetenhaus am Enkelplatz gestiftet hatte, habe ich den Namen Felix von Steins genannt. Seine Eltern waren seit einigen Jahren aus Thüringen übergesiedelt, da sie für die Erziehung ihrer Kinder in ihrem waldumrauschten Schlosse Kochberg nicht wohl zu sorgen wussten, und bewohnten eine reizende Villa in Schöneberg, von wo aus ihr Stammhalter Felix und sein viel jüngeres Brüderchen Karl täglich zur Schule nach Berlin wanderten. Ein Neffe des Freiherrn, Sohn seiner Schwester, die in Weimar an einen Mister Perry verheiratet war, lebte ebenfalls unter der Obhut seiner Verwandten und besuchte wie sein Vetter das Friedrich-Wilhelms- Gymnasium.

Da die Eltern durch ihren Sohn von mir als einem »Musterschüler« gehört hatten, musste Felix mich auf einen Sonntagmittag zu ihnen hinausladen. Noch ist es mir deutlich in der Erinnerung, wie ich das hohe Gittertor der Villa erreichte und das schmucke einstöckige Haus zum ersten Mal hinter dem sanft ansteigenden Rasenplatz des Vorgartens liegen sah, von den hohen Wipfeln des Parks, der sich dahinter ausbreitete, überschattet. Als ich eintrat, sah ich einen großen, schwarzhaarigen Mann mit dunklem Bart, den ich nach seinem nachlässigen Anzug für den Gärtner hielt, an einem Gartenbeete beschäftigt. Auf meine Frage, ob Herr von Stein hier wohne, sah er mich mit seinen schwarzen Augen freundlich an und antwortete, ich möge nur ins Haus hinaufgehen, im Gartensaal, der sich nach dem Vorgarten öffnete, würde ich die Damen finden.

Felix kam mir entgegen mit dem großen Neufundländer, der bald mein Freund werden sollte, und führte mich zu seiner Mutter, deren herzlicher Empfang rasch alle Fremdheit zwischen uns verscheuchte. Ich war früh in allerlei geselligen Kreisen eingeführt und hatte mich leidlich unbefangen zu betragen gelernt. In ein altadeliges Haus trat ich hier zum ersten Mal, und auch die Erinnerung an jene Frau von Stein, deren Freundschaft den jungen Goethe beglückt hatte, trug dazu bei, mich diesen ihren Nachkommen gegenüber anders als sonst in einem befreundeten Haus empfinden zu lassen. Auch die Räume, die sie bewohnten, waren mit Bildern geschmückt, die eine Art historischer Stimmung erzeugten, und der ganze Zuschnitt des Lebens, obwohl von irgendwelchem Prunk keine Rede war, hob sich doch um eine Stufe über die mir gewohnte bürgerliche Sitte hinauf.

Dann öffnete sich eine Tür, und ein junges Mädchen trat ein, das Felix umarmte und mir als seine Schwester Anna vorstellte. Sie trug ein einfaches helles Kleid, das ihrer schlanken, aber schon voll aufgeblühten Figur sehr reizend stand, das reiche, schwarze Haar schlicht gescheitelt und in einem dicken Knoten aufgesteckt, den kleinen runden Kopf ein wenig in den Nacken geworfen. Sie gab mir unbefangen die Hand, betrachtete mich ruhig mit den halb zugedrückten schwarzen Augen, als ob sie bei sich selbst spräche: Also so sieht der gepriesene *primus omnium* aus! und wandte sich dann mit einem feinen Zucken der Nasenflügel von mir weg.

Nach der überfließenden Freundlichkeit der kleinen, trotz ihres Embonpoints sehr beweglichen Mama machte mir diese überlegen kühle Begrüßung der Tochter einen unholden Eindruck, und ich nahm mir vor, das hochmütige Freifräulein, das mir gegenüber sich in der

Rolle einer unnahbaren Aristokratin zu gefallen schien, meinen Bürgerstolz fühlen zu lassen, auch wenn ich mir nicht ein junges Genie zu sein dünkte, wie der Dichter des Werther. Dieser flüchtigen Verstimmung aber wurde ein Ende gemacht, als der Bediente die Tür nach dem Esszimmer öffnete und von der anderen Seite der Hausherr eintrat, kein anderer als der große brünette Mann, den ich für den Gärtner gehalten hatte.

Die schlichte Güte und Herzlichkeit, mit der er mir begegnete, gewann ihm in der ersten halben Stunde mein Herz, und als ich spät am Abend mich verabschiedete, fühlte ich deutlich, dass die Bekanntschaft mit diesen Menschen einen bedeutsamen Abschnitt in meiner Entwicklung bilden würde.

Ich habe nicht vor, hier den kleinen Roman dieser Jugendliebe ausführlich zu erzählen. Auch sind die wesentlichsten Züge desselben, vor allem die leidenschaftliche Stimmung, in der ich ihn durchlebte, in der Novelle »Das Freifräulein« zur Darstellung gekommen, getreuer und umständlicher, als irgendein anderes meiner eigenen Lebensabenteuer einen dichterischen Ausdruck gefunden hat. Nur die Katastrophe, von dem Entschluss der Entführung an, ist freie Zutat, da die Geliebte einer romantischen Torheit dieser Art nie auch nur im Traum sich würde schuldig gemacht haben.

Hier möge genügen zu sagen, dass das Eis zwischen mir und dem schwer verkannten jungen Wesen überaus schnell ins Schmelzen kam. Zwar behielt sie äußerlich ihre zurückhaltende Miene und den kühlen Blick der Augen bei, doch erkannte ich bald, dass unter der scheinbar stolzen Ruhe und Gleichgültigkeit sich ein scheues, warmblütiges Temperament verbarg, das Tasten und Suchen einer jungen Menschenseele, die den Rätseln des Lebens furchtsam gegenübersteht und ihr inneres Leben der Welt nicht enthüllen will. Eben diese äußere Sicherheit in den Formen bei der inneren geistigen Ratlosigkeit, die sich hin und wieder in unbewachten Augenblicken verriet, machte ihr Wesen so anziehend. Es war die erste »problematische« Mädchennatur, die mir begegnete. Kein Wunder, dass sie bald mein ganzes Inneres erfüllte und Kopf und Herz zugleich gefangen nahm.

So wenig Anlagen ich zum blöden Schäfer hatte und so kecklich anderen Mädchen gegenüber ich den Verliebten zu spielen verstand, wo ich nichts empfand, in diesem Falle versagten mir Mut und Selbstgefühl völlig, auch nur so weit mich mit meinem geheimen Herzenszustand hervorzuwagen, wie jeder gute Jüngling der Schwester seines Freundes den Hof machen darf. Auch trug ich diese Liebe ohne jede Hoffnung, dass sie je erwidert werden könne, mit mir herum. Doch lebte ich nur von einem Landbesuch zum andern, wo ich dann vierundzwanzig Stunden unter einem Dache mit ihr zubrachte, da es bald eingeführt war, dass ich Sonnabend nachmittags hinausging, die Nacht mit Felix und seinem Vetter in ihren Mansardenzimmern bei allerlei kleinen Rauch- und Trinkorgien halb durchwachte und den Sonntag darauf mit den Geschwistern unter den herrlichen alten Bäumen des Parks mich herumtrieb.

Man wird begreifen, dass bei diesem Gastrecht im Hause der Eltern – der Name des »Goldsohns« war mir von der Mutter, die mich in jeder Weise verhätschelte, wie in jener Novelle beigelegt worden – meine grüne junge Lyrik so üppig wie jedes andere Unkraut gedieh. Damals stand ich ganz im Banne Heines. Was an schwermütigen, desperaten oder todesschaurigen Versen entstand, wurde dann an den Klubabenden vorgelesen. So waren Felix meine Gefühle für seine Schwester, ohne dass der Name je genannt wurde, von Anfang an kein Geheimnis, und die Gedichte wurden zwischen uns nur in Bezug auf ihren poetischen Wert oder Unwert besprochen.

Der gute Junge war aber endlich unvorsichtig genug, Mitleid mit meinem Zustande zu fühlen, und eines Nachts, als wir aus dem Klub nach Hause gingen und Endrulat uns verlassen hatte, eröffnete er mir, er habe mit seiner Schwester von mir gesprochen, und sie habe ihm gestanden, dass ihr meine Liebe längst kein Geheimnis mehr sei, und dass sie sie erwidere.

So unerhört und unfassbar mir dieses Glück erschien, war ich doch keinen Augenblick im Zweifel, dass ich Manns genug sein würde, es festzuhalten. Am nächsten Sonntag, da mir die Liebste zum ersten Mal ohne ihre sichere Haltung, mit beklommenem Atem und geröteten Wangen gegenübertrat, bat ich sie, mit mir in den Garten zu gehen. Dort fragte ich sie ohne Umschweife, ob ich glauben dürfe, was ihr Bruder mir gesagt, und als sie wortlos mit einem entschlossenen Nicken ihres reizenden Kopfes es bestätigte, sagte ich ihr alles, was ich seit der brüderlichen Enthüllung mir zurechtgedacht hatte. Wir standen beide in unserem siebzehnten Jahr, ich um wenige Monate älter, übrigens aber im Nachteil gegen sie, die so herangereift war, dass sie jeden Augenblick einem Bewerber ihre Hand gewähren konnte, während ich im günstigsten Falle, ehe ich daran denken durfte, sie heimzuführen, eine Wartezeit wie Jakob um Rahel durchzumachen hatte.

Wie konnten wir auch hoffen, selbst wenn die Eltern ohne jedes Standesvorurteil dem Goldsohn, dessen Vater ein schlecht besoldeter Professor war, ihr Freifräulein gegönnt hätten, dass sie auf eine so weite, unsichere Aussicht hin zu einem Eingehen auf unsere Wünsche geneigt sein würden? In so seligem Taumel ich neben dem geliebten Wesen hinschritt, blieb ich doch besonnen genug, nichts von allem zu verschweigen, was scheinbar als ein unüberwindliches Hindernis unserem Glück sich entgegentürmte. Als ich sie aber schließlich fragte, ob sie sich getraue, trotz alledem an mir festzuhalten, wie ich mich ewig an sie gebunden fühlte, und sie ruhig aufblickend das erste Wort auf meine gestammelte Rede, ein helles entschiedenes Ja! erwiderte, sah ich plötzlich alle Wolken über unserer Zukunft zerstreut und den Stern unserer jungen Liebe verheißungsvoll herabstrahlen.

Noch heute ist es mir rätselhaft, dass wir nach diesen tapferen Bekenntnissen uns nur die Hand reichten und unsere Lippen sich nicht berührten, so einsam und sicher der Platz unter den alten Ulmen war. Das damals Versäumte ist auch später nicht nachgeholt worden. Ich habe dies schöne Wesen, das sich mir verlobt hatte, nie im Arme gehalten und ihr nicht einmal Stirn und Augen, geschweige denn den stolzen Mund geküsst, der mir ein so beseligendes Geständnis gemacht hatte.

Was dann weiter geschah, nahm keinen so dramatisch bewegten Verlauf, wie in der Novelle. Bald nach unserer heimlichen Verlobung reiste ich in den Herbstferien mit den beiden Vettern nach Thüringen. Als Gymnasiasten im letzten Semester wurden uns in Jena von einem dortigen Corps gastfreundliche Ehren erwiesen, durch die man uns zum späteren Einspringen ködern wollte. Es waren auch sonst vergnügliche Tage, mir insbesondere verklärt durch das verschwiegene Liebesglück, das ich, wie ich meinte, sicher aufgehoben daheim zurückgelassen hatte, und von dem mein Skizzenbüchlein auf jeder Seite in überschwänglichen Liedern zu erzählen wusste. Die Krone all unserer Wandererlebnisse war die Rast in Kochberg, wo uns die alte Mama Stein und Onkel Altenstein aufs Liebenswürdigste mehrere Tage beherbergten. Mit wie ehrfürchtiger Andacht betrachtete ich in den Goethezimmern alle Spuren, die die Hand unseres größten Dichters darin zurückgelassen hatte. Ihn sah ich natürlich unerreichbar hoch über mir. Dass aber die Urenkelin seiner Frau von Stein ihren Ahnen ebenbürtig sei, stand mir über allem Zweifel.

Doch aus dem seligen Traum, den ich in diesen Frühlingstagen geträumt hatte, sollte ich gleich nach der Rückkehr unsanft geweckt werden.

Die gute Tochter hatte es nicht über ihr Gewissen gebracht, das Geheimnis ewiger Liebe und Treue, die wir uns gelobt hatten, der Mutter zu verschweigen. Natürlich hatte dann auch der Vater davon erfahren, und beiden Eltern war es nicht zu verdenken, dass sie klüger waren als ihr Kind, und einen jungen Menschen, dem noch das Abiturientenexamen bevorstand, nicht als zukünftigen Eidam betrachten wollten. – Auch ich verdachte es ihnen nicht, als mir Felix im Schulzimmer berichtete, wie er es zu Hause gefunden hatte. Freilich, über den »Verrat«, dessen ich seine Schwester anklagte, war ich tief empört. Den Eltern aber dachte ich »männlich« gegenüberzutreten und für das, was ich getan und ferner zu tun entschlossen war, offen einzustehen.

Es sollte nicht dazu kommen. Ich wurde in der Villa draußen ganz wie sonst, als wenn nichts geschehen wäre, empfangen, von der Mutter mit schmeichelnder Zärtlichkeit, vom Vater treuherzig wie sonst, kaum dass in seinem guten, biederen Gesicht ein leiser Zug von Ironie sich bei meiner Begrüßung entdecken ließ. So oft ich anfangen wollte, meine Beichte samt allen mildernden Umständen und den festen Vorsätzen für die gemeinsame Zukunft vorzubringen, wurde ich durch irgendeine freundliche Frage nach unseren Reiseabenteuern, meinen Versen oder dem Befinden meines Vaters unterbrochen. Ich erkannte, dass man entschlossen war, das, womit es mir heiliger Ernst war, als eine Kinderei, einen Schülerstreich zu behandeln, den man einem leichtherzigen angehenden Poeten zugute halten, aber beileibe nicht ernst nehmen müsse.

Ob dies Verfahren den Umständen nach das gescheiteste war, da so jeder heftige Auftritt, der zum Bruch geführt hätte, vermieden wurde, ist mir noch lange zweifelhaft geblieben. Dass es nicht das gütigste war, steht mir auch heute noch fest. War ich wirklich der Sohn des Hauses gewesen, für den man mich ausgab, so hätte ich erwarten dürfen, dass man trotz meiner blutjungen Jahre mich nicht als ein Kind behandelt und den Schmerz, den man mir bereiten musste, durch ein wenig Herzenswärme zu lindern gesucht hätte. Statt dessen wollte die »Goldmama« auch die poetischen Ergüsse meines Grimms und Grams, die ich ihr nicht vorenthielt, so oft sie nach meinen Versen fragte, nur als freie Phantasien ansehen, und zu einem vertrauten Aussprechen zwischen uns ist es nie gekommen.

Auch nicht zwischen mir und meiner verlorenen Geliebten. Meine Besuche in der Villa waren natürlich selten geworden und beschränkten sich immer nur auf wenige Stunden. Doch wäre auch in diesen Gelegenheit genug gewesen, unter vier Augen sich wenigstens ein letztes Mal sein Leid zu klagen. Sie aber wich mir beharrlich aus. Felix hinterbrachte mir zwar, dass er sie oft in Tränen aufgelöst finde. Ich erlaubte mir sarkastische Zweifel daran zu äußern, dass ich dem kühlherzigen Freifräulein diese Tränen entlockte, und verschmähte es nun eigensinnig, eine letzte Unterredung gewaltsam herbeizuführen. Und so blieb es bis zum Ende. Im Frühjahr verließ die Familie Schöneberg, um nach Kochberg zurückzukehren. Ich fand mich zum Abschied, der von Seiten der Eltern scheinbar der herzlichste war, am Bahnhof ein. Die Tochter reichte mir durch das Wagenfenster ihre kleine Hand im Handschuh, ohne ein Wort hinzuzufügen, und die Lokomotive entführte mir das Bild dieses kurzen, trügerischen Jugendglücks auf Nimmerwiedersehen.

Als ich sieben Jahre später nach München berufen wurde, schrieb die »Goldmama«, von der ich seither nie mehr ein Wort gehört oder gesehen hatte, im Auftrage des Großherzogs an mich, um anzufragen, ob ich nicht vorzöge, statt in München in Weimar am Hofe zu leben. Ich wusste, dass die Tochter Hofdame der Frau Großherzogin geworden und noch unvermählt war, während ich meine junge Frau in mein neues Leben hinausführte. Erst einige Jahre später ging das Freifräulein eine Ehe ein mit einem viel älteren Manne aus ihren Kreisen, dem sie zwei Knaben brachte. Sie selbst ist früh gestorben, und von all den Ihrigen habe ich nur sehr spät einmal den Bruder wiedergesehen, der von seinem Kochberg aus mich nur noch einmal an sein Dasein erinnert hatte, als er mir das Manuskript eines von ihm verfassten Trauerspiels schickte, das schon in der Zeit unseres »Klubs« schwerlich unseren Beifall errungen haben würde.

***

Nach dieser ersten schmerzlichen Lebenserfahrung war ich gegen alle leidenschaftlichen Anwandlungen eine gute Weile gefeit. Ich glaubte, das »schwächere« Geschlecht nun hinlänglich kennen gelernt zu haben, und verhärtete mich gegen etwaige neue Versuchungen, seiner »Tücke« und »Falschheit« zum Opfer zu fallen, durch blutige Hohnverse im Heineschen Stil, in denen ich mir ungemein erwachsen und überlegen vorkam.

Zum Glück aber wurde ich von allen Nachwehen meines tollen Liebesfiebers bald geheilt, als ich in die gesunde Luft des Kuglerschen Hauses eintrat. Nicht, als ob das Bild meiner Jugendflamme so rasch in mir erblasst wäre. Ich hörte aber auf, in meiner Wunde zu wühlen und lyrisches Gift hineinzuträufeln, und gewann es über mich, an das seltsam rätselhafte schöne Gesicht zu denken, ohne weiter darüber nachzugrübeln, wie das wohlerzogene junge Herz sich so rasch hatte verschenken und wieder zurücknehmen können.

Auf den früheren Blättern meiner »Jugenderinnerungen« habe ich die Menschen, die im Kuglerschen Hause wohnten oder dort ein- und ausgingen, geschildert. Ich brauche nichts hinzuzufügen, um es verstehen zu machen, dass meine aufstrebende Jugend hier besser aufgehoben war als in der Schöneberger Villa. Die Tochter des Hauses, die später die Meine werden sollte, war freilich um vier Jahre jünger als ich, in jenem harmlosen Backfischalter, das nur zu einem lustigen Verkehr auf dem Neckfuß angetan war. Je mehr sie heranwuchs, je liebenswürdiger sich all ihre Gaben und Talente, die sie von den trefflichen Eltern ererbt hatte, entfalteten, je anziehender erschien sie mir wie allen anderen Freunden des Hauses. Doch nur sacht und unvermerkt verwandelte sich das geschwisterliche Gefühl, das mich mit ihr und ihren jüngeren Brüdern verband, in ein wärmeres von anderer Art, bis mir zuletzt ein Leben ohne sie als ein unfassbarer Gedanke erschien, so wenig ich mir vorstellen konnte, wie ich es ertragen sollte, sie als Frau eines anderen zu sehen. Einen bestimmten Zeitpunkt aber, in welchem das geschehen wäre, was man »Verlieben« nennt, wüsste ich überhaupt nicht anzugeben. Wir wurden nur immer klarer darüber, dass es ein Naturgesetz sei, einander anzugehören, dass eins dem anderen zu jedem reinen und vollen Erfassen und Genießen des Lebens unentbehrlich geworden war. Dass dies Bewusstsein sich nicht als ein laues, behagliches Gewohnheitsrecht geltend machte, sondern, wenn es durch eine äußere Störung gefährdet schien, sich mit leidenschaftlicher Gewalt dagegen auflehnte, habe ich mehr als einmal erfahren müssen, in den heftigsten Sehnsuchtsschmerzen, während ich, von meiner Braut getrennt, ein Jahr in Italien zubrachte, dann in dem Freudensturm des Wiedersehens, endlich durch das Fieber der Nostalgie, an dem ich, wie ich früher berichtet habe, in der Pfalz erkrankte. Als dann vollends nach kurzen acht Jahren des reinsten, innigsten Miteinanderlebens der Tod mir die geliebte Frau von der Seite riss, empfand ich die Beraubung so tief, als wäre mir die linke Hand vom Rumpf getrennt worden und ich stände ratlos da, wie ich mich mit der rechten allein behelfen sollte.

Dass ich für das verlorene Glück je einen Ersatz finden könnte, war mir undenkbar. Überdies, wenn ich mich auch in meinem Innern gerade am Eigensten und Besten verarmt fühlte, wie viel war mir noch geblieben! Vier liebe, begabte Kinder, in deren Erziehung meine teure Schwiegermutter sich treulich mit mir teilte, der warme tägliche Verkehr mit den brüderlichen Freunden Adolf Wilbrandt [1837-1911; Schriftsteller und Direktor des Burgtheaters in Wien] und meinem jüngeren Schwager Hans, die unsere Hausgenossen waren, andere vertraute Freunde, mit denen uns eine lebhaft anregende Geselligkeit vereinigte, und endlich der wirksamste Trost in jedem Lebenskummer: Arbeit, die Seele und Geist erfüllte und mir das Bewusstsein gab, dass ich in freier Luft noch mancherlei zu schaffen hatte.

So lebte ich fünf Jahre hin, in einem helldunklen, wunschlosen Herzensfrieden, ohne zu zweifeln, dass für mein übriges Leben an Mühen und Freuden vollauf ausgesorgt sei. Am wenigsten reizte es mich, mit eigenem Willen diesen sicheren Besitz aufs Spiel zu setzen, um einem leidenschaftlichen Phantom nachzujagen.

Die guten Mächte aber, die meines Lebens walteten, hatten es freundlicher mit mir vor.

266

7. Neues Leben

In einer Abendgesellschaft bei meinem Freunde, dem Komponisten Robert von Hornstein [1833-1890], in dessen Hause wir den oberen Stock bewohnten, lernte ich ein junges Mädchen kennen, dessen schlanke, hochgewachsene Gestalt und an südliche Schönheit erinnernden Züge mir schon öfters Eindruck gemacht hatten, wenn sie mit ihrem leichten, anmutigen Gang in einer der Münchener Straßen an der Seite ihrer Mutter mir vorübergeschritten war. Dass ich ihr hier wieder begegnete, war nicht zufällig geschehn.

Die Frau vom Hause, meine kluge, muntere Freundin, die es gut mit mir meinte, hatte mich mit meiner Zurückgezogenheit von heiterer Geselligkeit geneckt und gescholten, dass ich in meinen noch jungen Jahren mich zum Menschenfeind und Weiberhasser ausbilden wolle. Das sei so wenig der Fall, hatte ich lachend erwidert, dass ich vielmehr im besten Zuge sei, mich richtig zu verlieben, nur sei der »Gegenstand« leider unnahbar und die Sache hoffnungslos. Als ich dann aber das gefährliche Fräulein näher beschrieb, wurde sie erkannt, und es kam heraus, dass ihre Familie mit der Hornsteinschen in einer Sommerfrische am Starnberger See gute Nachbarschaft gehalten hatte. Von der jüngeren Tochter, der »Meinen«, wusste Frau Lotte von Hornstein nicht genug Liebes und Gutes zu rühmen und schloss endlich damit, dass sie mich mit ihr einladen würde. Sie sehe nicht ein, warum sie sich nicht einen Kuppelpelz an mir verdienen sollte.

Als ich an dem festgesetzten Tage zu der Gesellschaft hinunterging, war mir so beklommen zumute, wie einem Schüler vor dem Examen. Ich konnte auch zuerst eine Befangenheit nicht überwinden, während ich der Erwarteten vorgestellt wurde, die mir in solcher Nähe noch reizender erschien. Auch in diesem Kreis fiel sie durch die einfache Vornehmheit ihrer Haltung auf, und die Art, wie sie die Huldigung der jungen Leute unbefangen entgegennahm mit einer bescheidenen Sicherheit des Taktes, ließ nicht erkennen, dass sie ihr siebzehntes Jahr noch nicht vollendet hatte.

Bei Tisch saß ich ein paar Stunden neben ihr, in ernsthaften Gesprächen, die für ihre Jugend kaum anziehend sein konnten, auf die sie aber mit feinen, klugen Antworten einging, manchmal erst sich besinnend, sodass ich keine einzige banale Äußerung hörte, sondern nur ihre eigenen Empfindungen und Meinungen. Die Hausfrau, die uns mit stillem Triumph beobachtete, nickte mir ein paar Mal verstohlen zu, die jüngeren Freunde, Wilbrandt und mein Schwager Hans Kugler, beklagten sich nachher, dass ich die schöne Jugend so ganz für mich in Beschlag genommen hätte. Sie ahnten nicht, wie ernst es mir damit war, dies auch fernerhin zu tun.

Denn als ich nach einer sehr ruhelosen Nacht, in welcher jener »Schlag von Adlerschwinge«[32], den ich erhalten, in meiner Seele nachgezittert hatte, zu den Meinigen kam, erklärte ich ihnen, dass ich fest entschlossen sei, um die Hand dieses Mädchens zu werben, und es nicht leicht verwinden würde, wenn ihr Herz nicht mehr frei sein sollte oder ein anderes unübersteigliches Hindernis meinem Wunsch im Wege stünde.

Nur eine einzige Woche verging, eine Bedenkzeit, in der ich es gänzlich unterließ, mich zu »bedenken«. Nur noch zweimal hatte ich Gelegenheit, mich in der Überzeugung, dass mir hier ein wundersames Glück winke, zu bestärken, dann brachte ich es zur Entscheidung, mit so unbedenklichem Ungestüm, wie man ihn kaum einem jungen Hitzkopf, geschweige denn einem lebenserfahrenen Familienvater zugute halten konnte. Gerade an meinem siebenunddreißigsten Geburtstag empfing ich von den schüchternen Lippen des geliebten Mädchens die Versicherung, dass ihr Herz noch für keinen ihrer jungen Verehrer gesprochen hatte, und

---

[32] Siehe S. 266.

dass sie es mit mir wagen wolle. – Wie groß dieses Wagnis, war ihr zu meinem Glücke nicht zum Bewusstsein gekommen. – Nicht der Altersunterschied war es, der sie am meisten hätte bedenklich machen können. Die Kluft der zwanzig Jahre, die zwischen uns lagen, wurde zur Not überbrückt durch die ernste Jugend, die sie im Elternhaus an der Seite einer in langem Siechtum hinschwindenden älteren Schwester verlebt hatte, durch den Schmerz, auch ihre andere Schwester von dem schweren Schicksal heimgesucht zu sehn, dass ihr geistvoller, lebensfrischer Mann durch einen Schlaganfall mitten in seinem Beruf gelähmt worden war, sodass der Ernst des Lebens sie früh angerührt und über ihre Jahre gereift hatte. Andrerseits hatte ich mir, trotz alles Traurigen, was ich erlebt, die volle Frische der Empfindung bewahrt und mit ihr alles, was »von jener Jugend, die uns nie entfliegt«, mir zuteil geworden war.

Schwerer fiel ins Gewicht, dass ich meiner neuen Lebensgefährtin zumuten musste, mit ihren siebzehn Jahren, die noch ein volles Anrecht auf jugendliche Freuden hatten, die mütterliche Sorge und Verantwortung für vier Kinder zu übernehmen, von denen der älteste Knabe schon im zwölften Jahre stand, das jüngste Mädchen erst sechs Jahr alt war. Dazu sollte sie in einen großen, festgeschlossenen Freundeskreis eintreten, der meiner ersten Frau ein zärtliches Andenken bewahrte und ihrer Nachfolgerin nicht sogleich mit offenen Armen und Herzen entgegenzukommen fast für eine Pflicht der Pietät hielt.

Auch das trug dazu bei, ihre Aufgabe zu erschweren, dass sie in ihrem Elternhaus zwar eine geistige Luft geatmet hatte, wie man sie in den meisten anderen Münchener Bürgerhäusern vermisste, doch nicht unter so vorwiegend literarischen und künstlerischen Einflüssen aufgewachsen war, wie sie in meinem Kreis gepflegt wurden. Der Vater, J. B. Schubart, war ein trefflicher Mann, der die allgemeinste Achtung genoss. Er stammte von väterlicher Seite aus Schwaben und war in einem nicht ganz aufgeklärten Grade mit dem Dichter der »Fürstengruft« verwandt. Ihn selbst hatte sein Vater, der erst nach Bayern eingewandert war, zum Kaufmann bestimmt, wozu ihm jede Neigung und Anlage fehlte. Denn sein Geschäftssinn war so wenig entwickelt, dass er selbst die erlaubtesten Mittel, sich in die Höhe zu bringen, verschmähte, etwa auf einen vorteilhaften Kauf von Häusern und Grundstücken, der ihm angeboten wurde, verzichtete, wenn er nicht imstande war, gleich die ganze Kaufsumme bar auf den Tisch zu zählen. So begnügte er sich in seiner Tuchhandlung mit einem bescheidenen Wohlstand, ließ es in der Erziehung seiner Kinder an nichts fehlen und blieb, obwohl er in seiner Abendgesellschaft mehr mit Männern höherer Kreise verkehrte, dennoch mit schlichtem Bürgerstolz seinen Altmünchener Gewohnheiten treu.

Der Mittelpunkt des Hauses aber war die Mutter, die mit ihrer geistigen Regsamkeit und einem liebenswürdigen Humor eine ganze Anzahl bedeutender Männer an ihr trauliches Haus zu fesseln gewusst hatte. Ich nenne hier nur den geistvollen Historiker Dr. Thomas, den später an der Leipziger Universität glänzenden berühmten Anatomen Thiersch, den Anatomen Rüdinger, ferner Adam v. Doß, Schopenhauers frühesten und eifrigsten Schüler, vor allen den eigenen Schwiegersohn, Dr. Herrmann, der als glänzender Anwalt und freisinniger Politiker in großem Ansehn stand, bis ihn sein grausames Los durch siebzehn traurige Jahre zu einem bitter empfundenen halben Vegetarier verdammte – alle diese Männer waren in dem einfachen Wohnzimmer der Mama Schubart häufige Gäste gewesen und hatten dafür gesorgt, dass die Kinder ein Bedürfnis nach höherer Bildung erhielten, als selbst das damals in hohem Ansehen stehende Aschersche Institut ihnen gewähren konnte. Ein Oheim war Mitglied des obersten Gerichtshofs, der einzige Sohn, später Ministerialrat im Finanzministerium, brachte seine Universitätsfreunde ins Haus. Auch die Poesie kam einigermaßen zu ihrem Recht, denn mit klassischen Dichtungen hatte der Schwiegersohn früh auch die jüngeren Töchter bekannt gemacht, da er es liebte, Shakespeare und Goethe vorzulesen. Die Mutter, stets eine eifrige Leserin, kannte manches von meinen Sachen und hatte, da sie sehr vorurteilslos war, auch die Lektüre der Töchter nicht streng überwacht, sodass die jüngste sich an Jean Paul abgemüht und sogar sich verpflichtet gefühlt hatte, mit ihren sechzehn Jahren sich durch die Ritter vom Geist durchzuarbeiten. Von meinen Büchern aber hatte sie noch kaum eins gelesen und nicht ein einziges meiner Dramen aufführen sehn.

Wenn sie sich entschloss, mein Leben zu teilen, so hatte Verehrung für den Poeten den geringsten Anteil daran.

Die guten Freunde und zumal die älteren Freundinnen, die damals über meinen tollkühnen Streich die Köpfe schüttelten und einen üblen Ausgang weissagten, waren nicht ganz und gar zu tadeln. Jedenfalls, wenn ihre Prophezeiung nicht in Erfüllung ging, musste ich gestehen, dass ich mehr Glück als Verstand gehabt hatte. Ein wenig zwar war mir mein langes Studium der Frauenseele zustatten gekommen, sodass ich nicht ganz wie ein leidenschaftlicher Hans der Träumer nach dieser goldenen Frucht am Baume meines Lebens gegriffen, sondern die Schrift sorgsam entziffert hatte, die sich in den Zügen dieses »lieblich-ernsten« Gesichts und in dem Blick der schwarzen Augen mir darbot. Doch wie vieles gehört zu einem ruhigen, harmonischen Eheglück, was selbst dem zeichenkundigsten Auge sich nicht sogleich enthüllt, sondern erst in längerem Zusammenleben zutage tritt, und in meinem Falle das Wichtigste: die leise, sichere Hand, mit der die Erziehung junger Kinder geleitet sein will. Dass ich von alledem in meiner Erkorenen nichts vermissen sollte, war von keinem noch so geübten psychologischen Scharfblick vorauszusehn gewesen.

Dazu noch eins, was ich bisher als eine Grundbedingung eines glücklichen Lebens, zumal eines auf das Haus angewiesenen Künstlerlebens betrachtet hatte: die reine Luft im Hause, die durch keinen Missklang mit der nächsten Umgebung getrübt wird. Dass mir dies zum zweiten Mal zuteil werden sollte trotz der mancherlei Vorurteile der süddeutschen Gesellschaft gegen die norddeutsche und umgekehrt, war kaum zu erwarten. Und doch habe ich mich von Anfang an mit meiner neuen Familie im herzlichsten Einklang gefühlt. Das Glück, eine leibliche Schwester zu besitzen, hatte ich stets entbehren müssen, und in meinem siebzehnten Jahre einen Ersatz gesucht, indem ich eine Nichte Frau Klara Kuglers, Felicie Meyer, zu meiner Adoptivschwester erkor. Sie war acht Jahre jünger als ich, in Mexiko geboren, von wo sie als Erbteil ihrer kreolischen Mutter eine fremdartige Anmut, die schlanke Geschmeidigkeit einer Antilope und den spanischen Spitznamen Chata (Stumpfnäschen) mitgebracht hatte. Auch als sie später Otto Gildemeisters [1823-1902] Frau wurde, bewahrten wir einander die geschwisterliche Anhänglichkeit aus der Jugendzeit. Aber ihr Wohnort Bremen war von dem meinen so weit entfernt, dass ich meiner Wahlbruderschaft nur selten froh werden konnte. Nun sollte ich in meiner Schwägerin Emma Herrmann eine Freundin finden, die mir so nahe stand, als ob mich mit dieser »schwesterlichsten der Seelen« die engste Blutsverwandtschaft verbunden hätte, und die mir nur allzu früh, im Jahre 1904, durch den Tod entrissen wurde!

Welch hohes und reines Glück ich aber in einer nun fünfundvierzigjährigen Ehe genossen habe, davon mehr zu sagen will ich unterlassen, da von den zartesten und intimsten Erlebnissen niemand gern in Prosa beichtet, Diejenigen aber, die an meinem Leben Anteil nehmen, hinlängliche Zeugnisse dafür in meinen Gedichten finden.

Nur eines sei noch erwähnt, was zu allen seelischen und Charaktereigenschaften meiner Lebensgefährtin noch hinzukommen musste, um mir volle Befriedigung zu gewähren: ein inniges Einverständnis in allen künstlerischen Dingen. So viel geistige Anregung das heranwachsende Kind im Elternhaus empfangen hatte, zum Genuss und Verständnis der bildenden Künste hatte ihr, wie so vielen jungen Mädchen in der Kunststadt München, jede Anleitung gefehlt. So war ich freudig überrascht, als ich auf der Hochzeitsreise über Mailand nach Florenz meine junge Frau durch Kirchen und Galerien führte und sah, mit wie angeborenem feinem und sicherem Gefühl sie das Große und Echte von allem Manierierten und Naturlosen unterschied und für die Entwicklung vom Einfachsten zum Höchsten lebhaftes Interesse und eine rasche Auffassung hatte. Auch für Musik besaß sie eine natürliche Begabung und nur eine Grille ihres Vaters hatte sie an der Ausbildung dieser Anlage gehindert. In Betreff ihres literarischen Verständnisses aber war es mir eine besondere Genugtuung, dass sie auch meinem eigenen Schaffen gegenüber sich in ihrem unbefangenen natürlichen Sinn nicht beirren ließ, auch wenn ihre Empfindung einmal von der meinigen abwich, da nichts mir peinlicher gewesen wäre, als eine blind bewundernde erste Leserin an meiner Seite zu haben.

In diesem seltenen Glück, das mir von den ewigen Mächten beschieden war, hat es nun aber auch an herben Prüfungen nicht gefehlt, die freilich das Band, das uns vereinigte, nur fester knüpften.

Im Juli 1869 starb unser jüngstes Kind, Marianne, erst anderthalb Jahr alt, da es eben anfing, durch das Aufwachen seiner kleinen Seele uns tausend Freuden zu machen. Im April 1871 raffte ein jäher Genickkrampf binnen zehn Stunden den zweiten meiner Söhne, meinen Ernst, in seinem zwölften Jahre hin, einen ungewöhnlich begabten Knaben, der in der Schule mühelos stets den ersten Platz behauptete und sich mit einer eigentümlich stolzen Verschämtheit immer nur zögernd entschloss, seine glänzenden Zensuren uns sehen zu lassen. Wie große Hoffnungen hatte ich auf diesen Knaben gesetzt und nur bedauert, dass es schwer war, in sein spröde verschlossenes inneres Leben einzudringen. Um Mitternacht hatte ich ihm die großen Augen zugedrückt, aus denen schon Stunden zuvor das Licht des Bewusstseins geschwunden war. Eine Stunde darauf empfing ich einen neugeborenen Sprössling meiner zweiten Ehe in meinen Armen, in einem so qualvollen Widerstreit der Empfindungen, wie wohl wenigen Menschen zu erleben verhängt worden ist.

Ein Blatt aus jener Zeit, das ich nie den Mut hatte meinen dichterischen »Totenklagen« einzureihen, da es ohne nähere Erklärung als ein unverständlicher, seltsamer Empörungsschrei gegen einen unerforschlichen Willen verletzt haben würde, möge hier seine Stelle finden. Aus der inneren Zerstörung, von der es Zeugnis gibt, habe ich mich dann nur durch die Arbeit an meinen »Kindern der Welt« herausgerettet.

Der Promethide

Eine Nacht war,
Ihr schadenfrohen,
Neidischen Schicksalsgewalten,
Da ihr aus Fiebergluten
Glühender Angst
Mich überstürztet mit Eisesschauern
Bitterster Tränen
Und wieder lodern ließet
Flammen der Freude,
Mich zu durchglühen mit neuem Fieber,
Freude vergiftend mit Schmerz,
Des Schmerzes heiliges Recht
Fälschend, ach, durch den ersten Schrei
Eines neugeborenen Lebens,
Bis dann die Welle des Seins
Halbverschüttet dahinfloss,
Wie ein schmutziger Gletscherbach,
Der das Licht des Tages

Einsaugt in schwärzlichen Wirbeln,
Und dessen Flut nichts Erfreuliches,
Sonnegewohntes, nicht Tier noch Blume
Nährt und tränkt.
Habt ihr wollen zu Stahl mich härten
Durch grausam jähen Wechsel?
Diese Brust zum Wohnsitz machen
Einer ewig unanfechtbaren
Stählernen Seele,
Vielleicht zum Schlupfort
Unmenschlicher Weisheit,
Euer würdig?

Aber es spottet
Mein wundgequältes Herz
All eurer Listen.

Nie sich schmieden lassen
Zu knechtisch herrischer Härte
Wird dies freigeborne,
Dies Menschenherz!
Euren erhabenem Gleichmut,
Wie er ewig seligen
Gewaltherrn ziemt,
Nie tauscht' ich ihn ein
Gegen das zuckende
Jammergefühl,
Eigene Schmerzen
Und meiner Brüder
Zu verstehn, zu betrauern.
Denn nur die ächzende
Pfeilwunde Seele
Kann jenen Klang der Todesgeschosse
Mit brennendem Hohn und Trotz erwidern,
Die der unglückseligsten Mutter
Wehrlos zitternde Brut hinstreckten,
Ein Fest rachsüchtigen Göttern.

Aber versteinern wie Niobe
Ist nur ein feiger
Weibischer Trost,
Da der tränenquellende
Verwaiste Felsen
Duldend verstummt;
Ist neue Schmach,
Von unentrinnbarer Übermacht
Angetan einem Sklavengeschlecht,
Wenn sie in feuchtes Gestein verwandelt
Arme Sterbliche,
Die sie schlug.

Auch unser letztgeborenes Kind, das in jener Nacht zur Welt kam, haben wir wieder hingeben müssen, nach sieben Jahren, in denen wir die Entfaltung dieser seltenen Menschenblüte mit zagender Freude miterlebt hatten, da die frühgereifte junge Seele in einer allzu zarten Hülle wohnte. Auch diesmal nahm ich meine Zuflucht zu der alten Trösterin, der Muse. Aber während ihre Nähe nach dem Tode der beiden andern Kinder den Schmerz gelindert und endlich gestillt hatte, hier versagte ihre Kraft. Die »Verse aus Italien«, die um diesen unsern Liebling klagen, geben Zeugnis dafür, dass die Wunde nicht vernarben wollte.

8. *Mutter und Sohn*

Doch ehe dieser härteste Schlag uns traf, hatten wir noch den Verlust zweier anderer teurer Menschen zu beklagen, unter den erschütterndsten Umständen.

Meine Schwiegermutter Kugler hatte nach meiner Wiedervermählung sich nur schwer darein gefunden, ihre Enkelkinder einer neuen Mutter anzuvertrauen. Um ihnen möglichst nahe zu bleiben, hatte sie mit ihrem Sohn Hans und Wilbrandt eine Wohnung im Erdgeschoss desselben Hauses bezogen, dessen oberen Stock wir bisher zusammen bewohnt hatten. Erst nach und nach gewann sie es über sich, ihre schmerzliche Empfindung zu überwinden und den seltenen Eigenschaften der jungen Frau Gerechtigkeit widerfahren zu lassen, während Hans von Anfang an aufs Wärmste ihren Ritter machte und auch die Gegnerschaft der älteren Freundinnen sich mit der Zeit in ein freundliches Geltenlassen verwandelte, das dann zu wärmster Freundschaft werden sollte.

So blieb es auch, als Wilbrandt nach Wien übersiedelte, ich mit den Meinigen das Haus bezog, das ich hinter dem Propyläenwäldchen mir erworben, und Frau Klara mit Hans in einer nahgelegenen Straße eine eigene kleine Wohnung gefunden hatte. Wir sahen uns fast täglich hüben oder drüben, die Kinder wurden der Großmama nicht entfremdet und alles, was der Tag brachte, so treulich geteilt, als ob wir noch unter einem Dache lebten.

Nur das immer unaufhaltsamer zunehmende Leiden unseres Hans – eine Darmverengerung, ähnlich der, die auch Geibels Leben zerrüttete – trübte die Freude unserer herzlichen Gemeinschaft. Schon bei dem Knaben hatte sich das Unheil bedrohlich angekündigt und ihm einen regelmäßigen Schulbesuch unmöglich gemacht. Als er dann in den Jünglingsjahren erkannte, dass er zum Maler berufen sei, schien sich ihm noch eine heitere, fruchtbare Zukunft aufzutun. Er konnte mit lieben Freunden eine anregende Wanderzeit in Italien genießen und bei seinem hochverehrten Meister Böcklin sich in die Lehre geben. Auch nach der Rückkehr arbeitete er, wenn auch häufig durch heftigere Anfälle unterbrochen, rüstig fort und brachte einige anziehende Landschaftsbilder zustande, die ihm das Recht, sich der Kunst zu widmen, verbürgen konnten.

Die arbeitsfähigen Zeiten aber wurden immer kürzer, das Ringen mit dem grausamen Geschick, das seine Jugendkraft aufrieb, immer hoffnungsloser. Zuletzt konnte er nicht mehr daran denken, in sein Atelier zu gehen. Er lag, wenn die Schmerzen nachließen, auf seinem Ruhebett, eine Mappe auf den Knien, deren Blätter er mit grotesken Federzeichnungen voll heroischen Galgenhumors füllte. Oder er saß am Schreibtisch mit einer leichten Schreiberei beschäftigt. So unter anderem entstand die Übersetzung der italienischen Novelle, die ich in den Novellenschatz aufnahm, und auch an einer eigenen, freilich höchst persönlich gefärbten Novelle versuchte er sich. (Freund Wilbrandt hat sie später herausgegeben und mit einer warmempfundenen Charakteristik des Verfassers eingeleitet.)

Denn neben seiner zarten, fast weiblichen Liebenswürdigkeit war ein starker, fester Wille in ihm lebendig, ein trotziger Mut, »sich nicht unterkriegen zu lassen«, vor allem auch um der Mutter willen, der er nach Möglichkeit seine Qualen verbarg und stets ein heiteres Gesicht zu zeigen suchte.

Er täuschte das hellsichtige Mutterauge freilich nur auf Augenblicke. Wie sehr die alternde Frau unter dem Schicksal ihres Schmerzenskindes litt, wussten wir nur zu gut. Sie fühlte sich nach dem schönen, reichen Leben, das hinter ihr lag, traurig verarmt, ihr älterer Sohn wurde durch seine Tübinger Professur ihr ferngehalten, ihre Tochter ruhte in ihrem einsamen Grabe jenseits der Alpen, die Lebensaufgabe, die sie in der Pflicht, ihre Enkel zu behüten, noch gefunden hatte, war ihr abgenommen worden, und sie selbst hatte ein schweres körperliches Leiden nur durch eine gefährliche Operation überwunden – was sie noch am Leben hielt, war die Sorge um und für diesen jüngsten, selbst dem Tode geweihten Sohn, mit dem sie ein so wundersames Band vereinigte, wie zwei Menschen, die sich aus einem Schiffbruch nur gerettet haben, um in einem schwachen Boot ohne Hoffnung auf Rettung miteinander hinzutreiben.

Doch gerade weil der Sohn die Mutter so zärtlich liebte, konnte er den Gedanken endlich nicht mehr ertragen, durch den Anblick seiner Leiden ihr Schmerzen zu bereiten, die durch alle innigen Freuden des Zusammengehörens in den lichteren Intervallen nicht vergütet wurden. Und da er in seiner ritterlichen Seele die Kraft fand, wie er wähnte zu ihrem Besten, auf den Rest seines elenden Daseins zu verzichten, wollte er ihr auch den Schmerz des Abschieds ersparen.

Eines Morgens wurden wir durch die Botschaft erschreckt, mein armer Schwager habe in der Nacht eine so große Dosis Morphium genommen, dass er jetzt in den letzten Zügen liege.

Hinübergestürzt fanden wir ihn angekleidet auf seinem Bett ausgestreckt, nur ein schwacher Hauch bewegte noch seine Brust, der eilig gerufene Arzt, der ihn sehr lieb gewonnen hatte, ging widerstrebend daran, noch einen Versuch zu machen, das entfliehende Leben festzuhalten, da er selbst dem Unglücklichen die Erlösung von seinen Qualen gewünscht hatte. Als er seine traurige Pflicht getan, entfernte er sich, der Mutter die Hand drückend mit dem Trost, den er nicht zurückhalten konnte, er werde wohl zu spät gekommen sein.

Während dieser ganzen Zeit hatte die ärmste Frau tränenlos mit erloschenen Zügen des einst so schönen Gesichts am Bette gesessen, wir an ihrer Seite. Keins hatte das Schweigen gebrochen; wir starrten in widerstreitenden Gefühlen in das regungslose bleiche Antlitz unseres sterbenden Geliebten. Die Mutter stand endlich auf und ging in ihr Schlafzimmer. Wir waren zurückgeblieben, in dumpfer Beklommenheit, wohl eine halbe Stunde lang. Da schreckten uns schauerliche Töne auf, die aus dem Schlafzimmer zu uns drangen. Als wir in banger Ahnung die Türe öffneten und bei der Mutter eintraten, sahen wir auch sie auf ihrem Bett ruhen mit geschlossenen Augen regungslos, nur ihre Brust arbeitete laut, und das leere Fläschchen auf ihrem Nachttisch sagte uns, was hier geschehen war.

Der eilig von der Straße heraufgeholte erstbeste Arzt erklärte, dass hier das Gift, an das ihre Natur nicht wie die des Sohnes durch langen Gebrauch gewöhnt war, noch rascher und sicherer sein Werk getan habe und ein Rettungsversuch, den er gleichwohl anstellte, aussichtslos sei.

Noch aber sollten die Schrecken dieser Stunden überboten werden.

Gegen Mittag, als die Mutter ausgeatmet hatte, hörten wir aus dem Sterbezimmer des Sohnes schwache, seufzende Laute, die uns das Entsetzliche sagten, dass in dem Totgeglaubten ein leiser Lebensfunke wieder aufglomm.

Der Schrecken sträubte uns das Haar. Wie sollte es werden, wenn der Sohn wieder zu vollem Bewusstsein kam und nun erfuhr, dass die Mutter es nicht übers Herz gebracht hatte, sein freiwilliges Scheiden zu überleben!

Wir entschlossen uns, eh er völlig wieder aufwachte, ihn ins Krankenhaus bringen zu lassen. Hier kam er noch an demselben Abend wieder zu sich, und sein stiller, tiefsinniger Blick sagte mir, dass er den Grund seiner Übersiedelung in diesen fremden Raum durchschaue. Ich hatte ihn glauben machen wollen, die Mutter sei durch den jähen Schreck selbst schwer erkrankt, und der Arzt habe die strengste Ruhe um sie her angeordnet, was nicht zu erreichen sei, wenn in der engen Wohnung zwei Kranke gepflegt werden müssten. Eine Gefahr für ihr Leben sei zum Glück nicht vorhanden.

Er lächelte trübsinnig und erwiderte kein Wort. In der Nacht darauf machte er einen neuen Versuch, sein Leben zu enden, indem er sich mit seinem Taschentuch an die Messingröhre der Gasleitung aufhing. Er wurde dabei von der Pflegerin gestört; doch seine Todesbegier trieb ihn gleich am anderen Morgen, durch einen Sturz aus dem Fenster zu seinem Ziel zu kommen. Als auch das vereitelt wurde, drang er stürmisch in uns, ihn in die Wohnung zurückbringen zu lassen. Er hatte nun erfahren, dass er seine Mutter dort nicht mehr finden würde, und es war unmöglich, seiner verzweifelten Bitte zu widerstehen, obwohl wir wussten, dass er aus dem Krankenhause nur fortverlangte, um sich der strengen Bewachung zu entziehen.

Er lebte dann noch einige Tage. Wenn ihn an den Abenden dank einer starken Morphiuminjektion seine Schmerzen auf ein paar Stunden verließen, war er glücklich, seine Nächsten bei sich zu sehen, mich und Wilbrandt, der von Wien herbeigeeilt war, und seinen Meister Böcklin, der ihm bis zuletzt beistand. Er plauderte dann mit einer phantastisch schwärmenden Heiterkeit wie in einem glücklichen Rausch der Seele, die schon jenseits der Welt über allem Erdenleid erhaben schwebte, aß auch ein paar Bissen und nippte am Weinglase, doch halb widerwillig, wie wenn er den Gedanken nicht ertragen könne, noch für die Fristung seines unseligen Lebens zu sorgen, nachdem er seine angebetete Mutter selbst in den Tod getrieben. So nahmen wir jeden Abend von ihm Abschied, wie von einem zum Tode Verurteilten, der den nächsten Morgen nicht mehr sehen werde, und erwachten nicht mit der Furcht, sondern mit dem bangen Wunsch, es möchte seine letzte Nacht gewesen sein.

Erst am dritten Morgen, nachdem er noch zwei missglückte Versuche gemacht hatte, fanden wir hinter der verschlossenen Tür seines Zimmers, die wir aufbrechen lassen mussten, den schon erkalteten Leib unseres armen Dulders, auf seinem Gesicht den Frieden, den er sich mit so heldenmütiger Ausdauer erkämpft hatte.

9. Drei Freunde
(Hermann Kurz, Ludwig Laistner, Ernst Wichert)

So tief und lange die Erschütterung durch dies Trauerspiel in uns nachklang, so war darin doch etwas von jenem »Schauder«, der »der Menschheit bestes Teil« ist, von der Erhebung, die wir erfahren, wenn uns ein tragisches Dichterwerk zu Zeugen der Seelengröße macht, mit der tapfere, hochherzige Menschen ein vernichtendes Schicksal auf sich nehmen. Diesen teuren Dahingeschiedenen, die vom Leben nichts Freundliches mehr zu erwarten hatten, mussten wir es gönnen, dass sie, nun auch im Tode vereinigt, von allen Nöten und Bitternissen ihres Daseins in *einem* Grabe ausruhten.

Schwerer zu verwinden war nächst dem frühen Tod der Kinder, mit denen so viele Hoffnungen begraben worden waren, der Verlust von Freunden, die eine gute Strecke mit mir zusammen gewandert waren und lange vor mir an ihr Ziel kommen sollten.

Von meinen Knabenjahren an war das Freundschaftsbedürfnis in mir besonders lebhaft gewesen, und da ich mir auch das Talent zur Freundschaft nachsagen konnte, hat es mir auf jeder Altersstufe und in allen wechselnden Lebenslagen an treuen Gefährten nicht gefehlt, unter denen ich lange Zeit stets der Jüngste war, da ich mich gern an Gereiftere anschloss, bis ich eines Tages fand, dass ich, ohne es zu merken, zum Senior hinaufgerückt war.

So genoss ich das Glück, dass ich mein ganzes Leben hindurch warmherzige, an Geist und Charakter hervorragende Menschen fand, die mir herzlich zugetan wurden. Da sie den verschiedensten Berufskreisen angehörten, als Historiker, Philosophen, Philologen, Naturforscher, Literarhistoriker, Politiker an allen Fortschritten unserer geistigen Kultur Anteil hatten, war der vertraute Umgang mit ihnen auch dadurch fruchtbar, dass der Horizont meiner Bildungsinteressen sich nicht mit den Jahren einengte und auf das Künstlerische beschränkte, sondern allen Menschheitsfragen offen blieb. Und wenn ich den Schmerz hatte, viele von ihnen zu überleben, so fanden sich immer wieder jüngere zu mir, die des besten Willens waren, in die Lücken einzutreten.

So, als ich durch den Tod meines Freundes Hermann Kurz [1813-1873; Schwäbische Dichterschule] einen der schwersten Verluste erlitt, die ich je zu beklagen hatte.

Was ich an diesem seltenen Menschen besaß, wie eng verbunden wir zehn Jahre miteinander gelebt hatten, so innig verbrüdert, wie ich mich nur mit meinem Jugendfreunde Otto Ribbeck fühlte, habe ich in der biographischen Einleitung zu seinen gesammelten Schriften erzählt, die ich nach seinem Tode herausgab. Das Gefühl der Beraubung durch den frühen Tod des Freundes, der es nur zu sechzig Jahren gebracht, wurde nur dadurch gemildert, dass ein jüngerer Freund, mit dem ich schon bei Lebzeiten von Kurz vieles geteilt hatte, nun noch herzlicher mir nahe trat, Ludwig Laistner [1845-1896], auch ein Schwab und Stiftler wie Kurz, von ähnlicher dichterischer Begabung, aber mit breiteren wissenschaftlichen Interessen, und zwar auf den verschiedensten Gebieten.

Er war, nachdem er aus innerem Widerstreit gegen den dogmatischen Zwang sein Vikariat in Württemberg aufgegeben hatte, nach München gekommen, wo er als Erzieher im Hause eines reichen Fabrikanten eine Stellung fand, die ihm Muße genug ließ, seinen Studien zu leben. Mir hatte er sich zunächst als angehender Poet genähert und mir ein Heft Gedichte gebracht, die ich so talentvoll fand, dass ich einige von ihnen in das »Neue Münchener Dichterbuch« aufnahm. Auch eine kleine epische Dichtung war darunter, bei der ihm Wilhelm Hertz mit seinen Erzählungen aus dem mittelalterlichen Sagenkreis als Muster vorgeleuchtet hatte, und im Lauf der Zeit kamen noch Prosanovellen von sehr charakteristischem Reiz hinzu, unter dem Titel »Geschichten aus alter Zeit« bei W. Hertz in Berlin erschienen.

Doch war in dieser ungewöhnlich reich und mannigfach begabten Natur das poetische Talent nur ein Nebentrieb, oder vielmehr der befruchtende Grund und Boden, aus dem seine wissenschaftlichen Arbeiten ihre sinnliche Kraft und formale Frische sogen. Er debütierte in München mit einer rechtsphilosophischen Abhandlung »Das Recht in der Strafe«, von der Holtzendorff erklärte, dass er auf diese Arbeit hin dem Verfasser sofort die *venia legendi* in der juristischen Fakultät erteilen würde. Alsbald aber wandte er sich der Sagenforschung zu, und es schien, als ob er durch sein Buch über »Nebelsagen« ein für allemal den Platz bezeichnen wollte, den er einzunehmen gedenke. Doch die nächsten Jahre wurden literarhistorischen Problemen gewidmet, unter denen die Untersuchungen über Ruodlieb und die Münchener Nibelungenhandschrift als die wichtigsten genannt sein mögen. Nach diesem Seitensprung kehrte er dann wieder zur Mythologie zurück, und seltsam genug verband er mit seiner reichen Phantasie eine bohrende Spürkraft, die ihm auf dem zähen, steinigen und dornenvollen Felde der Sagenforschung zu den merkwürdigsten Funden verhalf, mit Hilfe eines umfassenden Studiums aller Ergebnisse der modernen Linguistik. Äußere Verhältnisse und dann sein Tod in der vollsten Manneskraft ließen ihn das mächtige Werk, in welchem er die Früchte seiner jahrelangen Untersuchungen niederlegte, nicht vollenden. Von seinem »Rätsel der Sphinx«, dessen Lösung viel umstritten, doch selbst von den Gegnern als eine hochbedeutende Leistung anerkannt wurde, sind nur die beiden ersten Bände erschienen.

An diesen seinen weitausgreifenden Studien konnte ich nur teilnehmen, soweit meine sehr fragmentarische Vorbildung reichte. Aber eine gemeinsame Arbeit, die Fortsetzung des »deutschen Novellenschatzes«, den der Tod meines früheren Mitherausgebers Kurz ins Stocken gebracht hatte, führte uns fast täglich zusammen. Zugleich bewährte er die kritische Schärfe seines Blicks nicht nur bei der Auswahl und Einleitung dieser fremden Arbeiten, sondern auch meinen eigenen Dichtungen gegenüber, von denen nicht eine einzige in die Öffentlichkeit trat, ohne dass ich sie ihm vorgelegt hätte. Nur im Dramatischen fehlte es ihm an Bühnenerfahrung und Kenntnis der technischen Bedingungen. In allem übrigen verließ ich mich so getrost auf die Klarheit und Unbestechlichkeit seines Urteils, dass ich einmal ein großes Manuskript (den »Roman der Stiftsdame«), ohne es auch nur noch einmal flüchtig durchzulesen, in die Druckerei schickte, nachdem mein erstes Publikum, meine Frau und Freund Laistner, ihr *Placet* dazu ausgesprochen hatten.

Auch als er von München nach Stuttgart übergesiedelt war und dort als literarischer Beirat der großen Cottaschen Verlagsbuchhandlung leider nur wenig Zeit für seine wissenschaftlichen Aufgaben übrig hatte, wanderten all meine Manuskripte zu ihm, eh ich sie in die Druckerei schickte. Er war mein zweites dichterisches Gewissen geworden, mit dem ich mich nur selten entzweite. Um den dritten Band meines »Merlin« zu schreiben, da in meinem Münchener Hause allerlei Arbeiter mir die Ruhe störten, nahm ich mir ein Zimmer in einem kleinen Stuttgarter Gasthof und enthielt mich jedes anderen Umgangs, als mit dem einen Freund. Er hatte spät eine Frau nach seinem Herzen gefunden, eine nicht mehr junge Braunschweigerin, die nach einer unglücklichen Ehe – ihr erster Gatte war im Irrenhaus gestorben – ihm in München begegnet war. Ihre geistige Regsamkeit und reine Herzenswärme gewannen ihr seine Neigung, und da sie mit heiterer Entsagung sich in seine einsamen Lebensgewohnheiten fügte, dauerte das Glück dieser Ehe ungetrübt fort, auch nachdem sie in Stuttgart selbst den Verkehr mit ihren alten Münchener Freunden entbehren musste.

Leider sollten die drei Wochen, in denen ich allabendlich nach einem heißen Arbeitstage mich im Gespräch mit diesen teuren Menschen erquickte, die letzte gute frohe Zeit sein, die dem Freund beschieden war. Bald darauf trat ein Herzleiden, das ihm schon früher zu schaffen gemacht hatte, heftiger und bedrohlicher hervor, qualvolle Monate folgten, in denen die Frau ihm nicht von der Seite wich. Als sie ihm dann die Augen zugedrückt hatte, kam es wie eine geistige Blindheit über sie, die ihr das Licht des Tages nur durch einen dunklen Flor zu schauen vergönnte. Sie hatte, da auch die beiden Söhne aus ihrer ersten Ehe durch ihren Beruf ihr ferngehalten wurden, jedes Gefühl einer Lebensaufgabe und mehr und mehr jeden Lebenstrieb verloren, quälte sich mit sinnlosen Vorwürfen, dass sie dem geliebten Manne nicht genug Liebes erwiesen hätte, und ging, noch ehe das Trauerjahr verflossen war, still und ohne jeden Abschied mit freiem Entschluss aus der Welt.

Noch eines dritten Freundes muss ich hier gedenken, mit dem ich über dreißig Jahre aufs Innigste verbunden blieb: Ernst Wicherts [1831-1902; *„Dichter und Richter"*].

Er war fast genau ein Jahr jünger als ich, am 11. März 1831 in dem preußisch-litauischen Städtchen Insterburg geboren, hatte dann bis 1859 bei seinen Eltern in Königsberg gelebt und sich der Juristerei gewidmet, verschiedene Ämter in verschiedenen Städten Ostpreußens bekleidet und wurde endlich im Jahre 1888 als Kammergerichtsrat nach Berlin versetzt. Doch neben seiner juristischen Tätigkeit, mit der er es sehr ernst nahm, hatte er sich schon früh im Drama versucht, zunächst in historischen Stoffen (sein erstes Stück »Unser General York«, 1858, dann der »Withing von Samland«, zuletzt »Aus eigenem Recht«, womit er in Berlin einen großen Erfolg errang), dann in Lustspielen, von denen der »Narr des Glücks«, »Biegen oder brechen«, »Ein Schritt vom Wege« mit Glück über viele Bühnen gingen. Später wandte er sich dem historischen Roman zu, dessen Stoffe er aus seiner ostpreußischen Heimat nahm – große, trefflich komponierte und mit lebhafter Farbe dargestellte Geschichtsbilder, denen er kleinere novellistische Arbeiten folgen ließ unter dem Titel »Litauische Geschichten«, das für seine Anerkennung in breiten Schichten Entscheidendste, was wohl auch auf lange hinaus seinen Namen lebendig erhalten wird.

Seine dramatischen Erstlinge hatte er mir in den sechziger Jahren zugeschickt, eine nähere Anknüpfung ergab sich, da er eine meiner chinesischen Novellen in Versen, »Die Brüder«, zu einem Libretto für Richard Wüerst [1824-1881] bearbeitete. Ein bald darauf folgendes persönliches Begegnen stiftete eine Freundschaft zwischen uns, die ohne jede Trübung in brüderlicher Wärme bis an seinen Tod Mitte Januar 1902 fortdauerte.

Die Geschichte der Literatur weist mehrfach Fälle auf, wo sich scharfer juristischer Verstand mit reicher dichterischer Phantasie verträglich zusammenfand und ein Justizrat und Poet dazu »morgens zum Bureau mit Akten, abends auf den Helikon« ging. Meistens aber wurde das richterliche Amt als eine Bürde empfunden, die der Poet aus äußeren Gründen durchs Leben mitschleppte und je früher je lieber abwarf. Wichert trug sie ohne Zwang bis ins höhere Alter, und dass er sich gewöhnt hatte, in den Sitzungen des Kammergerichts auf einem ziemlich großen Blatt Landschaften zu zeichnen, die eine geübte Hand verrieten, schmälerte die Achtung, die er bei seinen Kollegen genoss, keineswegs, da er stets in seinem Votum bewies, wie dieses künstlerische Spiel seine Aufmerksamkeit von dem ernsten Gegenstand nicht abgelenkt hatte.

Je länger ich ihn kannte, je mehr lernte ich die tiefe Redlichkeit und allem Schein abgeneigte Güte seines Charakters schätzen, und je dankbarer empfand ich es, dass ich an diesem äußerlich schlichten und sogar etwas nüchternen Manne einen so warmen Freund gewonnen hatte. Was ich ihm an aufrichtigem Interesse für seine dichterischen Arbeiten entgegenbrachte, vergalt er mir reichlich durch ein kritisches Vertiefen in alles, was ich ihm von meinen Sachen, gewöhnlich vor dem Druck, zu lesen gab. In ausführlichen, oft acht, zehn Seiten langen Briefen ging er auf alles ein, mit feinem Verständnis dessen, was ich gewollt und erreicht – oder nicht erreicht hatte. Da er die Technik des Dramas und Romans vollkommen beherrschte, waren mir seine Äußerungen unschätzbar. Nur das Organ für Lyrik besaß er nicht. Hierfür ihn zu Rate zu ziehen, hätte ich auch selten Anlass gehabt.

Auch meine anderen Freunde waren von mir verpflichtet worden, über alles Neue, was ich ihnen sandte, mir die ungeschminkte Wahrheit zu sagen. Doch wenige unter ihnen besaßen die kritische Fähigkeit meines teuren Wichert, noch weniger die Geduld, sich ausführlich über Einzelnes auszusprechen. Ich wurde meist mit einer summarischen Empfangsanzeige abgefunden, der gegenüber mir das kritische Bemühen Wicherts von höchstem Werte war, dazu sein Bestreben, gelegentlich durch einen hilfreichen Vorschlag mir zu zeigen, dass noch ein Ausweg aus einer schwierigen Situation zu denken sei.

Dies führte mich allerdings dahin, dass ich mich mehr und mehr entwöhnte, auf die Kritik, wie sie in der Presse geübt wird, irgendein Gewicht zu legen, ja überhaupt von ihr Notiz zu nehmen.

Nachdem ich in den Anfängen meiner literarischen Laufbahn wie jeder junge Poet die kritischen Äußerungen in den Tagesblättern und größeren Zeitschriften respektvoll hingenommen und etwas daraus zu lernen gesucht hatte, wurde es mir bald klar, dass dies ein vergebliches Bemühen sei, da diese von oft sehr unberufener Seite gefällten Urteile einander vielfach widersprachen und ich klüger tat, mich auf mein eigenes redliches Gefühl und das meiner nächsten Freunde zu verlassen.

> Närrische Tadler und Lober zu beiden Seiten, und darum
> Hat mir der Himmel den Kopf zwischen die Ohren gesetzt. (Mörike)

Auch was die bedeutenderen, geistvolleren Rezensenten über andere dichterische Erscheinungen urteilten, bestärkte mich in meinem Zweifel am Wert der ästhetischen Kritik, wie sie bei uns gehandhabt wurde. Wie lange hatten sie gebraucht, um den von mir verehrten Mörike als einen echten Lyriker anzuerkennen und Gottfried Keller als den genialsten aller lebenden Novellisten! Wie lange – wenn ich von meiner eigenen Erfahrung reden darf – war die *fable convenue* nachgesprochen worden, dass ich nur ein Formtalent sei, selbst noch trotz des Erscheinens meines ersten Romans, der doch wieder als »Tendenzroman« galt –, sodass erst ein Fremder, der Däne Georg Brandes [1842-1927; Literaturkritiker, Philosoph, Schriftsteller], kommen musste, dies törichte Gerede zu widerlegen.

Jede größere künstlerische Aufgabe birgt schon im Stoff irgendein problematisches Element, das ihre ganz reine Lösung gefährdet. Mit redlicher Mühe sucht der Schaffende diese Unvollkommenheit so viel als möglich aufzuheben, wie ein Bildhauer, der einen Marmorblock mit einer schwarzen Ader zu bearbeiten hat, es sich angelegen sein lässt, die böse Stelle unschädlich zu machen und sie etwa in die Schattenpartie zu verlegen; der Kritiker entdeckt sie natürlich sogleich, schüttelt den Kopf über die Kurzsichtigkeit des Künstlers und erklärt dem Publikum, es sei da eine schwarze Ader, die das ganze Werk entstelle.

Manchmal auch ist es nur das Auge des Kritikers, in dem sich die schwarze Ader befindet.

***

An dieser Stelle will ich auch in Kürze ein Unternehmen erwähnen, zu dem ich mich mit Freund Wichert verband, und das von unseren dramaturgischen Kollegen mit Hoffnungen begrüßt wurde, die leider nicht in Erfüllung gingen: die Gründung der Genossenschaft deutscher Dramatiker und Komponisten.

Wie schlimm es vor vierzig Jahren um die Verhältnisse der deutschen Bühnenschriftsteller stand, ist kaum den wenigsten noch erinnerlich. Eine so naive Recht- und Schutzlosigkeit, ein so unbilliges Missverhältnis zwischen dem Aufwand an Arbeitskraft und dem Ertrag hat schwerlich auf einem anderen Kulturgebiet bestanden. Nur wenige große Theater (Berlin, Wien und München) zahlten regelmäßige Tantiemen für dramatische Werke, für Opern dasselbe zu gewähren war immer noch nicht Brauch geworden, vielmehr wurden selbst die zugkräftigsten Repertoireopern mit einmaligem Honorar abgefunden. In Konzerten aufgeführte Musikstücke brachten dem Komponisten nichts ein, und die Verfolgung von Rechtsansprüchen war bei der heillosen Verworrenheit der Gesetzgebung auf diesem Gebiet unendlich erschwert und oft ganz hoffnungslos.

Dazu kam, dass die Schriftsteller und Komponisten in den Händen von Agenten waren, die mit wenigen ehrenvollen Ausnahmen ihre verantwortungslose Macht missbrauchten, bei den Abrechnungen unredlich verfuhren und von ihren verkürzten Mandanten nicht zu kontrollieren waren.

Schon im Frühling des Jahres 1870 war von einem in Wiesbaden lebenden Leipziger, C. W. Batz, teils durch Zirkulare, teils durch persönlich angeknüpfte Verbindungen der Gedanke angeregt worden, zu einer Genossenschaft zusammenzutreten, welche die Interessen der Dramatiker und Komponisten mit vereinten Kräften und Mitteln übernehmen sollte. Herr Batz war niemand bekannt, man wusste, dass er nicht Schriftsteller war und wohl nur sich der Sache annahm, um die zu gründende Stellung eines Generalagenten für sich zu erlangen.

Der französische Krieg unterbrach die Vorbereitungen zu der für den September 1870 beschlossenen Vorversammlung. Erst zu Anfang 1871 konnte die Arbeit wieder aufgenommen werden, und Wichert entwarf ein Promemoria und ein ausführlicheres Statut, das dann auf dem ersten Genossenschaftstag am 15. Mai in Nürnberg die Grundlage der Beratungen bildete. – Die Beteiligung war nur gering. Es hatte viele befremdet, dass die Anregung von einem bisher unbekannten Wiesbadener Geschäftsmann ausging, statt von anerkannten dramaturgischen Notabilitäten. Andere waren nicht geneigt, so viel von ihrer persönlichen Freiheit zu opfern, wie nach dem Statut nötig geworden wäre. So waren außer Wichert und mir nur Batz, v. Hillern (Vertreter der Birchpfeiferschen Erbrechtsansprüche) und Eduard Mautner, als Delegierter der Wiener Interessenten, erschienen.

278

Als wir daher am ersten Morgen im Rathaus eintrafen, wo Batz vom Bürgermeister den großen Sitzungssaal für uns erwirkt hatte – er hatte auch in großen Plakaten unser Kommen und seinen Zweck der Stadt verkündet –, konnte sich der treffliche Bürgermeister Herr v. Stromer eines Lächelns nicht enthalten, als er unser Trüpplein musterte, und schlug uns vor, statt des Rathaussaals in einem kleineren Gemach uns niederzulassen, was wir dankbar annahmen.

Auf die Ergebnisse unserer Beratungen will ich nicht näher eingehen. Genug, dass ein Statut zustande kam, das allen billigen Anforderungen entsprach. Schon nach drei Wochen waren die fünfzig Beitrittserklärungen, die vor der Konstituierung erfolgt sein mussten, beisammen, sodass die erste Generalversammlung am 12. Juli im Leipziger Schützenhaus stattfinden konnte. Gegenwärtig waren etwa zwanzig Mitglieder, achtunddreißig auswärtige hatten sich durch ausdrückliche Vollmacht an der Konstituierung beteiligt. Von diesen nenne ich nur Gustav Freytag, den ich vorher auf seinem Gut Siebleben bei Gotha besucht und für die Sache gewonnen hatte, Roderich Benedix, den Veteranen des Lustspiels, Oswald Marbach, Gustav zu Putlitz, Alfred von Wolzogen, Karl Nissel aus Liegnitz. Dazu einige Agenten und Vertreter von Theaterbuchhändlern, von Komponisten Karl Reinecke und Karl Riedel, der zweite Vorstand des Allgemeinen deutschen Musikvereins.

Die erfreulichste Einmütigkeit hatte bei den Verhandlungen geherrscht. Zum Sitz der Genossenschaft war Leipzig gewählt und die Ausführung des Statuts den drei Vorstandsmitgliedern Benedix, Marbach, F. v. Flotow in Wien übertragen worden. In den nächsten vier Wochen wuchs die Zahl der Mitglieder von fünfzig auf achtundachtzig, unter denen kaum einer der namhafteren Autoren fehlte.

Leider hat das mit so schönen Hoffnungen begrüßte Werk nicht gehalten, was wir uns von ihm versprochen hatten. Am 1. Oktober 1899 löste die Genossenschaft sich auf, die alten Agenturen nahmen die Autoren, die ihnen abtrünnig geworden, wieder auf, der ganze Gewinn war, dass infolge der von uns ausgegangenen Anregung die Theatergesetzgebung vervollständigt und in den Agenturen eine solidere Geschäftsgebarung eingeführt worden war. Womit immerhin, so viel Übelstände noch bestehen, viel gewonnen ist.

Warum wir das gewünschte Ziel auf unserm Weg nicht erreichten, soll hier nicht näher zur Sprache kommen, bis auf einen, allerdings den wichtigsten Punkt. Wir hatten die Leitung der Agentur nicht wie bisher einem Geschäftsmann übertragen, der zu seinem eigenen Vorteil die Stücke vertrieb und in der Wahl der Mittel dazu nicht immer allzu ängstlich war, sondern einem Schriftsteller, den die Genossenschaft besoldete. Einem jeden, der im Laufe der Zeit diese Stelle bekleidete, fehlte teils die Umsicht, teils eben das persönliche Interesse. Während die früheren Agenten den Versand der Novitäten nach den ihnen bekannten Verhältnissen der einzelnen Bühnen einrichteten, auch wohl ein weniger hoffnungsvolles Stück dennoch zur Annahme brachten, weil sie sich nur unter dieser Bedingung bereit erklärten, auch ein zugkräftiges dem Theater zu überlassen, beschränkten sich unsere Generalagenten darauf, die eingelaufenen Stücke einfach in größeren Partien zu versenden, ohne auf einzelne besonders hinzuweisen, sodass die Intendanten und Direktoren sich bald daran gewöhnten, solche Sendungen ungeöffnet im Winkel verstauben zu lassen. Die Dichter aber, die es unter ihrer Würde hielten, zur Verbreitung ihrer Dramen irgendeinen Reklameweg zu betreten, mussten hinter geriebenen Geschäftsleuten zurückstehen, die ihnen in den Theaterbureaus den Rang abliefen. – So hatte sich's wieder einmal gezeigt, dass dichterisches Talent und Geschäftsverstand zwei verschiedene Gaben sind, die nur selten in demselben Kopfe sich zusammenfinden.

Paul Heyse um 1885 (Foto von Anoymus)

Buchanzeige

Nova Giulianiad
Saitenblätter für die Gitarre und Laute
Herausgegeben von Joerg Sommermeyer
i. V. m. d. Internationalen Gitarristischen Vereinigung
ISSN: 0254-9565
Orlando Syrg, Freiburg i. Brsg., 1983-1988

Josefa Gerhäuser
Leben will ich
Gedichte und Assoziationen
Herausgegeben von JS (Joerg Sommermeyer)
Orlando Syrg Taschenbuch, OrSyTa 12002, Freiburg i. Brsg. 2002

Joerg Sommermeyer
Anton Unbekannt
Pathoaphysischer Antiroman
Tragigroteskenfragment
Herausgegeben von Georg J. Feurig-Sorgenfrei
Orlando Syrg Taschenbuch, 1. Aufl., OrSyTa 12009, Berlin 2009

Joerg K. Sommermeyer (Hg.)
Balleinrubin: Ball, Einstein, Rubiner
Hugo Ball: Tenderenda der Phantast
Carl Einstein: Bebuquin oder die Dilettanten des Wunders
Ludwig Rubiner: Gedichte, Kritiken, Manifeste
Herausg. u. mit einem Nachwort versehen von Joerg K. Sommermeyer
Orlando Syrg Taschenbuch, 1. Aufl., OrSyTa 12017, Berlin 2017

Franz Treller
Nikunthas, König der Miami
Eine Abenteuererzählung aus Nordamerika
Anhang: **Indianer-Gedanken** von Oskar Panizza
und **Die blaue Schlange** von Fritz von Ostini
Vollst. rev. und neu bearb. von Georg J. Feurig-Sorgenfrei
Hrsg. und mit einem Nachw. vers. von Joerg Sommermeyer
Kollektion Abenteuer- & Reiseerzählungen / KAR 1
Orlando Syrg Taschenbuch, 1. Aufl., OrSyTa 22009, Berlin 2010
2. Aufl., OrSyTa 22017, Berlin 2017

Joerg K. Sommermeyer
Vernimm mein Schreien
Pathoaphysischer Antiroman
Tragigroteskenfragment
Herausgegeben von Georg J. Feurig-Sorgenfrei
Orlando Syrg Taschenbuch, 2. durchgesehene, verbesserte und um einen Anhang
erweiterte Auflage von *Anton unbekannt*, OrSyTa 32017, Berlin 2017
3. Auflage, Neufassung, OrSyTa 112018, Berlin 2018

Joerg K. Sommermeyer
Lieblingsmärchen
[Andersen, 1001 Nacht, von Arnim, Bechstein, Brentano, de la Motte Fouqué,
Brüder Grimm, Hauff, Hebel, Hoffmann, Hofmannsthal, Keller, Mörike,
von Sternberg, Stevenson, JS, Storm]
Ausgewählt, zusammengestellt, durchgesehen und revidiert,
herausgegeben und mit einem Nachwort versehen
von Joerg K. Sommermeyer
Kollektion Abenteuer- & Reiseerzählungen / KAR 2
Orlando Syrg Taschenbuch, 1. Aufl., OrSyTa 42017, Berlin 2017
2. erweiterte Auflage, OrSyTa 22018, Berlin 2018

Joerg K. Sommermeyer (Hg.)
Franz Kafkas Romane
Der Verschollene (Amerika), Der Prozess, Das Schloss
Durchgesehen, revidiert und herausgegeben
von Joerg K. Sommermeyer
Reihe alte Tradition Azurcelesteblueoscuro / RAT ACBO 1
Exemplarische Werke der Weltliteratur
Orlando Syrg Taschenbuch, 1. Aufl., OrSyTa 52017, Berlin 2017

Joerg K. Sommermeyer (Hg.)
Franz Kafkas Erzählungen
Durchgesehen, revidiert und und mit einem Nachwort herausgegeben
von Joerg K. Sommermeyer
Reihe alte Tradition Azurcelesteblueoscuro / RAT ACBO 2
Exemplarische Werke der Weltliteratur
Orlando Syrg Taschenbuch, 1. Aufl., OrSyTa 12018, Berlin 2018

Joerg K. Sommermeyer (Hg.)

Heinrich von Kleists Erzählungen, Anekdoten und Essays

Durchgesehen, revidiert und mit einem biographischen Abriss
herausgegeben von Joerg K. Sommermeyer
Reihe alte Tradition Azurcelesteblueoscuro / RAT ACBO 3
Exemplarische Werke der Weltliteratur
Orlando Syrg Taschenbuch, 1. Aufl., OrSyTa 32018, Berlin 2018

Joerg K. Sommermeyer (Hg.)

Christian Morgensterns Galgenlieder und Palmström

Durchgesehen, revidiert und mit einem biographischen Abriss
herausgegeben von Joerg K. Sommermeyer
Reihe alte Tradition Azurcelesteblueoscuro / RAT ACBO 4
Exemplarische Werke der Weltliteratur
Orlando Syrg Taschenbuch, 1. Aufl., OrSyTa 42018, Berlin 2018

Joerg K. Sommermeyer (Hg.)

Robert Müllers Tropen

Der Mythos der Reise
Urkunden eines deutschen Ingenieurs
Durchgesehen und revidiert, herausgegeben
und mit einem Nachwort versehen
von Joerg K. Sommermeyer
Kollektion Abenteuer- & Reiseerzählungen / KAR 3
Orlando Syrg Taschenbuch, 1. Aufl., OrSyTa 52018, Berlin 2018

Joerg K. Sommermeyer (Hg.)

Taugenichts et cetera

Eichendorff, Chamisso, Büchner
Aus dem Leben eines Taugenichts
Peter Schlemihls wundersame Geschichte
Lenz
Durchgesehen, revidiert und mit einem Nachwort
herausgegeben von Joerg K. Sommermeyer
Reihe alte Tradition Azurcelesteblueoscuro / RAT ACBO 5
Exemplarische Werke der Weltliteratur
Orlando Syrg Taschenbuch, 1. Aufl., OrSyTa 62018, Berlin 2018

Joerg K. Sommermeyer (Hg.)

Künstlerbetrachtungen

Diderot, Wackenroder, Hoffmann
Rameaus Neffe, Joseph Berglinger, Johannes Kreisler, Kater Murr
Durchgesehen, revidiert und mit einem Nachwort
herausgegeben von Joerg K. Sommermeyer
Reihe alte Tradition Azurcelesteblueoscuro / RAT ACBO 6
Exemplarische Werke der Weltliteratur
Orlando Syrg Taschenbuch, 1. Aufl., OrSyTa 72018, Berlin 2018

Joerg K. Sommermeyer (Hg.)

Rainer Maria Rilkes Gedichte

Stunden-Buch, Buch der Bilder, Neue Gedichte, Der neuen Gedichte anderer Teil,
Requiem, Das Marien-Leben, Duineser Elegien, Die Sonette an Orpheus
Durchgesehen, revidiert und mit einem Nachwort
herausgegeben von Joerg K. Sommermeyer
Reihe alte Tradition Azurcelesteblueoscuro / RAT ACBO 7
Exemplarische Werke der Weltliteratur
Orlando Syrg Taschenbuch, 1. Aufl., OrSyTa 92018, Berlin 2018

Joerg K. Sommermeyer (Hg.)

Rainer Maria Rilkes Prosa

Dichtungen in Prosa, Die Weise von Liebe und Tod des Cornets Christoph Rilke,
Die Aufzeichnungen des Malte Laurids Brigge, Erzählungen und Skizzen,
Geschichten vom lieben Gott, Auguste Rodin, Aufsätze und Besprechungen
Durchgesehen, revidiert und mit einem Nachwort
herausgegeben von Joerg K. Sommermeyer
Reihe alte Tradition Azurcelesteblueoscuro / RAT ACBO 8
Exemplarische Werke der Weltliteratur
Orlando Syrg Taschenbuch, 1. Aufl., OrSyTa 102018, Berlin 2018

Joerg K. Sommermeyer (Hg.)

Drei alte Erzählungen

Die Judenbuche (Droste-Hülshoff), Die schwarze Spinne (Gotthelf),
Krambambuli (Ebner-Eschenbach)
Durchgesehen, revidiert und mit einem Nachwort
herausgegeben von Joerg K. Sommermeyer
Reihe alte Tradition Azurcelesteblueoscuro / RAT ACBO 9
Exemplarische Werke der Weltliteratur
Orlando Syrg Taschenbuch, 1. Aufl., OrSyTa 122018, Berlin 2018

Joerg K. Sommermeyer (Hg.)

James Fenimore Coopers The Last of the Mohicans
Der letzte Mohikaner

A Narrative of 1757 / Eine Erzählung aus dem Jahre 1757
Deutsch nach der Übersetzung von J. F. L. Tafel,
revidiert und neu bearbeitet von Georg J. Feurig-Sorgenfrei
Herausgegeben und mit einem Nachwort versehen
von Joerg K. Sommermeyer
Kollektion Abenteuer- & Reiseerzählungen / KAR 4
Orlando Syrg Taschenbuch, 1. Aufl., OrSyTa 132018, Berlin 2018

Joerg K. Sommermeyer (Hg.)

Johann Wolfgang von Goethes
Reineke Fuchs

Durchgesehen, revidiert und mit einem Nachwort
herausgegeben von Joerg K. Sommermeyer
Reihe alte Tradition Azurcelesteblueoscuro / RAT ACBO 10
Exemplarische Werke der Weltliteratur
Orlando Syrg Taschenbuch, 1. Aufl., OrSyTa 142018, Berlin 2018

Joerg K. Sommermeyer (Hg.)

Heinrich Heines Romanzero nebst Lieblingsballaden
von Goethe, Schiller und anderen

Ausgewählt, durchgesehen, revidiert und mit einem Nachwort
herausgegeben von Joerg K. Sommermeyer
Reihe alte Tradition Azurcelesteblueoscuro / RAT ACBO 11
Exemplarische Werke der Weltliteratur
Orlando Syrg Taschenbuch, 1. Aufl., OrSyTa 152018, Berlin 2018

Joerg K. Sommermeyer (Hg.)

Eduard von Keyserlings Prosa
Ausgewählte Werke I

Beate und Mareile, Schwüle Tage, Dumala, Wellen, Abendliche Häuser
Durchgesehen, revidiert und mit einem biographischen Abriss
herausgegeben von Joerg K. Sommermeyer
Reihe alte Tradition Azurcelesteblueoscuro / RAT ACBO 12
Exemplarische Werke der Weltliteratur
Orlando Syrg Taschenbuch, 1. Aufl., OrSyTa 162018, Berlin 2018

Joerg K. Sommermeyer (Hg.)

August Stramms Gedichte

Du. Liebesgedichte; Die Menschheit; Weltwehe;
Tropfblut. Gedichte aus dem Krieg

Durchgesehen, revidiert und mit einem biographischen Abriss
herausgegeben von Joerg K. Sommermeyer
Reihe alte Tradition Azurcelesteblueoscuro / RAT ACBO 13
Exemplarische Werke der Weltliteratur
Orlando Syrg Taschenbuch, 1. Aufl., OrSyTa 172018, Berlin 2018

Joerg K. Sommermeyer (Hg.)

Joseph Conrads Heart of Darkness
Herz der Finsternis

Englisch und Deutsch

Deutsch nach der Übersetzung von Ernst Wolfgang Freißler,
revidiert und neu bearbeitet von Georg J. Feurig-Sorgenfrei
Herausgegeben und mit einem Nachwort versehen von Joerg K. Sommermeyer
Kollektion Abenteuer- & Reiseerzählungen / KAR 5
Orlando Syrg Taschenbuch, 1. Aufl., OrSyTa 182018, Berlin 2018

Joerg K. Sommermeyer (Hg.)

Münchhausen und Lukian

Bürgers Münchhausen und Lukians Bericht
phantastischer Begebenheiten
Durchgesehen, revidiert, neu bearbeitet
(Lukian basierend auf der Übersetzung von August Friedrich Pauly),
herausgegeben und mit einem Nachwort versehen,
von Joerg K. Sommermeyer
Kollektion Abenteuer- & Reiseerzählungen / KAR 6
Orlando Syrg Taschenbuch, 1. Aufl., OrSyTa 192018, Berlin 2018

Joerg K. Sommermeyer (Hg.)

Johann Wolfgang von Goethes Prosa
Ausgewählte Werke I

Die Leiden des jungen Werther, Briefe aus der Schweiz,
Die Wahlverwandtschaften, Novelle

Durchgesehen, revidiert und mit einem Nachwort
herausgegeben von Joerg K. Sommermeyer
Reihe alte Tradition Azurcelesteblueoscuro / RAT ACBO 14
Exemplarische Werke der Weltliteratur
Orlando Syrg Taschenbuch, 1. Aufl., OrSyTa 12019, Berlin 2019

Joerg K. Sommermeyer (Hg.)

Johann Wolfgang von Goethes Prosa
Ausgewählte Werke II
Wilhelm Meisters Lehrjahre
Durchgesehen, revidiert und herausgegeben
von Joerg K. Sommermeyer
Reihe alte Tradition Azurcelesteblueoscuro / RAT ACBO 15
Exemplarische Werke der Weltliteratur
Orlando Syrg Taschenbuch, 1. Aufl., OrSyTa 22019, Berlin 2019

Joerg K. Sommermeyer (Hg.)

Johann Wolfgang von Goethes Prosa
Ausgewählte Werke III
Unterhaltungen deutscher Ausgewanderten,
Wilhelm Meisters Wanderjahre
Durchgesehen, revidiert und herausgegeben
von Joerg K. Sommermeyer
Reihe alte Tradition Azurcelesteblueoscuro / RAT ACBO 16
Exemplarische Werke der Weltliteratur
Orlando Syrg Taschenbuch, 1. Aufl., OrSyTa 32019, Berlin 2019

Joerg K. Sommermeyer (Hg.)

Johann Wolfgang von Goethes Prosa
Ausgewählte Werke IV
Dichtung und Wahrheit,
Belagerung von Mainz
Durchgesehen, revidiert und herausgegeben
von Joerg K. Sommermeyer
Reihe alte Tradition Azurcelesteblueoscuro / RAT ACBO 17
Exemplarische Werke der Weltliteratur
Orlando Syrg Taschenbuch, 1. Aufl., OrSyTa 42019, Berlin 2019

Joerg K. Sommermeyer (Hg.)

August Klingemanns Nachtwachen
von Bonaventura
Durchgesehen, revidiert und herausgegeben
von Joerg K. Sommermeyer
Reihe alte Tradition Azurcelesteblueoscuro / RAT ACBO 18
Orlando Syrg Taschenbuch, 1. Aufl., OrSyTa 52019, Berlin 2019

Joerg K. Sommermeyer (Hg.)
Gustav Sacks Romane
Ein verbummelter Student, Paralyse, Ein Namenloser
Durchgesehen, revidiert und mit einem Nachwort
herausgegeben von Joerg K. Sommermeyer
Reihe alte Tradition Azurcelesteblueoscuro / RAT ACBO 19
Orlando Syrg Taschenbuch, 1. Aufl., OrSyTa 62019, Berlin 2019

Joerg K. Sommermeyer
Vernimm mein Schreien
Pathoaphysischer Antiroman
Tragigroteskenfragment
Herausgegeben von Georg J. Feurig-Sorgenfrei
Jubiläumsausgabe / Hardcover
[3. durchgesehene, verbesserte und um einen Anhang
erweiterte Auflage von *Anton unbekannt*]
OrSyTa 72019, Berlin 2019

Joerg K. Sommermeyer (Hg.)
Friedrich Schillers Prosa
Ausgewählte Werke I
Eine großmütige Handlung, Der Geisterseher,
Der Verbrecher aus verlorener Ehre, Spiel des Schicksals und anderes
Durchgesehen, revidiert und mit einem Nachwort
herausgegeben von Joerg K. Sommermeyer
Reihe alte Tradition Azurcelesteblueoscuro / RAT ACBO 20
Exemplarische Werke der Weltliteratur
Orlando Syrg Taschenbuch, 1. Aufl., OrSyTa 82019, Berlin 2019

Joerg K. Sommermeyer (Hg.)
Johann Karl Wezels Satiren
Kakerlak oder die Geschichte eines Rosenkreuzers,
Satirische Erzählungen
Durchgesehen, revidiert und herausgegeben
von Joerg K. Sommermeyer
Reihe alte Tradition Azurcelesteblueoscuro / RAT ACBO 21
Orlando Syrg Taschenbuch, 1. Aufl., OrSyTa 92019, Berlin 2019

Joerg K. Sommermeyer (Hg.)
Heinrich Heines Versepen, Erzählprosa und Memoiren
Ausgewählte Werke I
Atta Troll, Deutschland. Ein Wintermärchen, Aus den Memoiren des Herren von Schnabelewopski,
Florentinische Nächte, Der Rabbi von Bacherach, Geständnisse, Memoiren
Durchgesehen, revidiert und mit einem Nachwort
herausgegeben von Joerg K. Sommermeyer
Reihe alte Tradition Azurcelesteblueoscuro / RAT ACBO 22
Exemplarische Werke der Weltliteratur
Orlando Syrg Taschenbuch, 1. Aufl., OrSyTa 102019, Berlin 2019

Joerg K. Sommermeyer (Hg.)
Heinrich Heines Reisebilder
Ausgewählte Werke II
Briefe aus Berlin, Über Polen, Reisebilder I-IV
Durchgesehen, revidiert und mit einem biographischen Abriss
herausgegeben von Joerg K. Sommermeyer
Reihe alte Tradition Azurcelesteblueoscuro / RAT ACBO 23
Exemplarische Werke der Weltliteratur
Orlando Syrg Taschenbuch, 1. Aufl., OrSyTa 112019, Berlin 2019

Joerg K. Sommermeyer (Hg.)
Heinrich Heines Gedichte
Ausgewählte Werke III
Buch der Lieder, Neue Gedichte,
Aus den Jahren 1853 und 1854, Sonstiges / Posthum
Durchgesehen, revidiert und mit einem Biographischen Abriss
herausgegeben von Joerg K. Sommermeyer
Reihe alte Tradition Azurcelesteblueoscuro / RAT ACBO 24
Exemplarische Werke der Weltliteratur
Orlando Syrg Taschenbuch, 1. Aufl., OrSyTa 122019, Berlin 2019

Joerg K. Sommermeyer (Hg.)
Heinrich Heines Über Deutschland, Essays und Pamphlete
Ausgewählte Werke IV
Die romantische Schule, Zur Geschichte der Religion und Philosophie in Deutschland,
Elementargeister, Die Götter im Exil, Schwabenspiegel, Ludwig Börne
Durchgesehen, revidiert und mit einem Biographischen Abriss
herausgegeben von Joerg K. Sommermeyer
Reihe alte Tradition Azurcelesteblueoscuro / RAT ACBO 25
Exemplarische Werke der Weltliteratur
Orlando Syrg Taschenbuch, 1. Aufl., OrSyTa 132019, Berlin 2019

Joerg K. Sommermeyer (Hg.)

Heinrich Heines Essays über Frankreich
Ausgewählte Werke V

Französische Maler, Französische Zustände,
Über die Französische Bühne, Lutetia,
Durchgesehen, revidiert und mit einem Biographischen Abriss
herausgegeben von Joerg K. Sommermeyer
Reihe alte Tradition Azurcelesteblueoscuro / RAT ACBO 26
Exemplarische Werke der Weltliteratur
Orlando Syrg Taschenbuch, 1. Aufl., OrSyTa 142019, Berlin 2019

Joerg K. Sommermeyer (Hg.)

Johann Wolfgang von Goethes
West-östlicher Divan, Hermann und Dorothea
Ausgewählte Werke V

Durchgesehen, revidiert und herausgegeben
von Joerg K. Sommermeyer
Reihe alte Tradition Azurcelesteblueoscuro / RAT ACBO 27
Exemplarische Werke der Weltliteratur
Orlando Syrg Taschenbuch, 1. Aufl., OrSyTa 152019, Berlin 2019

Joerg K. Sommermeyer (Hg.)

Gottfried Kellers Prosa
Ausgewählte Werke I

Die Leute von Seldwyla, Sieben Legenden
Durchgesehen, revidiert und mit einem Biographischen Abriss
herausgegeben von Joerg K. Sommermeyer
Reihe alte Tradition Azurcelesteblueoscuro / RAT ACBO 28
Exemplarische Werke der Weltliteratur
Orlando Syrg Taschenbuch, 1. Aufl., OrSyTa 162019, Berlin 2019

Joerg K. Sommermeyer (Hg.)

Gottfried Kellers Prosa
Ausgewählte Werke II

Züricher Novellen, Das Sinngedicht
Durchgesehen, revidiert und mit einem Biographischen Abriss
herausgegeben von Joerg K. Sommermeyer
Reihe alte Tradition Azurcelesteblueoscuro / RAT ACBO 29
Exemplarische Werke der Weltliteratur
Orlando Syrg Taschenbuch, 1. Aufl., OrSyTa 172019, Berlin 2019

Joerg K. Sommermeyer (Hg.)

Gottfried Kellers Prosa
Ausgewählte Werke III
Der grüne Heinrich, Zwölf Gedichte, Autobiographisches
Durchgesehen, revidiert und mit einem Nachwort
herausgegeben von Joerg K. Sommermeyer
Reihe alte Tradition Azurcelesteblueoscuro / RAT ACBO 30
Exemplarische Werke der Weltliteratur
Orlando Syrg Taschenbuch, 1. Aufl., OrSyTa 182019, Berlin 2019

Joerg K. Sommermeyer (Hg.)

Friedrich Schillers Gedichte
Ausgewählte Werke II
Durchgesehen, revidiert und herausgegeben
von Joerg K. Sommermeyer
Reihe alte Tradition Azurcelesteblueoscuro / RAT ACBO 31
Exemplarische Werke der Weltliteratur
Orlando Syrg Taschenbuch, 1. Aufl., OrSyTa 192019, Berlin 2019

Joerg K. Sommermeyer (Hg.)

Johann Wolfgang von Goethes Gedichte
Ausgewählte Werke VI
Durchgesehen, revidiert und herausgegeben
von Joerg K. Sommermeyer
Reihe alte Tradition Azurcelesteblueoscuro / RAT ACBO 32
Exemplarische Werke der Weltliteratur
Orlando Syrg Taschenbuch, 1. Aufl., OrSyTa 202019, Berlin 2019

Joerg K. Sommermeyer (Hg.)

Charles Sealsfields Das Kajütenbuch
oder Nationale Charakteristiken
Die Prärie am Jacinto, Der Kapitän
Durchgesehen, revidiert, herausgegeben
und mit einem Nachwort versehen
von Joerg K. Sommermeyer
Kollektion Abenteuer- & Reiseerzählungen / KAR 7
Orlando Syrg Taschenbuch, 1. Aufl., OrSyTa 212019, Berlin und Lahnstein 2019